Kaiken

DOĞAN KİTAP TARAFINDAN YAYIMLANAN DİĞER KİTAPLARI

Kızıl Nehirler
Taş Meclisi
Leyleklerin Uçuşu
Kurtlar İmparatorluğu
Siyah Kan
Şeytan Yemini
Koloni
Ölü Ruhlar Ormanı
Sisle Gelen Yolcu

KAİKEN

Orijinal adı: Kaïken

Yazan: Jean-Christophe Grangé
Fransızca aslından çeviren: Tankut Gökçe

1. baskı / Haziran 2013 / ISBN 978-605-09-1503-7
Sertifika no: 11940

Kapak tasarımı: Yavuz Korkut
Baskı: Mega Basım, Baha İş Merkezi. A Blok
Haramidere / Avcılar - İSTANBUL
Tel. (212) 422 44 45
Sertifika no: 12026

Doğan Egmont Yayıncılık ve Yapımcılık Tic. A.Ş.
19 Mayıs Cad. Golden Plaza No. 1 Kat 10, 34360 Şişli - İSTANBUL
Tel. (212) 373 77 00 / Faks (212) 355 83 16
www.dogankitap.com.tr / editor@dogankitap.com.tr / satis@dogankitap.com.tr

Kaiken

Jean-Christophe Grangé

Çeviren: Tankut Gökçe

DOĞAN KİTAP

I

Korkmak

1

Yağmur.

Tüm zamanların en boktan haziran ayı.

Birkaç haftadan beri aynı gri gökyüzü, aynı yağmur, aynı soğuk hava, yani aynı nakarat. Ve daha da kötüsü hâlâ gece. Başkomiser Olivier Passan, namlusuna mermi sürdükten sonra Px4 Storm SD'sini emniyet mandalı açık bir şekilde dizlerinin üstüne koydu. Sol eliyle yeniden direksiyonu kavradı, diğer eline iPhone'unu aldı. Dokunmatik ekranda GPS programı çalışıyor, alttan vuran ışıkla aydınlanan yüzü bir vampirin yüzünü andırıyordu.

– Neredeyiz? diye homurdandı Fifi. Lanet olsun, burası neresi?

Passan cevap vermedi. Arabanın farlarını söndürmüş, etrafı güçlükle görerek ağır ağır ilerliyorlardı. Borgesvari dairesel bir labirentte gibiydiler. Sayısız girişe, geçide, dolambaçlı yola açılan, gizemli bir merkezi koruyormuşçasına kendi çevresinde dolanan bir Çin Seddi gibi, davetsiz misafirleri dışarı püskürtmeye hazır tuğla örülü, pembemsi sıvalı, eğri büğrü duvarlar.

Labirent, SKB (Serbest Kentsel Bölge) olarak sınıflandırılan semtlerden biriydi. Stains'de, Le Clos-Saint-Lazare'daydılar.

– Burada bulunma yetkimiz yok, diye mırıldandı Fifi. Seine-Saint-Denis Bölge Polisi öğrenirse...

– Kapa çeneni!

Passan dikkat çekmemek için koyu renkli giysiler giymesini istemişti. Ama sonuç ortadaydı: Polisin üzerinde bir Hawaii gömlek ile kaykaycıların giydiği kırmızı bir şort vardı. Olivier onunla buluşmadan önce Fifi'nin neler yuttuğunu bilmemeyi tercih ediyordu. Votka, amfetamin, kokain... Kuşkusuz üçü birden.

Direksiyonu bırakmadan arka koltuğa uzanıp kurşungeçirmez bir yelek aldı; kendi ceketinin altında da aynısından vardı.

– Giy şunu.

– Gerek yok.

– Geçir şunu sırtına diyorum. Üstündeki bu gömlekle seni Gay Yürüyüşü'ne katılan şu homolardan biri sanacaklar.

Fifi, namı diğer Philippe Delluc, söyleneni yaptı. Olivier çaktırmadan ona baktı. Oksijenle rengi açılmış dağınık saçlar, sivilce izleri, dudaklarının kenarında *piercing*'ler. Açık yakasından, sol omzu ile kolunu kaplayan bir ejderhanın ağzı belli belirsiz seçiliyordu. Üç yıllık ortaklıktan sonra bile, böyle bir serserinin on sekiz ay boyunca Ulusal Polis Akademisi'nin kurallarına, motivasyon görüşmelerine, sağlık kontrollerine nasıl dayandığına hâlâ akıl erdiremiyordu...

Ama sonuç ortadaydı. Geceler boyunca çalışarak tek bir satırı atlamadan telefon dökümlerini ayıklayabildiği gibi her iki elini de kullanarak elli metre uzaktaki bir hedefi 9 mm'liğiyle vurabilen bir polis. Hiç tereddüt etmeden en az beş kere silahını ateşlemiş otuzundaki bir komiser. Bugüne kadar sahip olduğu en iyi yardımcı.

– Bana adresi uzat.

Fifi ön panele yapıştırılmış Post-it'i aldı.

– Sadi-Carnot Sokağı, 134 numara.

GPS'e göre oldukça yaklaşmışlardı ama sürekli başka isimlerle karşılaşıyorlardı: Nelson-Mandela Sokağı, Molière Meydanı, Pablo-Picasso Caddesi... Her on metrede bir üzerinden geçtikleri hız kesici tümsekler arabayı sarsıyordu. Sürekli yinelenen bu kasisler midesini bulandırmaya başlamıştı.

Passan semt planının çıktısını alma fırsatı bulmuştu. Clos-Saint-Lazare Mahallesi Seine-Saint-Denis'nin en büyük yerleşim yerlerinden biriydi. Büyük bölümü ağaçlı bir parkın içinde yılan gibi kıvrılan bir dizi binadan oluşan bu sosyal konutlarda yaklaşık on bin kişi yaşıyordu. Bunların çevresinde dümdüz uzanan heybetli bloklar nöbet tutan muhafızları andırıyordu.

– Lanet olsun, diye dişlerinin arasından fısıldadı Fifi, ıslığı andıran bir sesle.

Yüz metre uzaklarındaki bir sundurmanın altında, bir grup Siyah, yerde yatan bir adamın üstüne çullanmıştı. Passan frene bastı, vitesi boşa aldı ve gruba doğru arabayı kaydırmaya başladı. Yerdeki adam saldırganların tekmelerinden yüzünü korumaya çalışıyordu.

Darbeler yağmur gibi iniyor ve farklı, beklenmedik açılardan adamı buluyordu. Saldırganlardan biri, yırtık kot pantolonlu ve kasketli olanı, ayağını adamın ağzına bastırdı ve adamın kırılmış dişlerini yutmasına neden oldu.

– Pabuçlarımı yala, Yahudi ibnesi! Yala onları, pislik! (Siyahi adam basket ayakkabılarını adamın kanlı dişetlerine biraz daha bastırdı.) YALA, GÖT VEREN!

Fifi CZ 85'ini kavradı ve arabanın kapısını açtı. Passan onu durdurdu.

– Yerinden kımıldama. Her şeyi berbat edeceksin.

Bir bağırtı yükseldi. Kurban bir hamlede ayağa fırlamış, hızla basamakları tırmanmış ve bir binaya girmişti. Siyah deriliiler kahkahayı bastı, ancak adamın peşine düşmediler.

Passan vitesi bire taktı ve adamların yanından geçti. Fifi yavaşça kapısını kapattı. Yeniden hız kesici tümseklerin üzerinden geçmeye başladılar. Subaru, derinlerde seyreden bir denizaltıdan daha fazla gürültü çıkarmıyordu. Passan iPhone'una göz attı.

– Sadi-Carnot Sokağı, diye mırıldandı. Burası...

– Sen bir sokak görüyor musun?

Sağda bir şantiyenin duvarlarının ardında gözden kaybolan bir yol vardı. Mahalle kentsel dönüşüm planın bir parçasıydı. Bir reklam panosunun üzerinde ciddi ciddi "Félins Parkı" yazıyordu. Dip tarafta, molozların ve inşaat malzemelerinin arasında binalar, boş araziler, kimsenin oturmadığı yapılar göze çarpıyordu. Banliyöde bu tarz yapılar depo olabileceği gibi, okul da olabilirdi.

– 128... 130... 132, diye Passan alçak sesle saydı. Orada.

Gözleri bir blokun kapısına doğru çevrildi. Passan motoru durdurdu, iPhone'unu kapattı. Sadece yağmur damlalarının vurduğu kapkara ve yağlı su birikintileri ayırt ediliyordu.

– Ne yapıyoruz? diye sordu Fifi.

– Gidiyoruz.

– Kararından emin misin?

– Hiçbir şeyden emin değilim. Gidiyoruz, hepsi bu.

Bir kadın çığlığı duyuldu. Gözlerini kısarak çığlığın nereden geldiğini anlamaya çalıştılar. Birileri geliyordu. Hıçkıra hıçkıra ağlayan ve yürümemekte direnen yeniyetme bir kızı itekliyorlardı. Adamlardan biri kızı arkadan tekmeliyor, diğeri ise ensesine şaplak indirip duruyordu. Şantiye alanındaki bir karavana doğru ilerliyorlardı.

Fifi yeniden arabanın kapısını açtı. Passan onu kolundan tuttu:

– Bırak gitsinler. Buraya bunun için gelmedik. Anladın mı?

Punk öfkeyle ona baktı:

– Ama bunun için polis oldum, öyle değil mi?

Olivier tereddüt etti. Bir çığlık daha duyuldu.

– Lanet olsun! diyerek pes etti Passan.

Ellerinde silahlarıyla, aynı anda Subaru'dan fırladılar. Park halindeki birkaç araba boyunca koştular, sonra heriflerin üzerine atıldılar. Hiçbir uyarıda bulunmamışlardı. Passan'ın kafa darbesiyle ilk adam bir kum yığının üstüne devrildi. Fifi ikinci herife çelmeyi takıp yüzüstü yere yıktı, kelepçelerini çıkardı. Üçüncü adam, bir iblis gibi avaz avaz küfrederek kaçtı.

Aynı anda korkudan titreyen bir karaltı halindeki dağınık saçlı kız ortadan kayboldu. İki polis birbirlerine baktı. Her şey çok kısa sürmüştü. Ortada ne kurban ne saldırı, hiçbir şey yoktu. Duraksamadan yararlanan yerdeki herif Fifi'nin 9 mm'liğine uzandı ve ayaklarının üzerinde doğruldu.

Bir el silah sesi duyuldu. Kelepçeler tangırdayarak bir yerlere fırladı. Herif gecenin karanlığında çoktan gözden kaybolmuştu bile.

– Kahretsin! diye küfretti Passan.

Gayriihtiyari hangara doğru bir göz attı, kapısı açılıyordu. Kel kafayı, bodur silueti, soluk mavi ameliyat eldivenlerini fark etti. Bu anı o kadar çok hayal etmişti ki, şu anda kafasında her şey çok belirgin, sarih ve milimetrikti.

45'liğini doğrulttu ve bağırdı:

– Kımıldama!

Adam olduğu yerde kaldı. Yarı aralık kapının ağzında yağmurdan ıslanmış kel kafası parlıyordu. İçerisi yanıyordu. Çok geç kalmışlardı. Aynı anda kafasında bir şimşek çaktı. Arkasına döndü ve mahalleye doğru kaçmakta olan ırz düşmanını fark etti.

Fifi nişan aldı, parmağı tetikteydi. Passan onun kolunu tutup indirdi:

– Ateş etmeyeceksin, değil mi?

Tekrar arkasına döndü. Kel herif de ters yöne doğru hızlı adımlarla sıvışıyordu. Siyah muşamba üstlüğü yağmurun altında uçuşuyordu. Başarısız olacaklardı. Passan göz ucuyla Fifi'ye baktı. Yeniden atış pozisyonu almış, kaçmakta olan iki herife sırayla nişan alıyordu.

– Bırak kuşu, kaçsın! diye bağırdı Passan. Guillard'ı yakala!

Komiser şantiyeye yöneldi. Passan depoya doğru koştu. Beretta'sını kılıfına soktu, beceriksiz hareketlerle eldivenlerini giydi ve raylara monte edilmiş kapıyı kaydırdı.

Kendisini neyin beklediğini biliyordu.

Bu çok daha kötüydü.

Motorlarla, zincirlerle, aletlerle, birbirleriyle alakasız çeşitli parçalarla dolu yaklaşık yüz metrekare genişliğindeki atölyede, genç bir kadın yerden bir buçuk metre yüksekteki bir tanka asılmıştı. Kolları ve bacakları ayrık bir şekilde kayışlarla bağlanmıştı. Adidas marka eşofman giymiş bir Mağribi'ydi. Pantolonu ve külotu ayak bileklerine kadar indirilmiş, tişörtü yukarı sıvanmıştı.

Karnı göğüs kemiğinden pubise kadar açılmış, bağırsakları yere kadar sarkıyordu. Tam önünde, alevli bir birikinti içinde bir fetüs yanıyordu. *Her zamanki modus operandi.* Birkaç saniye, birkaç yüzyıl gibi geçti. Passan artık yerinden kımıldamıyordu. Etler boğucu duman içinde kızarıyordu. Bebek alevden kavrulmuş gözleriyle ona bakar gibiydi.

Sonunda manzaranın etkisinden kurtuldu ve lastiklerin, krank millerinin, egzoz borularının arasında gezinmeye başladı. Bir halı aldı ve söndürmek için yaptığı birkaç denemeden sonra küçük bedenin üstüne örttü. Ayarlanabilir bir merdiven buldu. Düğmesine basarak mekanizmayı çalıştırdı ve sımsıkı bağlanmış kadının hizasına kadar çıktı. Öldüğünü biliyordu. Yine de teyit etmek için iki parmağını boynuna bastırdı. iPhone'u çaldı. Ceplerini yokladı, az kalsın merdivenden düşüyordu.

Fifi'nin nefes nefese sesi duyuldu:

– Ne cehennemdesin?

– Onu yakaladın mı?

– Bir sürü terslik oldu. Herif kaçtı!

– Sen neredesin?

– Bilmiyorum!

– Geliyorum.

Passan yere atladı ve elinde silahıyla kapıya doğru yöneldi. Beton karma makinelerinin arasında ilerledi; tuğla, çimento torbası, çelik çubuk dolu zeminde sendeleyerek yürüdü. Hiçbir şey görmüyordu.

Birkaç metre sonra boylu boyunca yere serildi. Ayağa kalktı ve kendisini neyin düşürdüğünü görmeye çalıştı: Ayağı bir alçı levhaya takılan Fifi'ye çarpmıştı.

– Düştüm, Passan... Düştüm...

Olivier gülsün mü ağlasın mı bilemiyordu. Ona yardım etmek için eğildi, ancak Fifi bağırdı:

– Beni bırak! O göt vereni bul!

– Herif nerede?

– Duvarın orada!

Passan arkasını döndü ve yüz metre ileride, birkaç yüz metre boyunca uzanan penceresiz duvarı gördü. Oranın biraz uzağındaki devlet karayolunda ışıklar titreşiyordu. Elinde Beretta'sıyla koştu, bir yokuş buldu, tırmandı, bacağını duvarın üstünden aşırdı. Diğer tarafa yuvarlandı, hemen ayağa kalktı.

Birkaç hektar genişliğindeki karanlık bir arazideydi. Uzaktan arabalar geçiyordu. Araba farlarının sayesinde, Patrick Guillard'ın silueti karaltı halinde görünüyordu. Adam balçıklaşmış arazide sendeleyerek yürüyor, yola doğru güçlükle ilerliyordu.

Passan Beretta'nın namlusuna mermi sürdü. Çelik yeleğinin altında soluk soluğaydı. Ayakları çamura gömülüyordu. Ayaklarını vıcık vıcık, yapışkan topraktan güçlükle kurtarıyordu.

Yine de ilerlemeyi başarıyordu.

Guillard yukarıdaki otoyola varmıştı. Passan adımlarını hızlandırdı. Herif tam güvenlik bariyerini aşıyordu ki Passan onu bacaklarından yakaladı ve yamaçtan aşağı doğru çekti. Katil otlara tutunmaya çalıştı. Passan onu boynundan yakaladı, sırtüstü çevirdi ve kafasını birkaç kez beton su kanalının kenarına vurdu.

– Kahrolası ibne!

Guillard onu itmeye çalıştı. Passan silahının kabzasıyla herife vurmaya başladı; parmaklarının, gözlerinin, sinirlerinin kanla ıslandığını hissediyordu. Birkaç metre yukarılarındaki yol, geçen arabalardan dolayı sarsılıyordu.

Passan birden durdu. Gözleri yuvalarından fırlamış bir halde ayağa kalktı, tabancasını kılıfına soktu, herifi yola kadar sürükleyerek toprak rampayı tırmandı.

Araba farları karanlığın içinde patlıyordu. Bir yük kamyonu son hızla yaklaşıyordu.

Polis, bir tekme darbesiyle Guillard'ı tekerleklerin altına atmayı düşündü. Ayağıyla sırtına bastırarak herifi olduğu yerde tuttu. TIR sadece birkaç metre uzaktaydı.

Gözlerini kapattı.

O, Kanun'du.

O, Adalet'ti.

O, Adaletin Kılıcı ve Uygulayıcısı'ydı.

Kamyon katilin kafasını ezmeden bir saniye önce Passan kendine geldi. Guillard'ı tutup ayağa kaldırdı. İkisi birlikte güvenlik bariyerinin üstünden aşağı düştüler ve rampanın dibine kadar yuvarlandılar. Kamyon uzunlarını yakarak, korna çalarak, birbirine dolanmış bedenlerinin birkaç metre uzağından şiddetli sarsıntılarla geçti.

2

– İşin boku çıkacak. Yemin ederim işin boku çıkacak!

Passan cevap vermeden suç önleme birimi komiserine dikkatle baktı. Kot ceketinin içinde kıpırdanıp durdukça Sig Sauer tabancası görünen, kısa boylu, tıknaz bir tipti. Biriminin logosu – bir silahın gezinden görünen bir dizi bina– ceketinin koluna dikilmişti. Bir helikopter güçlü projektörleriyle çatıları tarayarak bölgenin üstünde uçuyordu. Passan bu tür semtlerde yeterince ayakkabı eskittiğinden devriyelerin ne aradığını biliyordu: Şişelerle, molotoflarla, taşlarla saldırmaya hazır, bir yerlere gizlenmiş sokak çeteleri. Asayiş polisi, taş dolu el arabalarını bulmak için çoktan mahzenlere inmişti bile.

Olivier derisini kazımak ister gibi yüzünü sıvazladı, sonra birkaç adım atarak kalabalıktan uzaklaştı. Çılgınlık düzeyindeki bu savaş ortamı ona hitap etmiyordu. Kendi çılgınlık krizinden kurtulmaya çalışıyordu. Kamyonun kör edici farları. Katilin cellat kütüğünü andıran asfaltın üzerindeki kafası. Adaleti uygulamak niyetiyle içinde uyanan öldürme arzusu.

Yeniden Tom Pouce'un yanına gitti.

– Bu acil bir durumdu, dedi sonunda.

– Ve böylece benim bölgeme geldin, kimseye haber vermeden, öyle mi?

– Son dakikada bir tüyo aldık.

– 59. maddeyi hiç duymadın mı?

– Lanet olsun! Suçüstü yapmamız gerekiyordu. Hızlı olmalıydık. Ve büyük bir gizlilik içinde hareket etmeliydik.

Adli polis komiseri pis bir kahkaha attı:

– Gizlilik uğruna havanı aldın!

Çevrelerinde tepe lambalarından, polis şeritlerinden, üniformalardan, beyaz tulumlardan oluşan bir girdap vardı. Suç önleme birimi polisleri, yerel polisler, özel güvenlikçiler, asayiş polisleri, olay yeri inceleme teknisyenleri, herkes oradaydı. Bol tişörtleri ya da kapüşonlu ceketleri içinde kaybolmuş onlarca çocuk sarı polis şeridinin ardına yığılmıştı.

– En azından Doğumcu olduğundan emin misin?

Olivier atölyenin kapısını işaret etti:

– Bu senin için yeterli değil mi?

Ceset kaldırılmış, götürülüyordu. İki cenaze levazımatçısı bir sedyeyi itiyordu – kurban plastik ceset torbasına konmuştu. Peşlerindeki bir başka görevli, üzerinde Kızılhaç işareti bulunan bir buzluk taşıyordu. İçinde kavrulmuş fetüs vardı.

Adli polis komiseri pazıbendini düzeltti:

– Tüm mahalleyi tehlikeye attınız, lanet olsun!

– Zaten senin mahallen tehlikenin bizzat kendisi.

– Ne yani, bu benim hatam mı?

Passan onun bakışlarındaki yorgunluğu ve bıkkınlığı fark etti. Bir anda ona duyduğu kızgınlık geçti. O sadece, yıllarca hiçbir sonuç almadan şehir çeteleriyle uğraşmaktan yıpranmış, öfkesi burnunda bir polisti. Yeniden, ara ara yanıp sönen tepe lambalarının aydınlattığı çevreyi inceledi. Pencerelere çıkmış aileler, güvenlik çemberinin etrafına toplanmış genç kızlar, kapı eşiklerinde yerlerinde duramayan pijamalı çocuklar ve kaskları, gaz bombası atan silahlarıyla kitlenin üzerine ateş etmeye hazır güvenlik güçleri...

"Etnik" kökenleri farklı –"polis" üniformalarıyla caka satan Siyahlar, Mağribiler– birkaç polis çevredekileri yatıştırıyordu. Passan, Batı Amerika'daki iz sürücüleri, gizemli ve düşman bir dünyada Beyazlara yol gösteren Yerlileri düşündü. Bu polisler de bir tür iz sürücüydü.

Geri döndü, arabasına doğru yürümeye başladı ve onu cehennemin kapısına kadar getiren olaylar hızla gözünün önünden geçti. Yirmi sekiz yaşındaki, sekiz buçuk aylık hamile Leïla Moujawad'ın ortadan kaybolması. Birkaç saat önce mali şubeden alınan istihbarat ve asli şüpheli Patrick Guillard'ın, yöneticisi olduğu bir holdinge bağlı *offshore* şirketinin Stains'de, Sadi-Carnot Sokağı 134 numarada bir atölyesi olduğunun öğrenilmesi. İlk üç cesedin bırakıldığı yerlere en fazla üç kilometre uzaklıkta bulunan, kimsenin bilmediği bir hangar.

Fifi'yi aramıştı. Hemen yola çıkmışlardı. Ancak çok geç kalmışlardı. Leïla ile çocuğunun hayatları birkaç dakika önce son bulmuştu... Passan meslek yaşamında, bu adaletsiz düzene isyan edecek kadar çok sayıda olayla karşılaşmıştı.

Birden bir çığlık bütün gürültüyü bastırdı. Genç bir adam asayiş polislerini itekledi ve cenaze arabasına doğru koştu. Passan onu hemen tanıdı. Mohamed Moujawad. Otuz bir yaşında. Leïla'nın kocası. Dün Saint-Denis'deki yerel adli polis merkezinde Passan onun ifadesini almıştı.

Bu gecelik bu kadarı yeterliydi. Savcı birazdan gelirdi. Yeni bir sorgu yargıcı atanmıştı; seri cinayet davalarına bakan Yargıç Ivo Calvini'yle uğraşması gerekecekti. Ama her halükârda bu soruşturmayı ona vermeyeceklerdi. En azından hemen vermeyeceklerdi. Öncelikle hatalarının bedelini ödeyecekti. Yasadışı arama. Başarısız suçüstü. Guillard'a iki yüz metreden fazla yaklaşmama emrinin ihlali. Masumiyet karinesini gözetmeksizin bir şüpheliyi darp. Pislik herifin avukatları onun ciğerini sökecekti.

– Tüyüyor muyuz?

Fifi, Subaru'da oturmuş, sigara içiyordu. İlkyardım görevlileri tarafından pansuman yapılmış ve bandajlanmış kıllı bacaklarından biri arabanın açık kapısından dışarı sarkıyordu.

– Bana bir saniye izin ver.

Passan suç mahalline geri döndü. Olayla ilgili delil bulma fırsatını kaçırmıştı. Olay yeri inceleme ve kimlik tespit şubesine bağlı bir sürü teknisyen iş üstündeydi. Bir fotoğrafçının flaşları duvarları aydınlatıyordu. Pudralar, fırçalar, delil torbaları elden ele dolaşıyordu. Binlerce kez gördüğü, mide bulandırıcı aynı manzara.

Her zaman adıyla hitap ettiği, operasyon koordinatörü Isabelle Zacchary'yi gördü. Beyaz tulumu içinde kurbanın iç organlarından kalan kapkara izlerin yanında ayakta duruyordu.

– Şu an elinde ne var?

– Davaya sen mi atandın?

– Senin de çok iyi bildiğin gibi hayır.

– Ben bilmiyorum, yani...

– Senden sadece bir ilk görüş istiyorum.

Zacchary kapüşonunu indirdi, bunalmış gibiydi. Boynunun çevresindeki yatay hava filtreli maskesiyle bir mutantı andırıyordu. Her hareket edişinde, buruşturulan kâğıt gibi bir gürültü çıkarıyordu. Ona mesafeli ve seksi bir hava katan gözlüğü gözündeydi. Ancak bu akşam, bunu düşünmenin sırası değildi.

– Şu an için sana bir şey söyleyemem. Her şey laboratuvarda belli olacak.

Passan gözleriyle çevreyi taradı. Kanlı tank, sarkan ipler,

tezgâhın üzerinde kan içindeki cerrahi aletler... Yanmış etin pis kokusu hâlâ duyuluyordu.

Birden içini bir şüphe kapladı:

– Parmak izi buldunuz mu?

– Her yerde. Ama burası onun garajı, öyle değil mi?

Kurbanın üstünde parmak izleri bulmaları gerekiyordu. Kadını keserken kullandığı bıçaklarda. Çocuğu yakarken kullandığı benzin bidonunda. Ya da kurbanın tırnaklarının altında katile ait deri parçaları bulmaları lazımdı. Onu avlarıyla ilişkilendirebilecek herhangi bir organik madde.

– Elde ettiğin sonuçları bana e-postayla yolla.

– Bu kurallara aykırı, ben...

– Bu benim soruşturmam, anlıyor musun?

Zacchary başını salladı. Passan yollayacağını biliyordu; sekiz yıldır süren işbirliği, bir iki gecelik flört, aralarında hâlâ devam eden belli belirsiz cinsellik, tüm bunların bir işe yaraması gerekiyordu.

Hangardan çıktığında bir rahatlama hissetmedi: Dışarısı da içerisi kadar berbattı. Sağanak yeniden başlamıştı. İtişip kakışma polis kordonuna kadar ulaşmıştı. Bunun sonu kötü olacaktı. Tek şansları medyanın olmamasıydı. Mucize eseri etrafta ne bir gazeteci ne bir foto muhabiri ne de bir kameraman vardı.

Direksiyona geçmek için arabasının çevresini dolanırken ambulansa götürülen başka bir sedye gördü. Patrick Guillard gümüş renkli ilkyardım örtüsüne sarılmıştı. Boyunluk ve oksijen maskesi takılmıştı. Saydam PVC maske yüz hatlarını değiştirmiş, sanki gerçek yüzünü ortaya çıkarmıştı: İğrenç yüz hatları olan, beyaz tenli, dazlak bir yaratık.

Hastabakıcılar ambulansın kapılarını açtılar ve dikkatli bir şekilde sedyeyi yerleştirdiler. Mavi tepe lambasından yayılan ışıklar hareli örtünün üzerinde dalgalandıkça, acımasız cellat sanki turkuvaz pulları olan bir kozadan çıkıyormuş gibi bir his yaratıyordu.

Göz göze geldiler.

Maskenin üstünden, katilin gözbebeklerinde gördüğü şey bu savaşı kazanamadığını anlamasına yetti.

Belki de bu muharebeyi bile kazanamamıştı.

3

Bir saat sonra Olivier Passan yeni ofislerindeki duşun altında gözlerini kapattı. Su sanki ona güç veriyordu. Sadece kiri, teri temizlemekle kalmıyor, yanık et kokularını, gözünün önünden bir türlü gitmeyen işkence edilmiş bedenlerin görüntülerini, ölümün ve yıkımın neden olduğu fizyolojik ve ruhsal gerilimi de yok ediyordu. Suyun altında başını öne eğdi. Su serin, neredeyse soğuktu. Fışkıran su bedenini acıtıyor, cildini kızartıyor, kafasına hızla iniyordu.

Sonunda duştan çıkıp kurulandı. Kendini yenilenmiş hissediyordu. Nanterre'de, Trois-Fannot Sokağı'ndaki Adli Polis Merkezi'nin yeni yeri son derece etkileyiciydi. Yüksek teknolojiyle donatılmış, geniş ve sade bir mekândı, Quai des Orfèvres'in[1] karanlık labirentiyle hiç ilgisi yoktu. 36 numaradaki yenileme çalışmalarının başlaması beklenirken buraya birçok birim yerleştirilmişti. Ancak çalışmalar için ayrılan fonun yetersiz olması nedeniyle, çok yakında herkesin buraya taşınacağına dair söylentiler vardı.

Gövdesi çıplak bir halde, lavabonun üstündeki aynada kendine baktı. Aşırı zayıf bir yüz, köşeli bir çene, alabros kesilmiş saçlar – bir polisten ziyade bir komando görüntüsü. Çok kısa kesilmiş saçların altında, ince ve düzgün yüz hatları. Gözlerini karnına doğru indirdi. Belirgin kaslar, sert hatlar. Bu tablo spor salonunda geçirdiği uzun saatlerin bir sonucuydu. Passan fiziksel formunu korumak kaygısıyla vücut çalışmıyordu. Estetik kaygılar sebebiyle de değildi. İnandığı için bu sporu yapıyordu – sadece iradesini ispatlamak için.

1. Quai des Orfèvres: Paris, Île de la Cité, 36 numarada bulunan Paris Emniyet Müdürlüğü ile Paris Valiliği'ne verilen ad. (ç.n.)

Soyunma odasına geri döndü, eski elbiselerini giydi ve asansöre yöneldi. İkinci kat. Çelik strüktür. Cam duvarlar. Gri halısı. Bu monotonluğu, bu soğukluğu seviyordu.

Fifi duş yapmış, saçlarını taramış, kahve makinesinin önünde kıpırdanıp duruyordu.

– Çalışmıyor mu?

Punk makineye şiddetli bir tekme savurdu:

– Şimdi çalışıyor.

Dumanı tüten bardağı aldı ve amirine uzattı. Makineyi yeniden tekmeleyerek bir başka kahve daha aldı. Delik deşik cildi ıslak saçlarının altında çok daha fazla örselenmiş gibi görünüyordu.

Sessizce kahvelerini içtiler. Tek bir bakışla birbirlerini anladılar. Başka şeylerden bahsetmeleri lazımdı. Her ne pahasına olursa olsun üzerlerindeki baskıyı atmaları gerekiyordu. Ancak sessizlik uzayıp gidiyordu. Meslekleri dışında sadece tek bir ortak konuları vardı: Özel hayatlarındaki karmaşa.

Sessizliği bozan Fifi oldu:

– Naoko'yla aranız nasıl?

– Boşanıyoruz. Resmi olarak.

– Ya evi ne yapacaksınız? Satacak mısınız?

– Hayır. Şimdi sırası değil. Ev kalıyor.

Yardımcısı kuşkulu gibiydi. Gayrimenkulle ilgili olarak alınan bu kararın Passan'ın dertlerine çare olmadığını biliyordu.

– Evde kim kalacak? diye sordu, tereddüt ederek.

– İkimiz de. Sırayla.

– Nasıl yani?

Passan kâğıt bardağını buruşturup çöp kutusuna attı:

– Evde sırayla oturacağız. Her birimiz bir hafta.

– Peki, ya çocuklar?

– Onlar evde kalacaklar. Okul değiştirmeyecekler. Çok düşündük: Onların bu durumu en az travmayla atlatmaları gerekiyor.

Fifi bir kez daha şüpheli bir ifadeyle sustu.

– Şimdi herkes böyle yapıyor, diye ekledi Passan. Sanki kendini ikna etmeye çalışıyordu.

Komiser de kâğıt bardağından kurtuldu:

– Bu aptalca bir fikir. Bir süre sonra onlar sizi evlerinde misafir olarak görmeye başlayacaklar. Kendi çatınız altında birer turiste dönüşeceksiniz.

Passan gerildi. Haftalardır bu kararı ölçüp biçiyor, bunun tek çözüm olduğuna kendini inandırmaya çalışıyordu. Haftalardan beri olası bütün pürüzleri giderme gayreti içindeydi.

– Ya öyle olacak ya da sığınağımda yaşamaya devam edeceğim.

Altı aydan beri, villanın bodrum katında oturuyordu. Bahçe hizasındaki küçük pencerelerden giren ışıkla aydınlanan bu mekânda bombardıman korkusuyla saklanan biri gibi yaşıyordu.

– Daha da kötüsü ne, biliyor musun? diye devam etti Fifi. Eve hiç kadın atmayacak mısın? Naoko çarşafların arasında onların külotlarını bulmayacak mı? Onun aynı yatakta uyuyacağını mı sanıyorsun?

– Bu gece başlıyoruz, dedi Passan, daha fazla uzatmamak için. Bu hafta Naoko evde kalacak. Ben Puteaux'da kiraladığım stüdyoya yerleşeceğim.

Punk üzüntüyle başını salladı. Passan karşı hücuma geçti:

– Ya sen? Aurélie nasıl?

Fifi kendine yeni bir kahve almak için makineye para atarken sırıttı:

– Önceki gece düzüşürken uyuyakaldı.

Kâğıt bardağı makineden aldı ve kahvesine üflerken sordu:

– Bu iyiye işaret, öyle değil mi?

Kahkahalarla güldüler. Bu, Doğumcu'nun yaptığı korkunç şeyleri hatırlamaktan çok daha iyiydi.

4

Sileceklerin düzenli ritmi arasında Passan radyodan haberleri dinliyordu. Puteaux'ya göç etmeden önce evinde geçireceği son saatler için Suresnes'e doğru yol alıyordu. Uyumalı mı, eşyalarını toplamaya devam mı etmeli, yoksa raporunu mu yazmalıydı, hâlâ bilmiyordu. Radyodaki haberlere gelince, 20 Haziran 2011 Pazartesi için kayda değer bir olay yoktu. Dikkatini çeken tek haber, boşandığı karısına ödemek zorunda olduğu tazminatı protesto etmek için açlık grevine başlayan bir herifin hikâyesiydi. Bu haber onu gülümsetti.

Naoko'yla aralarında bu tür sorunlar olmayacaktı. Davaya tek bir avukat bakacaktı, çocukların bakımını sırayla üstleneceklerdi, tazminat olmayacaktı –Naoko ondan daha iyi kazanıyordu– ve paylaşacak tek bir malları vardı: evleri.

Dion-Bouton Rıhtımı üzerinde Suresnes Köprüsü'ne doğru ilerliyordu. Soğuktan titremesine rağmen arabanın kaloriferini açmıyordu. Kahrolası haziran ayındaydılar. Bu hava sinirlerine dokunuyordu. Yaz mevsimiyle hiç ilgisi olmayan ve sırt ağrılarını azdıran, insanın sabrını taşıran buz gibi, iğrenç bir hava.

Şehrin içinden geçerek Nanterre-Préfecture'den Mont-Valérien'a ulaşabilirdi, ancak biraz rahatlamaya ihtiyacı vardı; doğmakta olan güneş, nehir ve gökyüzü genişlik hissi yaratıyordu. Aslında çok fazla bir şey göremiyordu. Sen Nehri solda, aşağıda kalıyor, sağdaki ağaçlar ise şehri maskeliyordu. Üzerindeki gri gökyüzü bir sünger gibi suyla doluydu. İnsan kendini dünyanın herhangi bir yerindeymiş gibi hissedebilirdi.

Bir kez daha kendini, ayağını Guillard'ın sırtına bastırmış, kafasını bir TIR'ın tekerlekleri altında ezmeye hazır bir haldeyken gördü. Bir gün, hücrenin kapısını kapatacaklardı ve o zaman kimse yanında olmayacaktı. Boşanması, onu normal hayata yeniden bağlayan son olaylardan biriydi ve bu bir kopuştu.

Sağa saptı, Henri-Sellier Bulvarı'na girdi. Charles-de-Gaulle Caddesi'ne döndü, sonra Mont-Valérien yönünde ilerlemeye başladı. Yokuşu çıkarken alışıldık görüntüler belirmeye başladı. Yamacın iki yanındaki evler. Sarmaşıklarla kaplı duvarlar. Birbiri ardına kepenklerini açmaya başlayan kafeler...

Çoktan ışıklarını yakmış bir fırının önünde durdu. Kruvasanlar. Baget ekmekler. Kavanozlar içinde Chupa Chups marka lolipoplar. Bir kez daha, gerçekdışılık duygusu içini kapladı. Bu zararsız ve yumuşak şeyler ile Stains'de yaşanan kâbus arasında ne tür bir bağ olabilirdi? Parmaklarını şıklatarak sıradan dünyaya geri dönmesi mümkün müydü?

Yeniden arabasına döndü ve yokuşu tırmanmaya devam etti. Bir golf sahasını andıran geniş çayırlarıyla Mont-Valérien tepeleri. Buraya, yüksekteki bir yaylanın atmosferi hâkimdi. Engebesiz ve simetrik hatlar... Su işleme tesisi, tesisin temiz ve belirgin boru hatları. Jean-Moulin Stadı ve son derece düzenli sahaları. Amerikan mezarlığı ve sıra sıra beyaz haçları.

Gün doğmakta zorlanıyordu ama Paris'in görüntüsü etkileyiciydi. Uzaktan daha da etkileyici görünüyordu. Sönmekte olan binlerce sokak lambası, yağmurun pusuyla sırılsıklam olmuş kuleler ve binalar ilkel bir savaşın sergilendiği trajik bir sahne gibiydi. Her türlü şiddetin yaşandığı bir vadi. Passan bu tepede kendini güvende hissediyordu. Tapınağına, inziva evine varmıştı.

Cluseret Sokağı'na gelince bir bahçe kapısının önünde yavaşladı. Uzaktan kumandayla kapıyı açtı. İki yanı ağaçlı bir yola girdi, manzaranın keyfini çıkarmak için arabayı mümkün olduğunca yavaş sürüyordu. İlk görüntü, yeşil bir fon üzerindeki beyaz bir bloktu. Mahallesindekilerle mukayese edildiğinde bahçesi çok büyüktü – yaklaşık iki bin metrekarelik çimenlik bir alan. Bu yemyeşil çimenler ona çok pahalıya mal oluyordu ama elde ettiği sonuç buna değerdi.

Bilinçli olarak bahçeye hemen hemen hiç bitki dikmemişti. Sadece sol tarafta, birkaç çam ağacının gölgesi altında küçük bir Zen bahçesi vardı. Sağa saptı ve kontağı kapattı. Villanın park alanı yoktu, yapının mimari uyumunu bozmak istememişti.1920'li yıllarda yapılmış, modern mimarinin bir eseri olan bina, tepesinde çatı terası bulunan, paralelyüz bir yapıydı. Çelik iskelet. Açık bir galeriyi taşıyan betonarme direkler. Art arda sıralanmış çok sayıda pencere. Karanlık. Sağlam. İşlevsel. Gururla gülümsedi.

Elinde kruvasanlar, kapıyı açtı ve hole girdi. Shinji ve Hiroki'nin portmantoya asılı kabanlarını gördü, ceplerine birer tane Chupa Chups koydu. *Babadan küçük bir sürpriz.* Sonra salona geçmeden önce ayakkabılarını çıkardı.

Bu ev her şeyden önce iyi bir yatırım olmuştu. Sanat eserleri satan bir ailenin son temsilcisi olan Jean-Paul Queyrau'nun ölümünün ardından villa Mart 2005'te açık artırmayla satışa konmuştu. Passan basit bir nedenden dolayı bunu ilk öğrenen kişi olmuştu: Cinayet Büro Amirliği'nde görevli bir adli polis başkomiseri olarak, borç batağında olan Queyrau'nun kafasına bir kurşun sıkarak intihar ettiğini saptamıştı.

Ceset ayaklarının dibinde yatarken, o eve âşık olmuştu. Yıkık dökük, harap haline –adam kendi evinde sefalet içinde yaşayan bir evsize dönüşmüştü– aldırmadan her odayı dolaşmıştı. Bu konuda ne yapabileceğini düşünmeye başlamıştı bile.

Naoko neyi var neyi yok bütün birikimini ortaya koymuştu. Bir yıldan beri bir mali denetim şirketinde önemli bir mevkideydi. Ayrıca mankenlik yaptığı yıllar ona küçük bir servet kazandırmıştı ve Tokyo'da arazi sahibi olan ailesi de karşılıksız olarak bir miktar para yollamıştı. Katkısı Passan'dan çok fazla olduğu halde evin tapusunu yarı yarıya yapmışlardı. Buna karşılık Passan çok daha fazla çalışmak zorundaydı.

İşe koyulmuştu. Yuvasını güçlendirmek için çalışmalıydı. Maddi dayanaklarını sağlamlaştırmalıydı. Aşklarını dış saldırılara, yıpranmaya, eskimeye karşı korumaya çalışıyordu... Yöntem işlememişti. Villa tüm saldırılara direnmişti, ama onları koruyamamıştı.

Mutfağa yöneldi. Sarsıntı az kalsın onu düşürüyordu. Diego onu karşılamaya geliyordu. Dağ eteklerinde, bir koyun sürüsünün yanında çok daha mutlu olabilecek gri renkli, dev gibi bir Pirene çoban köpeğiydi Diego. Her zamanki sevgi gösterisine girişti. Naoko bu köpeği almak istediğinde, Passan önce karşı çıkmıştı. Standart bir burjuva ailesinin olmazsa olmaz köpeği... Bugün ise Diego ailenin tek ortak konusuydu.

– Sus, Diego, diye fısıldadı, herkesi uyandıracaksın...

Kruvasanlar için ekmek sepetini aldı, baget ekmeği özenle masanın üzerine bıraktı. Hemen ardından Amerikan servisleri, üzerinde Japon kaligrafisiyle çocukların adlarının yazılı olduğu kâseleri, Naoko'nun sütlü çayını içtiği lake fincanı çıkardı. Reçeller, tahıl gevrekleri, portakal suyu. Tek başına yaptığı bu işler keyfini kaçırmıyordu; karısı ve çocuklarıyla birlikte kahvaltı yapmayalı uzun zaman olmuştu.

Tam mutfaktan çıkacaktı ki, duvara asılı fotoğrafların önünde gayriihtiyarı durdu. Daha iyi görmek için ışığı yaktı ve gözü, kendişini ve Naoko'yu Kyoto'nun üstündeki Kiyomizu-dera Tapınağı'nın terasında gösteren, sekiz yıl önce çekilmiş bir resme takıldı. Passan iğreti bir gülümsemeyle bir kriko gibi dimdik dururken, Naoko iyice gülümsemişti – bir mankenin profesyonel refleksi. Bu poza rağmen, resimdeki mutluluk belli oluyordu. Ve özellikle de karşılıklı saygı, birlikte olmanın gururu...

Başka bir fotoğrafa geçti. 2009. Tokyo'nun bir semti olan Şibuya'da çekilmiş bir aile fotoğrafı. Kucağında, Miyazaki'nin ünlü kahramanı Totoro'nun başlığını giymiş, o sıralar dört yaşında olan Hiroki vardı. Naoko ise kucağında, iki eliyle zafer işareti yapan altı yaşındaki Shinji'yi taşıyordu. Herkes gülüyordu, ama yetişkinlerin yüzlerinden keyifsiz ve gergin oldukları anlaşılıyordu. Bıkkınlık ve isteksizlik – geçen zamanın metastazları...

Tam solda, 2002 yılında Okinava Plajı'nda çekilmiş bir resim vardı. Balayı seyahatleri. Passan bu gezinin ayrıntılarını unutmuştu. Gözünün önüne sadece, uçuş millerini kaydettirmek için Roissy'deki kayıt bankosunun önünde coşkuyla Flying Blue kartını çıkaran Naoko geliyordu. Naoko indirim kartları müptelası, özel satışların abonesiydi. O anda, havalimanındayken bu kız çocuğunu daima koruyacağına dair kendine söz verdiğini ve bunu "başarabileceğine" inandığını hatırlıyordu.

Sözünü tutmuş muydu?

Işığı kapattı, salonu geçti ve beton merdivenine yöneldi.

Kendi dairesine girme vakti gelmişti. Hükümdar farenin yeraltı sarayı.

5

Boyalı tuğla duvarlarıyla bir koridor. Solda, çamaşır ve kurutma makinelerinin durduğu bir depo ve çamaşırlık. Sağda, banyo olarak kullanabilmek için bir su vanası taktığı küçük bir oda. Dipte, hem çalışma hem de yatak odası olarak kullandığı başka bir oda.

Makinelerin durduğu odada soyundu ve çamaşır makinesini çalıştırmadan önce giysilerini içine attı. Aylardan beri, bu şekilde, tamamen özerk bir halde, çalışma masasında *bento*'larını[2] yiyerek ve tek başına uyuyarak yaşıyordu. Çıplak bir şekilde, köpüklü suyun içinde dönen kanlı giysilerini seyretti. *Bir kâbus öğütücü.*

Bir sepetin içinden, buram buram yumuşatıcı kokan bir tişört ile bir külot aldı. Giyindi, sonra odasına gitti. Burası, ışık girmesi için üst kısmında küçük pencereleri bulunan kaba beton duvarlarıyla yirmi metrekarelik dikdörtgen bir odaydı. Bir tarafta bir kamp yatağı vardı. Diğer tarafta, pencerelerin altında, iki destek üzerine yerleştirilmiş uzunca bir tahta göze çarpıyordu. Odanın dip kısmında ise, üzerinde silahlarını söktüğü, bakımlarını yaptığı bir tezgâh duruyordu. Bir şekilde, bu sığınak onun için yukarıdaki geniş odalardan çok daha iyiydi. Burada görünmez oluyordu.

Passan duvarlara idollerinin resimlerini asmıştı. 1970 yılında, kırk beş yaşındayken seppuku yöntemiyle intihar etmiş Yukio Mişima. "Japon Mozart" denilen, 1903'te yirmi dört yaşında tüberkülozdan ölmüş Rentaro Taki. İlk renkli filmi *Dodesukaden*'in başarısızlığından sonra 1971 yılında intihar girişiminde bulunmuş, ancak hayatta kalmış, *Raşamon* ile daha birçok başyapıtın yönet-

2. Bir öğün için paketlenmiş ya da evde hazırlanmış Japon usulü yiyecekler. (ç.n.)

meni Akira Kurosava. Neşeli bir topluluk olduğu söylenemezdi.

Bir hoparlöre bağlı olan iPod'unu çalıştırdı ve sesini iyice kıstı. Koto ile icra edilen bir kır şarkısı ve Akira İfukube'nin orkestrası. Hiç kuşkusuz Fransa'da bir tek onun dinlediği coşturucu bir eser. Passan Batı'da hiç bilinmeyen ve Japonya'da bile fazla yaygın olmayan XX. yüzyıl Japon senfonik müziğine tutkundu.

Çay saati. Vaktiyle Tokyo'dan suyu sürekli olarak doksan derecede tutan bir makine satın almıştı. Demliğini doldurdu, ardından içine beş gram *hoji-ça* –kavrulmuş yeşil çay– koydu. Çayın demlenmesini beklerken (tam olarak otuz saniye), bir tütsü çubuğu yaktı, elinde sallayarak ucunun kor haline gelmesini sağladı; asla çubuğun üzerine üflenmezdi, Budist inancına göre ağız pisti.

Elinde fincanıyla yatağına uzandı ve gözlerini kapattı. Bir tür yatay harpı andıran koto, hem melankolik hem de sert bir vibrato üretiyordu. Passan her notada sinirlerini cımbızlıyorlarmış gibi hissediyor, aynı zamanda da göğsünün derinliklerinden huzur verici bir güç açığa çıkıyordu. Yüreğin soluklanması, ruhun rahatlaması gibi...

Japonya.

Orayı keşfederek kendini de keşfetmişti. İlk yolculuğu hayatına yeni bir düzen vermişti. 1968'de Katmandu'da doğmuştu. Anne ve babası, haşhaş pipolarını yakmış, triplerinin doruğundayken bir Buda heykelinin dibinde onu peydahlamışlardı. Dünyaya gelmesine vesile olan babası, haşhaş almak için aşırı miktarda kanını sattığı için bir yıl sonra ölmüştü. Birkaç ay sonra da annesi hiçbir adres bırakmadan ortadan kaybolmuştu. Nepal'deki Fransa elçiliği gerekeni yapmış, onu ülkesine yollamıştı. Artık devletin vesayeti altında kimsesiz bir çocuk olmuştu.

On beş yıl boyunca koruyucu ailelerin yanında bocalayan bir yetim olarak yaşamış, iyiliksever, hain, onu iyi veya kötü etkilemiş insanlarla karşılaşmıştı. Berbat bir okul hayatının ve aldığı düşük notların ardından kötü yola sapmıştı. Araba hırsızlığı, evrak sahtekârlığı, şantajla para sızdırma... Aynasızlarla herhangi bir sorun yaşamamaya gayret ederek ayakta kalmayı başarmıştı.

Yirmi yaşında kendine gelmişti. Yaşadığı banliyöyü –Nanterre, Puteaux, Genevilliers– terk etmiş ve yasadışı yollardan yaptığı birikimiyle 5. Bölge'de, Descartes Sokağı'nda küçük bir oda kiralamıştı. Birkaç yüz metre uzaktaki Sorbonne Hukuk Fakültesi'ne kaydolmuştu.

Üç yıl boyunca inekleyerek, McDonald's yiyerek, gözlerini tavana dikip derslerini yüksek sesle ezberleyerek bu yedi metrekarede hapis hayatı yaşamıştı. Sanata, felsefeye, klasik müziğe de merak salmıştı. Gerçek bir detoks kürü. Tüm birikimi tükenmişti. Para kazanmak için eski dümenlere başvurmadan üniversite yurduna yerleşmişti.

Lisans eğitimini bitirdikten sonra ENSOP'u (Ulusal Polis Yüksekokulu) tercih etmişti. Bunun eskiden içinde olduğu dünyayı ona az çok sunabilecek tek yol olduğunu düşünüyordu. Gece hayatı, adrenalin ve marjinal bir yaşam.

Genevilliers'deki bir ayakkabı fabrikasından emekli olan babalıklarından biri, bir gün ona "Polisler bir baltaya sap olamamış serserilerdir" demişti.

Başarısızlığının üstesinden gelmek için bu kararı vermişti. Bu kararına ilaveten masumane bir nedeni de vardı: Adli polis komiseri olmak, ülkesine hizmet etmek demekti. Zaten kendini borçlu hissediyordu. Her şeye rağmen onu kurtaran, besleyen, yetiştiren Fransız devletiydi.

Her şeyi kabullenerek geçen on sekiz aylık bir okul hayatı yaşamış, her dalda mükemmel sonuçlar almıştı. Branş seçimi aşamasında aklına tuhaf bir fikir gelmişti. İçişleri Bakanlığı'nda stratejik bir görevden ya da saygın bir birimde umut vaat eden bir mevkiden ziyade, yurtdışında talip olabileceği görevler –irtibat memurluğu, eğitmen, istihbarat– hakkında bilgi toplamıştı. Hiç Fransa dışına çıkmadığından, mümkün olduğunca uzakta bir göreve talip olmuştu: Tokyo irtibat görevlisinin yanında stajyer memurluk.

Narita'ya iner inmez hayatı ebediyen değişmişti.

Japonya beklentileri, arzuları, umutları için seçilmiş bir ülkeydi. Bu yeni dünyanın her şeyi onda karmaşık, bazen de o ana kadar hiç bilmediği özlemler uyandırmıştı.

Bu kültürle tam bir etkileşime girmişti. O, Japon olmak için yaratılmıştı.

Gerçek ile kurgunun iç içe geçtiği bu ülkeyi hemen idealleştirmişti. Doğuştan gelen terbiye ve nezaketin tadını çıkarmıştı. Sokakların, kamuya açık yerlerin ve tuvaletlerin temizliğinin. Yiyeceklerdeki özenin ve titizliğin. Kuralların, protokolün katılığının. Bunlara ortadan yok olmuş gelenekleri de eklemişti. Samurayların şeref ve erdem yasası. İradi ölümün büyüsü. *Ukiyo-e*[3] resimlerindeki kadınların güzelliği.

3. Japon tahta baskı sanatı. (ç.n.)

Geri kalanı görmezden geliyordu. Aşırı maddiyatçılığı. Teknoloji takıntısını. Günde on saat çalışan bir halkın serseme dönüp alıklaşmasını. Bunamanın, deliliğin sınırında gezinen bir toplumun anlayışını. Hiç hoşlanmadığı mangalara, badem gözleri beğenmesine rağmen bu iri göz takıntısına sırt çeviriyordu. Marifetli küçük elektronik aygıtlar alanındaki yarışı, *paçinko*'yu, *sitcom*'ları, bilgisayar oyunlarını görmezden geliyordu...

Passan özellikle takımadalardaki çöküşü kabullenemiyordu. Oraya gittikten sonra durum gitgide kötüleşmişti. Ekonomik kriz. Sürüp giden borçlanma. İşsiz gençler... Efemine hünsaları, mangaların içinde kaybolmuş *geek*'leri,[4] metroda uyuklayan işsizleri görmezden gelerek, sokaklarda Kurosava'nın fetiş aktörü Toşiro Mifune'yi ve onun kılıcını arıyordu... Bu yeni kuşaklar atalarının gücünü değil, yılların birikimi olan ezici bir yorgunluğu ve bıkkınlığı miras almıştı: Batı'nın yozlaşmasıyla kendini koyuvermiş, kangrenleşmiş bir toplum.

Geçen yıllara ve son derece modern bir Japon kadınıyla evlenmiş olmasına rağmen Passan hâlâ, içinde huzuru ve dengeyi bulabileceği ebedi bir Japonya'nın hayalini kuruyordu. Tuhaf bir şekilde, savaş sanatlarına hiç ilgi göstermemiş, polis okulunda öğrendiği dövüş teknikleriyle yetinmiş, Zen meditasyon yöntemlerini asla anlamamıştı. Mesleğindeki zorluklarla baş edebilmek için bu sert ve estetik dünyayı yaratmıştı. Sabrı bir gün gerçekten tükendiğinde yerleşebileceği vaat edilmiş bir dünyaydı kendine yarattığı. Stains'deki gibi bir gece dışarı çıktığında İfukube'nin kır şarkısı ile Rentaro Taki'nin melankolik bakışı hep onunlaydı.

Bu düşünceyle, gözlerini açtı ve kamp yatağının yanında duran haiku derlemesini aldı. Sayfalarını karıştırdı ve ihtiyacı olan sözcükleri buldu.

Ay ışığında
Bırakıyorum sandalımı
Ulaşmak için gökyüzüne...

Başka bir şiir bulmak için sayfaları biraz daha çevirdi, ama sonunu getiremedi. Alnının ortasına yediği bir kurşunla ölen biri gibi uykuya daldı. Rüyaları, üzerinde ağır bir mezar taşıydı sanki.

4. Amerikan argosunda, özellikle entelektüellik, elektronik aletler, oyunlar gibi bir ya da birden fazla şeye aşırı saplantılı kabul edilen sıradışı ya da tuhaf insanlar için kullanılan terim. (ç.n.)

6

Üstü başı buruş buruş, saçları diken diken ve mutsuz bir ruh haliyle uyanan Naoko kocasına bakıyordu.

Masal canavarının ininin eşiğinde hareketsiz duruyordu. Gördüğü şey bir enkazdı. Ne bir erkek ne de polis –Passan dünyanın en mükemmel polisiydi– enkazıydı, daha ziyade harap olmuş bir kocaydı. Kocalık konusunda tamamen başarısızlığa uğramıştı ve Naoko ona kızamıyordu, çünkü o da dönüşü olmayan aynı noktadaydı.

Bu duruma nasıl geldiklerini düşünüyordu sürekli. Onları aydınlatan ışık sönmüştü. Bronzlaşmanın ağır ağır azalması gibi aşkları da, kimse ne olduğunu anlayamadan yavaş yavaş yok olmuştu. Ama onun yerini neden belli belirsiz bir çekemezlik, öfke dolu bu ilgisizlik almıştı? Bu konuda bir fikri vardı: Seks yüzünden. Daha açık bir deyişle aralarında cinsellik olmadığından.

Tokyo'da genç kızlar hep sihirli bir rakamı tekrarlar dururdu. Yapılmış meşhur bir ankete göre, Fransızlar, istisnasız hepsi, haftada üç veya dört kere sevişiyordu. Japon erkeklerinin bunun yarısı kadar libidolarına alışkın olan Japon kadınları için bu heyecan verici bir ahenkti. Fransa, bir romantizm ülkesi ve seks cennetiydi!

Paris'e yerleşmeden önce Naoko temel bir olgudan habersizdi: Fransızların övünme merakından ve kendini beğenmişliklerinden. Ama artık onları tanıyordu; onları, manalı gülümsemeleri ve muzip bakışlarıyla gerçekdışı başarılarını anlatırken hayal edebiliyordu.

En az iki yıldan beri Passan ona dokunmamıştı. Aralarında en ufak bir temas bile söz konusu değildi. Bıkkınlık tahammülsüzlüğe, sonra öfkeye dönüşmüş, ardından da aralarında, bir ailenin bireylerini bir arada tutan –her şeye rağmen öyleydiler–, cinselliğin olmadığı bir tür mesafe oluşmuştu.

Arkadaşları onların batışını şaşkınlıkla izlemişti. Olivier ve Naoko: Kusursuz bir aşk hikâyesinin, sınır tanımayan bir birleşmenin modeli! Başkalarını kıskandıran, ama umut da veren bir örnek. Sonra kaçınılmaz ilk belirtiler ortaya çıkmıştı. Ses yükseltmeler, akşam yemeklerinde yapılan sert eleştiriler, evden uzaklaşmalar... Ve hep dillerinin ucunda olan aynı cümleler: "Olmuyor. Boşanmayı düşünüyoruz..."

Çevrelerindeki herkes saf saf onların bu mutsuzluğunu aralarındaki kültür farkına bağlamıştı. Oysa durum hiç de öyle değildi. Tam tersine, onları bir arada tutması gereken bu farklılıklar, sorunları aşmalarına yetmemişti.

Naoko, bir bilim insanı gibi çöküşün evrimini, her aşamayı, her ayrıntıyı gözlemleyerek izlemişti. Tanıştıklarında, Passan güneşe dönen bir ayçiçeği gibi ona yönelmişti. O dönemde Naoko onun canı, ışığıydı. Bundan dolayı da Naoko asla havalara girmemişti, çünkü tatminli, gelişmiş ve son derece gururlu biriydi. Sonra Passan başka şeylerden de beslenmeye başlamıştı. Ya da sadece kendinden. Söylediğine göre, temellerine geri dönmüştü: polislik mesleğine, yurtsever değerlere ve daha sonra da çocuklarına. Ama aynı zamanda geceye, şiddete, kötülüğe... Naoko bunu biliyordu... Sadece galipler ile mağluplardan, dostlar ile düşmanlardan oluşan bu siyah beyaz dünyada Naoko'ya yer yoktu.

Dibe vurduğuna inanıyordu. Ama yanılıyordu. İbre çok daha aşağı inmişti. Kocası için bir engel, onun özgürlüğüne vurulmuş bir zincir haline gelmişti. Peki ama kocasının özgürlüğünü engelleyecek ne yapmış olabilirdi? O zaten özgür değil miydi? Büyük ihtimalle kocası da bunun cevabını bilmiyordu. Kendini sorgulamıyordu. Ev işlerine, mesleğine, çocuklarına yönelik takıntılı sevgiyle, evliliklerinin çökmekte olduğu gerçeğini kabullenmiyordu. Bedeninin çığlıklarına ilgisiz, dişlerini sıkarak kendini bu işlere vakfediyordu. Naoko'ya karşı ise öfkeli ve düşmanca davranmayı sürdürüyordu.

Naoko da katılaşmıştı, çünkü aşk diğerinin duygusuyla beslenirdi. Coşku olmadan kalp kurur, duygusuzlaşırdı. Tüm paylaşma yetisini kaybederdi. Sonunda da içine kapanarak yalnızlığıyla kendini korumaya çalışırdı...

Gürültü yapmadan Passan'ın –ona hep Japonlar gibi soyadıyla hitap etmişti– odasına girdi. Perdeleri çekti, müziği kapattı, kitabı yerine koydu. Tüm bunları kocasına hiç bakmadan yapmıştı.

Gösterdiği tüm bu özen, evcil reflekslerden başka bir şey değildi.

Yeniden yukarı çıktı. Mutfakta, ekmek sepetindeki kruvasanları, kurulu sofrayı gördü ve gülümsemesine engel olamadı. Kendinin katili olan bu katil avcısı, aynı zamanda bir koruyucu melekti...

Kendine bir kahve hazırladı ve dalgın gözlerle duvardaki fotoğraflara baktı. Bunlara kim bilir kaç kez bakmıştı? Ama artık bu fotoğrafları görmüyordu. Arka planda başka bir şeyi fark ediyordu.

Yalnız kaderini. İçsel arayışını.

Çünkü Naoko hep yalnız olmuştu.

7

Tavşan burcunda doğan Naoko Akutagava, diğer tüm Japon çocukları gibi, o olağan cehennemi yaşamıştı. Kemerle dayak yemeye, buz gibi suyla duş yapmaya, aç ve uykusuz kalmaya dayanan katı bir eğitimden geçmişti. *Terör.*

1944'te doğan babası da bu muameleye maruz kalmıştı. Avrupa'da, şiddet mirasıyla ilgili çeşitli yakıştırmalarda bulunulur, şiddete maruz kalan, dayakla büyüyen çocukların genellikle ileride şiddet uygulayan birer ebeveyn olacağına inanılırdı. Japonya'da ise sadece dayak kullanılır, işler böyle yürürdü. Tokyo'da değerli bir tarih profesörü olan babası bunun canlı bir örneğiydi.

Evdeki kâbusa eğitim sisteminin kâbusu da ekleniyordu. Lisede hem en iyi olmalı hem de birbiriyle alakasız iki bölümde okuyabilmek için üniversite sınavlarına hazırlanmalıydı. Bu da Naoko'nun gün içinde büyük bir hırsla derslerini çalışması, geceleri, hafta sonları ve tatillerde de notlarını temize çekmek zorunda kalması demekti. Her üç aylık eğitim döneminin sonunda ulusal klasmana giriyordu. Ancak eğitim yılı boyunca listede hep 3.220. sırada olduğunu ve bunun da şu veya bu üniversiteye girmek için yeterli olmadığını biliyordu. Bu gerçekten de cesaret verici bir durum değildi.

Ama Naoko çaba sarf ediyordu. Hep daha fazla, daha fazla. Hiç tatili, boş zamanı yoktu.

Çünkü ayrıca dövüş sanatları, kaligrafi ve klasik dans derslerinin yanı sıra okuldaki ev işleri kurslarının angaryalarına da katılmak zorundaydı. Binlerce *kanji*'yi, her biri birçok anlam içeren, farklı telaffuzlu bu Çin kökenli yazı karakterlerini ezberden söyleyebiliyordu. Çelikten özdisiplini sayesinde gerek moral, gerekse fiziksel olarak sürekli kendini geliştiriyordu.

Buna paralel olarak –ki bu Japonya'nın sayısız paradokslarından biriydi– annesi Naoko'nun üstüne titremişti. Sekiz yaşına kadar annesiyle yatmıştı. On beş yaşındayken bile hâlâ evin dışında bir gece geçirmek istemiyordu. On sekiz yaşında geldiğinde, *anne-san*'a danışmadan tek bir karar almış değildi henüz.

Sonunda, Yokohama'daki özel bir Protestan okulunda lise eğitimini tamamladıktan sonra aynı şehirde, iyi bir fakülteye kaydolmuştu. Bu yıllar boyunca Tokyo-Yokohama arasında o kadar çok seyahat etmişti ki, bu güzergâhın sonsuza dek yüreğine kazındığını düşünüyordu. Kromozomlar yerine, her istasyonun adıyla çocuklarına kalıt olarak geçen genetik bir iz.

Tıp fakültesini hedefleyecek kadar parlak bir öğrenci değildi ama babasının arzu ettiği hukuk eğitimini almaya karşı çıkacak kadar da inatçıydı. Karma bir öğrenimde karar kılmıştı: hesap uzmanlığı, dil, sanat tarihi.

1995, onun için yeni bir dönemeç oldu. Metroda bir fotoğrafçı yanına geldi ve ona birkaç deneme fotoğrafı çekme önerisinde bulundu. Naoko şaşkınlıktan donakaldı. Yirmi yaşındaydı. Bugüne dek kimse ona güzel olduğunu söylememişti. Japonya'da hiçbir ebeveyn çocuğuna bu konuda övgüde bulunmazdı. Ama Naoko güzeldi. Gerçekten güzel. Bu ilk denemeden itibaren, her gün güzelliğini tasdikleyen teklifler almaya başladı. İlk oyuncu seçimlerinde sivrildi, başarılı oldu ve ona çokmuş gibi gözüken paralar kazanmaya başladı. Bu konudan ailesine bahsetmedi ve babasından uzaklaşmak için gizlice para biriktirerek öğrenimine devam etti. Kaçmak, ebediyen kaçmak için.

Zaten, eğer kariyer yapmak istiyorsa dışa açılması gerektiğini çoktan anlamıştı. Fiziği Asya pazarının kriterlerine uymuyordu. Japonya'da, çekik gözlü olmayan Avrasyalılar beğenilirdi. Ama ülkenin kızlarında fazladan bir şey vardı: İnsana keyif veren egzotik bir görünüm.

Yirmi üç yaşında diploması cebinde, önce ABD'ye, ardından da Avrupa'ya –Almanya, İtalya, Fransa– uçtu. Batı'da hayalleri süsleyen Japon kadınının mükemmel fiziğine sahipti. Düz, parlak ve siyah saçlar, çıkık elmacıkkemikleri, hafifçe kemerli küçük bir burun...

Gözlerine gelince, Milano'da bir fotoğrafçı bir gün ona "Gözkapakların bir resim fırçasının yumuşaklığına, bir ressam spatulasının sertliğine sahip" demişti.

Bunun ne demek olduğunu anlamıyordu ama umurunda da değildi; işler peş peşe geliyordu, para su gibi akıyordu. Sonunda sadece ticari sebeplerle Paris'e yerleşti. Bir hayali gerçekleştiriyordu; ama kendi hayalini değil, annesinin hayalini. Oka-san bir Fransızseverdi. Yeni Dalga filmlerini seyreder, Adamo dinler, Flaubert ve Balzac okurdu. Naoko ödevlerini "Her Yerde Kar Var" şarkısı eşliğinde yapmış, Jean-Luc Godard'ın *Nefret*'ine yirmi kez katlanmak zorunda kalmıştı ve "Mirabeau Köprüsü" şiiri hâlâ dilinin ucundaydı.

Annesinin idealleştirdiği Paris ile Naoko'nun keşfettiği düşman şehir arasındaki karşıtlık şaşırtıcıydı. Hiçbir yeri bilmiyordu. Pis sokaklarda kayboluyordu. Taksi şoförleri onu kandırıyordu. Özellikle de Fransızların kibri, küstahlığı onu şoke etmişti. Açık açık onun aksanıyla alay ediyorlar, ona hiç yardımcı olmuyorlar, yüksek sesle konuşarak ve bağırarak sözünü kesiyorlardı. Zaten Fransızlar her zaman her şeye *muhalifti*.

Sainte-Anne Hastanesi'nde, *Paris şokogun* (Paris sendromu) konusunda uzmanlaşmış bir servis vardı. Şehir her yıl en az yüz Japon'u o denli hayal kırıklığına uğratırdı ki, depresyona girer veya paranoyaya kapılırlardı. Buraya kapatılır, tedavi edilir, sonra da yurtlarına geri gönderilirlerdi. Naoko bu durumda değildi. Katı bir yüreği vardı *–teşekkürler baba–* ve her şeyden önce yüreğinde hiçbir romantik umuda yer yoktu.

İki yılın sonunda, Fransızcası kabul görür bir seviyeye ulaştığında, gerçekten istediği işi –hesap uzmanı– yapmak için mankenliği bıraktı. Önce Japon ve Alman şirketleri için dışarıdan yaptığı hesap kontrolörlüğü görevlerinden ayrıldı. Sonra ASSECO adlı büyük bir şirkete girdi. Nihayet geleceği garanti altındaydı.

Zorluk çektiği tek şey cinsiyetiydi. Esas mücadelesi başarılı olmak için yatağa girmek değil, yatağa girmeden başarıya ulaşmaktı. Bunu moda çevresindeyken zaten öğrenmişti. Hesap kontrolörlerinin ve uzmanlarının sıkıcı dünyasında ise durum çok daha kötüydü. Beyaz yüzü ve simsiyah saçlarıyla, düşsel bir kadın gibi görünüyordu. İşinde son derece yetenekliydi ama işveren daima daha fazlasını isterdi. Bazen kesin bir şekilde reddediyordu. Bazen de bir türlü pes etmeyen çekici kadını oynuyordu. Bu oyunlar, karşısındakini bıktırıyor ve sonuç hep aynı oluyordu: Avcı istediğini elde edemeyeceğini anladığında onu kapının önüne koyuyordu.

Tehlike sadece iş ortamıyla sınırlı değildi. Bir gün çantası çalındı – Japonya'da hırsızlık yoktu. Karakola gitti. Gucci'sini bulamadılar, ama soruşturmayı yürüten komiserden yakasını kurtarması zor oldu.

Passan'la birlikte her şey değişmişti.

Bir yıldırım aşkı. Tabloda en ufak bir gölge yoktu. Önceden planlanmış bir şey de. Bu yeni dönüm noktasına erkek kardeşi aracılık yapmıştı. Naoko Paris'e geldiğinde, ondan üç yaş büyük ağabeyi Şigeru oradaydı. On beş yaşında alkolik, on yedisinde eroinman olan Şigeru, rock gitaristliği kariyerini Avrupa'da sürdürmek için evden ayrılmıştı. Birkaç yıl Londra'da piştikten sonra Paris'e gelmişti. Aile aylarca onun adını bile duymak istememişti. 1997'de yeniden ortaya çıkmıştı; gelişmiş, uyuşturucuyu bırakmış, üstelik on kilo almıştı. Artık Fransızcayı kusursuz konuşuyordu. Paris Doğu Dilleri Enstitüsü INALCO'da yardımcı öğretmen olarak çalışıyordu.

Naoko ağabeyiyle çok yakın değildi. Tek bağları birkaç berbat anıydı: babalarının dayakları, küfürleri, aşağılamaları. Kimse onu veya ağabeyini, bir kış akşamı pantolonları düşmüş veya hıçkıra hıçkıra ağlarken kapısının önünde görmek istemezdi. Bununla birlikte ona Paris'i işaret eden ağabeyiydi. Yerleşmesine yardımcı olmuştu. Birlikte öğle yemekleri yiyorlardı. Bazen Naoko onun ders çıkışına, 7. Bölge'deki Lille Sokağı'na gidiyordu.

İşte orada, Şigeru'nun akşam derslerine katılan, Japonya hayranı, otuz iki yaşındaki polis komiseri Passan'la karşılaşmıştı. İlk akşam yemeğinden itibaren –4 Kasım'dı– Naoko kötü yontulmuş bu polisin hep aradığı adam olduğunu anladı. Sözüm ona romantik Fransız erkeklerine de, Şibuya semtinde sıkça görülen "soya erkekleri"ne de hiç benzemiyordu.

Üstelik bu tanışma ona kendisiyle ilgili de birçok şey öğretti. Passan'ın geleneksel Japonya'ya olan tutkusu tuhaf bir şekilde hoşuna gitmişti. Oysa Naoko o eski samuray ve *buşido* hikâyelerine çoktan sırt çevirmişti – ülkenin ekonomik açıdan gelişmesiyle ve bunun sonucunda ortaya çıkan cılız kuşaklarla birlikte tüm bunların yok olmasına üzülse bile.

Ve şimdi bu değerlerin, asık suratlı ve sağlam yapılı bir Fransız'da yeniden cisimleştiğini görüyordu. Kalın sesli, attığı her kahkahada dikişleri çatırdayan kötü kesimli takım elbisesinin içine sıkışmış atletik yapılı bir adam. Passan da kendi tarzında bir samuraydı. Şogun'a sadık eski savaşçılar gibi, Cumhuriyet'e sadık bir adam. Sözleri, güçlü kişiliği, hepsi Naoko'da güven uyandıran bir doğruluk, bir manevi güç kaynağı oluşturuyordu.

Ama tüm bunlar çok uzakta kalmıştı.

Artık boşanıyorlardı. Bundan böyle bir koruyucusu yoktu ama özgürdü. 1950'li yıllarda, Japon sinemasının o şaşaalı döneminde dublör kullanılmadığı söylenirdi. Bunun basit bir sebebi vardı: Bir aktör asla bir aksiyon sahnesinde oynamayı reddetmezdi, aksi takdirde gülünç duruma düşerdi.

O da kendi hayatını dublörsüz oynamaya hazırdı.

Mutfaktaki duvar saatine baktı: 07.40'tı. Çocukları uyandırması gerekiyordu.

8

– Sonuncuyu ben istiyorum. Babamın son kruvasanını ben istiyorum!

– Çok geç, dişlerini fırçaladın.

Hiroki Fransızca konuşmuş, Naoko ona Japonca cevap vermişti. Holde, bir dizini yere koymuş, küçük oğlanın kabanını ilikliyordu. Oğullarının iki kültürü de özümsemesini istiyordu. Ancak okulun, arkadaşların, televizyonun etkisiyle terazi hep Fransızcanın lehine ağır basıyordu. Sürekli bu karşıtlıkla yaşıyordu.

– Ya havuz çantam?

Başparmaklarını sırt çantasının askılarına geçirmiş bekleyen Shinji'ye döndü. Günlerden pazartesiydi. Havuz günü. *Lanet olsun!* Cevap vermeden ayağa kalktı ve üst kata çıktı. Bir eli taş tırabzanda, koridordaki çok dar dönemeci geçerken kalçasını duvarın köşesine çarptı. Yeniden bir küfür savurdu. Bir anda, tamamen betondan inşa edilmiş, köşelerle dolu bu evden nefret etti.

Çocukların odasında bir mayoyu, havuzda takılması zorunlu boneyi, bir havluyu, içinde tarak, şampuan ve sabun bulunan bir tuvalet çantasını bir araya topladı. Hepsini sugeçirmez bez bir çantaya koydu ve saatine bakarak odadan çıktı. 08.15 olmuştu. Çoktan okulun kapısında olmaları gerekiyordu. Sıkıntıdan sıcak basmıştı. Yüzü terden yapış yapış olmuştu. Makyajı aklına geldi. Bunu daha sonra düşünecekti.

08.32. Naoko, Carnot Sokağı'ndaki Jean-Macé Koleji'nin önünde yavaşladı. Sinirlerinin yay gibi gerildiğini hissederek arabayı çılgın gibi sürmüş, saçma sapan riskleri göze almıştı. Kaldırımın kenarında bir park yeri gördü, ama başka bir araba ondan daha hızlı davrandı, onu solladı ve boşluğa girdi.

– Salak! diye bağırdı Naoko.

Shinji iki koltuğun arasından kafasını öne doğru uzattı.

– Kötü söz söyledin anne.

– Özür dilerim.

Biraz daha uzakta, ikinci sırayı oluşturarak durdu, kontağı kapattı, dörtlüleri yaktı. Arka kapıyı açmak için arabadan indi. *Sıcak.*

– Haydi, çabuk! Herkes dışarı! dedi Japonca.

İki küçük oğlanın ellerinden tutarak okulun kapısına kadar koştu. Diğer anneler de aynı koşuşturma içindeydi. O sırada, Hiroki'nin göğüs cebinden taşan lolipopun sapını fark etti.

– Bu ne?

– Babamın hediyesi! dedi oğlan, kışkırtıcı bir ses tonuyla.

– Sende de var mı? diye Shinji'ye sordu Naoko.

Büyük oğlan başını "evet" anlamında salladı, çok daha küstah bir tavırla.

– Onları bana verin, diye emretti elini uzatarak.

Çocuklar, somurtkan bir ifadeyle denileni yaptı. Naoko lolipopları cebine koydu.

– Şeker ve lolipop yok! Kural bu.

– Bunu babama sen söylersin, diye homurdandı Shinji.

Naoko yüreğinde hissettiği sıkıntıyla çocuklara sarıldı ve onları okul kapısına doğru uğurladı. Küçük omuzlarında sallanan sırt çantalarının görüntüsü onu yine altüst etti. Sürekli kafasını kurcalayan soru bir kez daha aklına geldi: Neden boşanarak her şeyi berbat ediyordu? Bu iki melek, yetişkinlerin aralarındaki anlaşmazlığı çözmeleri için çaba sarf etmeye değmez miydi? Bu gibi durumlarda kendi özel hayatının hiçbir önemi olmadığını düşünüyordu.

Lolipopları çöp kutusuna attı ve gıcır gıcır parlayan Fiat 500'üne bindi. Yeniden yola koyulurken birazdan katılacağı toplantıya odaklanmaya çalıştı. Birkaç ay içinde iflası kaçınılmaz olan şirketin başkanına haber vermek gerekiyordu, aslında bu iflası görmek için rakam eğrilerine bakmak bile yeterliydi. Ona bunu nasıl söyleyecekti? Nasıl bir dil kullanacaktı? Japonca, birbirinden farklı üç alfabenin dışında, farklı düzeyde –birbirinden ayrı lehçelerde– birçok nezaket cümlesi de içeriyordu. Ama ya Fransızca? Bunu uygun bir şekilde söyleyebilecek kadar Fransızcaya hâkim miydi?

Puteaux Köprüsü'nü geçti. Sağanak yeniden başlamıştı. Boulogne Ormanı'na girdiğinde ürperdi. Takip edildiği hissine kapılmıştı. Dikiz aynasına bakınca olağanüstü bir şey fark etmedi. Bu saatte trafik nispeten yoğundu ve arabalar diğer günlerde olduğu gibi yanından geçip gidiyordu.

Trafiğin akışına riayet ederek aynı hızda yoluna devam etti. Çok geçmeden gördüğü Concorde Lafayette Oteli'nin kulesi onu rahatlattı. Yeniden dikiz aynasına bir göz attı. Belirgin bir şey yoktu. Şüphelerinden kurtuldu ve yeniden toplantının konusuna odaklandı. Fransızların dediği gibi, çok kibar davranmalıydı.

Maillot Kapısı'nı geçip Grande-Armée Caddesi'ne girdi. Zafer Takı'nı görünce bir kez daha rahat bir nefes aldı. Yıllar içerisinde nihayet Paris'i sevmişti. Pisliğini ve güzelliğini. Boğuculuğunu ve görkemini. Can sıkıcı insanlarını ve renkli küçük barlarını.

Bugün artık hiç şüphesi yoktu: O, bu şehre aitti.

İyi günde de kötü günde de.

9

– Sizi anlayamıyorum başkomiser. En başından beri Guillard'a saldırıyorsunuz.

Yargıç Ivo Calvini mafyayla sıkı fıkı bir isimdi ve suratsız, lanet herifin tekiydi. Kırışmış uzun bir yüzü, bakışlarıyla insanı tedirgin eden çukura kaçmış gözleri, sağ kenarı acıyla kıvrılmış gibi duran, mühürlenmişçesine sımsıkı kapalı, karşısındakini küçümseyen dudakları vardı. Dudağındaki bu hafif çarpıklık, tersyüz edilmiş uygunsuz bir gülümseme varmış gibi bir ifade veriyordu yüzüne. Masasının ardında *tartışma kabul etmez* bir şekilde, dimdik oturuyordu.

Passan koltuğunda kıpırdandı:

– Guillard ilk iki kurbana telefon etti.

Calvini önündeki dosyayı karıştırdı:

– Bunu dosyaya koyamazsınız, bu bir saplantı! 22 Ocak'ta Audrey Seurat'yı aramış. 4 Mart'ta da Karina Bernard'ı. Kanıtlarınız bunlar mı?

– İlk iki kurbanla temas kuran tek isim o.

– Ama üçüncü kurbanla temas kurmamış.

– Onu başka türlü bulmuş olabilir. Ayrıca o geceki kurbanla da temas kurmadı ve...

Sorgu yargıcı, Passan'ın sözünü kesmek için elini kaldırdı:

– Her halükârda, onları *bizzat* arayan Guillard değil. Bunu biliyoruz. İlk telefon çağrısı, Alfieri arazisindeki ona ait garajların birinden yapılmış. İkincisi Fari'deki yine ona ait tamir atölyelerinin birinden. "Kanıtlarınız" şüphesiz işletme sorumlusundan izin alarak müşterilerle yapılan telefon görüşmelerinden başka bir şey değil.

Olivier ipuçlarının sağlam olmadığını zaten biliyordu, dolayısıyla bunun kendisine hatırlatılmasına hiç ihtiyacı yoktu. Vardığı tüm sonuçlar sadece sezgilerine dayanıyordu. Ama Guillard'ın Doğumcu olduğunu *biliyordu*. Oto servis istasyonu sahibi olan bu adamı izlemeye başladığı andan beri bu konuda en ufak bir şüphesi yoktu.

– Öldüreceğini haber vermek için kurbanlarla temas kurduğunu söylemiyorum. Onları olay mahallinde seçtiğini düşünüyorum. Yani servis istasyonlarında.

Calvini bir sayfayı çevirdi:

– Orada ofisi yok. Şirket merkezi Aubervilliers'deki üçüncü servis istasyonunda...

Passan masaya doğru eğildi ve sesini yükseltti:

– Bu dosya üstünde yaklaşık dört aydan beri çalışıyorum. Guillard servis istasyonlarının arasında sürekli yer değiştiriyor. Zaten hamile kadınları da bu şekilde saptadı. Bu bir rastlantı olamaz.

– Elbette olabilir ve bunu siz de benim kadar biliyorsunuz. Bu servis istasyonları La Courneuve ile Saint-Denis'de. Üç kurban da buralarda oturuyor. Katil bu bölge içinde vuruyor. Ortak nokta orası. Pekâlâ köşedeki süpermarketin gece bekçisinden de şüphelenebilirsiniz ya da...

Passan koltuğuna çöktü ve ceketinin önünü kapattı. Titriyordu. Yargıcın ofisi katı düşüncenin kaynağı gibiydi. Metal mobilyalar, PVC, yaşı ve rengi olmayan duvardan duvara halı.

Sorgu yargıcı, olguları –ya da daha ziyade olmayan olguları– sıralamaya devam ediyordu. Olivier, bir kez daha ona, tüm bunların bir *sezgi* olduğunu söylemekten vazgeçti. Ivo Calvini'nin ender rastlanan bir zekâsı vardı. Elli yaşındaydı, Saint-Denis Ağır Ceza Mahkemesi'nin en etkili yargıçlarındandı. Ama hiç saha deneyimi yoktu. İnsanlarla hiç empati kurmadan, dosyaları matematik denklemleri gibi sonuca bağlayan sevimsiz bir deha, diplomalı bir beyin.

Aforizmalarıyla tanınan, Cinayet Büro Amiri Lefebvre bir gün ona "Calvini süper zeki bir adam ama ben ondan daha az aptalım" demişti.

Passan dikkatini yeniden odanın efendisinin sözlerine verdi:

– Cinayetler sırasında Patrick Guillard nerede olduğunu kanıtlıyor.

Passan derin bir iç çekti. Daha kaç kez aynı sözleri yineleyip duracaktı?

– Henüz cinayetlerin tam tarihi ve saati bile bilinmiyor.

– Kurbanların kaybolduğu tarih ve saatler biliniyor.

– Tamam, öyle farz edelim. Ama Guillard'ın tanıkları kendi işçileri. Bunun hiçbir değeri yok. O Doğumcu. Hiç şüphe yok. Zaten biz neden söz ediyoruz? Bu gece olanları biliyorsunuz, bu sizin için yeterli değil mi?

– Suç önleme biriminin raporunu okudum, sizin lehinize değil. Sizin raporunuzu bekliyorum.

Olivier suratını ekşitti. Sadece birkaç saat uyumuştu ve kendisini acil bir toplantı için Calvini'nin ofisine çağıran bir SMS'le uyanmıştı. Duş yapmış, tıraş olmuş ve günün o saatinde tıkalı olan A86 üstünden 93 numaralı yola çıkmıştı. Sireni çalıştırmış, arabaların arasında zikzaklar yaparak yol almak zorunda kalmıştı. Kulaklarında hâlâ sirenin uğultusu vardı.

Calvini'nin sesinde bir canlılık belirdi:

– Birkaç aydan beri bu soruşturmada birlikte çalışıyoruz. Söyleyebileceğim tek şey, aramızda iletişim olmadığı.

– Burada arkadaşlık yapmak için bulunmuyoruz.

Bu cevabından dolayı hemen pişman oldu. Calvini ona elini uzatıyor, o ise bu ele tükürüyordu. Adam derin bir iç çekti ve klasöründen daktiloyla yazılmış bir tomar kâğıt çıkardı. Olivier bunun hakkındaki suçlamalarla ilgili dosya olduğunu anladı. Kollarını göğsünde birleştirmiş, başı dik, hâlâ öfkeden titriyordu.

– Mayıs ayı başında Patrick Guillard, hakkınızda şikâyette bulunmuş. Onu hırpalamışsınız.

– Onu kaçarken yakalamıştım.

– Gündüz ve gece. Üç hafta boyunca. Herhangi bir suçlama olmadan. Yine sırf tahminlerinize dayanarak onu gözaltına da almışsınız. Yasadışı aramalar yapmışsınız.

– Rutin ziyaretlerdi.

– Kişisel adresine mi?

Olivier cevap vermedi. Sağ bacağı titriyordu. Bu saçmalıkların onun yaptığı suçüstünü berbat edip etmeyeceğini düşündü. Yasalar suçluları koruyordu, bu pekâlâ bilinen bir şeydi.

– Geçtiğimiz 17 Mayıs günü Saint-Denis Ağır Ceza Mahkemesi çıkardığı bir kararla sizin Patrick Guillard'a iki yüz metreden fazla yaklaşmanızı yasaklamış.

Olivier sessizliğe gömülmüştü.

– Bu olaydan sonra, diye üzgün bir şekilde devam etti Calvini, başka ipuçlarına, başka şüphelilere yöneleceğinizi sandım. Ama yanılmışım.

Olivier başını kaldırdı. Elindekileri ortaya dökmenin zamanı gelmişti:

– Yeni bir gerçeği keşfettim.

– Nedir?

– Guillard'ın bu davranışının sebebini. Bu kadınları neden öldürdüğünü. Onların çocuklarını neden yaktığını.

Sorgu yargıcı kaşlarını çattı. Devam etmesini işaret etti.

– Guillard bir kadın.

– Özür dilerim, anlamadım!

– Yani hermafrodit. Karyotip analizinde bir çift XX kromozomu olduğu tespit edildi. Cinsel organlarında da anomali olmalı. Ancak tıbbi dosyasına ulaşamadım. Şu lanet olası mesleki gizlilikler...

– Karyotip analizi mi yaptırdınız? Ama ben bir şey imzalamadım!

Adli polis başkomiseri koltuğunda yeniden kıpırdandı. Yaptığı keşfin, izlemek zorunda kaldığı bu yasadışı yolu gizleyeceğinden emindi. Yanılmıştı. Ivo Calvini hışımla ayağa kalktı ve pencerenin önünde dikildi. Passan'ın cevabını bekliyordu.

– Üçüncü cesette, diye mırıldandı sonunda Passan, yabancı bir DNA bulduk. Onu Guillard'ınkiyle karşılaştırmak istedim. Bundan hiçbir sonuç alamadık, ancak laboratuvar bu DNA'dan Guillard'ın karyotipini çıkarmak için yararlandı.

Calvini sanki Saint-Denis'nin boğucu manzarasında gizemli bir noktaya bakıyordu. Passan yargıcın kararsızlık içinde kıpırdanıp duran çenesini görebiliyordu.

– Bu genetik olgu, onun bu cinayetleri işlemesi için neden bir sebep oluştursun?

– Guillard bir psikopat, diye karşılık verdi Passan, sanki bu her şeyi açıklıyormuş gibi. Belki de hamileliği sırasında annesinin bir sorun yaşadığını düşünüyor. Ona karşı kin besliyor ve bu da gitgide artarak bütün hamile kadınlara karşı bir kine dönüşüyor olabilir.

– Peki bebekleri neden yakıyor?

– Bilmiyorum. Belki onlara da öfke duyuyor. Hiçbir sorun yaşamadan oğlan veya kız olarak doğanlara. Hepsini ateşte kavurmak istiyor.

Calvini sonunda başını ona doğru çevirdi:

– Bu uyduruk psikolojik tahlilleri nereden çıkarıyorsunuz?

– Guillard gayrimeşru bir çocuk olarak doğdu. Biyolojik anne babası onu istemedi. Belki de anomalisinin sebebi bu, bilmiyorum. Sonrasını tahmin etmek için Freud olmaya gerek yok. Daha fazla araştırmak isterdim ama Çocuk Esirgeme Kurumu bana onun dosyasını vermeyi reddediyor.

Sorgu yargıcı masasına döndü. Oturmak yerine Passan'a doğru eğildi, ellerini koltuğunun kenarına koydu:

– Hayatın sillesini yemiş bütün öksüz ve yetimler seri katil olmaz.

Başkomiser eliyle masaya vurdu:

– Bu herif bir kaçık, hepsi bu!

– Dün gece ona neden saldırdınız?

– Niyetim saldırmak değildi. Üç aydan beri cinayetleri nerede işlediğini bulmaya çalışıyorum. Dün gece bir istihbarat aldım ve bana, üstüne gitmemi gerektirecek kadar önemli geldi. Guillard'ın holdingine ait Stains'deki bu atölyenin varlığı gizlenmiş. Adresi öğrendiğimde her şey bir anda aydınlandı. İlk üç ceset üç kilometrelik bir yarıçap içinde bulunmuştu. Her şeyin burada gerçekleştiğini anladım.

– Ama kimseye haber vermediniz.

– Zamanım yoktu. Leïla Moujawad iki günden beri kayıptı.

Calvini yeniden yerine oturdu, surat ifadesi hiç bu kadar kuşkucu olmamıştı:

– Atölye konusunda, size tüyoyu kim verdi?

– Mali şube.

– İçeri girmek için mahkemeden izin aldınız mı? Ayrıca ben bir şey imzalamadım.

Olivier bu soruyu geçiştirdi:

– Bazen acil bir durum bir kâğıt parçasının önüne geçer.

– Kâğıt parçası değil başkomiser, yasa! İzin almadan size yardım eden adamı bulacağım. Korkunç bir suç işlediniz. Özel bir mekâna, sabaha karşı üçte baskın yaptınız.

– Bir suçüstüydü!

– Daha ziyade, yetkiyi kötüye kullanma diyelim. Guillard hastanede sorgulandı. Orada bulunmasının özel bir sebebi olmadığını, yanan cesedi atölyesine girdiğinde gördüğünü ifade ediyor, tıpkı sizin gibi.

– Saçma.

– Uyku sorunları olduğunu söylüyor. O servis istasyonundaki motorları onarmak için gece gelmiş. Atölyeye girince de kaçmakta olan katili görmüş.

– Nereden kaçıyormuş?

– Başka bir çıkış daha var, arka tarafta.

Passan dişlerini sıktı; bu çıkışın farkına bile varmamıştı.

– İçeri zorla mı girilmiş?

– Hayır ama bu bir şeyi ispatlamaz. İncelemeler yapıldı. Guillard'ın ne ellerinde ne de giysilerinde Leïla Moujawad'ın kanına rastlandı.

Olivier burun deliklerinde barut kokusu hissediyordu. Tamamen koku halüsinasyonu.

– Ameliyat eldivenleri giymişti.

– Onu öldürürken gördünüz mü? Kesip biçerken? Bebeği yakarken?

– Biz gelince kaçmaya başladı!

– Silahınızı ona doğrultmuştunuz.

Passan cevap vermek istedi ama başaramadı. Ağzı kurumuştu. Boğazı yanıyordu.

– Saint-Denis polisi atölyenin bulunduğu semtte bir soruşturma başlattı, diye devam etti yargıç. Kimse onu kurbanı getirirken görmemiş. Onu suçlayan bir tanık ifadesi de yok.

– Haftalardan beri o bölgede dolaşıyorum. O semtin insanları polisle konuşmaktansa kollarını kesmeyi yeğlerler.

– Kimsenin konuşmaması Guillard'ın lehine.

– Onun katil olduğunu çok iyi biliyorsunuz. Onu suçüstü yakaladım.

– Hayır. Hiçbir şey görmediniz, hiçbir şey duymadınız. Mahkemede somut hiçbir şey ortaya koyamayacaksınız.

Passan patlamaya hazırdı. Yaptığı suçüstü başarısızlığa uğramak üzereydi.

– Söz oyunu yapıyorsunuz, orada...

– Hayır. Gerçeklerden söz ediyorum. Patrick Guillard, onu koruyan mahkeme emrini ihlal ettiğiniz için sizden şikâyetçi oldu. Onu yaraladınız. Kasten öldürmeye teşebbüs ettiniz. Onu otoyola atarak öldürmeye kalkıştığınızı ileri sürüyor.

Passan hakkında çoktan karar verilmiş olduğunu anladı.

– O halde?..

– Serbest bırakılması için bir saat önce talimat verdim. Dua edelim de medyaya konuşmasın. Sizin bu tutumunuz, bizi ona yumuşak davranmak zorunda bırakıyor.

– Peki ya ben?

– Disiplin kuruluna çıkacaksınız. Dosyanız İçişleri Bakanlığı'na gitti bile.

– Soruşturmadan alındım mı?

Yargıç başını salladı. Aşağı doğru kıvrılan gülümsemesiyle Passan'ı küçümsüyor gibiydi ama gözlerinde bir tür yorgunluk ifadesi vardı. İç karartıcı bir bıkkınlık.

– Sizce?..

Olivier tek harekette, masanın üstündeki eşyaları yere savurdu.

10

– Nereye gidiyoruz beyefendi?

– Eve.

Şoför hareket etti. Arkaya oturmuştu, taktıkları boyunluğu çıkardı ve deri koltuğuna iyice gömüldü. Bu zımbırtıyla *Harp Esirleri* filmindeki Erich von Stroheim'a benziyordu. İçinde küçük bir soğutucu bulunan dirsek dayama yerinin kapağını kaldırdı, bir Cola Zero çıkarıp açtı ve derin bir soluk aldı.

Ensesinde şiddetli bir ağrı, kollarında ve bacaklarında yaralar vardı, göğsüne sancılar giriyordu, ama maruz kaldığı şiddet göz önüne alınırsa bunlar pek bir şey değildi. Saint-Denis Hastanesi'nde birkaç saat boyunca gözaltında tutulması da fazla önemli değildi.

Bu sabah erken saatte, telefon etmesine izin vermişlerdi. Avukatı iki saat içinde her şeyi yoluna koymuştu.

Hasmının onu hırpalaması lehine olmuştu. Geceki saldırı sadece yeni bir perdenin başlangıcıydı. Psikopat *kendisiydi.* Ne var ki atölyesinde ceset bulunması durumu ağırlaştıran bir olguydu. Katil olmasa bile bu mekân ile kurbanlar arasında bir bağ kurulması kaçınılmazdı. Bunu inkâr etmek imkânsızdı. Ama savunmasını hazırlamak, suçlamaları bir çalışanına –ya da semtteki bir suçluya– yöneltmek için önünde uzun zaman vardı.

Atölyenin adresi dışında, hasmının elinde yeni bir şey yoktu. Onu atölyenin dışında serserilerle kapışırken gördüğünde olacakları tahmin etmişti. Hemen harekete geçmiş ve kendisini anneyle ilişkilendirebilecek en önemli şeyden kurtulmuştu. Kaçtığı için gururlanmıyordu ama mecburdu. Eseriyle arasında belli bir mesafe oluşturması gerekiyordu; "yolu"na devam edebilmek için Fransız kanunlarının "suç" saydığı şeyden mümkün olduğunca uzaklaşmalıydı. Anka Kuşu'nun Eseri.

Planı işlemişti. İçinde bulunduğu tatsız duruma rağmen yargıç onun serbest bırakılmasını emretmişti. Kurbanla arasında hiçbir fiziksel bağ yoktu. Polis başkomiserinin geceki baskınının da hiçbir yasal dayanağı yoktu. Yeni sorgulamalar, yeni aramalarla yeni bir soruşturma başlatılacaktı. Ama hiçbir şeyden korkmuyordu; son beş gün ne yaptığını, nerelere gittiğini ispatlayabilirdi. Ve Leïla Moujawad'la hiç temas kurmamıştı.

Artık yoluna devam edebilirdi. Atölyesine giren birinden davacı olan çok sarsılmış mal sahibini, şaşkına dönmüş masumu oynamayı sürdürmeliydi. Atölyesine zorla kim girmiş olabilirdi? Onun mekânında böyle bir barbarlığa kim kalkışmış olabilirdi? Her şey nasıl açıklanmalıydı? Bu çok kolay olmayacaktı ama üstesinden gelecekti.

Esas sorun, Clos-Saint-Lazare'ın arkasındaki geniş arazide bırakmak zorunda kaldığı delillerdi. Dönüp onları alması söz konusu olamazdı. Kimsenin onları bulmaması için dua etmekten başka çaresi yoktu.

Diğer bir sorun da Stains'deki atölyesiydi. Bu mülkü neden holding bünyesinde göstermediğini açıklaması gerekecekti. Burayı diğer kurbanlara bağlayacak herhangi bir organik kalıntı bulunmamasını ümit ediyordu. Her seferinde, her şeyi ateşle temizlemişti; onu ele verebilecek hiçbir şey yoktu.

Tek gerçek tehdit hâlâ hasmıydı. "Avcı" veya "Gece Süvarisi" olarak adlandırdığı o polis.

Bunu düşünmek içini sıkıntıyla doldurdu ve içeceğinden bir yudum daha aldı. Passan asla vazgeçmeyecekti. Söz konusu olan ne soruşturma ne de işti, sadece bir takıntıydı. Tutarsız, olumsuz, projesine bir tür eklenti.

Hangi Tanrı böyle bir engeli yoluna çıkarmıştı? Bu sınamanın anlamı neydi?

"Nanterre. La Défense. Neuilly-sur-Seine" levhaları göründü.

Bu yolu seviyordu. A86. 93'ten 92'ye geçiş. Artık kendi güzergâhındaydı. La Courneuve'ün karanlık mahallelerinden Neuilly-sur-Seine'in lüks rezidanslarına. Bu hedefe ulaşmak için birbiri ardına toplumsal sınıf katmanlarını tırmanmıştı. Çirkeften çıkmak için. Köklerinin sefaletinden kurtulmak için. Aptal, hoşgörüsüz bulduğu burjuvaziden tiksiniyordu ama Neuilly'de, varsılların sessizliği onda en azından huzur dolu bir vahada yaşıyormuş hissi uyandırıyordu. Özel malikânesindeyken sanki fildişi bir kuledeydi. Acısını hafifletmekte özgürdü. Yeniden doğuşlarını gerçekleştirmekte de.

Yeniden Avcı'yı düşündü. Sırrını biliyor muydu? Bildiğine kanaat getirdi. Gözaltındayken DNA testi yapmak için kendisinden numune alışları yeniden gözünün önüne geldi. Bunu hatırlamak bile titremesi için yeterli oldu.

Passan diğerleri gibi bir polis değildi. Her kadın ve her erkek bedeni dişil ve eril parçacıklar içerirdi, fizyolojik cinsiyetin ağır bastığı bir yüzde içinde daima karşı cinse ait parçacıklar vardı. Polisle ilk karşılaştığı anda, dikkatini çeken şey onu allak bullak etmişti. Polis başkomiseri neredeyse mutlak bir saflıktaydı. Yüzde yüz eril hormonlar. Cürufsuz bir metal.

Bu şaşkınlığını atlatarak, tebessümünü ve nazik ses tonunu koruyup sevimli bir yüz ifadesi takınmıştı. Avcı'nın sebebi ziyareti sadece şöyle bir yoklamak içindi. Sahip olduğu tek ipucu sadece bir rastlantıydı: Kurbanlardan biri Saint-Denis'deki galeriden bir araba satın almıştı, bir diğeri ise arabasını La Courneuve'deki servise tamire getirmişti. Başka bir ipucu yoktu. *Sadece bir rastlantı.* Onun sorularını şaşırmış ve kuşkulanmış gibi yaparak, hiç zorluk çekmeden cevaplamıştı.

Ama başkomiser yutmamıştı. Passan onun için gelmişti ve onun gibi içgüdüleriyle hareket ediyordu, bunu hissedebiliyordu. Böylece düello başlamıştı. Sonrasında yaşananlar onu haklı çıkarmıştı. Gizlice izlemeler, aramalar, sorgular... Polis kudurmuş gibiydi. Hatta üçüncü annenin öldürülmesinden hemen sonra onu mayıs ayı ortasında tutuklamıştı. Ama şansı yaver gitmişti: Nisan 2011'de çıkan yeni bir yasa, gözaltındaki birine sorgu esnasında avukat bulundurma hakkı tanıyordu. Avukatı da polisin yönelttiği suçlamaların üstesinden gelmeyi başarmıştı.

Şikâyetçi olmuştu. Passan'ın aleyhinde tanıklık etmişti. Polis tarafından hırpalandığına dair ifade vermişti. Avukatı polisin görevden alınmasını istemiş, ancak emniyet teşkilatı memurunun yanında yer almıştı. Başkomiser soruşturmadan alınmamış ama bir numaralı şüpheliye yaklaşması yasaklanmıştı. O artık sadece masum biri değildi, aynı zamanda *dokunulmazdı* da.

Yeniden doğuşlarından vazgeçmesi gerekirdi, ama yapamıyordu. *Bu bir ölüm kalım meselesi.* Daha ihtiyatlı davranmaya başlamıştı. Yöntem değiştirmişti. Değiştirmediği tek şey cinayet mahalliydi. Bu da az kalsın özgürlüğüne mal olacaktı.

Başka bir kutu Cola Zero açtı. Soğuk meşrubat boğazında kabarcıklandı. Gözlerini kapattı. Gözkapaklarının altında canlanan görüntü katıksız bir cinsel hazdı. Bayır aşağı polisle birlikte yuvarlanırken öleceğini sanmıştı. Ama aynı zamanda da korunduğunu hissetmişti. *Erkekten kadına* dönüşmüştü. Korku gerçek bir zevk halini almıştı. Kollarını açarak hasmını karşılamış, sözle anlatılamayacak bir şehvetle kendinden geçmişti.

– Geldik beyefendi.

Ağlıyordu. Doğruldu ve sargı bezlerini ıslatan gözyaşlarını kuruladı. Bu basit hareket bile kuyruksokumundan ensesine şiddetli bir ağrının yükselmesine neden oldu. Bir an önündeki manzaraya baktı: çıkmaz sokak, kaldırım boyunca uzanan demir parmaklıklar, hazır olda duran özel malikâneler.

– Beni burada bırakıp siz servis istasyonuna dönün.

Ancak bir taş kadar konuşkan olan şoförü başını salladı. Ne şiş suratı hakkında bir yorum yapmış ne de hastanede geçirdiği saatlerle ilgili soru sormuştu. Bunun için ona minnet duyuyor ve hiç soru sormadan, gündüzleri onu her yere götüren bu gölge adam için kendini kutluyordu.

Güçlükle arabadan çıktı. Acılarını hafifletmek için kullanacağı bitkilerin ve Çin tozlarının listesini çoktan kafasında hazır etmişti. Yıllardan beri Batı'ya ait hiçbir ilacı ağzına sürmüyordu. Yeniyetmeliği boyunca aşırı miktarda molekül, aktif madde ve ilaç içmişti. Şimdi bunları içmeyi reddederken aslında kendisini dışlamış ve mahkûm etmiş olan bu uygarlığı reddediyordu.

Güneş yine kalın bir bulut tabakasının arkasına gizlenmişti. Yağmur, dar sokağı gri ve pis bir örtüyle kaplayarak yeniden yağmaya başlamıştı. Mekanik adımlarla malikâneler boyunca yürüdü. Bedenindeki ağrıların sebebi sadece aldığı darbeler değildi – Avcı kurban töreninin, henüz gerçekleşmemiş ya da tamamlanmamış yeniden doğuş sürecinin yarıda kalmasına sebep olmuştu.

Acıktığını hissediyordu, *doyumsuz* olduğunu.

Bunun tek bir çaresi vardı.

11

Sandrine Dumas bir garaj kapısının önünde durdu ve manevra yaparken görmediği bir refüje çarptı. Dudaklarından öfkeyle "lanet olsun" sözcükleri döküldü ve alçak sesle lanet okumayı sürdürerek arabasından çıktı. Kapısını kilitledi, arabasındaki hasara bakmadı bile ve Ponthieu Sokağı'nda yürümeye başladı. Saçları dağınıktı, üstü başı dökülüyordu.

Ama en önemlisi geç kalmıştı.

Naoko'yu on iki yıldan beri tanıyordu, randevularının hiçbirine ilk gelen olmamıştı. Bir gün arkadaşına, nezaketen on beş dakika gecikme kuralını açıklamaya çalışmıştı. Ama onun şaşkınlığı karşısında vazgeçmişti. Japonlar hakkında hazırlanan bir belgeselde, onların sekiz saat boyunca inci ayıkladıklarını hatırlıyordu. Dikkatle bakan, simsiyah ve aynı zamanda binoküler bir mikroskopun mercekleri kadar keskin o gözleri unutamamıştı. Ve işçilerin yüzlerinden okunan, gözkapaklarının –bazen hafif bir şaşılığı andıran, Moğollara özgü o kıvrım– kırpışmasıyla daha da belirginleşen o donma halini, o konsantrasyonu.

Geç kalmanın bir nezaket kuralı olabileceği fikri karşısında Naoko da tam olarak aynı ifadeyi takınmıştı.

Sandrine arabaları durdurmaya çalışarak, yeşil ışıkta Matignon Caddesi'nde karşıdan karşıya geçti. Kornalar çalındı. Hiçbir şey duymuyor ve hâlâ alçak sesle kendi kendine mırıldanıyordu. Neden Naoko ondan böyle bir şey istemişti? Alelacele bir öğlen yemeği yemek için trafikte geçen bir saat... Ama aynı zamanda kendine de kızıyordu: Burayı seçen oydu. Ve saat 15.00'te derse girmesi gerekiyordu.

Restoranın önüne geldi, üstünü başını düzeltti, derin bir nefes aldı ve içeri girdi. Bir inek gibi terlemişti. Tedavinin ikincil etkilerinden biri. Salona girer girmez Naoko'yu gördü. Güzelliği dışında, onda insanı sinir eden bir şeyler vardı. Buruşmuş eski afişlerdeki kadın reklamlarını andıran bir tür bozulmaz tazelik.

Bazen Naoko ona Japon kozmetik ürünleri veriyordu – çoğunun üzerinde *bihaku* yazıyordu, bu da üç aşağı beş yukarı "soluk güzellik" anlamına geliyordu. Naoko *bihaku*'nun kusursuz bir örneğiydi. Sadece pirinç, süt ve saf suyla besleniyor sanılabilirdi. Ama bu doğru değildi; Naoko çok yemek yerdi ve Paris'in bütün pastanelerini bilirdi. Sandrine kimi zaman sırf hasedinden onu otuz yaş daha yaşlı hayal etmeye çalışırdı. Yapamazdı. Teni bir güneş gibi parlıyordu, daha ötesini görmek imkânsızdı.

– Geciktiğim için özür dilerim, dedi, yeniden derin bir nefes alarak.

Naoko "her zamanki gibi" ve "önemi yok" anlamına gelen bir gülümsemeyle cevap verdi. Sandrine çantasını bırakıp oturdu. Mantosunu çıkarırken etrafa ter kokusu yayıyormuş gibi hissetti. Kemoterapinin bir başka etkisi de en ufak bir kokunun onu boğacak gibi olması, kusma isteği vermesiydi.

– Mönüyü gördün mü? Burası Paris'in en iyi Japon restoranlarından biri galiba.

Naoko şüpheci bir ifadeyle dudak büktü.

– Ne oldu? dedi Sandrine telaşlanarak. Japon değiller mi?

– Koreliler.

– Kahretsin! *Elle*'de bir makale okumuştum...

– Boş ver.

Bu durum aralarında alay konusu halini almıştı. Yıllardan beri Sandrine, Naoko'ya yeni Japon restoranları bulmaya çabalıyordu. Ama iki restorandan biri ya Çin ya da Kore restoranı çıkıyordu.

Mönüyü açtı. Bu kadarcık şey için canını sıkması gereksizdi. Hastalığının bu gerileme evresinden sonuna kadar faydalanmak istiyordu. Bir haftadan beri ilk kez, sürekli yinelenen ve acı veren ağız içi iltihaplarının ardından dil papillalarına hitap etme fırsatı bulmuştu.

– Ben *maki moriavase* yiyeceğim. Güzel bir suşi tabağı, işte ihtiyacım olan bu!

– Onlar suşi değil, maki. *Maki* "yuvarlanmak" anlamına gelir.

Naoko bunu, bir tür hüznün de hissedildiği kendini beğenmiş bir ses tonuyla söylemişti. Zaten Sandrine arkadaşının kötü bir gününde olduğunu anlamıştı.

– Peki sen? dedi laubali bir şekilde. Sen ne yiyeceksin?

– Miso çorbası.

– Hepsi o kadar mı?

Naoko cevap vermedi. Gözleri o kadar siyahtı ki gözbebeklerini ayırt etmek imkânsızdı.

– Olivier'yle hâlâ kavga ediyor musunuz?

– Pek değil. Bodrum katında kalıyor. Hiç temasımız yok. Her halükârda bu akşam gidiyor.

Garson geldi ve siparişlerini aldı.

Kısa bir sessizlikten sonra Sandrine yarayı deşmeye karar verdi:

– Yolunda gitmeyen ne?

– Yeni bir şey yok, her zamanki sorunlar. Bir sabah kocaman bir hamamböceğiyle uyandım, hepsi bu. Benim evliliğim tam bir enkaz.

– Tuhaf.

– Anlamıyorsun. Olivier'nin beni hiçbir zaman sevmediği hissine kapılıyorum.

– Bu şekilde sevilmemeyi hayal eden birçok kadın tanıyorum.

Naoko başını iki yana salladı:

– Olivier Japonya'yı seviyor. Bir hayali, bir fikri seviyor. Benimle hiç ilgisi olmayan bir şeyleri. Zaten yıllardan beri bana dokunmuyor bile...

Sandrine içini çekmemek için kendini zor tuttu. Psikiyatrlık oynamak için bir saat trafikle boğuşmuştu. Ama bundan yakınmıyordu. Kelimelerin müziğini dinliyor ve bunu çok seviyordu. "R" leri ve "u"ları hâlâ telaffuz edemeyen bu hoş aksanı dinlemeyi.

– Bana karşı duyguları hep soyuttu, diye devam etti Naoko. Başlarda bu duygunun somut bir hal alacağını, Japon karısıyla ilgileneceğini sandım. Ama tam tersi oldu. Takıntısına daha da fazla gömüldü. Hâlâ geceleri samuray filmleri izliyor, benim bile tanımadığım Japon yazarları okuyor! Yıl sonunda, büyük mağazalar dışında başka bir yerde çalınmayan ve artık Japonya'da kimsenin dinlemediği kotoyla icra edilen eski parçalar dinliyor. Yıl boyunca "Küçük Noel Baba" şarkısını dinleyen bir adamla yaşamak ister miydin?

Sandrine karşılık vermeden gülümsedi. Garson içi çiğ balık dolu, zencefil ve yeşil vasabi toplarıyla süslenmiş sandal biçiminde bir tabakla geliyordu. Sandrine birazdan alacağı doyumsuz tatları düşündükçe için için seviniyordu. Kanser olduğu anlaşıldığından beri her haz, en basiti bile ona artık içmediği sigarayı hatırlatıyordu.

Naoko çorba kâsesini iki eliyle tuttu ve gözlerini masaya dikip konuşmasına devam etti:

– Şimdiki numarası, Şoçiku film stüdyolarında hazırlanan eski müzikal komedilerin diyaloglarını dinlemek. İnternet üzerinden hiç kimsenin bilmediği CD'ler sipariş etti. Tek bir kelimesini anlamadığı halde sürekli bu CD'leri kulaklıkla dinliyor. Bunu sağlıklı buluyor musun?

Sandrine üzgün gözlerle ona baktıktan sonra yosun, tonbalığı ve pirinçten oluşan yeni bir top aldı. Sandalı andıran tabağın ön kısmını şimdiden bitirmişti.

– On yıldır evliyiz ve benim bir kadın olduğumu anlayıp anlamadığından hâlâ emin değilim. Her şeyden önce ben onun müzesine ait bir parçayım.

– En değerli parça.

Naoko şüpheci bir tavırla dudak büktü. Seksi bir ağzı vardı. Profilden, altdudağı hafifçe ileri doğru çıkıktı, bu da ona hayvani bir çekicilik veriyordu. Sandrine Japonya'yı bilmiyordu, ama dişi geyiklerin özgürce dolaştığı Nara adlı bir tarihi kentten söz edildiğini duymuştu. Hep Naoko'nun Nara'dan geldiğini düşünmüştü.

– Ona göre bir Japon kadınla evlenmek büyük bir şans. Benim sayemde, ülkem onu kabul etti. Fransızcada bununla ilgili bir söz vardır. Kral bir şövalyeyi kutsadığında...

– Kılıçla omzuna dokunur.

– Evet aynen, Japonya, kılıcıyla onun omzuna dokundu. Oğullarımız bile bu sürecin bir parçası. Bazen, onların genetik bir deney olduklarını sanıyorum. Bunu kendi kanını benim halkımın kanıyla karıştırma girişimi olarak görüyorum.

Sandrine, Naoko'ya hayatta çok daha kötü şeyler olduğunu söylemek istedi. Erkeksiz, çocuksuz, üstüne üstlük memelerini, karaciğerini ve rahmini kemiren kanserle kırklı yaşlara yaklaşmak gibi.

Ama Naoko çok daha geniş düşünüyordu. İçinde bulunduğu acı tabloyu biraz daha genişletti:

– Sonuçta benim onunla olan sorunum, Fransa'yla olan sorunum. Burada bir panayır hayvanından başka bir şey olmadım. Bugün bile hâlâ, nereden geldiğimi öğrendiklerinde, bana "Suşiye bayılırım!" diyorlar. Hatta yanıldıkları bile oluyor ve bana Çin böreğinden söz ediyorlar. Bazen de, bana teşekkür etmek için ellerini göğüslerinin üstünde Tay usulü birleştiriyorlar. Şubat ayında, yani Çin yeni yılında bana "mutlu yıllar" diliyorlar. Artık gerçekten bıktım!

Sandrine sandalın kıç kısmına doğru saldırıya geçmişti. Bu kokuları yeniden duyabilmek çok güzeldi. Balıkların iyotlu tadı.

Zencefilin yakıcı lezzeti. Soyanın siyah acılığı. Isırıklar, ama bir âşığın ısırıkları.

– Beni yakından tanıyınca da, diye mırıldandı Naoko, "Japon kadınlarının vajinasının daha dar olduğu doğru mu?" diye soruyorlar. Gözleri hâlâ masaya dikiliydi.

– Gerçekten mi?

– Fransa'ya geldiğimde, diye devam etti gözlerini masadan kaldırmadan, düşünüyordum...

– Fransız olmak mı istiyordun?

– Hayır. Sadece her hakka sahip bir insan olmayı. Egzotik bir mal değil. XS bir vajina değil.

Sandrine, ağzı dolu bir halde, topu santraya koydu:

– Ya sen, diye sordu birden, onu artık sevmediğine emin misin?

– Kimi?

– Passan'ı.

– Biz artık o noktada değiliz.

– Peki neredesiniz?

– Bütün hesapları görme noktasında. On yıllık bir birliktelikten sonra ortak anılarımız var mı onu bile bilmiyorum. Bugün ben ona büyük bir şefkat duyuyorum, ama merhamet de. Ve ayrıca öfke de ve... (Sustu, gözleri dolmuştu.) Bir an evvel yapmamız gereken, artık aynı çatı altında yaşamamak. Birbirimize tahammül edemiyoruz, anlıyor musun?

Sandrine küçük bir pirinç ve çiğ balık topu daha attı ağzına ve çiğnemeden yuttu. Ne kadar da güzeldi.

– Gerçekten de bu somon...

Naoko birden aklına bir fikir gelmiş gibi dirseklerini masaya dayadı.

– Sana bir sır vereceğim, dedi, arkadaşına doğru yaklaşarak.

– Hadi, söyle. Bayılırım.

– Eğer Japonya'ya gidersen, orada asla somonlu suşi bulamazsın.

– Bulamam mı? Neden?

– Çünkü çok ağır ve iç bayıcıdır.

Sandrine ona göz kırptı ve ağzına bir suşi daha attı:

– Yani... Fransızlar gibi mi demek istiyorsun?

Sonunda Naoko gülümsedi ve bir Kore makisi aldı.

12

Passan bir saatten beri, Doğumcu cinayetleriyle ilgili dört aydan bu yana sürdürülen soruşturma sırasında toplanmış tanık ifadelerini, zabıtları, otopsi sonuçlarını, bilirkişi raporlarını ve diğer belgeleri ayıklıyordu. Tüm bunlar, en azından beş altı kilo değersiz kâğıt yığını demekti.

Resmi olarak halefleriyle bağlantıya geçmeden önce kendi soruşturma dosyasını ayırıyordu. Aslında, en önemli belgeleri tarıyor ve onları bir USB'ye aktarıyordu. Aynı zamanda evine –yani ilk kez gideceği Puteaux'daki stüdyosuna– götürmeyi düşündüğü bazı kâğıtların da çıktısını alıyordu.

– Çuvalladın Passan. Cidden çuvalladın.

Başını kaldırmadan sesi tanıdı – Marsilya aksanı. Cinayet Bürosu'ndaki üstü, bölüm amiri Michel Lefebvre. Demek onu paylamak için bizzat 36 numaraya gelmişti. Bu neredeyse bir ayrıcalıktı. Olivier öğlene doğru raporunu yazmayı bitirdiği andan beri bu fırçayı bekliyordu.

Tek kelime etmeden, kâğıtları şömizlere, şömizleri de masasının üstündeki karton kutulara yerleştirmeye devam etti. Arkasında, yazıcı uğulduyordu. Lefebvre'in gidip o tarafa bakmayacağını umut etmekten başka çaresi yoktu.

– Seninle bir müdahale ekibi bile kurulamaz, değil mi? Sen kendini ne sanıyorsun? Yalnız kovboy mu?

Passan, takım elbisesiyle çok şık görünen amirine bakmak için başını kaldırdı. Adam bir metre doksan santimden daha uzundu ve takımlarını ısmarlama diktiriyordu. Jölelenmiş, arkaya doğru taranmış gri saçları, Forzieri gömleği ve Milano kravatıyla Lefebvre "şık İtalyan"ı oynuyordu. Boyu bosu iyiydi, sorun suratındaydı: Kaldırım taşı gibi kare şeklindeki yüzü, paralı askerlerin kaslı hatlarına sahipti. Yüzü, Giorgio Armani'ninkinden çok General Patton'ınkini andırıyordu.

Tombullaşmıştı, ama alnındaki bıçak yarası tüm meslek yaşamını bir masanın ardında geçirmediğinin kanıtıydı. Olivier biliyordu: Sol böğründe, çok daha uzun başka bir yara izi daha vardı. Lefebvre, kendi aforizmalarından birinin canlı, somut bir örneğiydi: "Bir insanın gerçeği tıpkı bir dövme gibidir: Onu ya yatakta ya da morgda görürsünüz."

Passan kâğıtlarını toplamayı sürdürürken sordu:

– Soruşturmayı kim üstlendi?

– Levy.

– Levy mi? O, 36 numaranın en kirli polisi!

– Tecrübeli.

– Doğru, suç konusunda tecrübeli olduğu kesin.

Uzun zamandan beri Jean-Pierre Levy'yi tanıyordu. Herif kumar borçlarının ve ödenmemiş nafakaların altında eziliyordu. Özel hayatında olduğu gibi hipodromlarda da hiçbir zaman doğru ata oynamamıştı. Birçok kere doğrudan veya dolaylı olarak rüşvet almakla suçlanmıştı. İçişleri Bakanlığı'nın açtığı soruşturma birden yön değiştirmiş ama hiç kimse bunu yutmamıştı. Mühür altına alınmış malların hırsızlığı, uyuşturucu kaçakçılığı, üstü kapalı şantajlar, gizli pazarlıklar...

Lefebvre odanın içinde ağır adımlarla dolaşıyordu. Masanın önünde durdu ve yan yana dizilmiş karton kutuları işaret etti. Etrafa pahalı bir parfüm kokusu yayıyordu.

– Bunlar ne?

– Doğumcu'nun soruşturma dosyası.

– Çok güzel. Levy'nin adamları dosyayı almaya gelecek.

Passan iki elini üst üste yığılı kâğıtların üzerine koydu:

– Hayvan serbest kaldı Michel. Onu yeniden enselemek çok zor olacak.

– Kimin hatası?

– O gece yaptığımız, bir suçüstüydü. Gerçek bu. Elimizde onu suçlamak için oldukça fazla kanıt vardı. Calvini soğukkanlı bir adam ve...

– Calvini kendi kıçını kolluyor. Eğer başka biri Guillard'ı kıstırmış olsaydı, durum çok farklı olurdu. Ama dümende sen olunca bu imkânsız.

– Bu işten bıktım.

Lefebvre, güneyli aksanını daha da belirginleştiren babacan bir ses tonuyla konuştu:

– Bu işin peşini bırak dostum. Telefonum hiç susmuyor. Politikacılar İçişleri Bakanlığı'nın teleksini almış. Hepsi aklını kaçırmış gibi. Senin şu dün geceki boğa güreşin, onların ihtiyacı olan en son şeydi. Büyük yankılar uyandıracak bir hareket bekliyorlardı ama sen onlara kalleşçe bir darbe indirdin. Bravo! Guillard'ın ve avukatlarının çenelerini kapalı tutması için dua etmekten başka çare yok. Ve tabii medyanın bizi unutması için de.

– Onlara kellemi vermekten başka çareniz yok.

Bölüm amiri osuruğu andıran bir sesle hafifçe güldü:

– Mağduru oynama Passan. Seni koruyoruz, bunu biliyorsun. (Yeniden sırıttı.) Aslında fazla seçme şansımız yok. Bunu da biliyorsun. Diğer davalarda ne durumdasın?

Olivier devam eden diğer soruşturmalarını hatırlamaya çalıştı. Hepsinden bayağı kopmuş olduğunu anladı. İşinden ve kendinden uzaklaşmıştı. Ağzında bir şeyler geveledi.

– Eğer işini kaybetmek istemiyorsan, dedi Lefebvre, ayağını denk al. Milletin canını sıkmakta inat edersen, kendini üniformayla Boulogne Ormanı'nda devriye gezerken bulursun. Umut edebileceğin tek şey de dişsiz travestilere kendini emdirmek olur.

Arkasını döndü ve odadan çıkarken kâğıt öğütücüsünün elektrik kablosunu söküp attı.

– Ne yapıyorsun?

– Seni şeytana kapılmaktan koruyorum. Bakarsın Levy'yi bazı kanıtlardan mahrum bırakmak istersin.

– Bu benim tarzım değil. Yardım etmek için elimden geleni yapacağım...

– Hiçbir şey yapmayacaksın, bunu biliyorsun. Zaten kendin için dosyanın kopyasını çıkarmaya çoktan başladın bile. Aptallık yapmayı bırak, lanet olsun. Bunu sana hangi lisanda söylemek gerekiyor?

Lefebvre odadan çıkınca, Passan kapıyı kilitledi ve yazıcıdan çıktı alma işine geri döndü. Bu yeni ofislerde tahammül edemediği bir ayrıntı vardı: Duvarlar camdı. Çalışanlar, diğerlerinin bakışlarına maruz kalan akvaryumdaki balıktan farksızdı. Amiri haklıydı. Bir aptallık daha yapmış ve ciddi bir başarısızlığa uğramıştı. Boşanma olayının tam ortasındaydı, gerçekten de bunun sırası değildi. Yeniden düzene girmeli ve örnek bir tavır sergilemeliydi. Aklına Nietzsche'nin bir sözü geldi: "Basit bir hayatın mı olsun istiyorsun? Sürüye yakın dur ve orada kendini unut."

Motive olmak için, meşhur görev duygusundan, ülkesine olan bağlılığından medet umdu. Baş harfleri büyük yazılan şu kavramlardan: Düzen, Cumhuriyet, Vatan. Ama en ufak bir enerji alamadı. Tam tersine, tüm bunlar ona, tuhaf bir şekilde içtenlikten uzak, içi boş şeyler gibi geliyordu.

Yazıcıya eğildi, çıkan diğer kâğıtları aldı, birkaç satır okudu ve bu kez o motivasyonu hissetti.

Doğumcu: Passan'ın yakıtı oydu.

Bu akşamdan itibaren, ona başka bir cepheden saldırıya geçme imkânı verecek yeni bir zayıf nokta, yeni bir ayrıntı bulmak için her tutanağı yeniden okuyacaktı.

Aslında bu sayfaları yeniden gözden geçirmeye ihtiyacı yoktu. Hepsini ezbere biliyordu.

Ön yüzünde soruşturma verileri vardı, arka yüzünde de Doğumcu'nun hayatının coşkulu bir bölümü.

13

İlk ceset geçen 18 Şubat'ta, Fort d'Aubervilliers toplu konutlarında, Maladrerie çimenliklerinden birinde bulunmuştu. Gebe kadın çıplaktı, karnı yarılmıştı, kömürleşmiş bebek yanına bırakılmıştı ve göbek kordonu hâlâ iki bedeni birbirine bağlıyordu.

Önce bunun karıkoca arasındaki vahşi bir hesaplaşma olduğu düşünülmüştü. Ama soruşturmadan elde edilen ilk bilgiler bu varsayımı hemen çürütmüştü. Yirmi sekiz yaşındaki, sekiz aylık hamile Audrey Seurat üç gün önce kaybolmuştu. Kaybolduğunu bildiren de kocasıydı. Adamın bu üç gün boyunca nerede olduğuna tanıklık edecek sağlam şahitleri vardı. Ayrıca ne bir âşık ne de kurbanın yakın çevresinden bir şüpheli söz konusuydu. En tutarlı senaryo bunun bir kaçırma olduğu ve ardından da bilinmeyen bir yerde kadının kurban edildiğiydi. Katil daha sonra anne ile çocuğu, kimseye görünmeden Mala Parkı'na bırakmıştı.

Savcı bu iş için Paris Cinayet Bürosu'nu görevlendirmiş, onlar da dosyayı Başkomiser Olivier Passan'a vermişti. Çok geçmeden, başkomiser bu olayın hayatının davası olacağını anlamıştı. Başlangıçta suç mahallindeki görüntüler karşısında şoka girmişti: yeşil çimenlerin üstünde kavrulmuş bebeğiyle çırılçıplak yatan bu cesedin edebe aykırılığı; kanlı bedenler ile taze çimler arasındaki tezat.

Sonra kendini toparlamıştı. Cesetteki kesiğin insanı hayrete düşüren acımasızlığı, annenin ölüm nedenindeki gizem (karnı yarılmasına rağmen, adli tabip kadının ölüm sebebinin zehirlenme olduğunu düşünüyordu), hiçbir ipucu ve tanığın olmaması... Her şey, bu cinayetin çelik gibi sinirleri olan soğukkanlı bir katilin işi olduğunu gösteriyordu. Hem çılgın ve planlı, hem de kaçık ve sert –ve bu kadarla da yetinmeyeceği kesin– bir yaratık.

Ekibini bilgilendirmişti. Soruşturmaya sıfırdan başlanmasını, komşuların sorgulanmasını, kurbanın geçmişinin didik didik edilmesini, son günlerinde ne yaptığının öğrenilmesini, benzerlikler gösteren bir cinayet olup olmadığının belirlenmesi için dosyaların incelenmesini istemişti. Çok geçmeden zorluklar baş göstermeye başlamıştı. Kapı kapı dolaşarak yapılan görüşmelerden bir şey çıkmamıştı. Maladrerie, Seine-Saint-Denis'nin en çetin mahallelerinden biri değildi ama polisi coşkuyla karşılayıp kucaklayan bir yer olduğu da söylenemezdi. Suç mahallinde de durum parlak değildi. Hiç parmak izi, organik bir kalıntı, en ufak bir ipucu yoktu. Arşivdeki dosyalara gelince, böyle cinayetlere ancak filmlerde rastlanırdı...

Buna karşılık, semt polisinin bir MOBESE merkezi vardı; bütün video görüntüleri, telsizden yapılan çağrılar, devriyelerin konumlarının kayıtları burada tutulurdu. Ama orada toplanan verilerin analizinden de bir sonuç elde edilememişti; kameraların çoğu bozulmuş, geçen haftalarda bölgede en ufak bir şüpheli olay kaydedilmemişti. Şüphe uyandıran tek bir olasılık vardı: Belki de katil, bir kilometrelik bir yarıçap içinde bütün uydu bağlantılarını kesebilen bir *jammer*'a sahipti. Bu olgu diğer cinayetlerle de doğrulanmıştı. Cesedin bırakıldığı gecelerde, gün ağarmasına yakın saatlerde birkaç dakikalık bir arıza meydana geldiği saptanmıştı. *Katilin zamanı.*

Yapılan araştırmalar neticesinde, bu tip sinyal bozucuların Pakistan'da üretildiği öğrenilmişti ve el altından satılıyordu. Soru: Aubervilliers'nin bir semtindeki bir kara deliğin tam zamanını öğrenmek bir yarar sağlar mıydı? Hayır. Ya katilin Pakistan'dan gelmiş bir malzemeyi kullandığını öğrenmek? Hayır. Bu tür bir cihazın satın alınabileceği yerler araştırılmış, bir işe yaramamıştı.

Ayrıca kandaki, idrardaki, safradaki toksik madde analizlerinden de bir sonuç çıkmamıştı. Kadın, çoğul gebelik sırasında embriyo azaltmakta kullanılan kimyasal bir bileşik olan potasyum klorür iğnesi sonucunda ölmüştü. Passan ham potasyum klorür formülü KCI üzerinde bizzat çalışmıştı. Damardan zerk edilmesi, karıncık fibrilasyonu sonucunda ani kalp durmasına sebep oluyordu. Bu, insan bedeninde zaten var olan ve gerek gıdalarda, gerekse gübre üretiminde bileşen olarak kullanılan çok yaygın bir ürün, zehir olarak da eşsiz bir maddeydi.

Hastanelere ve kliniklere bu maddeyi tedarik edenleri sorgulamışlardı. Stokları kontrol etmişlerdi. Olası hırsızlıkları tahkik etmişlerdi. Bu tuzun ölümcül bir zehre nasıl dönüştürüldüğünü anlamak için kimyagerleri sorguya çekmişlerdi. İntihara meyilli kişilerin, etkisi nedeniyle bu maddeyi anestezi uzmanlarından talep ettiklerini öğrenmişlerdi. Bunun üzerine amatör kimyagerlere yönelmişlerdi. Tüm bunlar boşunaydı.

Kurbana gelince, o da bir kara delikti. Audrey Seurat'da da, çevresinde de şüphe uyandıracak en ufak bir şey yoktu. İki yıllık evli olan genç kadın posta memuresiydi. Kocası Sylvain bilişim mühendisiydi. Gerçek birer Saint-Denis'li olan çift Floréal semtinde oturuyordu. 2004 model ikinci el bir Golf satın almışlardı ve Delafontaine Doğumevi'nde rezervasyon yaptırmışlardı. Sylvain babalık doğum izinlerinin tarihlerini bile belirlemişti. Bir anda uçup giden, önceden ilan edilmiş bir mutluluk.

Mart ayının ortasında, üstlerinden gitgide artarak gelen baskılar ve Sorgu Yargıcı Ivo Calvini'nin ardı arkası kesilmeyen telefonları dışında hiçbir şey elde edememişti. Olumlu tek bir nokta vardı: Medya olaya ilgi göstermemişti. Gazeteciler bütün bilgilere sahip olmadıklarından, cinayetin şaşkınlık uyandıran boyutlarını değerlendirememişlerdi.

Passan bu işe dört elle sarılmıştı. Audrey'nin son haftalarda zamanını nasıl değerlendirdiğini büyük bir titizlikle yeniden araştırmıştı. İşverenini, meslektaşlarını, arkadaşlarını, aile üyelerini sorgulamıştı. Jinekoloğunu, jimnastik hocasını, kuaförünü sorguya çekmişti. Hatta Seurat'ların arabalarını satın aldığı La Courneuve'deki Alfieri Galerisi'ni de görmeye gitmişti. Hipotezi şöyleydi: Herhangi bir zamanda Audrey'nin yolu katille kesişmişti. Davranışlarındaki bir ayrıntı –yüzü, giysileri, gebeliği– kaçık katilin içindeki cinayet dürtüsünü harekete geçirmişti. Genç kadının gidiş-geliş yollarını takip ederse onun da yolu katille kesişebilirdi.

Olayın geçtiği yere yeniden gitmişti. Audrey'nin kaybolduğu, Montfermeil Postanesi ile çevresine. La Maladrerie'ye. Koyu renkli elbiselerini giymemiş, polis arabasını almamış, banliyö treniyle gitmiş, ağaçların arasındaki o küçük apartmanları ve son on yılın büyük binalarına nazire olarak 1960'lı yıllardan kalma toplu konutları dolaşmıştı.

Semtin altını üstüne getirmiş, nabzını tutmuştu. Katilin şehrin bu köşesiyle ilgilenmesinin gizli bir sebebi olduğunu düşünüyordu. Ya burada oturuyordu ya da, ki bu daha yüksek bir olasılıktı, çocukluğu burada geçmişti ve yaşadığı bir travma geri tepen bir kâbus dalgası gibi onu buraya sürüklüyordu.

Tamamen tahmin. Mart ayı sonunda, Passan bir daha artık Audrey Seurat'nın katilinden söz edilmeyeceğini düşünmeye başlamıştı.

Ama birkaç gün sonra, başka bir ceset bulunmuştu.

Telefonu çalınca elektrik verilmiş bir çite dokunmuş gibi sıçradı.

Yerde oturduğunu, parmaklarının toz ve mürekkeple kaplı olduğunu, dosyaların arasında kaybolduğunu fark etti. Bir kez daha, soruşturma bir manyetik alan gibi onu çekmişti.

Telefon çalmaya devam ediyordu. Saatine baktı: 17.00'ydi. Ezbere bildiği kâğıtları okumak için iki saatten beri buradaydı. Camlı duvardan, onu böyle yerde, bu pozisyonda otururken görenler gülüp alay etmiş olmalıydı.

Telefon hâlâ çalıyordu.

Kramplardan yerinden kımıldayamaz hale gelmişti, doğruldu ve el yordamıyla masasının üstündeki telefonu buldu.

– Alo?

– Buradalar.

Arayan Lefebvre'di.

– Kimler?

– İçişleri müfettişleri. Seni üçüncü katta bekliyorlar. Acele et.

Passan telefonu kapadı ve güçlükle ayağa kalktı. Böğrünü ovuştururken, gülümsemesine engel olamadı.

Bölüm amirinin can sıkıcı söylevinden sonra, İçişleri Bakanlığı'nın kıskacı.

Fransız idaresi en ufak bir sürprize yer vermiyordu.

14

Üç saat sonra Passan, Yukio Mişima'yı bir karton kutuya koyuyor, Yasunari Kavabata ile Akira Kurosava'yı onun üzerine yerleştiriyordu. İkisi intihar etmişti. Passan bu resimleri Puteaux'daki stüdyo dairesine götürmek istemişti. Olağanüstü bir etkiye sahip bu üç sanatçının trajik yaşamları, eserlerini gizemli bir biçimde zenginleştirmişti. Passan'ın gözünde intiharlarının estetik bir değeri vardı. Nobel Edebiyat Ödülü sahibi Kavabata, yetmiş yıllık bir yaşamın ardından, uzun zaman önce başladığı işi bitirmek istercesine, çalıştığı küçük ofisinde sadece gazı açmıştı.

İnce kâğıda sardığı su yeşili çaydanlığını itinayla karton kutuya yerleştirdi. İçişleri müfettişleriyle olan görüşmesi çok da kötü geçmemişti. Adamlar ona uysal bir tavır sergilemiş, bunun "sıradan bir durum değerlendirme toplantısı" olduğunu söylemişlerdi. Passan, mesleki açıdan ona bir seppuku zemini hazırlayıp hazırlamadıklarını bile düşünmüştü.

İntihar. Japon kültürünün temeli, Passan'ın saplantısı, Naoko'yla aralarındaki tartışma konusu.

Naoko istemli ölümün kendi kültüründe olduğunu kabul etmiyor ve bunu da Japonya'daki intihar oranının eskiye göre daha düşük olmasıyla açıklıyordu. Karşılık olarak, Passan kendi hayatlarına son vermiş ünlü Japonları bir bir sayıyordu. Yazarlar: Kitamura Tokoku, Akutagava Ryunosuke, Ozamu Dazai... Generaller: Maresuke Nogi, Anami Koreçika, Sugiyama Hajime... Devlete isyan edenler: Yui Şosetsu, Asahi Heigo... Savaşçılar: Minamoto no Yorimasa, Asano Naganori (ve kırk yedi samurayı), Saigo Takamori... Amerikan kruvazörlerine pike yapan kamikazelerden söz etmiyordu bile, ne de aşklarının reddedildiğini görmektense Tojimbo Falezleri'nden atlamayı tercih eden âşıklardan.

Passan ölümden korkmayan bu insanlara hayranlık duyuyordu. Saygının ve şerefin her şey olduğu, "bahtiyar insanlar"ın sıkıcı yaşama mutluluğunu hiçe sayan bu insanlara. Naoko bu sağlıksız hayranlığı hoşgörüyle karşılamıyordu. Onun için bu, halkını aşağılamanın bir başka yoluydu. Cinsel ahlak bozukluğu ile intihar arasında salınan trajik bir kültürde sürekli yinelenen bir nakarat. Onu kendisinden uzaklaştıran klişeler.

Olivier tartışmaktan vazgeçmişti. Kendi teorisini hazırlayıp süslemeyi tercih ediyordu. Bir Japon için hayat, ipek kumaş parçasına benzerdi. Önemli olan uzunluğu değil, kalitesiydi. Yirmi, otuz veya yetmiş yaşında ölmenin pek bir önemi yoktu; yaşanılan hayatın lekesiz ve günahsız olması gerekiyordu. Bir Japon intihar ettiğinde önüne değil (ahirete inanmazdı) arkasına bakardı. Üstün bir sebebin –şogun, imparator, aile, şirket...– ışığında kaderini değerlendirirdi. Bu bağlılık, bu şeref duygusu, dokumanın atkısıydı. Üzerinde ne bir cüruf ne de leke olmalıydı.

Passan su ısıtıcısını prizden çıkardı ve çaydanlığın hemen yanına yerleştirdi. O da bu şekilde yaşamıştı. Geleceği düşünmesi, sadece kendi mezar taşını hayal etmek içindi. Geriye örnek bir hayatın anısını bırakabilecek miydi? Onun kumaş parçası kusursuz saflıkta olabilecek miydi?

Sadece yasayı uygulamak için uydurmak zorunda kaldığı tüm yalanlar, yaptığı pis işler ve yanlışlıklar dikkate alındığında zaten bu konuda çoktan başarısız olmuştu. Buna karşılık cesaret ve şeref konularında hiç kusuru olmamıştı. Özel Harekât'ta görev yaparken silahlı çatışmaya girmişti. Silahını kullanmıştı. Öldürmüştü. Barut kokusu ve sıcak çelikle beslenmişti. Mermilerin vınlamasının, uçarken havada çıkardıkları ıslık sesinin –ve bunların neden olduğu adrenalin boşalmasının– ne olduğunu çok iyi öğrenmişti. Korkmuştu, gerçekten korkmuştu ama asla geri çekilmemişti. Bunun basit bir sebebi vardı: Geri çekilmesi durumunda hayatını lekeleyecek utançla mukayese edildiğinde tehlike hiçbir şeydi.

Kısacası, ölümden değil, yaşamdan korkuyordu. Vicdan azaplarıyla ve alçaklıklarla dolu, eksik bir yaşamdan korkuyordu.

Çocuklarının duvara asılı resimlerinden birini indirip bir süre inceledi. Shinji ve Hiroki'nin doğumuyla her şey değişmişti. Şimdi, yaşamak istiyordu. Onlara olabildiğince çok şey öğretmeyi, onları mümkün olduğunca uzun süre korumayı. İnsan çocuk sahibi olduğunda iyi bir asker olabilir miydi?

– Ne yapıyorsun?

Passan başını kaldırdı. Naoko, elinde çantası, üstünde yağmurluğuyla yarı karanlıkta duruyordu. Geldiğini duymamıştı. Zaten onun tüysıklet ağırlığıyla ve karanlıkta gören kedi gibi gözleriyle geldiğini hiç duymazdı.

– Stüdyo daire için birkaç şey alıyorum.

Naoko, kutunun dibindeki diğer "hazinelerin" –haiku kaligrafileri, tütsü çubukları, Hiroşige ve Utamaro'nun röprodüksiyonları...– üstünü kapatan resimlere dikkatle baktı.

– Zombilere olan bitmek tükenmek bilmeyen şu tutkun yok mu, dedi soğuk bir ses tonuyla.

– Cesur insanlar. Şerefli adamlar.

– Ülkemi hiç anlamadın.

– Bunu nasıl söyleyebilirsin? Bunca yıldan sonra?

– Sen, nasıl bu tür aptallıklara inanabilirsin? Benimle on yıl yaşadıktan sonra? Hem de birçok kez oraya gittikten sonra?

– Çelişki bunun neresinde, anlamıyorum.

– Senin "cesaret" dediğin şey bir zehirlenmeden başka bir şey değil. Bizler programlanmışız. Bize verilen eğitimle formatlanmışız. Bizler cesur değiliz, uysalız.

– Bana kalırsa, asıl sen hiçbir şey anlamamışsın. Bu eğitimin ardında, bir halkın ideali yatıyor!

– Bugün, tek bir idealimiz var, o da tüm bunlardan kurtulup özgürleşmek. Ve sanki hastaymışım gibi bana bakma.

– Senin hastalığın ne, biliyorum, Batı ve onun çöküşü. Çılgın bir bireycilik. İnancın, ideolojinin olmaması...

Naoko bir el hareketiyle Passan'ın konuşmasını kesti:

– Yeniden tartışmayalım.

– Ne istiyorsun? Bana elveda demek mi? diye sordu Passan, alaycı bir ses tonuyla.

– Sadece sana çocukların şekerleme yememeleri gerektiğini hatırlatmak istiyorum. Dişlerini mahvediyor. Seninle bu konuda daha önce anlaşmıştık.

Gecikmeyle de olsa, imayı anlamıştı. O seppukudan söz ediyor, Naoko ise lolipop diyordu. Naoko'nun materyalist yaklaşımı, günlük yaşamın ayrıntılarına olan akıl almaz bağlılığı onu hep şaşırtmıştı. Bir gün ona, bir erkekte aradığı en önemli özelliğin ne olduğunu sormuştu. Naoko "Dakiklik" diye cevap vermişti.

– Tamam. İki lolipop eğitimlerinin çehresini değiştirmez, değil mi?

– Hep aynı şeyleri tekrar etmekten bıktım.

Passan karton kutuyu kaldırmak için eğildi.

– Hepsi bu mu?

– Hayır. Sana bunu da vermek istiyordum, diye ekledi Naoko, üst üste yığılı fotoğrafların üzerine bir şey bırakırken.

Passan siyah ekmekağacından yapılma kının içindeki hançeri gördü. Fildişi sapı lambanın ışığında pırıl pırıl parlıyordu. Lake ahşabın kavsi mükemmeldi. Passan ilk bakışta hançeri tanıdı. Neden onu seçtiğini hatırladı: Kını ona Naoko'nun saçlarını, fildişi sapı ise beyaz tenini çağrıştırıyordu.

– Sende kalsın. O bir hediye.

– Artık o noktada değiliz Olive. Eşyalarının arasına koy.

Passan kelimelerin acımasızlığına aldırış etmedi.

– O bir hediye, diye yineledi inatçı bir ses tonuyla. Geri alınmaz.

– Bunun ne olduğunu biliyorsun, değil mi?

Yerevine bırakılmış hançer, sanki Kavabata'nın, Mişima'nın, Kurosava'nın telaşsız yüzleriyle çarpışıyordu. *Muhteşem.*

– Bir *kaiken*, diye mırıldandı.

– Ne işe yaradığını biliyor musun?

– Bunu sana söyleyen benim! Senin haberin bile yoktu! (Yeniden hayran hayran bu değerli eşyaya baktı, şaşkındı.) Samurayların kadınları bu hançerle intihar ediyordu. Usulüne uygun bir pozisyonda ölmek için kıvırdıkları bacaklarını bağladıktan sonra boğazlarını kesiyorlardı ve...

– İntihar etmemi mi istiyorsun?

– Her şeyi berbat ediyorsun, diye karşılık verdi Passan, bezgin bir sesle. Kendi kültürünü inkâr ediyorsun. Şeref, erdem kuralını...

– Sen hastasın. Bu aptallıklar artık yüzyıllardan beri yok. Bereket versin ki yok.

Karton kutu sanki her geçen saniye biraz daha ağırlaşıyordu. Geçmiş yaşamının getirdiği yük, modası geçmiş inançlarının ağırlığı.

– O halde, senin için Japonya ne ifade ediyor? diye aniden bağırdı. Sony mi? Nintendo mu? Hello Kitty mi?

Naoko gülümsedi ve kutunun içindeki *kaiken*'e ve Passan'ın belindeki 45'liğe rağmen, bu odadaki silahlı tek kişinin kendisi olduğunu anladı.

– Gerçekten artık gitme vaktin geldi.

Passan, Naoko'nun çevresinden dolandı ve kapıdan çıktı:

– Avukatın ofisinde görüşürüz.

15

Çimlerin üzerinde, gözleri bahçe kapısına dikili Naoko tir tir titriyordu.

Son birkaç kutuyu taşımasında Passan'a yardım etmişti. Kocası tek kelime etmeden, dönüp arkasına bakmadan çekip gitmişti. Hava serindi, ama zaman zaman ağır, nemli, kararsız, boğucu bir sıcak dalgası esiyordu. Sadece kuşlar mevsimden emin gibiydi; ağaçların içinde bir yerlerde, kimseye görünmeden coşkuyla cıvıldaşıyorlardı.

Sonunda uyuşuk halinden kurtuldu ve eve doğru yürüdü. Bir sıkıntı boğazına yumruk gibi oturmuştu. Oğlanların odasına gitti – onlar için ikinci bir oda daha düşünmüşlerdi ama Passan'ın onu bitirecek zamanı hiç olmamıştı. Banyo sonrası saçları hâlâ karmakarışık olan Hiroki'ye ve tüm dikkatini DS'sine[5] vermiş Shinji'ye sarıldı. Çocuklar onun odalarına gelmesine aldırmadı ve bu kayıtsızlık Naoko'yu rahatlattı. Diğerlerinden farksız bir akşamdı işte.

Genç kadın mutfağa girdi. Balıklar ve patatesler çoktan hazırdı. Ancak aç değildi. Sandrine'in makileri hâlâ midesindeydi. Aklına yaptıkları konuşma geldi. Neden Paris'e, Fransa'ya bu denli sinirlenmişti? Bu sürgün serüvenine uzun zamandır aldırmaz olmuştu halbuki.

Oğlanlar gülerek mutfağa girdi. Tabak, çatal bıçak tıngırtılarından oluşan bir konser eşliğinde masaya oturdular.

Shinji hemen saldırıya geçti:

– Babamla neden ayrılıyorsunuz?

Sınıfta öğretmenine soru sorar gibi sandalyesinde dimdik otu-

5. Dual Screen (çift ekran). Nintendo'nun 2004'te çıkardığı, dokunmatik ekranı ve Wi-Fi bağlantısı olan portatif el konsolu. (ç.n.)

ruyordu. Naoko, ağabey olduğu için Shinji'nin bu soruyu kardeşi adına da sorduğunu anladı.

Japonca cevap verecek takati yoktu:

– Bir daha tartışmamak için.

– Peki biz?

Naoko çocukların yemeklerini koydu, sonra da konuşmasına daha bir içtenlik, sıcaklık katmak için aralarına oturdu:

– Siz her zaman bizim sevgililerimiz olacaksınız. Size yeni düzeni daha önce anlattım. Evde kalacaksınız. Bir hafta benimle, bir hafta babanızla.

– Babamın diğer evini de görebilecek miyiz? diye araya girdi Hiroki.

Naoko zoraki bir gülümsemeyle, oğlanın saçlarını iyice karman çorman etti:

– Elbette! Orası da sizin eviniz! Hadi, şimdi yemeğinizi yiyin.

Shinji ve Hiroki tabaklarına daldılar. Çocukları sadece hayatının merkezi değil, kalbinin de yaşam kaynağıydı. Her atımda ve hatta iki atım arasındaki sessizlikte bile onlara vakfedilmişti.

Sekiz yaşındaki Shinji, takımın dalgacısıydı. Babasının enerjisine, alaycılığına sahipti; ayrıca annesinde de babasında da olmayan, doğal bir kaygısızlığı vardı. Melezliği gizemli bir ironiyle kendini gösteriyordu. Asyalı yüz hatlarında eğlenceli bir farkla, sanki "dış görünüme inanmayın" demek ister gibi gelgitli bir neşe saklıydı.

Hiroki altı yaşındaydı ve daha ciddi bir çocuktu. Alışkanlıkları ve oyuncakları konusunda çok titizdi, programlıydı; annesinin katılığını almıştı. Buna karşılık fiziksel olarak ona benzemiyordu. Siyah saçlarının altında, Naoko'yu şaşırtan yusyuvarlak bir kafası vardı. Japonlar, Çinlilerin veya Korelilerin tersine, yüzlerinin ovalliğiyle iftihar ederlerdi. Bu ay yüze, hep bir tür dalgınlık hâkimdi. Küçük oğlan sık sık, kapıyı şaşırmış biri gibi konuşmaya dalardı. Konuşulanla hiç alakası olmayan bir şeyler söyler, buna kendi de şaşırır, sonra yeniden susardı. Başka bir gezegende yaşıyor gibiydi. Ve bu küçük kerata insanın içini şefkatle doldururdu.

Akşam yemeği sona ermişti. Naoko konuşmayı farklı konulara çekmeyi başarmıştı: okul, Diego, Shinji'nin judosu, Hiroki için yeni DS oyunu... Anneleri daha söylemeden oğlanlar tabaklarını bulaşık makinesine koydu ve hep birlikte birinci kata çıktılar.

Naoko, Hiroki'yi yatağında öptükten sonra, kulağına Japonca fısıldadı:

– Yarın daha erken geleceğim, beraber banyo yaparız. *Kokeşi* banyosu!

Küçük oğlan, oyuncak Japon bebekleri gibi gülümsedi. Uyuklamaya başlamıştı bile.

Bir tür yarı Fransızca yarı Japonca jargonla konuştu:

– Kapıyı açık bırakır mısın?

– Elbette tatlım. Hadi uyu.

Naoko onun boynuna son bir öpücük daha kondurdu ve *Mickey Parade*'ına dalmış olan Shinji'nin yanına gitti.

– Koridorun ışığını yanık bırakır mısın? diye sordu Shinji. Annesini tavlamak için Japonca konuşmuştu.

Naoko gülümseyerek başucu lambasını söndürdü:

– Gerçekten de evde korkak bir tavuk sürüsü var!

16

Passan stüdyo dairesine çok geç döndü. Her şeyini yitirmişti. Reddedilmişti. Lanetlenmişti.

Bagajında Japon hazinelerini taşımasına rağmen, Puteaux'ya gitmeden önce geçmişteki uygunsuz adreslerine uğramıştı. La Défense. Sonra 8. Bölge ve buranın cazip mekânları...

Sık sık gittiği yerler vardı. Barlar. Gece kulüpleri. Eskort kızlar. Polisin her zaman fahişe bir metresinin olduğu filmlerdeki gibi tanıdık kızlar değil. Passan'ın adresleri daima sürprizlerle doluydu: yeni kızlar, hiç yaşamadığı ilişkiler. Elbette onun için çok pahalıydı, ama polis olmak her zaman işe yarardı. Gerçi Olivier'nin karanlık işler çeviren insanlarla hiç işi yoktu. Onun gibi biriyle dost olmak işe yaramazdı; ama onun gibi bir düşmana sahip olmaktan iyiydi, fark buydu... Tuhaf bir şekilde, bu korku, bu tahakküm atmosferi onu daha fazla tahrik ediyordu.

Evlendikten birkaç yıl sonra, Naoko'ya olan cinsel arzusunu kaybedince bekârlık dönemindeki alışkanlıklarına geri dönmüştü. Karanlık barlar. Pahalı fahişeler. En kötü arzularının tatmini. Dolambaçsız ve basit bir alışveriş: koruma karşılığında birkaç bedava vuruş.

Evde onu Paris'in en güzel kadınlarından biri beklerken yağlı, göbekli ve bayağı profesyonellerle rahatlama ihtiyacının sebebi neydi? Cevap sorunun içindeydi. Hayatının kadınını köpek pozisyonunda becerip yüzüne boşalamazdı. Özellikle de çocuklarının annesi söz konusu olunca.

Anne ve fahişe. Yaşına ve deneyimine rağmen Olivier bu çocuksu çelişkinin üstesinden gelememişti. Sekiz yıllık psikanaliz hiçbir işe yaramamıştı. Bedeninin derinliklerinde cinsel arzu ile aşkı, seks ile saflığı bağdaştırması imkânsızdı. Kadın onun için, kenarları kavuşmayan bir yaraydı.

İlk kez Naoko'yla büyük bir heyecan yaşamıştı; bu o kadar yeni, o kadar saf bir duyguydu ki, bu güzel kadını kirleteceği gibi bir hisse kapılmamıştı. Ama yeniden eski zevklerinin cazibesine kapılınca Japon perisine doğal olarak sırt çevirmişti. *Başa geri dönüş*. Geniş kalçalı, etli butlu, iri memeli kadınlar. Küçük düşürücü pozisyonlar. Küfürler. Sebebi meçhul bir tür öç almaya bağlı olarak kasıklarda hissedilen rahatlama. Oyluklarında zevk patlaması yaşadığında, sıkılı dişlerinin arasından amaçsız ve hedefsiz, düşmanca ve kin dolu, acı bir zafer çığlığı yükseliyordu.

Bu tür bayağılıkları, rezillikleri karısıyla bağdaştırması söz konusu bile olamazdı. Kendi cehennemi sadece onu ilgilendirirdi.

En son çelişki ise, Naoko'nun onu fantezilerinde bile takip etmesiydi. Japon kadınlarının sekse yaklaşımı son derece özgürdü. Batılıları kemiren, Hıristiyanlıktaki suçluluk duygusundan çok uzaktılar. Ama Passan, Naoko'yu böyle görmüyordu. Parlak ve beyaz teni, kaslı bedeni, kusursuzluğu onu tahrik etmiyordu. O tapınmak için yaratılmıştı, seks için değil.

Naoko aptal değildi. Her kadın, eşinin cinsel biyoritmini bilirdi. Belki de, çocukları olduktan sonra zevki orospularda arayan kocaları hoş gören eski bir Japon geleneğine bağlı kalarak her şeye göz yummuştu. İlk suskunluk, ilk uzlaşma. Aralarında görünmez bir duvar oluşmuş, her hareket saldırıya, her söz zehre dönüşmüş ve karşılıklı bir bıkkınlık başlamıştı. Kalplerin uzaklaşması bedenlerin uzaklaşmasıyla başlardı.

Passan, Puteaux'daki eski kilisenin arkasına, rıhtım boyunca uzanan dar sokağa park etti. Arşiv dosyalarını ve bibloları taşımak için üç defa yürüyerek eve gidip gelmek zorunda kaldı. Son karton kutuları da odanın ortasına bırakınca, durup yeni yuvasını dikkatle inceledi. Alacalı parke kaplı zemini, geniş camlı bir pencereye bakan bembeyaz üç duvarı ve kontrplak bir tezgâhın ardına gizlenmiş mutfağıyla otuz metrekarelik bir yerdi. Odada açılır kapanır bir yatak, iki destek üzerine yerleştirilmiş bir tahta, bir sandalye, bir televizyon vardı. 1960'lı yıllardan kalma bir apartman dairesi gibiydi. Doğrusu pek de hoşnut kalınacak bir ortam değildi.

Haftalardan beri, yerleşmeyi geciktirerek taşınmayı ağırdan alıyordu. Ceketini çıkardı ve yine birkaç dakika boyunca olduğu yerde hareketsiz durdu. O anda aklına gelen tek şey, mütareke sonucu hayatta kalan bir kamikaze pilotunun tanıklığıydı. O dönemki ruh haliyle ilgili olarak onu sorguladıklarında, belli belirsiz bir gülümsemeyle cevap vermişti. "Çok basit, başka seçeneğimiz yoktu."

Duşa girdi. Akşamın kirini üzerinden atabilmek umuduyla yarım saat duşta kaldı. Temizlenmek için şehir suyuna bel bağlıyordu.

Bir *boxer* ile bir tişört giydikten sonra, kendine bir litre kahve hazırladı, gelirken hazır Japon yemekleri satan bir dükkândan aldığı *bento*'yu mikrodalgaya koydu, ardından oturmaya gerek duymadan, tavuk butlarını, peynir toplarını ve pirinci ayakta yuttu. Bu ona öğrencilik yıllarını –hukuk dersleri, eve alınan hazır yemekler ve yalnızlık– hatırlattı.

Lokmaları çiğnerken, akşamüstü Stains soruşturmasıyla ilgili elde edebildiği bilgileri gözden geçirdi. Otopsiyi yapan Adli Tabip Stéphane Rudel onu doğruluyordu: Kesinlikle aynı *modus operandi*'ydi. Ayrıca atölyede bulunan aletler önceki kurbanların kesikleriyle uyumluydu. Passan, tamir atölyesinde bulunan bu aletleri Guillard'ın nasıl açıklayacağını merak ediyordu. Gerisini beklemek gerekiyordu; toksikoloji analizleri devam ediyordu.

Operasyon koordinatörü Isabelle Zacchary de onu telefonla aramıştı. Şimdilik ellerinde bir şey yoktu. Ne bir nesne, ne saç teli, ne de Guillard'ın DNA'sını kurbanınkiyle eşleştirecek bir şey vardı. Sanki katil kurbana hiç dokunmamıştı.

Yemeğinin kalanını çöpe attı ve saatine baktı, gece yarısı olmak üzereydi. Uykusu yoktu. Kahve sürahisiyle birlikte bir kupa ve bir kâse yoğurt aldı ve hepsini divanın yakınına bıraktı. Sonra bağdaş kurup parkenin üstüne oturdu, sırtını kanepeye dayadı ve belgelerin durduğu ilk karton kutuya uzandı.

Yeni bir belge tomarı seçti ve okumaya başladı. Yarım saatin sonunda, satırlar birbirine karışmaya başladı. Kahvesinden bir yudum daha aldı ve gözlerini kapattı. Mor halkalarla çevrili kırmızımsı daireler gözkapaklarının altında dans ediyordu.

Soruşturmasını, öğleden sonra bıraktığı yerden yeniden düşünmeye başladı.

17

3 Nisan 2011. Otuz bir yaşında, yedi buçuk aylık hamile olan Karina Bernard'ın cesedi, aynı Audrey Seurat'nın cesedi gibi Saint-Denis'nin bir mahallesinin –Francs-Moisins– tam göbeğine bırakılmıştı. Maladrerie'den çok daha sıcak bir semtti. SKB olarak sınıflandırılan bu mahalle, şehrin riskli kesimlerinden birini oluşturuyordu.

Passan ve adamları hemen işe koyulmuştu. Benzer bir senaryo. Aynı kurban profili. Aynı *modus operandi*. Cesedin bulunmasından önce aynı uydu arızası. Aynı şekilde, hiç parmak izi ve herhangi bir ipucu olmaması...

Bununla birlikte yeni bir olgu ortaya çıkmıştı: Bebeğin gözlerinin camsı sıvısından alınan örnek sayesinde (öncekine göre ceset daha az bozulmuştu), toksikoloji laboratuvarı potasyum klorür tespit etmişti. Demek ki bebek de annesi gibi iğneyle öldürülmüştü – en azından canlı canlı yakılmamıştı. Katil neyin peşindeydi? Kurbanlarının acı çekmemesini mi (ayrıca kanlarında anestezi maddesine de rastlanmıştı) istiyordu?

Soruşturma ek bir zorlukla da karşı karşıya kalmıştı: Medya işe karışmıştı. Gazeteciler bu kez cinayetin şaşkınlık uyandıran yanını fark etmiş ve önceki cinayetle bağ kurmuştu. Flaş haber olarak vermişlerdi: Bir seri katil! Hamile kadınları öldüren bir katil! Ona çeşitli isimler de takmışlardı: "Doğumcu", "Saint-Denis Kasabı"... Soruşturmanın her aşamasından anında haberdar olmuşlardı. Sahadaki ekipler. Sağlıksız bilgiler. İnternet siteleri... Sonuç olarak ortaya sahte tanıklar çıkmış, kendiliğinden gelişen bazı taşkınlıklar olmuştu. Buna karşılık, doğası gereği fazla misafirperver olmayan Francs-Moisins semti, polislerin ve kameraların kudurganlığı karşısında biraz daha içine kapanmıştı.

Passan hedefteydi. Amirleri onu arıyordu. Ivo Calvini onu arıyordu. Saint-Denis belediye başkanı onu arıyordu. Gazeteciler onu arıyordu... Elinde onlara verecek hiçbir şey yoktu. Gitgide güçlenen bir kanı dışında: Katil Saint-Denis'den biriydi. Şüphesiz doğumuyla ilgili bir travma yaşamıştı ve etrafa bıraktığı cesetlerle intikam alıyordu.

Ama bu sezgi onu hiçbir yere götürmüyordu. Ne yapabilirdi? Bölgedeki doğumevlerinin arşivlerini mi incelemeliydi? Ne bulacaktı? Kötü sonuçlanmış bir doğum mu? Kusurlu doğmuş bir bebek mi? Ya da terk edilmiş bir çocuk mu? Bu fikri son derece muğlaktı.

Passan daha ziyade Saint-Denis'nin sosyal dokusu içine dalmayı tercih etmişti. Buraları biliyordu: Saint-Denis'de büyümüştü. Ama onun döneminden beri çok şey değişmişti. Faaliyetlerini askıya almış fabrikalar şiddet imalathanelerine dönüşmüştü. Sosyal konutlar, anlaşılmaz bir gerilla savaşının devam ettiği, iki tarafın da gerçek mermiler kullandığı bir savaş alanı haline gelmişti.

Saint-Denis polisi ve suç önleme birimiyle birlikte mahallenin altını üstüne getirmiş, bilgi toplamaya çalışmıştı. Taş ve molotofkokteyli yağmuru altında arananların dünyasını keşfetmişti. Yakılan arabalar, pencereden atlayan tecavüze uğramış kadınlar, otomobillerin camlarını kırarak yapılan kapkaçlar...

Öte yandan semtin seçkinleriyle, danışmanlarla, uzmanlarla da tanışmıştı. Kafasında binlerce proje olan iyimserler. İnsansız hava araçları, kameralar, silah satın almayı tavsiye eden telaşe memurları. Her şeyi yıkıp yerlerine daha pahalı rezidanslar yapmak isteyen radikaller. Fiyatları yükseltin ki, it kopuk takımı kendiliğinden yok olsun...

Ayrıca yerel idarenin, semt derneklerinin yetkilileriyle de yakınlık kurmuştu. Bu arabulucular sayesinde, çete şefleriyle de temasa geçmişti. Üzerine, seri numaraları çocuklar tarafından kazınmış M16'ların, Uzi'lerin ve revolverlerin doğrultulduğu mahzenlerde konuk edilmişti. Boş içecek kutuları ve kullanılmış şırıngalar arasında, kesif marihuana kokusunun verdiği tedirginlikle kartlarını açık oynamıştı. Katilin yöntemini açıklamıştı. Bazı ipuçları vermişti. Korkularını dile getirmişti. Herkes, parmakları tetikte, "beyaz adam"ı dinlemişti.

Savaş senyörleri hiçbir şey bilmiyordu, ama söz vermişlerdi: Devriyeleri artıracaklar, mahzenleri, çatıları, boş arazileri arayacaklardı. Bir katilin onların bölgelerinde faaliyet göstermesi ve cesetlerini onların semtine bırakması kabul edilemezdi.

Passan'ın aklına, bir çocuk katilinin, dehşet saçtığı şehirdeki diğer suçlular tarafından yakalanıp yargılanmasını konu eden *M – Bir Şehir Katilini Arıyor* filmi gelmişti.

Tüm bunlara paralel olarak yapılan uzun ve dikkatli bir çalışma neticesinde Karina Bernard'la ilgili bir ayrıntı –küçük bir ayrıntı– ortaya çıkmıştı. Mart ayının başında, kurban arabasını, onarılması için Saint-Denis'deki bir tamir atölyesine, Fari Şirketi'ne bırakmıştı. Bu basit isim aklına Audrey Seurat'ya Golf'ü satan galeriyi anımsatmıştı: Alfieri Galerisi. İnternette yaptığı araştırma sonucunda bu iki şirketin, Patrick Guillard adlı birinin yönetimindeki bir gruba ait olduğunu öğrendi.

Basit bir rastlantı mı? Otopsi sonucunda, kurbanın vücudunda kertikli bağ izlerinin yanı sıra yanmaz cam elyafı da bulunmuştu. Adli tabibin varsayımına göre bu izler triger kayışına ait olabilirdi. Bunlara ek olarak kurbanların dilinde tuhaf yiv izleri de vardı: Katil ağız tıkacı olarak lastik parçaları kullanmıştı.

Passan, Guillard'ın geçmişini araştırmıştı. Dikkat çekici bir şey yoktu, adam onun gibi Çocuk Esirgeme Kurumu'nun bünyesinde yetişmişti. Saint-Denis'de doğduktan sonra, anne babası tarafından terk edilmişti, şüphesiz yurtlarda ve koruyucu ailelerin yanında büyümüştü, ama Çocuk Esirgeme Kurumu'ndan dosyasını almak imkânsızdı. Fransa'nın güneyinde, Sommières'de, on yedi yaşında mekanik teknisyeni çırağı olarak çalışmaya başladığı döneme kadar Guillard hakkında hiçbir bilgi edinememişti.

Olivier onun birbiri ardına tamirhaneler, galeriler açarak kaydettiği ilerlemeyi izlemişti. 1997: Montpellier'deki bir mekanik atölyesinin idareciliği. 1999: Arizona ve Utah'taki motor fabrikalarında çalışmak için ABD'ye gidiş. 2001: Saint-Denis'de ilk tamirhanesi Alfieri'nin açılışı. Guillard o sırada otuz yaşındaydı. 2003: La Courneuve'de ikinci tamirhane, Fari. 2007: Aubervilliers'de, Victor Hugo Caddesi'nde bir satış noktası, Feria. Ayrıca teknik kontrol, bakım ve hızlı onarım (yağ değiştirme, lastik, ön cam, egzoz vb.) servislerinin yöneticiliği. Bunların hepsi Seine-Saint-Denis'de ve özellikle de bölgenin batısındaydı: La Courneuve, Saint-Denis, Epinay, Saint-Ouen, Stains... Kaybolmaların yaşandığı ve cesetlerin bulunduğu bölge.

Özel hayatına gelince, Guillard bekârdı, çocuksuzdu. Adli sicili ise temizdi, hakkında en ufak bir tutanak bile yoktu. Mekaniğe olan isteği ve tutkusuyla, her şeyi kendi çabasıyla tek başına yapmış bir öksüz.

Adam Passan'ı Aubervilliers'deki merkez ofisinde kabul etmiş ve ona ofislerin yakınındaki garajı gezdirmişti. Beton zeminli, iki katlı, üç bin metrekarelik bir mekândı, hem araba satışı yapılıyor hem de bakım hizmeti veriliyordu. Yere oturup akşam yemeği yenecek kadar temizdi. Etkilenilecek bir durumdu. Ama Passan etkilenmemişti.

Bir şeyler hissediyordu.

Patrick Guillard nazik biriydi. Ama aynı zamanda da tuhaftı. Her şeyden önce fiziksel olarak. Kırk yaşındaki adam kısa boylu atletik yapılı biriydi, ayaklı bir kas yığınını andırıyordu. Şüphesiz saç dökülme sorununu kökünden halletmek için kafasını tamamen kazıtmıştı. Yüz hatları bir buldoğu andırıyordu. Torbalanmış göz altları, basık bir burun, Afrikalıları çağrıştıran kalın ve sarkık dudaklar.

Ayrıca bu küçük dev adamın biraz kadınsı bir yanı da vardı. Seke seke yürüyordu. Tiz kahkahalar atıyordu. Bilek hareketleri çok esnek ve kıvraktı... Galeri sahibi ona, kadın rolleri oynayan kabuki aktörlerini –gerçek hayatta da bu yapmacık hareketlerinden kurtulamayan kadın avcısı erkekleri– hatırlatıyordu.

Elbette Guillard ne ilk ne de ikinci kurbanı tanıyordu – servisine gelen müşterilerle hiçbir ilgisi olmazdı. Passan ona bu kadınların gördüğü eziyeti anlatınca üzgün bir yüz ifadesi takınmış, sonra yeniden gülümsemeye başlamış ve en başından beri Ferrari fabrikaları için çalışmayı hayal ettiğini, şirket adlarında da bu nedenle hep aynı ses uyumunu kullandığını söylemişti. "Bu işe başladığım günden itibaren, bu heceler bana hep şans getirdi."

Passan'ın ona empatiyle yaklaşması gerekirdi. O da kendisi gibi bir yetimdi. Ama bunun ötesinde, daha ziyade bir laf kalabalığı, zorlukla işitilen bir fısıltı hissediyordu. *Ters giden bir şeyler var.*

Guillard'ın peşini bırakmamıştı. Adamlarıyla birlikte gerçek bir sürek avı başlatmıştı. Başka bir soruşturmaya tahsis edilmiş, tam donanımlı, kapalı kasa bir gözetleme minibüsü bulmayı başarmıştı. Gece gözetlemelerinin çoğuna bizzat nezaret ediyordu. Özel hayatı göz önüne alındığında, bir sorun yoktu. Gündüzleri, belgeler üzerinden adamın hayatını deşifre etmeye çalışıyordu. Geceleri, onu yerinde gözetliyordu.

İnancı hiç zayıflamamıştı. Bununla birlikte, örtüşen hiçbir şey yoktu. Patrick Guillard'ın her kaçırma olayı sırasında nerde olduğuna şahitlik edecek tanıkları vardı ve katilin profiline uymuyordu. Çocukları seviyordu, tamirhanelerinin yakınındaki sitelerde oturan çocuklara hediyeler veriyordu. Onu bebek katili olarak hayal etmek imkânsızdı. Peki öyleyse neden bir karısı ve çocuğu yoktu? Homoseksüel miydi?

Nisan ayının sonunda, Montpellier bölgesine gitmek ve işadamının profesyonel geçmişini araştırmak için dört gün izin almıştı. Adam her yerde güzel bir anı bırakmıştı. Güler yüzlü, yetenekli, çalışkan biriydi. İşverenlerine göre, Guillard çocukluğunu Seine-Saint-Denis'de geçirmişti ama bu konudan söz edilmesinden hoşlanmıyordu. Kötü hatıraları mı vardı?

Takipler, ani aramalar, telefon dinlemeleri, bilgisayar verilerini *hack*'lemek, banka hesaplarını incelemek bir sonuç vermemişti. Passan'ın elde ettiği tek şey, şüphelinin avukatlarıyla temasa geçmesi olmuştu. Polisin üst kademeleri kaygılanmaya başlamıştı. Uyarılar, kulak çekmeler... Guillard şikâyetçi olmama konusunda ikna edilmişti ancak başkomiser de ondan uzak duracaktı.

11 Mayıs 2011'de üçüncü ceset bulunmuştu.

Rachida Nesaoui, yirmi dört yaşındaydı, yedi ay üç haftalık hamileydi, çıplaktı ve karnı yarılmıştı. Ceset, diğer bölgelerden daha hassas bir yere, Clichy-sous-Bois'daki Forestière Mahallesi'nin yakınında boş bir araziye bırakılmıştı.

Doğumcu'nun yeniden öldürmesi için gözetimin gevşemesi yeterli olmuştu. Passan için bu bir itiraf gibiydi: Guillard katildi. Kanıt toplamak için pek zamanı yoktu ama ertesi gün, sabah altıda onu Neuilly-sur-Seine'deki malikânesinde gözaltına almış, kelepçe takıp evden çıkarmıştı.

Üzerini aramış, parmak izi ve tükürük örneği almıştı. Guillard soyunmayı reddetmişti. Passan ısrarcı olmamış ama saatlerce onu sorgulamıştı. Her şeyi denemişti: kaba kuvvet, tehdit, küfür, ara verdiklerinde ise dostane bir tavır... Ta ki Guillard'ın avukatı olaya yeniden müdahale edip onu hemen serbest bırakana dek.

Bu arada Fifi, tamirhanelerin ayrıntılı kayıtlarını incelemişti: Rachida Nesaoui'yla ilgili tek bir şey yoktu. Genç kadının sürücü belgesi bile yoktu. İlk iki cinayetle bağlantısı yok denecek kadar azdı ve bu nedenle Guillard tutuklanamazdı.

Bu kez işadamı şikâyetçi olmuştu. Mayıs ayı sonunda Passan yargıç karşısına çıkmıştı. Davranışı yasadışıydı. Dosyası boştu. Bu hırsının bir gerekçesi yoktu. Gözaltındaki şahsı hırpalamaktan, küfretmekten, şiddet uygulamaktan ve polis görev ve salahiyetini ihlal etmekten üç bin avro cezaya çarptırılmıştı. Yargıç bugüne kadarki hizmetlerini göz önünde bulundurmuş ve suçlama makamının talep ettiği hapis cezasını tecil etmişti.

Passan itiraz etmeden yargı kararını kabullenmişti. Aklı başka yerdeydi. 3 numaralı suç mahallinde yabancı bir DNA bulunduğunu öğrenmişti. Zaten, Guillard'ı gözaltına aldığı günden bu yana elinde onun genetik analizi vardı. Avukat bu verilerin derhal imha edilmesini istemişti ama Passan elini çabuk tutarsa bir karşılaştırma yapılmasını isteyebilirdi.

Mahkemeden koşar adım ayrılmıştı. Bondy'deki Jean-Verdier Adli Tıp Kurumu'nun soğutucusundan, dondurulmuş diğer suç kanıtları ile tecavüz mağduru kadınların poşetlenmiş külotlarının arasından örnek almıştı. Sonra Rosny-sous-Bois'daki kriminal laboratuvara gitmişti. Bir uzmandan iki DNA'yı karşılaştırmasını istemişti. İşlem sadece birkaç saat sürmüş, yeni bir hayal kırıklığına yol açmıştı: Aynı genetik izler söz konusu değildi.

Bununla birlikte, bu yeni fiyasko başka önemli bir ayrıntıya ulaşılmasını sağlamıştı: Şüphelinin genetik haritası ondaki cinsel anormalliği ortaya çıkarmıştı.

Tamirhane sahibi, kadınsı yanını mükemmel bir şekilde gizlemeyi başarmıştı. Toplum içinde kaybolmayı becermişti, ancak kafasının içinde tam olarak neler olup bitiyordu? Erkek miydi, yoksa kadın mı? Ya da her ikisi de mi?

Passan, onun yurtlarda, koruyucu ailelerin yanında, gençlik çalışma merkezlerinde maruz kaldığı fiziksel ve ruhsal işkenceleri tahmin edebiliyordu. Duşlarda, tıbbi muayenelerde, soyunma odalarında yaşadığı sıkıntıyı... O da aynı yollardan geçmişti; hiç de neşeli bir okul değildi bu. Eğer Guillard, Seine-Saint-Denis'de büyüdüyse, korkunç hatıralarının olduğu bu yerlere öfke duymak için gerçek bir nedeni vardı.

Mahkeme tarafından mahkûm edilen, amirlerin eleştirilerine, kınamalarına maruz kalan Passan soruşturmayı tek başına sürdürmeye karar vermişti. Hasta Guillard hakkında bilgi toplamak için Saint-Denis'deki, La Courneuve'deki, komşu şehirlerdeki hastanelerle temasa geçmişti. Boşuna. Mahremiyet hakkı ve tıbbi gizlilik aşılması imkânsız, sağlam bir engeldi ve Tabip Odası'ndan bir ayrıcalık talep etmek de söz konusu olamazdı.

Çocuk Esirgeme Kurumu da en ufak bilgi vermeyi reddediyordu. Üstelik tamirhane sahibini gözetlemek ve ona yaklaşmak da mümkün değildi. Üçüncü kurbanla ilgili soruşturmaya gelince, diğerlerinden farklı bir sonuca ulaşılamamıştı. Tüm şehir paranoyaya kapılmıştı. Hamile kadınlar evlerinden çıkmaya cesaret edemiyordu. Etrafta söylentiler dolaşıyordu: Katil bir polisti; cinayetler, semt sakinlerini korkutup kaçırmak için bizzat hükümetin emriyle işleniyordu. Medyaya gelince, mahallelerdeki panik halini daha da artırarak ve soruşturmanın sonuçsuz kaldığını söyleyerek yangına körükle gitme görevini sürdürüyordu.

Bu kaos içinde, Leïla Moujawad'ın 18 Haziran'da kaybolması her şeyin doruk noktası olmuştu.

Passan hazırlıksız yakalanmıştı. Guillard'ı kıstırma inadı içinde, katil kim olursa olsun, yeniden harekete geçebileceğini neredeyse unutmuştu. İlk düşüncesi, gidip Guillard'ın tepesine binmek ve kurbanını alıkoyduğu yerde ona her şeyi itiraf ettirmek olmuştu. Ancak hiçbir şey yapamazdı – özellikle de bu şekilde hareket edemezdi.

Geriye klasik arama operasyonlarından başka yapacak bir şey kalmıyordu. Devriyelerin artırılması, kapı kapı dolaşma, görgü tanıklılarına başvurma... Aslında herkes Leïla'nın cesedinin bulunmasını bekliyordu.

Tam da o sırada, Passan önemli bir bilgi almıştı. Birkaç hafta önce, Château-des-Rentiers Sokağı'ndaki mali şubeden bir polisi, illegal yollarla Patrick Guillard'ın holdingini incelemesi için ikna etmişti. Bir şey çıkacağına pek ihtimal vermiyordu, ama mali şubenin adamı, Guillard'ın şirketleri arasında, faaliyeti yanlış tanımlanmış –"araba bakım ve onarım araştırmaları ve uygulamaları"– PALF adında bir servis istasyonu bulunduğunu tespit etmişti. Jersey'deki bu şirket, grup içindeki diğer tamirhanelere verdiği danışmanlık hizmetlerini faturalandırıyordu. Bu şekilde elde ettiği –yüksek– kazançları da bir Anglonorman gayrimenkul şirketinde topluyordu. Açıkçası, Guillard kendi şirketleri bünyesinde sahte fatura yöntemi uyguluyordu. Hiç kimse onu bu sebepten dolayı cezalandıramıyordu. Buna karşılık, bu bok çukurundan bir maden külçesi de çıkmıştı: Jersey'deki gayrimenkul şirketinin Stains'de, Guillard grubu şirketleri arasında yer almayan bir tamir atölyesi vardı. Bir gizlenme yeri mi? Ayinlerini yaptığı bir tapınak mı?

Passan bu bilgiyi 19 Haziran pazar günü, saat 23.30'da almıştı. Kimseye haber verme gereği duymamıştı, çünkü kimse yasal saatten, yani sabah altıdan önce bir müdahalede bulunmak istemezdi. Ve Patrick Guillard konusuyla ilgili her şeyde burnuna kötü kokular geliyordu.

Kaybedecek zamanı yoktu. Fifi'yi telefonla aradı. Kimseye bir şey söylemeden deponun bulunduğu yere ikisi gidecekti.

Sonuç ortadaydı.

Meslek hayatının en boktan hatası.

18

Passan gözkapaklarını ovuşturdu ve gözlerini açtı.

LED lambanın ışığı altında değişen bir şey yoktu.

Onu hiçbir yere götürmeyen bu kaotik olaylar ve bilgiler bütün bedeninde etkisini göstermiş gibiydi: mide ağrıları, kol ve bacaklarda kramplar, omurgada acı veren tutulmalar.

Saat gecenin ikisi olmuştu. Ve hâlâ uykusu yoktu. Elini başka bir karton kutuya daldırıp suç mahallerinin fotoğraflarını aldı. *Görsel* kâbus turuna başlamadan önce kupasına yeniden kahve doldurdu.

Audrey Seurat. Karina Bernard. Rachida Nesaoui. Aynı sahneler, aynı ya da hemen hemen aynı görünümdeki cesetler. Siyah balçıkla ya da yeşermiş çimenlerle büyük bir tezat oluşturan bembeyaz cesetler, kemik gibi sertleşmiş göbek kordonuyla volkanik kaya parçalarına –kömürleşmiş bebekler– bağlıydı.

Bu fotoğrafları binlerce kez bütün ayrıntılarıyla incelemişti ve artık etkilenmiyordu. Fotoğraflar bu gece ona özellikle önceki akşam yaşanan vahşeti hatırlatıyordu. Sokak serserileriyle olan kavgayı. Atölyesinin kapısındaki Guillard'ı. İçerideki yeni ceset ile ateşi. Yumruklarının altında debelenen katili. TIR yaklaşırken onu asfalta yapıştırması...

Bir kamyon korması onu kendine getirdi.

Kahvesinden bir yudum aldı. Bilincinin derinliklerinde bir yerde bir ayrıntı gizliydi, ancak neydi bilemiyordu.

Önemli bir şey.

Bandı başa sar. Patrick Guillard atölyesinin kapısında duruyordu. Siyah yağmurluk. Dazlak bir kafa. Şaşkın suratında harelenen yansımalar.

Odaklan. Ellerinde soluk renkli, kanlı eldivenler vardı...

Passan bandı biraz daha hızlandırdı. Birkaç dakika sonrası.

Durdur. Guillard ıslak asfaltın üstünde debeleniyordu.

Yakın plan. Eldivenleri yoktu.

Passan cep telefonuna uzandı. Bir tuşa bastı. Bir numara.

– Alo?

Fifi'nin sesi uykuluydu.

– Benim. Guillard'ı nasıl köşeye sıkıştıracağımızı biliyorum.

– Ne?

Passan yatak örtülerinin hışırtısını duydu ve kafasının yerine gelmesi için ortağına birkaç saniye müsaade etti.

– Kaçarken, diye devam etti, cerrahi eldivenleri vardı. Onu otoyolda yakaladığımda ise eldivensizdi. Onları boş araziye atmış olmalı.

– Yani?

Yardımcısının sesi, kendine geldiğini ispatlarcasına düzgün çıkmıştı.

– İşte bu eldivenler, eksik olan bağlantı. Bir yanda kurbanın kanı, diğer yanda Guillard'ın genetik izi. Teri, deri parçacıklarını eldivenlere bulaştırmıştır. Laboratuvarlar bu parçacıklardan DNA analizi yapabilir. Bu eldivenler onun kodese giriş bileti!

Yeniden çarşaf hışırtıları duyuldu, ardından da bir çakmak sesi.

– Tamam, dedi Fifi, sigarasından derin bir nefes çekerek. O halde?

– Gidip araziyi arayacağız.

– Ne zaman?

– Şimdi. Seni almaya geliyorum.

19

– Kalkın canavarlar!

Naoko odaya ışık girmesi için perdeyi araladı. İyi uyuyamamıştı, topu topu birkaç saat. Gün doğarken uyanmış, yağmurun sesini dinlemişti. Karanlıkta yağmurun ritmi, kendini bir anlığına Tokyo'daymış gibi hissetmesine neden olmuştu. Adası, gözyaşlarına aşina bir kadın gibi sağanak yağmurlara alışkındı.

Aklına takılan soruları sürekli yineleyerek, sabırla çocukların uyanma saatini beklemişti: Gerçekten villayı satmak zorunda kalacaklar mıydı? Sırayla çocuklara bakmak iyi bir fikir miydi? Hemen bugün, bu konuyu Passan'la konuşmaya karar vermişti.

Shinji'nin üzerine eğilip onu öpücüklere boğdu. Çocukları böyle uyurken görünce, onları uyandırmak için kendini zorlamak zorunda kalıyordu. Şefkatli, yumuşak yapısına karşı sürekli bir mücadele veriyor, orta yolu bulmak için katı çözümler, otoriter tavırlar sergiliyordu.

– Hadi, kalk bir tanem, diye fısıldadı, Japonca olarak.

Çok daha kolay uyanan Hiroki'nin yanına gitti. Çocuk uyku halinden kurtulup gözlerini açtı. Aslında, Naoko duygularını ifade etmek için formatlanmamıştı. Baba şiddeti onda bir şeyleri yok etmişti, bu da sevgisini gösterme konusunda onu beceriksiz kılıyordu.

– Hadi Shinji, dedi, hâlâ uyanmamış olan büyük oğlana.

Perdeleri tamamen açtı ve onu yataktan çekip kaldırmaya kararlı bir şekilde yeniden Shinji'nin yanına döndü. Aniden durdu: Yastığının yanına bir Chupa Chups bırakılmıştı.

Teninde karıncalanmalar hissetti ve ölçülü davranmayı bir kenara bırakıp oğlanı sarstı:

– Uyansana!

Sonunda oğlan bir gözünü açtı.

– Bunu sana kim verdi? diye Fransızca sordu, lolipopu sallayarak.

– Bilmiyorum...

Bir şeyler sezmiş gibi Hiroki'ye dönüp baktı. Yatağına oturmuştu, onun da elinde bir lolipop vardı.

Hışımla oğlanın elindeki lolipopu aldı ve bağırdı:

– Bunları size kim verdi? Ne zaman?

Oğlunun sessiz şaşkınlığı net bir cevaptı. Hiroki de bir lolipop bulmuştu. *Passan.* Gece sessizce eve girmişti. Her yatağa hediyesini bırakmıştı.

Sonunda uyanan Shinji'nin üzerine atıldı:

– Babanız eve geldi, değil mi?

Ardından hiddetle oğlanın kolunu tuttu:

– Baban, değil mi?

– Canımı acıtıyorsun...

– CEVAP VER!

Shinji gözlerini ovuşturdu:

– Ben, ben bir şey bilmiyorum.

– Çabuk giyin.

Naoko oğlanların giysilerini almak için dolabı açtı.

Sakinleşmeliydi.

Passan'ı hemen aramamalıydı.

Ve özellikle de çocukları korkutmamalıydı.

Hâlâ uyku sersemi olan Shinji'nin yanına gitti ve onu acele etmeden giyinmeye zorladı. Hiroki çoktan banyoya gitmiş dişlerini fırçalamaya başlamıştı bile. Büyük oğlunun kemerini taktı ve kardeşinden sonra banyoya gitmesini söyledi.

Doğrulurken büyük bir bitkinlik hissetti. Yatağa kıvrılmak ve gözyaşlarına boğulmak istiyordu. Neyse ki hâlâ öfke doluydu ve bu, onu ayakta tutuyordu.

Passan biraz daha bekleyebilirdi.

20

Üç saatten beri çamurun içinde bata çıka yürüyorlardı. Üç saattir durup durup yağan sağanağın altındaydılar.

Ağaran günün kararsız ışığında yürümüşlerdi. Yağmurun gri perdesini delen sütbeyazı aydınlığı görmüşlerdi. Bir anlamda bu yağmurlu hava onların lehineydi. Binaların kuytusunda in cin top oynuyordu. Ne şantiyelerin çevresinde ne de boş arazide tek bir canlı vardı. Le Clos-Saint-Lazarre uyanmak istemiyordu.

Buna karşılık Passan, yağmurun eldivenlerin üstündeki izleri silmesinden korkuyordu. Tabii onları bulurlarsa...

Şimdilik hiçbir şey yoktu. Olivier ile Fifi, Guillard'ın atölyesinin kapısından girmiş, şantiyeyi boydan boya geçmiş, sonra otoyola uzanan boş araziye ulaşmışlardı. Atölyede buldukları birtakım nesnelerle –Passan'ın elinde U tipi bir bisiklet kilidi, Fifi de ise bir radyo anteni vardı– toprağı eşeliyorlar, otları aralıyorlar, çöpleri karıştırıyorlardı.

Soğuğa rağmen Passan muşamba yağmurluğunun içinde sıcaktan geberiyordu. Kapüşonlu kafalar görme kaygısıyla sürekli arkasına, semtin dalgalı surları andıran toplu konutlarına bakıyordu. Çeteler, ilk banliyö trenleriyle geceleri dolaştıkları yerlere döner ve çoğunlukla da gün ağarırken en berbat kavgalar patlak verirdi. Ayrıca bir polis devriyesiyle ya da suç önleme birimine bağlı bir ekiple karşılaşmaktan da çekiniyordu. Burada görülmesi hoş karşılanmazdı.

Saatine baktı: 08.10. Birazdan Adli Polis Merkezi'ne giderek imza atıp mesaisine başlaması gerekiyordu. Bir başarısızlık daha. Eldivenleri bulma fikrinden bile emin değildi. Belki de Guillard geri dönüp onları almıştı. Ya da rüzgâr onları bir yerlere savurmuştu. Veya çocuklar eldivenleri bulmuş ve fırlatıp atmıştı. Arazi olay yeri şeritleriyle koruma altına alınmıştı, ancak buralarda kimse bu tür uyarılara aldırış etmezdi. *Tam tersine...*

– Ara verelim mi?

Passan "tamam" anlamında başını salladı. Fifi esrarlı bir sigara yaktı ve sırf kibarlıktan –Olivier'nin kafa yapıcı şeylerle hiç işi olmazdı– bir fırt çekmesi için ona uzattı. Sonra paslanmış bir buzdolabının üzerine oturdu ve gümüş rengi küçük bir şişe çıkardı. Kapağını açıp amirine uzattı. Passan yine reddetti. Fifi küçük bir yudum aldı.

– Bunlardan vazgeçmen gerekiyor, diye tavsiyede bulundu Passan. Artık gerçekten sınırdasın.

Fifi bir kahkaha patlattı:

– Cenaze arabasıyla alay eden ambulansa bak.

– Ne demek istiyorsun?

– Boşuna doğruyu oynuyorsun, lastiğin patlamış, jant üstünde gidiyorsun.

– Anlamıyorum.

– Şu Doğumcu hikâyesinden bahsediyorum, artık hiçbir şeyi kontrol edemiyorsun.

Passan bir kısmı toprağa gömülmüş tekerleksiz bir mobilet iskeletinin üzerine çıktı.

– Bu işi bitirmek istiyorum, hepsi bu.

– Hepsi bu mu? Bir herifi linç etmeye, bir sorgu yargıcının odasını kullanılmaz hale getirmeye, sabahın köründe lateks eldivenleri aramaya kalktın...

– Nitril eldiven.

– Nasıl istersen... Bomboş lanet bir arazide, her zamanki gibi son derece yasadışı bir şekilde. İstifanı vermen gerekecek – ve hemen kabul edilecek.

Başkomiser kapüşonunu başına geçirdi. İnce ince yağan yağmur tenine yapışıyordu.

– İşsiz kaldığında, diye ısrarla konuşmasını sürdürdü Fifi, nafakayı nasıl ödeyeceksin?

– Nafaka olmayacak.

– İyi, göreceğiz.

– Naoko benden daha fazla kazanıyor ve dönüşümlü olarak çocuklara bakacağız.

Fifi başını salladı, içkisinden büyük bir yudum daha aldı, sonra bir yıllık susuzluğunu gidermiş gibi memnun bir halde derin bir nefes aldı.

– Şu senin ev hikâyesi gibi, diye devam etti, çatallanan bir sesle. Hayatını ortak mülkiyet olarak yaşıyorsun. Bir projeden söz ediyorsun. Bu Naoko'nun fikri, değil mi?

– Hiç de değil. Neden?

Fifi esrarlı sigarasından o kadar kuvvetli bir nefes çekti ki otun kırmızı yalazı gözlerini aydınlattı.

– Bilmiyorum... Onun hep tuhaf fikirleri vardı.

Olivier oturma yerinin üzerinde dengede durmaya çalışarak, mobiletin gidonuna doğru eğildi:

– Nereye gelmeye çalışıyorsun?

– Japonlar farklıdır, bu bir sır değil. Bizzat sen, bana hep Naoko'nun... özel olduğunu söyledin.

– Böyle mi dedim, ben? dedi Passan, şaşırmış gibi yaparak. Bana bir örnek ver.

– Çocuklara karşı aşırı katıymış.

– Aşırı katı değil. Ciddi, hepsi bu. Ve bu da onların iyiliği için.

Fifi içkisinden bir yudum daha aldı ve bir fırt duman çekti; bu cehennemi uyumdan ilham alıyordu.

– Onların doğumlarında bile bulunamadın! diye bağırdı birden, aklına doğruluğu tartışılmaz bir argüman gelmiş gibi.

Passan bu dolaylı saldırıyı beklemiyordu.

– Ülkesinde doğurmak istedi, diye açıkladı Passan, birkaç saniye bekledikten sonra. Çocukların Japon uyruğunda olması için. Onun bu kararına saygı gösterdim.

Fifi taşı gediğine koydu:

– Ama sensiz gitti.

Başkomiserin canı sıkıldı. Bu sırrı Fifi'ye söylediği için pişmanlık duyuyordu.

– Ailesinin yanında olmak istedi, diye homurdandı. Doğumun özel bir olay olduğunu ve annesine ihtiyacı olduğunu söyledi. Zaten iş nedeniyle onunla birlikte gidemezdim...

Fifi cevap vermedi. Yeni bir esrarlı sigara yaktı – Olivier yakın bir gelecekte Fifi'nin ağzından ateş çıkaracağını düşündü. Uzaktan asfalta çarpan yağmurun sesinden başka bir şey duyulmuyordu. Naoko boğuk ve yorgun bir sesle, ona ilk oğullarının dünyaya geldiğini bildirirken bir gözetleme minibüsünde gizli görevde olduğunu hatırlıyordu. On bin kilometreden daha uzak bir mesafede.

– Bu onun kararıydı, diye tekrarladı, ve ben buna saygı gösterdim.

Fifi "hiç kuşkusuz" der gibi kollarını açtı:

– O özel biriydi demek.

Passan bir sıçrayışta mobiletten indi, U tipi bisiklet kilidi hâlâ elindeydi ve gayriihtiyari geri çekilen Fifi'ye doğru yaklaştı.

– Her halükârda, bunda senin canını sıkacak ne var? Aramızdaki her şey bitti ve...

Çalan cep telefonu konuşmasını kesti. Tek harekette telefonu açtı.

– Alo?

– Şu lolipop hikâyesi de ne?

Arayan Naoko'ydu. Ne günaydın demiş ne de en ufak bir sevgi sözcüğü söylemişti.

– Dün gece eve uğradın mı?

– Hayır. Ben...

– Beni aptal yerine koyma. Seninle anlaşmıştık. Bu benim haftamdı. Villaya adımını atmaman gerekiyordu.

Passan hiçbir şey anlamıyordu. Ne olduğunu öğrenmeye çalıştı:

– Sakin ol. Ve neden bana bu kadar öfkelendiğini anlat.

– Gece bir hırsız gibi eve girdiğin ve çocukların yataklarına lolipop bıraktığın için sana öfkeliyim. Hangi sebeple yaptın bilmiyorum ama Noel Babalık tasladığın için ve anlaşmamıza sadık kalmadığın için sana öfkeliyim. Birlikte kurduğumuz düzeni berbat ettiğin için sana öfkeliyim. Ben...

Passan artık dinlemiyordu. Davetsiz bir misafir eve girmişti. *Oğullarının odasına.* Bir uyarı. Bir tehdit. Bir provokasyon.

KİM?

Yavaş yavaş, Naoko'nun sesi yeniden duyulmaya başladı:

– Çocuklar için bu çok önemli. Kendi yollarını nasıl bulmalarını istiyorsun?

– Anlıyorum.

Naoko'nun derin bir iç çektiğini duydu. Birkaç saniye geçti. Tam ona yeniden bir şeyler soracakken Naoko konuşmaya başladı:

– İşyerime uğramanı istiyorum.

– Ne zaman?

– Bugün.

– Neden?

– Bana sendeki anahtarları vermen için. Her birimiz için bir hafta ve tek bir anahtar.

– Bu çok gülünç. Bu...

– Öğle yemeğinden önce seni bekliyorum.

Naoko telefonu kapattı. Passan elindeki telefona bakakaldı. Bir düşman evine girmiş ve çocuklarının yanına kadar gitmişti. Bu düşüncenin daha ötesine geçemiyordu. Midesinde katırlar tepişiyormuş gibi hissediyordu.

Çisentili rüzgâr altında Fifi alaycı bir ses tonuyla, Julien Clerc'in "Ma Préférence" şarkısını mırıldanıyordu:

– *Bana inanın, sadece ben onun ne zaman üşüdüğünü biliyorum. Onun bakışları...*

Passan'ın ona doğru fırlattığı U tipi çelik kilitten son anda kurtuldu.

21

Bir saatten daha kısa bir süre sonra Passan, Naoko'nun ofisinin bulunduğu binanın büyük holüne giriyordu. Mermer zemin. Dizi dizi sütunlar. Baş döndürücü yükseklikte bir tavan. Her seferinde kendini bir katedralin sahnına girmiş gibi hissediyordu. Vitray yerine, başka binalara ve onların göz alıcı ışıltılarına bakan devasa pencereler. Kâr Tanrısı kültüne ithaf edilmiş, kutsal bir yapı.

Başkomiser adımlarını hızlandırdı. Ayak sesleri ona cehennemi bir şamataya neden oluyormuş gibi geliyordu. Naoko'nun şirketi gökdelenin iki katını işgal ediyordu. Her şirketin bilançolarını bir cerrah dikkatiyle analiz etmekle ünlenmiş bir denetim şirketi. Bakış açısına göre, kurtarıcı veya öldürücü kabul edilen kusursuz raporlar. Şirket yok etmeler. Lisans vermeler. Güçlendirilmiş hedefler...

Çelik, cam ve yankıdan oluşmuş bu mekânda, şu anda her şey ona donuk ve ezici geliyordu. Bunların en başında da, okyanusun ortasında kaybolmuş filikaları andıran kırmızı kanepelerle çevrili bir salonda, kollarını göğsünde çaprazlamış, onu ayakta bekleyen Naoko vardı.

Kötü günlerde bile soğukkanlıydı. Bu tür durumlarda, suratı bir maskeden farksız olurdu. Oval, nazik, kusursuz ve ifadesiz bir yüz. Dekora uygun bir duygusuzluk ve soğukluk abidesi.

Passan yağmurdan dolayı sırılsıklamdı, kıyafetleri kırış kırış olmuştu ve tıraşsızdı. Naoko kınayan gözlerle ona bir bakış attı. Ardından tek kelime etmeden kollarını açtı ve avucunu ona doğru uzattı.

Passan anlamazdan geldi. Genç kadının üstünde incecik bedenini örten pilili, dökümlü, pastel tonlarında bir elbise vardı. Onu saran ve büyüleyici bir aura yaymasına yol açan bir elbise. Başı ileride, dik kafalı bir tavırla duruyordu. Alnı da porselen bir kâse kadar pürüzsüz ve beyazdı.

– Anahtarlar, diye atıldı, bir serseriye ceplerini boşaltmasını emreden bir polisin ses tonuyla.

– Bu çok saçma, dedi Passan, anahtar demetini çıkarırken.

– Saçma olan senin lolipoplarla çocuklarının sevgisini satın almak istemen.

Olivier iki anahtarı Naoko'nun avucuna bıraktı, genç kadının eli yırtıcı bir kuşun pençesi gibi kapandı. Naoko'nun bir özelliği vardı: En ufak bir heyecanda titremeye başlıyordu. Parmakları oynuyor, dudakları seğiriyordu. Passan sık sık Japonların soğukkanlılıklarıyla tanınmalarının nereden kaynaklandığını düşünürdü. Naoko kadar tutkulu, hassas biriyle hiç karşılaşmamıştı. Sinirleri bir kotonun telleri kadar gergindi.

– Çocukların velayetini mi istiyorsun?

– Abuk sabuk konuşmayı bırak.

– Öyleyse tam olarak ne dolaplar çeviriyorsun?

– Hiçbir şey. Sana yemin ederim ki hiçbir şey.

Aralarında bir sessizlik oldu, holün gürültü patırtısı tavanlarda yankılanıyordu. Kilise mensuplarının büyük ayin öncesi uğultusu.

– Şu lolipopları, dedi Passan birden, saat kaçta buldun?

– Bu sabah, yataklarında. Ben...

Naoko sustu. Birden rengi atmıştı.

– Sen bırakmadın mı?

Passan başını öne eğdi:

– Ben bıraktım.

– İçler acısı bir durum.

– Hep yanlarında olduğumu hissettirmek istiyorum, anlıyor musun?

– Her hafta birimiz, bu kadarı yeterli. Eğer sen yeni kurallara alışmalarına izin vermezsen, bu kadarı da olmayacak.

Olivier cevap vermedi. Naoko'nun stres altında iyice belirginleşen bir tuhaflığı daha vardı: Gözlerini bir Avrupalı kadından çok daha hızlı kırpıyordu. Bazen, gözkapaklarının bu hızlı hareketi ona canlı ve afacan bir hava veriyordu. Bazen de, onu son derece kırılgan gösteriyordu. Sanki gerçeğin şiddetinden ürkmüş, dünyanın katılığından şaşkına dönmüş gibi.

– Tamam, dedi Passan, konuşmayı sonlandırmak için. Bu gece seni ararım.

Naoko arkasını döndü ve asansörlere doğru yürümeye başladı.

– Gerek yok.

22

Passan dönel kavşakta hızla yol alıyordu.

Yeniyetmeliği boyunca, La Défense'ın çevresindeki bu beton tacı mobiletle dolanmıştı. Söylenebilecek tek şey, semtin kendi kendini inşa etmiş olmasıydı. La Grande Arche. EDF, CBX kuleleri, Exaltis binaları, Cœur Défense gökdelenleri... Gökyüzüne uzanan camdan oklar. Balkıyan doruklar. Yarısaydam bloklar. Tüm bunlar asfaltı delmiş, yerkabuğunu kırmış, bir anda özgürce gökyüzüne yükselmişti. Sermayenin ve yatırımların tektoniği.

İki paralık bu sosyal felsefe, başına gelen korkunç şeyden daha ezici değildi. Evine girilmişti. Yaşam alanı tecavüze uğramıştı. Karısının ve çocuklarının yaşadığı evin mahremiyetine saygısızlık edilmişti. Bu nasıl mümkün olabilirdi? Aslında, çok zor olmamıştı. Cinayet Bürosu'ndaki deneyimine rağmen, takviyeli kilitler takmayı, çelik kapılar yaptırmayı, alarm sistemi kurdurmayı hep reddetmişti. Batıl itikatları daha ağır basmıştı: "Fazla ihtiyat, bütün sıkıntıların anasıdır." Ya da "Kötülükten ne kadar çok korkarsan, onu o kadar üzerine çekersin."

Bir türlü kurtulamadığı aptalca özdeyişler.

Naoko dengeyi sağlıyordu. Her kilidi üç kez kontrol etmek, yürürken daima arkasına bakmak, kalabalıkta çantasına sımsıkı sarılmak gibi marazi bir alışkanlığı vardı. Ama villayı korumak için ciddi bir sistem kurulmasını hiç talep etmemişti.

Her gece her tarafın iyice kapatılıp kapatılmadığını kontrol ederdi. Eğer kilitler zorlanmış olsa, bunu fark ederdi. Anlaşılması güç bir başka şey de Diego'ydu. Evin maskotu, bir bekçi köpeği değildi ama hiç havlamadan Shinji ile Hiroki'nin odasına birinin girmesine asla müsaade etmezdi.

Davetsiz misafirin profilini hayal etmeye çalıştı: İçeri fark ettirmeden girme konusunda bir profesyonel, bir gece kuşu... İsimler, tarihler peş peşe aklına geldi ama hepsini bir kenara itti – tek bir isim dışında: Patrick Guillard. Bunu içinde hissediyordu. Eve giren Doğumcu'ydu. Bu bir uyarıydı: Passan ona yaklaşmamalıydı. Aksi takdirde aralarındaki savaş başka bir zemine kayacaktı.

Trois-Fontanot Sokağı'na yaklaşıyordu. Hayır. Bu varsayımın elle tutulur bir yanı yoktu. Guillard asla böyle riskleri göze almazdı. Kurbanlarıyla oynama ve onlara efendilik taslama konusunda çok daha basit davranırdı. Masum ve kurban. Hiçbir sebep onu çizgisinden saptıramazdı.

Düşmanlarımın listesini çıkarmalıyım. Son dönemlerde tedirgin ettiği ve henüz yakalanmamış herifler. Kodese tıktığı ve cezasını çekip hapisten çıkmış sabıkalılar. Hâlâ hapiste yatan, ancak dışarıda suç ortakları olanlar.

Otoparka girerken Guillard yeniden aklına takıldı. O anda, karmaşık bir duyguya kapıldı. Oğullarının saçının tek bir teline bile dokunulduğu düşüncesi onu kaygılandırmıştı ama aynı zamanda da anlaşılması güç bir memnuniyet duyuyordu. Pislik herif sonunda ormandan dışarı çıkıyordu...

Kontağı kapattı ve kendi çılgınlığının boyutlarını tarttı. Badan çok bir polis miydi? Çocuklarının içinde bulunduğu tehlikeye rağmen, bir savaşçının coşkusunu hissediyordu. Guillard, onun aylardan beri beklediği hatayı yapmak üzereydi.

Arabasının kapısını kilitlerken, aslında köşeye sıkışmış olduğunu anladı. Villasında araştırma yapması lazımdı. Eve zorla girerken bir iz bırakıp bırakmadığını öğrenmeliydi. Parmak izi almalıydı. Komşularla konuşmalıydı... Bunların hiçbirini yapamazdı. En azından durumu Naoko'ya açıklamadıkça ve bu da, söz konusu değildi.

Asansöre doğru ilerledi. Zaten davetsiz misafir, hiç kuşkusuz önlem almış ve herhangi bir iz bırakmamış olmalıydı. Geriye kalan tek savunma yöntemi, şimdilik önleyici tedbirler almaktı. Malum hedefi –ve kendi ailesini– sürekli gözetim altında tutmak.

23

– Mahalleme gece gündüz devriyeler istiyorum. Evimin önüne de bir gözetleme minibüsü. Adamlar yirmi dört saat Guillard'ın peşinde olacak. Chezy Meydanı'ndaki çıkmaz sokağın girişine de gözetleme minibüsü yerleştirilsin. Tamirhanelerinin önüne de ekipler. Lanet olsun, o kaçık öksürdüğünde cep telefonumun titremesini istiyorum!

Hızlı adımlarla koridorda ilerliyordu. Fifi küçük adımlarla onu izliyordu.

– Buna imkân yok Olive. Bunu sen de biliyorsun.

– Yargıcı arayacağım.

– Buna gerek yok. Zaten adamlar Guillard'ı izliyor.

Passan durdu:

– Kim?

– Özel Harekât. Albuy ve Malençon.

Her ikisini de tanıyordu. Çaylak değillerdi. Çoğunlukla çelik yelek giyen ve sivil görevde bile kask takan gerçek harekâtçılardı.

– Onları kim görevlendirdi? Levy mi?

– Hayır. Calvini. (Fifi sapsarı dişlerini sergileyerek gülümsedi.) Düşündüğünden daha akıllı. Ve Guillard'ı gözetim altında tutmak için senin krizlerine ihtiyacı yok.

– Ona güvenmiyorum, dedi Olivier kötü niyetle. Derhal bizim çocukları istiyorum, anladın mı?

– Asıl sen anlamamışa benziyorsun. Artık kimseyi göreve atayamazsın.

Passan bir kahkaha patlatarak yeniden yürümeye başladı:

– Çünkü beni davadan aldılar, öyle mi? Bunda dert edecek ne var? Başka bir dosya için ekip oluşturacağız ve araç gereç işini bu şekilde halledeceğiz. Lanet olsun, sana mesleği öğretecek değilim!

Ofisinin önüne geldi, kapı koluna yapıştı. Kilitliydi. Öfkeyle anahtarı çıkardı ve kilide sokmaya çalıştı. Girmiyordu. Biraz daha dikkatle bakınca kilidin değiştirilmiş olduğunu fark etti. Yağ hâlâ deliğin içinde parlıyordu.

– Bu kepazelik de ne?

– Geldiğinden beri sana açıklamaya çalıştığım buydu. Bugünden itibaren üçüncü katta görev yapacaksın. İstatistik şubede.

– Neyin istatistiği?

– Kategorilerine göre sınıflandırılacak bütün karmaşık suçlar. Suç oranları. Son altı ayda işlenmiş suçlardaki artış.

– Bu işi herhangi bir bilgisayar da yapabilir.

– Senin uzman bakış açına güveniyorlar.

– Ben Yerel Adli Polis Müdürlüğü'ne bağlı değilim!

Fifi cebinden bir zarf çıkardı:

– Resmi görev kâğıdı. Cinayet Bürosu'ndan alındın. İstisnai bir durum. Bu raporu İçişleri Bakanlığı'nın dikkatine yazmak için özel olarak görevlendirildin. (Alaycı bir ses tonuyla devam etti.) Bir tür terfi şekli.

– Ya üzerinde çalıştığımız dosyalar?

– Onları Reza devralıyor.

– 36'daki Reza mı?

– Buraya dönüyor.

– Ben olmadan mı?

Fifi cevap vermedi. Passan bir fikir, bir açıklama çıkmasını bekler gibi ellerini saçlarının arasından geçirdi. Ama dudaklarından sadece ıslığı andıran bir ses çıktı:

– Lanet olsun!

– Aynen dediğin gibi. Önceki gecenin hesabı kapanmadıkça fazla göze çarpmamak zorundasın. Rakamların içine dal ve kendini unuttur.

– Peki ya benim evin gözetimi?

– Şu an senin yapabileceğin tek şey semt karakoluna gidip şikâyette bulunmak. Ve açık yüreklilikle söyleyeyim, şu Chupa Chups hikâyenle dağları yerinden oynatırsan şaşırırım.

Passan, dişleri sıkılı bir halde, başıyla onu onayladı. Safra tadı gırtlağını yakıyordu.

– Sana yeni ofisini göstereyim mi?

Hiç konuşmadan, yürüyerek çıktılar. Üçüncü katta da, her şey diğer katların aynısıydı: duvardan duvara halı, aydınlatma sistemi, havalandırma... Bununla birlikte ne kapılarda ne de duvarlarda cam vardı. En azından siesta yapabilir ya da otuzbir çekebilirdi.

Yardımcısı 314 numaralı ofisin kilidini açtı. Bir adım kenara çekildi ve anahtarı ona verdi. Passan yeni inini dikkatle inceledi. Dalga geçer gibi güneş alıyordu ve güneş ışınları bu hüzünlü manzaraya ok gibi saplanıyordu. Oda yerden tavana kadar, tamamen dosya doluydu. Yerde, dolapların önünü tıkayan klasörler yığılıydı. Çelik masanın üstünde, dağılmış, saçak saçak olmuş, sararmış kâğıt tomarları duruyordu.

– Bu eski püskü şeyler ne için?

– Önceki yıllarla karşılaştırmalar yapabilmen için.

Passan odanın içinde ilerledi. Işık içerinin tozunu iyice belirgin kılıyordu.

Fifi kapıda durmuş, dudaklarında gülümsemeyle onu inceliyordu. Passan Fifi'nin onunla alay ettiğini düşündü, ancak yardımcısı cebinden bir Post-it çıkardı.

– Bugün her şeyini kaybetmedin.

– Bu ne?

– Günün flaş haberi.

Passan kâğıdı aldı ve okudu: "Nicolas Vernant." Başını kaldırdı ve soran gözlerle Fifi'ye baktı.

– Bu sabah İnsan Kaçakçılığını Önleme Müdürlüğü'nden bir arkadaşımla kahve içtim. Bazı şüphelileri gözaltına almak için bir operasyon hazırlığı içindeler. Aylardan beri internet üzerinden faaliyette bulunan bir pedofili şebekesi.

– Bu Nicolas Vernant da listede mi?

– Bir yıldan beri, bu tarzdaki en berbat sitelere yaklaşık üç bin kadar giriş hesabı var. Kullanıcı adı Sadko.

– Yani?

– Yanisi, adam Nanterre Çocuk Esirgeme'de çalışıyor.

Passan hemen anladı. Adama haber vermeli ve onunla görüşmeliydi. Patrick Guillard'ın dosyası karşılığında onun adını listeden yok etmeyi önermeliydi. Tabii bu sadece bir blöf olacaktı. Hem bu tarz bir anlaşma önerecek koşullara sahip değildi hem de bir pedofile karşı asla hoşgörülü davranmazdı. Ama bunu kim biliyordu ki? Kuşkusuz o pislik herif değil.

– Gözaltı operasyonu ne zaman başlıyor?

– Cuma. Ondan dosyayı almak için hafta sonuna kadar vaktin var. Çocuk Esirgeme'nin şubesi Nanterre Belediyesi'nde, en azından orada bir büroları var ve...

– Biliyorum.

Passan ismin yazılı olduğu Post-it'i cebine attı ve bir baş hareketiyle Fifi'ye teşekkür etti. Yardımcısı gözden kayboldu. Passan kapıyı kapattı ve ofis telefonuna uzandı.

Aşağılık bir herife baskı yapacaktı. Bir katil zanlısının dosyasını ele geçirmek için bir pedofille pazarlığa girecekti. Canavarın soyunu sopunu öğrenmek için... Belki de onu susturacak, suçlayacak ve tutuklayacak bir şeyler bulmak için.

İyi haberler alacaktı, ama sadece bir polise göre iyi.

24

Memur dayanışması.

Passan, Nicolas Vernant'a karşı bu kartı oynamıştı. Ona ofisinden ulaşmış, kendini tanıtmış ve her şeyi ortaya dökmüştü: internet denetimi, cuma günü başlatılacak gözaltı operasyonu, listedeki adı... Onu olabilecek en kötü şeyden kurtarmak istiyordu. Tutuklanmasına engel olmak. Fransa devletini bir skandaldan kurtarmak.

Adam itiraz etmiş, ancak Olivier ona Sadko diye hitap etmiş ve son söz olarak "Telefonda olmaz" demişti. Ona, Nanterre Belediyesi'nin piramidi andıran binasının arkasında yer alan, bildiği bir kafede, Chris'Belle'de, saat 18.00 için randevu vermişti. Polis telefonu kapadığı için Vernant'ın cevap verecek zamanı olmamıştı.

Passan günün kalan kısmını bilgisayardaki istatistik dosyalarını değil, kodese yolladığı, ancak son dönemde hapisten çıkmış olan sabıkalıları inceleyerek geçirmişti. Telefon görüşmeleri yaparak, dosyaları ve interneti tarayarak tek tek hasımlarının davalarını, temyiz dosyalarını, şartlı tahliye taleplerini, durumlarını ve nerede olduklarını incelemişti. Ona kimlerin kızgın olabileceğini öğrenmek için meslektaşlarıyla, muhbirleriyle, eski tanıdıklarıyla temasa geçmişti. Louis-Blanc Polisi'nde üç yıl, Özel Harekât'ta dört yıl ve sonra Cinayet Bürosu'nda yedi yıl. Düşman kazanmak için hiç de az bir zaman değildi.

Somut hiçbir şey bulamamıştı. Sadece ciğerleri tozla, beyni de boktan anılarla –ciddi bir şüpheli listesi oluşturamadan– dolmuştu.

Cluseret Sokağı'na gelince, elde etmeyi başardığı tek şey, Suresnes'deki Moutier Meydanı Polis Merkezi'nin, arada sırada villanın önünden geçen bir devriyesiydi. Bu, yetersiz olsa da hiç yoktan iyiydi. Şikâyetçi olmamış, herhangi bir belge doldurmamıştı. Polisler ona bu hizmeti "dayanışma ruhuyla" veriyorlardı. Çocuklar da Naoko da henüz eve dönmemişti. Gece güvenliğini sağlamak için bir fikri vardı.

17.30'da, randevu verdiği kafeye gitmek üzere Nanterre'deki Joliot-Curie Caddesi'nde yol alıyordu. Belediyenin, Maya tarzı piramit binasının önüne gelince arabasını katlı otoparka bıraktı ve aşağıdaki 8-mai-1945 Sokağı'na doğru yürümeye başladı. Buraları avucunun içi gibi biliyordu; eskiden dersleri astığında sürekli bu yolu kullanırdı.

Cinayet Bürosu'ndaki ilk günlerinde, Richard Durn'ün 27 Mart 2004 tarihinde tabancayla sekiz belediye meclisi üyesini öldürdüğü ve on dokuzunu da yaraladığı olay sırasında da buraya gelmişti. Katliamın yaşandığı yerde tek bir şeyi düşünmüştü: Bu kaçık katille aynı yıllarda mı okumuştu? Her ikisi de 1968 doğumluydu ve hiç kuşkusuz, belediyenin tam karşısındaki Joliot-Curie Lisesi'nin aynı dersliklerindeki aynı sandalyeleri kullanmışlardı. Bu örnek karşısında, onu suçtan ve delilikten uzak tuttuğu için Tanrı'ya şükretmişti.

Chris'Belle henüz hareketlenmemişti. Pütürlü beton bir katın altında, bir tür pleksiglas mağaraydı. Adı, patronun çocuklarının adlarının birleşiminden oluşmuştu: Christian ve Isabelle. Kafeye girdi. İçeride de herhangi bir değişiklik yoktu. Yalancı ahşap. Yalancı deri. Yalancı mermer. İç karartıcı ışıkta bile yapmacık bir şeyler vardı.

Bir bölmenin dip tarafına gizlenmiş adamını hemen fark etti. Büyük bira bardağının ardında dimdik duran, kafası kelle şekerini andıran bir fasulye sırığı. Passan kişileri renklerine, cinsel tercihlerine veya tuhaf görünümlerine bakarak potansiyel suçlu olarak değerlendirmezdi ama bu defa farklıydı. Herifin, yaptığı işe son derece uyumlu bir fiziği vardı. Yağlı saçlarının altında, soluk teni salonun loş ortamında parlıyordu. *Bir sapık.*

Passan hoyrat bir tavırla tam karşısına oturdu. Adamın irkilip sıçraması, onun bir hayvan olduğunu teyit eder nitelikteydi. Cebinden ikiye katlanmış bir kâğıt tomarı –ofisindeki evrak dağlarının arasından rasgele aldığı bir liste– çıkardı.

– Bu ne biliyor musun?

– Yok... Hayır.

– Son derece iğrenç sitelere giriş yapanların listesi.

Vernant korkulu bir ifadeyle kâğıtlara baktı.

– Ben... ben anlamıyorum.

– Anlamıyor musun? (Passan ona doğru eğildi ve bir sırrı açığa vurur gibi devam etti.) Senin kullanıcı ismin bu listede en az bin kere, hatta daha fazla yer alıyor. Ayrıca bu berbat sitelere ofisinden girdiğin anlaşılıyor. Tarihleri ve saatleri ister misin?

Herifin suratı bembeyaz oldu. Öldürücü darbeyi indirmekten başka yapacak bir şey kalmamıştı.

– Çocuk Esirgeme'de bu durum büyük bir çalkantıya sebep olur, öyle değil mi?

Koltuğunda iki büklüm oturan pedofil soğukkanlılığını korumaya çalışıyordu. Elini kâğıtlara doğru uzattı, Passan onu bileğinden yakaladı ve sertçe büktü, adam acıyla inledi.

– Dokunma. Henüz anlaşmadık.

Kolunu bırakınca adamın eli masanın altında kayboldu. Vernant'ın gözleri dolmuştu.

– Ne alırdınız bayım?

Bir garson yanlarında bitmişti.

– Hiçbir şey, sağ ol, dedi polis, gözlerini kurbanından ayırmadan.

– Üzgünüm, ancak bir şeyler ısmarlamanız gerekiyor.

Passan başını kaldırdı, kırklı yaşlarda, saldırgan tavırlı, iriyarı bir adamla göz göze geldi. Onun patronun oğlu Christian olduğunu anladı.

Kimliğini çıkardı:

– Ya sen, sen ne almak istersin?

Adam gözden kayboldu. Vernant oturduğu yerde iyice büzülmüştü. Her saniye biraz daha yalnızlaşıyor, biraz daha korkuyordu. Memurlar arasındaki dayanışma konusunun üstünden bir kez daha geçmesi gerektiğini anlamıştı.

– Senin gibi heriflere karşı uygulanacak iki yöntem vardır, diye devam etti Passan, buz gibi bir sesle. Yumuşak yöntem ve sert yöntem.

Adam yutkunmaya çalıştı. Âdemelması gözle görülür bir şekilde titriyordu ve buna engel olamıyordu.

– Yumuşak yöntem: Seni hemen sakin bir köşeye götürüyorum ve taşaklarını iki taş arasında eziyorum. İşte kimyasal kastrasyon konusunda benim kişisel tarzım bu.

– Peki... ya sert yöntem? diye fısıldadı Vernant sonunda.

– Adalet yakana yapışır. Hakkındaki iddialarla ve benim de üzerine ekleyeceklerimle, rahat rahat birkaç yıl alırsın.

– Siz...

– Hapiste, senin gibi tecavüzcüler özel bir muameleye tabi tutulur. Bu, taşaklarını taşla ezmemden daha uzun bir zaman alır ve çok daha fazla acı verir, ama inan bana sonuç aynı olur. Bununla birlikte, Çin İmparatorluğu'ndaki hadımlar gibi taşaklarını bir kavanozda saklayabilirsin.

– Siz... siz polis olduğunuza emin misiniz?

Passan gülümsedi:

– Benim tarzımda bir sürü polis var pislik herif. İyi ki de var. Aksi takdirde, senin gibi göt verenler serbest kalır ve çocuklara otuzbir çektirmeye devam ederdi.

– Siz... siz ne istiyorsunuz?

– Kalemin var mı?

Memur, Stypen marka bir dolmakalem çıkardı. Şüphesiz o anda tırnağının sökülmesini veya bir gözünün oyulmasını bekliyordu.

– Elini uzat.

Vernant tırnakta karar kılındığını düşündü ama Olivier adamın avucuna Guillard'ın adını yazmakla yetindi.

– Anne ve babası belli değil, 17 Temmuz 1971'de Saint-Denis'de doğdu. Yarın öğlen dosyasını buraya getirmeni istiyorum.

– Bu imkânsız. Dosyalar gizlidir ve bu, benim yetkim dahilinde değil.

Passan kâğıt tomarını ona doğru salladı:

– Gerçekten *imkânsız* olan bir şey var, o da lanet adını bu listeden çıkarmak.

Vernant avucuna baktı:

– Bu... bu çok yaygın bir ad.

– 17 Temmuz 1971. Saint-Denis. Bulursun. Sana güveniyorum.

Listeyi cebine koydu ve sapığın birasına tükürdü:

– Yarın öğlen. Burada. Beni hayal kırıklığına uğratma.

Kafenin kapısından çıkarken, terden omuzlarına yapışmış ceketinin ağırlaştığını hissediyordu. Bu tür saçmalıklar için yaşının geçip geçmediğini düşündü. Aynı zamanda kendini sert polis rolünde başarılı da buluyordu. Bu onun mesleğinde gelecekle ilgili bir tür güvence şekliydi.

Saat 18.00'i geçmişti. İkinci raunt başlıyordu.

25

It's quarter to three, there's no one in the place
Except you and me...
Make it one for my baby
And one more for the road...[6]

Naoko, internetten *The Sky's the Limit*'in ulaşılabilir tek versiyonu olan bu İspanyol filmini bulmuştu. Fred Astair'in 1943 tarihli pek bilinmeyen bir filmiydi. Annesi bir Godard, Truffaut, Resnais hayranı da olsa, Naoko sadece klasik dans ve klaketleri seviyordu. Passan onun daha ziyade Mizoguçi filmlerine veya kabuki tiyatrosuna düşkün olmasını arzulamıştı. Başkaları onun Japon idollerden ve hatta buto dansı çılgınlıklarından hoşlandığını düşünüyordu. Ama hayır. Onun Batılı –ve demode– zevkleri vardı. Görkemli balelere bayılıyordu. *Giselle. Coppélia. Kuğu Gölü.* Star dansçıların, koreografların isimleri konusunda alt edilemezdi. Tokyo'daki gençliği boyunca yüreği pas de deux[7] için çarpmıştı. Düşüncelerinde sık sık, Garnier Operası ve Bolşoy'da, gidip görmeye ant içtiği o mitsel mekânlarda geziniyordu.

Ama hepsinin üstünde tuttuğu başka bir şey vardı: 1930'lu yıllardan 1950'lere kadarki Amerikan müzikalleri. En başta da Stanley Donen ile Audrey Hepburn'ün oynadığı filmler, *Batı Yakasının Hikâyesi, Neşeli Günler...* Bunun ötesinde bir mutluluk yoktu.

Saat 22.00 olmuştu ve kendini iyi hissediyordu. Çocuklar yatmıştı. Isısı kırk iki derece olan suyla banyo yaptıktan sonra kendini hâlâ huzur dolu bir sıcaklık içinde hissediyordu. Sanki tüm bedeni, huzurdan kaynaklanan bir tür buğu yayıyordu. *Nihayet...*

Kırmızı yatak örtüsünün üzerinde ahşap bir tepsi, kuşkonmaz çorbası ve kavrulmuş yeşil çayıyla odasındaydı. Gözleri televizyon ekranında, kâh çorbasını içiyor, kâh kokulu çayından yudumlar alıyordu.

6. Üçe çeyrek var, mekânda kimse yok/Senden ve benden başka.../Bir tane bebeğim için hazırla/Ve bir tane de yol için... (ç.n.)

7. İkili dans anlamında bir bale terimi. (ç.n.)

Gün içinde öfkesi giderek azalmıştı ve Passan'ın anahtarlarının, çantasında olması fikri onu rahatlatıyordu. Artık hayatına burnunu sokamayacaktı.

Birden uzaktan kumandayı aldı ve filmi durdurdu. Villanın her zamanki sessizliğiyle örtüşmeyen çekiç sesini andıran tuhaf bir gürültü duymuştu. Hemen Diego'yu düşündü. Sahi o neredeydi?

Kulak kabarttı. Hiçbir şey yoktu. Aklına binanın altyapısı geldi. Borular. Elektrik kabloları. Havalandırma. Dönemin mimarı tüm bu sistemleri duvarların içine yerleştirmişti. Görünürde ne bir silme ne de tel vardı. Naoko bundan hoşlanmıyordu. Sanki ev içinde saklı bir hayatı barındırıyordu.

Kalktı ve kapıya doğru yürüdü, kulağı kirişteydi. Koridor sessizdi. Her şeyi göze alıp koridora çıktı. Her yer karanlığın içinde donup kalmıştı. Işığı yakmadan birkaç adım attı, etrafa hâlâ sessizlik hâkimdi. Çıplak ayakları buz kesmişti.

Aklına çocuklar geldi. Gece lambasından yayılan yıldızlarla bezeli yarı karanlıkta huzurlu bir şekilde uyuyorlardı. Lambayı söndürürken, tedirginliği biraz daha arttı. Tam olarak duyduğu neydi? Bir yere mi vurulmuştu? Ayak sesleri miydi? Yoksa Diego mu? *Yabancı bir ses.* Passan olamazdı.

Odadaki dolapları kontrol etti, sonra yeniden koridora çıktı. Az kalsın çığlık atıyordu. Diego tam karşısında durmuş, ağır ağır soluyordu. Kahkahalarla güldü. Ona sarılması gerekirdi. Hayvan son derece sakin görünüyordu. Köpek bacaklarının arasında, merdivenden indi. Neredeyse hiç mobilyanın olmadığı villa, sert hatları ve çıplaklığıyla geleneksel Japon evlerini hatırlatıyordu. Deprem korkusundan uzak, oturaklı ve sağlam bir versiyonu.

Salonu geçti, yemek odasına girdi. Göze çarpan hiçbir şey yoktu. Bodruma yöneldi. Passan'ın ini. Koridorun ışığını yaktı ve odaları dolaştı. Burada kendini kötü hissediyordu. Sanki burada, eski kocası bir tür hıncı arkasında bırakmıştı. Kaçarcasına yukarı çıktı ve mutfağa girdi, Diego yanında olmasına rağmen, duyduğu kaygıdan kurtulamıyordu.

Işığı yakmadan, mutfak tezgâhına dayandı ve derin derin nefes almaya çalıştı. Sonra buzdolabına doğru gitti. Güzel bir meyve suyu ve yatak. Düşüncesi buydu. Elini dolabın kapısına doğru uzatmıştı ki, pencereden Passan'ın arabasını gördü.

Bir anda öfkesi depreşti. Hızlı adımlarla giriş kapısına yöneldi, anahtarlarını aldı ve dışarı çıktı. Çim alanı geçti, topuklarının toprağa çekiç gibi indiğini hissediyordu. Düşünceleri de aynı şekilde hızlanmıştı. Bu adamdan nefret ediyordu. Onun takıntılarından, dik kafalılığından, polis tavırlarından... Hiçbir şey anlamamıştı. Asla hiçbir şey anlamıyordu.

Öfkeyle uzaktan kumandaya bastı. Bahçe kapısı açıldı. Çıplak ayaklarının altındaki ıslak asfalta aldırış etmeden kapıdan çıktı.

– Burada ne arıyorsun? diye bağırdı.

Passan arabanın camını indirdi:

– Her şey yolunda mı diye bakmaya geldim.

Naoko yan koltukta duran yeşil çay dolu termosu ve Tanizaki'nin bir romanını gördü. Bir *şakuhaçi*'den[8] yükselen belli belirsiz bir melodi çalıyordu. Modası geçmiş, kusursuz, küçük bir Japon seti. Passan'ı öldürebilirdi.

– Demek bu sabah tam olarak anlamadın. Bu benim haftam, tamam mı? Buralarda dolanıp durmaya hakkın yok! Bu konuyu avukatımla görüşeceğim.

– Senin avukatın mı? Aynı avukata vekalet vereceğimizi konuşmuştuk!

Naoko kollarını göğsünde çaprazladı:

– Fikir değiştirdim.

– Artık uzlaşma yok mu?

– Çek git yoksa polis çağıracağım.

– Mükemmel.

Passan arabanın kapısını açtı, ama Naoko bir tekme darbesiyle kapıyı sert bir şekilde yeniden kapattı.

– Artık birlikte yaşamıyoruz! diye bağırdı. Bunu kafana sok! ARTIK SANA İHTİYACIM YOK!

Olivier başıyla villayı işaret etti:

– Bodrum katın ışığını yaktığını gördüm. Bir sorun mu var?

Bir komutan sesi. Bir muhafız sakinliği. Naoko kapıya bir tekme daha savurdu.

– Evimden defol!

Passan onu sakinleştirmek için bir elini havaya kaldırdı, diğer eliyle kontak anahtarını çevirdi:

– Tamam. Sinirlenme.

Naoko artık öfkesini dizginleyemiyordu. Arabanın tavanını yumrukladı.

– DEFOL! DEFOL!

Passan ıslak asfaltta lastiklerini öttürerek arabayı kaldırdı. Naoko son anda kenara kaçtı.

Ansızın soluğu kesilir gibi oldu, nefes alamadı. Elini boğazına

8. Geleneksel Japon flütü. (ç.n.)

götürdü, hiçbir şey çıkmamasına rağmen var gücüyle öğürmeye başladı. Fışkıran asit yemek borusunu tahriş etti, yüzünü yaktı. Dizlerinin üstüne çöktü, gözleri yaşlarla doldu.

Birkaç saniye sonra, şok dalgası geçti. Kendini rahatlamış hissediyordu. Sabahtan beri içinde taşıdığı öfke pıhtısını kusmuştu.

Sallanarak çimenliği geçti. Diego onu bekliyordu. Gri tüyleri sokak lambalarının ışığında gümüşi bir renk alıyordu. Naoko onun mutfak kapısındaki kapaktan çıkmış olduğunu düşündü, sonra sokak kapısının aralık olduğunu fark etti - o öfkeyle, hiçbir şeyi kapatmamıştı. Sanki uzun bir ayrılıktan sonra yeniden kavuşmuş gibi ona şirinlikler yapan hayvanı okşadı.

– Tamam Diego... Tamam, buradayım, sakin ol, diye mırıldandı.

Kendini sinirli, ama aynı zamanda da rahatlamış ve yorgun hissediyordu. Nihayet huzur içinde uyuyabilecekti. Mutfakta ışığı yakmadan musluğun altında ağzını çalkaladı. Aklına biraz önceki düşüncesi geldi: Bir bardak meyve suyu.

Buzdolabının kapısını açtı ve bağırarak geriye doğru sıçradı.

Tam karşısında, en az altı aylık bir fetüs, ölü ağzıyla ona sırıtıyordu.

26

Passan herkesin –polisler, olay yeri inceleme teknisyenleri, adli tabip...– ayakkabılarını çıkarmasını istemişti. Üzerine galoş geçirilse bile, pis ayakkabılarla onun evinde gezinmek söz konusu olamazdı. Herkese haber vermişti: Suresnes Polis Merkezi, kendi ekibindeki adamlar, Garches Adli Tıp Enstitüsü'nden Rudel, Zacchary ve ekibi... Bundan sonra Naoko'dan bir şey gizlemesine gerek yoktu. Çünkü artık, listenin en başında o vardı.

Şimdilik, gelecekteki eski karısına uzaktan bakarak çimenlerinin üstünde volta atıyordu. Aslında, sanki bu gece olanlar onun hatasıymış gibi –bir anlamda bu doğruydu– yeniden azarlanmaktan korkuyordu.

Dönen tepe lambalarının ışıklarında ona hiç olmadığı kadar güzel görünüyordu. Ayakları çıplak, titreyen omuzlarını kollarıyla sarmış, çevre güvenliği oluşturmak için gidip gelen mavi üniformalıların arasında dimdik duruyordu. Arkasında, tepe lambalarının ışıklarının vurduğu beyaz sıvalı duvar dev bir sinema perdesini andırıyordu.

– Bu bir fetüs değil.

Stéphane Rudel, çimenlerin üstünde ayakta durmuş, tulumunu çıkarıyordu. Kâğıt tulumunun altında, polo yaka bir Lacoste, bir kot pantolon ve beyaz tabanlı tekne ayakkabıları vardı. Yelkenlisine binmeye ya da Saint-Tropez'deki Sénéquier'de bir kadeh içmeye hazırmış gibi görünüyordu.

– Ne? dedi Passan. Sen ne söylüyorsun?

– Bir maymun kadavrası, dedi Rudel, tulumunu çantasına tıkarken. Bir kapuçin maymunu. Ya da bir marmoset. Bu türden bir şey.

Passan alnını ovuşturdu. Evin içinde patlayan flaşların sesini duyuyordu. Mutfak, olay yeri inceleme teknisyeni kaynıyordu. *Onun mutfağı.*

– Hayatımda çok maymun gördüm.

– Bunun derisi yüzülmüş.

Passan, üzerinde şüphe götürmez bir gerçeğin yazılı olduğu, ender bulunan bir parşömenmiş gibi Rudel'in suratına baktı.

– Bana bir otopsi yapar mısın?

– Maymunlar, benim alanım değil.

– Bir veteriner çağır. Başının çaresine bak.

– Maymunu Adli Tıp Enstitüsü'ne yolla, diye homurdandı adli tabip. Ne yapabilirim bakacağım.

Veda bile etmeden, elinde çantasıyla karanlığın içinde kayboldu. Naoko da ortalarda yoktu. Kuşkusuz çocuklara bakmaya gitmişti. Passan bahçede biraz daha dolaştı, dikkatini toplamaya çalışıyordu. Bir maymun. Bir anlamda bu, lanet olası bir işaretti. Bu tür işaretler gitgide artabilirdi, bunlar...

Başını kaldırdı, sokağın diğer tarafında, pencerelere çıkmış komşuları gördü. Kahretsin! Sakınmak istediği her şey on misliyle meydana geliyordu. Açık hedefti. Paniklemek için bütün sebepler mevcuttu. Söz konusu olan paranoyak bir polisin kaprisleri değil, "bir davacının güvenliğini sağlamakla ilgili" normal prosedürdü. Olumlu tek nokta, artık evinin sürekli gözetim altında tutulması konusunda herhangi bir sorunla karşılaşmayacak olmasıydı.

Bir başka olguyu daha dikkate alıyordu: Gerçek fetüs ya da derisi yüzülmüş maymunla doğuma anıştırma yapıldığı gün gibi ortadaydı. İmza da Doğumcu'ya aitti.

Eve girerken üstü açık galeride ayakkabılarını giymekte olan Zacchary'yle karşılaştı. Üzerinde hâlâ beyaz tulumu, kafasında iyice büzülmüş kapüşonu vardı.

– Sende bir şeyler var mı?

– Henüz erken. Ama şimdilik belirgin bir şey yok. Ne zorla girme ne parmak izi, hiçbir şey. Ama çocuklar devam ediyor.

Passan bir mucize beklemiyordu. Eğer bir polisin evine girebiliyorsa, hem de o polis kapının önünde nöbetteyken bunu yapabiliyorsa, bu herif kesinlikle amatör biri değildi.

Buyurgan bir ses tonuyla konuştu:

– Mutfağı didik didik incele. Diğer odaları da.

Zacchary omuz silkti.

– NE VAR! diye ulur gibi bağırdı Passan.

– Hiç. Hâlâ bir şeyler bulmayı umut ediyoruz.

Kadın bu sözlerin ardından, metal çantalarıyla bahçe kapısına yöneldi. Passan geriye dönüp baktı: Naoko yeniden kapının eşiğinde duruyordu. Eski kararlı, gözü pek haline dönmüştü.

Passan çocukken sürekli bir öykü derlemesi okuyordu: *15 Fantastik Hikâye*. Bunların arasında Prosper Mérimée'nin *Ille Venüs'ü* adlı öyküsü de vardı. Çevresine korku salan, toprak altından çıkarılmış, siyah bedenli, beyaz gözlü antika bir heykelin hikâyesiydi. Bu anı daima inancını beslemişti: Kadın, sert bakışlı, beyaz gözleri olan, doğruluktan ayrılmayan, bir yanardağın gücüne sahipti. Bir şekilde, Venüs'ün negatifini de bulmuştu: Siyah gözleri olan beyaz bir heykel.

– Üşümedin mi?

Naoko başını iki yana salladı. Passan, galeride birkaç metre ilerleyerek ona doğru yaklaştı.

– Çocuklar uyuyor mu?

Naoko yarı kuşkulu, yarı kaygılı bir ifadeyle başını salladı:

– Nasıl olduklarını bilmiyorum. Kapıları kapattım. Buradan gitmemiz gerektiğine emin misin?

– Kesinlikle. Olay yeri inceleme teknisyenlerinin evin, bodrumdan çatıya kadar her yerini incelemesini istiyorum. Sandrine'e haber verdin mi?

– Yolda, geliyor. Bana neler olduğunu anlatacaksın, öyle değil mi?

Passan kaçamak bir cevap verdi:

– Adli tabip emin. Fetüs değilmiş.

– Öyleyse ne?

– Bir maymun. Bir kapuçin maymunu veya marmoset.

Naoko sinirli bir kahkaha attı:

– Bu bir şaka mı?

– Hayvanın derisi yüzülmüş. Otopsi için bir veteriner çağıracaklar. Yarından önce bir şey öğrenemeyiz.

– Bana cevap vermedin. Neler oluyor?

– Hiç.

Naoko, Passan'ın koluna bir yumruk attı:

– Benimle oynama! Bu senin işinle alakalı, değil mi? Bir uyarı mı?

– Bunu söylemek için çok erken, diye kaçamak cevap vermeyi sürdürdü Passan.

– Böyle bir şeyi kim yapabilir?

– Bir fikrim var. Ama bazı şeyleri doğrulamam gerekiyor.

Naoko bir gerçeği anlamış gibiydi:

– Lolipopları sen bırakmadın, değil mi?

– Ben bırakmadım.

– Salak!

– Seni kaygılandırmak istemedim.

Naoko, tepe lambalarının düzenli aralıklarla yanıp sönen ışıkları altında bir kararıp bir aydınlanan parlak çimlerin üstünde birkaç adım attı. Her şey fantastik görünüyordu. Elini saçlarının arasından geçirdi. Gözyaşlarına zorlukla hâkim oluyordu.

– Benden daima her şeyi sakladın. Ve hâlâ da saklıyorsun... Şu senin boktan işlerin...

– Seni korumak için.

Kadının hıçkırığı kahkaha olarak boğazına düğümlendi:

– Başardın.

– Bu kepazeliğin ne anlama geldiğini bilmiyorum. Tekrar buraya dönmem gerekiyor.

Naoko yılan görmüş gibi geri çekildi:

– Söz konusu bile olamaz.

– Tüm bunlar düzelene kadar.

– Söz konusu bile olamaz, sana söyledim. Geri adım atmam.

– Öyleyse çocukları al ve evden ayrıl.

– Böyle bir şey de söz konusu olamaz. Bu çok kolaycılık olur.

Passan onunla aynı fikirde olmadığını gösteren bir baş hareketi yaptı, aslında onun bu kararlılığından son derece hoşnuttu. İkisi de aynı çelikten yapılmıştı.

– Bu durumda, bırak benim sıram olsun.

– Nasıl?

– Yarından itibaren nöbet değişimi yapalım. Hafta boyunca evde ben kalayım.

Naoko dudaklarını ısırdı. Passan, yuvarlak dudaklarının arasından onun küçük, beyaz ve kusursuz dişlerini gördü.

– Çocuklara ne söyleyeceğiz?

– Bir şeyler buluruz. Önemli olan, herhangi bir sorunda müdahale etmek için benim burada olmam.

Naoko cevap vermedi. Bu sessizlik, bir tür kabullenmeydi.

Sonunda çenesini hafifçe yukarı kaldırdı ve konuştu:

– İşte Sandrine de geldi.

27

Sandrine arabayı kent dışındaki bomboş bulvarda büyük bir dikkatle sürüyordu. İki çocuk arka koltuktaydı. Hiroki yeniden uykuya dalmıştı, Shinji ise gözlerini gecenin karanlığına dikmiş, sessizce oturuyordu. Sokak lambalarının ışıkları sessiz hayaletler gibi yüzünü yalıyordu. Sandrine, tekerleklerin altında akan yol çizgisinden gözünü ayırmadan, dikiz aynasından çocuklara bakıyordu.

İki solgun yüz, ipeksi siyah saçlar... Onlarda Naoko'nun gizemli güzelliğini buluyordu. Dünyanın bu tarafında bilinmeyen bir duruluk. Ne tür bir gendi? Ne tür bir kaynaktı? Ne tür bir yaratılıştı? Düşünceleri tünellerin ışıklarıyla kayboluyor, kesintiye uğruyordu. Shinji gibi, bu dokunaklı geceyle hipnotize olmuştu ve düşünceleri ona hem muğlak hem de son derece sarih geliyordu.

Naoko ile Olive'in soğukkanlılıkla karışık korkusunu düşünmüyordu. Villanın içinde beceriksizce koşturup duran o polisleri de. Aldığı telefonla hemen giyinmiş, Twingo'suna atlamış ve Suresnes'e ulaşmak için Paris'i doğudan batıya kat etmişti. Yarım saatten az bir sürede orada olmuş, yardım etmek, çocukları almak ve ağlamak isteyene omuz vermek için işe koyulmuştu...

Bununla birlikte, o kargaşa içinde kimse onu fark etmemişti. Çimlerin üzerinde dikilmiş, iki kişilik o büyük piyesi oynayan çiftin tam karşısında on dakika beklemişti.

Buzdolabındaki derisi yüzülmüş fetüs. Evin içindeki davetsiz misafir. Üstü kapalı bir ölüm mesajı. Bunlar ürkütücü, paniğe yol açan şeylerdi, tamam. Ama ona nasıl olduğunu sormuşlar mıydı? Metastazları hâlâ doludizgin devam ediyor muydu? Trombosit sayısı hâlâ düşüyor muydu?

Kimse ona bunları sormamıştı. Çünkü kimsenin haberi yoktu.

Hastalığının başlarında, kimseye bundan söz etmeme kararı almıştı. Sonra başkaları yüzünden böyle davrandığını anlamıştı. Egoistlikleri ve kayıtsızlıkları onu böyle ağzı sıkı davranmaya zorlamıştı. Çünkü bildikleri halde onu aramamalarına dayanamazdı.

İlk tümör, şubat ayında, sol memesinin altında, işyeri hekiminin rutin bir muayenesi sırasında bulunmuştu. Sandrine gerçekten anlamamıştı. Yapılan başka tahlillerde karaciğerde ve rahimde metastaza rastlandı. Hâlâ anlamıyordu. Kendini hasta hissetmiyordu. Vücuduna ilk ilaç verildiğinde, nihayet durumun ciddiyetini kavramıştı. "Kemoterapi" kelimesi herkesin anladığı bir alarm işaretiydi. Bununla birlikte, kanserinin tek göstergesi uygulanan tedaviydi. Yani hastalanmadan iyileşiyordu.

Her şey ikincil etkilerin ortaya çıkmasıyla değişmişti. Onu müthiş bir yorgunluk hissedeceğine dair uyarmışlardı. Aslında uygun kelime bu değildi. İlacın etkisiyle tam anlamıyla dağılmıştı. Kâbustaymış gibi, bir tür sersemlik hali içinde dağılacak, çökecek kadar zayıflamış ve erimişti.

Kusmalar başlamıştı. Bulantıların önüne geçmek, rahatsızlığını en aza indirmek için dört aydan beri Primpéran, Vogalène içiyordu. Doktorlara göre bunlar da başka bulantılara neden oluyordu. Ve bu şekilde devam ediyordu. Tüm bunlara sıcak basmaları da eklendiğinde, hamile olduğu bile düşünülebilirdi.

Ölüme hamile.

Hekimlerin de kibarca söylediği gibi, bunu "bağırsak sorunları" izlemişti. Tüm bunların kanserin mi, kemoterapinin mi, yoksa tedavinin dolaylı etkileriyle savaşmak için kullandığı ilaçların mı sonucu olduğunu artık bilmiyordu. Bağırsak mekanizması çökmüştü. Bir hafta havuz fıskıyesi gibi ishal oluyordu. Sonraki hafta ise bağırsakları Çin Seddi'nden farksızdı.

Başka tatsızlıklar da ortaya çıkmıştı. Soğuğa tahammül edemiyordu, öyle ki buzdolabından bir şeyler almak için eldiven giyme ihtiyacı hissediyordu. Tat alma duyusunu yitirmişti ya da daha ziyade, ne yerse yesin ağzında hep aynı metal tadı vardı. Ona bunun sebebini açıklamışlardı: Tedavi, ağız gibi, sindirim kanalı ya da rahim duvarı gibi bazı sümüksü dokularda yangıya neden oluyordu. Eğer bir seks hayatı olsaydı, ondan da hiçbir şey hissetmeyecekti. Rengi küf yeşiline dönmüştü.

Bazen de, tam tersine, duyuları son derece hassaslaşıyor, onu tümüyle ele geçiriyordu. Koku alma duyusu çığırından çıkıyor, ürkütücü bir hassaslığa ulaşıyordu. Böyle durumlarda çöp kutusuna atılmış bir izmaritin, yan odadaki bir meslektaşının parfümünün kokusunu alabiliyordu. İdrarı ona o denli pis kokuyormuş gibi geliyordu ki en az beş defa rezervuarı çekiyordu. Kendi ter kokusu bile onu deli ediyordu. Bu da, gitgide şiddetlenen bulantılara yol açıyordu. Tüm bedenini kuşatan Dante çemberleri...

Pré-Saint-Gervais Kapısı sağ tarafında belirdi. Karamsar düşüncelerinden kurtuldu ve direksiyonu kırarak o yöne saptı. Birkaç yeşil ışığı geçtikten sonra mahallesine ulaştı. Faidherbe Caddesi ve ışıkları. Sitesinin küçük, son derece çirkin binası. İşsizlerin oturduğu, formika bazlı, hüzünlü yaşamların sürdüğü, kişiliksiz beş yıllık bir yapı. Şüpheye mahal yoktu: Evine varmıştı.

Park etti. Arka kapıya gitti. İki oğlanı usulca uyandırdı:

– Hadi, yavrularım... Geldik.

Hiroki'yi kaldırıp kucağına aldı. Çocuğun başı, bütün ağırlığıyla boynuna düştü. Bacakları, Sandrine'in beline dolandı. Sandrine arabayı kilitledi. Shinji titrek, mekanik adımlarla uyurgezer bir öncü gibi en önde yürüyordu.

Apartman kapısını açmak için dijital kodu girdi. Otomatiği yaktı. Çocuklarla asansöre bindi. Kısa süre sonra çocuklar onun odasında uyuyordu. Kendisi salondaki çekyatla yetinecekti. Çocuklar rahatsız olmamıştı – daha önce de buraya gelmişlerdi. Bütün yaşlı kızlar gibi, Sandrine de vekâleten annelik yapmaktan mutlu oluyordu.

Banyoya girdi, elektriği açtı, aynada kendine baktı. Yüz hatları hiç de fena değildi. Öyleyse yolunda gitmeyen neydi? Neden hayatının her evresinde başarısız olmuştu? Son evreye çoktan gelmişti ve hayatında hemen hemen hiçbir şey olmamıştı.

Peruğunu çıkardı.

Aynada sivri kafasını görünce sırıttı.

II

Savaşmak

28

Saat 10.00. Kent merkezinin uzağında bir bulvar, Maillot Kapısı.

Passan, Subaru'sunun direksiyonunda, sirenlerini öttürerek arabaların arasında zikzak yapıyordu. Bir saat önce sanrılar içinde uyanmıştı. Derisi yüzülmüş bir fetüs Naoko'nun karnından çıkıyordu. Kadın ona gülümsüyor ve Japonca bir şeyler mırıldanıyordu. Kendini toparlaması birkaç dakikayı bulmuştu. Duş almış, kahve içmiş, giyinmişti. Kolları, bacakları tutulmuştu. Midesi bulanıyordu – uykusuzluktan, korkunun baskılanmasından...

Freud "Kâbus, bastırılmış, geri plana itilmiş bir isteğin gerçekleşmesi, görsel açıdan ön plana çıkmasıdır" diyordu. Passan bu Viyanalıyı gerçek bir deha olarak görüyor, ama bazen de saçmaladığını düşünüyordu. Kanlı pıhtılar, parlayan kaslar, Naoko'nun bacaklarının arasından fırlayan iri gözler... Bunun altında bastırılmış, geri plana itilmiş bir isteğin yatması gibi bir olasılık yoktu.

Champerret Kapısı.

Emniyet şeridine geçti ve ağır ağır ilerleyen taşıt konvoyunu ardında bıraktı. Evini büyük bir dikkatle araştırdıktan sonra, adamları Cluseret Sokağı'na yerleştirmiş ve kutsiyetine saygısızlık edilmiş villada Naoko'yu yalnız bırakarak deliğine, Puteaux'ya dönmüştü. Bu sabahtan itibaren de polisler okulu gözetim altında tutacaklardı.

Kapının önünde ayakta duran karısının görüntüsü boğazında acı bir tat bırakmıştı. İçini kemiren bir soru sinirlerini altüst ediyordu: Hâlâ Naoko'yu seviyor muydu? Kesinlikle hayır. Ama artık seçme şansı yoktu. Uzun süreden beri birliktelerdi. Naoko onun ailesiydi.

Clichy Kapısı.

Öksüzdü, sadece kendine güvenmişti. Kaslarını geliştirmiş,

beynini zenginleştirmişti. Kendi kuralları, sınırları, değerleri olan bir kalesi vardı. Naoko'yla karşılaşınca bu kaleyi paylaşmayı öğrenmek zorunda kalmıştı. Genç kadının çelik gibi bir karakteri vardı ama aynı zamanda kırılgan ve güçsüzdü. Onu kendisinin hayatta kalma sistemine katmak epeyce zaman almıştı. Yavaş yavaş iki kişilik gerçek bir savaş makinesine dönüşmüşlerdi.

Clignancourt Kapısı.

Oğlanların doğumuyla her şeye yeniden başlamak gerekmişti. Yeni paylaşım. Yeni kırılganlık. O, Shinji'ydi. O, Hiroki'ydi. Tüm çabalarına rağmen yeniden korkan ve kaygılanan bir insana dönüşmüştü. Artık tüm ebeveynler gibi kuşku götürmez bir tedirginlik içinde yaşıyordu. Gecenin bir yarısı önemsiz bir şey için uyanıyordu. Ya da bir kâbus nedeniyle: Hiroki merdivenden düşüyordu, Shinji imla sınavında başarısız oluyordu ya da ikisinden biri kapalı bir kapının ardında ağlıyordu – *ve Passan hiçbir şey yapamıyordu*. Gece yarısı ter içinde gözlerini açıyor, deri kılıfındaki 45'liğini görüyor ve içinde bulunduğu güçsüzlük girdabının boyutlarını fark ediyordu.

Chapelle Kapısı.

Şimdi, kâbus gerçeğe dönüşmüştü. Tehdit somutlaşmıştı. Bildirilmiş herhangi bir kaçırma olayı ya da dikkat çekici tuhaf bir vaka olup olmadığını öğrenmek için telefon görüşmeleri yapmış, soruşturmuş, emniyet müdürlüğünü harekete geçirmiş, sonunda da olduğu yere yığılmıştı. Elbette hiçbir şey yoktu. Zaten, başka ipuçlarına da ihtiyaç duymuyordu.

Suçun altında imza vardı. Fetüs, Guillard'ın tarzıydı.

Aubervilliers Kapısı.

Bağlantı yoluna saptı, döküntü depoları ve kapalı fabrikalarıyla ünlü eski sanayi bölgesinin yerinde yükselen yenilenmiş semtin karmaşasını gördü. Artık burası Amerikan tarzı devasa bir ticaret bölgesiydi. Millénaire'in[9] inşaatı henüz tamamlanmamıştı ama eğlence ve tüketimin ön planda olduğu bir prensliğe giriliyormuş hissi uyandıran özel bayrağını çoktan dikmişti. Faaliyet halindeki şantiyeler, ham beton gövdeler, henüz tamamlanmış yapılar arasında ticaret bölgesi çok erken açılmış –ya da çok geç bitmiş– gibi bir izlenim uyandırıyordu.

Passan sağanak altında hiçbir şey görmüyordu. Karmaşayı daha da artırmamak için sirenini kapatmayı tercih etmişti. Bir sürü yan yol vardı, levhalarda da hep aynı yazı: "Diğer yönler." Ana ar-

9. Paris yakınlarında, Aubervilliers'de bir alışveriş merkezi. (ç.n)

terler inşa halindeki tramvay hattı boyunca uzanıyordu, binalar fazlalaşıyor, şantiyeler gitgide yok oluyordu. Passan bu labirent içinde iyi kötü bir yol bulmaya çalışıyordu.

GPS'ye göre hedefine sadece birkaç metre kalmıştı. Naoko gittikten sonra, eşyalarını bırakmak ve malzeme almak için önce villaya uğramıştı. Bahçenin etrafında hâlâ polis kordonu vardı. Passan'ın bu ziyareti, güvenlik amacıyla bekleyen mavi üniformalıları şaşırtmamıştı: Ne de olsa evindeydi.

Victor-Hugo Caddesi. Passan sola saptı ve karşıdan gelen araçları fren yapmaya mecbur ederek ters yola girdi. Feria arazisinin otoparkına ulaştı ve tekerlekleri öttürerek fren yaptı. Hâlâ Stains'in çamuruyla kaplı olan Subaru'sunun görüntüsü, içeride sergilenen arabaların parlak kromlarıyla tezat oluşturarak camekânda yansıdı. Kontağı kapattı ve bir iblis gibi arabadan indi.

Arabanın çevresini dolanıp bagajını açtı. Bir anlık tereddütten sonra baltayı aldı. Yıllardan beri benimsediği eski bir söz vardı: "En iyi fikir, her zaman en kötüsüdür." Buraya gelme sebebi, öfkesini Guillard'dan çıkarmak değil, birkaç kaporta, birkaç araba camı parçalayarak rahatlamaktı. Galerinin camekânına doğru ilerlerken, camın ardında kusursuz takımları içinde, ip gibi düzgün kravatlarıyla satış temsilcilerini gördü; onlar da onu hemen tanımış ve niyetini anlamışlardı.

Şiddetli bir darbe indirmek için iki eliyle baltasını kaldırdı.

Birileri onu belinden yakaladı. Bir namlu ensesine dayandı. Ellerini arkada birleştirdiler. O denli kendini kaybetmişti ki, Guillard'ın peşinden bir saniye bile ayrılmayan suç önleme biriminin adamlarını tamamen unutmuştu.

Ardından kendini bir su birikintisinin içine uzanmış halde buldu. Bir el baltasını aldı, sonra bir ses sol kulağına bağırdı:

– Sakin ol Passan. Lanet olsun, aksi takdirde yemin ediyorum, sana kelepçe takarım.

Olivier başını kaldırarak galeriye doğru ulur gibi bağırdı:

– Saklandığın yerden çık göt veren! Buraya gel, hesaplaşalım!

Bir sessizlik oldu. Galeride hiç hareket yoktu. Sadece arkalarında trafiğin uğultusu duyuluyordu.

Passan başını çevirmeye çalıştı ve onu yerde hareketsiz tutan cehennem zebanilerine seslendi:

– Bırakın beni. Tamam, ben iyiyim.

– Emin misin?

– Evet, eminim, diye fısıldadı.

Polisler kenara çekildi. Passan tepeden tırnağa ıslanmıştı.

İki koruyucu meleğe dikkatle baktı, Albuy ile Malençon'du. İlki, Arnys takım elbise giymiş, yağmura rağmen Ray-Ban Wayfarer gözlüğün ardına gizlenmiş bir jigoloya benziyordu. Diğeri ise bir sörfçüyü andırıyordu – bol bir şort, üstünde Red Hot Chili Peppers'ın resmi bulunan bir tişört ve yıpranmış Vans ayakkabılar giymişti. Her ikisinin de silahları görünürdeydi; birinde 9 mm'lik Glock 17, diğerinde Sig P226 Blackwater vardı.

– Aklını mı kaçırdın? diye sordu Albuy. Yeterince belaya bulaşmadın mı?

Passan başını öne eğdi ve Beretta'sının çoktan polisin kemerine yerleştirilmiş olduğunu gördü. Baltası iki metre uzağa fırlatılmıştı. Sanki burnu yeni bir koku almıştı. Gözlerini, üzerinde boncuk boncuk yağmur damlaları olan camekâna doğru çevirdi, bir gölge dikkatini çekti. Hayvan oradaydı, güçlendirilmiş camın ardında. Siyah kumaş takım elbisesi ve atletik bedeniyle, orada öyle hareketsiz duruyordu.

Passan baltasına doğru hamle yaptı ve onu alıp cama doğru fırlattı. Balta öyle şiddetle cama çarptı ki sapından ayrıldı. İki polis yeniden üzerindeydi.

– Eğer bir daha aileme yaklaşırsan, diye böğürdü Olivier, seni ellerimle öldürürüm! Eğer varsa taşaklarını koparırım!

– Kahretsin, Passan, sakin ol!

Polislerden biri ceketinin yakasını tutmuş, sanki Passan'ın kafasını içine tıkmaya çalışıyordu.

– Yemin ediyorum, seni tutuklamak zorunda kalacağım.

Dudaklarında bir metal tadı hissetti. İtişip kakışma sırasında bir darbe almış, dudağı kanamıştı. Ağzına gelen kanı tükürdü ve bağırdı:

– Bu pislik dün gece evime geldi...

– Dün gece mi? İmkânsız. Hep gözetimimiz altındaydı.

Olivier şık giyimli polise baktı. Yağmur yüzünden süzülüyordu, saçları kafasına yapışmıştı. Prens giysileri kuvvetli rüzgârda yırtılmış bir yelken gibi şaklıyordu.

– Onun gibi bir herif rahatlıkla sizi atlatabilir.

– Sen bizi ne sanıyorsun? Güvenilmez, laçka herifler mi? Sana yemin ederim Guillard'ın o olayla bir ilgisi yok.

Passan galeriye doğru dönüp baktı, hasmı ortadan yok olmuştu. Polisler onu bıraktı. İki polisi yeniden dikkatle inceledi: sert, inatçı, güven uyandıran tipler.

– Onu koruyor musunuz, yoksa gözetim altında mı tutuyorsunuz?

Bu kez Albuy konuştu:

– Genel güvenlik için çalışıyoruz.

Ortam yumuşadı. Passan şakaklarını ovdu.

Ya yanılıyorsa?

Uzaktan, yaklaşmakta olan siren sesleri duyuldu. Bir bu eksikti: Feria çalışanları polis çağırmıştı.

29

Galerinin ölü bir noktasına gizlenmiş ve yavaş yavaş düzene giren kalp atışlarını dinleyerek, yerinden hiç kımıldamamıştı. Şimdi camın ardından olan biteni seyrediyordu: Aubervilliers polisleri, saldırıyı anlatan kendi çalışanları, Passan ve yaptıkları el kol hareketleriyle temize çıkmaya çalıştıkları belli olan iki cehennem zebanisi. Bu sahnede, sessiz filmlerdeki pantomimlere özgü komik bir şeyler vardı.

Boşuna sinirlenip heyecana kapılıyorlardı. Şikâyetçi olmayacaktı. Savaş bu mecrada cereyan etmiyordu.

Sonunda, hasmı arabasına binmiş ve lastiklerini öttürerek basıp gitmişti.

Titriyordu. Korkunç gerçeği kabul etmek zorundaydı: Elinde baltasıyla yaklaşan polisi görünce, bir kez daha en temel korkuya boyun eğmişti.

– Beyefendi, iyi misiniz?

Satış temsilcilerinden biri iki metre uzağında duruyordu. Adamın üstü akkarıncalarla kaplıydı, gözkapaklarının yerinde de siyah böcek kanatları duruyordu. Kafatasından vızıltılar geliyordu. Sanrıdan kurtulmak için yüzünü sıvazladı ve kravatının düğümünü düzeltti. Bu bir tür cevap verme şekliydi; küçük memur üstelemedi ve gözden kayboldu.

Sert adımlarla holü geçti. Derin soluklar alıyordu. Yatışmak için ortama hâkim olan benzin, kauçuk ve deri kokularını soluyordu. Bu galeri onun tapınağıydı. Parlak beton zemin, ışıl ışıl saclar, çok güçlü motorlar... Geleceğe dönük bir fikrin parıltılı dünyası. Gözünde canlandırdığı da buydu: vizyon sahibi bir yarı tanrı, bir sanayi dehası...

Camlı bölmelerle ayrılmış açık ofise girdi. O geçerken, yarısaydam duvarların ardında personeli fısıldaşıyordu. Durum gitgide kötüleşiyordu. Polisin ziyaretleri, izlemeler, gözaltı olayı, dedikodular... İki günden beri galerinin önünde bekleyen şu tipler. Ve şimdi de saldırı...

Ofisine girmeden önce ortaya gülümsedi. Burada kimse ondan şüphelenmiyordu. Doğruyu söylemek gerekirse, *kimse ondan şüphelenmeye cesaret edemiyordu.* Zaten bu olayların, pazarda hâlâ en yüksek paya sahip olan şirketlerinin cirosu üstünde de bir etkisi yoktu.

Kapıyı kapadı ve geç de olsa, kendisinin de fısıldadığını fark etti. Titremesi devam ediyordu. Terden ıslanmış gömleği, belirgin göğüs kaslarının üstünde ikinci bir deri oluşturuyordu. Yeni bir kriz geliyordu. Kendini parçalara ayrılacakmış gibi hissediyordu. Sağlamlaştırmak için bunca yıl harcadığı bu benlik, parçalanma tehlikesi altındaydı.

Duvardaki bir çerçeveyi kaldırdı. Çelik kasa. Şifre. Elini kasanın içine daldırdı, para dolu zarfları, resmi evrakı kenara itti ve karton dosyayı buldu.

Tam yerine oturuyordu ki, yüz kasları gerildi, ardından sessiz bir çığlık halinde dondu. Alnı boncuk boncuk terledi. Kaslarının uyuştuğunu hissederek iyice panikledi. Dosyayı bıraktı, masanın etrafını dolanıp bitişikteki banyoya gitmeyi başardı. Lavabonun üstündeki dolaptan bir Androtardyl ampulü aldı. Bir şırınganın naylon ambalajını yırttı, ilacı şırıngaya çekti. 200 miligram. Akıl almaz bir doz. Önceki gün de aynısından enjekte etmişti. Parmakları titriyordu. Duyacağı zevk kasıklarındaydı. Asla doymayan o hayvani açlık...

İğneyi dirsek kıvrımına batırdı ve şırınganın pistonuna bastı. Bir yanma hissi oldu, ardından da bütün bedenini bir haz duygusu kapladı... Vücuduna yayılan bir zevk dalgası. Onun yakıtı. Can suyu...

Gözlerini kapattı, rahatlamanın etkisiyle iki büklüm olmuştu. Kendi lanetiyle ilgili sahneleri yeniden yaşıyordu, ama daha rahattı ve tuhaf bir şekilde de daha tasasızıydı. Hastanedeki yeniyetmelik yılları. Kan almalar. İdrar tahlilleri. Biteviye yapılan testosteron iğneleri... İlaç onu hem çıldırtmış hem de güçlendirmiş, erkekleştirmiş ve kusursuz hale getirmişti. Hormonlar organizmasını ele geçirmiş ve yavaş yavaş kanının yerini almıştı.

Doktorlar onu uyarmıştı: Kesinlikle dozlara riayet etmesi gerekiyordu. Vücut geliştirme salonlarında "meslektaşları" androjenleri abartmışlardı. Bazıları ölmüş, bazıları da iktidarsızlaşmıştı.

Onun başına daha fazla ne gelebilirdi ki?

Ölü ve iktidarsız doğmuştu.

İkinci dalganın gelmekte olduğunu hissederek kendini usulca yere bıraktı. Hararetin ardından enerji geldi. Birden halter kaldırma isteği duydu. Kendi suratını dağıtma isteği.

İki spazm arasında, soğuk suyu açtı ve elbiseleriyle duştan fışkıran suyun altına çömeldi.

Duş kabininin zeminine büzülmüş bir halde durdu, soğuk suyun ateşini söndürmesini bekledi. Suyun altında ara sıra titreyerek, dakikalar geçirdi. Sonunda, yine duşun altındayken soyundu. Bugün bile hâlâ, giysilerini çıkarırken pansumanları çıkarılıyormuş duygusunu yaşıyordu. Kurulandı ve dolaptan pamuklu beyaz bir bornoz aldı. Sırtına geçirdi, sonra ofisine döndü.

Storları indirdi, gece lambasını açtı, ona ortamın havasını anında arındırıyormuş hissi veren kekremsi kokulu tütsü çubuklarını yaktı. Duman havada gezinen zararlı hücreleri –bütünlüğünü, derinliğini yok ederek onu erkeğe veya kadına dönüştürmek için parçalamaya çalışan saldırgan molekülleri– emiyordu...

Hareketlerinin ağırlaştığını fark ederek, dönüp masasına oturdu. Kendi yaşamının bilgesi olmak istiyordu. Kendi kültünün temsilcisi. Dosyanın lastiklerini çıkardı ve fotokopi kâğıtlara şöyle bir göz attı. *İşte buradayız...*

Tıbbi dosyasına ulaşmak için reşit olma yaşını beklemesi gerekmişti. Bu onun için bir şok olmuştu, ama yararlı bir şok.

Bilimsel terimlerdeki açıklık ona iyi gelmişti. Bir belirsizlik içinde büyümüştü, bir uzmanlık ansiklopedisinden çıkmış bu dolambaçsız kelimeleri seviyordu. Ona bir dayanak, bir kimlik sunarak, çevresinde bir zırh, bir kabuk oluşturuyorlardı. *Onun zafer başlıkları.*

1971: kriptorşidizm (inmemiş testis) tedavisi. 1974: genitoplasti. 1984: dişi karyotipi. 1985: bir kez daha genitoplasti. 1986: androjen hormonu tedavisi... Onunla ilgili bir sürü bilimsel makale yayımlanmıştı. Tıp fakültelerinde ders olarak okutulan bir vakaydı. "Gerçek hermafrodit." Bir "hünsa." Bir *Ovotesticular Disorder of Sexual Development.*[10] O ise kendini *hybrida*[11] bir varlık olarak görüyordu. Bu terimi seviyordu, çünkü onu İskoçya'nın batısındaki Hebrid adalarıyla, hatta Büyük Okyanus'un güneybatısında-

10. Cinsel Gelişimde Ovotestis Bozukluğu. Bu hastalarda cinsel organların bir bölümü ovaryum (yumurtalık) bir bölümü testis dokusu içerir. (ç.n.)

11. "*Melez, karma*" anlamına gelen Latince sözcük. (ç.n.)

ki Yeni Hebridler'le ilişkilendiriyordu. Kendini bilinmeyen bir kıtanın insanı olarak görüyordu. Ya da *Yüzüklerin Efendisi* dünyasına göndermede bulunarak bir "Ortadünya yaratığı" olarak.

Dosyayı kapattı ve diğer kâğıtlara geçti: polis raporları, gazete kupürleri... Bundan sonrakiler tıpla alakalı değil, çeşitli olaylarla ilgili başlıklardı.

1988. Montpellier yakınlarındaki, Saint-Gély-du-Fesc'deki küçük bir barda bir sarhoş ona "ödlek ibne" ya da "tabansız göt veren" –tam olarak ne söylediğini hatırlayamıyordu– demişti. Herifin üstüne yürümüş ve suratında otuz üç cc'lik bir şişe kırmıştı. Kırık şişe parçasıyla herifin ikinci gözüne hamle yaptığında onu zapt etmeyi başarmışlardı.

Colombière'de, Montpellier Psikiyatri Hastanesi'nde kaldığı süre boyunca birçok gerçeği kabullenmişti. İlki, steroid iğnelerini azaltmak zorundaydı. İkincisi, mutasyonu tamamlanmamıştı. Kafasını kazımıştı; vücudu gelişmiş, sesi değişmişti. Testosteron parmaklarını kalınlaştırmış, çenesini genişletmişti. Ama içindeki kadın hâlâ oradaydı, bütün *berraklığıyla*. Bir ayyaş bile onun içini görmüştü. Üçüncü gerçek ise şiddetten hoşlanmasıydı. Onu yatıştıran tek şey şiddetti.

Bu düşman dünyada, oyunu kurnazlıkla oynaması gerektiğini anlamıştı. Yaşadığı dünyayı aldatacaktı. Arzularını gizleyecekti. Ve içinde bulunduğu bu elverişsiz durumdan yararlanacaktı. Zaten çevresindekileri yumuşatmak için tıbbi dosyasını çıkarmak bile yeterli oluyordu. Yargıç iyi niyetini gösteriyordu, hemşireler, doktorlar anlayışlıydı.

Sanılanın tam tersine, ucubelere acıyorlardı.

Colombière'den çıkınca açmazda kalmıştı. Bakalorya sınavını vermesi söz konusu değildi – bir ofiste küflenmek istemiyordu. Teknik eğitim alması da söz konusu olamazdı – bir esire dönüşmek istemiyordu. Yeni danışman eğitimcisi onun bir mobilet motorunu güçlendirme ya da eski bir arabayı tamir etme konusunda eşsiz olduğunu duymuştu. Onu staj için yanına alması konusunda Sommières yakınlarındaki bir tamirhane sahibini ikna etmeyi başarmıştı. Ortadünya yaratığı kupelerin ve berlinlerin kaportalarının altında kendini kanıtlıyordu. Motorları onarıyor, karşılığında da kendi mekanizmasını düzeltiyordu. Sistemleri söküp takmayı seviyordu. Nasıl çalıştıklarını anlamayı. Motorların gücünü, supapların titreşimini elleriyle hissetmeyi. Bunlar onun matematiğiydi. İnsanın içinde kaybolabileceği ve oyalanabileceği hem yakıcı hem de soğuk, tarafsız bir saha.

Aslında saplantıları peşini bırakmıyordu, ama o sinsice ilerliyordu.

Başkaları hiçbir şey anlamıyordu.

1989. Genç Erişkin Sözleşmesi'nden yararlandı ama genç işçiler yurdunda kalmak istemedi. Tamirhanede, motorların yanında, gres ve benzin kokuları arasında uyumayı tercih etmişti. Gece derslerine devam ediyordu. Temel mühendislik dersleri görüyordu. Androjen iğneleri bir düzene girmişti. Ve pastanın üstündeki çilek: François Mitterrand'ın yeniden seçilmesi dolayısıyla, 1988'de ilan edilen genel afla, tecil edilen cezası da silinmişti.

1991. İş değişikliği. Béziers'deki yaşlı bir tamirhane sahibinden iş teklifi aldı, harikalar yaratıyordu. Motorlara özen göstermeyi bildiği gibi müşterilerle de konuşmayı biliyordu. İki yıl sonra patronu, özel ödeme koşulları sunarak tamirhaneyi ona devretti. Yirmi iki yaşındaydı. Tutkusunu yitirmemişti. Onarıyordu. Yeniliyordu. Borcunu ödüyordu. Hayatında kadın yoktu, erkek yoktu – sadece sac, pistonlar, beygirgücü vardı. Artık kırmızı bandana, füme rengi gözlük takıyor, kaslı vücudunu gizleyen mavi bir iş tulumu giyiyordu. En büyük ironi ise, bölgede maço olarak tanınan herkesin onun garajında boy göstermesiydi. Penislerinin ucundan daha uzağı görmeyen ve kadınların, arabalarının koltuk derilerini kirletmeye layık olmadığını düşünen eski araba tutkunları.

Zaman zaman şeytana uyduğu da oluyordu. Kimse bunu bilmiyordu. Kimse bunu hissetmiyordu. Gece icraatlarının olmadığına kendini bile inandırmayı başarmıştı.

1997. Alman markalarıyla çalışan bir firmanın Montpellier şubesinin müdürlüğü teklif edildi. Bandanasından vazgeçti ve gardırobundaki giysilerini gözden geçirdi. Armani siyah takım elbise, Weston botlar, sert yakalı Paul Smith gömlekler. Sesi, davranışları, hareketleri üstünde o kadar çalışmıştı ki, yeni bir değişiklik onu korkutmuyordu.

Yirmi altı yaşındaydı. Dikkat çekici, örnek bir kariyeri vardı. Artık Écusson semtinin merkezindeki geniş bir apartman dairesinde yaşıyordu. Müşterileri onu akşam yemeğine davet ediyordu. Montpellier yüksek sosyetesine kabul edilmişti. Herkes ona gülümsüyordu. Kendi dışında, herkes.

Karanlığının derinliklerinde ise düzelen hiçbir şey yoktu. Her akşam kadın kıyafetleri giyiyordu. Gece, hemşire kılığına girerek klinikleri, bölge hastanelerini dolaşıyordu. Bazen eyleme geçiyordu. Eline geçen bölge gazeteleri de bunu doğruluyordu: Kâbusları son derece gerçekti.

Ortadünya yaratığı daima coşkuluydu. Hayatı, otoklavda dezenfekte edilmiş bir bisturi kadar temizdi. Daha iyi kesmesi için, en ufak bir çapak kalmayana kadar bilenmiş bir bıçak gibi...

1999. Varlıklarını, alacaklarını nakde çevirdi ve Amerika'yı keşfetmek üzere yola çıktı. Texas. Utah. Colorado. Arizona. Mavi iş tulumu ve motorlar yeniden ortaya çıkmıştı. Özgürdü. Mutluydu. Onun gibi, akıl almaz bir gezegene ait olsalar bile göçmenlere kucak açan bu ülkede kendini iyi hissediyordu.

Ama yangın hâlâ oradaydı, yüreğinin yakınında. İngilizce gazete kupürleri onun Amerika'daki marifetlerinden söz ediyordu. Dakikada on bin turla dönen iki çelik disk gibi bedeninin derinliklerinde birbiriyle çarpışan cinsiyetler. Ancak akkor haline gelene kadar kızıştığında rahatlayabiliyordu. Onun kaderi ateşler içinde yanmaktı.

2001. Araba tamircisi Fransa'ya döndü. Ama herhangi bir yere değil: Seine-Saint-Denis'ye. Çocukluğunun geçtiği yerlere bir özlem miydi? Bu tür bir duyguyu bilmiyordu. Ancak başka duyguları iyi tanıyordu: öldürmeye olan açlık, kanın çağrısı... Hâlâ küçük bir serveti vardı, güneyde geçirdiği yıllarda biriktirdiği para. ABD'de yaşadığı iki yıl boyunca CV'sini zenginleştirmiş ve ileri teknolojiler konusunda derin bir bilgi sahibi olmuştu. Saint-Denis'de bir tamirhane satın aldı ve ilk şirketini açtı: Alfieri.

Otuz yaşındaydı. İyiliksever çocuk geri dönmüştü. Artık intikam alma zamanıydı.

Başını kaldırdı ve iki saat geçmiş olduğunu fark etti. Terli parmakları mürekkep içindeydi. Makalelerin satırları artık zorlukla okunuyordu. Kendini sakinleşmiş hissediyordu. Her zaman olduğu gibi, kat ettiği yolu hatırlamak ona umut ve güç vermişti. Böylece en son aşamaya –kaderinin anahtarını bulduğu aşamaya– kadar gelmişti.

Anka Kuşu'nun Yolu.

30

Naoko bir polisin hayatını paylaşmaktan, bu şiddet ve suç dolu dünyaya çok yakın olmaktan her zaman endişe duymuştu. Bununla birlikte, on yıl boyunca kayda değer önemli bir şey olmamıştı. Ama bugün, tam da ayrılmaya karar verdikleri sırada o çok korktuğu felaket meydana gelmişti. Fransızlar buna "kaderin cilvesi" diyordu.

Villette Kapısı'ndaki Ourcq Kanalı boyunca uzanan banklardan birine oturmuştu. Güneş vardı, ama kışın hâkimiyetinden yeni çıkmış, nekahet dönemini yaşıyormuş gibi zayıftı. Ayaküstü bir öğle yemeği yemek için Sandrine'i bekliyordu. Arkadaşı hâlâ onu dinleyecek kadar kibardı. Ama başka kiminle konuşabilirdi ki?

Gece gözünü kırpmamıştı. Kapısının önünde nöbet tutan iki polisle, villada yalnızdı. Odasına kapanmış, sürekli olarak buzdolabındaki hayvanın korkunç görüntüsünü hatırlayarak gündoğumunu beklemişti. Bunun anlamı neydi? Kim öç almak için böyle bir yola başvururdu?

Passan, her zamanki gibi, ona hiç açıklama yapmamıştı. Ama belki, onun da bu konuda en ufak bir fikri yoktu. Aklına bir sürü senaryo geliyordu. Hapisten yeni çıkmış bir uyuşturucu baronu, eroin zerk ederek maymunu öldürmüş ve ölüm mesajı bırakmak için de buzdolabına koymuştu. Veya bir seri katil, kaçık bir tahnitçi, onu ve çocuklarını huzursuz etmek için gizlice evlerine girmişti. Ya da çılgınca estetik ameliyatlar yaparken birçok kadını öldüren bir doktor eskisi, şimdi de onun yüzünü tanınmaz hale getirmek için geri dönmüştü...

Etrafındaki rıhtım boştu. Su simsiyahtı. Arada bir, asla yakalayamayacakları umutsuz bir şeyin, sonsuz gençlik hayalinin peşinde koşan joggingciler geçiyordu. Uzakta, Géode'un kubbesi tıraşlanmış devasa bir bilye gibi parlıyordu. Bilim ve Sanayi Sitesi, bir gizemi barındıran bir ibadet yeri gibi gökyüzünü kesiyordu.

Bu manzara ona, ailesiyle birlikte gittiği New York Müzesi'nde gördüğü ve onu allak bulak eden, Giorgio De Chirico'nun ilk yapıtlarını hatırlatıyordu. Bir elkitabında, ressamın eserlerinde insanın yalnızlığını, rüyanın gizemini, hiçliğin metafiziğini yansıttığını okumuştu. Hiçbir şey anlamamıştı. Onun ülkesinde yalnızlık yoktu. Yılbaşının ertesi günü dışında, Tokyo'da veya Osaka'da boş bir sokak bulmak imkânsızdı. Ve bir de ruhlar vardı. Ne Şintocuydu ne de Budacı ama dünyada görünmez güçlerin bulunduğuna inanmıştı. Gerçeğin üstyapısını oluşturan ve evrene tutarlılık kazandıran tanrısal güçler.

Güneşe rağmen oturduğu bankta titriyordu. Gözünün önüne kahverengi etin ölü gözleri, küçük dişleri geliyordu. Retinasının derinliklerine işleyen bu görüntü, şu anda izlediği manzarayı kapatıyordu.

Aslında hiç şaşırmamıştı. Bu cezayı hak etmişti. Hakkı olmayan bir mutluluğu çalmıştı. Babası onu uyarmıştı: Bir *gaijin*'le[12] evlenmek doğaya aykırıydı. Annesi de onu başka sebeplerle uyarmıştı: Bu evlilik *onun* doğasına aykırıydı. Evlilikleri kötüye gitmeye başladığında, Naoko neredeyse rahatlamıştı. Beklediği hikmet nihayet gerçekleşiyordu. *Haram maldan hayır gelmez...*

– Selam!

Sandrine, elini asabi bir tavırla sallayarak ona doğru yaklaşıyordu. Gitgide daha zevksiz giyinmeye başlamıştı. Basma bir tunik, çok bol ve kısa bir kot pantolon, devrik yaka bol bir ceket. Aşırı makyajlı, soluk bir yüz. Hasır bir şapka altında ezilmiş saçlar. Kulağının arkasında da bir çiçek... Hiç hoş durmayan ve öğrencilerinin gülüşmelerine yol açan tuhaflıklar. Sandrine "hippi modasını yeniden canlandırmak" istiyor ama bir bostan korkuluğuna benziyordu.

Naoko ayağa kalktı. Her zamanki gibi Sandrine onu yanaklarından dört kez öptü. Naoko bundan tiksiniyordu. Sandrine ter ve misk kokuyordu. Hareketleri beceriksiz, kaba, neredeyse kaygı vericiydi. Ama bir şekilde, tüm bunlar Naoko'nun yüreğine su serpiyordu. Bu tuhaf kadın onun koruyucu meleğiydi.

Uyandıktan sonra onu üç kez telefonla aramıştı. İlki çocukla-

12. "Yabancı" anlamına gelen Japonca sözcük. (ç.n.)

rın gece iyi uyuyup uyumadıklarını öğrenmek için. İkincisi okula rahat gidip gitmediklerini teyit etmek için. En nihayet de bu "kriz buluşması"nı teklif etmek için.

– Buraya kadar geldiğin için çok iyisin, dedi Sandrine, şapkasını düzeltirken.

– Dalga mı geçiyorsun? Bana hâlâ vakit ayırdığın için asıl sen çok naziksin.

Arkadaşı, alevlerin arasından fırlayan bir itfaiyeci gibi gülümsedi. *Bana teşekkür etmeyin, bu benim işim.*

– Yeni bir haber var mı?

Naoko "bir şey yok" anlamında başını salladı.

– Yürüyelim mi?

Kol kola girerek, hiç konuşmadan birkaç adım attılar. Sonunda, Naoko tedirginliğini, bastırılamaz iç sıkıntısını ortaya döktü.

– Dert etme, diye onu rahatlatmaya çalıştı Sandrine. Olive bunu halledecektir.

– Hiçbir şey söylemiyor, dedi Naoko, başı öne eğik bir halde. Hiçbir zaman söylemedi.

– Sen hiç öğrenmek istemedin ki. İşinden bahsetmesini yasaklayan sensin...

Naoko istemeye istemeye gülümsedi. Sandrine onların hikâyesini çok iyi biliyordu. Haklıydı; şu sessizlik duvarını bizzat Naoko örmüştü.

– Bu saldırı büyük olasılıkla onun işiyle alakalı, diye devam etti Sandrine. Soruşturmasını yapacak ve bunu yapan pisliği yakalayacaktır. Ama senin villadan ayrılman gerekiyor.

– Ben de öyle yapıyorum. Bugünden itibaren, bayrağı o devralıyor.

– Bayrağı mı?

– Çocuklarla o kalacak.

Sandrine hayal kırıklığına uğramış gibiydi:

– Bu akşam bende kalmayacaklar mı?

– Hayır. En azından onunla bu konuda mutabıkız. Tehdide boyun eğmeyeceğiz.

– Bende mi kalacaksın?

Naoko nedensiz yere yalan söyledi:

– Hayır, teşekkür ederim. Ofisin yakınlarında bir otel buldum. Bu günlerde işe erken gitmem gerekiyor.

Sandrine devam etti:

– Demek meşaleyi Olive devralıyor ve savaş devam ediyor, öyle mi?

– Kesinlikle. Savaşacağız.

Bilim Sitesi'ni kanalın diğer tarafına bağlayan köprünün ayağına gelmişlerdi.

– Bir şeyler atıştırmak ister misin? diye coşkuyla sordu Sandrine.

– Hayır. Aç değilim. Ama sen istiyorsan, gidebiliriz...

Köprünün altında yürümeye başladılar. Kıyı hâlâ boştu. Tozlu ışıkta, köprünün bembeyaz taşı simsiyah sularla büyük bir tezat oluşturuyordu. Manzaranın ışıldayan bir sertliği vardı.

– Olive'in şüphelendiği biri var mı?

– Bana tek kelime etmediğini sana söyledim. Zaten aylardan beri hiç konuşmuyoruz. Bu olay da hiçbir şeyi değiştirmedi.

Sandrine onu yavaş yavaş suyun kıyısına doğru itiyordu. Naoko her zamanki gibi bunu fark etmişti. Yürümeye başladıkları andan itibaren, Naoko'nun koluna asılıyor ve bir yengeç gibi yan yan yürüyordu.

– Ona güvenmen gerekiyor. O bir polis. Bu onun işi.

– Kesinlikle.

– Kesinlikle ne?

Naoko devam etmeden önce tereddüt etti. Bütün gece bu varsayımı düşünmemeye çalışmıştı. En kötüsüydü, ama diğerlerine göre en akla yatanıydı.

– Ya oysa?

Sandrine durdu, pirelenmişti:

– Nasıl oysa?

– Beni korkutmaya kalkışan kişi.

– Hasta mısın, nesin?

– Kapıda zorlama yok. Köpek havlamadı. Davetsiz misafir tanıdık biri.

– Neden böyle bir şey yapsın ki?

– Bilmiyorum. Yakınlaşmamız için. Hayali bir düşmana karşı birlikte mücadele etmemiz için.

– Artık boşanmak istemiyor mu?

Naoko cevap vermedi. Boşanmaları konusunda Passan'ın en ufak şüphesi yoktu. Belki de, tam tersine, Naoko kendi ikilemini dile getiriyordu. Ne durumda olduğunu, ne düşündüğünü artık bilmiyordu.

– İyice saçmalamaya başladın, dedi Sandrine. Olive'in kim olduğunu unuttuğunu sanacaklar.

Naoko yeniden yürümeye başladı. Bu korkusunu yüksek sesle dile getirmesi bile onu rahatlatmıştı. Zaten birkaç saniye boyunca bu söylediğine o da inanmamıştı. Sonra ona tebelleş olan şüphe yeniden geri döndü...

– O bir polis, diye ısrarını sürdürdü Naoko. Şiddetten, güç sergilemekten başka bir şey bilmiyor.

– Yani?

– Sokaklarda geçirdiği onca yıl onun akıl sağlığını bozmuş olabilir mi diye düşünüyorum... Ben... ben...

Dün geceden beri onu boğan gerilimi serbest bırakarak ağlamaya başladı. Sandrine onu omuzlarından tuttu, kendine çevirdi ve kollarının arasına aldı.

– Yavrum, sana iyice saçmaladığını söylemek zorundayım.

Naoko onun kollarından kurtuldu, gözyaşlarını kuruladı. Yeniden kıyı boyunca yürümeye başladılar. Açık renkli taş, karanlık kanal, Sandrine'in onu yana doğru iteklemesi... Tüm bunlar ona tiksinti veriyordu. Bir anda uyumak, bilincini yitirmek istedi.

– Düşünüyorum da... diye mırıldandı Naoko. Onu tanıdığımda siz birlikteydiniz, değil mi?

– Hayır. Çoktan bitmişti.

– Seninleyken nasıldı?

– Sadece bir flörttü. Üzerinde konuşacak bir şey yok. Sen onun hayatının aşkısın.

Naoko bir baş hareketiyle bunu reddetti:

– Hayır. Tüm bunlar çok geride kaldı.

– Anladım. Ama bu kahrolası iş hallolana kadar birbirinize destek olmak zorundasınız...

Naoko burnunu çekti, bir kâğıt mendil çıkardı ve gülümsedi. Sandrine, şen şakrak davranışları ve düzensiz el kol hareketleriyle, şimdiye kadar hiç olmadığı kadar iyi niyet doluydu. Oysa güya soğuk ve ihtiyatlı olan Naoko, saçma sapan bir düşüncenin hemen peşine takılıyordu.

Bu kez Sandrine'e sarılan o oldu. Burun deliklerine dolan misk kokusu, ona neredeyse hayvani bir teselli kaynağı oldu.

– Sen olmasaydın ne yapardım, bilmiyorum...

31

İki saatten beri Passan Çocuk Esirgeme'nin Patrick Guillard'la ilgili dosyasını inceliyordu. Öğle saatlerinde Chris'Belle'e geri dönmüştü. Vernant elinde belgelerle onu bekliyordu. Olivier dosyaya şöyle bir göz atmış, sonra koşar adımlarla bardan ayrılmıştı. Diğeri ondan bir söz almak için Passan'ı durdurmuştu. Ama söz almak yerine karaciğerine bir yumruk yemişti.

Polis Nanterre-Parc'a kadar son sürat gitmiş, ardından kendini üçüncü kattaki ofisine kapatmış, bütün dosyaları çıkarmış, kimse rahatsız etmesin diye de hepsini kapının önüne yığmıştı. Hermafroditin köklerine inmeden önce klimayı en serin konuma ayarlamıştı.

Bu arada Isabelle Zacchary, Stains'deki atölyeyle ilgili rapor vermek için onu aramıştı. Guillard'ı suçlayabilecek hiçbir şey yoktu. Parmak izleri her taraftaydı, ama ne cesette ne de cesedin üzerinde kullanılan cerrahi aletlerde parmak izi vardı. Adamın giysilerinde de ne maktule ait biyolojik bir kalıntı ne de kurbanla bağlantı kuracak bir iz bulunmuştu. Ayrıca atölyede ne şırınga ne de potasyum klorür bulunmuştu. Passan bir yorum yapmadı. Pisliğin bebeği yakarken tüm bunları da yaktığını düşünüyordu.

Arka kapıdan başka bir adamın sözüm ona kaçmasına gelince, "Neden olmasın?" varsayımı hâlâ devam ediyordu. Evet, bir başka çıkış vardı. Kilitli değildi ve üzerinde Guillard'ınkiler dışında başka parmak izi yoktu. Onu suçlamak için bu yeterli değil miydi? Hayır. Zacchary'yi dinlerken, Passan hâlâ eldivenleri –katil ile kurbanını ilişkilendirecek tek kanıtı– düşünüyordu.

Boş araziye geri dönmeli, aramaya devam etmeliydi.

Levy'den hiç haber alamamıştı, almayı da beklemiyordu. Yeni bir şeyler bulunmuş olsa da, bundan en son onun haberi olacaktı. Karantinadaydı ve neden olduğunu biliyordu: Yakınlarda dolanıp durduğu müddetçe soruşturma şüpheli bir hal alacaktı... O. J. Simpson'ın serbest kalmasını sağlayan şeylerden biri, soruşturmayı yürüten dedektifin tek bir telefon konuşmasında kırk kereden fazla "Zenci" kelimesini kullanması olmuştu. Bu tek bir ayrıntı bile, beysbol oyuncusuyla ilgili kanıtların değersizleşmesine yeterli olmuştu. Eğer Levy inandırıcı olmak istiyorsa, Passan'ı bu işten uzak tutmakla iyi ediyordu.

Guillard'ın dosyası son derece verimliydi. İlk satırlardan itibaren Passan kendini bildik zeminde buldu. Danışman eğitimciler. Evlatlık çocuklar. Ebeveyn değişimleri. Bakıcı aile. Koruyucu aile... Çok iyi bildiği terimler. Passan zanlıya en ufak bir empati duymamıştı ama dosyasını okuyunca kuşkusuz durumu kabullenmişti: İkisi de aynı pislikten çıkmıştı.

İlk sayfalarda önemli bir bilgi vardı: Guillard, Aubervilliers'deki Sainte-Marie Tıp Fakültesi'nde dünyaya gelmişti. Bir çocuk doğumdan sonra anne babası tarafından reddedildiğinde, doğum yeri olarak ilgili ilçe belediyesinin adı yazılırdı. Oysa Guillard'ın nüfus fişinde doğum yeri olarak Saint-Denis yazıyordu. Bunu belirten memur, izleri biraz daha karartmak için bu engeli de eklemişti – tabii bu basit bir hata da olabilirdi.

Bu durumda her şeye sıfırdan başlamak gerekiyordu. Hastaneye gitmeliydi. Kayıtları kontrol etmeliydi. İsmi ve yüzü olmayan annenin kimliğini belirlemeliydi. Tabii doğum tarihinde bir tahrifat yapılmadığını umut ederek. Tuhaf olan bir başka şey daha vardı: Anne babası tarafından reddedilmiş bir çocuğa genellikle üç isim seçildiği için, üçüncüsü resmi soyadı olurdu, bu durumda "Guillard" adı nereden geliyordu? Nüfustaki memurun bir uydurması olabilir miydi? Bunu bilmek imkânsızdı.

Kanun, doğum yapan anneye kararını bir daha düşünmesi için altmış gün süre verirdi. Ayrıca "yasal temsilcilerinin onayı"yla çocuğa "doğru ile yanlışı ayıracak yaşa" geldiğinde okuması için bir mektup bırakmasına da izin verilirdi. Guillard'ın annesi fikrini değiştirmemişti. Ve hiçbir şey bırakmamıştı. Bunun üzerine Patrick evlat edinilebilir bir çocuk olmuş ama kimse ona talip olmamıştı. Her alanda olduğu gibi, evlatlık alanlar da takımın en kötüsünden uzak dururdu.

Bu da ikisinin ortak bir noktasıydı: Passan da evlatlık olarak kabul edilmemişti. Ama bunun başka bir sebebi vardı: O hiçbir zaman bir öksüz olmamıştı. Bir keş olan annesi hayatta, ama uzaktaydı. Bir gün Sikkim'deki bir aşramda meditasyon yapıyordu. Bir başka gün, Pondiçeri'nin kuzeyindeki Auroville'de bir toplulukla yaşıyordu. Sonra Tibet sınırındaki Zhongdian'da bir detoks kürüne katılıyordu. Ardından, Kali'de kurban sunan Hindu bir üstadın tilmizi olarak Kalküta'da ortaya çıkıyordu. Passan ondan gelen ender mektupları kuşkuyla okuyordu. Onu, ayaklarının dibinde boğazlanmış bir keçiyle, kanın ve çiçeklerin içinde bata çıka yürürken hayal ediyordu. Annesi son noktayı koyduğunda Passan yirmi yaşındaydı. Bir aile oluşturmak için biraz geçti.

Guillard gibi, o da hafta sonlarını boş yurtlarda geçirmiş, sürü halinde tatillere çıkmış, yargıçlar ile eğitimciler arasında sürekli gidip gelmişti. Yüreğini kurutan, amaçsız ve hedefsiz bir sevgi açlığı duymuştu. Bu sevgi ve şefkat yoksunluğu onu sertleştirmişti.

Çocuk Guillard da hiçbir yerde uzun süre yaşamamıştı. Bu eğitimle alakalı olmaktan çok vekâlet süresiyle alakalıydı. Dosyada eğitimcilerin adları, adresleri ve telefon numaraları vardı, ama Olivier kimsenin bu konuda konuşmayacağını biliyordu. Tek kozu şanstı. 1984 yılında, Guillard, Bagnolet'deki Jules-Guesde Yurdu'nda kalmıştı. Passan da orada birkaç yıl geçirmişti. Telefon etmeyi düşündü, sonra oraya gitmenin daha etkili olacağına kanaat getirdi.

Yola çıkmadan önce yine de birkaç yurtla ve çocuk barınağıyla temas kurdu. Her yerde aynı sessizlik vardı. Ya hiçbir şey bilmeyen çok genç görevlilerle ya da hafıza sorunları yaşadığını iddia eden çok yaşlı eğitimcilerle konuştu. Ailelerde de durum neredeyse aynıydı. Bununla birlikte, Clichy-sous-Bois'da oturan ve 1982'de Guillard'ı yanına kabul eden, Janine Lestaix adlı bir kadınla birkaç kelime konuşmayı başardı. Kadın "görmem lazzım" ya da "fotograf yok" diyerek, her cümlede telaffuz hatası yapıyordu. Zihinsel yetileri pek yerinde değilmiş gibiydi.

Birçok kez de Patrick Patricia demişti. Passan bunu fark edince de kadın anlamsız bir cevap vermişti:

– Avukatımla görüşmem lazzım.

Patrick/Patricia... Demek çocuğun cinsiyetindeki belirsizlik ergenlik döneminde iyice artmıştı. Belki de bir ameliyat geçirmişti ama tıbbi dosyasında bu da sansürlenmişti. Bu daha sonraki bir araştırmanın konusuydu.

Passan telefonu kapatıp Fifi'yi aradı:

– Binada mısın?

– Karton kutuları hazırlıyoruz.

– Bir dakika yukarı gelsene.

Passan, Fifi'yi beklerken kendini sorguluyordu. Guillard çocukluğunun geçtiği yere ne zaman dönmüştü, o da dosyasını ele geçirmiş olabilir miydi? Onu dünyaya getirmiş olanları aramış ve bulmuş muydu?

– N'aber tonton?

Passan başını kaldırdı. Odaya giren Fifi öksürecekmiş gibi yaptı ve içerideki tozları eliyle uzaklaştırmaya çalıştı.

– Yeni bir şey var mı? diye sordu Passan, Fifi kapıyı kapatırken.

– Maalesef, hiçbir şey yok.

Villasında yapılan incelemelerden bir netice alınamamıştı. Olay yeri inceleme ekibinin aldığı örneklerden de bir şey çıkmamıştı. Hayvanın otopsisi devam ediyordu.

– Otopsiyi kim yapıyor?

– Bir veteriner. Sana telefonunu veririm.

– Peki hayvan nereden alınmış?

– *Pet-shop*'lara, hayvanat bahçelerine, hayvan ithalatıyla uğraşan şirketlere bakılıyor ama hiçbir sağlık belgesi olmayan bir orangutanı da pekâlâ internetten satın alabilirsin.

– Gümrükler?

– Onlar da araştırılıyor. Ama Reza başka bir konuda bizi sıkıştırıyor.

Passan ayağa kalkmadan, oturduğu yerden fotokopileri uzattı.

– Bunlar ne?

– Guillard'ın dosyasının bir sureti.

– Hangi dosya?

– Çocuk Esirgeme'deki dosya.

– Planım işledi mi?

– Mükemmel bir şekilde. Dosyada Guillard'ın kaldığı merkezlerin, yurtların ve ailelerin hepsi var. Başlangıç olarak, doğduğu hastaneye git. Anne ile babanın izini bulmaya çalış.

– Passan, buna zaman yok...

Başkomiser ayağa kalktı ve Fifi'yi ceketinin yakasından kavradı:

– Bunu bana borçlusun, anladın mı?

Fifi başını salladı. Passan onunla ilgili birçok şeyin duyulmasına engel olmuştu: emre itaatsizlik, sarhoşluk, aşırı doz, zor kullanma ve şiddete başvurma... Ayrıca narkotikle birlikte şehir içinde küçük çaplı uyuşturucu kaçakçılığı. El konulan malları çok düşük fiyattan satma...

Başkomiser kapıyı açarak emretti:

– Yeni bir şey olduğunda beni ara.

– Sen nereye gidiyorsun?

– Küçük bir ziyaret.

32

Jules-Guesde'e ulaşması bir buçuk saat sürmüştü. Yol boyunca kendine sorup durmuştu. Guillard'la ilgili bu yeni araştırma tam olarak ne işe yarayacaktı? Önceki gece evine giren davetsiz konuğun o olduğundan emin değil miydi? Ayrıca kökleriyle ilgili bilgilerin onun suçlu olduğunu kanıtlayacağından fazla emin değildi.

Ama harekete geçmeli, konuşmalı, bir şeyler yapmalıydı. Ofisinde tıkılıp kalmaktan daha iyiydi.

Çocuklarının okuluna telefon etmişti. Dikkat çekici bir şey yoktu. Çocuk bakıcısı Gaïa'yı aramıştı. Her zamanki gibi saat 16.30'da gidip çocukları okuldan alacaktı. Saat 18.00'den itibaren evinin güvenliğini sağlamayı kabul etmiş olan iki adamını, Pascal Jaffré ile Jean-Marc Lestrade'ı da aramıştı. Kendisi de aynı saatlerde, çocuklarının yanında normal bir akşam geçirmek için –görevin en zor kısmı– eve gelecekti.

Bagnolet Kapısı'ndan çıktı ve Floréal Sokağı'na gitmek için Gambetta Caddesi'ne saptı. Sokaklar daralıyor, bu da göğsünde bir baskı hissetmesine neden oluyordu. Heyecanlı mıydı? Titremelere boyun eğmenin zamanı değildi.

Sokağın kenarındaki bitkilerin yanına park etti. Öğleden beri güneş ısrarını sürdürüyordu. Duru bir haziran ayıydı, nihayet. Ağaçların gölgeleri asfaltın üstünde titreşiyordu. Yapraklardan göz kamaştırıcı bir parlaklık yayılıyordu. Passan havanın hafif esintisinde, coşkulu reçine kokusunda, araba uğultularının üstünde uçan kuşların cıvıltısında yaz mevsimini hissediyordu. Ortadaki bahçe kapısının zilini çaldığında artık stresli bir polis değildi. Daha ziyade tuhaf bir hüzün hissediyordu.

Demir kapı bir tık sesiyle açıldı. Onu karşılayan kimse yoktu. Bahçeyi geçti. Hatıralarıyla örtüşen hiçbir şey yoktu. Çimenlik, binalar, iki yanı ağaçlı yollar... Her şey ona küçük ve gülünçmüş gibi geliyordu. Küçükken bu çimenlik alanlar ona ovaları, tuğla bloklar ise kale surlarını çağrıştırırdı. Şimdiyse, küçük belediye meydanlarında görmeye alışkın olduğu boyutlardaki çiçek tarhlarıyla çevrili iki katlı küçük binaların önünde duruyordu.

Bir çocuk gibi kestane ağaçlarının gölgesinden sakınarak, ağaçlı yolda yürümeye başladı. Onun zamanında, Guesde'de yaklaşık altı yüz pansiyoner barınırdı, sonra mevcut azaltılmıştı. Bugün kreş, ilkokul, kolej ve lise arasında dağılmış sadece yüz kadar çocuk vardı. Uzmanlık alanı hep aynıydı: kadersiz çocuklar.

1970'li yıllarda merkezin adı "hırsızlar okulu"na çıkmıştı. Çocuklar cüzdan çalmak için gruplar halinde 3 numaralı metro hattında –Pont-de-Levallois-Gallieni– dolanıyorlardı. Kartal pençeli serçe sürüsü. Bir bakıma bunlar mesleğindeki ilk dersleriydi. Meydana gelen bir kazanın bu oyunu bitirdiğini hatırlıyordu. Bir garın peronunda, Çingene Dido bir kadının çantasını bırakmak istememişti. Çantanın sapı tren gelirken kopmuştu. Çocuk kazadan sağ kurtulmuştu, çünkü boyu yüz kırk üç santimetreden daha kısaydı, yani iki ray arasındaki açıklık kadardı – ama bacaklarını kaybetmişti.

İlk binanın holü serin ve alacakaranlıktı. Damalı yer karoları. Cilalı basamaklar. Çamaşır suyu kokan sessizlik. Eskiden sıkıntı ve cezalandırma anlamına gelen idare binası. Görünürde kimse yoktu. Passan birkaç kapıyı vurdu, sonunda bir sekreter buldu.

– Monique Lamy'le konuşmak istiyordum.

– Ne içindi?

Yoldan aldığı şakayık demetini gösterdi.

– Ben eski bir pansiyonerim.

Kadın cansız hareketlerle telefonunu kaldırdı.

Monique: Passan'ın gizli bahçesi. Çok eskiden beri yurt yöneticiliği yapan, Passan'ın geçmişle olan tek bağı. Otuz yıl boyunca kadını iki kez görmüştü. İlki, Japonya'ya gitmeden önceydi; 1993 yılında Polis Akademisi mezuniyet törenine gelmişti. Yaklaşık on yıl sonra da Passan'ı Özel Harekât Şube'de çalışırken ziyaret etmiş, ondan hırsızlık, saldırı ve adam yaralama nedeniyle sorgulanan bir çocuk için yardım talep etmişti. Passan eski günlerin hatırına gerekeni yapmıştı. Hepsi bu kadardı. Ama her yıl, anneler gününde Passan ona çiçek yolluyordu.

Merdivende ayak sesleri duyuldu. Başını kaldırdı. Monique zaman içinde değişmeyen bir türdü: Bir reçel kutusunun etiketindeki genç kızı andıran, hippi tarzı –alacalı bir entari, kalın tabanlı, yüksek konçlu bez ayakkabılar, topuz yapılmış gri saçlar– bir büyükanne. Sesi, telaşsızca boşta çalınan bir tel gibi pesti ama hareketleri bu dengeli tınıyla bir tezat oluşturuyordu: kopuk kopuk, itici, neredeyse kabaydı.

Passan şakayıkları ona verdi, sonra birkaç kelimeyle buraya gelme sebebini açıkladı. Ona her şeyi açıklamak istemiyordu.

– Bu bir polis ziyareti mi? diye sordu kadın, gülümseyerek. Bir yandan da çiçekleri kokluyordu.

Passan da ona gülümsedi:

– İsim sana bir şeyler ifade ediyor mu?

– Patrick, evet, elbette...

– Onu hatırlıyor musun?

– Sizi, hepinizi hatırlıyorum.

Patrick'le aynı kefeye konmak Passan'ın hoşuna gitmedi ama Monique biraz İsa gibiydi: Yurttaki herkes onun çocuğuydu. Kadın çiçek demetini sekretere verdikten sonra Passan'ı yeniden bahçeye doğru yönlendirdi. Ilık rüzgârla hafif hafif kıpırdanan yaprakların gölgesindeki bir banka oturdular. Binaların diğer tarafından gürültü patırtı geliyordu, ders çıkışı olmalıydı.

– Başı belada mı?

– Üzgünüm Monique. Sana bile hiçbir şey söyleyemem.

Kadın yeniden gülümsedi. Passan yaz güneşinin altında eriyen kar sularıyla perdahlanmış bir çakıl taşını düşündü. Monique bir tütün paketi çıkardı. Passan güneşte kurutulmuş tütünün kokusunu hâlâ hatırlıyordu. *Samson.*

– Patrick burada iki yıl kaldı, diye devam etti Monique, sigarasını yaktıktan sonra. 1984 yılından itibaren sanırım. Mutlu değildi. Kimseyle kaynaşamıyordu.

– Anomalisi yüzünden mi?

– Bundan haberin var mı?

– Dosyasında yazıyor, diye kaçamak bir cevap verdi Passan.

Monique sigarasından bir iki nefes çekti ve şaşkın bir tavırla yeniden konuşmaya başladı:

– Buradayken ameliyat olmuştu. Yaklaşık iki ay sonra da ortadan kayboldu.

– Ne tür bir ameliyattı?

– Asla öğrenemedik. Necker'deki doktorların ağzı çok sıkıydı.

Passan bisturiyle yapılmış bir kastrasyonu, kerpetenle koparılan yumurtalıkları gözünün önüne getirdi.

– Tuvaletini yaparken ona yardım eden biri oluyor muydu?

– On iki yaşındaydı. Kimseyi yanına yaklaştırmıyordu.

– Ama erkekti, değil mi?

Monique belli belirsiz bir hareket yaptı:

– Bu onun oluşturulan cinsiyetiydi diyelim.

– Onun nesi?

– Doğumundaki seçenek değil. Doktorların, nüfus idaresinin, eğitimcilerin tercihi. Onun için kararlaştırılan bu yolu izlemesi gerekiyordu.

– Doğası gereği hangi taraftaydı?

– Her şeye ve herkese karşın, bir erkek çocuk. Çok spor yapıyordu. Her zaman yalnızdı, tek başınaydı. Testosteron tedavisi de görüyordu. Kasları gelişiyordu ama...

– Ama ne?

– Hareketlerinde, sesinde, davranışlarında dişilik özelliklerini koruyordu. Diğer çocuklar onunla alay ediyor, ona "ibne" diyorlardı.

– O nasıldı? Yani gündelik yaşamında, demek istiyorum.

– Vahşi, saldırgan. Birçok defa yemekhanede üzerimize saldırdı. Krizleri çoğunlukla ona yapılan iğnelerle alakalıydı. Diğer çocuklar ona çok yükleniyordu. Hiç arkadaşı, hiçbir dayanağı yoktu. En iyi anları, unutulduğu zamanlardı.

– Siz hiçbir şey yapamıyor muydunuz?

– Yirmi dört saat boyunca çocuklara nezaret edilemez. Ayrıca bir günah keçisi için hiç rahat yoktur.

– Hatırladığın belirli işkenceler var mı?

– Bir gün bir sahneye şahit oldum... Güzel bir anı değil.

– Hadi anlat. Ben şerbetliyim.

– Onu avluda yakaladılar, sonra pantolonunu ve külotunu indirdiler. Ardından da dövmeye başladılar. Onları güçbela durdurdum.

Bir "teşhir." Okuldayken sık sık tanık olduğu ve bugüne dek karşılaştığı bütün iğrençliklere rağmen, en kötü anı olarak kalmış bir klasik. Bir çocuğun küçük düşürülmesi. Diğerlerinin acımasızlığı. "Gülmek için" yapılan bu eylem, onun her zaman düşündüğü bir şeyi teyit ediyordu: Bir şaka, suça doğru atılan ilk adımdı.

– Üzülme, dedi Monique. Unutmuştur. Yıllar bu işe yarar.

– Bundan emin misin?

– Aslında, bu durum onun başına hep geliyordu.

Passan üstelemedi. Yurtlarda büyüyen çocuklar diğer çocuklardan ne çok kötü ne de çok iyiydi ama terk edilmişlikleri, yalnızlıkları, yaşadıkları travma onların acımasızlığını artırıyordu. Sanki hayattan daha o yaşlarda öç almaya başlıyorlardı.

– Sonunda, diye devam etti Monique, Sosyal Hizmetler, yargıcın da onayıyla onu güneydeki bir yurda yollamaya karar verdi. Hepimiz rahatlamıştık. Sonuçta son derece tehlikeli birine dönüşmüştü.

– Yani?

– Diş hekiminden bir delgi aleti araklamayı başarmıştı. Bir gün bir çocuğun gözünü oymaya kalkıştı. Bir başka sefer, yatakhaneyi yakmayı denedi.

Daha o yaşlarda alevlere olan düşkünlük. Ama bu, onu Seine-Saint-Denis'deki dört cinayetle suçlamak için yeterli değildi.

– Arkadaşlarının gözü dönmüş saldırıları karşısında masum bir kurban olan bu tür çocukların ilgi çekici olması beklenir, diye devam etti Monique, söndürdüğü izmaritini cebine koyarken. Ama Patrick iblisin ta kendisiydi. Kümesimizdeki hayvanlara işkence yapıyordu. Öfkesini en güçsüzlerden çıkarmakta birinciydi. Onun içinde... anlaşılmaz bir kötülük vardı. Okulda hiçbir şeyle ilgilenmiyor, hiçbir şey yapmıyordu. O olumsuz bir varlıktı, bir inkârcı.

Monique bir an düşünür gibi göründü, sonra dalgın bir şekilde mırıldandı:

– Bir kitap hatırlıyorum...

– Ne kitabı?

Kadın birden ayağa kalktı, elleri ceplerindeydi.

– Hâlâ burada olduğunu sanıyorum.

Gözden kayboldu. Passan saatine baktı: 17.30. Daha fazla oyalanamazdı. Mesajlarına baktı. Naoko aramıştı. Bugün beşinci arayışıydı. Soruşturmada bir gelişme olup olmadığını öğrenmeye çalışıyordu. Bu akşam eve vaktinde gidip gitmeyeceğini, adamların Cluseret Sokağı'ndaki yerlerini alıp almayacağını bilmek istiyordu.

Çakıllar gıcırdadı. Monique geri dönmüştü. Oturmadan ona bir kitap uzattı. Passan kitabı hemen tanıdı: Gautier-Languereau Yayınevi tarafından yayımlanmış *Mitolojinin 15 Efsanesi.*

– Bu kitabı yanından hiç ayırmazdı, dedi yurt yöneticisi. Merkezden ayrılırken onu da yanında götürmek istedi, ama yurtta kurallar katıdır. Ona kitabı verebilirdim, ancak o sırada bir görev nedeniyle Fransa'nın kuzeyindeydim. Sonra da kitabı ona yollamak için çok geç olmuştu, çünkü çocukların yerleştirildiği yerlerle ilgili bilgiler gizli tutulur.

Passan kitabın kalın kâğıdını, Georges Pichard'ın illüstrasyonlarını takdir ederek sayfaları itinayla karıştırdı. Zamana rağmen sayfalar beyazlığını koruyordu, rahiplerin ayin sırasında dağıttığı mayasız ekmek görüntüsü gibiydi.

Kapağında, arka planda bir gemiyle Cinecitta stüdyolarından çıkmış gibi duran sakallı bir atlet resmi –kuşkusuz Odysseus veya Iason– vardı.

Başkomiserin boğazı tıkanmıştı – gerçek bir gemici düğümü. O da tüm öğleden sonralarını aynı seriden bir başka kitabı hatmederek geçirmişti. Kendini bir ağaca tünemiş, ağzında Vichy pastilleri, *15 Fantastik Hikâye*'nin sayfalarını karıştırırken görüyordu.

– Bende kalabilir mi?

– Sorun değil.

Bu kez Passan ayağa kalktı:

– Teşekkürler Monique.

– Hemen gidiyor musun? Bir şeyler içmek istemez miydin?

– Sağ ol, ama dönmem gerekiyor. Bu akşam çocuklarla yalnızım.

– Onlar nasıl? (Her e-postada onları soruyordu.) Yanında yeni fotoğrafları var mı?

Passan'ın iPhone'u onlarla doluydu, ama yalan söylemeyi tercih etti. Yeterince sarsılmıştı, bir de aile bağlarından söz etmenin sırası değildi.

– Üzgünüm ama yok.

Passan kadına sarıldı ve son bir yalanla bitirdi:

– Yakında yine geleceğim.

– Elbette, dedi Monique yumuşak bir ses tonuyla. Sana fazla yardımcı olamadım. Soruşturmada bir işe yarayacak mı bari?

Passan kitabın kapağına baktı, cevap vermedi.

– Burada yapılabilecek her şey yapılıyor, dedi Monique, ama her şey daha önceden belirlenmiş.

Yeşil rüzgârla ve altın sarısı tozla hafif hafif sallanan kısa bir sessizlik oldu, sonra Monique tekrar konuştu:

– Bunu hatırla Olivier: Her şey ilk yıllardan itibaren belirlenmiş. Onun için. Senin için. Hepiniz için.

33

E serisi ve S serisi otomobillerin arkasında durmuş, galerinin önündeki park alanında cereyan eden tuhaf olayı izliyordu. Siyah bir Audi A6'nın direksiyonunda gri kasketli bir adam gelmişti. Arabanın üstünde dönmekte olan bir tepe lambası vardı. Adam arabadan inmiş iki koruyucu meleğe doğru yönelmişti. Tek bir hareketle onlara ortadan yok olmalarını emretmişti. Adamlar da itiraz etmeden söyleneni yapmıştı. Şimdi bir sigara yakıyordu, sanki nöbeti devralıyormuş gibi bir hali vardı.

Bu aynasız da kimdi? Soruşturmayı üstlenecek yeni polis mi? Yoksa Passan tarafından yollanmış profesyonel bir katil mi? Saçmalamaya başlamıştı. Fransız polisinde işler böyle yürümezdi. Yine de tüm sinyaller kırmızıydı. Saat 18.00'i geçmişti. Çalışanlarını yollamıştı ve galeride yalnızdı.

Sırtından yakıcı bir ter boşanıyordu. Spor salonunda döktüğü terle alakası yoktu. Daha ziyade, çocukken yatakhanede *ötekilerin* saldırmasını beklerken döktüğü tere benziyordu. Şoförünü düşündü, sonra aklına kasasında sakladığı tabanca geldi. Ama bu yeni adam karşısında hipnotize olmuş gibi, yerinden kımıldayamıyordu.

Adam arabaya sırtını dayamış, sakin sakin sigarasını tüttürmeye devam ediyordu. Bodur bir herifti, tepeden tırnağa gri gibiydi. Köşeli suratı bir tuğlayı andırıyordu. Hafif kamburdu, donuk bir ifadesi vardı, vücuduna çok bol gelen askeri bir ceket giymişti. Şehirde doğmuş, şehirle beslenen, etkilenmeksizin şehrin kirli havasına, kirine, tozuna maruz kalmış bir hayvan gibiydi. Ellili yaşlarda olmalıydı, ama ufak tefek olduğundan en fazla otuz gösteriyordu.

Herif sonunda izmaritini attı ve onun bulunduğu tarafa doğru yürüdü. Bu mesafeden bile sezgileri –kadınsı– onun tehlikeli biri olduğunu söylüyordu.

Demir kepengi indirmek için cebinde uzaktan kumandayı aradı ama çok geçti. Ziyaretçi camekândan onu fark etmişti ve eliyle, "İçeri girebilir miyim?" diye soruyordu. İstemeye istemeye kapının kilidini açtı. Adam, geç kalmış bir müşteri edasıyla galeriye girdi.

İki adam dikkatle ve uzun uzun birbirlerine baktı. Salondaki arabaların derin sessizliğinde dini bir güç vardı. Günün son ışıklarıyla cilalı beton zemin parlıyordu.

– Jean-Pierre Levy, dedi gri adam. Paris Cinayet Bürosu başkomiseri. Leïla Moujawad cinayetini soruşturuyorum.

Adamın uzattığı kartviziti aldı ve birkaç saniye boyunca karta baktı. Parmakları kartın üstünde ter lekesi bırakmıştı. Eskiden *çocukların* ona "Sümüklüböcek" dediklerini hatırladı.

Anlaşılmaz bir rahatlama hissederek, tek kelime etmeden kartı cebine koydu. Düşman tarafından yollanmış katil varsayımı ortadan kalkmıştı. Herkesin bir Azraili vardı. Onunkinin adı Olivier Passan'dı.

– Yahudi misiniz? diye sordu birden.

– Bu sizin için bir sorun mu teşkil ediyor?

Galerici kollarını açarak, alacakaranlıkta parlayan arabaları gösterdi:

– Mercedes satıyorum, dedi kendini beğenmiş bir ses tonuyla. Bütün müşterilerimi yakından tanımam gerekiyor...

Levy ağır ağır başını salladı:

– Sizin sempatik biri olduğunuzu bana söylemişlerdi. Burada sigara içebilir miyim?

Guillard cevap vermedi. Adam bir sigara yaktı. Onun soğukkanlılığını hissedebiliyordu. Bu kendine güven, onun doğal güçlü karakteriyle olduğu kadar *başka bir şeyle* de alakalıydı.

– Ne istiyorsunuz? diye sordu ansızın.

– Polisler sorulara cevap vermez, soru sorar.

– Öyleyse, sorun.

– Hapishanede kokuşmak yerine, nasıl oluyor da hâlâ buradasınız ve takım elbiseniz içinde caka satıyorsunuz?

Anka Kuşu'nun gerginliği geçti. Daha açık bir saldırı bekliyordu. Daha somut bir şeyler. Polisin bu yaptığı, blöften başka bir şey değildi. Etrafını Marlboro'nun dumanı kaplamıştı. Tuhaf bir şekilde dumandan rahatsız olmuyordu. Dumanın kıvrımları, iğrenç –ve içler acısı– bir sahnenin üstünde gerçekdışı ve görkemli bir hale oluşturuyordu.

– Çok basit: Çünkü masumum.

– Hayır. Çünkü başkomiser soruşturmayı boka sardırdı. Ne bir kanıt bulabildi ne de soruşturmaya hâkim olabildi. Passan'ı iyi tanırım. Zeki, zorlu, ancak hiç düşünmeden hareket eden bir polistir. İstemeden de olsa, senin bu işten sıyrılmanı sağladı, seni pislik herif.

Bu "sen"li hitap ve küfür karşısında ürperdi.

– Siz... siz farklı mısınız?

– Ben de siz pislikler gibi oyunun kurallarına uyuyorum.

– Bu... bu ne demek?

Ortam yeniden ısınıyordu. Sıcak ve yanma. Bu yabancının önünde kriz geçiremezdi.

– Hâlâ buradaysan, özgürsen, hindi gibi kabara kabara dolaşıyorsan, bunun sebebi, her şey apaçık ortada olmasına rağmen, seni son kurbanınla, Leïla Moujawad'la ilişkilendirecek bir kanıt olmamasıdır.

– Avukatımı arıyorum.

Ofisine doğru yöneldi, Levy onun yolunu kesmek için yana doğru bir adım attı.

– Burada kalacaksın ve beni dinleyeceksin pislik herif. Böyle bir kanıt, sen de ben de biliyoruz ki, var.

Bütün vücut sıvıları son hızla faaliyetteydi. İyice kızışmıştı.

– Bu da, Steritex marka, hipoalerjen bir çift steril eldiven. Üzerinde kurbana ait kan izleri var. İçinde ise katile ait organik kalıntılar. Katilin teriyle eldivenin içine yapışmış deri parçacıkları. Bir yüzünde kurbanın DNA'sı, diğer yüzünde katilinki. Devam edeyim mi?

Guillard sucuk gibi terliyordu, eriyor gibiydi. Ama garip bir şekilde, bu durum olası bir krizi ötelemişti. Gerginliği *sıvılaşarak* buharlaşıyordu. Tüm avaşçıların, yaptıkları bir hata sonucu öldüğünü düşündü. Elbette o da farklı değildi – her ne kadar özünde kutsal olsa da.

– Stains'de, diye devam etti gri adam, polislere pek sevgiyle yaklaşmazlar. Suç mahalline geri döndüm, tek başıma. Beni hemen fark ettiler, bana inan. Kuzey Afrikalı bir adam yanıma geldi. Senin yakalandığın boş arazide dolanan çocuklardan birinin babası. Oğlu bir çift eldiven bulmuş. Bununla ilgilenip ilgilenmediğimi, bunun için bir ödeme yapıp yapmayacağımı sordu.

Levy sigarasıyla başka bir sigara yaktı ve izmariti yere attı, ama ayağıyla ezmedi. Ağır ağır, sakin tavırlarla sigarasından uzun bir nefes çekti.

– Ee... yani?

– Yanisi, istediği parayı ödedim. Gördüğün gibi bir Yahudi ile bir Arap bazen anlaşabilir. Eldivenleri zapta geçirerek, iki farklı laboratuvara yolladım. (Sağ işaretparmağını havaya kaldırdı.) Bir tekini Bordeaux'ya. (Sol işaretparmağını uzattı.) Diğer tekini Strasbourg'a. Birinde eldivenin içini, diğerinde dışını incelediler. Sonuçları bu sabah aldım. (Ağzında sigarasıyla ona iyice yaklaştı.) Elimde seni ömür boyu içeri tıkmaya yetecek kadar kanıt var.

– Ne... ne istiyorsunuz?

– Beş yüz bin avro, nakit. Yarın. Senin için uygun bir saatte.

– Bu kadar param yok.

– Arabamda sana ait son beş yılın hesap işletim belgeleri, banka dekontları, yaptığın yatırımların, hayat sigortanın listesi var. Bana inan, orospu çocuğu, bir Yahudi'nin neler yapabileceğini öğrenmek istemezsin.

Guillard, üzerindeki baskının etkisiyle bir kahkaha attı. Suratı bir kibrit gibi yanıyordu. Ceketinin göğüs cebindeki süs mendilini çıkardı ve alnını kuruladı. Bu hareketten nefret ediyordu. Kaba bir davranıştı. Bir zayıflık göstergesi...

– Çok mu komik buldun? dedi ziyaretçi. Sakın hata yapma. Eldivenleri bu kez resmi olarak bir üçüncü laboratuvara yollarım, akıllı ol.

Kendini daha iyi hissediyordu. Bir muharebeyi kaybetmek üzereydi, ama hasmının zayıf bir noktası vardı: para.

– Sizinle nasıl temas kuracağım?

Levy'nin elinde bir telefon belirdi:

– Bu cep telefonunu kullan. Belleğinde kayıtlı tek bir numara var, o da benim bu iş için kullanacağım telefonun numarası. Parayı topladığında beni ara.

– Eldivenler sizde mi?

– Bu gece senden haber bekliyorum. En geç yarın sabah.

Polis sigarasını, hemen yanlarında duran S serisi arabanın parlak kaportasına bastırarak söndürdü ve arkasını dönüp uzaklaştı.

Bu polis ona Tanrı'nın bir lütfuydu. Eldivenleri kaybetmek, yeniden doğuşlarının başlangıcından bu yana yaptığı ilk hataydı. Bu yadsınamaz kanıt Passan'ın eline geçerse, onun için ölümcül olabilirdi.

Sahne başladığı gibi bitti. Diğer iki polis park alanına geri döndü. Levy gitmeden önce onlarla birkaç kelime konuştu. Cehennem zebanileri galeriye kuşkulu gözlerle baktılar, sonra yeniden nöbet yerlerine geçtiler.

Uzaktan kumandanın düğmesine bastı. Demir kepenk ağır ağır inerek onu tamamen karanlığa gömdü.

Farkında olmadan Arthur Rimbaud'nun bir sözünü mırıldandı: "Gerçek yaşam yok. Biz dünyada değiliz..."

34

Katlanmak imkânsızdı.

Saat 18.00 trafiğine takılıp kaldığı sırada Adli Tabip Rudel aramıştı. Bulduğu veteriner –*Cebus apella*, yani "siyah perçemli kapuçin maymunu" uzmanı– maymunun otopsisini bitirmişti.

Katlanmak imkânsızdı.

Philippe Vandernoot, Levallois-Perret'de yaşıyordu. Passan az önce Clichy Kapısı'nı geride bırakmıştı. GPS'ine muayenehanenin adresini, Paul-Vaillant-Coutier Sokağı'nın ismini girdi. Yazılıma göre yirmi dakikalık bir yolu vardı. Sirenini açarak bu süreyi yarıya indirebilirdi. Direksiyonu kırdı, Champerret Kapısı'ndan çıktı, gazı kökledi.

Otobüs yolları. Tek yönler. Refüjler. Sekiz dakikadan daha kısa bir sürede hedefine vardı. Yoldayken, Gaïa'yı arama imkânı bulmuş ve ona "biraz" gecikeceğini söylemişti. Ayrıca evin önünde bekleyen iki polise, Jaffré ile Lestrade'a da telefon etmişti. Her ikisi de görev yerlerindeydi. Dikkat çekici bir durum yoktu. Cluseret Sokağı'na huzur hâkimdi.

Telefonunun mesaj kutusuna göz attı. Naoko'dan bir SMS gelmişti. Eve dönüp dönmediğini teyit etmek istiyordu. *Lanet olsun!* Telefonu kapattıktan sonra cebine koydu ve veteriner muayenehanesini gördü. Camekânı, bir tıbbi tahlil laboratuvarını ya da geçici bir istihdam bürosunu andırıyordu. Cam kapılar, rengi atmış storlar, gri harflerle yazılmış bir tabela: "Vandernoot. Tahlil, tedavi, aşı ve cerrahi operasyon." Alçak kaldırımın üstüne park etti ve azalmakta olan gün ışığına çıktı.

Bekleme salonu boştu, evcil hayvan posterleri ve afişleriyle dekore edilmişti. Sehpa, üstündeki hayvan dergileri nedeniyle çökecek gibiydi: *30 millions d'amis*, *Cheval magazine*, *Ato-*

ut chat, Animal santé et bien-être... İçeriye eter ve hayvan kokusu hâkimdi. Sağ tarafta, üzerinde bir zilin bulunduğu bir banko vardı.

Yaklaşık bir dakika sonra, yeşil önlüklü bir adam belirdi. Şüphesiz Vandernoot'tu. Kısa boylu, tıknazca, altmışlarında gösteren biriydi, boyuyla bağdaşmayan ince uzun bir boynu vardı. Kafası, bir kaplumbağanınki gibi öne doğru sarkıktı. Burnunun üzerinde, bir kordona bağlı yarımay biçiminde bir gözlük vardı. İçeri kaçık gri gözleri, kabukları içindeki yumuşakçaları andırıyordu.

– Siz o polis misiniz?

Rudel, Passan'ın geleceğini veterinere bildirmişti. Adamın sesi cüssesinden beklenmeyecek kadar güçlüydü.

– Olivier Passan, Cinayet Bürosu başkomiseri. Sizden kapuçin maymununun otopsisini almaya geldim. Ve bu konuyla ilgili görüşlerinizi dinlemeye.

– Beni takip edin.

Bir korku filminin final sahnesini çağrıştıran aşırı sıcak bir salondan geçtiler. Duvarlar demir kafeslerle kaplıydı. İçlerinde, çevreye meraklı gözlerle bakan, huzursuz, yerinde duramayan, ancak sessiz maymunlar vardı. Gözbebekleri o denli delici ve canlıydı ki insan kendini, göğsüne çelik bilye yemiş gibi hissediyordu. Tam ortada üstü örtülü çelik bir masa duruyordu. Zemin kıl, kan, talaş kaplıydı.

En kötüsü de kokuydu. Odanın kasvetini artıran ve Passan'ın nefes almasını zorlaştıran bir şey: dışkı, kan, çiğ et, insanın içini bayan ter kokusu.

– Size oturmamanızı öneririm.

Passan, evcil hayvanını bu Doktor Frankenstein'a kim emanet edebilir diye düşünüyordu. Adam muayene masasının üstündeki örtüyü kaldırdı. Korkunç yaratık, aynı fetüs pozisyonunda, masanın üstündeydi, karnı ve kafası beyaz bir iplikle üstünkörü dikilmişti. Beyni bir kavanozun içindeydi. Diğer kaplarda, kırmızımtırak bir sıvının içinde yüzen organları vardı.

– Bu... bu şeyle ilgili olarak bana ne söyleyebilirsiniz?

– Yaklaşık beş yaşında bir erkek. Bunun dışında başka bir şey yok.

– Bir buzdolabında bulunmuş, derisi yüzülmüş bir maymun olduğu söyleniyor.

– İlk bakışta görünen bu. Kesiklere gelince, teknik profesyonelce. Bu kapuçinin derisi sanatın gerektirdiği kurallara uygun olarak yüzülmüş.

– Bunu yapan bir veteriner olabilir mi?

– Veteriner. Kasap. Avcı.

Bunların hiçbiri Guillard'ın profiline uymuyordu.

– Nasıl öldürülmüş?

– Bunu söylemek zor. Öldürücü bir iğne olabilir, öyle sanıyorum.

– Herhangi bir yara izi yok mu?

– Yok. Başta hayvanın ensesine vurularak öldürüldüğünü düşündüm, ama omurlarında hasar yoktu.

– Toksikoloji analizi yaptınız mı?

– Bu tür bir inceleme yapmamı istiyorsanız savcıdan yazılı talep getirmeniz gerekiyor ve...

– Boş verin.

Passan hâlâ şikâyetçi olmamıştı – adli açıdan bakıldığında, kapıda zorlama yoktu.

– Bununla birlikte, öleli uzun zaman olmuş, dolayısıyla moleküller de yok olmuştur.

– Bana daha ziyade yeni ölmüş gibi gelmişti.

– Bu durumda öyle sanılabilir, çünkü dondurulmuş. Bazı bulgular yanıltmaz. Organların şişmesi. Damarların ve arterlerin patlaması.

– Söylemek istediğiniz...

– Bu hayvanın belki birkaç ay ya da yıl önce öldürülmüş olduğu. Bunu bilmek imkânsız. Buzdolabına konmadan önce çözündürülmüş.

– Bu tür hayvanlar bu şekilde satın alınabilir mi? Yani, demek istediğim... dondurulmuş olarak?

Bu soru Vandernoot'u güldürdü. Bir sigarillo yaktı. Passan üzerindeki yaldızlı harfleriyle beyaz kutuyu tanıdı: Davidoff.

– Afrikalılar Avrupa'ya bazı dondurulmuş hayvan örnekleri ithal ediyorlar ama o hayvanlar daima kürklüdür ve iğneyle öldürülmemiştir. Ayrıca *Cebus apella* bir Amerika maymunudur ve kimse onu yemez.

Passan tüm bu verileri bir araya getirdi. Saldırgan şüphesiz canlı olarak siyah perçemli bir kapuçin edinmişti. Ona öldürücü bir madde zerk etmiş, derisini yüzmüş, sonra yeri geldiğinde kullanmak için dondurmuştu. Tüm bunlar bir hüner ve özel malzemeler gerektiriyordu, bu da Guillard'la gitgide daha az örtüşür bir hal alıyordu. Özellikle de bu tür bir mizansen, önceden planlamayı gerektirirdi.

– Fransa'da nereden kapuçin maymunu bulunabilir?

– Birçok kanal var. Kapuçinlerden evcil hayvan olarak da yararlanılır. Ancak bizim elimizdeki örneğin resmi bir kanaldan geldiğini düşünüyorum.

– Neden?

– Vücudunda herhangi bir işaret, herhangi bir dövme bulamadım.

– Belki de postuyla beraber gitmiştir...

– Genellikle bu tür bir işaret kulağın içinde yer alır. Her halükârda bu, tedavide kullanılan hayvanları kapsayan bir uygulamadır.

– Anlamadım?

Vandernoot, boka bulanmış bir çubuğu andıran sigarillosundan kuvvetli bir nefes çekti:

– Kapuçinler, birkaç yıl önce "tetraplejik hastalar için maymundan yararlanma programı" çerçevesinde tedavi edici hayvanlar olarak kullanılmıştı. Ama fazla sürmedi, çünkü çok pahalıydı.

Bu Passan'a bir şey hatırlattı. Engellilerin tedavisinde kullanılan, insana alıştırılmış maymunlar. Körlere yardımcı olan köpeklerin benzeri.

– Ben de programa katkıda bulundum, diye devam etti veteriner. Bu projede Belçikalılarla ve Kanadalılarla birlikte çalışıyorduk.

– Bu kapuçinlerden siz de eğittiniz mi?

– Birkaç meslektaşımla birlikte, evet.

– Peki sonra... öğrencilerinizi ne yaptınız?

Adam kafeslere tekme attı, metal sesiyle birlikte tiz çığlıklar yükseldi.

– İşte hepsi burada. Salak şeyler!

Vandernoot demir kafeslere yeniden bir tekme savurdu. Bağırtılar anında kesildi. Passan eğildi ve baykuş gözlü, siyah perçemli yaratıklara baktı. Böyle bir hayvanın ona kahvesini hazırlamasından hoşlanmayacağı açıktı.

– Onları neden tutuyorsunuz?

– Kendim için. Beni eğlendiriyorlar.

– Sirk kurmayı mı düşünüyorsunuz?

– Size göstereyim.

Kafeslerden birini açtı. Siyah bir top kucağına atladı. Hayvanın bir kemirgen kadar parlak tüyleri vardı. Olduğu yerde büyük bir esneklikle, çeviklikle fırıl fırıl dönüyordu. Kürklü uzun kuyruğu, neonların altında ipek bir kas gibi parlıyordu.

Vandernoot hayvanı masanın ucuna, derisi yüzülmüş türdeşinin yanına bıraktı. Hayvanı, kolaylıkla tek eliyle taşıyordu. Kapuçinin boyu otuz santimetreden uzun değildi. Passan, Hector Malot'nun *Kimsesiz Çocuk* romanındaki bilge maymun Jolikör'ü düşündü.

– Size Cocotte'u takdim ederim.

Kafasındaki hale biçimindeki kürke rağmen, dişi maymun, ayrık kulakları ve küçük pembe ağzıyla bir insan yavrusunu andırıyordu. Birkaç aylık bir bebeğin, bol kıllı, kötü bir kopyası. Lifli bir meyvenin çekirdeği gibi cangıldan fırlamış bir yaratık. Simsiyah gözleri, büyük bir dikkatle ve kayıtsızlıkla Passan'a bakıyordu.

Veteriner ceplerini karıştırdı. Sigarillo kutusunu çıkardı ve alaycı bir reverans yaparak kutuyu açtı. Hayvan kutudan bir Davidoff aldı ve hemen ağzına götürdü. Veteriner sigarilloyu yaktı.

Cocotte uzun nefesler vererek dumanı dışarı üfledi. Sivri dişlerinin arasından, genişlemiş burun deliklerinden duman kıvrımları yükseliyordu. Vandernoot kahkahalarla gülüyordu. Gösteri o denli hüzün vericiydi ki Passan başını salladı.

Saat 19.00'a geliyordu. Buradan tüymeliydi. Yuvasına dönmeliydi. Hemen.

– Hayvanı buzdolabına koyan herif hakkında ne söyleyebilirsiniz?

– Bir soytarı.

– Şaka olarak biraz saldırganca, değil mi?

Adam omzunu silkti, Cocotte'tan sigarilloyu aldı, sonra bir çanağa biraz nar suyu döktü. Dişi maymun açgözlülükle sıvıyı içti ve kendiliğinden kafesine döndü.

Vandernoot izmariti ezdikten sonra başkomisere döndü:

– Bir gösteri daha görmek ister misiniz? İçlerinde kart oynamayı bilenler de var.

Passan teklifi gülümseyerek reddetti ve adamın yanından uzaklaştı. Burada öğreneceği daha fazla bir şey yoktu. Trafiğin uğultusuna, sokağın pis kokusuna aldırış etmeden, koşar adımlarla Subaru'suna vardı. İş çıkışı olduğundan, bu saatte Levallois'da trafik iki yönde de sıkışık olurdu. İşyerlerini –Anatole-France Sokağı'ndaki cam binalar– terk etmeye çalışanlar. Evlerine dönmek için Levallois Köprüsü'ne ve daha ötesine gitmeye çalışanlar.

Cep telefonunu kontrol etti. Naoko'dan bir mesaj daha vardı. Dinlemeden mesajı sildi. Telefonu çaldığında arabasına binmişti. Eski karısının aradığını sandı, ama Fifi'ydi:

– Aubervilliers'deki Sainte-Marie Tıp Enstitüsü, arşiviyle birlikte yanmış.

– Geriye hiçbir şey kalmamış mı?

– Maalesef.

– Bu ne zaman olmuş?

– 2001'de.

Guillard'ın Seine-Saint-Denis'ye döndüğü tarih.

– Kaza mı?

– Kundaklama olduğuna dair güçlü şüpheler var, ama elle tutulur hiçbir kanıt yok.

Passan noktaları birleştirdi. Genç Guillard'ın Jules-Guesde yatakhanesini yakma konusundaki başarısız girişimi. Sainte-Marie yangını. Yakılan bebekler...

– O yıllarda hastanede çalışan ebeyi, hemşireleri, doktorları bulmaya çalış.

– Başka işler de var Olive ve...

– Onları sorgula ve annenin kimliğini öğren.

– Kimse bunu hatırlamaz.

– Cinsiyeti belirsiz, ne kız ne erkek olan, reddedilmiş bir çocuğu mu? *Herkes* böyle bir çocuğu hatırlar. Annenin kimliğini saptа ve yerini bul.

– Hepsi bu kadar mı?

– Hayır. Sana verdiğim dosyada Guillard'ın gençliğiyle ilgili her şey var. Daha gerilere git ve başka kundaklama olayları var mı bak.

– Onun piroman olduğunu mu düşünüyorsun?

– Dediğimi yap ve beni ara.

35

– Bir yere vaktinde gitmek için ille de büyücü olmak gerekmez!

Passan'ın öfkesi burnundaydı. Naoko'yu aramamış ve 19.30'da eve gelmişti. Naoko da doğrudan Gaïa'yla temasa geçmiş ve saat 19.00 olmasına rağmen Passan'ın henüz eve dönmediğini öğrenmişti. Passan sonunda onu aramaya karar vermiş ve tarihi bir fırça yemişti.

Doğrudan akşam yemeğine oturmak yerine, piyano faslına geçmişti. Rutine riayet etmek ve akşamı sıradanlaştırmak için. Oysa çok sinirliydi ve Shinji onun sinirli olduğunu anlamıştı. Dolayısıyla küçük oğlan üst üste hata yapmaya başlamıştı.

– Kahretsin! Bunu kasten mi yapıyorsun, ne?

Shinji, Mozart'ın *Sonata Facile*'sinin ilk bölümünü do majör olarak yeniden çalmaya başladı. Hep aynı yerde takılıyordu: ikinci temadan sonraki ardışık arpejlerde. Passan yanına oturmuş, başı ve ayağıyla tempo tutuyordu; tehditkâr, neredeyse ürkütücü bir hali vardı. Kendisi de kritik ana yaklaştıklarını kaygıyla hissediyordu...

Aslında piyano dersleri hiçbir zaman iyi geçmezdi. Çocuklar dersten altüst olmuş bir şekilde çıkardı, o da dünyada en fazla sevdiği varlıkları ağlattığı için tükenmiş ve yıkılmış olarak. Bununla birlikte çocuklarının iyi birer piyanist olmasını istiyordu. O bile, koruyucu ailelerin evlerinde, piyanonun temel kavramlarını öğrenmeyi başarmıştı.

Arpejler geldi. Ve onlarla birlikte hatalı notalar da. Passan öfkeyle piyanonun yanına vurdu ve hışımla ayağa kalktı. Shinji çalmayı bıraktı. Havada binlerce voltluk bir gerilim oluştu. Diego kanepenin arkasına kaçtı.

Olivier öfkeli birkaç adım attı. Kolları sıvalı gömleği ve belindeki 45'liğiyle sevgi dolu bir babadan çok, sorgu odasındaki bir polise benziyordu.

– Lanet olsun! diye öfkeyle bağırdı. Üç gün önce bunu çok iyi beceriyordun!

Taburesinin üstünde büzülmüş, başını öne eğmiş Shinji ses çıkarmadan öylece duruyordu. Üst kattan bilgisayar oyununun boğuk sesi geliyordu. Hiroki sıranın kendisine gelmesini beklerken sıkıntısını gidermeye çalışıyordu. Passan oğluna yeni baştan çalmasını söyleyecekti ki çocuğun ayaklarının yere değmediğini fark etti. Bu tek bir ayrıntı bile çocuğun kırılganlığını –ve mücadelenin eşitsizliğini– göstermeye yeterliydi.

Bir anda bütün siniri geçti. Shinji'nin saçlarını karıştırdı ve başının tepesini öptü.

– Hadi, dersini bitir. On dakika içinde yemeğe oturuyoruz.

– Ya Hiroki?

– Yarın bakarız.

Oğlan taburesinden aşağı sıçradı. Kardeşi sınavdan sıyırmış olsa da bunu tartışmayacaktı. Merdivene doğru koştu, köpek de peşinden.

Passan derin bir iç çekti ve pencereye gitti. Sokakta, Jaffré ile Lestrade nöbetteydi. İlkiyle Özel Harekât Şubesi'nde birlikte çalışmıştı. Jaffré, içlerinden birinin hayatını kaybettiği –buna karşılık pisliklerin hepsi öldürülmüştü– 2001'de gerçekleştirilen Cachan'daki operasyonda da vardı. O gün Jaffré ve o ilk kez öldürmüşlerdi. Lestrade ise Fifi'yle aynı meşreptendi. Bir *rave-party*'den –ya da Fleury-Mérogis Hapishanesi'nden– çıkmış gibi görünen bir atış şampiyonu.

İki adam onu fark ederek el salladı. Gece yarısı, Fifi ile Mazoyer nöbeti devralacaktı. Her biri boş zamanlarında bu görevi üstleniyordu. Bu fikir Passan'ın yüreğine su serpiyordu. Yalnız değildi.

20.10. Passan mutfağa gitti.

Naoko'nun hazırladığı, uzun zamandan beri uygulanan plandan geri kalmıştı: Çocukların 20.00'de dişlerini fırçalamış, çantalarını hazırlamış ve ardından da yatmış olması gerekiyordu. Su kaynattı. Pişirmeyi bildiği tek şey olan carbonara soslu makarna yapacaktı. Saat geç olmasına rağmen Gaïa'nın bir şeyler hazırlamasını istememişti. Örnek baba inatçılığı.

Makarna haşlanırken bir tavada domuz jambonlarını kızarttı. Pişirme süresini ezbere biliyordu. Makarna *al dente* olunca, jambonları tavadan alacaktı. Aynı anda da sosu hazırlıyordu: krema, yumurta, muskat cevizi. Bir sırrı da vardı: Jambonlar kıvama gelince bir miktar zeytinyağı ilave ediyordu; böylece jambonlar altın sarısı bir renk alıyor ve hepsi karıştığında kremaya güzel bir koku veriyordu. Her seferinde de başyapıtını hep aynı espriyle servis ediyordu: "Baba'nın Yeri, dünyanın en iyi restoranı!" Bütün aile onunla hemfikirdi.

Akşam yemeği çok iyi geçti. İçini kemiren vicdan azabıyla, Olivier şaka üstüne şaka yaptı, çocuklara takıldı. Makarnayı süslediği *grissini torinese*'leri kullanarak bir sürü maskaralık yaptı. Dudaklarının köşesine yerleştirdiği grisiniler vampir dişleri oldu. Burun deliklerine soktuğunda ise bir morsun dişleri. Kulaklarının arkasına yerleştirdiğinde de bir Marslının antenleri. Shinji ve Hiroki katıla katıla gülüyordu.

Çocuklarının güzelliğine hayrandı, şüphesiz bütün ebeveynler gibi; ama onların melez kökenlerinin bunda payı büyüktü. Akira İfukube'nin ya da Teizo Matsumura'nın senfonileri Uzakdoğu ile Batı'yı birleştiriyordu. Oğullarıyla ilgili olarak da aynı duyguyu hissediyordu: Doğu'nun ve Batı'nın genleri onların bedenlerinde aşk yapıyordu.

Hep birlikte, çocukların banyosunda dişlerini fırçaladılar, sonra çantaları ve ödev defterlerini hazırladılar. Ardından her biri için bir hikâye. Passan çocukları yatırıp öptükten sonra, gece lambasının yıldızları tavana yansıdığı halde odanın kapısını aralık, koridordaki ışığı açık bıraktı.

Şimdi işe koyulmalıydı.

36

İşe çatıyla başladı. *Dikkat çekici bir şey yoktu.* Korkuluklar boyunca gezinen Diego'yu çağırmak için ıslık çaldı, sonra merdivene yöneldi. Hol. Odalar. Çoktan uykuya dalmış çocukların odası. Ardından, boş ve sessiz Naoko'nunki. İki banyo, sonra giysi dolapları. Işığı yakmıyordu, karanlıkta giysileri, köşe bucağı, zemini yoklamakla yetiniyordu. Naoko'nun giysilerine ve gömleklerine dokununca en ufak bir özlem duymadı. Hissettiği daha ziyade belli belirsiz bir bıkkınlıktı, bir tabuyu ihlal etmenin verdiği karmaşık bir duyguydu.

Zemin kat. Burada da dikkat çeken bir şey yoktu. Evinde olmaktan mutluydu. Burada onu rahatlatan, kendi gerçeklerine daha fazla tutunmasını sağlayan saf, titiz, onu tüm gösterişlerden uzak tutan bir şey vardı. Aklına XX. yüzyıl mimarisinin habercisi Viyanalı Adolf Loos'un bir sözü geldi: "Modern insanın süslemeye ihtiyacı yoktur. Bundan nefret eder..."

Salon. Yemek odası. Güvenlik alarmı. Mutfağa girdi ve buzdolabının önünde durdu. Kapısını açmak ve içinden bir Cola Zero almak için –Gaïa buzdolabını boşaltmış, temizlemiş ve yeniden doldurmuştu– kendini zorladı. Bir kez daha düşündü: Kim böyle bir şeyi yapabilirdi? Gerçekten Guillard mıydı? Bodrum katta bir tur attıktan sonra her şeyin normal olduğuna kanaat getirdi. Umutlanmaya başlamıştı: Devamı gelmeyecek bir uyarı mıydı? Yoksa ürkütücü bir şaka mı?

Cep telefonunu aldı ve Naoko'ya bir SMS yazdı: "Her şey yolunda." Biraz tereddüt ettikten sonra ekledi: "Öpüyorum."

Villanın kapısına çıktı. Gece karanlık, nemli ve çok serindi. Çimenlik alanı geçti ve çitlerin beyaz parmaklıklarının ardından adamlarına seslendi.

– Selam kızlar. Deniz sakin mi?

– Lanet olası bir göl demek istiyorsun herhalde.

Jaffré örgülü saçları başına yapışık bir Siyah'tı. Üstünde kuru temizlemeden yeni çıkmış gibi duran, turuncu dikişli, plili bir kot pantolon vardı. Lestrade'ın her tarafı *piercing*'lerle ve dövmelerle doluydu. Pantolonu dizkapaklarının üstünden kesilmiş, saçaklı bir kot ile üstünde 1960'lı yılların gürültücü bir rock grubu olan MC5'in resmi bulunan bir tişört giymişti.

– Yirmi dakikada bir dolanırsınız, bu size uyar mı?

– *Jawohl*[13] albayım!

– Bütün arabaların plakalarını kontrol edin, diye devam etti Passan. Trafik tescil şubeyi arayın. Yeleklerinizi giydiniz mi?

– Biraz fazla abartmıyor musun?

– Evime giren herif bir koro çocuğu değil.

Adamlar ikna olmasalar da başlarını salladılar.

– Gece yarısı, Fifi ile Mazoyer nöbeti devralıyor. Siz de evinize dönüp karılarınızı becerebilirsiniz.

Bir baş hareketiyle adamları selamladı ve eve döndü. Cebine koyduğu telefonu çaldı. Bir an, Naoko'nun aradığını düşündü.

– Guillard'ın anne ve babasını buldum, dedi Fifi.

– Neredeler?

– Mezarlıkta. Her ikisi de canlı canlı yakılmışlar.

– Devam et.

– Annenin adı Marie-Claude Ferrari.

Ferrari. Guillard'ın garajları için harflerini değiştirerek kullandığı şu ünlü araba üreticisi firma gibi. Bunun gençlik hayaline bir gönderme olduğunu söylemişti. Tabii ki yalandı; bu isimler şüphesiz onun dünyaya gelmesine sebep olanlara bir göndermeydi. Tahrik, gizli nefret... Alçak annesinin yüzüne tükürürcesine bu harfleri seçmişti.

– Livry-Gargan'da bir kuaför salonu işletiyormuş. İzini bulmakta hiç güçlük çekmedim, çünkü ebe kadın onu hatırlıyordu...

– Nasıl öldüğünü anlat.

– 2001'in bir Temmuz akşamı, salonunda kebap olmuş. Yangının sebebi bulunamamış.

Hep Guillard'ın muhteşem dönüşünü yaptığı yıl. Doğduğu hastaneyi yaktıktan sonra öz annesini öldürmüştü. Piroman Guillard. Ana baba katili Guillard.

– Yangının tam tarihi?

13. "Baş üstüne" anlamında Almanca sözcük. (ç.n.)

– 17 Temmuz. Guillard'ın doğum günü. Hiç şüphe yok, bunu o yaptı. Soruşturmadan bir şey çıkmamış ama yangının bir kundaklama olduğu kesin.

– Kocası da yanında mıymış?

– Anlamadın. Guillard'ın biyolojik babasının adı Marc Campanez. Herif kırk yıldan beri Marie-Claude'u görmemiş. Bin kilometre uzakta ölmüş. Kadının ölümünden iki ay sonra.

– Onu nasıl buldun?

– Yine ebe kadının sayesinde. Marie-Claire'i hatırladı. Marie-Claire, çocuk kusurlu olduğu için Campanez'in onu terk ettiğini söyleyerek sürekli ağlıyormuş.

Passan, Guillard'ın karanlıktaki bir alevi andıran öfkesini anlıyordu. O da kendi soruşturmasını yapmış olmalıydı. Aynı bilgilere ulaşmış ve anne babasının bir hilkat garibesi olduğu için onu terk ettiklerini öğrenmişti.

– Ebe kadın bu konuyla ilgili olarak sorgulanmış mı?

– Bana bir şey söylemedi.

– Campanez'in ölümü hakkında ne biliyoruz?

– Emekli olunca Sète'in iç kesimlerine yerleşmiş. Cesedini çam ormanında yanmış arabasının içinde bulmuşlar. Cinayet olduğu açık. Koltuklar benzin kokuyormuş. Otopsi raporuna göre ölüm sebebi dumandan boğulma. Polis birçok ipucunu kovalamış, ama sonuç olarak hiçbir şey bulamamışlar.

– Neden birçok ipucu?

– Campanez eskiden Saint-Denis'de polis memuruymuş. Bir intikam olduğunu düşünmüşler. Ama soruşturma aniden yön değiştirmiş. Dosya rafa kaldırılmış.

Guillard, bir polis çocuğu ve bir evlatlık... Olivier ateşin ısısını hissediyor, alevlerin çıtırtısını duyuyordu. Akdeniz çamlarının altında yanan yaşlı adamı gözünün önüne getiriyordu. Kestiği saçlar alev alırken ve çevresini saran saç spreyi, deodorant gibi yanıcı maddeler patlarken kıvranan kadını...

– Bulduklarının tümü bu kadar mı?

– Bana topu topu iki saat verdin.

– Anne babayı biraz daha eşele. Onlar hakkında mümkün olduğunca çok bilgi istiyorum. Neye benzediklerini görmek, köklerini öğrenmek istiyorum. Diğer konuda bir ilerleme kaydettin mi?

– Hangi diğer konu?

– Guillard'ın yaşadığı bölgelerdeki yangınlar.

– Zamanım olmadı.

– Şimdi bu işin peşine düş.

– Saat 22.00.

– İtfaiyeyi ara. Jandarmayı. Sigorta şirketlerini. Sende Guillard'ın yaşadığı yerlerin listesi var. Tarihler de. Büyücü olmaya gerek yok.

– Öyle diyorsun ama gece yarısı sende olmam gerekiyor.

– Boş ver! Mazoyer'le birlikte başımızın çaresine bakarız.

Passan okulunu, kendi evini ateşe vermeye kalkışan bir yeniyetmenin saplantısını artık çok net olarak anlıyordu, çünkü onu tutsak eden bu karma bedenin içinde kendisi de yanıyordu.

– Senin orada durumlar nasıl? diye sordu Fifi.

– Her şey yolunda.

– Öyleyse birkaç saat uyumaya çalış.

Yardımcısına teşekkür etti ve telefonu kapattı. Hâlâ leş gibi koktuğunu –ter, korku, maymun– fark etti, geceye özgü kokularıyla bahçesi bile bunu hafifletememişti.

Her zamanki gibi bodrum katta duş yapabilirdi ama çocukların yakınında olmak istiyordu. Bu durumda Naoko'nun banyosunu kullanmak zorundaydı.

Diego'yu çocukların odasının kapısına diktikten sonra eski karısının odasına girmeyi göze aldı. Beş yıl boyunca bu odayı paylaşmışlardı ama artık Naoko burayı tek başına sahiplenmişti. Yatak odası eskiye oranla daha bir Japon tarzıydı. Duvarlara ahşap baskı resimler astığı veya dolapları kimonolarla doldurduğu için değil. *Hayır.*

Bundan çok daha duygu yüklü bir şeyler vardı.

Çok daha etkili.

Kırmızı yatak örtüsü. Altın sarısı yastıklar. Turuncu halı. Naoko renkliliği seviyordu ve Paris'in *dress code*'unu[14] ("herkes siyahlar içinde") hayata karşı bir savunma, insanların ve düşüncelerin üstünde hüzün verici bir baskı olarak değerlendiriyordu. Bu canlı renkler Doğu'yla gizemli bir bağ oluşturuyordu. Burada ayrıca, Japonya'yı çağrıştıran derli toplu, ağırbaşlı bir şeyler de vardı. Tek bir milimetrekarenin bile boşa harcanmadığı, göz ardı edilmediği, tanımlanması güç bir harmoni. Mekânda ve nesnelerde doğuştan var olan bir tür kibarlık...

Passan ikili kanepenin ucuna oturdu ve içgüdüsel olarak başucundaki komodinin çekmecesini açtı. *Kaiken* oradaydı, ekmekağacından siyah kını içinde duruyordu. Naoko'nun onu yanında götürmemiş olmasına şaşırmamıştı – eski Japon şiddetinin ve bağnazlığının sembolü olan bu hediyeden hep nefret etmişti.

En şaşırtıcı olansa, iyi bir uyku için gerekli olan "uyku kutusu"nu

14. "Giyim yasası" anlamında İngilizce deyim. (ç.n.)

unutmuş olmasıydı. Uçaklarda verilenlere benzeyen bir *eye-pillow*, Quies kulak tıkaçları, bir nemölçer (nem oranı yüzde 40'ın altında olduğunda uyuyamıyordu), bir pusula (yatak daima doğuya dönük olmalıydı), gözleri dinlendirmek için damlalar...

Bu kutu ve içindekiler onun kişiliğini özetleyen önemli bir göstergeydi: sürekli rahatlık arayışı. Naoko, neredeyse bilimsel bir şekilde iyi uyumanın, iyi yemenin, iyi soluk almanın arayışı içindeydi. Paris'in havasının çok kuru olduğunu ileri sürerek nemlendirme cihazını hep yanında taşırdı. Yosunlarla, tohumlarla, dondurulmuş gıdalarla, sindirim sistemini dengelediğine inandığı tuhaf ürünlerle beslenirdi. Kan dolaşımını etkilememesi için saat bile takmazdı ve biyolojik ritminin en sakin olduğu anda uyanırdı. Bunun ne egoizmle ne de konfor tutkusuyla alakası vardı. Söz konusu olan, dünyayla uyum içinde yaşamaktı. Naoko paradoksal bir biçimde doğa kanunlarına saygı göstermek için tevazuyla kendini dinliyordu. Büyük Bütün'ün içinde mümkün olduğunca fark edilmeden yitip gitmek istiyordu.

Cep telefonuna baktı. SMS yoktu. Yalnız geçen bu gece bir işe yaramamıştı. Ayağa kalktı ve banyoya girdi. *Naoko'nun tapınağı.* Banyo ikiye bölünmüştü. Modern bir lavabo ile bir duş kabininin bulunduğu ilk bölümün her tarafı karo kaplıydı. İkinci bölümde ise bir yanda yüksek kenarlı dikdörtgen bir gerdel, diğer yanda da sedir ağacından yapılma bir tabureye oturarak kullanılmak üzere tasarlanmış bir duş başlığı göze çarpıyordu.

Raflara doğru döndü ve saç fırçalarını dikkatle inceledi. XVII. yüzyılın en büyük ressamı Kitagava Utamaro, portrelerindeki saçların rengini daha da koyulaştırmak için çini mürekkebinin üstünden ikinci kez geçerdi. Naoko'nun saçlarının da o ahşap baskıdakilerden aşağı kalır yanı yoktu. Öylesine siyahtı ki, sanki yoğunluğu iyice vurgulamak için tabiatın fırçası iki kez üstünden geçmişti.

Naoko özenle sıralanmış bakım ürünlerini, güzellik kremlerini de yanına almamıştı. Passan'ın parmakları küçük şişelerin, kutuların üstünde, Naoko'nun dolaplarını açtığında hissettiği aynı kaygıyla gezindi. Olivier, kadın arkadaşlarını sinir etmek için Naoko'nun yüzde yüz doğal olduğunu iddia ederdi. Aslında, hiç bu kadar çok krem, süt, losyon, serum, jel kullanan birini görmemişti. Öyle ki, bunları kullanması bir tapınmayı, bir ibadet ritüelini çağrıştırırdı.

Büyülenmişti. Naoko'yu ince zevkin zirvesi olarak görüyordu. Bir tür kendi kendini biçimlendiren bir sanat eseri gibi. Passan, Kenji Mizoguçi'nin, bir ressamın hayatını anlattığı *Utamaro o meguru gonin no onna*[15] filminin başlangıç sahnesini düşünüyordu sürekli. Renkli parlak motiflerle süslü kimonolar giymiş, horoz ibiği gibi kabarık saçları olan, bembeyaz yüzlü görkemli kadınlar, köleleri gibi duran erkeklerin taşıdığı kâğıt şemsiyelerin altında törensel adımlarla yürüyorlardı. Görüntü, özü gereği muhteşemdi.

Bu önemliydi.

Ama hepsi bu kadar değildi.

Düzenli aralıklarla tuhaf bir dans adımı atıyorlardı. Sağ ayaklarıyla, yirmi santimetre yüksekliğindeki nalınlarını sergileyerek yerde yavaşça bir daire çizerken, diğer bacaklarını büküyor, ardından aynı hareketleri yeniden yapmadan önce bir süre duruyorlardı. Bilinmeyen bir periler âlemine ait oyunlar yaparak gizemli eğriler çizen dişi pergeller...

Çok etkilenen Passan bu tanrısal prenseslerin kim olduklarını ve burada ne tür bir geleneğin tasvir edildiğini öğrenmek için bu görüntüleri Naoko'ya göstermişti. Naoko da üstünkörü cevaplamıştı:

– Fahişeler. Yoşivara semtinin *oiran*'ları.

Passan heyecanlanmış ve düşünmekten kendini alamamıştı: Fahişelerinin bile bir Batılı prensesten daha asil olduğu bir ülke; kadın cinsel organının "orası" ifadesiyle belirtildiği ve bir biseksüelden söz edilirken "iki kılıcı" olanla aşk yapmak hoştur denilen bir ülke.

Passan soyundu, tabancasını lavabonun kenarına koydu ve duşa girdi. Suyun temasıyla gözlerini kapattı. Bir an kendini iyi hissetti. Hatta alçak sesle bir şarkı mırıldanmaya bile başladı. Ama suyun tıpırtısı onu evin diğer kısımlarından soyutluyordu ve Passan bu durumdan hoşlanmıyordu. Buharın içinde var gücüyle sabunlanırken elini çabuk tutmaya ve çocukların kapısının önüne atacağı bir şiltede yatmaya karar verdi.

Diego'yla birlikte uyuyacaktı.

Çocukları uykularında koruyan iki bekçi köpeği.

Birden gözlerini açtı. Pembe bir buharın içinde banyo yapıyordu. Gövdesi kırmızı lekelerle benek benek olmuştu. Ayakları, köpüklenen iğrenç bir su birikintisinin içindeydi. Başını kaldırdı ve duvar karolarının kan sızıntılarıyla lekelenmiş olduğunu gördü.

Yaralanmıştı. *Aman Tanrım.* Kesinlikle kan işiyordu. Hâlâ du-

15. Utamaro ve Beş Kadını. (ç.n.)

şun altındaydı, bacaklarının arasını eliyle yokladı, baktı, dikkatle inceledi. Bir şey yoktu. Yine de bu kandı, duvarlardan akıyor, zeminde iğrenç bir köpük oluşturuyordu.

El yordamıyla suyu kapattı, camlı bölmeye çarptı ve sendeleyerek kabinden çıkmayı başardı. Göğsü, karnının altı, kasıkları, kalçası kıpkırmızıydı. Kolunu uzattı, lavaboya tutundu ve doğruldu.

45'liğini aldı ve gayriihtiyari namluya mermi sürdü.

Çocuklar.

Elinde silahıyla koridora fırladı.

Ne olduğunu anlamayan Diego ağır ağır kenara çekilirken, Passan ihtiyatlı bir şekilde kapıyı açtı.

Dikkat çekici bir şey yoktu. Shinji ve Hiroki huzur içinde uyuyordu.

Üstünden akan kanlı sularla banyoya geri döndü, namludaki mermiyi geri çekti, ardından emniyet mandalını kapattı. Şoke olmuştu, aynada yansımasını gördü. Pembe buğu tabakasının arasında, kancaya asılı bir sığır karkasına benziyordu.

Cep telefonunu buldu. Bir tuşa basarak hafızasında kayıtlı bir numarayı aradı, sonra duvar boyunca yere doğru kaydı ve bacaklarını büktü. Kan, cildini gerginleştirerek pıhtılaşmaya başlamıştı bile.

– Alo?

Passan alçak sesle cevap verdi:

– Fifi? Benim. Gelmen gerekiyor. Hemen.

– Ama sen bana...

– Olay yeri incelemeye de haber ver. Bizzat Zacchary'yi istiyorum. Bütün ekibiyle beraber.

– Kahretsin, neler oluyor?

– Sivil arabalar gelsin. Tulum yok, tepe lambası yok. Özellikle de siren yok! Anladın mı?

Telefonu kapattı. Duvara iyice büzülmüştü, dua eden bir Müslüman gibi öne arkaya sallanmakta olduğunu fark etti. Büyük bir dehşet dalgasıyla kuşatılmış olduğunu hissediyordu.

Duş kabinine korku dolu gözlerle baktı.

Açık bir yarayı andırıyordu.

– Numara oldukça basit.

– Daha alçak sesle konuş. Çocuklar yanda uyuyor.

Banyoda boş yer yoktu. Passan üzerine bir kot pantolon geçirmişti. 45'liğini beline yerleştirmişti. Isabelle Zacchary kabinin içinde çömelmişti – neinden bedenine iyice yapışmış tulumu vücut hatlarını belirginleştiriyordu ama kimsenin aklı orada değildi. Diğer iki olay yeri inceleme teknisyeni lavabonun üst kısmıyla ilgileniyordu, onlar da aynı kıyafetler içindeydi: beyaz kâğıt önlükler, toz maskeleri, boneler, ameliyat eldivenleri ve galoşlar...

Fifi banyo kapısında duruyordu, ter içindeydi ve şaşkındı. Onun arkasında iki sert polis nöbet tutuyordu. Mazoyer de az önce gelmişti.

– Senin herif kanı çok ince şeritler halinde dondurmuş, diye devam etti Zacchary daha alçak bir sesle. (Bunu söylerken eldivenli elleriyle işlemi tarif ediyordu.) Bu şekilde elde ettiği ince çubukları yukarı, karo derzlerine yerleştirmiş.

İçerisi hâlâ hamam gibi sıcaktı. Sedir ağacı kaplamanın kokusu pervasızca her tarafa yayılıyordu.

– Sen duşa girince bir ısı kaynağı oluşturdun. Donmuş kan sıvılaştı. Yaklaşık iki litre...

Passan anlatılanları dinliyordu, şaşkına dönmüştü. Gözkapaklarının çevresi, saatlerce bir yüksek fırının kızgınlığına maruz kalmış gibi tahriş olmuştu. Düşman, bugüne dek gördüklerinin hepsini geride bırakan kurnazca bir oyun oynamıştı – ki Passan da toy ve acemi biri değildi.

– Maymun kanı mı?

– Hayır, insan kanı, diyerek lafa karıştı iki teknisyenden biri.

Elinde, içinde koyu mor renkli bir çökelti bulunan bir deney tüpü vardı.

– Antijen/antikor reaksiyonu şüpheye mahal vermiyor.

Passan yaklaştı. Sıcağa rağmen kan, kıllarını bir cımbız gibi çekerek derisinin üstünde pıhtılaşmaya devam ediyordu. Göğüs kafesinin içinde kalbinin büzüldüğünü hissediyordu. Bir çakıl taşı. Sert bir yumru. Meyve kısmını bedeninin oluşturduğu bir korku çekirdeği.

– Kan grubu belli mi? diye sordu Zacchary.

– Biraz bekle...

İkinci teknisyen başka tüplerle ilgileniyordu. Toz maskesiyle bir Ortaçağ savaşçısını andırıyordu.

Yavaşça ter damlalarına dönüşen saniyeler geçti.

– İşte, dedi maskeli adam. AB. Oldukça nadir bulunan bir kan grubu.

Passan, Fifi'yi iterek koridora fırladı, peşinden de diğer üç polis.

Fifi onu yakaladı:

– Neler oluyor?

– Çocuklarım da aynı kan grubundan.

İhtiyatla odanın kapısını açmıştı bile. Her şeye rağmen nefesini tutuyordu. İlk birkaç saniye, hiçbir şey görmedi, sonra gözleri alacakaranlığa alıştı.

Önce Shinji'nin yatağına yaklaştı. Bir dizini yere koyarak, uyuyan oğlanı yavaşça doğrulttu. Daha birkaç dakika önce onu kontrol etmişti, ama bu kez daha dikkatli bir şekilde bileklerinden, kollarından başlayarak omzuna kadar inceledi.

Kalbi patlayacak gibi çarpıyordu. Çocuğun dirseklerinin iç tarafında küçük iğne izleri vardı. Odanın içinde dönen yıldızların ışığı altıda izler görünüp kayboluyordu. Passan iki büklüm oldu, başını ellerinin arasına aldı, bağırmamak için dişlerini sıktı.

Hiroki'nin yatağına gitti, beyni sorularla karıncalanıyordu. Pijamasının kollarını sıvadı, iğne izlerini gördü ve tüm vücudunun bir anda buz kestiğini hissetti. Çocuklarının kanını almak için buraya gelen kimdi? Ne zaman? Nasıl? Ne o ne de Naoko neden bu ziyaretlerin farkına varmamıştı?

Çocuğu öptü ve başını yeniden yastığa bıraktı. Ayağa kalkmayı başardı ve kapıya kadar geri geri gitti. Gürültü yapmadan kapıyı kapattı.

– Evet? diye sordu, Fifi.

Passan odanın karşı duvarına bir yumruk attı.

39

– Soyunmanız gerekiyor?

– Neden?

– Soyunduğunuzda söyleyeceğim.

– Bu saçmalık da neyin nesi?

– Bunu bir filmde gördüm ve fikri tuttum.

– Üstümde bir mikrofon olduğunu mu düşünüyorsun?

Jean-Pierre Levy "sen" diye hitap ediyordu. Diğeri ise "siz" diye hitap etmeyi sürdürüyordu. Daha seviyeli, daha kibardı.

– Soyunun.

– Sorun değil. Paraları beş saniye içinde çıkarmazsan çekip giderim. Sabah da adamlarım kelepçeleriyle seni almaya gelir. Bu oyunu benim kurallarımla oynuyoruz pislik herif.

Gülümsedi: Aynasız yalan söylüyordu. Lüks ve güçlü arabalar satma işi ona neredeyse sadece erkeklerden oluşan bir müşteri profili kazandırmıştı. Bu maçolar arasında, yakın, neredeyse dostane ilişkiler kurduğu polisler de vardı. Levy'nin mali durumunu öğrenmek istediğini bahane ederek, birkaç telefon görüşmesi yapmak onun için yeterli olmuştu. Aynasızlar önce çekingen davranmış –ihtiyaten–, sonra dilleri çözülmüştü. Jaen-Pierre Levy çevirdiği dümenlerle tanınan biriydi. Kumarbazdı, at yarışı meraklısıydı, gırtlağına kadar borca batmıştı, iki kez boşanmıştı; tek kelimeyle batağa saplanmıştı. Onu enselemek için fırsat kollayan içişleri müfettişlerinden bahsetmeye gerek bile yoktu.

Onun dosyası böylesine açmazda olan bir herife nasıl emanet edilmişti? Fransa yönetiminin sırrı. Bundan yakınmıyordu; başka bir dedektif olsaydı, eldivenler onu doğruca parmaklıkların ardına yollardı.

– Pascal'ın Kumarı'nı biliyor musunuz?

– Kahretsin, para.

– Eğer şimdi bana satın almak istediğim şeyi vermeden giderseniz, kaybederim. Ama size parayı verir ve siz beni aldatırsanız, yine kaybederim. Makul olun. Soyunun. On dakika içinde her şey bitmiş olacak.

Saniyeler uzadıkça uzuyordu. Artık hiç kımıldamıyor, tek bir kelime bile etmiyordu. İsteklerine boyun eğdirmenin en iyi yolu buydu. Gecenin ikisinde Levy'yi aramış, Seine-Saint-Denis'nin nadir yükseltilerinden, Neuilly-Plaisance'taki Avron Tepesi'ne çağırmıştı. Buluştukları yer, Saint-Denis Ovası'na yüz seksen dereceyle açılan ağaçlandırılmış çimenlik bir alandı.

Şüphesiz polis çevreyi kolaçan etmek için hemen yola çıkmıştı. O ise saat beşte gelmiş ve arabasını biraz uzağa park etmişti. Çalıların arasından, Levy'nin parkın parmaklıklarının yakınında bir yere gizlenmiş olduğunu tespit etmişti. Sonunda, 06.30'da iki leş yiyici deliklerinden çıkmışlardı. Parkın giriş kapısının kilidini açmış –bir maymuncuğu vardı– ve hasmına ıssız bir patikaya kadar rehberlik etmişti. Sekizden önce burada kimse olmazdı: ne bir koşucu ne de başka biri. Değiş tokuş için ideal bir yerdi.

Saatine baktı: Bir dakika geçmişti – ne bir kelime ne bir hareket vardı.

Sonunda Levy bir küfür savurdu ve söyleneni yaptı. Kibarlıktan ona sırtını dönmüş ve birkaç adım uzaklaşmıştı. Hava serindi. Rüzgâr yaprakların, böğürtlenlerin ve devedikenlerinin arasında dans ediyordu. Seyrek ağaçlar nedeniyle, bu açık alan bir Afrika savanasını andırıyordu.

Birkaç saniye sonra Levy ayakkabılarını, asker ceketini, pantolonunu çıkarmış, tabanca kılıfının kayışlarını çözmüş, hafiflemişti.

Yeniden manzaraya doğru döndü. Güneş, tanyerinin kızıllığını delerek yükseliyordu. Vadi, küçük dalgalarla çırpınan bir denizin ışıldamasını çağrıştırarak, kirli bir pusun içinde yavaş yavaş beliriyordu.

Mucize gerçekleşiyordu. Banliyönün yeşil parıltısı.

Birkaç saniye boyunca, tam o anda, Seine-Saint-Denis ilçelerine hâkim olan hüzün de yok oluyordu. O an için çirkinliği, sefaleti, kargaşası görünmüyordu. Sadece balkıyan, savaşmaya hazır bir kalkan gibi parlayan ova görünüyordu.

O anda, sadece o anda, bütün umutlara yer vardı.

– İşte.

Levy sadece donuyla kalmıştı. Kilolu değildi, ancak patlak bir iç lastik gibi pörsüktü. Keldi; vücudu, gri teniyle uyumlu, rengi solmuş tüylerle kaplıydı, henüz sakalı çıkmamış birine benziyordu.

– Para nerede?

Hemen cevap vermedi, biraz daha sabırsızlanmasını istiyordu.

– Bana sözünü ettiğiniz şey yanınızda mı?

– Önce para.

– Elbette. Bir saniye.

Deri çantasını bıraktığı ağacın yanına gitti. Ağacın yanından göz ucuyla Levy'ye baktı. Polis, otların arasına bıraktığı silahının yakınına gitmişti. Güven uyandıran bir edayla gülümsedi ve çantayı aldı. Çantanın içindeki parayı görmeden Yahudi'nin ateş etmeyeceğini biliyordu.

Ayaklarıyla kuru dalları çıtırdatarak onun yanına döndü.

– Çantayı yere bırak ve aç, çok yavaş.

Levy sanki ona silahını doğrultmuş gibi konuşuyordu. Öyle sanmasına izin verdi. Yaprakların arasına gizlenmiş kuşlar şakıyordu. Kendini tuhaf bir şekilde rahat hissediyordu. Sözde parayı otların arasına bıraktı. Beş yüz avroluk banknot balyalarının ağırlığını yaklaşık olarak hesaplamıştı. Bir kilo nakit para.

Bir eliyle çantanın tokasını açtı.

– Geri çekil, diye emretti diğeri.

Çıplak adam, gözlerini ondan ayırmadan ganimetine doğru yaklaştı. Bir dizini yere koydu ve deri çantanın içine baktı. Ayağa kalkmak için doğrulduğunda, artık çok geçti: Şırınga, köküne kadar ensesine girmişti. Yumruk atmaya çalıştı, ama sadece havayı dövdü. Her şey bitmişti.

Otuz mililitre Imagene. Anında etkisini göstermişti.

Polis otların arasına yığıldı. Kazanan çevresine bir göz attı –kimse yoktu–, sonra saatine baktı: 06.40. Planını uygulamak için yaklaşık bir buçuk saati vardı.

Tutsağını güvenli bir yere götürecekti.

Onu uyandırıp konuşturacaktı.

Vereceği kimyasal maddeyi hazırlayacaktı.

Sonra da bu sabah kullandığı yoldan evine dönecekti.

40

Yarım saat sonra Rosny-sous-Bois'daki kapalı bir otoparka varmıştı. Burası, amyant sökme işlemi yapılması için karar alındıktan sonra terk edilmiş bir yerdi, ancak bu karar sürekli ertelenmekteydi. Sahipleri tazminat ödemeye mahkûm edilmiş ve otoparktaki arabalar boşaltılmıştı. Yerin altındaki bu yer boş ve zehirliydi, evsizler bile zehirlenmekten korktukları için burayı kullanmıyordu.

Buraya gelirken sadece tali yolları kullanmış, polis merkezlerinden, sürekli polis gözetiminde olan mahallelerden ve sıcak noktalardan uzak durmuştu. Seine-Saint-Denis onun bölgesiydi. Burada gözü kapalı her yeri bulabilirdi. Bu şehir, bedeninin derinliklerini kızgın bir demirle dağlamıştı. Bu labirentte asla onu kimse takip edemez ve yakalayamazdı.

Şantajcıyı, ayaklarını bizzat kendisinin bir kaynak makinesiyle zemine raptettiği metal bir sandalyeye bağlamış, sonra da onu uyandırmak için yeni bir iğne yapmıştı. Adamın kendine gelmesini beklerken, içerinin iyice ısınması için havalandırma sistemini sonuna kadar sıcağa ayarladı. Simsiyah duvarlarla ve alçak tavanla bütünleşen pervane uğultusu, dünyanın akkor halindeki çekirdeğine doğru dalışa geçmiş güçlü bir gemiyi çağrıştırıyordu.

– Neler oluyor?

Birtakım düzenlemelerle uğraştığından cevap vermedi. İşlemin bu evresinde, düşmanın çıplak olması işin özüydü.

– Bana ne yaptın?

Levy sol koluna takılı serumu görmüştü.

– BANA NE YAPTIN GÖT VEREN?

Ağır hareketlerle polise yaklaştı ve başıyla tezgâhın üstünde, bir kutunun içinde duran şırınga pompasını işaret etti. Levy pompayı göremiyordu, ama bir akvaryum motoru gibi mırıldayarak çalıştığını duyabiliyordu.

– Tuzlu bir çözelti, diye bağırdı, makinelerin gürültüsünü bastırmak için. Toparlanman için!

– Kendini doktor mu sanıyorsun?

– Hayatımın yarısını hastanelerde geçirdim. Nasıl ki mahkûmlar avukat, deliler psikiyatrsa, ben de doktorum. Mükemmel bir profesyonel deformasyon.

Levy tutum değiştirdi, karşısındakinin kaçık olduğunu anlamış gibiydi. Sırıtmaya başladı.

– Beni düzmeye kalkışma ibne.

– Bu iş için yeterince samimi değiliz.

Tezgâha doğru yaklaştı ve bir ilkyardım çantasını açtı. İçinde, küçük boyutlu bir otoklav cihazı vardı. Yeni nitril eldivenlerini – latekse karşı alerjisi olduğundan sadece bu modeli tercih ediyordu– taktı. Metal kapağını açınca bir duman bulutunun yükseldiği otoklavın içinden bir şırınga aldı. Ardından çantanın cebinden küçük bir plastik şişe çıkardı, ambalajını yırttı ve iğneyi kauçuk tıpaya batırdı.

Polis her gürültüde irkiliyordu. Bu hazırlıklardan hiçbir şey anlamıyordu.

– Ne... ne yapıyorsun?

– Eldivenler nerede?

Levy ulur gibi bağırdı:

– Bana ne yapacaksın göt veren?

– Eldivenler.

Polislerin derisi kalın olurdu. Hangi noktaya kadar dayanacaklarını bilmek önemliydi. Şırıngayı doldurma işlemini bitirmek için tam karşısına geçti. Levy tuzağa yakalanmış bir yılan gibi kıvranıyor, inkârcı bir dik kafalılıkla başını sallıyordu.

Hava kabarcıklarını yok etmek için, büyük bir sükûnetle iğnenin ucundan birkaç damla püskürttü.

– İğne konusunda ustayım, dedi güçlü bir sesle. Kendime düzenli olarak testosteron iğnesi yapmaya mecburum.

Levy hıçkıra hıçkıra ağlıyordu. Bunun üzerine, o da "sen" diye hitap etmeye başladı. Öfke ve korkunun iç içe geçtiği, cehennem gibi sıcak bu yerde, artık samimi konuşabilirlerdi.

– Eldivenler nerede Levy? Beni bir Nazi gibi davranmaya mecbur etme.

– Git kendini becert! diye bağırdı polis.

Bir parça pamuk ile antiseptik bir solüsyon aldı. Tutsağın sağ dirseğinin iç tarafına sürdü.

– Sana bir gelecek sunmak için her şeyi yaptığımı unutma.

Ona doğru eğildi ve terinin asitli kokusunu soludu. Süreç işliyordu.

– Kâfuru, diye fısıldadı kulağına. Acı damarlarında oldukça hızlı bir şekilde yayılacak. Yeterince yaşlı değilsen şansın yok demektir. Acı, kanser gibidir. Kurbanın dayanıklılığıyla beslenir.

– Hayır.

– Mengele ve ekibi bu maddeyi tutuklulara zerk ediyorlardı.

– Hayır.

– Eldivenler nerede?

– HAYIR!

İğneyi dirseğinin iç tarafına batırdı.

– Buradan çıkabilirsin Levy. Auschwitz'deki kardeşlerinin bu şansı yoktu. Aileni düşün! Bunu onlara borçlusun!

– HAYIR!

– Eldivenler.

Şırınganın pistonuna bastı.

– Bir banka kasasında.

– Hangi banka?

– HSBC. Jean-Jaurès Caddesi, 47 numara, 19. Bölge'de.

– Kasanın numarası?

– 12B345.

– Sürekli kullandığın banka mı?

– O şubeyi değil.

– Seni tanıyorlar mı?

– Sadece bir kez gittim. Kasayı açmak için.

– Ne zaman?

– Dün akşam, eldivenleri aldığımda.

Bir şans değerlendirmesi yaptı. Fiziksel olarak polise benziyordu. Onun kimlik kartını kullanarak şansını deneyebilirdi. İğneyi çekti, rahatlamıştı. Levy'nin giysilerini beraberinde getirmişti, eğer düşündüğünü yapıp onları yakmış olsaydı her şey biterdi. Ceketin ceplerini yokladı, cüzdanı buldu. Kimlik kartındaki fotoğraf en az on yıllıktı, ama adam o zamanlarda da keldi. Bu iş yürüyebilirdi. Bir kredi kartının arka yüzünü çevirdi ve imzaya baktı. Sorunsuzca taklit edebilirdi. Hem de sol eliyle.

Hepsini yerine koydu, sonra tutsağının karşısına dikildi. Sıcaklık dayanılmaz bir hal almıştı. Levy altına kaçırmıştı. Odayı dolduran bok kokusu hoşuna gitti. Bir insanı boğacak seviyeye ayarlanmış klima sayesinde şantajcı kelimenin tam manasıyla kendi boku içinde geberip gidecekti.

Bir metre yüksekliğinde bir açıklık oluşturacak şekilde demir kepengi kaldırdı.

– Nereye gidiyorsun?

– Verdiğin bilgileri teyit etmeye.

– Beni burada bırakma...

Işığı söndürdü. Elinde ilkyardım çantası ile polisin giysileri vardı. Eldivenlerini çıkarmamıştı. Klimanın uğultusu karanlıkta sanki biraz daha güçlenmişti.

– Birkaç saat içinde dönmüş olurum! diye bağırdı. Eğer eldivenleri alabilirsem senin durumu gözden geçiririz. Yok eğer eldivenleri alamazsam, başka bir tercihte bulunmam gerekecek.

– Bu... bu sıcak da neyin nesi?

– Terlemen gerekiyor. Sana verdiğim anestezi maddesini vücudundan atmam lazım.

Kepengi indirdi ve arabasına kadar hızlı adımlarla yürüdü. Saat 07.30'du. Her şey yolunda gitmişti. Neuilly'ye gitmek, Inkermann Bulvarı'na park etmek, arka taraftan bahçeleri geçmek ve hep kullandığı gizli yoldan inine ulaşmak için yarım saati vardı.

Kontak anahtarını çevirdi ve arabanın klimasını en düşüğe ayarladı. Serin hava iyi gelmişti, birkaç saniye boyunca gözlerini kapattı, sonra lastikleri öttürerek hareket etti. Eve varınca güzel bir duş yapacak, ardından yakın korumasının gözetimi altında, şoförünün kullandığı E serisi Mercedes'ine binmek için saatin dokuz olmasını bekleyecekti.

Yeni bir gün başlayacaktı.

Bu kaygısızlığı onu şaşırtıyordu. Aslında, Levy'yle olan tüm bu hikâye tali bir sorundu. Önemli olan Düşman'la mücadelesiydi.

Bir çatışma, ama aynı zamanda da bir yakınlaşma...

41

– Dün gece her şey yolunda gitti mi?
– Çok iyi.
– Erken yattılar mı?
– Evet.
– Sesin tuhaf geliyor.
– Geç kaldım.
– Seni biraz önce de aradım. Çocuklarla konuşmak istiyordum.
– Sabahları böyle oluyor, bilirsin.

Naoko cevap vermedi. Çocukların uyanma, kahvaltı etme, okula koşturma ritmini biliyordu. Passan'ın onu aramak için zaman bulamamasına şaşırmıyordu.

– Her şeyin yolunda olduğuna emin misin? diye ısrarını sürdürdü.

– Yolunda, sana söyledim! Geç kaldım. Gitmem lazım.

Telefonu kapattı. Naoko şaşırıp kalmıştı. Bir şeyler öğrenmek için ona yalvardığı için kendine kızıyordu. Halbuki iki ayrı kampa bölünmeyi isteyen kendisiydi. Ama içinde bulundukları durum kuralları çiğnemeyi gerektiriyordu.

Dün akşam bir çantanın içine çarçabuk tıktığı eşyalarının arasından bir kıyafet seçti. Yolunda gitmeyen bir şeyler vardı. Passan'ın sesine bir rahatsızlık, bir kırgınlık hâkimdi. Passan yalan söylemeyi beceremezdi; bu da bir polis için büyük çelişkiydi.

Canı sıkılmıştı, pastel mavisi bir elbise giydi. Kumaş buruşmuştu. Göçebe hayatına alışması lazımdı. Neuilly'de, Defense yakınlarında, Madrid Caddesi üzerinde, caddeyle aynı adı taşıyan bir otel seçmişti. Dün, ofisten çıkınca, buralarda rasgele dolaşmış ve çınarların altındaki ahenkli uğultudan etkilenmişti. Oteli görmüş ve hiç düşünmeden karar vermişti.

Passan'dan rahatlatıcı bir SMS aldıktan sonra kendini yatağa atmış ama uyuyamamıştı. Bir uyku ilacı almış ve cenaze görevini yerine getiren biri gibi tekrar yatmıştı. Kopuk kopuk kâbuslar görerek birkaç saat uyumuştu.

Passan'ın tersine, Naoko hiçbir zaman kötü rüya görmezdi. Onun dünyasında karmaşık ve kaygı verici rüyalar yoktu. Sadece anlamsız, birbiriyle alakasız rüyalar görürdü: hiçbir zaman yeşile dönmeyen kırmızı ışık, pasta alıp da eve gidince çantasında balık bulması gibi. Ev işleriyle ilgili rüyalardı. Dün gece bu kural bozulmuştu.

Uyandığında kâbus yeniden başlamıştı. Çocuklarını düşünüyordu. Buzdolabındaki derisi yüzülmüş maymunu. Evini, yuvasını tehdit eden tehlikeyi...

Saat dokuz olmuştu. Yarım saat içinde ilk toplantısı başlayacaktı. Banyo aynasında kendine baktı. Makyajı, aceleyle yazılmış bir yazı gibi keskin ve sinirliydi. Finansçılar bununla yetinmek zorundaydı, zaten onun verdiği rakamları görünce, bu umurlarında olmayacaktı.

Asansörü kullanmadı ve topuklarını tıkırdatarak servis merdiveninden indi. Passan'a yönelik şüpheleri gece boyunca aklına gelmişti. Bazen şüpheleri ona saçma geliyordu. Bazen de hiç kimsenin asla *bütün yönleriyle* tanınamayacağını düşünüyordu. Kocasının, yıllar içinde ruhsal dengesini yitirme belirtileri gösterdiğini hatırlıyordu. Öfke nöbetleri. Çocuklarına duyduğu kopuk kopuk, ancak aşırıya kaçan sevgisi. Şikâyetlerini bir cerahat gibi akıtarak –sanki derin bir yarayı boşaltıyordu– onu azarlaması. Televizyona bakarken suratında beliren alaycı, tuhaf sırıtmalar. Meslektaşlarıyla telefonda konuşurken yaptığı kaba çıkışlar...

Bu gibi anlarda, hakikat kafasına dank ediyordu: Başka insanları öldürmüş bir adamla yaşıyordu. Çocuklarını taşıyan, onu okşayan *ama* kemik de kıran, tetiğe basan, ölümle ve kötülükle düşüp kalkan o eller...

Ayrıca ölümcül bir takıntı haline dönüşen Japonya tutkusu. Sadece seppukudan, öldürmeyi, intiharı meşru kılan şeref ve erdem kurallarından söz ediyordu. Arkasına bakmadan kaçtığı –çünkü ona babasını hatırlatıyordu– tüm o saçmalıklardan.

Ama bütün bunlar, Passan'ı korku salmaya kararlı bir kaçık olarak görmek için yeterli miydi? Hayır. Zaten bu olayın, onun soruşturmalarından biriyle alakalı olduğundan emindi. Ve Passan'ın gerçek suçluyu bildiğinden. Anlatmak istemediği kaygı verici bir intikam hikâyesi olduğundan.

Charles-de-Gaulle Caddesi'nde trafik akıcıydı. Döner kavşağa kadar sorunsuzca akıyordu. Bu uğursuz sabahta halletmesi gereken başka bir sorun daha vardı. Dün, öğleden sonranın son saatlerinde avukatını –Michel Rhim– görmüştü. Ona derisi yüzülmüş maymun olayını anlatmıştı. Daha da kötüsü, ona Olivier'yle ilgili şüphelerinden bahsetmişti. Rhim pek sevinmişti. Psikiyatrik inceleme yaptırıp bilirkişi raporu almaktan, sosyal soruşturma açmaktan söz etmişti. Vaat ettiği tam bir zaferdi: çocukların velayeti, tazminat, nafaka... Naoko ona tüm bunların hiçbirini istemediğini söylese de adam harekete geçmişti. Naoko da haber vermeden bir teşebbüste bulunmaması için adama söz verdirmişti.

Otoparkta, motoru durdurdu ve direksiyona sarıldı. Gün daha yeni başlıyordu, ama o şimdiden çok yorgundu. Bu kocaman gökdelendeki işi... Villasındaki davetsiz misafirin yol açtığı korku... Passan'la olan mücadelesi... Tüm bunlar ona başa çıkılamaz şeylermiş gibi geliyordu. Doğruldu ve aklından beklenmedik bir düşünce geçti.

Tokyo'ya geri dönmek. *Kesin olarak.*

Bunu on iki yıldan beri ilk kez düşünmüştü.

Bu varsayımdan çabucak vazgeçti. Hayatı buradaydı. Evi. Kariyeri. Bu tür bir gidiş kaçmak olacaktı. Saldırgandan. Boşanma sürecinden. Passan'dan. Bu aynı zamanda bir gurur meselesiydi de. İnsan işsiz, kocasız, kucağında iki çocukla geri dönmek için ülkesini terk etmezdi. Zaten her halükârda geri dönmesi de imkânsızdı. Avrupa'daki özgürlüğü tattıktan sonra ülkesinin yasalarına, kurallarına ve vecibelerine geri dönemezdi.

Japonların bu tür bir olay karşısında yaptığı bir metafor vardı. Küçük sırıklarla hem desteklenmiş hem de engellenmiş bonsaileri örnek verirlerdi: Onları doğaya bırakırsanız hemen gelişirler ve bir daha saksılarına koyamazsınız.

Boş park alanını azimli adımlarla geçti. Burada ve şimdi, kaderine boyun eğmek zorundaydı. Yaklaşmakta olan bir fırtınaya rağmen. Asansörün önünde, ruhunun daha derinlerine indi ve çok daha tehlikeli katmana ulaştı. Aslında, ruhunun derinliklerinde yaşadığı bu düşüşü kabulleniyordu. Başka ne olmasını umuyordu ki?

Yalan söylemişti. Sırlarını gizlemişti. Hayatı, günün birinde ister istemez yıkılacak, iskambil kâğıtlarından yapılmış bir şatodan başka bir şey değildi.

Krom kapılar açıldı. Boş bakışlarla kabine girdi.

– Ne düşünüyorsun?

– Kesinlikle iğne izleri.

– Kaç tane?

– Söylemesi zor. Bu tür izler çabuk geçer. Sana sadece son izlerin en fazla yirmi dört saat öncesine ait olduğunu söyleyebilirim. Zacchary'ye göre duşta iki litre kan akmış. Her seferinde ortalama iki yüz mililitre kan alındığını varsayarsak, bu işi birçok kez yapmış...

Passan düşündü. Demek en son, maymunun bulunduğu gece kan almıştı. Bu da davetsiz misafirin birkaç haftadan beri gizlice evine girdiğini gösteriyordu. Bu da korkunç bir plan demekti.

Saat yedide Stéphane Rudel'i yatağından kaldırmıştı. Adli tabip çocuklar okula gitmeden hemen önce gelmişti. Tek kelime etmeden ikisini muayene etmiş, sonra teşhisini söylemek için elinde kahvesiyle Passan'ın dönmesini beklemişti. Şimdi mutfak masasına oturmuşlar, yeni kahvenin olmasını bekliyorlardı.

– İğnenin onları uyandırması gerekir, öyle değil mi? diye sordu Passan.

– Hayır. Uyuşturucu bir jel kullanılabilir.

Passan metal kupaları doldurdu.

– Peki ya genel sağlık durumları?

– Her şey yolunda. Gayet formdalar.

– Alınan kanlar onları zayıf düşürmemiş mi?

– Hayır. Kanı oluşturan öğelerin çoğu hızla yenilenir.

– Enfeksiyon riski var mı?

– Ne demek istiyorsun?

– Kan alma işlemleri asepsi yapılmadan geçekleştirildiyse?

– Eğer istersen bir tahlil yapabiliriz ama yeniden kan almamız...

– Lüzum yok, bu zaten yapıldı.

Isabelle Zacchary yapılacak bütün tahliller için kan almıştı. Aslında Passan, ziyaretçinin çocuklara herhangi bir madde zerk ettiğine ya da kötü koşullar altında kan aldığına ihtimal vermiyordu. Bu olaydaki her şey bunu yapan kişinin, bir plan çerçevesinde hareket eden takıntılı biri olduğunu gösteriyordu. Öte yandan, hâlâ uyarı evresindeydiler.

Bu yeni saldırı her şeyi tamamen değiştirmişti: Bu durum karşısında artık pes etmek, Guillard'a gözdağı vermek, galerisindeki her şeyi kırıp dökmek söz konusu olamazdı. Bu akşamki olaylar hasmının ustalığını ve eylem gücünü ispatlıyordu. Savaş ilan edilmişti ve düşüncesizce hareket etmenin sırası değildi.

– Kan almak için tıbbi deneyim gerekir mi?

– Gerekmez, hayır. Sıradan bir hastabakıcı bile yapabilir.

Dünkü sahne gözünün önüne geldi. Jules-Guesde'in yöneticisi Monique Lamy, yeniyetmelik çağından itibaren ona uygulanan testosteron tedavisinden söz etmişti. O zamandan beri yüzlerce iğne yemiş olmalıydı. Şüphesiz iğneleri kendi kendine de yapıyordu. Bir iğne uzmanı...

– Tam olarak neler oluyor, bana anlatabilir misin? diye sordu, en sonunda Rudel.

– Keşke ben de bilebilsem.

Adli tabip ayağa kalktı, John Ford'un bir filmindeki taşra doktoru gibi holde ayakkabılarını giydi ve dışarı çıktı. Kapıda, Passan daha net bir şeyler öğrenir öğrenmez onu bilgilendireceğine söz verdi. Adam başını salladı: *polis sözü.*

Passan masayı topladı. Gece gündüz Guillard'ın peşinden ayrılmayan iki cehennem zebanisini, Albuy ile Malençon'u da aramıştı. Onlara göre herif dün gece evinden hiç ayrılmamıştı. Bu bir şey ifade etmiyordu. Pislik herif birini ekme konusunda oldukça becerikliydi. Ve suç ortağı olmadığı kesindi.

Diego mutfağa girdi. Bu da bir başka muammaydı. Diego bir yabancının birkaç kez villaya girmesine nasıl izin vermişti, hem de hiç havlamadan? Tüm şüphelerini, varsayımlarını yeniden gözden geçirmesi mi gerekiyordu?

Bahçe kapısı çaldı. Demir kapıdan içeri Isabelle Zacchary ve adamları girdi. Sivil arabayla gelmişlerdi ve henüz tulumlarını giymemişlerdi. Polipropilen küçük bavulları haricinde, dış görünümlerinde yaptıkları işi ele veren bir şey yoktu.

– Tam olarak ne istiyorsun? diye sordu Zacchary.

– Pastanın üstündeki çileği.

– Daha önceki sonuçları bile alamadık. Vergi mükelleflerinin parasını boşa mı harcayalım istiyorsun?

– Başka bir ekibe müracaat edebilirim.

Zacchary gülümsedi:

– Sinirlenme, dostum. Senin için bunu yapacağız.

43

Yarım saat sonra Süper Mario gelmişti.

Sivil hayatta, "ev sineması" uzmanı bir mühendisti. 18. Bölge'de bir mağazası vardı; bir evin salonunu *high-tech* bir sinema salonuna dönüştürmek için gereken her tür malzemeyi satıyordu. Ayrıca tezgâh altından ses donanımları, güvenlik kameraları, alarm sistemleri ve son model dinleme cihazları da teklif ediyordu. Röntgencilere, kıskanç kocalara, paranoyak mülk sahiplerine hitap eden teknoloji harikaları.

Passan, Louis-Blanc Sokağı'ndaki 10. Bölge Merkez Karakolu'nda çalışırken, bir röntgencilik olayında onu köşeye kıstırmıştı. Deneme kabinlerinden, kadın tuvaletlerinden, havuzların soyunma odalarından alınmış fotoğraflar internette dolaşıyordu. Sistemi kuran adamın ismi Michel Girard'dı, masum olduğuna yeminler ediyordu – o sadece malzemeyi tedarik etmişti. Passan onun doğru söylediğini teyit etmişti. Günün veya gecenin herhangi bir saatinde gizli –ve para almadan– bir dinleme yapmak için çağırıldığında gelmesi koşuluyla adını soruşturma dosyasından çıkarmıştı.

– Her şeyi getirdim, dedi adam. (İki elinde birer valiz vardı.) Tam olarak ne istiyorsun?

– İçeri gir. Anlatacağım.

Herkes ona Süper Mario diyordu, çünkü casusların dünyasında dinleme cihazı yerleştirenlere "tesisatçı" denirdi. Üstelik, Girard kırmızı kasketi ve siyah bıyıklarıyla bu bilgisayar oyununun kahramanına benziyordu. Ama o birinci kuşak bir Mario'ydu. Altmışlı yaşlardaydı, kırışık bir cildi, mor halkalarla çevrili gözleri, ponza taşı gibi delik deşik, yuvarlak bir burnu vardı.

Numune alma işleminin bittiği mutfağa geçtiler. Passan kapıyı kapattı, kahve ikram etti ve fazla ayrıntıya girmeden durumu özetledi:

– Her şeyi görmek, her şeyi işitmek istiyorum, yirmi dört saatin yirmi dört saati.

– Olmuş bil.

– Her yere koy. Tuvaletler ve banyolar dışında.

Tesisatçı ona şaka yollu göz kıptı:

– Banyolara koymamı istemediğine emin misin?

– Kapa çeneni. Burada, benim evimden söz ediyoruz.

Girard belli belirsiz yüzünü buruşturdu:

– Kontrol PC'sini nereye koyalım?

– Salondaki sehpanın üstüne.

– Bütün monitörleri mi?

– Evet, hepsini.

Cep telefonu çaldı. Arayan Fifi'ydi. Passan bir baş hareketiyle, tesisatçıya istediğini yapması için tam yetki verdi ve arka kapıdan bahçeye çıktı.

– Nerede kaldın? diye sordu, merhaba bile demeden.

– Gelemiyorum.

– Ne?

– Burada iş var.

– Nerede?

– 36'da. Ekip geri döndü. Sana dün söylemiştim. 10. Bölge'de iki cinayet var. Reza bize baskı yapıyor.

– Peki ben, ben baskı altında değil miyim?

– Seni anlıyorum Olive ama...

– Senden yapmanı istediğim konuda bir ilerleme kaydettin mi?

– iPhone'nuna bir e-posta yolladım. Guillard'ın anne babası hakkında tüm bulabildiğim bu.

– Ya kapuçin maymunları?

– Hâlâ araştırılıyor. Ama buna zaman bulabilir miyim bilmiyorum...

– Kundaklamalar?

– Bu işle Serchaux'yu görevlendirdim. Bütün gece çalıştı. Ondan haber bekliyorum. Kahretsin Olive, sen ne sanıyorsun? İki saat içinde tüm Güney Fransa'nın altının üstüne getirilebileceğini mi?

Passan sakinleşti. Yeterli bilgiye sahip değilken, olanaksızlıklarla boğuşurken, yasal yetkisi olmadan, üstelik tepesinde yeni bir amiri varken Fifi'nin gerçekleştirdiği zaten bir mucizeydi.

– Ya Levy cephesinde?

– Hiçbir şey yok.

– Yargıç?

– Hiç. Eğer bilgi istiyorsan gazete al daha iyi.

– Yine de sen daha fazla bir şeyler öğrenmeye çalış.

– Elimden gelenin azamisini yapıyorum.

Passan telefonu kapattı ve maillerine baktı. Fifi bir sürü sayfadan oluşan bir metin yollamıştı. Onu azarladığı için pişmanlık duydu ama iş işten geçmişti. Gidip dizüstü bilgisayarını aldı ve arabasına bindi.

Marie-Claude Ferrari hayatı boyunca hep kuaförlük yapmıştı. Önce ücretli olarak çalışmış, sonra Livry-Gargan'da kendi salonunu açmıştı. Üç kez evlenmiş ve boşanmıştı. Guillard'dan başka, farklı evliliklerinden iki çocuğu daha –iki erkek çocuk– vardı. Biri Carcassonne'da, diğeri Yvelines'de yaşıyordu. Bu konuda dikkat çekici bir şey yoktu. Anlaşılan piroman onları intikamının dışında bırakmıştı.

Öte yandan, kadın sefih bir bohem hayatı sürmüştü. Ölümünden bir yıl önce, karanlık işler çeviren ve uyuşturucu satmaktan sabıkası olan, kendinden yirmi yaş küçük bir Portekizliyle yaşamıştı. Tüm bu insanları sorgulamak gerekecekti. Ama Passan için, onlar zaten çerçevenin dışındaydı.

Fifi ek dosyalarda, kuaför kadının ölümünden önce, 2000 yılında çekilmiş fotoğraflarını da yollamıştı. V biçimi göğüs dekoltesi olan büstiyerler, kalçası görünecek kadar mini etekler ya da parlak Adidas eşofmanlar giyen, kısa kesilmiş turuncu saçları olan, topluca, hoş bir kadındı. Altmış yaşında, memelerinin arasında bir akrep dövmesi vardı. *Çok klas.*

Marc Campanez'in ise şık bir şeceresi vardı, ama memur şıklığı. İş hayatında hiçbir başarısı yoktu, vasatın üstüne hiç çıkmamıştı – alkol nedeniyle aldığı ihtarlar dışında. La Courneuve'de ve Saint-Denis'de, başladığı gibi sona eren bir meslek hayatı olmuştu. Elli iki yaşında, Sète'te komiser rütbesiyle emekliye ayrılmıştı.

Polisin başarılı olduğu tek bir alan vardı: kadın tavlama. Seine-Saint-Denis çapkını, 4000'ler[16] semtinin Robert Redford'u olarak ünlenmişti. Fifi bazı kanıtlar da toplamıştı: Playboy sadece bir kez evlenmiş, yirmi yıl sonra boşanmıştı ve resmi olarak üç çocuğu vardı. Şüphesiz boşa yaktığı mermiler hesapta yoktu.

Fotoğraflarda, Campanez bir pezevengi andırıyordu. Kısa kesilmiş kıvırcık saçlar, kakao yağıyla bronzlaşmış bir ten, kıllı göğ-

16. La Courneuve'un *Quatre Mille Logements* (Dört Bin Konut) da denilen bir semti. (ç.n.)

sünü sergileyen yakası açık bir gömlek ve bir vaftiz madalyonu. Kadınları cezbeden bu Don Juan diğer erkeklerde hep bir şaşkınlığa neden olmuştu: Bunun gibi bir herif kadınları nasıl baştan çıkarabiliyordu?

Guillard'ın böyle bir anne babayı büyük bir özlemle aramadığı ortadaydı. Şüphesiz, tam tersine onları öldürmenin –onu kolayca reddetmiş olan bu rezilliği ortadan kaldırmanın– tadını çıkarmıştı. Passan dizüstü bilgisayarını kapattı. İnancı anlaşılmaz bir şekilde güçleniyordu: Evine giren davetsiz misafir galericiydi ve villasını, ailesini, hayatını yakmayı tasarlıyordu.

Bu gerçek, midesine yeni kramplar girmesine ve göğsünde şiddetli bir ağrıya neden oldu. Bir Lexomil ona iyi gelirdi – Naoko'nun zulasını biliyordu. Kuralını –asla ilaç kullanmama– sadece bir kez bozmuştu, o da depresyonda olduğu dönemdeydi.

En iyi tedavi eylem ve mücadeleydi.

44

Aubervilliers'deki galerinin içinde hiçbir hareket yoktu.

Aslında Passan bir şey göremiyordu. Güneş bütün şiddetiyle camlara vuruyor ve içerinin görünmesini engelliyordu. Camları kapalı, kliması sonuna kadar açık arabasını, Victor-Hugo Caddesi'nin diğer tarafına, galerinin tam karşısındaki otoparka park etmişti.

Bulunduğu yerden yüz metre uzakta, sol tarafta, Albuy ile Malençon arabalarının etrafında volta atıyorlardı. Galeriye daha yakın bir yerde, Guillard'ın şoförü, patronun E serisi arabasına yaslanmış, sigara içiyordu. Onu görme ihtimalleri yoktu; ışığı tersten alacak şekilde durmaya dikkat etmişti.

Bir gözü hedefinde, Guillard'ın Jules-Guesde'deyken fetiş kitabı olan *Mitolojinin 15 Efsanesi*'nin sayfalarını karıştırıyordu. "Zincire Vurulmuş Prometheus", "Altın Post'un Fethi", "Anka Kuşu'nun Yeniden Doğuşu", "Kara Ayaklı Kâhin"... Siyah beyaz illüstrasyonlar kitabın farklı bir etki yaratmasını sağlıyordu.

Hermafroditin ölümcül çılgınlığını bu mitlerden birine dayandırdığından emindi. Arkadaşlarından eziyet görmüş, hep yalnız, mutsuz, kötü yürekli olan, kuşlarla ve solucanlarla konuşan iki cinsiyetli yaratık, bu sayfalarda bir özdeşlik, bu karakterlerden biriyle temel bir benzerlik bulmaya kendini zorlamıştı.

Passan ateşi düşündü ve aklına Prometheus, ateş hırsızı geldi. Ama örtüşmüyordu: Titan bir kaybedendi, Zeus tarafından ebedi bir cezaya çarptırılmıştı. Hermafrodit miydi? Efsanede biseksüel bir varlıktan söz edilmiyordu. Ne ateşten ne de yok etmekten bahsediliyordu. Buna karşılık Anka Kuşu daha uygundu. Efsanevi kuşun cinsiyeti yoktu. Ne erkek ne de dişiydi, kendi yuvasını ateşe vererek küllerinden yeniden doğuyordu, yalnızdı, bağımsızdı, alevler içindeydi. Bebeklerin kurban edilmesi aynı işlevi mi görüyordu?

Başını kaldırdı. Güneşin altında, trafik yoğunluğu büyük bir uğultuya neden oluyordu. Camları kapalı olmasına rağmen değişim halindeki bölgenin boğucu etkisini hissedebiliyordu: Yayası olmayan yaya yollarıyla, "sıcak ve insana özgü", ancak sevimsiz ve cansız, arabalardan, gazlardan, gürültüden ve pis kokulardan yana zengin, Amerikan tarzı bir semt. Cadde boyunca uzanan yepyeni kırmızı binalar sanki bu karmaşaya direnmeye çalışıyordu. Yine de, birkaç yıl içinde kirlenecekler, harap olacaklar ve bu cehennemin bir parçası haline geleceklerdi.

Passan birden kendini salak gibi hissetti. Buraya Guillard'ı gözlemek, daha doğrusu çaktırmadan sıvışıp sıvışmadığını teyit etmek için gelmişti. Oysa cehennem zebanileriyle aynı vitrinin önünde bekliyordu. Eğer galerici gizlice tüymek isterse, sadece kendisinin bildiği başka bir yolu kullanacaktı.

Arabayı çalıştırdı, sotaya yattığı yerden ayrıldı ve blokun çevresinde tur atmaya başladı. İkinci kez dönüyordu ki, sağ tarafında bir yeraltı garajının rampası gözüne çarptı. Aynı anda garajdan bir A serisi çıktı ve ters yöne, Aubervilliers Kapısı'na doğru yol almaya başladı. Parlak, hareli ön camdan, arabanın içinde kasketli ve gri ceketli bir adam olduğunu gördü. Guillard mıydı? Şansının böyle bir anda dönmüş olabileceğine ihtimal vermiyordu. Ama belki de dengeler ondan yana değişiyordu. Bu davada talihi hep kötü gitmişti. Artık rüzgârın tersine dönmesinin zamanıydı.

Passan, bir sürü arabayı fren yapmaya zorlayarak direksiyonu kırdı ve gazı kökledi. Bir dakika sonra kuzey çevre bulvarında Mercedes'in peşindeydi. Yaklaşarak şoförü gördü. Kasketinin altında, ensesindeki pansuman bandajı dikkatini çekti. *Guillard.* İki aracın önüne geçmesine izin verdi ve hedefiyle arasındaki hızı ayarladı. Chapelle Kapısı göründü. Kaçak, Roissy-Charles-de-Gaulle Havalimanı'na gitmeyi ve sonsuza dek ortadan yok olmayı mı düşünüyordu? Ama adam A1 sapağını geçti. *Nereye gidiyordu?*

Bir kilometre sonra A serisi Clignancourt Kapısı'na saptı. Passan da çevreyolundan çıktı. Kullanılmış eşya satan dükkânlarla çevrili, birbirini kesen kavşakları ve arterleri hızla geçti. Guillard, Ornano Bulvarı'nda, Mont-Cenis Pasajı yakınlarına park ediyordu. Arabasından çıkarken Passan onun yanından geçti. İçini bir ürperti kapladı. Gizlice kaçmakta olan katilini yakalamak üzereydi. Bu kez elinden kaçırmayacaktı.

O esnada adam kalabalığın içinde kayboldu. Passan bir küfür savurdu ve yol kenarında bulduğu ilk yerde arabasını park etti. Subaru'sundan fırladı. Guillard görünürde yoktu. Sadece gürültü, beyazlık, şaşkınlık... Birden onu yeniden gördü. Üzerinde, her zamanki Brioni veya Zegna markalarıyla çelişen, biçimsiz, hafifçe yıpranmış bir parka vardı.

Parlayan güneşin altında –ve geçen arabaların arasında– Passan onun metro girişinde kaybolduğunu gördü. Elini camdan şoför mahalline soktu, üzerinde "Polis" yazan güneşliği indirdi, kontak anahtarını aldı. Koşar adımlarla Ornano Bulvarı'nı geçti ve metroya daldı. Gişeler. Turnikeler. İşaretler. Bu saatte burada fazla insan olmazdı ama Guillard da yoktu. Burası 4. hattın son istasyonuydu ve gidilecek tek bir yön vardı: Orléans Kapısı.

Bir bilet aldı, turnikeden geçti, merdivenleri indi. Guillard elleri ceplerinde peronda bekliyordu, masumlar arasında bir masum. Passan geride durdu. Hem tüm bedenine ateş bastığını hissediyor hem de yanık zamk kokusunun hâkim olduğu tüneldeki serinliğin tadını çıkarıyordu. Sırtını duvara dayamış, üstündeki tonlarca toprağın basıncını düşünerek mozaik kaplı tavana bakıyordu.

Bir uğultu duyuldu. Tren geliyordu. Guillard bindi. Passan düdüğün çalmasını bekledi ve son anda en sondaki vagona atladı. Yolcuların arasında ayakta durmuş, beynini kemiren sorulardan kurtulmaya ve kafasını toplamaya çalışıyordu.

Simplon. Kapılar açıldı. Peron. Guillard görünürde yoktu. Passan trenin durmasından yararlanarak, biraz daha yaklaşmak için bir sonraki vagona geçti.

Marcadet-Poissonniers. Yine bir hareket yoktu. Başka vagona geçti.

Château-Rouge. Katil ortalarda gözükmüyordu. İnsanlar akın akın geliyordu: Her renkten bir kalabalık, Myrha Sokağı'nın müdavimleri. Passan geriledi. Zorlukla tutunuyor ve kalabalığın gittikçe arttığını görüyordu. Silahtan fırlayan bir kovan gibi, kalbinin göğüs kafesinden fırlayacağını hissediyordu. Bu lanet olası göt veren nereye gidiyordu?

Barbès-Rochechouart. İnen ve binen yorgun, uysal, kaygılı bir kalabalık. Düdük sesi. Birden gri kasket perona fırladı. Passan da son anda, kapıların kapanmasını önlemek için kolunu iki kanadın arasına soktu ve kendini dışarı attı. Guillard'ın bunu önceden planlanmış olup olmayacağını düşündü. Bu belki de Guillard'ın takip edildiğini anladığını gösteriyordu. Hünsa çoktan kalabalığın arasına karışmış, 2. hat –Barbès'ten Nation'a giden metro hattı– yönünde ilerlemeye başlamıştı.

Passan hızlandı. Kalabalığın içinde, ufak tefek bedeni, tombul kıçı, kasketinin siperliği altına gizlediği suratıyla Guillard karo kaplı duvar boyunca yürüyordu. Bu takip esnasında Passan'ın dikkatini çeken bir şey olmuştu: Hermafrodit gelişmiş bedeninden beklenenin aksine küçük bir çocuk gibi seke seke, kesik kesik yürüyordu. Ayakları bir ördeğinkiler gibi hafifçe yana açılıyor ve omuzları da gereksiz bir şekilde sallanıyordu. Kollarının diğer insanlara çarpmamasına dikkat ederek mekanik adımlarla ilerliyordu.

Merdivenler. Koridorlar. Guillard, Nation hattının peronuna gitmek için sağa yöneldi. Passan takibi sürdürüyordu. Kendi kendine sürekli aynı şeyi yineliyordu: *Sen bittin.* Metronun içinde bir anda bir hava akımı oldu. Passan, istasyonların ciğer vazifesi gördüğü devasa bir solunum sistemi hayal etti. Metro geliyordu. Avı sondan bir önceki vagona bindi, Passan da arkadakine. Düdük. Kapanan kapılar. Camlı kapıya doğru bir göz attı. Çok kalabalıktı. Metro katarı sarsıldı.

Bir anda kendini gün ışığında buldu. Gözleri kamaştı, elini yüzüne siper etti. Gecikmeyle de olsa, metronun burada havai hatta dönüştüğünü hatırladı. Yeniden şaşkınlık. Camlar öğle güneşiyle iyice ısınmıştı. Viyadüklerin kemerleri yolcuların yüzlerinde ara ara gölgeler oluşturuyordu. Çubuğu tutan eli terden yapış yapış olmuştu. Zevk ve korkuyla karışık bir duygu hissediyordu. Kalabalığın içinde avıyla yalnızdı. Yasadışı bir şekilde.

La Chapelle. İtiş kakış. Kapıya ulaşmanın imkânı yoktu. Ayaklarının ucunda yükseldi ve pencereden dışarı bir göz attı.

– PARDON!

Guillard perondaki insan selinin arasına çoktan karışmıştı. Passan dirsek darbeleriyle kendine yol açtı ve diğeri çıkışa doğru hızlı adımlarla ilerlerken vagondan inmeyi başardı. Gri kasket diğer kafaların arasında merdivenlerde kaybolmak üzereydi. Olivier yine dirseklerini konuşturdu ve hedefine yaklaştı. Chapelle Bulvarı'na çıkıp, doğruca ağaç dallarının altına girdi. Guillard arabaların arasından, Sri Lankalı bakkalların, Pakistanlıların işlettiği dükkânların, Hint restoranlarının birbiri ardına sıralandığı karşı kaldırıma geçiyordu.

Polis koştu ve bir şeylerin yolunda gitmediğini anladı.

Adam seke seke yürümüyordu. Ensesinde pansuman bandajı yoktu. Passan bir metre daha yaklaştı ve çok geç olduğunu bile bile, adamı omzundan yakaladı. Yaşı anlaşılmayan bir evsizin kırış kırış yüzüyle karşılaştı. Ceketinin altına mavi bir eşofman ile rengi atmış bir Hawaii gömleği giymişti. Aldığı elli avroluk banknot hâlâ elindeydi.

Passan, dişsiz ağzıyla ona gülümseyen adamı sorgulama gereği bile duymadı. Geri geri gitti ve gökyüzüne doğru var gücüyle bağırdı. Arabaların uğultusundan ziyade, havai hatta uzaklaşan metronun düdüğü duyuluyordu.

45

Şu ya da bu şekilde treni yakalaması gerekiyordu. Poliş kimliğini göstererek bir arabaya el mi koysaydı? Suçunu ağırlaştırmanın en iyi yoluydu bu. Ama başka bir çare daha vardı. Louis-Blanc Polis Merkezi'nde dört yıl çalışmıştı, semti tanıyordu. Sokaklarını, yaşayan toplulukları, çeteleri... 2 numaralı hattın, burada, Stalingrad Meydanı'nın üstünde geniş bir kıvrım yaptığını biliyordu. Chapelle Meydanı'nı Colonel-Fabien Meydanı'na bağlayan Louis-Blanc Sokağı'ndan geçerek iki istasyon sonra treni yakalama şansı vardı. Sadece bir *sprinter* gibi koşması gerekecekti.

Chapelle Meydanı'na doğru koştu, sonra sağa, trafik akışının ters yönüne saptı. Dükkânları bir bir ardında bırakıyordu. Yayaları. Güneş ışınlarını binlerce göz kamaştırıcı parçaya ayıran çınar yapraklarını.

İlk kavşak, Perdonnet Sokağı. Soluna baktı. Binaların arkasında gözden kaybolan trenin son kısmını görebildi sadece. Koşmaya devam etti. İkinci kavşak. Kuzey Garı'nın raylarının üstündeki köprü. Yaya köprüsünün parmaklıkları arasından metroyu gördü; sol tarafta, yüz elli metre mesafedeydi. Ama uzaklaşıyordu. Passan geçip giden beyaz ve yeşil vagonları görebiliyordu. Başını öne eğdi ve nefes almaya çalıştı.

Ağaçlar sıklaşıyor, binalar alçalıyor, bina cepheleri karanlıklaşıyordu. Kendini bir ormanın içinden geçiyormuş gibi hissediyordu. Üçüncü kavşak: Château-Landon Sokağı. Okuldan çıkan çocuklar. Küçük başların üstündeki metro hattının hâlâ uzaktaki kemerleri... Trenden en ufak bir iz yoktu. Avantajını mı yitirmişti? Göğsü bağrı açık, ter içinde, çocukları karşıdan karşıya geçiren sivil güvenlik görevlisinin meraklı bakışları altında hızını artırdı.

Ritim. Kalp atışları gırtlağına bıçak saplanıyormuş gibi bir etki yapıyordu. İçini kavuran ateş tamamen akkor haline dönüşmüştü. Ters yön tabelaları, girilmez levhaları alarm işaretlerini andırıyordu. Chapelle Bulvarı'na doğru birbirini kesen iki sokak vardı: Faubourg-Saint-Martin ve Lafayette. Metro hattının kemerleri şimdi üç yüz metreden daha uzak bir mesafedeydi, iyice küçülmüşlerdi, göremeyeceği bir uzaklıktaydılar. Durum umutsuzdu. Durdu, göğüs ağrısıyla iki büklüm olmuştu. Bacakları, sözle anlatılması imkânsız bir yük taşıyormuşçasına ağırlaşmıştı.

Oldukça hızlı koşmuştu. Ama metroyu yakalayamamıştı. Birden, iki elini beline dayayarak başını kaldırdı. Tam tersine, *avantaj yakalamıştı.* Tren Stalingrad'da durmuştu. Planının zayıf noktası burasıydı: Guillard bu istasyonda da inebilirdi, bir sonrakinde, Jaurès'te de. Ama güçlü bir nokta daha vardı: Bu duraklar Colonel-Fabien Meydanı'na ilk onun ulaşmasını sağlayacaktı.

Yeni bir ritim yakalayarak yürümeye başladı. Göğüs ağrısı devam ediyordu ama aldırış etmedi. Küçükken uyguladığı bir yöntem vardı: Acıya duyarsız davranmak ve bu kayıtsızlığı karşısında acı geçene dek mümkün olduğunca düzenli bir şekilde koşmayı sürdürmek...

Yeniden yavaşladı. 10. Bölge Polis Merkezi. Polisler gruplar halinde kaldırımda duruyordu, sokağa park ettikleri arabalarının mavi tepe lambaları yanıp sönüyordu. Başkomiser olsun veya olmasın, onlara açıklama yapacak zamanı yoktu. Zaten polis jargonunda, sokakta tek başına koşan bir adam "polisten kaçıyor" anlamına gelirdi. Sokaktaki herhangi bir adam gibi yürüyerek, hiç bakmadan polislerin yanından geçti, görünmez olmayı becermişti.

Elli metre sonra, yavaş yavaş adımlarını hızlandırdı, ardından da dörtnala koşmak için büyük adımlar atmaya başladı. Paris İş Mahkemesi'nin cam duvarlarında yansımasının dağıldığını gördü. Vaktinde gelmiş miydi? Cevap olarak sokağın her iki yanından da görülen, Saint-Martin Kanalı büyük geçidiyle karşılaştı.

Metro hattının kemerlerine yaklaşmıştı. Daha da iyisi, tren oradaydı, güneşin altına parlıyordu. Sıcak havada uğultusunu duyabiliyordu.

Geniş adımlarla koşmaya başladı. Işık ve gölgeyle titreşen sokak ona parçalara bölünmüş, delik deşik olmuş gibi görünüyordu. *İki yüz metreden biraz daha fazla...* Güneşin altında pişen büyük yuvarlak meydandan başka bir şey görmüyordu. Biraz daha hava bulabilmek için her metreyi yutuyor gibi görünüyordu. Sol tarafında bir gürültü duydu: Vagonlar yerin altına giriyordu. Havai hat burada bitiyordu. Yeniden koştu, istasyonun basamaklarını indi, sendeledi, önüne turnike kapıları çıktı.

Biletini zımbalatan bir yolcuyu şiddetle itti ve turnikenin üstünden atladı. Nation yönü. Basamakları yuvarlanırcasına indi. Trenin düdüğü tonozlarda yankılanıyordu. Kapılar kapanıyordu. Omzuyla kapı mekanizmasını durdurdu. Kauçuk kapı şeritlerinin arasından kıvrılarak geçti ve vagona girmeyi başardı.

Yolcular şaşkınlıkla ona bakıyorlardı. Ortaya gülümser gibi yaptı ve yüzünü kuruladı. Chapelle'de indiği vagonda olduğunu fark etti ve Guillard'ın da hemen yan vagona binmiş olduğunu hatırladı. Belki de yaptığı numarayı fark etmişti.

Guillard'ı görmek için iki vagonu ayıran camlı kapıya gitti. Artık gizlenme gereği duymuyordu. Ellerini yüzünün iki yanına koydu ve camın diğer tarafındaki yolculara baktı. Guillard yoktu. Passan buna inanamıyordu. Metro yavaşladı: Belleville.

Öfke çığlığını bastırarak vagondan indi ve bir sonrakine bindi. Guillard yoktu. Öfkeden kudurmuş bir halde bu vagondan da çıktı ve trenin düdüğüyle birlikte üçüncü vagona geçti. Guillard yine yoktu.

Pislik herif Stalingrad'da veya Jaurès'te inmiş olmalıydı.

Bu gerçek bir anda onu sakinleştirdi. En sonunda, vagondan indi ve perondaki bir banka çöktü. Bir an için kusacağını sandı. Kan şakaklarını dövüyordu. Karnındaki, bacak aralarındaki başka zonklamalar da buna cevap veriyordu. Azarlanmış bir adam gibi başını öne eğmiş bir halde oturdu.

Metro gözden kayboldu. Etrafa sessizlik hâkim oldu.

O esnada telefonunun çaldığını fark etti.

– Alo?

– Benim, Fifi. Herkes seni arıyor, lanet olsun! Neredesin?

Başını kaldırıp üstünde "Belleville" yazan tabelaya baktı.

– Hiçbir yerde.

– Seni Nanterre'de bekliyorum. Acele et. Serchaux'dan bilgileri aldım ve Guillard'ın yaşadığı yerlerdeki itfaiyecilerle bizzat temasa geçtim.

Gecikmeyle de olsa Passan, Fifi'nin neden bahsettiğini anladı:

– Kundaklama olayları mı buldun?

– Tam bir şenlik ateşi.

46

Jean-Jaurès Caddesi'nde bir dükkâna girdi ve yeni bir kasket ile çuval bezinden bir ceket aldı, her ikisi de griydi. Yavaş yavaş sakinleşiyordu. Gece Süvarisi'nin böyle bir riski göze almış olmasına inanamıyordu. Mahkeme emrine rağmen. Stains'deki başarısızlığa rağmen. Önceki günkü kepazeliğe rağmen. Bu takip bir şeylerin habercisiydi. Cephe savaşının başlaması sadece an meselesiydi. Passan artık vazgeçemezdi – *bu onun gücünün üstündeydi.*

Ve o da sadece ve sadece bu çarpışma için yaşıyordu.

Şimdi, güneşin altında parlayan caddede ağır adımlarla yürüyordu. Düşman'ı atlatmak çok zor olmamıştı. İlk sürprizi atlattıktan sonra soğukkanlı davranmış ve basit bir strateji izlemişti. HSBC amblemini gördü. Uzun siyah camekânı, kaldırımların pisliği ve trafiğin gürültüsüyle tezat oluşturuyordu. Şehrin karmaşasında koyu renkli, kusursuz görünümleriyle dimdik duran kendi galerilerini, servis istasyonlarını düşündü. Düzen ve ciddiyet vahaları.

Güvenlik kapısından geçti ve bankaya girdi. Son derece sade, kocaman bir salondu. Klimanın serin havası onu dondurdu. Metabolizmasının düzelmesi için birkaç saniye geçmesi gerekti. İçerisi çok kalabalıktı ve çok sayıda gişe vardı. Şubenin bu kadar büyük olması işine geliyordu: Burada kimse Jean-Pierre Levy'yi hatırlamazdı.

Bekleme sırasının en arkasına geçti. Kendini sakin ve her şeyi yapabilecek güçte hissediyordu. Passan'a karşı elde ettiği zafer onu yatıştırıyor – ve hafifçe başını döndürüyordu. Sıra ona gelmişti. Antil Adaları kökenli olduğu su götürmez bir melez, onun doldurduğu formu aldı, şöyle bir göz gezdirdi sonra iki imzayı karşılaştırdı. Kimlik kartını aldı, fotoğrafa baktı ve başını kaldırdı.

– Lütfen kasketinizi ve gözlüğünüzü çıkarır mısınız bayım? diye sordu gülümseyerek.

– Hayır.

Bu konuda ısrarcı olduğunu belirtmek için Levy'nin polis kimliğini bankonun üstüne koydu. Adam yardım bulmak için umutsuzca çevresine bakındı. Olay gitgide bir tartışmaya dönüşüyordu. Sonunda bir şeyler gevelemeyi başardı:

– Birkaç saniye beklemenizi rica edeceğim bayım.

Küçük memur gözden kayboldu. Storlarla bölünmüş bir ofisten başka bir adam çıktı. Guillard ifadesiz bir yüzle, hiç tepki vermeden bekliyordu.

– Bir sorun mu var bayım? diye sordu yeni gelen adam, şef garsonlara has yumuşak bir ses tonuyla.

– Bunu meslektaşınıza sorun.

Amir gülümsedi, "Gerek yok, sorun çoktan halledildi" der gibi bir havası vardı. Levy'nin polis kimliğini, sanki Fransa Tacı'nın en saf elmasını tutuyormuş gibi tutuyordu.

– Kasa dairesinde size eşlik edeceğim, dedi kimlik kartını uzatırken.

Küçük düşürülmeyi sindirmeye çalışan genç memura bakmadan bankacının peşine takıldı. Yeryüzündeki bütün eziklere doğal bir empati duyuyordu. Bu genç adama iyilik yaptığını biliyordu: Günde bir kez küçük düşürülürse, derisi bir zırh kadar sağlam olurdu.

Bodrum katta hava birkaç derece daha serinliyordu. Burası çelik ve betondan bir in gibiydi. Somutluğun abidesi. Yani gerçek paranın. Parmakların arasında sayılan ve istekler için harcanan paranın.

Ayak sesleri bir kilisenin içindelermiş gibi yankılanıyordu. Buraya gelen müşterileri hayal ediyordu. Para tomarlarını tutan sinirli elleri. Mücevherlerine hayranlıkla bakan gözleri. Hisse senetleri ve tahvilleri karşısında şükreden dudakları. Tutkunun, ihtirasın, sahip olma kültünün yarattığı titreşimi hissedebiliyordu. Burada yanan tütsü işte buydu. Yeraltı sunağını dolduran bu tanrıydı.

O hiçbir zaman paraya önem vermemişti. Bu yüzden de çok para kazanmıştı. Mesleğine duyduğu tutkuyla çalışmıştı, *başka bir şey* elde etmek için değil.

Kasa odasına ulaştılar. Bankacı demir parmaklıklı kapının kilidini açtı. Duvarlar kasalarla doluydu. Onun kasasının önünde durdular. Müşteri anahtarını kilide soktu. Kasa dairesi daha ziyade ölülerin saklandığı bir mahzeni andırıyordu. Üzerinde numaralar bulunan bu nişlerde pekâlâ ölü küllerinin konduğu kavanozlar da saklanabilirdi. Bir anlamda zaten bu iş için kullanılıyordu. Kapalı kutuların içinde çürüyen hayallerin ve yaşamın külleri.

– Pardon.

Bankacı kasa boşluğunun yanına geldi ve içinden metal bir kutu çıkardı. Kutuyu saygıyla Guillard'a teslim etti ve onu içinde sadece bir sandalye ile bir masanın bulunduğu bir odada yalnız bıraktı.

Levy yalan söylememişti. Eldivenler orada, iki ayrı delil torbasının içindeydi, ayrıca Bordeaux ve Strasbourg laboratuvarlarından gelen analiz sonuçları da. Kontrol etti: Bunlar orijinal belgelerdi. Dijital versiyonları bir yerlerde olmalıydı, ama kimsenin aklına onları karşılaştırmak gelmezdi.

Biraz daha karıştırdı. Binlerce avroluk banknot tomarları, birkaç altın külçesi, saatler ve mücevherat vardı. Levy şüphesiz yakın bir gelecekte tüymek için bütün menkulünü buraya koymuştu. Ayrıca bir de tabanca vardı: lazer işaretleyicisi ve susturucusuyla bir Sig Pro SP 2009. Demek gitmeden önce bazı hesapları da kapatacaktı.

Delil torbalarını cebine tıktı, raporları katlayıp beline yerleştirdi. Başka bir şeye dokunmadı. Bir süre bu şekilde ayakta durarak Levy'nin sefil hayatının kalıntılarına baktı. Onun için üzülüyordu. Yahudi tüm hayatını kötü adamları kovalayarak, ama daha çok da içindeki iblisle mücadele ederek geçirmişti.

Birden geçmişe bir zum yaptı ve kendini, bu kapalı odada, onun yerine koydu. Hep aynı umutsuzluktu. Kriz gelmesinden korkarak sandalyeye oturdu. Ama hayır. Hissettiği, çok daha basit bir şeydi: hüzün. Yarattığı mite, sahip olduğu güce rağmen hep umutsuzdu, hep büyük acılar içindeydi.

Ve hep aynı hatıralar onu incitiyor, yaralıyordu.

– İyi misiniz bayım?

Ağladığını fark etti. Hiç kuşkusuz bankacı da hıçkırıklarını duymuş olmalıydı. Gözlerini kuruladı ve başka şeyler düşünmeye çalıştı. Birkaç saniye geçti. Kapıyı açtığında yine eski soğukkanlılığına kavuşmuştu. Kasket, siyah gözlük, ifadesiz bir surat. Bankacı saygıyla kutuyu alırken çoktan reveransına başlamıştı bile. "Kasası" yerine konulurken sabırla bekledi, sonra yukarı çıktı.

Dışarıda, güneş gözlerini kamaştırdı. Geç kalmış olmasına rağmen Pantin Kapısı'na kadar yürümeye karar verdi. Burada,

Paris'in bir ışıklar kenti olduğunu gösteren hiçbir şey yoktu. Her şey çirkindi. Birbirleriyle uyumsuz, kir pas içindeki binalar, ucuzluk mağazaları, aralarında hiçbir uyum olmayan renkleriyle tabelalar. Beş parasız cüzdanlara yönelik sefil arzlar. Bu çirkinlik, bu sefalet içinde kendini iyi hissediyordu. Bu cehennem onun ilk potası, ilk magmasıydı.

Cebindeki eldivenleri düşündü ve belli belirsiz bir rahatlık hissetti. Gerçek kimliğinin ortaya çıkmasından korkmuyordu. Tam tersine, Eseri onu gururlandırıyordu. Ama ifşa olacağı zamanı ve yeri o, sadece o belirleyecekti.

Eldivenleri nerede yok edecekti? Özel bir yer olmalıydı. Kutsal bir mekân. Bu eldivenlerin onun için özel bir önemi vardı. Sadece delil olduğu için değil, daha ziyade hem acıyı hem de şehveti çağrıştıran bir hatıra olduğu için önemliydi. Korkaklığının bir kanıtıydı –ıssız arazide kaçışı gözünün önüne geliyordu– ama aynı zamanda da Düşman'la olan temasından bir kalıntıydı. Avcı'nın indirdiği yumruklara maruz kalmıştı. Kucaklaşmayı andıran bu darbeler *çok hoşuna* gitmişti.

Bir taksi gördü, elini kaldırdı. Araba durdu.

– Château-Rouge Tepesi Parkı'na.

– Orası nerede?

Derin bir nefes aldı, sinirlenmişti:

– Pantin Kapısı'na gidin, oradan çevreyoluna çıkın. Algérie Bulvarı. Size tarif ederim.

Indochine Bulvarı üstündeki parkın çeşmesinin önünde indi. Parmaklıkların diğer tarafında, çıplak bir kadın, su taraçalarını andıran havuzların üzerinde vücudunun görkemli hatlarını sergiliyordu. Heykelin kendisi de, Chaillot Sarayı'nın basamaklarından yuvarlanmış gibi görünüyordu; zaten gerçek olan da buydu: 1937 Uluslararası Sergisi için yapılmış bir eserin kopyasıydı.

Taksinin parasını ödedi ve bir giriş bulmak için parmaklıklar boyunca yukarı doğru yürüdü. Park ıssızdı. Yer yer nadide bitkilerle –ginkgolar, sekoyalar, gladiçyalar, soforalar– kaplı eğimli yoldan aşağı doğru indi. Parkın topografyası geniş alanları, simetrik hatları ve geniş merdivenleriyle 1930'lu yılların anıtsal üslubunu da yansıtıyordu. Bu düzen ve hatlardaki keskinlik sinirlerini yatıştırıyordu. Bu blokların düzenlenişinde faşist, Stalin döneminin üslubunu çağrıştıran bir şeyler vardı – ve o bunu seviyordu.

Yeniden, devasa ama yorgun Havva heykelinin altına geldi. İçin için kendini o dönemin kadın heykelleriyle özdeşleştiriyordu. Geniş omuzlar, küçük memeler, kaba ayaklar... Yunan'dan çok Asurlu olan bu ilkel biçimlerde kendini buluyordu. Bu eserler, Yunan kozmogonisinde insanlara daha yakın olan Olympos Tanrılarının, yerlerine geçmek için öldürdüğü veya kovduğu Titanları çağrıştırıyordu.

Jules-Guesde döneminde, çarşamba günleri, yanından hiç ayırmadığı kitabıyla buraya gelirdi. Farkında olmadan kendi varlığına bir açıklama bulmak ister gibi kitaptaki mitolojik hikâyeleri bir çırpıda okurdu. Jules-Guesde'de cehennemi yaşamıştı. Dayak yemişti. Yemeğine işemişlerdi. Tecavüz etmişlerdi. Ama o, parkın bu kısmında, öğleden sonraları tek başına geçirdiği saatlerden başka bir şey hatırlamıyordu. Ve hayatını, yüzyılların aşındırarak parlattığı granit bir rölyef olarak hayal ediyordu.

Başka araştırmalar da yapmıştı. Su perisi Salmakis'in âşık olduğu, Hermes ile Aphrodite'nin çocuğu Hermaphroditos efsanesini de okumuştu. Platon'un *Şölen* diyaloğunda Aristophanes'in sözünü ettiği erdişileri keşfetmişti. Pers efsanesindeki Lapithlerin kralı Elatos'un, tecavüze uğradıktan sonra tanrılardan kendisini erkek yapmalarını isteyen kızı Kaineus'u. Sonra Ankâ Kuşu efsanesiyle tanışmıştı...

Başlarda, kendini bu ateş kuşuyla özdeşleştirmemişti. Ancak ikinci ameliyattan ve testosteron iğnelerine başladıktan sonra anlamıştı. Her iğnede bedeni yanıyor ve yeniden doğuyordu. O Anka Kuşu'ydu. Ne erkek ne de kadındı. Ya da her ikisiydi. Özgürdü ve ölümsüzdü. Kuşun ne onu dünyaya getiren bir ailesi ne de cinsiyeti vardı ve hem kefeni hem de rahmi olan alevlerden kendi kendini doğuruyordu. Kimseye ihtiyacı yoktu. O bir Bütün'dü.

Başka kitapları da incelemiş ve bunu doğrulamıştı. Yunan efsanesinde, küllerinden doğan kırmızı kuş Phoiniks'in, Mısır efsanesinde ateşten tüyleri olan dev kartal Feniks'in mirasçısıydı. Pers efsanesinde Simurg'un, Çin kozmogonisinde Nan Fang Zhu Que'nin, Kızılderili efsanesinde Yıldırım Kuşu'nun, Aborjin efsanesinde Minka Kuşu'nun mirasçısı... Dünyanın dört bir yanındaki bu yırtıcı kuşlar onun soyağacını oluşturuyordu. O dünya üzerinde, Roma'nın gücünün sembolü olmuş erdişi ve ölümsüz efsanevi kartaldı. Daha sonra, Ortaçağ sunak arkalıklarında, Rönesans tablolarında İsa resimlerine eşlik etmişti...

Çeşmenin çevresine bakındı, kimse yoktu. Maréchaux Bulvarı'nın trafiğine arkasını dönerek dizlerinin üstüne çöktü. Eldivenleri torbalarından çıkardı ve yanında getirdiği küçük alkol şişesini üzerlerine boca etti. Gerisini Zipposu halletti. Çakmaktaşının kıvılcımı, nitril eldivenleri anında bir ateş topuna dönüştürdü. Birkaç saniye içinde deliller eriyerek kömürleşen bir kalıntı haline geldi.

Analiz raporlarını da yaktı, sonra gözlerini kapatarak kendi tanrısallığına bir dua mırıldanmaya başladı:

– İğrenilen ve reddedilen bir varlık olarak doğdum. Berbat bir hayat sürdüm, küfür ve hakaretlere maruz kalarak büyüdüm. Bu sefalet benim de İsa gibi yücelmemi sağladı. Kendimi aşmamı ve gelişmemi sağlayan da, çektiğim bu büyük acılar oldu. Ben bütünüm. Ben ateşim ve huzurum. Ölüm ve esenliğim...

Külleri suya attı ve ayağa kalktı. Tam o anda bir bulut geçti.

Işık yavaşça yok oldu. Her şey, sanki fırtına yaklaşıyormuş gibi donuklaştı, gümüşi bir renk aldı. Artık trafiğin gürültüsünü, tramvayın sesini duymuyordu. Kulağına sadece birbiriyle uyumsuz sesler, Antikçağ korosundan yayılan müzikli anlatılar çalınıyordu. Havadaki elektriği hissediyordu. Parmaklarının ucundaki karıncalanmayı.

Saatine baktı: 13.00'tü. Personel yemeğini kaçıracaktı.

Omzunu silkerek sorunlarını uzaklaştırdı. Tüm bunların artık bir önemi yoktu. İntikamının sonuna yaklaşıyordu.

48

Asansörden çıkınca Passan ikinci katın holünde kendisini bekleyen Fifi'yle karşılaştı. Bu kişiliksiz dekor içinde, bir sigorta şirketinde yolunu şaşırmış bir ofisboya benziyordu.

– Şuna bakman gerekiyor, dedi Fifi, katlanmış bir belgeyi uzatırken.

Fransa'nın güneydoğusunun bir haritasıydı: Paca, Languedoc-Roussillon, Rhône-Alpes... Guillard'ın yaşadığı şehirler yeşil yuvarlak, diğer bölgeler ise –kuşkusuz yangınların çıktığı yerler– kırmızı yuvarlak içine alınmıştı. Çemberler ikişer ikişer örtüşüyor ve matematiğe giriş derslerindeki gibi altkümeler oluşturuyordu.

Fifi işaretparmağını bu çemberlerden birinin üstüne koydu:

– Guillard 1987'de, on altı yaşındayken Vigan yakınlarında bir merkeze gönderilmiş.

– Les Hameaux.

– Aynen. Altı ay sonra, Vigan ile Saint-Hippolyte-du-Fort arasındaki beş yüz hektarlık yeşil alanda kundaklama neticesi bir yangın çıkmış. Suçlu bulunamamış. Dosya rafa kaldırılmış.

İşaretparmağı yer değiştirdi:

– 1989. Guillard, Sommières yakınlarındaki Lagarde tamirhanesinde çırakmış. Ağustos ayının sonunda, Ganges'ın güneyinde yangın çıkmış. Yüzlerce hektarlık alan yanmış. Bir kamping yok olmuş. Mucize eseri kimse ölmemiş. Soruşturma sonuçlanmamış, ancak bunun bir kundaklama olduğuna kanaat getirmişler.

Holde, bir ışık selinin ortasında ayakta duruyorlardı. Passan bir kez daha, pişiyormuş gibi bir hisse kapıldı. Kirliydi, giysileri buruş buruştu, ter içindeydi. Giysilerinin kuru temizlemeye ve onun da serin bir duşa ihtiyacı vardı.

– 1990, diye devam etti Fifi. Quissac ile Nîmes arasında yeni bir yangın. Rüzgâr durumu daha da ağırlaştırmış. Bin hektarlık bir alan kül olmuş. İtfaiyeciler yangını söndürmek için iki gün uğraşmış. Köyler boşaltılmış. Yüzlerce insan seferber olmuş. Sonuç, üç ölü. Suçlu yok, açıklama yok. Ama uzmanlar açısından, yangının bir kundaklama olduğu kesin. Yangının çıktığı yer Sommières'den yaklaşık otuz kilometre uzakta.

Passan haritaya ve üzerindeki dairelere dikkatle baktı: Guillard'ın deliliğinin gerçek bir röntgeniydi. Yine de tüm bunların bir rastlantı olduğu söylenebilirdi.

Yardımcısı sanki onun düşüncelerini okudu.

– Dahasını da istiyor musun? 1991: Guillard Béziers'ye tüyüyor.

– Soccart tamirhanesi.

– Ertesi yıl, şehir merkezindeki Champs Kliniği'nde yangın çıkmış. Ölü yok. Her zamanki gibi soruşturmadan bir netice alınamamış.

Passan bir yorumda bulunmak istedi ama Fifi konuşmasını sürdürdü.

– 1997: Guillard'ın Montpellier'deki Roches tamirhanesinde yöneticilik yaptığı yıl. Altı ay sonra, Mosson semtindeki Notre-Dame-du-Salut Doğumevi'nde yangın çıkmış. Bir kez daha bir facianın eşiğinden dönülmüş. Kuşkusuz bu, Guillard'ın klinikleri hedef almaya başladığı yıl.

Passan, ışıktan uzaklaşmak umuduyla sağa doğru bir adım attı. Yıllar boyunca Guillard'ın piromani tutkusu iyice öne çıkmıştı. Öfkesi, yok etme tutkusu doğum merkezlerine odaklanmıştı. Bunun sebebini tahmin etmek hiç de zor değildi.

Fifi hazine değerindeki haritasını katladı ve devam etti:

– En güzeli, sonrası. 1999'da Guillard tüm varlığını nakde çevirmiş ve ABD'ye gitmiş. Birçok eyalette çalışmış. 2000 yılında, Utah eyaletinde, Salt Lake City'deymiş. Aynı yıl üniversite hastanesinin doğumevi yanmış. Altı ay sonra, Arizona'da Tucson'ın banliyösünde bir yangın ihbarı yapılmış. Guillard da o dönemde oradaymış.

Passan 1980'li yıllarda Almanya'da fahişelerin seri cinayetlere maruz kaldığını hatırladı. Baş şüphelinin gidiş gelişleri izlenerek, şüpheli Los Angeles'tayken benzer cinayetlerin orada da işlendiği tespit edilmişti. Bu rastlantı onu mahkûm etmeye yeterli olmuştu. Peki, hermafroditi suçlamaya yeterli olacak mıydı? Tüm bunlar çok uzakta, çok eskide kalmıştı.

Guillard'ın ateşle olan yakın ilişkisinde başka bir şey daha seziyordu. Canavar büyük olasılıkla cinselliği hiç tatmamıştı. Ona zevk veren tek şey alevlerdi. Ereksiyon olamıyor, daha da ötesi boşalamıyordu. Kadınsı bir orgazm bile yaşayamıyordu. Geriye sadece her şeyi yok eden, arılaştıran, değiştiren alevlerin o uğursuz ve ölümcül duygusu kalıyordu.

– Kimse tüm bu olaylar arasında bir ilişki kurmamış mı?

– Aralarında binlerce kilometre mesafe varken mi? Samanlıkta iğne aramaktan farkı yok.

İlk yangınlarda, Guillard sahip olduğu gücü keşfetmişti: küle dönen binlerce hektarlık alanlar, boşaltılan köyler... Ardından, çok daha belirgin bir yöntemle, ama aynı zamanda da çok daha kozmik, kesin bir şekilde vurmuştu. Doğumevlerini hedef alarak, insan türünü kendi gelişimi içinde vurmak istemişti.

İçinde bulunduğu bu psikolojinin ürkütücü bir sonuç doğurması kaçınılmazdı: Guillard onun evini, içinde ailesi varken yakacaktı. Ona engel olacak hiçbir şey, hiç kimse yoktu. Bu öğleden sonra atlatılmış bir polis olarak o bile bir şey yapamazdı.

– İyi çalışmışsın, dedi.

– Daha çok Serchaux'ya teşekkür et...

– Peki Seine-Saint-Denis'deki araştırmalar?

– Uğraşıyorlar. Sana söylediğim gibi, ilgilenilmesi gereken başka dosyalar da var.

– Ya diğer şeyler? Evimden alınan örnekler?

– Yine bir şey yok. Zacchary'den ilk neticeleri aldım. Hep aynı parmak izlerine rastlıyorlar. Öncelikli olarak sizin parmak izleriniz. Organik kalıntılardan alınan DNA'ların analizleri bekleniyor ama...

– Çevrede oturanların sorgulanması?

– Hiçbir şey yok. Kimse anormal bir şey fark etmemiş.

Passan başını salladı. Hiçbir netice alınmamış olmasına rağmen bu uğraşıların ona güç verdiğini, yüreğine su serptiğini hissediyordu. Adamları onu unutmamıştı.

– Marc Campanez'in ailesiyle de konuşuldu. Üç çocuğu babalarının ölümünün yeniden araştırıldığı öğrenince şaşırdılar. Herhangi bir saldırıya, tehdide maruz kalmamışlar. Marie-Claude'un herifi de sorgulandı. Temiz biri değil, ancak tüm bu olanlarla bir alakası olmadığı açık.

Passan tüm bu olayların, yangınların, dürtülerin bolluğu içinde bu erdişinin öfkesini ayırt edebiliyordu. Bir lazer ışığının yoğunluğunda ve netliğinde, son derece belirgin bir çizgi.

– Eldivenler konusunda bir gelişme yok mu?

– Levy'nin adamlarına mesaj attım. Sanırım boş araziyi aramaya gittiler. Hiçbir şey bulamadılar.

– Ya Levy? O nerede?

– Nerede olduğunu kimse bilmiyor.

Fifi geriye doğru bir adım attı ve bir anda Passan'ın halini fark etti:

– Ya sen, sen neredeydin? Çamaşır kurutma makinesinden çıkmış gibi bir halin var.

– Bir izin peşindeydim ve çıkmazda kaldım.

– Ne izi?

– Boş ver.

– Bu son derece bilgilendirici oldu.

Passan açıklama yapmadı. Sezgileri ona, yardımcısının henüz bitirmediğini söylüyordu.

– Peki sen, bana söyleyecek başka bir şeyin olmadığından emin misin?

– Hayır. Bir sorun var.

– Ne sorunu?

– Seni üst katta bekliyorlar.

– İçişleri müfettişleri mi?

– Hayır. Bir psikiyatri uzmanı.

– İçişleri mi yollamış?

– Hayır.

– Eğer Guillard'ın avukatı yolladıysa, ben...

– O da değil.

– Tahmin oyunu oynamayı kes.

– Naoko'nun avukatı, Rhim diye biri galiba, o yollamış. (Fifi bir an tereddüt etti.) Sizin boşanma davası çerçevesinde, psikiyatrik değerlendirme yapması için uzman görüşü talebinde bulunmuş ve...

– NE?

– Sanırım bu sık başvurulan bir yöntem.

Bir öfke düğümü Passan'ın boğazını tıkadı.

– Genç biri, diye ortamı yumuşatmaya çalıştı Fifi. Oldukça da sempatik.

– Nerede o? diye sordu Passan, sert bir sesle.

– Sakin ol. Bana bunun sadece bir öngörüşme olduğunu söyledi. O...

– NEREDE O?

– Kahretsin, sakin ol. Yukarıda. Toplantı odasında.

49

Fifi yalan söylememişti: Psikiyatrın sempatik bir görünümü vardı. Otuzlu yaşlardaydı, üstündeki temiz takımıyla bitirme sözlüsüne giren bir üniversite öğrencisine benziyordu. Kızıl-sarıya çalan saçları, kemik çerçeveli gözlüğü, doğal bir gülümsemesi vardı. Aynı zamanda rahatsız edici, buyurgan yüz hatlarıyla hiçbir şeyi rastlantıya bırakmayacakmış gibi görünüyordu. Passan bu herifin kendisinin otuz yaşındaki halini andırdığını düşündü.

Onu hemen darmadağın etmemek için kattaki tuvalete gitmiş, yüzünü soğuk suyla yıkamıştı. Kravatını düzeltmiş, üstüne başına çekidüzen vermiş ve öfkesini bastırmıştı. Artık gidebilirdi.

Koca toplantı salonunda kaybolmuş psikiyatr, onun gelişiyle ayağa kalktı ve elini uzatarak ona doğru ilerledi. Polisin elleri hâlâ soğuktu. Uzmanın elleriyse tam tersine ona çok sıcak geldi.

– David Duclos. Beni kabul ettiğiniz için çok teşekkür ederim başkomiser. Şüphesiz meslektaşınızın da size söylemiş olduğu gibi bu bir öngörüşme.

Passan gülümsedi:

– Vaktim var. Hemen sorguya geçebiliriz.

Duclos gülerek ellerini açtı:

– Bir sorgu söz konusu değil! Sadece bir sohbet ve...

– Doktor, yirmi yıldan beri polisim. Siz hukuk ile tıp arasında tereddüt yaşarken, ben çocuklarına tecavüz eden pisliklerin psikiyatrik inceleme raporlarını okuyordum, bu nedenle vakit kaybetmeyelim.

Psikiyatr "Siz nasıl arzu ederseniz" der gibi kollarını iki yana açtı. Oldukça zayıf olan adamın çok belirgin el kol hareketleri vardı. Bu hareketler, dikkati konuşmasına çekiyor, onu sıcak ve güven verici gösteriyordu. Passan bu tür bir davranışın karakter analizini yapacak başka kelimeler de söyleyebilirdi ama bu da oğlancılık ve vazelin üstüne olurdu.

Vernikli uzun masanın iki tarafına oturdular. Dekor koridorlara ve ofislere uygundu. Donuk, sevimsiz ve soğuk, insanların yaşamlarını solduran –yapmacık davranışlar ve sıradan fikirler üreten– bir ortam.

– Bir şey içmek ister misiniz? diye sordu Passan.

– Hayır, böyle iyi. Teşekkür ederim.

Başkomiser masanın ucunda duran bir telefona uzandı ve ikinci kattaki bir sekreteri aradı. Ondan, mümkün olduğunca kibar bir şekilde kendisine kahve getirmesini istedi. Ama makinenin sidiği andıran bulaşık suyundan değil, küçük kahve makinesiyle bizzat kendisinin hazırladığı kahveden istedi.

Sonuç olarak bu moladan rahatsız değildi. Naoko'nun ihaneti onu yaralamıştı ama bu toy delikanlıyla oynamak gerginliğini azaltacaktı. Metrodaki o kovalamacadan, yaşadığı başarısızlıktan ve Guillard'ın durmayacağını anladıktan sonra hemen yeni bir kâbusa dalmaya niyeti yoktu.

– Yeniden belirtmek durumundayım, diye söze başladı Duclos, bugün sorularıma cevap vermek zorunda değilsiniz.

– Geleceğinizi neden daha önceden haber vermediniz?

– Bu sabah sizi aradım, ancak yerinizde yoktunuz.

– Bu tür bir bilirkişi incelemesi için günler öncesinden bir tebligat yapılır.

– Eşinizin avukatı Rhim çok etkili biri. İşlemi hızlandırmayı o istedi.

– Beni habersiz yakalamak için mi?

Duclos gülümsemekle yetindi. Çantasından oldukça kalın, kurdeleyle bağlanmış bir dosya çıkardı. Passan kasıldı: Bu herif ya da daha ziyade Naoko'nun avukatı bir süreden beri onu soruşturuyor olmalıydı. Böyle bir klasörün içinde ne olabileceğini düşünüyordu. Meslek hayatındaki olaylar son derece gizliydi.

– Karımın bundan haberi var mı, yoksa bu, avukatının kişisel bir girişimi mi?

Duclos yeniden gülümsedi. Passan bu ifadeyi çok iyi biliyordu: "Soruları, ben sorarım" – şüphelilere ve tanıklara karşı her gün takındığı tavır.

Psikiyatr cep telefonunu masanın ortasına koydu:

– Konuşmamızı kaydetmem sizi rahatsız eder mi?

Olivier adamın hareketlerini gözlemlemeye devam ederken, başıyla onu onayladı. Dosyasında, içi kâğıt tomarlarıyla dolu bir sürü şömiz vardı. İlk şömizde, Emniyet Müdürlüğü'nün baş harfleri basılıydı. Demek ki emniyetin arşivlerine ulaşmıştı. Nasıl? Kimin sayesinde?

– Hizmetlerinizi gördüm, dedi uzman, sayfaları karıştırırken. Etkileyici.

– Yağ çekmeyi bırakın.

– Gerçekten. Artık bulunmayan bir kahramansınız.

Passan cevap vermedi. Diğeri tanık tutanaklarını, raporları, gazete kupürlerini okuyormuş gibi yapmayı sürdürüyordu. Psikiyatrın tekniği polislerin yöntemleriyle aynıydı. Daha iyi saldırmak için hasmın güvenini kazanmak.

İlk saldırı gecikmedi:

– Bu konuma gelmek için, uzun bir yol kat etmeniz gerekmiş.

– Gençlik yıllarımdaki çılgınlıklarımı mı ima ediyorsunuz?

Duclos gözlüğünü düzelterek ikinci şömizi açtı. Passan ürperdi: Bu, Çocuk Esirgeme'deki dosyasının bir kopyasıydı. Bu toy psikiyatr bunları nasıl ele geçirmişti? Masanın altında yumruklarını sıktı. Sinirlenmenin sırası değildi.

– Yurtlar. Koruyucu aileler. Gözlem merkezleri. Daha küçük yaşlardayken güvenlik güçleriyle bayağı bir sıkıntı yaşamışsınız.

– Hepsi affa uğradı.

Duclos gözlük çerçevesinin üstünden baktı:

– Benim uzmanlık alanımda, hiçbir zaman af diye bir şey yoktur.

Bir göz korkutma cümlesi. Bir polis yöntemi. Passan birden bu adamın gerçekten Naoko'nun avukatı tarafından yollanıp yollanmadığını düşündü. Ondan ne bir kimlik ne de resmi bir belge göstermesini istemişti. Bunu şimdi yapmayı düşündü ama üstüne bir bıkkınlık çöktü; biraz daha devam etmesini tercih ediyordu.

Kapıya vuruldu, kahvesi gelmişti. Passan, boğazını yakan kahveden bir yudum aldı.

– Bu çalkantılı... dönemden sonra, diye devam etti adam, hukuk okumuşsunuz, ardından polis teşkilatına girmişsiniz. Örnek bir tutum sergilemişsiniz.

– Bu bir bilirkişi incelemesi mi yoksa bir psikanaliz mi?

– Bu yüz seksen derecelik dönüşümü nasıl açıklıyorsunuz?

– Doğru yolu buldum diyelim.

Dörtgöz defterine bir şeyler yazdı. Kelimelerden çok kısaltmalar, kargacık burgacık bir şeyler. Üçüncü şömiz. Belgeleri tersten bile tanıdı. "Okul dosyası." Değerlendirmelerin, tıbbi ve psikiyatrik raporların, amirlerinin imzasını taşıyan yorumların tümünü bu şekilde adlandırıyordu. Polis teşkilatı da, tıpkı eğitim kurumlarında olduğu gibi notlara, değerlendirmelere, iyi puanlara önem veriyordu. Asla tahammül edemediği bir sistem.

– Özel Harekât'ta görev yaptığınız süre içinde birçok kez silahınızı kullanmışsınız.

– Operasyonlarda iki kişiyi öldürdüm, söylemek istediğiniz bu, sanırım.

– O sırada ne hissetmiştiniz?

Passan bir kahkaha attı:

– Savaş biteli çok oldu dostum. Bu, on yıl önceydi. Testlerden geçtim, sorgulamalara, değerlendirmelere maruz kaldım. Zaten bunların hepsi dosyanızda var. Hatta beni sınamak için o pisliklerden birinin cenazesine bile yolladılar. Üzülmeyin, ben üstesinden geldim. Hepsi iyice sindirildi.

Psikiyatr soğukkanlılığını koruyordu – soru sordukça güveni yerine geliyordu.

– Ama siz... o sırada siz ne hissetmiştiniz?

Olivier masanın üstüne eğildi.

– Polislik andını içtiğimde, bu tür riskleri de kabul ettim. Şartnamede hepsi var, *kapiş*? Mesleğimi yapıyorum, daha fazla tartışmanın gereği yok.

Uzman telaşsız bir şekilde birkaç not daha aldı. Passan'ın belindeki silahı işaret etti:

– Sürekli olarak taşıyor musunuz?

– Gördüğünüz gibi.

– Bu Cinayet Bürosu'nun bir kuralı değil.

– Herkesin kuralı kendine.

– Kalibresi?

Tek harekette, Passan tabancayı çıkardı ve masanın üzerine koydu. Px4 Storm SD polimerden olmasına rağmen korkutucu bir gürültü çıkardı. Hareketlerin ağır bastığı başka bir dünyaya ait bir nesne.

– Beretta. 45 kalibrelik. Pazarın en güçlülerinden biri. Leonardo DiCaprio'nun *Başlangıç*'ta kullandığı silah.

Adamın yutkunduğunu gördü. Psikiyatr bütün dikkatini silaha vermiş gibiydi, korku emaresi göstermiyordu.

Boğazını temizledi ve devam etti:

– Bu size güç duygusu mu veriyor?

– Fallus yerine koyduğumu mu ima ediyorsunuz?

– Kendinizi şiddet yanlısı biri olarak görüyor musunuz?

– Benim mesleğim zaten şiddetin kendisi. Bu işi bu şiddete

karşı savaşmak için seçtim. Çünkü bunu seviyorum. İşim dışında kimseye el kaldırmadım.

Uzman yeniden not aldı. Bir test doldururmuş gibi bir hali vardı. Olivier ortaya çıkan ilaç reçetelerini gördü. Bu çömez daha nereye kadar eşeleyecekti? Bu gizli belgeleri ona kim vermişti? Birden anladı ve midesine kramp girdi: Naoko. Bu kâğıtlar doğrudan onun kişisel arşivinden alınmıştı. Bu belgeleri avukatına verdiğine inanamıyordu.

– Antidepresan tedavisi görmüşsünüz.

– Yani?

– Başınıza ne geldi?

– Geçici bir bunalım dönemi, dedi Passan, boğuk bir sesle.

– Bu dönem... şiddet içeren icraatlarınızla mı alakalıydı?

– Hayır. Tarihlere bakın. Hiç alakası yok. Bu, 1998'deydi.

– Bilinçaltı tarihleri hatırlamaz. Siz...

Passan elini kaldırdı:

– Psikiyatri saçmalıklarınızı kendinize saklayın!

Duclos geri çekildi ama bakışlarını kaçırmadı.

– Bu tedavinin sebebi neydi?

– Bilmiyorum, diye homurdandı Olivier. Artık tahammülüm kalmamıştı.

– İşinize mi?

– İşime... Ve özel hayatıma. Tüm bunları taşıyacak gücüm kalmadığını hissediyordum. Bir tür yorgunluk. Bu herkesin başına gelir.

Savunması zayıftı.

– Sekiz yıl boyunca psikanaliz tedavisi görmüşsünüz.

– Doğru.

– Bugün kendinizi nasıl hissediyorsunuz?

– Beş yıl önce tedaviyi sonlandırdım. Her şey yolunda.

Duclos sustu ama suskunluğu "Herkesin yanılsaması kendine" anlamına geliyordu. Psikiyatrlar, genel tıp doktorlarının tersine, sizi iyileşmediğinize –asla iyileşmeyeceğinize– ikna etmeye çalışırdı. Bu da akla onların yararlılığı hakkındaki metafizik soruyu getiriyordu.

Ama şu an için Olivier'nin aklında tek bir soru vardı: Naoko ona neden bu beklenmedik kazığı atmıştı? Çocukların velayetini tek başına almak için mi? Eve sahip olmak için mi? Ama en büyük olasılık en kötüsüydü: Gerçekten ondan korkuyordu. Onun şiddete olan meylinden korkuyordu. Onun acıyla yoğrulmuş ruh halinden. Önceden kestirilemez tepkilerinden. Passan'ın çocuklarla meşgul olabileceğinden emin olmak istiyordu.

Bu düşünce onu boğuyordu. O, sağlıklı ve normal insanların dünyasıyla ilgisi olmayan, kendisini davaya adamış basit bir katildi.

– Devam edin doktor.

Başka bir şömiz. Tüm bunlar, bir kreşendo gibi, çok ustaca hazırlanmıştı. Passan şaşkınlıkla Patrick Guillard'ın dosyasını tanıdı. Ama hakkındaki suçlamaların olduğu dosya değil, Guillard'ın *şikâyet* dosyasıydı.

– Bir şüpheli sizden iki kez şikâyetçi olmuş.

– O bir şüpheli değil, bir suçlu.

– Ama serbest bırakıldı.

– Uzun süreliğine değil.

Duclos birbirine tutturulmuş kâğıtlara göz atıyordu: yargı kararları, tedbir kararları, şikâyet tutanakları... Naoko'nun avukatının kesinlikle bir yerlerde tanıdıkları vardı. Passan hüzünlü bir umuda kapıldı: Tüm bu belgeleri avukata veren belki de Naoko değildi.

– Sizi kendisini hırpalamakla suçluyor. Ve hatta öldürmeye teşebbüs etmekle.

– Yalan söylüyor. Soruşturma normal seyrinde devam ediyor.

– Ama sizsiz. Davadan alınmışsınız.

– Cevapları biliyorsunuz, dedi Passan koltuğunda kımıldanarak. Bu soruları bana sorma sebebiniz ne?

– Son günlerde bazı tehditler aldınız mı? Evinize yapılan saldırılar mesela?

Passan şaşkınlığını gizlemeye muvaffak olamadı. Yeniden şüpheleri Naoko'ya yöneldi. Tüm bunları avukatına o anlatmıştı.

– Bunun benim boşanmamla ne alakası var?

– Bunun bir intikam olduğunu mu düşünüyorsunuz? Size çok öfkelenmiş biri mi?

Polis yeniden masanın üstüne eğildi. 45'lik hâlâ masada, iki adamın arasında duruyordu. Namlusu psikiyatra dönüktü.

– Nereye gelmeye çalışıyorsunuz?

– Sert ve kaba davrandığınız birinin intikamı olabilir mi? Yanlışlıkla tutukladığınız birinin?

Doktor hızlı hızlı konuşmaya başlamıştı. Korkuyordu ama pes etmiyordu. Neler görmüştü o? Passan bir boksör gibi ringin iplerine yaslanmış, cepheden gelecek yeni bir saldırıyı beklerken hiç beklemediği bir darbe aldı:

– Bu tehditler sizi yeniden karınızla barıştırabilir.

– Efendim?

Psikiyatr gözlüğünü çıkardı ve gözkapaklarını kuruladı. Terlemişti. Passan da ter içindeydi. Klimanın bu iki savaşçının üstünde hiçbir tesiri olmuyordu.

– Gerçekten boşanmayı istemiyorsunuz. Bu tehditler size aile içinde... yeniden bir rol üstlenme imkânı verebilir. Koruyucu rolü.

Passan masaya sımsıkı tutundu. Sandalyesinin zemine gömüldüğünü hissediyordu.

– Beni böyle bir iğrençlik yapmakla mı suçluyorsunuz?

– Benim düşüncem değil.

– Bunu sana kim söyledi?

Adam oturduğu yerde büzülmüştü, benzi atmıştı. Passan toplantı masasının üzerine sıçradı ve doktorun üstüne atladı. Birlikte yere yuvarlandılar. O esnada Passan silahını da almıştı.

Tabancanın namlusunu doktorun gırtlağına dayadı:

– Bunu sana kim söyledi göt veren? KİM?

– Karınızın avukatı... Karınız ona...

Passan, Beretta'nın namlusuna mermi sürdü:

– GÖT VEREN!

Eylemini tamamlayamadı. Gürültüye gelen Fifi ile başka polisler silahı elinden almak için üstüne atladılar.

50

Jean-Pierre Levy ölü gibi kıpırdamadan duruyor, güçlükle nefes alıyordu. Yanan lambanın ışığı bile onu irkiltmemişti. Bunun sebebi damardan verilen ilaç değildi. Daha ziyade karanlık ve sıcak –klima yakıcı hava üflemeye devam ediyordu– onu bu hale getirmişti.

Yaklaştı. Ter, Levy'nin üstünde sel olmuş akıyordu. Bütün vücudu bir zırh gibi parlıyordu. Anka Kuşu gülümsedi ve şırınga pompasını kontrol etti. Vücuduna yaklaşık bir buçuk litre sıvı zerk olmuştu bile. Yahudi bunun yarısını terle dışarı atmıştı. Tam kıvamına gelmişti.

Hızlı hareketlerle soyundu, sonra entarisini giydi. Tiril tiril kumaş, kendini iyi hissetmesine neden oldu. Aynaya ihtiyacı yoktu. Kel kafası ve bu portakal rengi drape kumaşla bir Budist rahibine benziyordu.

Kendine gelmesi için Levy'yi sarstı. Polis silkindi. Neden bu beton hücrede, demir bir sandalyeye bağlı olduğunu anlamaya çalışıyordu. Sonra karşısında hareketsiz duran adamı fark etti ve bir kahkaha attı.

– Gülme, dedi Anka Kuşu. Antikçağ'da, kâhinlik yapan rahipler kadın gibi giyinirlerdi. Onlar aracıydı. Tanrılar ile insanlar arasında, erkek ile kadın arasında. Onlar dünyanın kökenini, Tanrı'nın birliğini, erkeklik yasasını ve dünyayı, kadınlık yasasını temsil ederlerdi.

– Zavallı aptal... Eldivenleri aldın mı?

Anka Kuşu polisin, havalandırmayla etrafa yayılan ekşi, kükürdümsü ter kokusunu alabiliyordu.

– Genellikle, diye bağırdı, Levy'nin homurtusunu bastırmak için, polisler suçlular ormanında ihtiyatlı bir şekilde dolaşırlar.

Hiçbir zaman ışıktan ve patikadan ayrılmazlar. Ama sen çizgiyi aştın Levy. Sefil şantajınla, benim sahamda kendini tehlikeye attın. Senin yasalarının geçerli olmadığı sahada...

Yahudi yere sabitlenmiş sandalyesinde kıpırdandı ve bağırdı:

– Ne anlatıyorsun, hiçbir şey anlamıyorum kaçık herif. Eldivenleri aldın mı, almadın mı?

Tutsağına doğru bir adım attı. Havalandırma, entarisinin kıvrımlarını dalgalandırıyordu:

– Antikçağ bir çelişkiyi temsil eder. Eski Yunanlar, hem erkek hem de kadın olan ve tek başlarına üreyebilen çift cinsiyetli tanrılara taparlardı.

Levy tutum değiştirdi. Ter maskesinin altında büyük bir korku vardı.

– Beni... beni öldürecek misin?

– Bununla birlikte, insanların hermafrodit olmasından korkarlardı. Eğer bir çocuk çift cinsiyetli olarak doğarsa, onu hemen boğarlar, yakarlar ya da herkesin görmesi için ölene kadar sokağa bırakırlardı. Kimse onun kanını akıtarak ellerini kirletmek istemezdi. O dönemde, bu doğuştan kusur, tanrıların öfkesinin bir göstergesi olarak kabul edilirdi.

Birden eğildi ve serumu çıkardı:

– Sana bir şey söyleyeceğim: Haklılardı. Ben de Tanrı'nın öfkesiyim.

Levy bir anda, bu itirafların onun ölüm fermanı olduğunu anladı.

– Sana yalvarıyorum, diye hıçkırarak bağırdı, beni bırak... Eldivenleri buldun mu? Bırak beni, gideyim... Hiçbir şey söylemem... Her şeyi çoktan unuttum bile...

– Sana son bir gerçekten daha bahsetmek istiyorum Levy. Bir aptal gibi ölmemen için. Eski Yunan'da rahipler *anasyrma* uygulardı: Kadın kılığına girerler, entarilerini kaldırırlar ve müminlere cinsel organlarını gösterirlerdi. Bir anda hem erkek hem de kadın olurlardı. Onlar dünyanın köklerinin yeniden bir araya geldiği güçlerdi.

Safran rengi entarisini yukarı sıvadı, cılız organını sergiledi.

– HAYIR!

– Göz banyosu yap Levy.

Tutsak başını çevirdi:

– Hiçbir şey görmedim, hiçbir şey görmedim...

– Karşı koyma, bak. Benim herhangi bir şeyin kılığına girmeye ihtiyacım yok. Ben, yaratılıştan erkek ve kadınım. Aslında, ne biriyim ne de diğeri. Ben cinsiyetlerin üstündeyim. Ben Anka Kuşu'yum.

– Hayır... diye inledi Levy.

Entarisini indirdi ve küçük alkol şişesini aldı. İçinde hâlâ birkaç damla kalmıştı.

– Sana kükürt şırınga ettim, diye devam etti. Çok terledin. Yağ bezlerin bu kükürtlü terle temas edince, hidrojen sülfüre dönüşen bakteriler üretti. Anladın mı? Hayır mı?

Levy celladının konuşmasını bastırmak istercesine haykırdı. Korku dolu gözleri yuvalarından fırlamıştı.

– Terin yanıcı bir maddeye dönüştü. "İnsan bombası Levy."

Anka Kuşu bir adım geri çekildi ve Zipposunu çıkardı. En iyi dostu Zipposunu. Ona doğumevlerini yakarken yardımcı olmuş çakmağını. Ebeveynleri yakarken. Çocukları yakarken.

– HAYIR!

Kapağını açtı, çakmağı şişeye yaklaştırdı ve başparmağının bir hareketiyle çakmaktaşı tekerleğini döndürdü. Bir kıvılcım yeterli oldu. Şişenin tıpasından mavimsi bir hale yayıldı.

– HAYIR!!!!!!

Küçük şişeyi şantajcının bacaklarının arasına doğru fırlattı. Levy'nin cinsel organı ve oylukları bir anda alev aldı. Çığlıkları alevlerin uğultusunu hemen bastırdı. Boş yere bağlarından –piyasanın en iyisi, yanmaz triger kayışları– kurtulmaya çalışarak sandalyesinin üstünde kıvranıyor, eğilip bükülüyordu.

Dakikalar geçti. Anka Kuşu, yanan adamdan yükselerek mekânın sıcak havasına karışan yakıcı kokuyu duyuyordu. En yüksek konumda çalışan havalandırma sistemi dumanı hem üflüyor hem de emiyordu. Polis için kaygılanmıyordu: Kurban edilmesi karmasını dengeleyecek ve onun daha iyi bir bedende yeniden dirilmesini sağlayacaktı.

Kendisi için kaygılanıyordu.

Ateşin karşısında, hiçbir şey –ne dinginlik ne de rahatlama– hissetmiyordu. Ateş artık yatıştırıcı rolünü oynamıyordu. Hiç oynamış mıydı? Ona güç veriyor, onu tahrik ediyordu *ama asla huzur vermiyordu.* Ailesini katlettikten sonraki tatminsizliğini hatırlıyordu. 1993 yılındaki kurbanlar bile yeteneğinin sınırlarını ortaya koymuştu. Yeniden doğuş her seferinde gücünü, derin anlamını biraz daha yitiriyordu...

Şantajcı artık yanmıyordu. Tanınmaz yüzü, ters dönmüş elleriyle sandalyesinde arkaya doğru kıvrılmıştı. Görüntüsü Pompei'nin taşlaşmış cesetlerini andırıyordu.

Havalandırmayı kapattı ve oluşan bu ani sessizlikte, üzerine sıçrayan siyah parçalarla lekelenen entarisini çıkardı. Tamamen çıplak kalınca, temizlik yapmaya başladı. Kendini son derece bitkin, ruhsal açıdan çökmüş hissediyordu. Belirtiler gitgide artıyordu. Onun için çözüm yoktu, başka huzur da – en son hamlesi dışında.

Koruyucu eldivenlerini taktı, cesedi odanın diğer ucuna kadar yerde sürüdü ve atıkların boşaltıldığı lağım çukurunun kapağını açtı. Acı ve keskin asit kokusu boğazını yaktı. Suyun yüzeyinde yansımasını gördü. Solgun, olağanüstü bir heykeli andıran, sadece yok etmeyi düşünen, kapkara dalgalarla şaşkın bir siluet...

Kendine olan inancı daha güçlü bir şekilde geri geldi.

Bu akşam, Gece Süvarisi burada olacaktı. Onun peşindeydi. Onun yapacağı en ufak hareketi, yanlışlığı kolluyordu. Öyleyse harekete geçme zamanıydı.

Ayağıyla cesedi yuvarladı ve üzerine su sıçramaması için geriye kaçtı. Çukurdan yanmış et kokusuyla daha yoğunlaşan iğrenç kokulu bir duman yükselirken, gözlerini kapattı ve kollarını açtı.

Son yeniden doğuş bu akşamdı.

51

Onu Trois-Fontanot Sokağı'ndaki Adli Polis Merkez Müdürlüğü'nün bodrumundaki ayılma hücresine kapatmışlardı. Onu başkalarından korumak için mi, yoksa başkalarını onun deliliğinden korumak için mi buraya koymuşlardı bilmiyordu. Duvarların diğer tarafından halüsinasyon gören sarhoşların, adalete söven sözde suçsuzların, Paris Valiliği Psikiyatri Kliniği'ne naklini bekleyen kontrolden çıkmış kaçıkların bağırışları, çığlıkları, homurtuları geliyordu.

Duvara raptedilmiş bankın üstüne büzülmüştü, kemeri, ayakkabıları yoktu, düşüncelerine hâkim olamıyordu; bir pamuk kozasının içindeki beyni önceden kestirilemeyen akıntılara göre yön değiştiriyordu. Yapılan sakinleştirici iğnenin etkisiyle kendini sarsılmış, dengesiz, uyuşmuş –ve son derece şaşkın– hissediyordu. Ama yine de kaygılarından kurtulması için yeterli değildi...

Buradan çıkmalıyım.

Doğrusu psikiyatrı düşünmüyordu. Hata –uzun süre unutulmayacak– yapmış bir polisti. Ona gerçekten çok mu öfkelenmişlerdi? Bunu bilemiyordu. Daha ziyade Guillard'ı düşünüyordu. Pislik herif öğlen nereye gitmişti? Neyin hazırlığı içindeydi? Gayriihtiyari bileğine baktı ama saatini de almışlardı.

Buradan çıkmalıyım.

Artık bir milim bile kıpırdamasına izin vermezlerdi. Yolundan en ufak bir sapmada kafasına kurşunu yerdi. Yine ölümcül bir çözüm... Son yetmiş iki saat içinde az kalsın bir şüphelinin kafasını eziyor, bir psikiyatrı öldürüyordu – ve şimdi artık en kötüyü yapmaya kararlıydı.

Kilidin tıkırtısıyla ayağa fırladı.

– Otur.

Fifi hücrenin içinde bir adım ilerledi ve kapı arkasından kapandı.

– Sana "otur" dedim.

Passan yeniden bankın üstüne çöktü ve ceketinin eteklerini, sanki bir yük gemisinin güvertesinde rüzgâra karşı oturuyormuşçasına yanlarında topladı. Teri üstünde kurumuş, cildini gerginleştirmişti.

– Savcıyı göreceksin.

– Yargıcı değil mi?

– Duclos şikâyetçi olmadı. Şanslısın dostum. Buna karşılık raporunu abartılı yazma tehlikesi de var tabii.

Olivier başını ellerinin arasına aldı. Çocukların vesayetini kaybedecekti. İşinden kovulacaktı. Ve...

Başını kaldırdı:

– Naoko'ya haber verildi mi?

– Biz vermedik. Ama üzülme, olay onun kulağına da gitmiştir. Avukatını gözüm tutmadı. Hakkında biraz bilgi topladım. Birinci sınıf bir pislik. Her tarafta, özellikle de bizde bağlantıları olan bir herif. Naoko'nun böyle bir leş kargasını nereden bulduğunu bir türlü anlamıyorum.

Passan omuzlarını silkti. Avukatın ilişkileri, Duclos'nun bu bilgileri nereden bulduğunu kısmen açıklıyordu. Belki de Naoko ona ihanet etmemişti.

– Bu sabah ne cehennemdeydin?

– Hiç.

– Guillard'ın orada sotaya yattın.

– Hayır.

– Bu bir soru değil, bir iddia. Albuy ile Malençon, galerinin karşısındaki park alanında seni görmüş.

Passan sessiz kalmayı tercih etti.

– Ne gördün? diye ısrarını sürdürdü Fifi.

O berbat kovalamacayı anlatması söz konusu olamazdı. Susmaya devam etti, duvarın köşesine büzülmüş, gözlerini yere dikmişti. Anlamadığı şey, yardımcısının onu *neden* böyle sorguladığıydı. Kuşkusuz bir olay olmuştu. Onun –veya Guillard'ın– belli bir zaman içerisinde nerede olduğuyla ilişkili bir olay.

– Neler oluyor? diye sordu, nihayet.

Fifi üstünde, esrarlı bir sigaranın duman bulutunun içinde kaybolmuş reggae kralı Peter Tosh'un resminin bulunduğu bol bir tişört giymişti.

– Levy kayboldu.

– Nasıl yani?

– Bu sabah büroya gelmedi. Cep telefonuna da cevap vermiyor. Arabası da bulunamıyor.

Onun profili göz önünde bulundurulursa, yokluğunun binlerce sebebi olabilirdi. Sarhoş olup bir yerlerde sızmıştı. Alacaklıları gözdağı vermek için onu kaçırmıştı. Çevirdiği bilmem kaçıncı dümenden biri elinde patlamış ve saf dışı edilmişti. Yurtdışına kaçmıştı...

– Ondan en son ne zaman haber alınmış?

– Dün akşam. Guillard'ı görmeye gitmiş.

– Yalnız mı?

– Yalnız sayılır. Görüşme yaparken çocukları bir şeyler içmeye yollamış.

– Bu nerede olmuş?

– Aubervilliers'deki galeride.

– Ne kadar sürmüş?

– Otuz dakika. Albuy ve Malençon geri dönünce Levy gitmiş. O zamandan beri de ondan bir haber alınamıyor.

– Ya Guillard?

– Sakin bir şekilde evine dönmüş.

Varsayım. Levy bir şeyler bulmuştu. Guillard'ı korkutmak – veya ona şantaj yapmak– istemişti. Bu da onun sonu olmuştu. Öğlenki kovalamacayla bir ilgisi olabilir miydi? Çok tuhaftı.

Yine de kesin olan bir şey vardı: Eğer Levy, Guillard'a kurnazlık etmeye kalkıştıysa çoktan ölmüştü.

– Sen de benim gibi mi düşünüyorsun?

Olivier cevap vermedi. Hücresinin duvarları ona bir anda çok daha yakın, çok daha korkutucu geldi.

Fifi kapıya hızlı hızlı vurdu. Omzunun üstünden Passan'a baktı:

– Gidelim. Savcıya diklenme Olive. Bu senin buradan tek çıkış biletin.

19.00. Naoko evin yanında, geride durmuş, Passan'ın gelmesini bekliyordu. Çocuklara görünmemeyi tercih etmişti. Sonra onlardan ayrılmak çok zor olacaktı. Durduğu yerden onların banyoda şakalaştıklarını duyuyordu ve bu bile oldukça acı vericiydi.

Passan'ın korunaklı yerinin –Zen bahçesi– yakınına sığındı. Burada dalları yatay olarak gelişmiş büyük bir thunbergii çamı ile yaprakları sonbaharda kan gibi kırmızı bir renk alan bir akağaç vardı. Passan bu ağaçları ev satın alınır alınmaz, hatta tadilat çalışmalarının hemen başında dikmişti. Daha sonra bunlara, Shinji ve Hiroki'nin doğumuyla iki Japon çamı ve tabii ki bir de kiraz ağacı eklemişti. Ortada, özenle düzeltilmiş gri çakıllardan oluşan bir alan vardı. Biraz uzakta, sağ tarafta, birkaç kayanın ardına gizlenmiş, üstüne bir söğüdün eğildiği, kamışlarla ve eğreltiotlarıyla çevrili, bir su birikintisinden biraz büyük bir havuz vardı. Biraz yaklaşıldığında, nilüferler –huzurun duru tasviri– görülebiliyordu. Üstünde de, küçük bir çağlayan vardı.

Naoko bunu ona hiç söylememişti ama titiz bir Japon gözüyle bakıldığında burası için tam bir Zen bahçesi denilemezdi. Her şeyden önce güneşin yönü konusunda yanılmıştı. Geleneksel olarak, "çakıl taşı denizi" daima kuzeydoğuya yerleştirilirdi, burada durum öyle değildi. Ama onu etkileyen şey, burasının Passan'ın iç dünyasını yansıtıyor olmasıydı. Bu çalıların, eğreltiotlarının, bu "yüzen taşlar"ın ardında, her kayayı, her yosunu Postacı Cheval[17] inadıyla buraya yerleştiren kişinin tutkusunu görüyordu.

Psikiyatrla yaptığı görüşmenin felaketle sonladığını öğrenir

17. Ferdinand Cheval, hayatının 32 yılını (1879-1927) ideal sarayı inşa etmekle geçirmiş Fransız postacıdır. İnşa ettiği 12 metre yüksekliğinde, 26 metre uzunluğundaki ideal saray Postacı Cheval Sarayı olarak adlandırılır. (ç.n.)

öğrenmez villaya gelmişti. Hiç düşünmeden. Merhamet duygusu pek gelişmiş değildi ama bu kez olanlar onun hatasıydı. Avukatıyla konuşmuştu. Ona bazı şüpheleri olduğunu –ancak buna ihtimal vermediğini de– söylemişti. Rhim bildiğini okumuştu. Ve onunla konuşmadan bu oyunu tezgâhlamıştı.

Bahçe kapısı açıldı. Passan ile Fifi göründü, birinin üstünde buruş buruş bir takım, diğerinde iğrenç bir post-rock kıyafet vardı. Benizleri çok soluk, saçları diken dikendi; henüz akşam olmamasına rağmen uykusuz bir geceye daha başlıyorlarmış gibi bir halleri vardı. Onların arkasında, nöbetteki polisleri fark etti. Nasıl bir dünyada yaşıyordu böyle?

Fifi onu selamlamak için elini kaldırdı ve villaya girdi. Passan hiç gülümsemeden ona doğru ilerledi. On yaş yaşlanmıştı. Yüzü çökmüştü. Üç günlük sakalı vahşi, açgözlü bir ormanı andırıyordu.

– Çocukları mı almaya geldin? diye kuşkuyla sordu.

Tüm bedeninden engellemeye çalıştığı bir öfke fışkırıyordu ama yorgundu, Naoko'yu hemen etkileyen bir kırılganlığı da vardı.

– Hayır. Bu senin haftan, değişen bir şey yok.

– *Senin haftan.* Senin en güçlü yanının bu olduğunu düşünüyorum. İnatçılık, kibir ve kurallara bağlılık.

– Benim Japon olduğumu mu söylemeye çalışıyorsun?

Passan'ın öfkesi bir kahkahaya dönüştü. Elini saçlarının arasından geçirdi:

– Evet, tam olarak söylemek istediğim bu. Yürüyelim mi?

– Senin patikalarında yürünmüyor.

– İyi. Ama burada durmayalım.

Thunbergii çamının yeşil dallarının altına girdiler. Sanki bir başka boyuta geçmişlerdi. Akşamın alacakaranlığında her şey bir anda yeşile dönüştü. Binlerce ışık-gölge oyununun insanı şaşkınlığa düşürdüğü, hem ferahlatan hem de hüzünlendiren ışığı süzen bir yeşil. Naoko gözlerini kapadı ve buğulu nem kokusunu soludu. Artık bir bahçede gezinmiyordu, çocukluğunda dolaşıyordu.

– Senden özür dilemeye geldim.

– Bu senin tarzın değil.

– Avukatım bana bile haber vermedi. Savaşta olduğunu sanıyor.

– Psikiyatr senin söylediklerini kafasından uydurmadı.

Naoko hafifçe başını salladı, ona karşı çıkacak takati yoktu.

– Dinle... Saçmaladım. Bir şeyler anlattım. Avukatım da bunları kullandı ve sana o psikiyatrı yolladı...

– Ona reçetelerimi kim verdi?

– Hangi reçeteleri?

– Ben depresyondayken kullandığım ilaçların reçeteleri.

Naoko geç de olsa, avukat ile psikiyatrın gerçek bir soruşturma yapmış olduklarını anladı. Geçmişin derinliklerinde kalmış olayları eşelemişlerdi.

– Benim bununla bir alakam yok, diye kendini savundu. Hem o dönemde, biz birlikte bile değildik. Hastaneleri aramış olmalılar, bilmiyorum. Tekrar söylüyorum, avukatım bir savaş sürdürdüğünü sanıyor.

– Senin için öyle değil mi?

Naoko durdu. Bir *tobi-işi*'nin –yürüyenlere yol gösteren, toprağa gömülü, büyük yuvarlak bir taşın– üstündeydiler. Naoko suyun havada yüzen aromasının içine işlediğini hissediyordu. O da diğerlerinin arasında bir yosun parçasıydı.

– Hayır. Biz boşanmak için aramızda anlaştık, en azından bu özel koşullar konusunda birbirimizin canını sıkmamaya çaba gösterelim.

Bunu yumuşaklıkla söylemeye çalışmıştı ama yaratılıştan çok sert bir konuşma tarzı vardı ve tonlaması buna müsait değildi.

– İki avukat tutmayı isteyen ben değilim.

– Bunun daha iyi olacağını düşündüm.

– Sonuç ortada.

– Bunu değiştirmek için çok geç değil.

– Yani?

– Bir başka avukat buluruz. İkimizi de temsil eder. Bilirkişi raporu, tüm bu saçmalıklar unutulur gider.

– Belki ilk avukatın parasını da kurtarabiliriz.

– Onu ben üstleniyorum.

Sessizlik uzadı. Naoko elini uzattı ama Guillard tutmakta acele etmedi. Sanki kamışlardan ve sazlardan oluşan duvarın ötesini görebilirmiş gibi suya doğru, belirsiz bir noktaya bakıyordu.

– Bakarız, diye mırıldandı sonunda, yeniden yürümeye başlayarak.

Naoko da peşine takıldı. Güneşin son ışıkları bulutlardan kurtuldu ve ağaçların arasında kendine bir yol buldu. Bir anda, süzülen ışığın içinde, yosunlar gümüşi küçük kabarcıklar halinde patladı. Normalde mavimsi yeşil olan likenler açık mor bir renge dönüştü. Bu bahçe uzun zamandan beri hiç bu denli hoşuna gitmemişti. Aslında bunun için, bahçesinin tadını çıkarmak için o kadar da geç kalmamıştı.

– İşinde sorun çıkacak mı?

– Şu an içinde bulunduğumdan daha kötü durumda olamam.

Koyu yeşil yüzeyi, bir vitrayınki kadar canlı ve güçlü bir renge bürünmüş suyun yanına geldiler. Uzakta, kuşlar gizlice cıvıldıyordu. Sanki Passan'ın yasaklarının farkındaydılar: " Yaklaşmak yasak."

– Ya soruşturma?

– Soruşturma mı?

Sanki her şeyi unutmuş, bellek yitimine uğramıştı.

– Buzdolabındaki maymun.

– Bütün çocuklar o işle ilgileniyor. Kaygılanma.

– Mahallede kimse bir şey görmemiş mi?

– Yok.

– Dün gece, bir şey oldu mu?

– Hayır.

Naoko onun yeniden sinirlendiğini fark etti: Yalan söylüyordu. En azından her şeyi söylemiyordu.

– Kaygılanma, diye tekrarladı Passan, başka soruların önünü almak ister gibi. Bana sorarsan o pislik bir daha böyle bir harekette bulunmayacak. Ama her halükârda onu yakalayacağım, sana söz veriyorum.

Naoko'nun bundan şüphesi yoktu. *Avcıların en mükemmeli*. Ama bu amacına ulaşmak için nasıl bir yol izlemesi gerekecekti? Avını ele geçirene kadar neler olacaktı? Naoko ürperdi ve söyleyecek –ne onu cesaretlendirecek ne de caydıracak– bir şey bulamadı. Passan'ın faaliyet alanında eylem vardı, orada kelimelere yer yoktu.

Hava iyice kararmıştı. Fıskıye halinde yontulmuş *mizubaşi* su taşları onlar geçerken gülüyordu. Naoko birden bahçenin dip tarafında, ortak duvarın hemen karşısındaki bambulardan oluşturulmuş duvarı fark etti. Bu küçük ayrıntı, ona diğer bahçelerle ve binalarla bir bütün oluşturan ailesinin bahçesini hatırlattı. Japonya'da evler bir Rubik Küpü'nün öğeleri gibi iç içe geçmişti. Zazen meditasyonu sırasındaki insan zihni dışında, boşluğun olmadığı bir yapı içinde büyümüştü.

Patika boyunca yürümeye başladılar. Naoko artık konuşmuyordu. Sessizlik bir buz parçası gibi boğazında eriyordu. Beyninin bir bölümü en ufak bir ayrıntıyı kaçırmamak için son derece dikkatliydi. Suyun kahkahası. Bitkilerin kokusu. Eğik çamların kırmızı kabukları. Kerpiç bir duvarın ardında kanat çırpan kuzgunlar eksikti sadece. Yüreğinin kabardığını, kâh suyla kâh kanla dolduğunu hissediyordu.

Birden Passan'a dönüp sordu:

– Japonca öğrenmek için çabaladığın zamanları hatırlıyor musun?

Passan en ufak bir şaşkınlık belirtisi göstermeden kahkahayı bastı. O da benzer bir şeyi düşünüyordu.

– Ya sen, "r"leri telaffuz etmek için çabaladığın zamanları hatırlıyor musun?

Bu kez Naoko güldü.

– Uzun zamandan beri böyle bir çaba içinde değilim.

Bir süre sonra, donuk bir sesle ekledi:

– Çok fazla gelişme gösterdiğimizi sanmıyorum.

Çamların gölgesinden çıktılar ve villayı gördüler. Karanlığın içinde, ev bir çocuk resmi gibi sadeydi. Yeşil bir örtünün üstünde beyaz bir küp. Passan'a baktı; adamın yüzünde bir şefkat ifadesi vardı. Muğlak bir sıkıntıyı paylaştıklarını hissediyordu. Birlikte yaşadıkları her şeyle alakalı ve açıklanması güç bir şekilde neredeyse utandıkları, sözle ifade edilmesi imkânsız bir şey.

– Çocukları öpmek ister misin? diye sordu Passan, gerginliği yok etmek için.

– Hayır, ben gideyim. Kuralı bozmayalım.

– Nasıl istersen, dedi, sanki biriyle yapacak bir işi olduğunu hatırlamış gibi.

Naoko ışık yanan pencereleri işaret etti:

– Fifi, bu gece sizinle mi kalacak?

– Çocukları yatırdıktan sonra çalışacağız.

– Neyle ilgili?

– Evrak işleri. İşle alakalı. (Saatine baktı.) Akşam yemeğini hazırlamam lazım. Seni geçireyim mi?

– Gerek yok. Yarın sabah beni ara.

Naoko bahçe kapısına doğru yürüdü. Huzursuzluğu geçiyordu. Bir rüyada yaptığı yolculuktan sonra ayakları sağlam bir toprağa basıyormuş gibi hissediyordu.

İstemese de kalbini kıran acı hatıralar aklına geldi. Son yıllarda, Passan'la birlikteyken en ufak ayrıntı, en ufak hareket onun için önemliydi. Bir restoranda baş başa basit bir yemek bile birkaç hafta onu mutlu edebilirdi. Bir gülümsemesi, ilgili bir bakışı, bu tür şeyler gününün iyi geçmesini sağlayabilirdi. Ama bu tür küçük şeyleri bile ondan esirgemişti. Fakat mucize eseri böyle bir şey olduğunda da beceriksizce tepki gösteren kendisi oluyordu. Ona yemek uzatan eli ısıran bir aç gibi, aşka susamıştı.

Çantasından arabanın uzaktan kumandasını çıkardı. Ağlamıyordu. Gözyaşları bile başka bir zamana aitti. Özlediği ve hâlâ ona inandığı bir döneme.

53

Passan'ın Ultima Ratio'su[18] ışıklı bir Nightforce dürbünle donatılmıştı. Bu mesafeden dürbüne ihtiyacı yoktu. Optik büyütme rahatsız edici bile olabiliyordu, ama bu çok gelişmiş cihaz ona güven veriyordu. Bunu kullanması gerekecek miydi? Passan kendine bu tür sorular sormazdı. Son olaylar ona her planın, her manevranın yararsız olduğunu göstermişti.

Bir bere, bir tişört, bir kot pantolon ile bir asker parkası giymiş –hepsi siyahtı–, bir ağaca tünemiş, bir saatten beri gece görüşlü dürbünüyle yaklaşık yüz elli metre uzaktaki terası gözlüyordu. Dürbünün binlerce kez büyüttüğü evin zayıf ışığı, ona Afganistan'da bir operasyondaymış izlenimi veren yeşil bir hale içinde görünüyordu. Aslında etraf, penceresiz bina cepheleriyle, apartman avlularıyla ve bir bahçıvanlık fuarının stantları kadar ürkütücü küçük bahçeleriyle doluydu.

Her şeye rağmen parmağı tetikte, atış pozisyonunda bekliyordu. Onu rahatlatan başka bir şey daha vardı. Yeniden silahlanmak için –tabancasına el koymuşlardı– kişisel cephaneliğine başvurmuştu: Belinde Glock 17, ayak bileğinde Sig SP 2022, belinin arkasına yerleştirdiği Eickhorn bıçak. Yanına ne telefon ne GPS ne balistik bilgisayar almıştı – modern teknolojik cihazlarla saptanabilecek hiçbir şey.

Guillard'ı, savaşçı terminolojisiyle donanımlı, dikkatli, tehlikeli –zekâsı ortalamanın çok üstünde olan– bir düşman olarak kabullenmeye karar vermişti.

23.30. Terasta dikkat çekici bir şey yoktu. Evin içi de sakindi. Bununla birlikte avı oradaydı, pusuya yatmış zararlı bir böcek ka-

18. Hassas atışlar için kullanılan, kalibresi 7,62x51 mm olan modüler bir tüfek. (ç.n.)

dar kurnazdı. İçgüdüsel olarak bu gecenin bir eylcme sahne olacağını hissediyordu.

Naoko'yla yaptığı o kafa karıştırıcı görüşmeden sonra, piyano dersini es geçerek, doğrudan çocuklarla akşam yemeği yemişti. Çocukları yatırmış, onları, salonda sehpanın üstündeki monitörlerin karşısında oturan Fifi'ye emanet etmişti. Kameralar çalışıyordu. Mikrofonlar çalışıyordu. Dışarıda da polisler çalışıyordu... Villa dokunulmazlığı olan bir kaleye dönüşmüştü. En azından o öyle olduğunu umut ediyordu.

21.30'da hazırlanmıştı. Fifi spor çantasını ve tüfek kılıfını görünce yüzünü buruşturmuştu.

– Tam olarak nereye gidiyorsun?

– Kaygılanma.

– Görüş alanımdan çıktığın anda kaygılanırım.

– Çocuklara göz kulak ol. Senden tek istediğim bu.

22.00'de Neuilly-sur-Seine'in sessiz koyu karanlığına ulaşıyordu. Chezy Meydanı dolaylarında üstünü değiştirmiş ve ilk tur için harekete geçmişti.

Guillard'ın malikânesi iki yanında villalar ve koyu renkli apartmanlar bulunan bir caddenin en sonundaydı. Maymuncuğu sayesinde Olivier ilk parmaklığı aşmış ve park etmiş arabaların arkasına gizlenerek ilerlemişti. Görevdeki iki polis oradaydı, bir sokak lambasının altında, beklemekten sıkılmış bir halde sigaralarını tüttürüyorlardı. Ne olursa olsun bu işi onlarsız yapacağını anlamıştı. Artık leşçilin yöntemini biliyordu. Aubervilliers'de, binaların arkasındaki otoparktan kaçmıştı. Evinde de buna benzer bir çıkış olmalıydı.

Passan villanın çevresinde bir tur atmış, sonra iyi bir görüş açısına sahip bir yer bulmak için bahçelerde, avlularda keşif yapmıştı. Sonunda, bahçe duvarının üzerine doğru sarkan bir kestane ağacı bulmuş, yeşil dalların arasına girmişti. Bulunduğu yerden mükemmel bir görüş alanına sahipti.

Bina tek katlıydı. Birkaç hafta önce arama yapmak için eve gelmişti. İçi çok hoşuna gitmişti. Beyaz duvarlar. Balkonu ve korkuluğu olmayan dikdörtgen pencereler. Dizayn mobilyalarla çekici kılınmış, sade odalar. Bütün odalar, bahçe mobilyaları ile beyaz kumaştan geniş bir güneşliğin bulunduğu tik ağacından bir terasa açılıyordu. Tüm bunlar bir derginin sayfalarından fırlamış gibiydi. Passan; Guillard'ın villanın iç dekorunu bir profesyonele yaptırdığını tahmin ediyordu. Katilin kişisel olarak buna bir katkısı olmamıştı. O başka bir âlemde yaşıyordu. Gerçekle alakası olmayan, karanlık ve korku dolu bir dünyada. Yıkık dökük bir kulübede veya bir hapishane hücresinde de yaşayabilirdi.

Dürbünüyle yeniden baktı. Hâlâ bir şey yoktu. Sağdaki odanın penceresinde ışık vardı ama kapalı stordan içerisi görünmüyordu. Öğleden sonraki kovalamaca belki de hayvanı sakinleştirmişti. Ama hayır. Kendine karşı öfkesi, intikam tutkusu –ya da öldürme içgüdüsü– onu dışarı çıkmaya zorlayacaktı. Kana susamış bir vampirdi. Taze et peşindeki bir yırtıcıydı.

Gece yarısı olmak üzereydi. Bedeninde tutulmalar başlıyordu. Aklına hep aynı soru geliyordu: Bu gece herhangi bir kanıt olmadan, sorgusuz sualsiz Guillard'ı öldürecek miydi? Peki sonra? Bir daha aynaya bakabilecek miydi? Zaten onu kuduz bir köpek gibi gören Naoko ne düşünecekti?

Naoko.

Bahçedeki konuşma dengesini bozmuştu. O küçük toprak parçasında hiç bu kadar güçlü bir Japonya havası hissetmemişti. Sanki karısı, sonunda ona Zen bahçelerinin *fusei*'sini açan anahtarı vermişti. Altın parıltılı, esmer renkli yosunlar ve pırıltılı çamlar arasında, *oraya* gitmiş gibi hisse kapılmıştı. Kyoto'nun üstündeki Kiyomizu-dera Tapınağı'nda fotoğraf çektirdikleri döneme.

Naoko barışmak için gelmişti. Ama her zamanki gibi, düşündüğünün onda birini bile söylememişti. Ona kızmıyordu: Onun sessizliğinin altında hep başka bir sessizlik vardı. Belki de hiçbir zaman açığa çıkamamış, kendine özgü bir yoğunluğu olan karanlık bir bölge. Bu akşam, taşların üstünde yürürlerken onlara eşlik eden de bu sırdı.

İlişkilerinin başlarında, Passan, zıpırlık olsun diye ona "En fazla sevdiğim yanınız ruhunuz" demişti. Elbette yalan söylüyordu. Böyle bir güzellik karşısında, buna şüpheyle yaklaşmayacak tek bir erkek olamazdı.

Buna karşılık Naoko da, "Yanılıyorsunuz. Benim ruhum karanlıktır" diye cevap vermişti. Çok sonra, Naoko ilginç olmak için böyle bir cevap verdiğini itiraf etmişti.

Bununla birlikte, bilmeden de olsa, her ikisi de gerçeği söylemişti. Naoko gerçekten de son derece karanlık bir ruha sahipti – sanki ruhu, kozmik bir delik gibi bütün ışıkları soğuruyordu. Ve Passan'ın da tutkuyla sevdiği şey –tıpkı Naoko'nun ipeksi ölüm yansıları olan saçlarında kaybolmayı sevdiği gibi– bu koyu karanlıktı.

Birden yüreği hopladı. Terastan bir siluet geçmişti, ama o denli hızlı geçmişti ki, insan hayal gördüğünü sanabilirdi. Evin içinde kımıldayan bir şey yoktu, pencerelerinde hâlâ ışık vardı. Ne bir kapı ne de pencere sesi duyulmuştu.

Passan dürbününü sımsıkı tuttu ve bahçeyi taradı. *Doğrulandı.* Bir gölge ağaçların arasına giriyordu. Çevre duvarına tırmanıyordu. Duvarın tepesine ulaştığında ay ışığı, bir bıçakta yansır gibi sırtını yaladı. Guillard. Tepeden tırnağa siyahlar giymişti. Onunkiyle aynı amacı taşıyan bir komando kıyafeti.

Diğer tarafa atladı, gözden kayboldu. Sonra yirmi metre uzakta, bir apartmanın bahçe avlusunda yeniden ortaya çıktı. Passan onun yürüyüşünü tanıdı. Doğumcu, gecenin krallığına doğru yola çıkmıştı.

Polis yanağını silaha yasladı, ama işaretparmağı tetiğe dokunmadı.

Bunun için burada değildi. Avını takip etmek ve onun içindekini keşfetmek için buradaydı.

Doğruldu, modüler tüfeğini yerleştirdi, duvarın üstüne inmek için bir bacağını uzattı. Bir ip cambazı gibi hızlı ve sessiz bir şekilde duvarın üstünde ilerledi. Kafasını kaldırıp baktığında Guillard'ın ortalarda olmadığını fark etti. Passan duvarın diğer tarafına kendini bıraktı ve koşmaya başladı.

54

Passan yarım saatten beri, A86'da birkaç araba geriden Guillard'ı takip ediyordu. Farlar, sokak lambaları, tabelalar geceyi yırtıyordu. Ama üstündeki koyu karanlık çok daha güçlüydü; Passan kendini kapkara ve yoğun bir magmanın içine dalmış gibi hissediyordu.

Katil Inkermann Bulvarı'na ulaşmak için sokak labirentinde ustaca ilerlemişti. Bir uzaktan kumanda çıkarmış ve bir cenaze arabası kadar siyah ve parlak, muhteşem bir S serisini uykusundan uyandırmıştı.

Böyle bir şeyi tahmin eden Passan, Subaru'sunu Mercedes'in hemen yakınına park etmişti. Malzemelerini bagaja koydu ve yola çıktı. Guillard hız limitine sadık kalarak acele etmeden yol alıyordu. Polis, bu mesafeden bile onun sakinliğini, soğukkanlılığını hissedebiliyordu. Emin olduğu bir şey vardı: Eğer karşı karşıya gelirlerse, bu kez katil paniklemeyecekti.

Nanterre. Genevilliers. Doğumcu av alanına, Seine-Saint-Denis'ye doğru ilerliyordu. Ama tuhaf bir şekilde, Chapelle Kapısı'na uzanan çevreyoluna sapmak yerine Sen Nehri'ni aşmayı, batıya doğru gitmeyi ve Hauts-de-Seine'in içinden geçmeyi tercih etmişti. Passan da onunla aynı hızda gitmeye çalışıyordu ve bu sakin seyir sinirlerini bozuyordu.

Bütün dikkatini dümdüz uzanan yola vermiş, banliyönün karanlık ovasını keşfediyordu. Görünmez fabrikalardan, gümüşi duman bulutları, dilek mesajlarını andıran motifler çizerek gökyüzüne yayılıyordu. Tekerleklerinin altındaki toprak, mesafesi sanayileşme yüzyıllarıyla ölçülen, uzak bir galaksiye dönüşecek kadar gerçekliğini yitiriyordu.

Guillard, doğruca Saint-Denis'ye giden D986'ya girmek için

otoyoldan çıktı. Nehrin diğer yakasına ulaştılar. Birden katil hızlandı, anayoldan ayrılıp dar sokaklardan oluşan bir labirente daldı. Olivier, fark edilip edilmediğini anlamaya çalışarak ona ayak uydurdu. Kemerlerin lambaları sanki başının üstünde ıslık çalıyordu. Guillard dönüyor, hızlanıyor, bir daha dönüyordu. Arabasını takipçisini atlatmak isteyen birinden ziyade rasgele sürüyordu. Kesinlikle gideceği yere gidiyordu.

Passan onu hep belirli bir mesafeden takip etmeye çalışıyordu. Ne levhaları okumaya ne de nerede olduğunu anlamaya zamanı vardı. Bir anda, hiç bilmediği bu mahallelerde herifin onu atlatıp ortadan kaybolabileceği aklına geldi. Pütürlü sert taşlardan yapılmış evlerden oluşan adacıkları arkalarında bıraktılar; demirden gözkapakları gibi inik kepenkli dükkânlar boyunca ilerlediler; artık kullanılmayan, modern yapılarla dolu, kamu binalarının bulunduğu mahallelerden geçtiler.

Sonra bomboş büyük arterlerden. Antrepolar, fabrikalar, hangarlar... Guillard hiçbir ışığa riayet etmeden saatte yüz kilometre hızla gidiyordu. Passan da aynı hızla, ancak farları sönük bir şekilde –sokak lambaları etrafı gündüz gibi aydınlatıyordu– onu izliyordu.

Manzara yeniden değişti. Geniş araziler. Kullanılmayan sanayi alanları. Guillard sola saptı ve bir toz bulutunun içinde kayboldu. Yol asfalt değildi. Passan da aynı manevrayı yaptı, yolda kaydı, sonra toparladı. Hızını koruyordu, ancak artık hiçbir şey görmüyordu.

Birden frene bastı. Toprak yolda enlemesine durmuş, tozdan beyaza bulanmış Mercedes'le az kalsın çarpışıyordu. Motoru çalışır halde bırakarak Subaru'sundan indi. İki eliyle Glock'unu doğrultarak yaklaştı. Kafasından bir sürü varsayım geçiyordu: Katil arabasının kontrolünü kaybetmişti. Bir şeye çarpmıştı. Bilincini yitirmişti...

Passan biraz daha yaklaştı. Kapı açıktı, şoför mahalli boştu.

Çevresindeki toz bulutları yok olmaya başlıyordu. Başını çevirdi ve demir parmaklıkları gördü. Biraz ötesinde, Georges-Pompidou Merkezi'ni çağrıştıran, ancak demir, ışık ve dumandan oluşan bir sanayi kompleksi gördü. Bir çekicin düzenli aralıklarla çıkardığı sesi andıran büyük bir gürültü işitiliyordu. Sanki insanın sinirleriyle doğrudan rezonansa girmek için topraktan fışkıran bir gürültüydü. Polis savaş alanının yer değiştirdiğini anladı. Guillard yer yer ışıklarla bezeli büyük gemiye doğru yürüyordu.

Tabancasını kılıfına soktu ve parmaklıklara tırmanmaya başladı. Üstünden geçip diğer tarafa yuvarlandı. Guillard gözden kaybolmuş, bu devasa tesis tarafından yutulmuştu. Eğimli rampalar, bacalar, silolar...

Çekiç toprağı dövmeyi sürdürürken Passan fabrikaya doğru ilerledi. Hızlı ve ihtiyatlı adımlarla yürürken tellere, döküntülere çarpmamaya, çukurlara düşmemeye dikkat ediyordu.

Guillard hâlâ görünürde yoktu.

Sol tarafından metalik bir ses geldi. Bir tren –daha doğrusu, otların altına gizlenmiş rayların üstünde yalpalayarak ilerleyen, penceresiz vagonlardan oluşan bir katar– yaklaşıyordu. Katarın geçmesini bekledi, sonra biraz daha hızlanarak yeniden koşmaya başladı. Kompleks yüz metreden daha uzun değildi. Brülörlerden gecenin karanlığına akkor halinde geğirtiler fışkırıyordu. Bacalar, dumanı tüten yıkıntıları andırıyordu. Kulelerin, tankların üstündeki ışıklı noktalar gökyüzüne işaret yolluyordu. Ve ahenkli gürültü devam ediyordu: bom-bom-bom-bom...

Biraz yavaşladığı sırada, Guillard'ı bir silonun etrafını kuşatan sarmal bir merdivenin üstünde gördü. Siyah giysisi ve kel kafasıyla, vaiz kürsüsüne tırmanan bir rahibi andırıyordu. Ama tam o esnada bir ayrıntı dikkatini çekti: Guillard nitril eldivenlerini giymişti.

Passan yeniden tabancasını çıkardı ve namluya mermi sürdü. Guillard onu yeni bir cinayet mahalline götürüyordu.

Demir parmaklıklı aralık bir kapı buldu. Devasa kökleri andıran boruların arasına daldı. Kaybolmuştu. Kesif, boğucu, pis bir koku boğazını yaktı. Beresinin –Özel Harekâtçıların kullandığı bir kar maskesi– kenarlarını indirdi, göz deliklerini ayarladı ve koşmaya devam etti. Sonunda silonun dibindeki basamakları buldu, tırabzana tutundu ve çıkmaya başladı. Adımları basamakları titretiyordu. Doğru merdivende olup olmadığını bilmeden silindirin etrafında tam bir tur attı.

Sanki bir cevap gibi, Guillard iki halka yukarda ortaya çıktı. Passan, maskenin akrilik ilmiklerinin altında havasızlıktan boğulacak gibi olurken yeniden hareketlendi. Bir tur daha attı ve üst kata ulaştı. Kimse yoktu. *İyi bak.* Doğumcu bir köprünün üstünde koşuyordu. Başka bir rezervuar kulesi. Soluğu kesilmişti, ciğerleri yanıyordu, o da köprüye ulaştı.

Biraz nefes almak için kar maskesini açtı. Ama daha kötü oldu. Havada zehir gibi bir koku vardı. Maskeyi yeniden indirdi ve Guillard'ı başka bir köprüden geçerken gördü.

Kel kafası, Mao yaka gömleğiyle oradaydı. Beyaz toza bulanmıştı.

Onu bekliyordu.

Passan gayriihtiyari silahını doğrulttu ama hayalet çoktan gözden kaybolmuştu. Passan da ileri doğru atılarak köprüyü geçti. Köprünün diğer ucunda, karşısına bir sürü yol çıktı. Sağa yöneldi ve borulardan oluşan bir ormanın içine daldı. Bir savaş kruvazöründeki gibi üstünde büyük çarklar bulunan boruları arkasında bıraktı. Artık köklerin katında değil, toplardamarların ve atardamarların bulunduğu kattaydı.

Aralık bir kapı vardı. Duvara yansıyan alevlerin ışığını gördü...

– Hayır! diye boğuk bir sesle bağırdı. HAYIR!

Yeni bir kurbanla karşılaşmaktan korkarak içeri girdi.

Ama gördüğü şey onu şaşırttı.

Borularla dolu büyük bir odada, Guillard çırılçıplak bir halde bağdaş kurmuş oturuyordu. Hareketsizdi, bir benzin birikintisinin ortasında yanıyordu. Kafasının çevresinde alevlerden bir hale oluşmuştu. Bedeni, turuncu ve siyah bir parıltının içinde çıtırdıyordu. Olivier'nin gözünün önüne, 1963 yılında Saygon'da kendini yakan Budist rahibin o ünlü fotoğrafı geldi.

Silahını kılıfına soktu ve Guillard'ı söndürmek için bir şeyler bulmaya çalışarak alevlere doğru yaklaştı. Parkasını çıkardı ve var gücüyle alevler içindeki bedene vurdu. Duman arttı, ama alevler azaldı. Hiç acı hissetmeden katili alevlerin arasından çekip çıkardı. Adam yanmaya devam ediyordu.

İnatla devam etti, ateşi az çok söndürmeyi başardı. Diz çöktü ve Guillard'a kalp masajı yapmaya çalıştı. Dumanı tüten gövdeye dokununca elleri yandı. Parkasını alıp kollarına sardı ve masaja devam etti.

Passan artık düşünemiyordu. Çıplak ve kapkara olmuş düşmanını hayata döndürmek için iki eliyle Guillard'ın göğsüne mekanik hareketlerle vuruyordu. Doğumcu birden doğruldu, Passan'ı ensesinden yakaladı ve sarılmak ister gibi kendine çekti. O anda da tükürdü. Dudaklarının arasından alev fışkırdı. Passan'ın gözlerinin önünde birden beyaz bir perde oluştu. Yüzü kavruldu.

Bağırmaya bile fırsat bulamadan bir top gibi yuvarlandı. Sanki bir lav gölüne girmişti, kör edici baloncuklar yüzünü kemiriyordu. Duyduğu ıstırap acının da ötesindeydi; çenesini kilitleyen de bu acıydı.

Passan, o acının arasında Guillard'ın, düşmanına püskürtmek için, bir ateş yutucu gibi ağzının içinde benzin sakladığını anladı.

Erdişinin tuzağı.

Alev-insanın...

55

– Bana bunu nasıl yapabildin? diye bağırıyordu Naoko.

Passan onu anlamakta zorluk çekiyordu. Öfkenin biraz daha bozduğu aksanı nedeniyle. Hastaneye gelir gelmez verilen morfin ve kafasını saran bandaj nedeniyle. Ama şuuru hâlâ yerindeydi: Elektrikli metal karyolasının önünde volta atan Naoko'yu görüyordu.

Ondan birazcık merhamet beklemek anlamsızdı.

– Bana hep yalan söyledin! Beni hep aptal yerine koydun!

Passan kımıldamıyordu. Yüzü, ağrı kesici pomat sürülmüş tül bandajla kaplıydı. Guillard'ın ateş öpücüğünü söndürdükten sonra bayılmıştı. Kendine geldiğinde bir ambulanstaydı – alarm sisteminin devreye girmesiyle harekete geçen fabrika bekçileri, olay sona erdikten birkaç saniye sonra onu bulmuşlardı. Patrick Guillard ise çoktan ölmüştü.

Passan doğrudan Nanterre Max-Fourestier Hastanesi'ne götürülmüştü. Doktorlar ona yanıkların yüzeysel olduğunu, ancak kırk sekiz saat gözlem altında kalması gerektiğini söylemişlerdi. Olivier bir tepki vermemişti; kendini orta ateşte pişmiş bir et gibi hissediyordu.

Şimdi, kolunda serum, üzerinde yeşilimsi hasta önlüğüyle, kafası bir mumya gibi sarılıydı ve karşısında gidip gelen Naoko'ya bakıyordu.

Bu boş hastane odasında, sete bir gün önce gelmiş bir aktrise benziyordu. Dekor henüz yerleştirilmediği halde o kostümlüydü. Çevresinde duvarların sefilliğinden, süpürgeliklerin pisliğinden, tavandaki kabarmalardan başka bir şey yoktu. Hemşireler ışığı söndürmüştü – storlardan içeri, ağarmakta olan günün ölgün ışığı sızıyordu. Saat altı civarıydı.

– Aslında, paranoyak bir pislikten başka bir şey değilsin.

Şaşkınlıkla, sahnedeki anlaşılması güç yanlışlığın tadını çıkarıyordu. Yine sinema. Naoko'ya bir rol vermişlerdi, ama o metni şaşırmıştı. Kahraman kocasının yaraları için kaygılanacağına ona hakaretler ediyordu.

Bir tür sis bulutunun içinde, Passan onun siyah saçlarına duyduğu tutkunun azaldığını fark etti. Naoko ise hâlâ başı önde, elini kolunu oynatarak, elektrik şokuna maruz kalmış gibi sarsılarak yürüyordu.

Passan durumu yumuşatmak istedi:

– Desteğin için teşekkür ederim.

– Desteğim mi? dedi Naoko cevap olarak. Karanlıkta son derece solgundu.

Yeniden odanın içinde dolanmaya başladı. Passan azar işitmeyi hak ediyordu. Naoko'yu asıl öfkelendiren, ne gecenin bir yarısı çağırılmak ne de kurtarılan kocasının bir sanayi kompleksinde, yanmış bir hermafroditin yanında bulunması olmuştu. Sebep Fifi'ydi.

Fifi onu kaldığı otelde bulmuş ve korkunç açıklamalar yapmıştı. Sonunda, kan alma olayından da bahsetmişti. Naoko, çocuklarının kanını almak için üst üste birkaç gece evine bir adamın girdiğini öğrenince öfke patlaması yaşamıştı. Geriye dönük olarak bir tür korku nöbeti geçirmişti, şimdi de Passan'a öfke kusuyordu.

Passan sonunda elini kaldırdı – söz istemek için bir mola işareti:

– Seni anladığımı sanıyorum. Şimdi oteline dön ve dinlen.

Sesi boğuktu.

– Dinleneyim mi? Aklını mı kaçırdın sen?

– En azından dene. Bu akşam evde kalma sıranı geri alman gerekiyor.

– Sıramı... Gerçekten sen iyi değilsin.

Aklına yeni bir fikir gelmiş gibi metal dolaba doğru gitti ve Passan'ın kararmış giysilerini karıştırdı. Bu bile odanın içine mide bulandırıcı, yanık kumaş ve soğumuş kül kokusu dolması için yeterli oldu.

Genç kadın yarı muzaffer, yarı dokunaklı bir edayla anahtarları sallayarak ona doğru döndü:

– Artık eve adımını atmayacaksın.

Naoko'nun evle ilgili ayrıntılara dört elle sarılması, onun uçurumun kıyısında olduğunun işaretiydi. Passan sık sık, yıkanacak bir sürü çamaşırın veya buzu çözülecek bir buzdolabının

Naoko'yu seppuku yapmaktan kurtardığı hissine kapılırdı.

– Fifi'ye gelmesini söyleyebilir misin? dedi Passan akordu kaçmış sesiyle.

Naoko duraksadı. Yüz hatlarındaki öfke silinir gibi oldu. Teni Japon ahşap maskları gibi soluk, neredeyse sarımsıydı. Bu gibi anlarda, ifade yerine birkaç basit çizginin yerleştiği yüzü, bir kâğıt yaprağı gibi dümdüz olurdu.

– Bana her şeyin sona erdiğine dair yemin eder misin? diye düşük oktavlı bir sesle sordu. Çocukların artık bir şeyden korkmasına gerek olmadığına?

– Yemin ederim.

Yarı aydınlıkta, Naoko'nun dudaklarının titrediğini görebiliyordu.

– Uyumaya çalış, diye mırıldandı Naoko, yerdeki çantasını alırken.

Kapı kapandı.

Bu mekânda hastaneye yatmış olmasının komik bir yanı vardı. Aslında, burayı Nanterre Yurdu olduğu zamanlardan biliyordu. O dönemde bu yurda Paris'in batısında ve Hauts-de-Seine'de yaşayan bütün evsizleri, dilencileri ve sefilleri toplarlardı – ya da daha ziyade burada alıkoyarlardı. Başka bir çağa ait bir sürü tuhaflığın onlarca yıl sürdürüldüğü, korkunçluğuyla efsaneleşmiş bir yerdi.

Hauts-de-Seine'deki yurtlardan sorumlu Sosyal Hizmetler Müdürlüğü'ne bağlı ekipler her yıl burada sağlık taraması yapardı. Olivier zemini karo kaplı salonları, taş tonozları, açık galerileri hatırlıyordu. Doktor odasının kapısında, üzerinde donla sıra beklerken kemiklerini donduran soğuğu da. Kendilerinden geçmiş bir halde mastürbasyon yaparken yüzlerini pencereye dayayan dişsiz, sanrılı pansiyonerleri de.

Kapı açıldı, Fifi dağılmış bir halde odaya daldı. Passan onun küçülmüş gözbebeklerini fark etti. Bazılarının stres altında sigara içmesi gibi, Fifi de eroin mi kullanıyordu?

– İyi misin? diye sordu Fifi, sinirli bir tavırla.

– İyiyim.

– Naoko beni görmek istediğini söyledi.

– Sadece bir yardım istiyorum. Bana kapalı kasa bir minibüs bulman gerekiyor.

– Minibüs mü?

– Evdeki bütün monitörleri topla. Naoko'nun ekranları görmesini istemiyorum. Süper Mario'yu çağır, onları minibüse yerleştirir.

Bütün kuralları hiçe sayarcasına, Fifi'nin parmaklarının arasında yanan bir sigara vardı.

– Anlamıyorum. Kamera takibini sonlandırmıyor muyuz?

– Emin olmak istiyorum.

– Bunu yapan Guillard değil mi yani?

– Hiçbir şey bilmiyorum. Onu bağdaş kurmuş bir Budist rahip gibi ızgara olurken gördüğümde, artık daha fazla tahammül edemediği anladım. Tuhaf bedenine, öldürme arzusuna, er ya da geç onu yakalayacak olmamın verdiği korkuya katlanamıyordu... Ölmek ve aynı zamanda beni de öldürmek istiyordu. Naoko'yu korkutmak değil. Çocuklardan intikam almak değil. Bu olayda ters giden bir şeyler var...

Fifi cevap vermedi. Bu yeni bilgileri sindirmekte güçlük çekiyor gibiydi.

– Örtüşmeyen başka şeyler de var, diye devam etti Passan, gıcırtılı bir sesle. Mesela tarihler. Kan alma işi birkaç hafta önce başlamış. Stains'den çok önce.

– Bunların hepsi biliniyor. Guillard çok daha önceden intikam almaya karar vermiş olmalı.

– Bu onun ihtiyatlı davranışlarıyla örtüşmüyor. Unutma Leïla Moujawad'ı kaçırmıştı. Yapacak daha önemli işleri vardı.

– Yani?

– Gözetime devam ediyoruz.

– Taşınmak istemez miydin?

– Eğer başka biri varsa, adres değişikliğinin bir önemi yok. Levy'den haber var mı?

– Yok. Ya uzaklara gitti ya da toprağın altında.

– Minibüs bulacak mısın?

Fifi eliyle yüzünü sıvazladı, sigarasından bir nefes çekti. Sivilcelerle dolu elmacıkkemikleri doğan güneşin ışınlarıyla parlıyordu. Gözlerinde hummalı bir ifade vardı.

– Çalışacağım, dedi sonunda. Ardından pencereyi açtı ve izmaritini bir fiskeyle dışarı fırlattı.

– Naoko'nun bir şey bilmesi gerekmiyor. Sana güvenebilir miyim?

– Bu çok saçma, onu eve götüreceğim. Salondaki monitörleri, kabloları ve diğer tesisatı görecek.

– Ona her şeyin öğlene kadar kaldırılacağını söyle. Şu andan itibaren gözetleme işi evin *dışından* yapılacak. *Kapiş*?

Fifi inanmasa da başıyla onayladı.

– Ve Naoko'nun yatak odasındaki kamerayı sök. Adamların karımı çıplak görmesini istemiyorum.

– Hepsi bu kadar mı?

– Hayır. Okulun önüne iki polis ve Naoko'yu izlemesi için de adamlar istiyorum. Mekanizmayı güçlendirelim.

– Anlamıyorum. Bu iş hâlâ devam ediyor mu?

– En ufak bir risk almayacağım. Sana güvenebilirim, değil mi?

Fifi, ışığı arkasına alarak yatağa yaklaştı ve Passan'ın omzunu sıktı.

Yollar arabanın ön camından akıp gidiyordu. Yollar, kavşaklar, asma köprüler... Bu bomboş manzara, hiçbir yere gitmeyen ve hiç kimsenin kullanmadığı, gereksiz ve saçma bir otoyol ağını çağrıştırıyordu. Doğan güneş, kirli bakır gibi saflığını kaybediyor ve bulutlara kızıl-kahve bir renk veriyordu. Uzakta, değirmentaşından inşa edilmiş evlerin oluşturduğu adacıklar, tam olarak seçilemeyen binaların meydana getirdiği denizler, kızılımsı ışıkta alev almış ağaçlar gibi gökyüzüne uzanan gökdelenlerin oluşturduğu ormanlar görünüyordu.

Japonya'da otoyollar bir ormanı delip geçiyor, yeşil bir alana tecavüz ediyor, doğayı bozuyormuş gibi bir intiba yaratırdı. Oysa burada, bitki örtüsü çoktan ölmüştü. Yapraklarını dökmüş birkaç ağaç ve küçük çayırlıklar bu dekor içinde yeri olmayan davetsiz misafirlere benziyordu.

Naoko davranışından dolayı pişmanlık duyuyordu. Söylenebilecek en hafif şey, saldırgan tavrının içinde bulundukları durumla örtüşmediğiydi. Çocuklarının babası az kalsın ölüyordu; o ise yalan söylerken suçüstü yakaladığı bir çocukmuş gibi onu azarlamıştı. Fransızcada "Ambulansa ateş edilmez" diye bir deyim vardı. Ama o ambulansı bombayla havaya uçurmuştu.

Passan gözünün önüne geliyordu. Bandajların altındaki siyahlaşmış ve şişmiş yüzü. Aslında ona –ve onun bu güçsüz haline– üzülmüştü. Ama en iyi savunma, her zaman hücumdu.

– Hakkında bir inceleme yapılma ihtimali olduğunu söyledi, doğru mu? diye ansızın sordu Fifi'ye.

– Bu normal bir prosedür. Kaygılanma. Her şey yolunda.

Naoko hıçkırıklarına zorlukla hâkim oldu. Passan hep onun içini rahat ettirmek, yüreğine su serpmek istiyor, gerektiğinde onu çocuk yerine koyuyordu.

– Eve saldıranın o herif olduğundan emin misiniz?

– Kesinlikle.

Fifi, Passan'dan daha iyi bir yalancı değildi. Tehlikenin geçtiğine inanmıyorlardı. Dün gece kendini yakan adamın villaya giren davetsiz misafir olduğunu doğrulayamıyorlardı. Ama şüphelerini onunla paylaşmak yerine blöf yapmaya devam ediyorlardı.

– Yani artık evde herhangi bir sorun kalmadı mı? diye ısrarını sürdürdü Naoko.

Fifi bir kahkaha atarak konuyu değiştirmeye çalıştı:

– Bu senin "sorun"dan ne kastettiğine bağlı.

– Buzdolabımda derisi yüzülmüş bir maymun. Çocuklarımdan kan alan bir vampir.

– Tüm bunlar Guillard'la birlikte öldü ve toprağın altına girdi.

Israr etmenin gereği yok.

– Böyle bir şeyi benden nasıl saklayabildi?

– Ne yaptıysa senin için yaptı.

Naoko soğuk bir kahkaha attı, sonra kesin bir ses tonuyla konuştu:

– Artık bu hayatı istemiyorum.

Bu hayat. Başlangıçta niyet çok kahramancaydı. Passan adalet adına hareket ediyordu. Kötüleri yakalıyor, toplumu koruyor, Cumhuriyet'in değerlerini savunuyordu. Ama bu görev bir mesleğe ve bu meslek de bir uyuşturucuya dönüşmüştü. İyi artık onun için soyut bir değere dönüşürken, Kötü onun her gün karşılaştığı gerçeği olmuştu.

– Çevreyoluna çıkıyorum, sana uyar mı?

Naoko sessizce başını salladı.

Défense semti boyunca yol aldılar. Kimyasal yapısı itibarıyla gazışıl özellikleri bünyesinde barındıran, şist, kuvars ve başka minerallerden oluşmuş bir çöl gibiydi burası. Miadı çoktan dolmuş bir çağın fosilleri.

Saatine baktı. Yediye geliyordu. Pusulası iyice şaşmıştı, bir kez daha Sandrine'i aradı. Çocuklarına bir gece arayla önce Gaïa, sonra da silahlı, alkolik ve uyuşturucu kullanan bir polis bakmıştı. Bir adamı öldürmeye hazırlanan babalarıyla birlikte kalmışlardı. Birazdan da, evde bulunmasının hiçbir geçerli sebebi olmayan Sandrine'in yanında uyanacaklardı. Onlara istikrarlı bir aile sunmaktan daha değerli bir şey olabilir miydi?

Kesin olan bir şey vardı: Ne kadar riskli olursa olsun evden taşınmayacaktı.

Onlara saldıran Guillard olmasa da, bu tehdit sonsuza dek sürse de kaçıp gitmeyecekti. Çocuklarıyla birlikte her şeye göğüs gerecekti. Ve kuşkusuz çevrelerinde başka polisler de vardı. Verdiği sözlere rağmen Passan'ın evi gözetim altında tutmaktan vazgeçmeyeceğine emindi.

Aklına yeniden aynı düşünce geldi. Çocuklarını alıp, bu şiddetten binlerce kilometre uzağa, Tokyo'ya gitmek. Gözleri yaşla doldu, artık manzarayı görmüyordu. Her şey rayından çıkmış, birbirine karışmıştı. Hayır. Bu çözüm değildi. Hiçbir zaman da çözüm olmayacaktı. Kilometreler asla sorunları çözmemişti. Ve zaten istese de kaçamazdı.

Tokyo'ya geri dönmek Pandora'nın Kutusu'nu yeniden açmak demekti.

Araba durdu. Kötü bir rüyadan uyanır gibi bu düşüncelerden kurtuldu. Gözyaşları arasında, villanın bahçe kapısını tanıdı.

– İşte geldik. Son durak, dedi Fifi.

III

Öldürmek

– 1970'li yıllarda Stevie Wonder bir basın toplantısı düzenlemiş. Toplantıya katılan gazetecilerden biri ona, kör olarak doğduğu için üzgün olup olmadığını sormuş. Stevie Wonder kısa bir duraksamadan sonra cevap vermiş: "Çok daha kötüsü de olabilirdi. Siyah olarak da doğabilirdim."

Passan gülümsemeye çalıştı. Ancak bu basit hareket bile bir acı dalgasına sebep oldu. Xylocaïn emdirilmiş bandajların altında, derisi çatlıyormuş gibiydi.

Saat 15.00'ti. Morfinin etkisiyle öğlene kadar uyumuştu. Öğlen pansumanlarını değiştirmişlerdi. Yanık yerleri bir ocaktaki ateş gibi yeniden alev almıştı. Tekrar iğne yapmışlardı. Tekrar uyumuştu. Uyandığında ise Fifi'yi başucunda bulmuştu.

Yardımcısı boş durmamıştı. Bir minibüs bulmuştu. Süper Mario'nun yardımıyla Naoko'nun odasındaki kameraları sökmüşler, kontrol monitörlerini, villanın birkaç metre uzağına, Cluseret Sokağı'na park edilmiş minibüse taşımışlardı. İki polis monitörleri izleyecekti. Başka iki polis de mahallede nöbet tutacaktı. Lefebvre, Fifi'yi desteklemişti. Her şey tersine dönmüştü; bundan böyle, Passan'ın istekleri birer emirdi.

Yatağın yanına, elinde sigarasıyla oturan yardımcısı konuşmaya devam ediyordu. Rock söz konusu olduğunda saatlerce konuşabilirdi.

– Keith Richards'ın günümüz müzisyenleri hakkında ne dediğini biliyor musun?

– Hayır.

– "Bizi gülünç duruma düşürecek herifler nerede? Ben sadece platinlerin arkasında duran kelleri görüyorum."

Passan daha inandırıcı olmaya çalışarak gülümsedi.

– Tüm bunlar moralimi yükseltmek için mi?

– Sadece sıkıntılarını gidermek için.

Passan başını salladı. Pansumanların altında boğulacak gibi oluyordu; sargı bezi etine yapışıyor, morfin sinirlerini keçeleştiriyordu. Odanın içindeki siyah, eğik gölgeler cam gibi keskin, göz kamaştırıcı ışık parçalarına meydan okuyordu.

Gözlerini kapatınca daha kötü oldu. Guillard'ın ateşler içindeki yüzünü görmediğinde, kükürt gözlü iblisler beyninin derinliklerinde çağanoz gibi ilerliyordu. Bu saçma saplantılardan kurtuldu ve yeniden Fifi'nin verdiği bilgileri değerlendirmeye çalıştı.

Anlattıklarının hepsini ya da hemen hemen hepsini kafasından geçiriyordu. Guillard'ın cesedi Paris Adli Tıp Enstitüsü'ndeydi. Savcı ve Yargıç Calvini, Neuilly'deki evi için arama kararı çıkartmıştı. Hiçbir şey bulamamışlardı – bu da Passan'ı pek şaşırtmamıştı. Şimdi Guillard'a ait her servis istasyonunun –özellikle de genel merkezdeki ofislerin– aranması öngörülüyordu. Ama Passan buralardan da bir şey çıkmasını beklemiyordu.

Kaderin cilvesi: Ölümünden sonra Guillard, dört genç kadını öldürmekle değil, bir başkomiseri taammüden öldürmeye teşebbüsle suçlanıyordu. Ve bu dava, şimdilik sadece onun tanıklığına dayanıyordu. Oysa hiçbir şey net değildi. Guillard'a iki yüz metreden fazla yaklaşmaması gerekirken Passan'ın onun peşinde ne işi vardı? Randevulaşmış mıydılar? Kim kimi çağırmıştı? Yanmış ve can çekişmekte olan Guillard'ın hasmının suratına benzin püskürtmesi akla yatkın mıydı?

Kesin olan bir şey vardı: İkisinin bulunduğu yerde hiç yanıcı maddeye rastlanmamıştı. Öyleyse bu taammüden bir eylemdi. Ama kim kimi tuzağa düşürmüştü? Şimdilik Passan'ın anlattıkları –yüzündeki yanıklar bunu doğruluyordu– itibar görüyordu.

Bir ölünün sessizliğine karşı hayatta kalmış birinin sözleri...

Villanın davetsiz misafiriyle ilgili pek bir sonuç alınamamıştı. Maymun ticareti hakkında yapılan araştırmalardan hiçbir şey çıkmamıştı. Çocukların kanlarının hangi teknikle alındığına dair bir şey bulunamamış, daha önce bu işi yapmış olma ihtimali yüksek bir kan hırsızı arama çabaları da sonuçsuz kalmıştı. DNA analizlerine gelince, Passan ailesine ait izlerden ve Gaïa'nınkilerden başka bir şey bulunmayacağına dair rahatlıkla iddiaya girebilirdi.

– Bir keresinde Clash'ın gitaristi Joe Strummer'ın ayağının üstünden arabayla geçmiştim, sana anlatım mı?

Passan kaçamak bir hareket yaptı. Fifi anlatmaya başladı ama Passan onu artık dinlemiyordu. Saat 13.00 sıralarında, biraz kendine geldiğinde, Naoko'yla konuşmuştu. Genç kadın her gün yaptığı gibi çocukları okula bırakmış, sonra da işe gitmişti. Peşinde onu adım adım takip eden iki polis olduğundan, evin sürekli gözetim altında tutulduğundan habersizdi. Passan resmi açıklamayı sürdürüyordu: Zanlı ölmüştü, bütün tehditler ortadan kalkmıştı.

Biraz gecikmeyle de olsa, Fifi'nin ayağa kalkmış olduğunu fark etti.

– Gidiyor musun?

– Akşama uğrarım. Televizyonu açmamı ister misin?

Passan bu teklifi suratını asarak reddetti. Bu kadar ilgi, kendisini daha da güçsüz hissetmesine neden oluyordu.

– Levy'den haber var mı? diye sordu, Fifi odadan çıkmadan.

– Yok. Adli soruşturma başlatıldı. Bir yerlere tüyüp tüymediğini saptamak için banka hesapları incelenecek.

– Eğer tüydüyse, bunun önlemini almıştır.

– Kesin olan hiçbir şey yok.

– Peki ya öldüyse?

– Cesedi bir yerlerden çıkar. Düşmanları araştırılıyor.

– İşiniz var.

Fifi işaretparmağını şakağına dayayıp kovboy selamı verdi ve odadan çıktı. Passan odada yalnız kaldı. Burada zaman öldürmekten başka yapacak bir şey yoktu. Bu zaman da ancak düşüncelere dalarak tüketilebilirdi. Gözlerini kapadı. Kafasının içinde yeniden flaşlar çakmaya başladı. Sanki sürekli bir bombardımana maruz kalıyordu.

Bir gürültü onu uyandırdı. Birkaç saniye boyunca nerede olduğunu ve ne duyduğunu anlamaya çalıştı. Ardından da, iç karartıcı ikindi ışığıyla dolmuş odayı fark etti. Demek ki birkaç saat uyumuştu. Odanın içinde yankılanan titreşimi duydu – cep telefonunun sesiydi.

Başucu masasının üstünde yanıp sönen ekranı fark etti.

– Alo?

– Benim, Fifi. Levy'den haber var.

Passan çocukken yaşadığı Noel arifelerini hatırladı. Yatağına yatar, gözlerini kapatır ve sabırsızlıkla onu hediyelerden ayıran saatlerin geçmesini beklerdi. Gözlerini yeniden açtığında ise mucize gerçekleşmiş olurdu: Noel Baba gelmiş olurdu. Bugünse, hediyeler bile tamamen değişmişti.

– Onu buldunuz mu?

– Öyle denebilir. 19. Bölge'de, Jean-Jaurès Caddesi'ndeki HSBC şubesinde bulunan kasası az önce açıldı. Dün oraya gitmiş.

Passan bandajlarının altında biriken yağlı terleri hissetti.

– Tam olarak saat kaçta?

– 11.37.

Zonklayan yaralarına, morfin iğnelerine rağmen kafasında bir şimşek çaktı. Dünkü kovalamaca. Guillard ya Stalingrad'da ya da Jaurès'te inmişti. Zaten Guillard ile Levy birbirlerine benziyorlardı. İkisini karıştırmak mümkündü.

– O olduğundan eminler mi?

– Elbette değiller. Şubedeki tanıklara göre adam biraz tuhafmış. Kasketi ve siyah gözlüğü varmış. Onları çıkarmayı reddetmiş.

Hiç şüphe yok: Guillard.

– Şubede ne olmuş?

– Ona kasasını açmışlar.

– Kimliğinden emin olmadıkları bir adama mı? Yüzünü göstermeyi reddeden birine?

– Adamın kendinden emin bir hali varmış. Ve polis kimliği göstermiş.

– Sonra?

– Hiç. Sonra çekip gitmiş, hepsi bu. Eğer o Levy ise ve...

– Guillard'dı.

– Guillard mı? (Fifi hemen tepki vermişti.) Bunu nereden çıkarıyorsun?

– Anlatırım.

Levy somut bir ipucu bulmuştu. Guillard'dan para sızdırmak istemiş, ancak düşmanını hafife alarak büyük bir hata yapmıştı. Guillard onu konuşturduktan sonra öldürmüştü. Ardından da kanıtı almak için bankaya gitmişti.

Hangi kanıt? Hangi belge?

Eldivenler. Levy şu veya bu şekilde, Stains'deki eldivenleri bulmuştu.

– Hey, Olive? Orada mısın?

– Beni iyi dinle, dedi Passan, kararlı bir sesle. Bizimle çalışan üç laboratuvarla temasa geç. Bordeaux. Nantes. Strasbourg. Levy bu son günlerde onlardan analiz talebinde bulunmuş mu, öğren.

– Hangi davayla ilgili? Hangi mahkeme kararıyla?

– Bunun bir önemi yok. Önemli olan onlara ne tür bir örnek yolladığı.

– Neyin peşindeyiz?

– Nitril eldivenlerin.

– Söylemek istediğin...

– Levy onları ele geçirdi. Ama resmi prosedürü uygulamak yerine, bu eldivenlerin dışında kurbanın, içinde ise Guillard'ın DNA izlerinin bulunup bulunmadığından emin olmak istedi. Sonra onları laboratuvarlardan aldı ve Guillard'la pazarlık yapmaya çalıştı. Guillard da onu öldürüp malını geri aldı.

– Jaurès'teki kasadan mı?

Passan onu teyit etme gereği duymadı:

– Laboratuvarlarla temasa geç. Guillard'ın bütün kasalarını aç. Başka kasalar da olmalı. Calvini'yle başının çaresine bak. Ve Stains polisine, Saint-Denis Suç Önleme Birimi'ne haber ver.

– Neden?

– Levy'nin eldivenleri nasıl bulduğunu öğrenmek için. Kapı kapı dolaşmak gerekecek.

– Etraf ısınıyor.

Passan cevap vermedi. Yaşadığı heyecana rağmen, morfin onu etkisi altına almış ve yeniden derin bir uykuya dalmasına neden olmuştu.

58

Saat 19.00. Ders bitiminden sonraki yararsız bir öğretmenler toplantısının ardından Sandrine Dumas nihayet okuldan çıkabilmişti. Villette Kapısı'ndan Maillot Kapısı'na, sonra da Charles-de- Gaule Caddesi'nden Nanterre'e gitmesi yaklaşık bir saat sürmüştü. Savaşçılara özgü, zorlu bir güzergâh. Elbisesini sırılsıklam eden ter. Peruğunu çıkarmasına neden olan kaşıntılar... Tüm bunları bir Haçlı ruhuyla sineye çekmişti. Başkalarına yardım etmek onun misyonuydu. Ölmek üzere olan bir kadın için katlanması zor bir durum...

Bu akşamki hedefi Olive'di. Yıllardan beri onunla arkadaş değildi. Sandrine, Naoko'nun yanında yer aldığında, bazen birbirlerine düşman bile olmuşlardı. Ama Passan'ın bir sırrını biliyordu. Kimsenin bilmediği, hatta Olivier'nin kendinden bile gizlediği bir sır.

1998 yılında Passan bir anda mahvolmuştu. Petites-Écuries Sokağı'ndaki bir binanın çatısında iki hırsızı kovaladığı sırada Sandrine'i aramıştı. Yerinden kımıldayamıyordu. Korkmuş, felç olmuş gibi çinko dama sımsıkı tutunmuştu, aklında tek bir düşünce vardı: Aşağı atlamak.

Sandrine hemen yanına gitmişti. Hizmetçi odalarının bulunduğu kattan Passan'a ulaşmış ve onu içeri sokmayı başarmıştı. Passan konuşamıyordu. Sandrine sadece Passan'ın gıcırdayan dişlerinin sesini duyuyordu.

İşte o zaman iki gerçeğin farkına varmıştı.

İlki: Passan onu aramıştı, çünkü başka kimsesi yoktu. Son derece sıradan bir tanışma olmuştu onlarınki. Bir yıl önce, Sandrine bir gece kulübünden çıkarken saldırıya uğramış ve parası gasp edilmişti. Şikâyetini kayda alan polis de Passan'dı. Akşam yemeği yemişlerdi. Görüşmüşlerdi. Bir şeyleri aşmışlardı. Ama birlikte yapacakları hiçbir şey yoktu. Bununla birlikte sık sık görüşmeye devam etmişlerdi. Sandrine onun en iyi arkadaşı, sırdaşı olmuştu. Her şeyin anlatıldığı ve hiçbir şeyin yapılmadığı bir arkadaş. O bununla yetinmişti.

İkinci gerçek: Kötü geçmişinden kurtulamıyordu, bu panik krizi ciddi bir depresyonun ilk işaretiydi. Emniyet baştabibinden hastalık izni almıştı. Resmi olarak ona kalp yetmezliği teşhisi konmuş ve bir sürü tıbbi inceleme istenmişti. Sandrine onun tıbbi kontrollere giderken tansiyonunun düşük çıkması için betablokörler aldığını anlamıştı. Amirlerinin onu bir depresif olarak bilmesini istemiyordu.

Aylar boyunca onunla ilgilenmişti, onu yedirmiş içirmiş, geceleri başında beklemiş, kollamıştı. Beylik tabancasını saklamıştı. Kaygı girdabına kapıldığında –ya da hiçbir şey yapamaz duruma geldiği anlarda– toparlanması için ona destek olmuştu. Herkes beraber yaşadıklarını düşünüyordu, aslında doğruydu. Ancak ilişkileri hasta-hemşire ilişkisiydi.

Passan yavaş yavaş işine geri dönmüştü. Tünellerde boğulacak gibi oluyor, tuvaletlerde ağlıyor, ofisine kapanıyordu. Bazen çok daha kötü şeyler de oluyordu: Kendini toparlıyor ve kontrol edemediği bir saldırganlıkla ortaya çıkan hiperaktif bir evreye giriyordu. Gece yarısı evden çıkıp gidiyor ve gün ağarırken, donuk bakışlarla, üstü başı kan içinde geri dönüyordu, hiçbir şey hatırlamıyordu. Sandrine dehşete kapılıyordu. Bu güçlü kuvvetli adam, tabancası ve polis kimliğiyle şehir için büyük bir tehlikeydi. Sonra tekrar, o uyuşuk haline geri dönüyor ve Sandrine onu yeniden hazır bebek mamalarıyla beslemeye başlıyordu.

Passan'ın bu durumu hakkında düşünmek için zamanı olmuştu. Sandrine'in çok da orijinal olmayan görüşüne göre, Passan doğduğu andan itibaren hep yalnızdı. Tek başına büyümüş, tek başına hayata tutunmuş, tek başına kendini ispatlamaya çalışmıştı. Bu da, içinde fırtınalar kopsa da, güçlü bir kişiliğe sahipmiş gibi görünmesine neden olmuştu. Artık kuyu kurumuştu. Geriye kalan ise, Passan'ın üstesinden geldiğini sandığı ürkütücü psikolojik bozukluklardan –karanlıktan korkma, ölüm kaygısı, kronik yalnızlık– başka bir şey değildi...

Zaten Ocak 1999'da apar topar Sainte-Anne Hastanesi'ne yatırıldığında da psikiyatrlar aynı sonuca varmıştı. Passan'ın psişik sistemi çökme noktasına gelmişti. *Dibe vurmuştu.* Kuşkusuz bu ani kırılmayı bir olay tetiklemişti. Bunun ne olduğunu anlamak ve başka depremlere karşı önlem almak için artık kendi ruhunun derinliklerine inmesi gerekiyordu. Bir terapi onun kara kutusunu açabilirdi.

Antidepresanlar. Anksiyolitikler. Analiz... Passan ruhunun antikorlarını yeniden canlandırmış ve onları arındırmıştı. İş hayatında şerefini kurtarmıştı. Kimse onun gerçek hastalığı konusunda şüpheye düşmemişti. Özel hayatında ise, yakın arkadaşları onu terk etmiş, Passan da yeniden hayata bağlanma sebebini bulmuştu: Naoko.

Sandrine sonunda hastanenin park alanına girdi. Kampüsün ortasındaki binayı gördü. Asansörde, ter içinde olduğunu fark etti. Yine aynı koku... Parfümünü unutmuştu. Omzunu silkti. Tüm bunlar geçmişte kalmıştı.

Koridor. Sıcak. Eterin, dezenfektanın, idrarın pis kokusu. Saint-Antoine Hastanesi'ne gide gele üstündeki hastane korkusunu atmıştı. Artık, en ufak bir rahatsızlık duymadan bir morgda kamp kurabilirdi.

Passan'ın kapısını vurdu. Cevap yoktu. Bir eliyle kapı kolunu çevirdi, içeri baktı.

– Selam.

Passan tanınmayacak haldeydi. Saçlarının bir kısmı yanmıştı. Kafası pansumanlarla sarılıydı. Yüzünde, başka pansumanların yanı sıra, yeşilimsi gazlı bezler ve beyaz bantlar vardı. Ona sarılmak içinden gelmedi ve ceketini çıkarmadan, yatağın kenarındaki sandalyeye oturdu. Sessizlik onu bunaltıyordu. Çok yakın insanlarla yaşanan sorun, konuşacak bir şey bulamamaktı.

– Bir şeye ihtiyacın var mı? diye sordu, uzun bir sessizliğin ardından, her şeyi göze alarak.

Passan başıyla "hayır" işareti yaptı.

– Ağrın var mı?

Passan bu kez başını her anlama çekilebilecek şekilde salladı.

– Burada uzun süre kalacak mısın?

– Bir gün daha. Sonra pansumanları çıkaracaklar. Yani, öyle umuyorum.

Sanki sesi de yüzü gibi yanmıştı. Sandrine ona son yaşanan olayları veya Guillard hakkındaki düşüncelerini soracaktı. Ama vazgeçti: Her halükârda Passan yalan söyleyecekti.

– Naoko'yu düşünüyorum, diye mırıldandı Passan, sanki bir konu açmak ister gibi.

– Demek öyle, dedi Sandrine alaycı bir ses tonuyla.

– Dün, tüm bunlar olmadan önce, bahçede karşılaştık.

– Şu meşhur Zen bahçesinde mi?

Alaycı ses tonuyla karşılık vermeyi sürdürüyordu. Passan onu işitmiyormuş gibi kendi kendine konuşuyordu.

– Onu gerçekten... güzel buldum.

– Söyleyeceğin başka bir şey yok mu?

Passan bandajların arasından gözlerini Sandrine'e doğru çevirdi.

– Demek istediğim... (Nefesi gazlı bezin dokusundan süzülüyordu.) Radyoda dinlediğin eski bir parça gibiydi. Uzun zaman dinlediğin için artık duymadığın bir parça... Ve sonra bir gün, arabanın direksiyonundayken yeniden duyduğunda ürperdiğin.

– Yani? (Sandrine'in sesi öfke doluydu.) Boşanmaktan vaz mı geçtiniz?

Passan yavaşça elini salladı. Sandrine ses tonunu sertleştirdiği için pişman oldu.

– Tam tersine, diye mırıldandı, Passan. Ama dün, sevmiş olduğum kadını yeniden bulduğum ve yıllardan beri hayatımı bir yabancıyla paylaşmamış olduğum için sevindim.

Yeniden sessizlik oldu.

– Japonya'ya gittiğinde, diye devam etti Passan, iki ruh hali arasında gidip gelirsin. Bazen kendini Mars'taymış gibi hissedersin. Ama akabinde, duyduğun bir cümleyle, karşılaştığın bir ayrıntıyla, Japonlar, tam tersine sanki sana çok yakınmış gibi gelir.

– Nereye varmaya çalışıyorsun?

– Naoko'yla on yıl boyunca bu gelgitleri yaşadım.

– Bu da onun cazibesinin bir parçası.

Passan birkaç sözcük homurdandı, sonra daha anlaşır bir şekilde ifade etti:

– Onu en son yaklaşık iki yıl önce öptüm. Ve sanki kendi elimi öpüyormuşum gibi bir hisse kapıldım.

Sandrine ona doğru yaklaştı ve günah çıkarma kabinindeki bir rahip gibi konuştu:

– Bütün bunları neden kafana takıyorsun bilmiyorum... Açık yüreklilikle söylemek gerekirse, başka sorunlar var. Dinlenmen lazım, sen...

Sustu. Passan'ın yüzü bir anda çökmüş, çenesi göğsüne düşmüştü. Uyuyordu. Bu görüntü Sandrine'de şok etkisi yarattı: Sanki Passan ölmüştü.

Çantasını aldı, ayağa kalktı, birkaç saniye hareketsiz durdu. Ne anlayış ne de merhamet duyuyordu.

Sadece tek bir gerçeği görüyordu: Passan planı için bir engel teşkil etmeyecekti artık.

– Babam televizyonu odaya koymuştu!

– Baban istediği gibi yapabilir, ama benimleyken televizyon salonda duracak. Yatak odası uyumak için!

Naoko'nun onlarla Japonca konuşacak takati yoktu. Yeniden gülümsemeye başlayan Hiroki'nin yanına gitti.

Shinji banyonun kapısında belirdi.

– Babam iyi mi?

– Çok iyi.

– Onu görmeye gidecek miyiz?

– O gelecek. Yarın hastaneden çıkıyor.

Shinji başını salladı, diş fırçası ağzındaydı. Naoko ona baktı: Mavi havlu kumaştan pijamalarıyla, kurbağa ve nilüfer desenleri olan duş perdesinin önünde duran küçük bir siluet. Naoko her seferinde aynı hayranlığı duyuyordu. Bütün engellere rağmen bunu başardığına inanamıyordu. *Mucize.*

– Hadi bakalım, yatağa! dedi, heyecanını bastırarak.

Shinji yatağına atladı, ardından bir sürü öpücük geldi. Naoko bu akşam çocuklarla bir anlaşmaya varmıştı. Hep yaptıkları gibi masal anlatmak yerine, onlara on beş dakika televizyon izlemeyi önermişti. Şaşıran çocuklar bu teklifi coşkuyla kabul etmişlerdi. Aslında Naoko televizyonun yanı sıra bilgisayar oyunlarına ve internete de karşıydı. Tüm bunların hayal gücünü geliştirmediğini düşünüyordu. Ama bu akşam yorgundu. Bir ipin ilmiği sanki boğazını sıkıyormuş gibi hissederken, ikisine ayrı ayrı Japonca masal okumak söz konusu olamazdı.

Işığı söndürdü.

– Kapıyı açık bırak!

– Gece lambamı söndürme!

Naoko her akşam olduğu gibi davrandıkları için onlara içten içe minnet duyuyordu.

– Mesaj alınmıştır.

Onlara son bir öpücük yolladı ve kendi odasına gitti. Diego yine ortalarda yoktu. Zaten bu zamana dek ne faydası dokunmuştu ki? Banyoya girdi. Aklında bir sürü soru vardı. Davetsiz misafir Guillard olmayabilir miydi? Ailenin tanıdığı biri miydi? Islak sedir ağacının kokusu sanki onu okşuyor, ona güç veriyordu. Saçlarını topuz yaptı.

Taburesine çömeldi, *tenugui*'siyle –küçük beyaz bir havlu– ve standart duş jeliyle var gücüyle bedenini ovmaya başladı. Aslında su kullanmıyordu. *Kuru temizleme.* Vücudunu ovarak temizledikten sonra duş başlığıyla durulandı. Ardından buhara, sonra da yakıcı suyun altına girdi. Kırk beş derece: İdeal sıcaklık.

Tokyo'ya her gidişinde annesini çevredeki kaplıcalara, *onsen*'lere götürürdü. Banyodan sonra hafif *yukata*'larını giyerek, deniz yosunu kokan iri midyeleri ve gevrek denizyıldızlarını çağrıştıran, kızıl-sarı renkli, kızarmış karidesleri tadını çıkara çıkara yerlerdi. Böyle anlarda, Japonların deniz memelilerinden olduğunu düşünürdü.

Gözlerini kapadı. Bu banyo bir ibadet gibiydi.

Aniden, bir gürültü bu anı sona erdirdi. Kalbi bir anda duracak gibi oldu. Kolları ve bacakları sıcak suya rağmen aniden buz kesti. Sessizce banyodan çıkmayı başardı. Kurulanmakla vakit kaybetmeden, üzerine bir eşofman altı ile bir tişört geçirdi.

Yeniden hafif, ancak gitgide hızlanan darbeler. Zorlukla duyulan. Naoko buna inanamıyordu. Tehlike geri dönüyordu.

Bu kez kalabalıklardı.

Odasına geçti. Gözleriyle, kendini, çocuklarını korumak için bir şeyler aradı. Başucundaki komodinin çekmecesini açtı ve *kaiken*'i buldu.

Gürültüler gitgide yaklaşıyordu.

Merdivene ulaşmışlardı. Davetsiz misafirlerin yolunu kesebilirdi. Onların çocukların odasına ulaşmasını engelleyebilirdi. Onların hayatlarını kurtarmak için ölümü göze alabilirdi. Bu düşünce bile ona inanılmaz bir cesaret verdi.

Kaiken'i sımsıkı kavrayarak ilerledi. Ayak sesleri duvarın tam arkasından geliyordu. Kalbi duracak raddedeydi, kapıyı açtı ve hançerini karanlığa doğru savurarak ileri atıldı. Ama tüm yapabildiği yere kapaklanmak oldu.

İki adamı tabancalarını doğrultmuş ona nişan alıyordu. Yarı karanlığın içinde birkaç saniye boyunca onları tanımaya çalıştı: Fifi ile bir başkası, bahçe kapısının önünde birkaç kez gördüğü rastalı bir Siyah.

– Her şey yolunda mı? diye sordu Fifi alçak sesle.

Naoko hançeri yere attı ve dizlerinin üstüne oturdu. Sanki bacakları ona ait değildi.

– Ne... neler oluyor?

– Teknik bir sorun. Kameralardan biri çalışmıyor.

– Kameralar mı?

Kafasının içindeki çarklar yeniden dönmeye başladı. Elbette, ev hâlâ kameralarla izleniyordu... Passan gece ziyaretçisinin Guillard olduğunu düşünmüyordu.

Ve kimse ona bu konuda bilgi verme gereği duymamıştı.

– Hangi kamera?

– Çocukların odasındaki.

Naoko bir sıçrayışta ayağa kalktı ve koştu. Hiç tereddüt etmeden odanın kapısını açtı.

Kalbi artık çarpmıyordu. Ciğerleri tıkanmış, beyni donmuştu.

Yine de manzarayı görünce, içinde çok daha derin, çok daha hayati bir şey sonsuza dek taşlaştı.

60

Suresnes Köprüsü'ne doğru son hızla giden polis arabasının içinde, Passan büyük bir öfkeyle pansumanlarını söküyordu. Kendini gerçek kimliğiyle –polis kimliğiyle– yeniden bütünleşmiş hissediyordu.

Gece gelen haber onu şaşırtmamıştı.

Vampir, Guillard değildi. Davetsiz misafir intikam almaya devam ediyordu ve Passan her şeye sıfırdan başlamak zorundaydı. Yıkılmış olması gerekirdi. Umutsuzluğa kapılmış olması. Ya da sadece şok halinde olması. Ama bu yeni savaş, tam tersine onu ateşlemişti. Ne yanıkların acısını ne de morfinin etkisini hissediyordu. Adrenalin tüm vücudunda dolaşıyor ve duyularının uyanık kalmasını sağlıyordu.

– Sireni kapat.

Araba, mahallesine geliyordu. Neredeyse gece yarısı olmuştu ve Suresnes sokakları bomboştu. Asfaltın üstünde, bir yıkama arabası geçmiş gibi ıslaklık vardı. Ama gökyüzünün, Mont-Valérien tepelerine çökmüş kirli havaya karşı yapacak hiçbir şeyi yoktu.

Şoför Cluseret Sokağı'na saptı. Polis arabalarının yanı sıra, bir ambulans ve olay yeri incelemenin araçları oradaydı. Dönen tepe lambaları, muşambaları içinde görevliler, fosforlu polis bandı... Ailesi artık bir güvenlik çemberinde yaşıyordu. Ya da daha ziyade, polislerin hep çok geç geldiği bir tehlike bölgesinde.

Arabanın camına vuruldu. Fifi ona doğru eğilmişti. Soluk yüzü farların beyaz ışığıyla yarışabilirdi. Olivier arabadan çıktı. Ama hemen ardından bir Peugeot'ya yaslanmak zorunda kaldı. Baş dönmesi ya da morfinin etkisi...

– İyi misin?

– Çocukları görmek istiyorum.

– Bekle.

– Onları görmek istiyorum! diye bağırdı.

Bahçe kapısına doğru ilerledi ama Fifi açıkça yolunu kesti:

– Sana bekle dedim. Onlar iyi. Kaygılanma.

– Ya Naoko?

– Herkes iyi. Ama önce sana bir şey göstermem gerekiyor.

Passan sorgulayan gözlerle ona baktı.

– Minibüs.

Uslu bir çocuk gibi yardımcısını takip etti. Asfalt ayaklarının altında sallanıyordu. Bir şantiye kamyoneti gibi kamufle edilmiş gözetleme minibüsü biraz uzağa park edilmişti. Camları, görünmeden dışarıyı görmeyi sağlayan gri bir boyayla boyanmış, toz içinde, eski püskü bir arabaydı. Minibüs bir kilometre uzaktan bile polis kokuyordu.

Fifi arka kapıya vurdu, hemen açıldı. Jaffré onları içeri aldı. Ter, idrar, McDonald's kokuları Passan'ın soluğunu tıkadı.

– Sana olanları anlatayım, dedi Fifi alçak sesle.

Passan dinlemiyordu, gözleri monitörlerdeydi. Kameralar hâlâ çalışıyordu: Naoko salonda, korku içindeki Shinji ile Hiroki'yi kucağına almış, kanepede oturuyordu. Polisler odanın içinde dolanıyordu. Beyaz tulumlu adamlar dip tarafa geçiyordu. Korku o denli belirgindi ki, sanki bir tür elektrostatik sis perdesi oluşturarak görüntüleri bozuyordu.

Diğer ekranlarda –mutfak, yemek odası, koridor, bodrum– faaliyet halindeki olay yeri inceleme teknisyenleri vardı. Tek bir ekran karanlıktı.

– Saat 22.15'te, dedi Fifi, sigara içmek için dışarı çıktık.

– Minibüste kimse kalmadı mı?

Yardımcısı ayağını yere vurdu, ondüle sacdan bir gürültü yükseldi:

– Lanet olsun, üç saatten beri hiçbir şey olmamıştı.

– Devam et.

– Geri döndüğümüzde, bir şeylerin yolunda gitmediğini hemen anladık. Kameralardan biri çalışmıyordu.

Passan gözlerini karanlık ekrandan ayırmıyordu.

– Çocukların odasındaki kamera. Hemen eve girdik.

– Naoko'ya haber verdiniz mi? Telefonla, mesela?

– Buna zamanımız yoktu. Eve girdik ve içeri dağıldık. Bodrum. Zemin kat. Birinci kat.

– Sonra?

– Jaffré'yle birlikte çocukların odasına daldık. Çocuklar uyuyordu ama köpek ölmüştü. Yataklarının arasında yatıyordu.

Passan karanlık monitöre bakmaya devam ediyordu.

– Daha sonra? diye sordu.

– Naoko çocukları uyandırdı.

– Onlara ne söylediniz?

– Hiç. Naoko ışığı yakmadı. Onları salona indirdik. Diego'yu görmediler.

– Böyle bir şey nasıl olabilir?

Fifi bir bilgisayarın tuşlarına bastı. Karanlık ekran aydınlandı, sonra gümüş renkli çizgiler belirdi.

– Yanıldık, diye açıklamada bulundu Fifi. Odadaki kamera kesilmemiş. Üstü *örtülmüş*. Bellekte geri giderek bu görüntülere ulaştık...

Odanın görüntüsü sabitti: Sadece Hiroki'nin gece lambasının yıldızları duvarda dönüyordu. Objektif bir güvenlik kamerasının belirgin görüş açısına sahipti: İki yatağı, banyo girişini, kapıyı görüyordu... Fifi ileri sarma tuşuna bastı.

Ardından da oynatma tuşuna. İki çocuk sessiz sessiz uyuyordu. Yıldızlar dolanıyordu. Bu ışık noktaları dışında başka hareket yoktu.

Birden banyonun eşiğinde bir siluet belirdi. Arkadan görünen ve yerde bir şey sürükleyen iki büklüm bir kadın. Üzerinde ayak bileklerine kadar inen koyu renkli bir entari vardı. Etekleri kana bulanmış bir kimono. Hâlâ sırtı dönük olan gölge, yaşlı bir kadın gibi, küçük adımlarla geri geri ilerliyordu.

Passan'ın aklına, sahnenin tersten çekildiği, sonra hayaletin korkutucu görüntüsünü vurgulamak için ilgili bölüme montajlandığı şu hayalet filmleri geldi.

Hortlak odanın ortasına doğru bir kâbus yavaşlığında ilerliyordu. Yükü, ardında siyah bir iz bırakıyordu. Tüm sekansın ürkütücü bir görüntüsü vardı. O sırada yerde sürüklediği şeyin ne olduğu anlaşıldı: Bağırsakları zeminde "S" biçiminde iğrenç bir iz bırakan, karnı deşilmiş köpek.

Fifi boğuk bir sesle açıklamada bulundu:

– Köpeği banyoda öldürmüş. Tam olarak saatini bilmiyoruz ama büyük olasılıkla 20.30'dan sonra, çocuklar yattıktan sonra.

– Başka monitörlerde de görüntüsü var mı?

– Hayır.

– Banyoya nasıl girmiş olabilir?

– Hiçbir fikrim yok. Aslında, bu imkânsız.

– Ya Naoko?

– Naoko, ne?

– Odasından çıkmamış mı?

– Hayır. Ama odasında kamera yok ve...

Ekranda, yaratık doğrulmuştu. Objektife bakıyordu. İpek kimonosunun motifleri ile kan lekeleri, kumaşın yüzeyinde soluk almaya çalışan parçalanmış organlar gibi birbirine karışıyordu. Kemerinin, yani *obi*'sinin açık mor bir rengi vardı – açık bir yara gibi.

Passan hiç sırası olmadığı halde, böyle bir kimononun yaklaşık on bin avro edeceğini düşündü. Naoko'ya hep böyle bir kimono almak istemişti.

Ama bundan daha kötüsü de vardı: Hayalet bir No maskesi takıyordu. Sarı ahşap yüzeyde bıçakla yarılmış gibi duran gözler. Kırmızı ve belirgin bir ağız. Yırtıcı küçük dişlerin göründüğü, yarayı andıran bir gülümseme.

Passan No tiyatrosu üstüne bir sürü kitap okumuştu ve bütün duyguları ifade eden yüz otuz sekiz maske olduğunu biliyordu. Bu maske neyi ifade ediyordu?

Yaratık birkaç saniye objektife baktı, şaşırmış bir ifadeyle başını yana eğdi. Omuzlarında kan izleri vardı. Maskesi sıçrayan kanla lekelenmişti. Birden kolunu uzattı ve objektife doğru bir şey fırlattı.

– Kameranın üstüne köpeğe ait bir parçayı attı, dedi Fifi.

– Hangi parça?

Fifi tereddüt etti. Passan, sanki kilometrelerce uzaktan geliyormuş gibi yankılanan kendi sesini duydu:

– Hangi parça?

– Cinsel organları.

– Naoko bunu gördü mü?

– Hayır. Göstermem mi gerekiyordu?

Passan cevap vermedi. Sanki bir şey görecekmiş gibi siyah ekrana bakıyordu. Bir açıklama. Bir kanıt. Bir bağlantı.

Ama hiçbir şey göremedi, derin bir soluk aldı:

– Odayı görmek istiyorum.

Çimenler parlak ve maviydi. Tepe lambaları evin cephesinde Dantevari görüntüler oluşturuyordu. Bir açık hava sinemasındaki gösterimden farksızdı. Filmin tamamı gösteriliyordu. Sanki her tehlike işaretinde orada bulunan güvenlik güçlerinin sayısı biraz daha artıyordu.

Evin içinde ayakkabıyla gezilmiyordu. Ayaklarına galoşları geçirdiler, sonra mutfaktan geçtiler. Salona uğramadan merdivene yöneldiler. Birinci kat. Etrafa derin bir sessizlik hâkimdi. Passan geçerken etraftakiler gözlerini kaçırıyordu. Yüzü yanık izleriyle doluydu. Başkalarının gözünde o lanetlenmiş biriydi.

Koridorda birkaç adım ilerlediler ve kurban edilmiş köpeğin bulunduğu odanın önüne geldiler. Olay yeri inceleme projektörlerinden yayılan ışık insanın gözünü alıyordu. Passan ayrıntılarla ilgilenip zaman kaybetmedi. Etrafta koşuşturan teknisyenlere bakmadı. Ne tulumu içindeki Zacchary'yi selamladı ne de hiç kuşkusuz hayvan cesetlerini incelemesi için çağrılmaktan bıktığı için surat asan Rudel'i.

İlerledi. Kulakları suyun altına dalmış gibi uğulduyordu. Basınç gitgide artıyordu. *İniyorum, daha da iniyorum, bir uçurumun derinliklerine iniyorum.*

Sonunda, odanın ortasında dehşet duygusu uyandıran şeye dikkatini verebildi. Diego'nun, pıhtılaşmış bir kan gölünün ortasında yatan cesedine. Sol böğrünün üstünde yatıyordu. Yarılmış karnından dışarı fırlamış organları koyu renkli düğümler ve kıvrımlar oluşturuyordu. Parçalar fotoğrafçının her flaşıyla sanki yerinden sıçrıyor, sonra eski hallerine, cılız, donuk, kokmaya başlamış kalıntılar haline geri dönüyorlardı.

Passan taş kesmişti. Göğsünde büyük bir boşluk vardı, sanki

onun da kalbini ve iç organlarını söküp almışlardı. Bir dizini yere koydu ve mekanik hareketlerle hayvanın ensesini okşadı. Eldiven takmamıştı, ama kimse ona müdahale etme cesareti gösteremedi.

Diego'yu hiçbir zaman gerçekten sevmemişti. Sevgisini çocuklarına –bir zamanlar da Naoko'ya– saklıyordu. Sınırlı bir zekâya sahip bu tüylü hayvana sevgi göstermek, duygularında bir bozulma ve bir şekilde, kendi insan statüsünde bir alçalmaymış gibi gelirdi. Artık hayvan ölmüştü ve hep yanılmış olduğunu şimdi anlıyordu. Aslında bu sessiz ve yumuşak huylu köpeği, insanı rahatlatan bu varlığı hep çok sevmişti. Diego bir sembol olmuştu. İnsanın bütün bıkkınlıklarını, yorgunluklarını ortadan kaldıran, bütün yoksunluklarını unutturan bir sevgi merkeziydi.

Ayağa kalkarken, hepsinin başına aynı şeyin geleceğine inanıyordu. Naoko'nun. Çocukların. Kendisinin. Bu kıyım sadece başlangıçtı. Aletlerini suratsız bir ifadeyle toplayan adli tabibe baktı.

– Bana ne söyleyebilirsin?

– Senin gördüklerinden daha fazlasını değil. Hayvanlarınızla canımı sıkıyorsunuz.

Passan adli tabibin bu tavrına alınmadı:

– Şahsen ben, bir şey görmüyorum.

Tabip bir kaşını havaya kaldırdı:

– Bir şey görmüyor musun?

– Söz konusu olan benim köpeğim. Benim evimdeyiz. Her şey uyuyan çocuklarımın birkaç santimetre uzağında cereyan etti. Objektif olmakta güçlük çekiyorum.

Rudel çantasını kapattı.

– Karnını deşmişler ve bağırsaklarını dışarı dökmüşler. Avcı ya da kasap işi. Cinsel organlarını kesip almışlar. Gözlerini oyup dilini kesmişler.

– Neden kendini savunmamış?

– Bunu nereden bileyim? Belki de uyuşturuldu. Ayrıca patilerinde ip izleri var.

– Hepsi bu kadar mı?

– Artık saçmalıklarınızdan bıktım. Ben veteriner değilim.

– Biraz çaba göster.

Rudel elinde çantasıyla polisin karşısına dikildi. Passan kendisine yüzü yaralı bir sakat muamelesi yapmadığı için adli tabibe minnet duyuyordu. Elini omzuna koymadığı için. Merhametli bir ses tonuyla konuşmadığı için.

– Köpeği doğramak için eğik ağızlı bir bıçak kullanmış. Bu teyit edildi ama yaralar...

– Kılıç gibi bir şey mi?

– Küçük bir kılıç diyebiliriz. Birçok yaranın üstünde siperinin izi var.

– Uzunluğu ne?

– Sadece kesici kısmı yirmi santimetre diyebilirim.

– Bana ne zaman daha fazla bilgi verebilirsin?

– Bilmiyorum. Bir veteriner bulmam lazım.

– Beni ara.

Doktor odadan çıktı. Passan kan birikintisinin çevresinden dolandı ve banyonun eşiğinde durdu. Duvarlara kan sıçramıştı. Küvetin içi kan lekeleri, et, deri ve tüy kalıntılarıyla doluydu. Duş perdesinde pıhtılaşmış kanlar kıvrımlar oluşturmuştu.

Olivier duvardaki girintinin önünde durdu. Ayrıntılar yüreğini tırmalıyordu. Çocukların, üzerlerine kan sıçramış diş fırçaları. Banyo yaparken oynadıkları, kırmızımsı bir katmanla kaplanmış oyuncakları. Yer karolarının üstündeki kahverengi lekeler.

Geri geri gitti ve lavabonun üstündeki aynada yansımasını gördü. Daha ziyade bir sürprizdi. Berbat bir haldeydi – ama tanınmayacak kadar değil. Sağ şakağı boyunca parlak kırmızı renkli bir krater uzanıyordu. O taraftaki saçları kafasının ortasına kadar yanmıştı. Sol yanağı yer yer kabarcıklarla doluydu. Üstdudağı şişmiş, bakırımsı renk almış turuncu bir deri parçası gibi sağ taraftan aşağı sarkıyordu.

Her şeye rağmen ucuz atlatmıştı. Bu görüntü ona güç verdi. Kendini çocuklarının ve Naoko'nun karşısına çıkmaya hazır hissetti. Bu dehşet gecesini daha korkunç kılamazdı nasıl olsa.

Salon, doğal afet sonrası insanların sığındığı büyük bir hangarı andırıyordu. Sığınmacılar sadece üç kişiydi: Shinji, Hiroki, Naoko. Passan onları önce arkadan gördü, aynı örtünün altına girmişler, kanepenin üstüne büzülmüşlerdi. Naoko saçlarını topuz yapmıştı. Tepelerinde küçük birer siyah kubbenin bulunduğu bu üç beyaz ense, Passan'ı köpeğinin cesedinden ve banyodaki o vahşet görüntülerinden daha fazla etkiledi. Hayatı bu yumuşacık üç kafayla özetlenebilirdi – ve o, onları korumak için hiçbir şey yapamamıştı.

Kanepenin çevresini dolandı ve karşılarına dikildi. Çocukların tepkisi gecikmedi:

– Baba!

Ne bir iğrenme ne de tereddüt vardı; yüzü çirkinleşmiş olsa da hâlâ onların babasıydı. Çocuklara sarılırken bakışları Naoko'nunkilerle kesişti. Richter ölçeğine göre en yüksek düzeyde karşılıklı bir bakışmaydı bu.

Shinji doğruldu ve babasının yüzüne uzun uzun dikkatle baktı:

– Neden pansumanların yok?

– Çünkü iyileştim.

Hiroki araya girdi:

– Artık hastaneye dönmeyecek misin?

– Hayır. Ama tedavime devam edeceğim.

Shinji ciddi konulara geçti:

– Diego öldü baba.

– Biliyorum tatlım. Ona bahçede çiçeklerle dolu bir mezar hazırlayacağız.

Gözlerini Naoko'dan ayırmıyordu. Kadının yüzü çok solgundu. Gözleri yaşla doluydu ama korku ve öfke, üzüntüsünü bastırıyordu. Basit bir benzetmeydi ama monitördeki maskı andırıyordu. Bunun sebebi yüzündeki ifade değil, maskın yapıldığı maddeyle olan benzerlikti – cilalı ahşabın sarımsı rengi sadece bir yüzey tonu değil, organik bir öğeydi de. *Korkunun rengi.*

Çocukları bıraktı. Çocuklar hemen annelerinin yanına yerleştiler. Dişi kurt ve yavruları.

– Konuşmamız lazım, dedi Passan lafı uzatmadan.

– Sandrine gelmek üzere. Geceyi onun yanında geçirecekler.

Passan "tamam" anlamında başını salladı ve Fifi'ye seslendi:

– Çocukları Naoko'nun odasına götür, Sandrine'i orada beklesinler. Ve yukarıda gözünü dört aç.

Öpücükler verildi. Oğlanlar gözlerini ovuşturarak, uysal bir şekilde polisi takip ettiler. Hemen uyuyacakları her hallerinden belliydi.

Odaya sessizlik hâkim oldu. Kanepede sadece Naoko vardı, Jaffré ile Lestrade onun arkasında ayakta duruyordu, salonun kapısında ise üniformalı iki polis bekliyordu. Olivier onlardan dışarı çıkmalarını isteyebilirdi ama işleri eski karısı için kolaylaştırmak niyetinde değildi. Kanlı kimonosuyla siluet hâlâ gözünün önündeydi.

– Bilmediğin bazı şeyler var, diye konuşmaya başladı.

– Yapma!

– Bu gece ev hâlâ gözetim altındaydı.

– Ve sen bunu bana söylemedin!

Passan ellerini ceplerine soktu ve odada birkaç adım attı.

– Seni korkutmamak için.

– Salak, dedi Naoko alçak sesle.

– Saat 21.00'den sonra kimse villaya ne girebilir ne de çıkabilirdi. Sensörler, kameralar vardı, anlıyor musun?

Naoko cevap vermedi: Anlıyordu, evet. Dudakları titriyordu. Gözkapakları, kör bir kelebeğin kanatları gibi hareket ediyordu.

Passan tam karşısında durdu. Acımasız, gerçek bir sorgu...

– Senin yatak odan ile banyolar dışında her yer izleniyordu.

– Ne demeye getiriyorsun? diye birden bağırdı Naoko. Benden mi şüpheleniyorsun, bu mu? Köpeğimizi öldürdüğümden mi? Hem de oğlanların odasında, öyle mi?

Passan dikkatle ona baktı. Güzelliği, onunla kendisi arasında bir tür duvar oluşturuyordu. Anlam karmaşasına yol açan ve gizemli bir biçimde muhatapların algısını bozan, hem duyarlı hem görünmez bir unsur.

Passan bu karmaşık düşünceden kurtularak olayın üzerine gitti.

– Elimizde saldırganın görüntüleri var. Bir kadın. Bir kimono giymiş ve No tiyatrosunda kullanılan bir maske takmış.

– Benim kimonom yok, diye fısıldadı Naoko. Bunu biliyorsun.

– Satın almış olabilirsin.

– Herhangi biri de alabilir...

– Bir daha söyleyeyim: Bu gece eve birinin girmiş olması imkânsız.

Naoko kollarını bedenine doladı. Ağlıyor ve titriyordu. Gerçek çırpınmalar. Sanki soğuktan üşüyor ya da ateşler içinde yanıyordu. Jaffré ile Lestrade gözlerini kaçırdılar. Onları rahatsız eden başkomiserin öfkeli tavrı değil, bu ilişkideki özel yaşamın gözler önüne serilmesiydi.

Passan'ın içi rahat değildi. Hayatını paylaştığı kadını bu şekilde küçük düşürmekten utanıyordu. Kendi konumundan ve statüsünden yararlandığı için rahatsızlık duyuyordu. Aslında hiçbir şey bilmiyordu. Elinde güçlü tek bir kanıt, tek bir ipucu yoktu. İnandığı tek bir şey vardı: Eski karısı masumdu. Bir anda, kendi ruhunun derinliklerinde gizli başka bir şeyden intikam alıp almadığını düşündü. Diego'nun öldürülmesiyle alakası olmayan ve kendisinin bile bilmediği başka bir şey.

Başka bir yönden saldırıya geçti:

– *Kaiken* nerede?

Naoko ürperdi. Bu beklenmedik soru karşısında gözyaşları durdu.

– *Kaiken* mi? Bilmiyorum. Koridorda.

– Koridorda mı?

– Evin içinde ayak sesleri duyunca onu aldım. Fifi ve diğer polisle karşılaşınca da yere attım.

Hâlâ elleri cebinde olan Passan, Jaffré'ye seslendi:

– Git onu bul. İncelenmesi için.

Naoko, Passan'ın üstüne atladı ve var gücüyle ona bir tokat attı.

– PİSLİK! BU YAPTIĞIN İÇİN SENİ ASLA AFFETMEYECEĞİM!

Tokadın acısıyla Passan az kalsın bayılıyordu. Duvara tutundu ve iki eliyle kendini korudu. Polisler Naoko'yu tutarak kanepeye oturmaya zorladılar. Kadın bağırıyor, debeleniyor, çırpınıyor, gerçek mizacını ortaya koyuyordu – iki bin yıllık Japon görgü kurallarının terbiye etmeyi başaramadığı vahşi bir kedi.

Passan'ın yüzü sanki yeniden alevler içinde kalmıştı.

– Rudel'i yeniden çağırın, diye homurdanmayı başardı. Sinir krizi geçiriyor. Lanet olsun! Ona bir şeyler versin!

Naoko'nun sarf ettiği "pislik" ve "orospu çocuğu" küfürlerinden kaçarcasına, arkasına bakmadan salondan çıktı. Merdivende sendeledi ve eski inine indi. Banyoda ilaç bıraktığını hatırlıyordu. Küçücük odanın içinde el yordamıyla yönünü saptadı ve "ecza" kutusunu buldu. İçinden Biafine'i çıkardı, yere oturdu ve yanıkların üstüne fazla bastırmamaya çalışarak yüzüne sürdü.

Acısına rağmen, aklına peş peşe düşünceler geliyordu. Bir kaçık. Bir histerik. Peki ya kendisi, o ne tür bir hayvandı? Pomadın etkisini göstermesini bekledi. Işığı yakmamıştı. Üst kattan gelen boğuk ayak seslerini ve itişip kakışma gürültülerini duyuyordu: Naoko'yu, zincirlik deliyi götürüyorlardı.

Etrafa yeniden sükûn hâkim olunca, ayağa kalktı ve "punk" saçlarını gizlemek için yanından ayırmamaya karar verdiği, komando tarzı siyah bir bere buldu. Sonra güçlükle yukarı çıktı ve kendini bahçeye attı. Yağmur dinmişti, buna üzüldü. Yağmurun altında ıslanmayı seviyordu. İnsanı rahatlatan serinliği hissetmeyi...

– Selam.

Sandrine uyuyan Hiroki'yi taşıyordu. Arkasındaki Fifi de yarı uykulu haldeki Shinji'ye kılavuzluk ediyordu. Çimler hâlâ yanıp sönen tepe lambalarının ışığıyla aydınlanıyordu. Bir kalp gibi atan ve çimlerin üzerine uzun gölgeler yansıtan tertemiz bir mavi. Çocuklarının başına birer öpücük kondurdu.

– Onlarla ben ilgilenirim, diye fısıldadı Sandrine. Kaygılanma. Yarın onları at binmeye götürürüm.

Passan minnettarlıkla gülümsedi.

– Teşekkürler. Her şey için teşekkürler.

Birden monitördeki korkunç görüntüler aklına geldi. Bir ayrıntı çok belirgindi. Yaratık kimonosunun önünü çok özel bir şekilde çaprazlamıştı: Sağ kanadı sol kanadın üstüne getirmişti. Oysa Japonya'da daima bunun tam tersi yapılırdı: Bu, yaşam işaretiydi. Katil ise, ölülere yapıldığı gibi sağ kanadı üste getirmişti.

Bunun iki nedeni olabilirdi. Ya Japon gelenekleri hakkında hiçbir şey bilmiyordu ya da kendini bir ölüm meleği olarak görüyordu.

63

– Nasılsın?

– Fena değil. Bana bir iğne yaptılar. Sekiz saat uyudum.

– Villada mı?

– Odamda. Polisler evin etrafında bekledi.

– Şimdi neredesin?

– Sana geliyorum. Mesajını gördüm.

Sandrine memnuniyetle içini çekti. Lisenin yanındaki avludaydı. Saat 10.10'du – teneffüs saati. Gün ağarırken Naoko'ya bir SMS atarak evine yerleşmesini teklif etmişti – Suresnes'deki tehlike geçene kadar. Hafta sonunu bu şekilde geçirirler ve daha kalıcı bir organizasyon için pazartesiyi beklerlerdi.

– Çocuklar nasıl?

– Onları bu sabah erkenden binicilik merkezine bıraktım.

– Harika. Nasıllar?

– Herhangi bir sorun yok.

– Diego'dan bahsettiler mi?

– Hayır.

Bulvarda sireni açmaktan kaçınmayan iki sivil polis eşliğinde gitmişlerdi. Oğlanlar çok heyecanlanmıştı – tabii Sandrine de. Bir polis Shinji ve Hiroki'yle kalmış, diğeri Sandrine'i okula götürmüştü, hâlâ oradaydı.

Diğer öğretmenler onun böyle bando mızıkayla geldiğini görünce Sandrine zevkten kıkır kıkır gülmüştü. Meslektaşlarının soruları karşısında durumun hassas olduğunu ifade eden bir tavır takınmıştı: "Üzgünüm, hiçbir şey söyleyemem..." Matmazel Sorunsuz artık bir suç davasının merkezindeydi.

– Sen bizim iyilik perimizsin, diye mırıldandı Naoko. Gerçekten, sen olmasaydın...

Sandrine onun sesindeki çekingenliği hissetti. Genç Japon kadın duygularını ifade etmekten rahatsızlık duyuyordu. Aslında onun da kafası rahat değildi. Her şeyin iyiye gideceğine inanmakta zorlanıyordu. Arkadaşı onun evine yerleşecekti. Birkaç gün için. Belki de daha fazla...

– Anahtarlar paspasın altında, dedi, dokunaklı konuşmayı sona erdirmek için.

– Geçici bir süre için, dedi Naoko, özür diler gibi. Bir daire bulacağım. Ben...

– Dert etme. Dipteki odayı al. Hiç işime yaramayan bir çalışma odası. Çocukları benim odama yerleştirdim. Onların yanındaki odada olacaksın. Dikkat: Asansör çalışmıyor...

Sandrine'in böyle hızlı konuşması asabiyetini ele veriyordu. Gece uyumamıştı. Sabah üç ile beş arasında köşe bucak bir temizlik yaparak her ayrıntıyı tasarlamıştı. Bezlerin hışırtısı. Süngerin ovalama sesi...

– Sana nasıl teşekkür edeceğimi bilmiyorum.

– Yeniden forma girerek. Gerektiği kadar kalacaksınız.

– Seni uyarıyorum, diye güldü Naoko. Oğlanlarla, tam bir spor olacak!

– Hallederiz. Dert etme. Şimdi derse girmem lazım. Bir saat sonra serbestim. Sana katılırım ve gidip onları birlikte alırız. Dipteki oda, unutma. Görüşmek üzere!

Telefonu kapattı ve avlunun ortasında hareketsiz durdu. Gözlerini kapadı. İşte başarmıştı. Kaynaşma yolundaydı. Belki de hayatında ilk kez bir şey yolunda gidiyordu. Tarihin cilvesi! Ve bu son kez olacaktı.

Bu sabah tahlil sonuçlarını almıştı. Trombositlerde azalma. Yeni metastazlar. Sonuna kadar okumanın gereği yoktu. Kanserde dört evre vardı ve o dördüncü evreye gelmişti.

Yeniden gözlerini açtı. Çevresi Arthur-Honegger Lisesi'nin yüksek cepheleriyle kuşatılmıştı. Yirmi yıldan beri onun lisesiydi. Küçük ve dar pencereleriyle fabrika atölyelerini andırıyor, tuğla duvarlarıyla da Paris demiryollarının üstündeki evlere benziyordu. Zaten o evler gibi okul binası da Paris Toplu Konut İdaresi'ne aitti. Sandrine hep sınır dışında –kelimenin tam manasıyla– yaşamıştı.

Avlunun bir köşesinde, binanın yedi katını birbirine bağlayan merdivenlere açılan camlı yuvarlak bir yapı vardı. Bu saydam kulenin içinde kendi hayatının metaforunu görüyordu: Başka hiçbir yere gitmeden, dışarıyı seyrederek sürekli inip çıkmıştı. Bu kırmızı duvarların içinde yaşamış, hayaller kurmuş, soluk almıştı. Diğerlerinin arasında bir tuğlaydı, bir tutsaktı, isimsiz biriydi...

Birden öğrencilerin gürültüsü duyuldu. Kapalı teneffüs alanının altındaydı. Bunca yıl bu yeteneksizlere nasıl tahammül edebilmişti? İtaatkâr ve antipatik bir güruh. Konfor ve kolaylık peşinde, fikirsiz, yüreksiz, egoist ve tembel bir sürü. *Başkalarının çocukları.* Ya bunlardan biri onda olsaydı ne yapardı?

Kapılara doğru yöneldi.

Bir saat sonra özgür olacaktı.

Bir saat sonra gerçek –ve kısa– hayat başlayacaktı.

– Bu zımbırtı temiz, dedi Fifi. Olay yeri incelemeye göre ne kan ne de başka bir sıvı kalıntısı var. Hiç kullanılmamış.

Olivier saydam kanıt torbasındaki *kaiken*'e baktı. Onu yıllar önce Asakusa semtindeki bir antikacıda bulmuştu. XIX. yüzyıldan kalma bu silahı gümrükten geçirmek için doldurmak zorunda kaldığı uzun formları hâlâ hatırlıyordu. Satıcının tavsiyeleri de hâlâ aklındaydı: Keskin kısmının özel bir taşla bilenmesi, karanfil yağıyla parlatılması gerekiyordu. Naoko ona hiç elini sürmemişti.

Fifi konuşmaya devam ediyordu ama Passan dinlemiyordu.

Karısını tanıyor muydu? Görece açık bir Japon kadını, ağzı en sıkı Parisli bir kadına denkti. Asla sırrını açık etmeyen. Kendisi hakkında asla bilgi vermeyen. Tam bir *black-out.* Zaten Naoko bu ortalamanın içinde değildi. O, bunun çok ötesinde, sırlar ormanının derinliklerindeydi.

Yıllar arasında kesintiler olsa da bazen bulabildiği kopuk parçaları bir araya getirerek onun geçmişini oluşturmaya çalışmıştı. On yıl içinde, yapbozu şöyle böyle tamamlayabilmişti. Naoko, izleri sürekli birbirine karışan bir ipucu oyunuydu. Manyetizması kararsız bir pusulaydı.

Mesela Fransa'yı bir refah ülkesi olduğu için beğeniyordu ama yasalar ona hak tanımasına rağmen asla bir avroluk yatırım bile yapmamıştı. Aşırı derecede utangaçtı ama hiç rahatsızlık duymadan çıplak dolaşabiliyor ve *lap dance*[19] yapmayı hayal ediyordu. Tevazuu ve nezaketi sınırsızdı ama aslında herkesi küçümsüyordu. Olivier'yle ve onun eski Japonya'ya olan tutkusuyla alay ediyor ama herhangi birinin bu gelenekleri eleştirmesine veya kı-

19. Striptiz kulüplerinde yapılan kucak dansı. (ç.n.)

namasına tahammül edemiyordu. Manyaklık derecesinde temizdi ama aynı zamanda da Passan'ın gördüğü en düzensiz insandı. Parislileri kaba ve avam bulmasına rağmen (Japonların kullandığı sadece birkaç küfür vardı), Fransızcanın sözcük dağarcığındaki tüm küfürleri biliyor ve her fırsatta kullanıyordu.

Sonuç olarak Passan'ın tüm bunlardan öğrendiği, onun içgüdüleriyle hareket ettiğiydi. Naoko'nun ne zaman heyecanlandığını, ne zaman mutlu olduğunu, ne zaman kırıldığını *hissediyordu*. Fifi, Julien Clerc'in "Ma Préférence" şarkısına atıfta bulunduğunda haklıydı: Passan, vahşi ve gizemli bir kadın ne kadar tanınırsa, onu o kadar tanımış tek insandı.

Aynı gece hastaneye dönmüştü. Ağrı kesici jel, antiseptik, morfin ve afyon bazlı ilaç ikmali yapmıştı. Sonra ofisine gitmişti. Soruşturma yeniden başlıyordu ve işin başındaki tek patron da oydu. Çabucak bir duş yapmış –tıraş olması söz konusu değildi– ve beresini takmıştı. Gün ağarana kadar, tekrar tekrar video görüntülerini izlemişti. Diego'nun cesedini yerde sürükleyen, üstündeki mora çalan krizantem motifleriyle koyu renk kimonolu kadın. Çizgi halinde gözleri, kırmızı ağzıyla, acımasız bir görünümü olan, ahşaptan beyaz maskı. Çevik bir hareketle kamerayı örtüşü. Ve tüm bunlar uyuyan çocukların yanında olmuştu.

Katil Japon'du. Bunu açığa vuran ne kimonosu ne de maskıydı – herhangi biri kılık değiştirmiş de olabilirdi. Ama hareketleriyle, kameraya doğru yürüyüşüyle bir Japon'du. *Küçük adımlar, büyük gizem*... Her görüntüyü incelemiş ve bir ipucu daha bulmuştu: Maskın üstünden saçları görünüyordu. Çok iyi tanıdığı parlak siyah saçlar.

Önemli bir başka ayrıntı daha vardı: kimononun fiyatı – maskınki de. Paris'teki Asya sanat eserleri satan antikacılarla temasa geçmesi gerekiyordu. Ve bu konuda bir sorun yoktu, çünkü hepsini tanıyordu.

Düşüncelerinden kurtuldu, *kaiken*'i alıp ceketinin cebine attı.

– Hançeri alıyor musun? diye sordu Fifi şaşkınlıkla. O bir kanıt.

– Neyin kanıtı? Bana bundan bir şey çıkmadığını söyledin. Bu bir hediye ve onu alıyorum.

– Belki. Ama hançerin bize yardımı olabilir.

– Nasıl?

– Rudel'e göre, kullanılan alet bu bıçağa benziyor. Bu tip silahların izini bulmak için araştırmalar yapıyoruz. *Kaiken*, Japon işi olduğundan bizim için bir referans.

Masasında oturan Passan, eliyle "boş ver" anlamına gelen bir hareket yaptı. Çok yorgundu ama yorgunluk sinirlerini geriyordu.

– Rudel bir veteriner buldu mu? diye sordu.

– Evet. Bütün sabah çalıştılar.

– Sonuçları aldın mı?

– Pek hoşuna gitmeyecek.

Passan bilgisayarındaki donmuş görüntüye bir göz attı. No maskı, donup kalmış acımasız bir ifadeyle ona bakıyordu.

– Katil köpeğin karnını yarmış. Ardından organları çıkarmak için onları tutan kasları, bağları ve lifleri kesmiş.

– Bu ne? Bir avcı mı?

– Ya da bir veteriner. Bir doktor.

Japon kökenli. Tıp bilgisi var. Bir eve gizlice girme konusunda hünerli. Hayalet psikolojisi. Sanki kötü bir rüyadan fırlamış gibi birbirleriyle bağlantısız, tutarsız öğeler.

– Bir şey daha var, diye duraksadı Fifi.

– Ne?

– O tüm bunları yaparken köpek hayattaymış. Hayatta ve bağlı.

– İmkânsız, dedi Passan. Havlar ve bütün evi uyandırırdı.

– Veterinere göre, hayvanın önce ses tellerini kesmiş.

Passan irkildi. Bunu kabullenmek çok zordu.

– Diego altmış kilodan ağırdı, diye itirazını sürdürmeye çalıştı. Mücadele eder ve büyük yaygara koparırdı.

– Belki önce ona ilaç verdi. Ama her halükârda patileri bağlıydı. Toksikolojik analiz de yaptılar. Sonucu beklememiz gerekecek.

Gözlerini yeniden ekrandaki görüntüye çevirdi. No maskları surat ifadelerine göre adlandırılırdı. Bu maskın adı da "gülen kadın" ya da tam tersi "ağlayan kadın" olmalıydı.

– Zacchary olay yerinde başka şeyler buldu mu? Kalıntılar? Parmak izleri?

– *Peanuts.*[20]

– Siz onu görmeden evin içine nasıl girmiş olabilir?

– Atlatıldık.

Fifi dizüstü bilgisayarını masanın üstüne koydu ve açtı.

– Şuna bak.

Hızlı bir şekilde çocukların odasının görüntüsüne kadar ilerledi. Görünürde ne Shinji ne de Hiroki vardı. Alacakaranlığın ışığı odayı hâlâ aydınlatıyordu. Köpeğin öldürülmesinden epey önceydi.

20. "Hiçbir şey" anlamında İngilizce sözcük. (ç.n.)

Fifi bir tuşa bastı ve normal hıza döndü.

Birden, Naoko'nun arkadan görünen silueti odayı geçti ve banyoya girdi. Üstünde işe giderken giydiği şu hafif ve dar elbiselerden biri –ama Passan onun bu elbiseyi giydiğini hiç görmemiştivardı. Elinde bir spor çantası tutuyordu.

– Ne görüyorsun? diye sordu Fifi.

– Banyoya giren Naoko'yu.

Fifi bir tuşa basarak görüntüyü durdurdu.

– *Time code*'a[21] bak.

– 20.11. Yani?

Fifi ilk ekranı küçülttü. Yeni bir pencere açtı. Mutfağı yüz seksen derecelik bir açıyla gösteren bir plan. Tuşlara bastı. Görüntü normal hızında akıyordu. Naoko, mutfak tezgâhının önünde ayakta durmuş salata hazırlıyor, elektrikli ocaktan dumanı tüten bir tencereyi alıyordu.

Passan hiçbir şey anlamamıştı. Şimdi de üstünde başka bir elbise vardı – bu kez elbiseyi tanımıştı. Yemek masasında oturan Shinji ile Hiroki bir Nintendo DS'yi birbirinin elinden almaya çalışıyordu.

Fifi kayıt saatini işaret etti: 20.11. Passan'ın artık başka bir örneğe ihtiyacı yoktu.

– Birkaç saniye içinde, diye devam etti yardımcısı, villanın iki farklı odasında, iki farklı katta, iki Naoko var. Banyodaki bizim katil. Nereden geçti bilmiyorum, ama orada herkesin yatmasını bekledi ve...

Passan durumu gözünün önüne getirmeye çalışıyordu. Çocukları, her akşam olduğu gibi, kurbağalar ve nilüferlerle bezeli banyo perdesinin önünde dişlerini fırçalıyordu. Ensesinden kafasına doğru bir karıncalanma oldu.

Katil bu duş perdesinin arkasındaydı ve zamanının gelmesini bekliyordu.

Ayağa kalktı ve ceketini aldı.

– Nereye gidiyorsun?

– Naoko'yla konuşmam lazım. Sandrine'e gitti. Ondan özür dilemem gerekiyor, anlıyor musun?

Fifi'nin cevap verecek zamanı olmadı, Olivier koridorda koşmaya başlamıştı bile.

21. "Zaman kodlaması, zaman kaydı" anlamlarına gelen İngilizce sözcük. (ç.n.)

65

Sandrine'in apartmanı, Belleville Tepesi'nin kuzey yamacına yaslanmış Pré-Saint-Gervais'deki küçük bir sitenin içindeydi. Burası 1950'li yıllarda, başkentteki konut krizini çözmek ve şehri modernleştirmek için yapılmış binalardan biriydi. Fransa'ya gelince Naoko Paris'in XX. yüzyıl şehircilik tarihine hayran kalmıştı. Bir bakışta, bir binanın inşa tarihini saptayabiliyordu. Başlangıç fikrinin bu siteleri yeşil alanların içine yerleştirmek olduğunu biliyordu, ama kimse otomobil sayısının bu denli artacağını öngörememişti. Ormanlar park alanına dönüştü. Apartmanlar karbondioksitle kirlendi. Bugün de geriye sadece renksiz, beş altı katlı, sıvası ve boyası dökülmüş cepheleri ve köpek kulübelerini andıran kararmış kapalı balkonlarıyla küçük bloklar kalmıştı.

Sandrine'in apartmanı da diğerlerinden farklı değildi. Çamaşırlar pencerelerin kenarlarında kurutuluyordu. Sıvaları çatlamış ve dökülmüştü. Gri tüller sıkıntılı ve sürprizlere kapalı yaşamların habercisiydi. Yine de bu manzara Naoko için, bir kâbusun sona erdiğinin belirtisi olarak oksijen solumaktan farksızdı.

Arabasını park alanına bıraktı, bagajdan valizini aldı ve çeke çeke bina girişine kadar götürdü. Bir Rimowa. Diğerlerine göre daha hafif, esnek ve kolay taşınan bir valiz. Naoko her modeli denemişti. Genç kadın evle ilgili işlerde bir pragmatizm şampiyonuydu. Eğer Paris veya Floransa kökenli olsaydı, resme, heykele ve diğer sanatlara karşı şüphesiz çok daha duyarlı olurdu. Ama o Tokyoluydu; uyum, başarı ve teknoloji onun öncelikleriydi. Farenin bir tıkıyla doğmuştu, bir fırça darbesiyle değil.

Giriş koduna bastı. Asansörün çalışmadığını hatırladı ve valizini kaldırarak basamaklara doğru yöneldi. Sorun değildi; sadece gerekli şeyleri yanında getirmişti ve Sandrine ikinci katta oturuyordu. Merdiven kafesinin üstü açıktı, gökyüzüne bakıyordu. Bu da 1950'li yılların, bir anda gözden düşmüş özelliklerinden biriydi; apartman boşlukları çöp ve atık deposuna dönüşmüştü. Tırabzanlar paslanmış, basamaklar yıpranmıştı.

Kat boyunca uzanan, binanın dışındaki koridorda yürüdü, Sandrine'in kapısını gördü. Anahtarlar söylediği yerdeydi. Daireyi hiç gündüz gözüyle görmemişti. Bazen buraya akşam yemeği için gelirdi, ama hep geceydi.

Tam bir sürpriz oldu. Etraf son derece düzenliydi ve içerisi mis gibi temizlik maddesi kokuyordu. Mimar pencere konusunda pintilik etmemişti. Güneş her yerden içeri giriyordu ve bu da daireyi çekici kılan tek özellikti. Geri kalanı alçı duvarlar, kontrplak kapılar, lamine parkelerden ibaretti.

Mal sahibi gibi evin içinde bir tur attı. Sandrine bu yetmiş metrekareyi bir çatı katı gibi düzenlemişti. Beyaz duvarlar, New York tarzı ayaklı abajurlar, az mobilya. Naoko çocukların odasını buldu ve yüreği sıkışarak yastıklar arasında yatan pelüş ayıları tanıdı. Sandrine'in yatağı hemen yandaydı. Önceki gün duyduğu tedirginliği hatırladı. İçgüdüsel olarak, arkadaşının evinde kalmak yerine otele gitmeyi tercih etmişti. Neden?

Koridorun sonunda çalışma odası -"onun" odası- vardı. Bir kanepe açılmış ve hazırlanmıştı. Naoko küçük giysi dolabına eşyalarını yerleştirmeye başladı. Dolapta askı yoktu. Yan dolapta çocukların giysileri duruyordu. Orada da boş askı yoktu.

Bütün görgü kurallarını bir kenara iterek, Sandrine'den birkaç askı araklayabileceğini düşündü. Onun odasında da, tüm duvarı kaplayan bir gardırop vardı. Diğer duvarlar çıplaktı, ne bir tablo ne bir afiş ne de bir süs eşyası asılıydı. Sandrine bir rahibe gibi yaşıyordu. Yatağın üstünde bir haç eksikti.

Naoko ilk kapağı açtı ve bir sürü vintage kıyafetle karşılaştı. Doğrudan Woodstock'tan gelmiş gibi gözüken, çiçekli veya alacalı, çok çirkin elbiseler. Boşta askı yoktu. Diğer kapakları açmayı denedi, ama kilitliydiler.

O esnada, tuhaf bir ayrıntı dikkatini çekti: Bir giysinin eteği menteşelerin arasına sıkışmıştı. Sıradan bir kumaş değildi; boyalı ipekti. Naoko motifi tanıdı: Japonya'daki geleneksel kıyafetlere özgü, kamelya çiçeği. Kumaşı eliyle yokladı. Bu kadar küçük bir parçadan bile kalitesini anlayabiliyordu. Çocukluğu boyunca annesinin kimonolar giydiğini görmüştü. İpek insanın içine işliyordu.

Böyle şahane bir giysinin Sandrine'in dolabında ne işi vardı? Aynı kalitede bir *obi* gerektiren binlerce avroluk bir parça. Böyle bir şeyin Paris'te bulunabileceğinden bile emin değildi.

Yeniden kapakları açmayı denedi; mümkün değildi. Banyoya gitti ve elinde makasla geri döndü. Özel bir itina göstermeden makası iki kapağın arasına soktu ve yan tarafından bastırdı. Kilit kırıldı, kapak yana kaydı.

Naoko şaşkınlıktan donup kaldı. Sıra sıra kimonolar vardı – süsen çiçeği beyazı ve bambu yeşili, şakayık pembesi ve gök mavisi, kiraz çiçeği rengi ve ay ışığı rengi... *Obi*'ler ise yan tarafta asılıydı – açık mor, parlak yeşil, sonbahar yaprağı kırmızısı ipek kuşaklar... Naoko'yu şaşırtan, her şeyden önce bu giysilerin dikey olarak asılması olmuştu. Japonya'da kimonolar katlanır ve ipek kâğıdın içine yerleştirilirdi.

Sonra geceki kadın aklına geldi. *İmkânsız*. Dolabın dip tarafına bir göz attı: karanlığın içinde ahşap nalınlar –*geta*'lar– ve başparmağı ayrı, kısa konçlu beyaz çoraplar –*tabi*'ler– duruyordu. Dolabın üst kısmına baktı ve altın sarısı broşlar iğnelenmiş, yüksek siyah topuzları olan naylon peruklar –*kanzaşi*'ler– gördü.

Naoko şaşkınlıktan elini ağzına götürdüğü sırada arkasında bir ses duydu:

– Düşündüğün gibi değil...

Bu kez bağırarak arkasına döndü, makas elindeydi. Sandrine eşikte duruyordu, solgundu, saçı yana kaymıştı. Aşırı makyajı da akmış gibiydi.

– Bana yaklaşma, diye tehdit etti Naoko, elindeki makası ona doğrultarak.

Tam tersine Sandrine ona doğru bir adım attı. Naoko'dan daha fazla titriyordu.

– Düşündüğün gibi değil, diye yineledi, sakin bir sesle. Makası bırak...

– Demek sendin, öyle mi? Olivier'nin yanında, benim yerimde mi olmak istiyorsun, bu mu?

Sandrine bir kahkaha attı. Bu yorgunluğun altında, başka bir şey olduğu hissediliyordu: bir coşku, bir öfke.

– Olive yarı kaçık, kaba adamın biridir, dedi küçümseyen bir sesle. Sen onu benim tanıdığım kadar tanımıyorsun. Ayrıca, yerini alma hikâyesi de ne? Siz boşanmak üzere değil misiniz?

Sandrine solgun ve hüzünlü bir palyaçoya benziyordu. Makyajı, kurumuş bir toprak gibi yüzünde çatlamıştı. Çok siyah sürme, çok kalın pudra, çok kırmızı ağız... Naoko bir şeyi keşfetti: Peruk takıyordu. Bugüne kadar bunu gizlemeyi nasıl başarmıştı?

Sandrine hâlâ ilerliyordu. Naoko ise geri geri gidiyordu.

– Ben senden hoşlanıyorum, diye fısıldadı Sandrine, gitgide tuhaflaşan bir ses tonuyla. Ben seni seviyorum...

Kolunu dolaba doğru uzattı ve kimonoların ipeğini okşadı.

– Her akşam ben sen oluyorum... Bir Japon kadınına dönüşüyorum.

– Sen ne anlatıyorsun?

– Birlikte yaşayalım. Shinji ve Hiroki'yle birlikte ilgilenelim. Senin yanında ölmek istiyorum... Ölmeden önce *sen* olmak istiyorum.

– Diego'yu neden öldürdün? Neden çocuklarımdan kan aldın?

Sandrine yeniden güldü. Bir adım daha attı. Naoko makası hâlâ ona doğru tutuyordu. Eli o kadar titriyordu ki, sonunda kendini yaralayacaktı.

Sandrine bir hamlede peruğunu çıkardı ve çıplak kafasını gözler önüne serdi.

– Bana bak, diye fısıldadı. Mutasyon çoktan başladı.

– Sana... sana ne oldu?

– Kanser, güzelim. Bu benim son kemoterapimdi ve artık hiç umut kalmadı. Bir veya iki aylık bir ömrüm kaldı, sonra tamam.

Kıkır kıkır güldü. Başını sallayarak yineledi:

– Bu zamanı birlikte geçirelim. Ülkenin usullerine göre hareket edeceğim. Japonya beni ölümden koruyacak... Kitaplar okudum... *Kami*'ler orada. Beni bekliyorlar. Onlar...

– DİKKAT! diye bağırdı Naoko.

Sandrine cümlesini tamamlayamadı.

Bir kılıç onu ikiye böldü.

Naoko, Sandrine'in gövdesinin bir manken gibi devrildiğini görür görmez ne olduğunu anladı.

Sandrine'in ağzından, burun deliklerinden kan fışkırdı. Gövdesinin üst kısmı dolabın kapaklarına çarparken kesilmiş basen kısmı tüm odayı fışkıran kan gayzerleriyle ıslatıyordu.

Kılıç havada ıslık çalmaya devam ederken Naoko pencereye doğru koştu ve var gücüyle camı kırıp kendini dışarı fırlattı.

66

Passan arabasını kilitlerken duyduğu kırılan cam sesiyle başını çevirdi. Önce ne olduğunu anlamadı. Gördüğü şeyin gerçekdışı, düşsel bir boyutu vardı. Bir siluet ikinci katın penceresinden dışarı fırlamıştı. Kolları ve bacaklarıyla havayı döverek ağır çekimde aşağı düşüyordu. Passan, elinde uzaktan kumanda, bu imkânsız sahne karşısında donup kalmıştı.

Siluet binanın dibine park etmiş bir arabanın üstüne düştü. Bu çarpma bir tetik etkisi yaptı. Passan sonunda ne olduğunu anladı. Apartman onun aradığı apartmandı. Kat Sandrine'in katıydı. Siluet de Naoko'ya aitti. Koştu. Naoko arabanın tavanından yere doğru yuvarlanırken yamulmuş otomobilin yanına ulaştı.

Kolunu uzatarak Naoko'nun düşüşünü yumuşattı ve onu yere bıraktı.

– Naoko, diye fısıldadı.

Genç kadın sıçrayarak uyanan biri gibi gözlerini fal taşı gibi açtı.

– Sandrine, diye mırıldandı.

Yüzünde yol yol kırmızı çizgiler oluşmuştu. Elbisesi kana bulanmıştı. Passan hemen elbisenin kıvrımlarını kaldırdı, görünürde yara yoktu.

– Öldü, dedi Naoko, zorlukla duyulan bir sesle.

Passan, Naoko'yu doğrultmak için elini sırtına götürdü, yapış yapış bir ılıklık hissetti. Kadını yana doğru döndürünce elbisesinin kesilmiş olduğunu gördü. Yırtık yeri biraz daha genişletti ve omurgasından kalçasına kadar uzanan yüzeysel kesiği fark etti.

– Ne oldu? diye sordu soluk soluğa.

Naoko'nun yanakları şarap içmiş gibi pembeleşmişti.

– Ne oldu?

– Çabuk... O yukarıda...

Passan cep telefonunu çıkarmıştı. Acil yardım servisini aradı. Zil sesi kulaklarında yankılanıyordu. Kimse cevap vermiyordu. Kafasını kaldırdı. Etrafına insanlar toplanmıştı. Yoldan geçenler. Çevrede oturanlar. Tanıklar.

– Geri çekilin!

Sonunda bir santral görevlisine ulaştı. Kısa ve öz kelimelerle açıklamada bulundu. Durum. Adres. İsmi. Rütbesi. Sonra telefonu kapattı ve ayağa kalktı.

– Geri çekilin, lanet olsun!

Toplananlar korkuyla açıldı. Passan başını öne eğdi ve 45'liğini gayriihtiyari kılıfından çıkarmış olduğunu fark etti.

– Polis, diye bağırdı. Doktor yolda. Kimse ona dokunmasın.

Apartmanın girişine doğru koştu. Holü geçti, asansörün kapısında "Arızalı" yazısını gördü ve merdivene yöneldi. Basamakları dörder dörder çıktı. Merdivenlere vuran gri ışığın ağırlığına nazire yaparcasına bacaklarının ağırlaştığını –analjezikler– hissediyordu.

Daire kapılarına bağlanan dış koridor. İkinci kattaki kapı açıktı. Evin içi. Koridor. İlk oda, ikinci oda, sonra dip tarafta, en kötü kâbuslara malzeme olacak bir manzara. Sandrine'in vücudu iki parçaya ayrılmıştı. Bacaklar ve gövde, grotesk bir konumda yer değiştirmişti. Tuhaf bir ayrıntı: Kafası keldi ve peruğu odanın diğer ucuna fırlamıştı. Daha da iğrenci, katil dolabın kapağına bir şeyler yazmak için onun iç organlarını kullanmıştı.

Düşey olarak yazılmış Japonca ideogramlar.

Passan yazılanları anlamıyordu, ama anladığı bir şey varsa, o da tüm bu hikâyenin ne Guillard'la ne de eskiden tutukladığı bir suçluyla ilgili olduğuydu.

Kâbus Naoko'yla alakalıydı.

Hemen kafasında, olayın nasıl cereyan etmiş olabileceğini canlandırdı. Sandrine ve Naoko hiç beklemedikleri bir anda saldırganın hedefi olmuştu. İlki ölmüştü. Naoko ise kendini pencereden atmayı başarmıştı. Passan daireye çıkarken, katil kanlı mezar taşı yazısını yazıyordu. Yerde duran kana bulanmış kimonoyu fark etti, sanki katil onu cinayet silahını temizlemekte kullanmıştı.

Merdivenden yukarı çıkmıştı ve asansör bozuktu. Öyleyse katil ya üst katlara kaçmıştı ya da hâlâ dairedeydi. Elinde silahı, bütün odalara baktı. Kimse yoktu. Merdivene döndü ve büyük bir karmaşayla karşılaştı. Komşular merdiven sahanlığında duruyordu, bazıları da ne olduğunu görmek için aşağı iniyordu.

Silahını kılıfına soktu, korkuluğun üstünden eğilip baktı. Bağırışlar, tırabzana tutunmuş eller, merdiven boşluğunda yankılanan ayak sesleri...

Bir kattan diğerine birbirine bağıran apartman sakinlerini itekleyerek, basamakları yutarcasına indi. İçgüdüsel olarak, gözleriyle katili arıyordu. Gecikmeyle de olsa, Naoko'nun ona "O yukarıda" dediğini hatırladı. Kimi kastediyordu? Sandrine' i mi? Yoksa katili mi?

Zemin kata vardığında, acil yardım ambulansı ile bir polis arabası gelmişti. Naoko'nun omuzlarına bir battaniye örtmüşlerdi, boynunda bir boyunluk vardı. Onu bir sedyenin üstüne almaya hazırlanan iki adamın yanına gitti. Üçüncü bir adam –ambulans doktoru olmalıydı– Naoko'yu muayene ediyordu.

– İyi olacak mı?

– Siz kimsiniz? diye karşılık verdi adam, ona bakmadan.

– Kocası.

Doktor cevap vermedi. Naoko'yu tutan hastabakıcılara işaret etti. Aynı anda onu kaldırdılar ve sedyenin üstüne aldılar.

Passan doktoru önlüğünün yakasından tuttu ve hoyratça döndürdü:

– İyi olacak mı?

Doktor hâlâ sesini çıkarmıyordu – onun gibilerini çok görmüştü:

– Sakin olun. Yarası ağır değil, ancak bayağı kan kaybetmiş.

Passan adamı bıraktı ve ambulansa götürülen Naoko'yu gözleriyle takip etti. Boyunluğu ve gümüş renkli battaniyesiyle, Stains'deki başarısız suçüstü sonrasının Patrick Guillard'ını hatırlatıyordu.

– Onu nereye götürüyorsunuz?

– Hiçbir fikrim yok.

– Benimle alay mı ediyorsunuz?

– Bir yerlerde bir yatak bulmaya çalışacağız. Daha fazlasını öğrenmek istiyorsanız yarım saat sonra merkezi arayın.

Passan üstelemedi. Bu normal prosedürdü. Bu sahneyi bin kez yaşamıştı. Kurban, karısı da olsa bir şey değişmezdi. Naoko'ya bir kelime söylemek için ambulansa koştu, ama kapılar çoktan kapanmıştı.

Tek gördüğü, siren çalarak hızla kalkan ambulans oldu. Bu görüntü karşısında midesine kramp girdi. *Yıkılmanın sırası değil.* Katil, kadın veya erkek, hâlâ buralarda bir yerlerdeydi. Hızlı adımlarla meraklıları dağıtmaya çalışan polislerin yanına gitti.

– Kimse apartmandan çıkmasın! diye bağırdı, polis kimliğini

sallarken. Blokun etrafında güvenlik çemberi oluşturun.

Adamlar kiminle konuştuklarını bilmeden emirlere itaat ettiler. Poliste, üç renkli her şeye selam verilir, diğerlerinden şüphe edilirdi.

Kasketlerinin altında terleyen iki polise seslendi:

– Benimle gelin. Merdivenlerde kimseyi görmek istemiyorum! Herkes evine!

Ve gruptaki tek rütbeliye döndü:

– Destek isteyin. Savcıya ve Paris Cinayet Bürosu'na da haber verin.

Önce bir kararsızlık yaşandı ama birkaç saniyenin sonunda adamlar harekete geçti. Orada oturmayanları gönderdiler, diğerlerini tuttular. Her şey daha netleşti. Kapılar kapanıyordu. Merdiven sahanlıkları boşalıyordu. Passan her kata çıkarak, olan biteni takip ediyordu. Basamakları tırmanırken Sandrine'in korkunç görüntüsü sürekli gözünün önüne geliyordu. Bir kadın bunu *gerçekten* yapabilir miydi?

Evet, yapabilirdi. Kendisi ikinci katta durduğu sırada katil üst katlara çıkmış, sonra da o, Sandrine'in cesedini bulduğu sırada sakince aşağı inmiş olabilirdi. Ya da kaçmadan önce odalardan birine gizlenmişti. Ama o zaman da, apartmanın önündeki aylaklar onu fark ederdi. Öyleyse hâlâ buradaydı. *Bu duvarların arasında bir yerde.*

Olumsuz dalgaları yakalamak için kişisel sonarını devreye sokarak beşinci kata kadar çıktı. Şüpheli hiçbir şey yoktu. Merdiven boşluğuna yeniden sessizlik hâkim oluyordu. Çatıya çıkmak için bir servis merdiveni aradı ve kolaylıkla buldu.

Vasistası bir dirsek darbesiyle açarak kendini yukarı çekti. Bacaların ve havalandırma kutularının bulunduğu, balkıyan su birikintileriyle dolu çatı, bir basket sahası gibi düzdü. Uzakta, çevre bulvarlarla kuşatılmış Paris düzlüğü gözüküyordu. Haziran ayı için hava şaşırtıcı derecede sıcaktı ve buğudan kaynaklanan bir pus tabakası her şeyi örtmüştü. Bu manzara ona, ufacık bir yüksekliğin, boşluğun dayanılmaz bir manyetik güç gibi başının dönmesine neden olduğu dönemi hatırlattı. Bu dönem geride kalmıştı – gayriihtiyari bir mutluluk duydu. Artık iblisler çok daha gerçekti: Bıçakla öldürüyorlar ve duvarlara kanlı ideogramlar bırakıyorlardı.

Bütün duyuları açık, silahını çıkardı ve kendini iyice inandırmak istermiş gibi, alçak sesle "Sandrine öldü... Sandrine öldü..." diye tekrarlayarak beton bloklara doğru yürüdü. Katil bacalardan birinin arkasına gizleniyor olabilir miydi? İki eliyle Glock'unun kabzasını kavramıştı, dikkat etmesine rağmen zemindeki çakılları gıcırdatarak ihtiyatlı adımlarla ilerliyordu. İlk bacanın çevresini dolandı: Kimse yoktu. İkincisi: Aynı. Ve bu şekilde devam etti. Saatine baktı: Naoko'nun düşmesinden bu yana yarım saat geçmişti.

Katil uzaklardaydı.

Merdivene döndü, aklına bir şey takıldı. Beşinci katın asansör kapısını açmaya çalıştı. Kilitliydi. Tıpkı dördüncü ve üçüncü katlar gibi. İkinci ve birinci katın asansör kapıları da öyle. Zemin katta "Arızalı" levhasını gördü ve kapı koluna uzandı.

Kapı, karanlık kabinin içine açıldı.

– Lanet olsun! diye yüksek sesle bağırdı. Cesedin bulunmasından sonra çıkan panikte katil buraya gizlenmişti

Kimsenin aklına bu tarafı aramak gelmemişti.

67

Her şey tersine dönmüştü. Şimdi o, Naoko'nun yatağının karşısında volta atıyordu. Hastane değişmişti –Robert-Debré Çocuk Hastanesi– ama oda onunkinden ne daha sevimli ne de daha donanımlıydı. Sadece önceki günkü Passan gibi, Naoko'nun şansı da tek kişilik oda olmuştu. Geri kalanı bildik şeylerdi: bejimsi duvarlar, morg kokusu, normal olmayan sıcaklık...

Saat 16.00. Fifi binicilik merkezine, Shinji ile Hiroki'yi almaya gitmişti. Onları Suresnes'e götüremezdi. Sandrine'in evine de. McDonald's'ta öğle yemeği yemişler, bir sinemaya girmişlerdi – sonra atom bombasına karşı bir sığınak. Film saat 18.00'de bitiyordu. Sonrasını düşüneceklerdi.

Passan, kodeinli ilaçlar yutmuş olan Naoko'nun aşırı güçsüzlüğünü görmezden gelerek aynı soruları tekrarlayıp duruyordu. Yarasının dikilmesi yaklaşık bir saat sürmüştü.

– Böyle dolanıp durmayı bırak, diye mırıldandı Naoko. Beni yoruyorsun.

– Bundan sağ kurtulman bir mucize.

– Her şey yolunda... Hiçbir şeyim yok. Doktora sor. Basit bir sıyrık.

– Sıyrık mı? Kılıç yarası değil mi?

– Sadece derimi sıyırdı. Paçayı iyi kurtardım. Araba düşüşümü yumuşattı. Biraz morluklar olacak, hepsi bu.

Passan sertçe başını salladı ve homurdandı:

– Kahrolası bir mucize, evet...

Naoko yatağında, bir sfenks gibi hareketsiz yatıyordu. Koluna bir serum takılıydı.

– Tam olarak ne gördün? diye sordu Passan inatla.

– Sana en az on kere söyledim: Hiçbir şey.

– Ama Sandrine'i kimin öldürdüğünü gördün, değil mi?

Naoko elini kaldırmak istedi, ama kolu yatak örtüsünün üstüne külçe gibi düştü.

– Bir karaltı vardı. Siyahlar içinde. Sandrine'in arkasında duruyordu. Sonra kan. Her yer kırmızıya boyandı. Ancak pencereden atlayacak zamanım oldu.

– Başka bir şey hatırlamıyor musun? Küçük bir ayrıntı?

– Onun bir kadın olduğunu düşünüyorum.

– Japon bir kadın mı?

– *Katana*'yı kullanma biçimine bakarsan, sanırım evet... Tek bir hamlede onu öldürdü. (Sesini alçalttı.) Zavallı Sandrine... Kimonolarıyla...

Cümlesi hıçkırıklarla kesildi. Passan'ın merhamet gösterecek zamanı yoktu. Listedeki bir sonraki kişiler onlardı, burası kesindi. Japon kadının listesi... No maskesi. Kimono. Ve şimdi de *katana*. Katil eski geleneklere göre hareket ediyordu. Onun da çok sevdiği eski geleneklere göre.

– Onun kanser olduğunu biliyor muydun? diye sordu Naoko.

– Kimin?

– Sandrine. Terminal evrede kanserdi. Sadece birkaç ayı kalmıştı.

Passan ilk defa duyuyordu. Özür diler gibi cevap verdi:

– Otopsi henüz başlamadı.

– İnsanların hayatını bilebilecek bir adli tabip yok.

– Çok tuhaf.

Naoko yatağında doğruldu:

– Olanları anlamıyorsun, değil mi? Yaşadığımız tartışma, boşanma, çocuklara sırayla bakma gibi saçmalıklar arasında temel bir şeyi gözden kaçırdık. Kendi küçük mutsuzluklarımızla o denli meşguldük ki, en iyi arkadaşımızın ölmek üzere olduğunu bile fark etmedik.

Passan karşı çıktı:

– Yaşadığımız mutsuzlukların o kadar basit olduğunu sanmıyorum.

Naoko, kendi kendine konuşur gibi, tekdüze bir sesle devam etti:

– Dolapta kimonoları bulunca, bize yapılan saldırılarda onun parmağı olduğunu düşündüm. Bu çok saçmaydı, ama o anda...

– Kafasında tam olarak ne vardı?

– Bilmiyorum. Japonya'ya odaklanmıştı. Son haftalarını benimle ve çocuklarla geçirmek istiyordu. Bana *kami*'lerden söz etti...

– Şintocu mu olmuştu?

Naoko bir anda sesini yükseltti:

– Hiçbir şey bilmiyorum, sana söyledim! Ölmek üzereyken, insanların kafasından ne geçtiğini kim bilebilir? (Yeniden sesini alçalttı.) Şüphesiz Doğu mistisizminde, Zen sükûnetinde bir teselli, bir güç bulmuştu... Boş şeyler. Japonya bir zehirdir.

Bu konuşma Olivier'yi şoke etti, ama onun ne demek istediğini anlıyordu. Takımadalar, Batı için bir kurtuluş yoluydu. Sorunları halletmekten çok, huzurun ve sükûnetin ağır bastığı Asya'da bir cennet –bir Japonya ideali– düşlemek tercih ediliyordu. Passan da bunun ilk kurbanıydı.

– Katile dönelim, dedi Passan, sert bir tonda. Onu görmüş olman lazım. Nasıl giyinmişti?

– Siyahlar içindeydi, sana söyledim. Yani, sanıyorum. Bilmiyorum...

– Yaşı?

– Canımı sıkıyorsun. Her şey bir anda olup bitti. Sandrine'in vücudunun ikiye ayrıldığını gördüm. Gözlerime kan sıçramıştı. Ben... ben arkama dönmüştüm ve atladım. Ben...

Sesi gerçekten titriyordu. Hıçkırıklar, birkaç damla gözyaşı: Batılı bir kadın için fıskıyeyle eşdeğer.

Passan yumuşadı ve yatağa eğildi:

– Biraz dinlenmen lazım. Bunları yarın konuşuruz. Ama en başından itibaren yanılmışız, anlıyor musun? Hep benim peşimde olduklarını düşündüm. Guillard ya da başka bir alçak... Ama her şey, seninle alakalıydı. Bu bir Japon hikâyesi.

Naoko gözlerini fal taşı gibi açtı:

– Böyle düşünmenin sebebi kaçık katilin kimono giymiş olması ve...

Passan iPhone'unu çıkardı ve cinayet mahallinde çektiği fotoğrafı gösterdi.

– Duvarda bu yazılıydı. Ne anlama geliyor?

Naoko geri çekildi. Passan onun yutkunmaya çalıştığını fark etti. Gırtlağı titriyordu. Teni artık beyaz değildi, sararmış, kesilmiş süt gibi olmuştu. No maskalarının aşınmış ahşabını çağrıştırıyordu.

– Cevap ver, diye üsteledi Passan.

Naoko dudağını ısırdı ve Passan'a dik dik baktı. Her zaman olduğu gibi, Passan onun gözkapaklarının Moğol kıvrımlarından etkilendi. Hafif bir şehlalık etkisi yaratan o eğik çizgiden. Bu bakışta birbiriyle tezat anlamlar vardı: Gözbebeklerinin, her şeyi yumuşatan, gözlere mırıldanan, yürek okşayan hafif ayrıklığından kaynaklanan şiddetli bir öfkenin yanı sıra bir dinginlik, bir sevecenlik...

Naoko fısıldar gibi konuştu:

– "O benimdir."

– "O benimdir" ne? dedi Passan.

– Japoncada bu tür cümlelerde eril ve dişil yoktur. Ayrıca "Onlar benimdir" anlamına da gelebilir.

– Bunlar kanji veya hiragana karakterleri mi?

– İkisi de var.

– Başka karakterler yok mu?

– Katakana karakterleri mi? Hayır. Cümlede yabancı dilden gelme hiçbir işaret yok.

Japonlar yabancı dilden geçen sesleri ve isimleri ifade etmek için bir üçüncü alfabe yaratmıştı, bu da ülkenin ruh hali hakkında çok şey anlatıyordu.

– Üslup bakımından nasıl, saygılı, yansız, kaba?

– Kaba.

Beni şaşırtıyorsun.

– Şu cümleye iyice bak. Yazan hakkında, herhangi bir şekilde bizim için ipucu olabilecek bir şey var mı?

– Hayır.

Passan tehditkâr bir ifadeyle cep telefonunu salladı, kızmıştı:

– Ne demek istiyor, kahretsin!

Naoko gözlerini hızla kırpıştırdı.

– Bilmiyorum, dedi, gitgide daha donuklaşan bir sesle. Belki kimonolar. Çok pahalı olmalılar. Sandrine belki de onları çaldı ve...

– Benimle dalga mı geçiyorsun?

Naoko hiçbir şey demeden ona baktı. Gözleri artık her şeyi ele veriyordu. Korkuyu, öfkeyi. Asyalıların sözüm ona soğukkanlı olduklarını düşündü. Sonra da kendi salaklığını. On yıl bir Japon'la yaşamış ve bu klişeye ulaşmıştı. Hiçbir şey öğrenememişti. Asla da öğrenemeyecekti.

– "O benimdir", diye, bir ağaç kabuğunu çiğner gibi tekrar etti. Bunun anlamı ne olabilir? Senin geçmişinle alakalı olamaz mı? Ailenle? Oradaki arkadaşlarınla?

– Sen aklını mı kaçırdın?

– Mutlaka bir anlamı olmalı. Bunu bulmak zorundasın. Şu an için, başka çözüm yolu göremiyorum.

– Saçmalıyorsun. Köpeğimizi öldürmüş, Sandrine'i katletmiş birinden söz ediyoruz. Paris'in göbeğinde geleneksel Japon kılıcı kullanacak kadar aklını kaçırmış birinden. Üzgünüm, ama tüm hatırlayabildiklerim bu kadar.

Passan ikna olmasa da kabullenmiş gibi yaptı. Bu varsayım akla yatkın değildi. Bir kez daha, yumuşamış gibi yaptı ve yatağın kenarına oturdu. Her şeyi göze alıp genç kadının elini tuttu. Naoko karşı koymadan elini ona bıraktı. *Kötü belirti...*

– Tokyo'ya dönüyorum, dedi Naoko, kesin bir ses tonuyla.

– İyi fikir. Orada biraz dinlenirsin, sen...

– Hayır. Temelli dönüyorum. Tüm bu aptallıklar sona ermeli.

Passan, bilinçaltında hep böyle bir karardan korktuğunu anladı.

– Ya... ya çocuklar? diye kekeledi.

– Konuşuruz. Ama şu an için benimle geliyorlar.

Dar kafalı bir polis gibi "Şimdilik ülke sınırlarını terk etmemen gerekiyor. Sen bizim bir cinayet davasındaki en önemli tanığımızsın" diye cevap vermek isterdi. Ya da anlayışsız bir koca gibi "Avukatlarımız bunu ayarlayacaktır" demeyi. Ama teselli eden bir ses tonuyla konuştu:

– Sen dinlen. Yarın bu konuyu yeniden konuşuruz.

– Bu gece nerede kalacaksınız?

Hazırlıksız yakalanmıştı. Bunu henüz düşünmemişti.

– Otelde, diye cevap verdi gayriihtiyari. Kaygılanma.

Ona yavaş yavaş cevap vermek için biraz daha dikkatli düşünmeli ve düşüncelerini bir mantık çerçevesine oturtmalıydı. Beyninde anlaşılmaz bir baskı vardı. *Tokyo. Çocuklar. İlk korku...*

Öncelikle bu olayı çözmeliydi. Ardından da gitmesine engel olmalıydı.

Bir kâbustan sonra bir diğeri...

– Seni yalnız bırakayım, dedi mırıldanır gibi. Çok yoruldun.

Ayağa kalktı ve öpmek için yeniden Naoko'nun elini tuttu. Eğildiği sırada, giyotinin bıçağı ensesine iniyormuş gibi bir hisse kapıldı.

68

– Başkomiser Passan?

Soluk yeşil renkli ameliyat önlüğü ve pantolonuyla genç bir kadın ona doğru geliyordu. Patlak gözleri ve sivri yüzüyle önlüğünden biraz daha hallice bir dış görünümü vardı. Alnının üstündeki tirbuşon gibi kıvrımlı saçları, topraktan sökülmüş kökleri andırıyordu.

– Brigitte Devèze. Karnınızı tedavi eden acil servis doktoru.

Passan kadının elini sıktı ve yalan söyledi:

– Ben de sizi arıyordum.

– Meraklanmayın, dedi doktor. Yarası ağır değil.

– Ya düşme?

– Arabanın tavanı düşüşünü yumuşatmış. Çok şanslıymış.

Passan bir gülümsemeyle doktora teşekkür etti ve saatine baktı: 18.30. Film bitmiş olmalıydı. Fifi'ye telefon etmeliydi. Bir otel bulmalıydı. Yeniden normal bir yaşama dönmeliydi.

– Tam olarak ne oldu? diye sordu doktor. (Passan'ın yanmış yüzü aklını karıştırmış gibiydi.) Yarasına bir bıçak ya da ona benzer bir şey neden olmuş. Karınıza sordum, ancak çok aydınlatıcı değildi.

Az kalsın bir kez daha bir polis gibi cevap verecekti –"Burada soruları ben sorarım"– ama yeniden gülümsedi ve kaçamak bir cevap verdi.

– Soruşturma devam ediyor. Ben de sizden daha fazla bir şey bilmiyorum. (Yeniden saatine bir göz attı.) Üzgünüm, çocuklarım beni bekliyor.

Yeni bir soru sormasına fırsat vermeden, çift kanatlı kapıyı itti ve merdivene ulaştı. Dışarı çıkar çıkmaz da Fifi'nin numarasını tuşladı.

– Her şey yolunda mı?

– Temiz.

– Hangi filme gittiniz?

– *Kung Fu Panda 2.*

– Güzel miydi? diye sordu, laf olsun diye.

– Gürültülü.

Fifi, neometal, hardcore meraklısı ve kurallara uymayan biri olsa da, başkalarına karşı ilgiliydi.

– Naoko nasıl?

– Fena değil, olanlar göz önüne alınırsa. Sandrine'in eviyle ilgili yeni bir şey var mı?

– Henüz yok. Zacchary iş üstünde.

– Savcı uğradı mı?

– Sanırım, evet.

– Davayı kim aldı? Cinayet Bürosu mu?

– Şu an için sürüncemede. İlk durum saptamasını Saint-Denis polisi yapıyor.

– Lanet olsun, bu bizim davamız!

– Sakin ol. Sen Cinayet Bürosu'ndan uzaklaştırıldın ve hâlâ hastanede olman gerekiyor. Yapabileceğin tek şey, Pantin Polis Merkezi'ne gidip şikâyetçi olman.

Fifi doğru söylüyordu. Ama Passan, yine de savcıyı arayabilir, Lefebvre'le temas kurabilir, herkesi harekete geçebilirdi. Ve soruşturmayı üstlenmek için çaba sarf edebilirdi.

– Calvini seni görmek istiyor, dedi diğeri.

– Neden?

– Hiçbir fikrim yok. Yarın sabah, erkenden.

– Pazar günü mü?

– Evinde olacakmış. Adresi bende var. Sana SMS'le yolluyorum.

Olivier arabasına yaklaşırken bu davetin hayra alamet olmadığını düşündü.

– Guillard'la ilgili yeni bir şey mi var?

– Bilmiyorum.

– Öğren. Ya Levy?

– Hiç haber yok. Herif buharlaştı.

Bu kayıp yaşlı polis için bir kadiş duası okumanın vakti gelmişti.

– Siz ne yapıyorsunuz?

– Dondurma yiyoruz.

– Nerede?

– Montparnasse'ta.

Passan, Özel Harekât'ta görev yaparken, Arnavutluk'tan gelmiş bir tanığın korunmasını üstlendiğini hatırladı. Adam dava süresince, Montparnasse Garı'nın hemen arkasında, Commandant-Mouchotte Caddesi'ndeki Méridien Otel'de kalmıştı. Bugün otel Pullman Oteller Zinciri'ne aitti ama mimarisi fazla değişmemiş olmalıydı. Girişleri, çıkışları, katların düzenini biliyordu. Sadece birkaç polisle bir güvenlik çemberi oluşturabilirdi. Adresi Fifi'ye verdi. Yarım saat içinde orada buluşacaklardı.

Subaru'suna binince içini yeniden bir sıkıntı kapladı. Bunun sebebi katilin saçtığı korku değil, Naoko'nun Tokyo'ya dönme planıydı. Passan'a her zaman, hayatının Paris'te olduğunu söylemiş ve ayrılsalar bile burada kalacağına söz vermişti. *Lanet olsun!* Çocuklarının Japon pasaportları vardı. Kesin olan diğer bir şey de, Naoko'nun istediği zaman çocuklarla birlikte uçup gitmekte özgür olmasıydı. *Herhangi bir sorunla karşılaşmadan.*

Daima ihtiyatlıydı, bu konuda araştırma yapmıştı. Çocuk kaçırma, ülkeyi yasadışı terk etme ve başka birçok şeyden soruşturma başlatılabilirdi ama Fransa ile Japonya arasında suçluların geri verilmesi konusunda bir anlaşma yoktu. Passan ne yaparsa yapsın havasını alırdı.

Naoko gerçekten kararlı mıydı? Villadaki olay cidden onun dengesini mi bozmuştu? Ya da önceki gün Passan'ın ona yönelttiği suçlamalar? Maillot Kapısı'na doğru yol alırken, onun mürekkep siyahlığındaki saçlarla çevrili, kâğıt kadar pürüzsüz, kararlı yüzü gözünün önüne geliyordu. Bu ifadeyi iyi biliyordu. Evliliklerinin ilk dönemlerinde bile, Passan'a kızdığında yüzü siyah saçlarla çevrili bu maskeye bürünürdü. Ve daha sonra, gece, Passan ona yaklaşmak istediğinde, sırtını dönüp yatardı.

Makul gerekçelerle kendini rahatlamaya çalıştı: Kariyeri, evi, kısacası Naoko'nun tüm hayatı Fransa'daydı. Ve çocuklar için ikidilli olmanın bir üstünlük olduğunu her zaman yineliyordu. Şimdi her şeyi bir kenara itip sıfırdan mı başlayacaktı?

Naoko krizdeki ülkesinde boş umutlar peşinde koşacak biri değildi. Japonya'ya karşı onunkinden daha katı bir yargı olamazdı. Onun için Honşu çeltik tarlalarındaki otlar kesinlikle daha yeşil değildi. Ama bugün, buzdolabındaki derisi yüzülmüş maymundan, çocuklarına tehdit oluşturan vampirden, bağırsakları deşilmiş köpekten ve ikiye biçilmiş en iyi arkadaşından sonra, herhangi bir yer ona Mont-Valérien'dan daha yeşil gelecekti.

69

Güçlükle de olsa Naoko doğrulmayı ve bacaklarını yatağın dışına sarkıtmayı başardı. Her hareket onun için bir sınavdı. Nefesini tuttu ve serum iğnesini yavaş yavaş çekti. Sonra parmak uçları yere değecek kadar aşağı kaydı ve ayağa kalktı. Bu şekilde, dengesini korumak için birkaç saniye hiç kıpırdamadan durdu.

Her şey yolunda. Yürüyebiliyordu. Passan ona temiz kıyafetler getirmişti. Dolabı karıştırdı ve gerekli şeyleri buldu. Bir külot, hafif bir elbise giydi, ayağına açık sandaletleri geçirdi. Lokal anestezinin etkisi devam ettiği için hiç ağrı hissetmiyordu. Soluk mavi yağmurluğunu da aldı. Passan el çantasını getirmeyi bile akıl etmişti. *Mükemmel.*

Koridora bir göz attı. Kimse yoktu. Odadan çıktı ve sessizce kapıyı kapattı. Çantası omzunda, duvar boyunca ilerledi, yürüdükçe kendine güveni biraz daha artıyordu. Bu cumartesi gününde, öğleden sonranın bu son saatlerinde sıradan bir ziyaretçiye benziyordu. Geriye artık ihtiyacı olan şeyi bulmak kalıyordu...

Birkaç saat önce, onu acil servis holünde, sedyenin üstünde bekletmişlerdi. Oda sorunu vardı. Ya da doktor kıtlığı. Anlamamıştı. Sakinleştiricilerle uyuşmuş bir halde, acısına sabırla katlanarak etrafı gözlemlemiş ve levhaları okumuştu.

Yabancı bir kadının altıncı hissi. Sürekli savunma halinde olduğundan, herhangi bir Fransız'a göre görüşleri daha keskindi. Açıklama yapmadan, fotoğrafı çekilmeden bir kamu binasına –postane, belediye, hastane– giremezdi. Bütün koşullar denetlenmeden asla bir kira kontratı veya bir irsaliye makbuzu imzalayamazdı.

Robert-Debré Hastanesi, çocuk patolojileri ve nadir çocuk hastalıkları alanında faaliyet gösteren bir ihtisas hastanesiydi. Naoko, çocuklarla ve yeniyetmelerle dolu bir yerde eğlence odalarının da olması gerektiğini düşünüyordu. Shinji, Necker'de apandis ameliyatı olduğunda, onu masa başı oyunlarıyla, kitaplarla, bilgisayarlarla dolu büyük bir odaya götürmüştü. Ve biraz şansı varsa ille de bilgisayar diyenler için, internet bağlantısı olan bir bilgisayar bulabilirdi...

Asansöre bindi ve birinci kattan başladı. Yeni bir koridor. Çocuğunu arayan bir anneye benziyordu. Tek fark, Okinava'ya çekilen Japon ordusunu çağrıştıran aksak yürüyüşüydü.

Koridorun sonunda "tıklım tıklım dolu" bir yer vardı. "Yetişkinler giremez." Girenleri denetleyen kimse yoktu. Oda duvar resimleri, langırt masaları ve müzik aletleriyle çekici hale getirilmişti. Kulüp üyelerinin kıyafetleri kot-tişört ile daha az şanslı olanlar için pijama-serum arasında değişiklik gösteriyordu.

Sanki hayatları buna bağlıymış gibi parmakları klavyelerin üstünde gezinen çocukları fark etti. Boşta tek bir makine bile yoktu. Bilgisayarda oyun oynayanları es geçti ve Facebook'a bağlanmış sarsak bir oğlanı gözüne kestirdi.

Yanına gitti ve kibarca, bilgisayarını kullanıp kullanamayacağını sordu. Çocuğun yüzü, ileride dönüşeceği erkeği şimdiden ele veren güzel bir gülümsemeyle aydınlandı. Naoko, günün birinde Shinji ile Hiroki'nin de böyle tasasız, karşı konulamaz birer yeniyetme olacağını düşündü.

Japon karakterleri kullanabilmek için, hemen özel bir siteye bağlandı. Delikanlı Naoko'nun yanında ayakta durmuştu; çok uzun boyluydu – en az 1,85'ti.

– Bu Japonca mı? diye şaşkınlıkla sordu oğlan. Sanki söz konusu olan *Yüzüklerin Efendisi*'ndeki Elf diliydi.

Naoko onunla diyalog kurduğu için pişmanlık duyarak başını salladı. Passan hastanede bir soruşturma yaparsa, onu kolaylıkla hatırlayacak olan bu yeniyetmeyi bulacaktı.

Naoko Facebook'a bağlandı. Unutulmuş ismi girdi ve hem güler yüzlü hem de somurtkan bir portreyle karşılaştı: Değişmemişti. Tuşların üstünde biraz daha gezindi ve başka bir şeyi daha teyit etti. Her şeye rağmen, hâlâ arkadaş listesindeydi. Bu zararsız surat aniden, önceki günkü kanlı yüzle üst üste bindi. Naoko'ya şiddetli bir titreme geldi.

Tuşlara bastı. Gelen kutusunda sadece bir mesaj vardı.

Bir tek.

– İyi misiniz? diye kaygılandı yeniyetme.

– Sorun yok. Neden?

– Benziniz soldu.

– Her şey yolunda, diye gülümsedi Naoko. Bilgisayarı birkaç dakika daha kullanabilir miyim?

Çocuk iri ellerini iki yana açtı. El hareketleri suyun dibinde yüzen algları çağrıştırıyordu.

– Burada zamanımız bol.

Naoko ona hastalığını sormaya cesaret edemedi. Japon Havayolları'nın sitesine girdi ve önlem olarak Japonca versiyonu seçti. Ertesi gün, 11.40'a bir uçuş buldu. Tuşa bastı, yolcuların isimlerini, kredi kartı numarasını verdi. Her zaman kullandığı Visa kartının değil, aceleyle gitmesi gerektiğinde kullanmak üzere sakladığı, gizli American Express'inin numarasını. Aslında, arkasına bakmadan çekip gitmeye hazır bir suçlu gibi yaşamıştı her zaman.

Birkaç tuşa bastı ve rezervasyonlar onaylandı. Sandrine'in iç organlarıyla yazılmış Japonca karakterler, rakamların ve tarihlerin üstüne binmiş gibi görünüyordu.

Mesajın anlamını bir tek o anlayabilirdi.

Bir tek o buna karşılık verebilirdi.

Passan ile çocuklar Pullman Otel'in lobisine saat 19.30'da girdiler. Yakın korumaları Fifi, Jaffré ve Lestrade'dı – silahlı üç polis, boş vakitlerinde çocuk bakıcılığı görevi de üstleniyordu.

Passan bir kez daha, buraya gizlediği Arnavut tanığı düşündü. Elinde olmadan bir mukayese yaptı. Bugün onunla tam olarak aynı durumdaydılar. Ciddi bir tehlike altındaki zayıf varlıklar. Buna benzer birçok olayla karşılaşmıştı. Tanıklar. Kurbanlar. Masum şüpheliler... Olağanüstü durumların perişan ettiği sıradan insanlar. Artık o da onlardan biriydi.

Fifi kayıt işlemleriyle ilgilendi. Jaffré ile Lestrade bavulları odaya çıkardı. Küçük bir süit, tüm ekibin bir arada kalması için tek çözümdü. Savcı vekili talep dilekçesini imzalamıştı. Ekstralar bile devlet tarafından karşılanacaktı. *Bundan böyle koruma altına alınmış tanıklar.*

Mekânı keşfederken çocuklar sevinç çığlıkları atıyorlardı. Passan onlara annelerinin hasta olduğunu, ancak üzülmemelerini söylemişti. Şaşırtıcı bir durumun da farkına varmıştı: Evin iki direğinden biri yanlarında olduğu sürece çocuklar en ufak bir kaygı belirtisi göstermiyorlardı. Suratı yanmış olsa da babaları oradaydı – ve her zamanki gibi sağlıklıydı.

Polisler salona kamp kuracak gibi yerleşirlerken, Fifi oyun konsolunu televizyona bağladı. Olivier ise, yüzüne Biafine sürmek için banyoya gitti. Fifi ona "eczanelerde satılmayan" sakinleştiriciler de tedarik etmişti. Ona göre, yasal ilaçlar "homolar içindi"; kendisinin haplarıysa çok daha etkiliydi. Passan yardımcısının, bu *up and down*'lar[22] kralının sözüne güveniyordu, ama hâlâ tereddüt içindeydi...

22. İngilizcede "yukarı ve aşağı" "çıkış ve iniş" anlamlarında kullanılır. (ç.n.)

Kapıyı araladı ve onu çağırdı:

– Şu senin zımbırtılar, beni serseme çevirmesin?

– Hiçbir riski yok, diye karşılık verdi Fifi, banyoya girerken. Bunlar Extacy'nin ertesi günü kullanılıyor. Önceleri, eroini ikame etmek için kullanılıyordu, ama modern kimya sürekli gelişme içinde.

– İkna oldum.

Fifi güldü ve onu cesaretlendirmek için bir tane yuttu.

– Tamam, dedi Passan kapıyı kapatırken. Cinayet Bürosu'nu aradın mı?

– Şu an için Saint-Denis polisi olayla ilgileniyor. Savcılık acilen bir sorgu yargıcı tayin edecek.

– Adını öğrenince bana haber ver. Seine-Saint-Denis'deki heriflerle temasa geçtin mi?

– Pré-Saint-Gervais'de yakın çevre soruşturması başlatıldı. Kimse bir şey görmemiş, bir şey duymamış. Cinayet sonrasına gelince, kız buhar olmuş. Hiçbir bir iz yok, en ufak bir şey bile.

Asansörün karanlık kabini yeniden Passan'ın gözünün önüne geldi. Artık hiç şüphesi yoktu: Kadın kimseye görünmeden kaçmak için –ve yeniden vurmak için– oraya gizlenmişti.

Fifi dörde katlanmış bir jelatin çıkardı.

– Müsaade var mı? diye sordu, kokaini işaret ederek.

– Hayır. Sen nerede olduğunu sanıyorsun? Görevdesin yavrum. Ve çocuklarım yan tarafta.

– Elbette, diye sırıttı Fifi. Ben nasıl kafayı bulacağım?

– Minibardaki biralarla idare edeceksin. Benim evle ilgili yeni bir şey var mı?

– Yok. Ev ev dolaşarak yapılan soruşturmalardan da bir şey çıkmadı. Olay yeri incelemenin analizlerinden de. Sana defalarca söyledim, bu bir hayaletin işi.

Passan beresini çıkardı, kafasını kaşıdı, sonra da düşüncelerini düzene sokmak istermiş gibi, kalan saçlarını sıvazladı.

– Sandrine hakkında bilgi toplayabildin mi?

– Hepsini birden yapamam, diye karşı çıktı Fifi. Ya kendine bir dadı bul ya da...

Olivier sızlanmasını kısa kesmek için eliyle bir hareket yaptı:

– Bu akşam odada çalışabilirsin.

– Sen bizimle kalmıyor musun?

Passan soruyu ustalıkla geçiştirdi:

– *Katana*'ları da araştırmanı istiyorum.

– Neleri?

– Japon kılıçları. Bıçak tamircileri, antikacılar ve *kendo* kulüpleriyle temasa geç.

– Bu gece mi?

– Başının çaresine bak. Ayrıca gümrüklere de sor, son zamanlarda bu tür şeyleri ülkeye sokan biri olmuş mu?

Fifi küvetin kenarına oturdu. İlaç etkisini gösteriyor olmalıydı, çünkü gözle görülür bir şekilde gevşemişti. Passan ilacın kendisinde de aynı etkiyi göstermesini isterdi ama canı hâlâ acıyordu.

– Soruşturmanın bizde olmadığını hatırlatırım, dedi yardımcısı bitkin bir sesle. Ne yetkimiz ne de gücümüz var.

– Bu ilk kez olmuyor.

– Naoko ne diyor?

– Hiç.

– Elbette.

Passan bu imaya karşılık vermedi. Saat 20.30 olmuştu. Aklına davayla ilgili son bir şey daha geldi:

– Ya Levy?

– Levy, ne?

– DNA analizi yaptırmış mı, öğrenmeni istemiştim.

– Kahretsin, unutuyordum... Tüm bu olaylar, ben...

– Bir şey buldun mu?

Fifi pantolonunun arka cebinden bir defter çıkardı:

– Doğrusu, evet. Levy, Bordeaux'ya 21 Haziran'da bir eldiven teki yollamış. Aynı gün, diğer tekini de Strasbourg'daki bir laboratuvara ulaştırmış. Onları ertesi günün akşamı, sonuçlarla birlikte geri almış.

İnsan polis olunca, haklı olmak bir ölüm kâğıdı imzalamak anlamına gelirdi.

– Her halükârda, bunlar Guillard'ın eldivenleri, diye devam etti Fifi. Onları neden ayırmış ki?

– Sonuçları karşılaştıran tek kişi olmak istiyordu. Eldivenleri ve sonuçları Guillard'la satmaya kalkıştı.

– Parayla birlikte tüydü mü?

– Öldü.

Passan kapıyı açtı ve dışarı çıktı. Fifi de peşinden. Shinji ve Hiroki, ellerinde oyun kumandaları, Jaffré ile Lestrade'ın eğlenen bakışları altında kahkahalarla gülüyorlardı. Olivier çantadan iki pijama ile tuvalet malzemeleri çıkardı, çocukları banyoya götürdü ve itirazlarına rağmen onları soydu. Hayatlarında değişen bir şey yokmuş, sıradan bir akşammış gibi göstermek için her zamanki gibi davranmalıydı.

Ardından Naoko'ya telefon açtı. Duygularını gizleyen, donuk bir sesle karşılaştı. Çocuklar anneleriyle konuşmak istediler. Süit odayı tarif edip minibardaki şekerlemelerin adlarını teker teker saydılar, sonra oyunlarına döndüler.

– Akşam yemeği için oda servisini arayın, dedi Passan, yardımcısına.

– Yine nereye kaybolacaksın?

– Halletmem gereken bir iş var.

Fifi yarı kaygılı, yarı saldırgan bir tavırla karşısına dikildi:

– Son seferinde de böyle söyledin, meşaleye döndün. Nereye gidiyorsun?

Passan gülümsemeye çalıştı. Krem ve ilaçlar nihayet etkisini göstermişti. Ve belki sihirli hap da.

– Evime dönüyorum.

– Ne yapmak için?

– Veda etmek için.

Duş aldı, üstünü değişti ve iki küçük şeytanına sarılıp öptü. Yemekler gelmişti: en büyük boy hamburgerler ve bol miktarda patates kızartması. Naoko'nun eğitim kuralları uzakta kalmıştı ama ne de olsa, içinde bulundukları kaos ortamına rağmen, cumartesi akşamıydı.

Adamlarına başıyla veda edip gece yarısı döneceğine söz vererek kapıdan çıktı. Fifi ona ertesi sabah yargıçla olan randevusunu yeniden hatırlattı. Passan asansörlere doğru yürürken bu olaydaki tek hayaletin kendisi olduğunu düşündü.

71

Villanın bahçe kapısı polis şeridiyle kapatılmıştı. Bandı söktü ve uzaktan kumandasını çalıştırdı. Bir karara varmıştı. Evi satacaklardı. Kredi borcunu kapatacaklar ve kalan parayı çocuklar adına açacakları hesaba yatıracaklardı. Yıllar içinde, avro kuruyla değerlenecek bir güvence yatırımı. *Güvence.* Bugün sadece bankalar bu sözcüğü bir tepsi üstünde ona sunabilirdi.

Bahçesine bakmadan çimenlik alanı geçti. Ağaçların dibinde lambalar yanıyordu. Plastik şeritler, direkleri dağcı halatı gibi birbirine bağlamıştı. Altlarından geçti, lateks eldivenlerini giydi ve anahtarı kilidin içinde çevirdi. *Bir hırsız gibi.*

İçeri girince her odanın ışığını yaktı. İçerisinin karanlıkla kirlenmesini istemiyordu. Mal sahibi olarak evde bir tur attı, dalgın hareketlerle birkaç yastığı, halıların köşelerini kaldırıp baktı. Bir şey aramıyordu. Zacchary'nin adamları bunu zaten yapmıştı ve bir şey bulamamışlardı. Sadece, bu eşyalara, bu duvarlara, bu eve son bir kez dokunuyordu.

Üst katta, çocukların odasının kapısında durdu. İki yatak arasındaki koyu renkli lekeye eşikten baktı. Titremiyordu, yerinden kıpırdamıyordu. Gecenin ortasında bir buz parçası gibiydi. Davetsiz misafire güvenen, ona hiç havlamayan Diego'yu düşündü. Neden? Japon olduğu için mi? Zavallı köpeği kandırmak zor olmamıştı...

Naoko'nun odasına girdi, ışığı yakmadı. Gün içinde birkaç parça eşya almak için de bu odaya gelmişti. Bu kez, her eşyayı uzun uzun inceledi. Cilalı ahşap dolaplar, bir kanepe, kırmızı renkli tüy yatak, başucu masası... Hepsi yerli yerindeydi. Hiç düşünmeden, geniş pencerenin önündeki yatağın kenarına oturdu.

Böğrüne sert bir şeyin değdiğini fark etti. Elini ceketinin cebine soktu ve *kaiken*'i çıkardı. Delil torbasını açtı ve bahçeden vuran ışıkların aydınlığında hançeri inceledi. Siyah ahşap kını içinde, kavisli, ince uzun, bir av köpeği gibi hep tetikte duran bir hançer. Parlak fildişi sapı fosforlu gibiydi. Aklına José Maria de Heredia'nın, zırh kuşanmış bir samurayı "siyah bir deniz kabuklusuna" benzettiği şiiri geldi. Passan da kendini sert kabuklu, keskin zekâlı bir hayvanı tutuyormuş gibi hissediyordu.

Japonya hayallerini bir kez daha saçma buldu. Kendi boğazlarını kesen samuray kadınları. Âşık oldukları erkeğe bağlılıklarının ispatı olarak serçeparmaklarını kesen fahişeler. Kapkara olması için tanik asitle dişlerini yakan ve böylece tenlerinin beyazlığını daha belirgin kılan evli kadınlar. Hep bu ölümleri, insanın kendi bedenine verdiği bu zararları, bu fedakârlıkları düşleyip durmuştu.

Bugün, şiddet buradaydı ve buna hiçbir anlam veremiyordu. Bir an *kaiken*'i çöpe atmayı düşündü. Ama vazgeçti ve başucu masasının çekmecesine koydu.

Hediye hediyedir.

Ayağa kalktı, bodruma indi. Yine ininde çalışacaktı. Guillard girdabından kurtulmuştu ama şimdi de başka bir uçurumun kıyısındaydı. Bu çok daha tehlikeliydi, çünkü bunda anlaşılmaz bir şeyler vardı.

"O BENİMDİR."

Katil ne demek istemişti? Naoko değerli bir şey mi çalmıştı, bilmemesi gereken bir şey mi biliyordu? Bu yazı ailesiyle alakalı olabilir miydi? Ya da eski bir kocayla? İşte bu imkânsızdı. Çok genç yaşta Japonya'dan ayrılmıştı ve sadece ailesini ziyaret etmek için belli dönemlerde Japonya'ya gidiyordu. Hiç pişmanlık duymayan, ülkesiyle bütün köprüleri atmış bir sürgün gibi yaşamıştı her zaman. Birden, belki de bir şeylerden kaçmış olabileceğini düşündü...

Lambayı yaktı, derme çatma çalışma masasına oturdu ve yeniden düşündü. Bir olasılık daha vardı: Japonya'da yaptığı tutuklamalarla ilgili bir intikam...

Ama sanmıyordu. Firardaki dolandırıcıları, kaçak bankacıları, nafaka ödemeyen kocaları, oymabaskı veya teknolojik malzeme kaçakçılarını yakalamak gibi küçük davalarda çalışmıştı. Hiçbir dostluk kurmamış, hiçbir Japon'la yakınlaşmamış, gözü başkasının tabağında olan diğer yabancılardan da uzak durmuştu. Japonya onun kişisel cennetiydi; o dönemde yalnız olmayı tercih etmişti.

Geriye kadınlar kalıyordu. Ama o konuda da belirgin bir şey

yoktu. Hiçbir macera yaşamaksızın, kadınlar onun hayallerini, fantezilerini süslüyordu. Her akşam, büyülenmiş gibi, kadınların kurban, erkeklerin işkenceci olduğu Japon pornoları seyrediyordu. Gün içinde, saat başı en az bir kere âşık oluyordu. Daima kendi kurallarına –fahişe ve güzel– riayet ederek, kendi tarzında cinsel ilişkiye de girmişti...

Saat 23.00 olmuştu. Hayallerinden silkinip kurtuldu. Sandrine hakkında düşünmenin vakti gelmişti.

İnancı tamdı: Kimonolarına ve *obi*'lerine rağmen, arkadaşının seri cinayetlerle bir ilgisi yoktu. O bu vahşetin doğrudan hedefi değildi; bu da Pré-Saint-Gervais'deki asıl hedefin Naoko olduğunu gösteriyordu. Yine de, vicdanını rahatlatmak için onun ölümünü soruşturmalıydı. E-postalarını, Facebook sitesini araştırarak işe başlayabilirdi ama bu tür araştırmalardan pek hoşlanmıyordu. Eski usul araştırmaları tercih ediyordu.

Ev telefonuna uzandı ve ajandasını açtı. Hayattayken Sandrine'i hiç düşünmemişti. O, inkâr ettiği bir geçmişe aitti. Japonya'dan döndüğü o döneme. Louis-Blanc'da çalıştığı yıllara. Depresyonlu günlerine. Naoko'suz hayata...

– Alo?

Birkaç kez karşılaştığı, Sandrine'in kız kardeşi Nathalie Dumas'nın –evlilik soyadı Bouassou'ydu– numarasını çevirmişti. Taziye dileklerinden sonra ona ablasının hastalığını sordu. Nathalie şaşırmıştı. Herkes onun ölümünü bekliyordu ama bu ölümün bir kılıç darbesiyle olacağı akıllarına gelmemişti. Kanserin nasıl hızla geliştiğini anlattı. Şubat ayındaki muayenelerde sol memesinde bir tümör saptanmıştı. Yapılan daha ileri tetkikler sonucunda karaciğerde ve rahimde metastaz saptanmıştı. Ameliyat için çok geç kalınmıştı. İlk kemoterapi, tümörde az da olsa bir gerileme sağlamıştı. Depreşme öncesi iyileşme. İkinci kemoterapi mayıs ayında yapılmıştı. Haziran ortasında ise karar verilmişti: Artık yapacak bir şey yoktu.

Passan nezaket icabı ve karşısındakinin susmasını fırsat bilerek, cenaze töreninin ne zaman ve nerede yapılacağını sordu. Gelecek salı, Pantin Mezarlığı'ndaydı. Sandrine'in özel yaşamını sordu. Nathalie kaçamak bir cevap verdi. Düzenli, kapalı ve ölçülü bir yaşam süren ablasının hiçbir sevgilisini tanımıyordu. *Evde kalmış bir kız.* Böyle bir sözcük telaffuz edilmemişti ama ayrıntılardan çıkan buydu. Passan onun cinsel hayatı hakkında daha özel sorular sormak isterdi ama buna cesaret edemedi.

Sandrine'in Japonya tutkusunu irdelemeyi denedi. Kız kardeşinin böyle bir şeyden haberi yoktu. Ne kimonolardan ne de naylon peruklardan haberdardı. Passan kadına teşekkür etti ve cenazeye geleceğine söz verdi. Ama gitmeyeceğini biliyordu: Cenazelerden nefret ederdi.

Bir cumartesi gece yarısı, araştırma olanakları kısıtlıydı. Yine de, Guillard'ın holdingindeki yolsuzluğu ortaya çıkaran, mali şubedeki Jean-Pierre Jost'u, namı diğer Fatura Canavarı'nı aradı. Ailesiyle birlikte televizyon seyreden adam onu keyifsiz bir sesle cevapladı. Anlaşılan Calvini onu uyarmış ve mahkeme emri olmadan özel bilgileri ifşa ettiği için azarlamıştı.

Passan ona olayla ilgili son bilgileri özetledi, yanıklarından söz etti, Jost sakinleşti. Olivier ondan son bir iyilik istemek için bu durumdan yararlandı.

– Bir ölüm kalım meselesi, dedi.

– Kimin için.

– Benim için. Karım için. Çocuklarım için. Seçim senin.

Adam boğazını temizledi, sonra da Passan'ın Sandrine Dumas'yla ilgili verdiği bilgileri not etti.

– Seni ararım.

Passan kendine sert bir kahve hazırladı. Üzerindeki boş evi hissediyordu. Yanan ışığa rağmen ev ona hüzün veriyordu. Boş bir beton yığınından farksızdı. Miadını doldurmuş bir çağa ait bir tapınak. Hiçbir özlem duymuyordu. *Uzak bir ihtimal olsa da*, ikinci bir saldırı karşısında uğruna savaşması gereken bir yerdi sadece.

Elinde kahve sürahisi ve kupasıyla yeniden masasına oturduğu sırada cep telefonu çaldı. Arayan Fatura Canavarı'ydı. Bu düzeydeki bir uzman için Sandrine Dumas'nın hesaplarına ulaşmak büyük bir başarı değildi. Sonuçlar kadının sürdürdüğü yaşamla tezat teşkil etmiyordu. Lisesi ile küçük evi arasında tatsız bir hayat süren kırklı yaşlardaki bir kadının tatsız tuzsuz yaşamını gözler önüne seriyordu. Sadece tek bir tutarsızlık vardı: Nisan ayının sonunda yirmi bin avroluk bir banka kredisi almıştı. Bu miktarda bir kredi tutarı için tıbbi kontrol şartı yoktu. *Benden sonra tufan.*

Dikkat çekici bir diğer şey de, doğrudan bununla alakalıydı: Île de la Cité'deki bir butikten bir sürü ipek kimono satın almıştı. Kimonolara on dört bin avro, *obi*'lere ise yaklaşık üç bin avro ödemişti. Ölmeden önce Sandrine kendini mutlu etmişti...

Passan, Jost' a teşekkür etti ve onu ailesiyle baş başa bıraktı. Bu yeni bilgiler bir işe yaramamıştı ama en azından Naoko'nun tanıklığını doğruluyordu. Bu eski dostu için üzüldüğünü hissetti. Sandrine, hayatının son döneminde, Japonya sevdalısı olmuştu. Bu şüphesiz yeni bir sevda değildi, ölüyor olması bu tutkusunu daha da artırmıştı. Can çekişmesi umutlanmasına engel olmamıştı. Naoko'nun bedeninde, takımadaların ve onun ruhunun teselli veren gölgesinde ölmek istemişti.

Bu çağrışım, ona bir kez daha eski karısını hatırlattı. Her şeye rağmen, en inandırıcı varsayım Naoko'nun bir sırrı olduğuydu. Aslında, Naoko söz konusu olduğunda her şey mümkündü. Onun bir sığınağı andıran karakterini, zırhlı egoizmini düşündü. Japonya'da yaptığı doğumları. Parasını kıskançlık derecesinde tek başına sahiplenmesini – hiç ortak hesapları olmamıştı. Passan'ın çocuklarla geçireceği zamanı çalmak için onlarla Japonca konuşma merakını. Ve şimdi, Shinji ile Hiroki'yi alıp Tokyo'ya dönme niyetini...

Onunla nasıl on yıl boyunca beraber olmuşlardı? Aralarında on bin kilometrelik bir fark ve bu yolun sonunda da bir açmaz vardı...

Öfkesi karanlığın içindeki bir alev gibi yeniden canlanıyordu. Öfkesini biraz daha beslemek için Naoko'nun bütün rahatsız edici davranışlarını gözünün önüne getirdi. Günün her saatinde içtiği çayı. Raflarda üst üste duran güzellik ürünlerine duyduğu takıntıyı. Cömertlikten ziyade cimrilik belirtisi olan, küçük hediyeler alma alışkanlığını. Bitmek tükenmek bilmeyen banyolarını. Eve girer girmez gargara yapmaya başlamasını. Bazen işitmeye tahammül edemediği, kopuk kopuk konuşmasını. Bütün cümlelerine "hayır" diye başlama veya bir sözcüğün Fransızcasını bilmediğinde İngilizceye başvurma alışkanlığını. Ve özellikle de, hiçbir şey söylemeyen ve her şeyi alan, siyah, şehla gözlerini.

Zamanla Naoko, onun Japonya idealini, hayallerini kemiren bir hastalığa, bir cüzama dönüşmüştü. Yumruklarını sıktı, öfkesinin alevlerin içinde yandığını görmek için gözlerini kapattı.

Tam tersi oldu.

Onları hep bir arada tutmuş olan o derin uyumu hatırladı. Passan, Naoko'nun aşkı algılama tarzını seviyordu. Sevgi gösterisi yoktu, yerli yersiz "seni seviyorum" (bu sözcükler Japoncada hiç kullanılmazdı) demek ve asla tahammül edemeyeceği diğer yapmacıklıklar yoktu...

Jean Cocteau, Pierre Reverdy'den bir replik araklamış ve onu Robert Bresson'un bir filminin diyaloğunda kullanmıştı: "Aşk diye bir şey yoktur. Sadece aşkın kanıtları vardır." Bir anda bu cümle evrensel bir özdeyiş haline gelmişti. Passan bu cümlede hep derin bir hakikat olduğunu hissetmişti: Aşkta sadece davranışlar önem taşır, kelimelerin hiçbir kıymeti yoktur.

Ama Naoko davranışlarıyla sevgisini o kadar az belli etmişti ki, sözleri, davranışları haline dönüşmüştü. Gecenin ortasında, o da bir ya da iki kez, daha fazla değil, Naoko büyüleyici aksanıyla "Seni seviyorum" diye ona fısıldadığında, Passan yıldızlı gökyüzünün altında, çöldeki bir kuyunun suyunu hayranlıkla seyrediyormuş gibi olurdu.

Hayatına anlam katmış bu iki kelime...

– Guillard itiraf etti.

– Nasıl?

Olivier bahçe kapısının önünde duran Ivo Calvini'ye dikkatle bakıyordu. Gözleri hâlâ içeri göçüktü ve insanı tedirgin eden bakışları vardı ama görünümünde –cart mavi bir eşofman ile kilometre taşları kadar beyaz basket ayakkabıları giymişti– tuhaf, neredeyse komik bir şeyler vardı. Evi de şaşırtıcıydı: Saint-Denis'nin göbeğinde, değirmentaşından yapılmış, maden işçilerinin toplu konutlarını çağrıştıran, gösterişsiz bir evdi. Bürokrat kafasına ve Yargıçlar Kurulu başkanı olmanın verdiği kuruma rağmen, sıradan bir banliyö sakininden başka bir şey değildi.

– İtiraf nasıl elinize geçti? diye sordu polis.

– Postayla. Doğrudan. Bir tür *post mortem*[23] bir final.

Yargıç nükte yapıyordu; bu da alışılmadık bir şeydi. Ama zaten her şey bir tuhaftı: Adam onu evine pazar sabahı saat dokuzda çağırmıştı. Asla görülmedik bir durumdu bu.

– İçeri girin, rica ederim.

Bahçeye girmesi için kenara çekildi. Kare biçimindeki çimenlik alanı geçtiler, sonra Calvini büyük bir meşe ağacının altındaki masa ile ferforje sandalyeleri işaret etti.

– Beni burada bekleyin. Hava çok soğuk değil. Gidip belgeleri getireyim. Kahve ister miydiniz?

Passan kabul etti.

Önceki günden beri ne bir şey içmiş ne de bir şey yemişti. Aşk özlemiyle uykuya dalmış, rüyaların ve duyguların olmadığı bir koma haline girmişti. Saat beşte, yaptığı düşüncesizliğin şaşkınlı-

23. "Ölüm sonrası" anlamına gelen Latince deyim. (ç.n.)

ğıyla uyanmıştı. Çocukları tehlikedeydi. Eski karısı hastanede ve tehlikedeydi. Elinde *katana*'sıyla, bir katil şehirde cirit atıyordu. Peki bu arada kendisi ne yapıyordu? Uyuyordu. Çocuklarını görmek için Montparnasse'taki Pullman Otel'e uğramıştı. Jaffré ile Lestrade kanepelerin üstünde horlarken Fifi'ye alçak sesle birkaç şey söylemişti.

– Bugün de çocuklarla ilgilenir misin?

– Elbette, bu benim işim.

– Ne yapacaksınız?

– Aquaboulevard Su Parkı. Trône Fuarı. Kararsızım.

Daha fazla konuşacak bir şeyleri yoktu. Ne geçen gece ne de yeni başlayan gün hakkında konuşmuşlardı. Günlerden pazardı ve soruşturma yirmi dört saat boyunca askıda kalacaktı. Zaten bu, onların soruşturması da değildi...

Bahçe mobilyalarının üstünde çiy taneleri parlıyordu. Olivier bir sandalyeyi kuruladı ve oturdu. Mahalle şaşırtıcı derecede sessizdi. Ne bir araba gürültüsü ne de kömür kokusu vardı. Kuşlar avaz avaz şakıyordu. Ama nerede olduğunu anlamak için insanın kafasını kaldırması yeterliydi: Bahçe duvarlarının üstünde, gökdelenler gökyüzünü tıkıyordu. Ev Francs-Moisins sitelerine birkaç yüz metre mesafedeydi. Yargıç, Doğumcu'nun avlanma sahasında yaşıyordu.

Ayak sesleri duyuldu. Calvini, koltuğunun altında dosyası, ellerinde kupalar, kahve sürahisi ve şekerlikle geliyordu. Silueti, bir iskeletinkinden daha toplu değildi, bu korkunç eşofmanla bile belli bir asaleti vardı.

Sırtı eve dönük bir şekilde, Passan'ın yanına oturdu ve malzemeleri itinayla masanın üstüne bıraktı. Birkaç saniye başkomiserin yanmış yüzünü inceledi. Sanki hem hayranlık duyuyor hem de üzülüyordu.

Passan adamın dikkatini başka tarafa çekmeye çalıştı:

– Uzun zamandan beri mi burada oturuyorsunuz?

Yargıç gülümsedi:

– Beni 17. Bölge'deki burjuva apartmanlarından birinde hayal etmiştiniz, değil mi?

– Doğrusu, evet.

– Ben Seine-Saint-Denis'nin bir yargıcıyım. Kendi bölgemde yaşamam gerekir. Kendi kümeslerinde oturmakta inat eden mimarlar gibiyim. Şeker?

– Hayır.

– Ya siz, siz nerede oturuyorsunuz?

Calvini, Passan'ın kupasını dolduruyordu. Kahvenin aroması nemli toprağın kokusuna karışıyordu.

– Artık pek bilmiyorum, diye kararsız bir cevap verdi, Passan. Suresnes'de bir villam var ama... çok karışık.

Ev sahibi üstelemedi. Plastik dosyayı ona doğru itti.

– Guillard'ın itirafı. Dün sabah Ağır Ceza Mahkemesi'nden aldık. Size söylemek zorundayım, son derece... etkileyici. Tabii, bu bir kopya.

Olivier saydam kapağın altından bilye uçlu stiloyla yazılmış sayfaları görebiliyordu. Küçük ve yuvarlak, bir çocuk yazısı. Okula çok fazla gitmemiş bir adamın yazısı.

– Ana hatlarıyla, ne anlatıyor?

– Sizin haklı olduğunuzu. Tamamen. Guillard, Doğumcu'ydu. Gerçek bir hermafrodit. Erkek olmak için on üç yaşında bir ameliyat geçirmiş. Ardından testosteron ve öfke, içindeki şiddeti beslemiş. Doğumevlerini kundaklamaya başlamış ve...

Passan bir el hareketiyle adamın lafını kesti:

– Guillard'ı araştırmayı hiç kesmedim. Onun hikâyesini ezbere biliyorum. Onun gerçekten Doğumcu olduğuna nasıl ikna oldunuz?

– Burada cinayetlerle ilgili ayrıntılar var. Sizin, benim ve katilin dışında, başka kimsenin bilemeyeceği ayrıntılar.

Olivier sayfalara hızla bir göz attı. Memnuniyet duymuyordu. Sanki elinde bir tür barış antlaşması tutuyormuş izlenimine kapılmıştı. Bir sonraki çılgınlığa, bir sonraki seri cinayetlere kadar sürecek eğreti, geçici bir mütareke.

– Son sayfalar bir sürü saçmalıkla dolu. Vahiylerden, Antikçağ hakikatinden söz eden bir saçmalıklar silsilesi. Sizden de bahsediyor...

– Ben onun en tehlikeli düşmanıydım.

– Sadece o kadar değil. Sizden teklifsizce söz etmeyi göze aldığı sayfalar var. Aslında, onun dişi yarısı size âşıkmış.

Passan bunu da hissetmişti ve yanılmamıştı. Kötüyle iç içe olmak, ona nasıl davranması gerektiğini öğretmişti. Ve bir şekilde de, daha güçlü olmayı.

– Levy'den de bahsediyor mu?

– Fazla bir açıklama yapmadan, onu öldürdüğünü kabul ediyor. Ona göre, bu basit bir yol kazasıymış. Bu konuda siz bir şey biliyor musunuz?

Passan ona eldiven olayını özetledi. Calvini acele etmeden kahvesinden bir yudum aldı.

– Bütün bunları teyit edeceğim. Eğer haklıysanız, başkomiserimizi şerefiyle gömmemiz zor olacak.

Passan sandalyesinin üzerinde titreyerek kâğıt tomarının sayfalarını karıştırıyordu. Suratı yeniden acımaya başlamıştı. Uyuyakaldığı için kendine kızıyordu, bu sabah ilaç da içmemişti. Bir madenci gibi uzamış iki günlük sakalı onu rahatsız ediyordu, ama kaşıması kesinlikle söz konusu olamazdı.

– Sonuçta, diye devam etti Calvini, Guillard intihar planından bahsediyor. Bu itiraf da onun ölümüyle bir ilginizin olmadığını gösteriyor.

– Benden şüphelenen biri mi vardı?

– Herkes.

– Ne söylüyorlardı?

– Onu ateşe sizin ittiğinizi.

– Kendimle birlikte mi?

– İtişip kakışma esnasında... Ama Guillard sizi alevlerin içine çekme niyetinden de bahsediyor. Öte yandan, sizden ölmüşsünüz gibi, mazide kalmış biri gibi söz ediyor. Sizin onunla birlikte öte tarafa gideceğinize kendini inandırmış.

– Bu belgeyi başka kime yollamış olabilir?

– Şimdilik, medyanın bu konudan haberi yok, Tanrı'ya şükür. Her şeyi daha düzgün hale getirip sonra basına sunabiliriz.

Guillard bir medya savaşı başlatmanın peşinde değildi. Herkesten iğreniyordu. Gözünde değeri olan tek bir kişi vardı: Passan. Polisin ölümden kurtulabileceğine ihtimal verseydi, itiraflarını yollayacağı kişi o olurdu.

– O halde göreve dönüyor muyum?

– Bugün itibarıyla görevinizin başındasınız.

– Sandrine Dumas davasını bana verin.

– İmkânsız. Dava bende bile değil.

– Kimde?

– Henüz bilmiyorum. Savcılık karar verecek.

– Bu davayı almam için bana yardımcı olun.

– Bu bir işe yaramaz. Bir günlük soruşturmanın ardından ekip değiştirilmez. Ayrıca bu davanın çok içindesiniz.

– Pislediğin yerde yemek yenmez, öyle mi?

Sarf ettiği bu iğneleyici, bayağı sözden hemen pişmanlık duydu. Ev sahibi haklıydı: Artık çok geçti...

– Sessizce aramıza dönün, diye ekledi Calvini. Yüzünüz bir zombininki gibi. Zangır zangır titriyorsunuz. Yeriniz hastane. Ayrıca başarılarınız her şeyi silmedi.

– Ne demek istiyorsunuz?

Yargıç cebinden bir Marlboro paketi çıkarıp ona da tuttu, Passan bir baş hareketiyle teklifi reddetti.

– Birkaç gün önce bir sürü saçmalık yaptınız. Mahkeme kararı olmasına rağmen Guillard'ı tedirgin etmeyi sürdürdünüz.

– Suçlu olduğu kesindi...

– Yasa yasadır. Öte yandan bir psikiyatra ateşli silahla saldırdınız.

– Şikâyetçi olmadı.

Calvini dumanı uzun uzun üfledi:

– Kontrol edilemez bir öfkeniz var. Yapmanız gereken en iyi şey, kendinizi unutturmanız. Her bakımdan. Bazı kişisel... sıkıntılarınız olduğunu işittim.

Passan ürperdi.

– Eğer sırrınızı saklamak istiyorsanız, polisi aramaktan kaçının.

– Polisi ben çağırmadım.

– İşte sizin hatanız. Oyunu tek başınıza oynamak istediniz. Elinize ne geçti? En iyi arkadaşınızın öldürülmesini, olmayan bir olaya bağlamakta zorlanıyorlar. Yargıç, olayı netleştirmek için evinizin aranmasını isteyecek.

Olivier yumruğuyla masaya vurdu:

– Beni yok etmeye mi karar verdiniz?

– Size yardım etmeye karar verdim. Görmek istediğim şey, işbirliği yapıp yapmayacağınız...

– Hayır, bu *benim* soruşturmam. *Benim* ailem. *Yalnız* çalışacağım.

Calvini gülümsedi. Passan çoktan ayağa kalkmıştı. Görüşme bitmişti – en azından onun açısından. Yargıç da ayağa kalktı, boyu Passan kadar uzundu.

– Çocuk gibi davranmayı bırakın. Düşünün ve yarın beni arayın. (Ona dosyayı uzattı.) Bunu unutmayın.

Guillard'ın sabırla yazdığı satırları görünce, Passan'ın aklına başka bir şey takıldı:

– Madem öleceğini biliyordu, bir vasiyet bırakmış mı?

– Ebette. Noteri beni aradı. Guillard galerilerinden ve servislerinden gerçek bir servet kazanmış.

– Mirasçı olarak ailesinden kimse yok mu?

– Her şeyini Bagnolet'deki bir yetiştirme yurduna bırakmış.

– Jules-Guesde mi?

– Biliyor musunuz?

– Çocukluğumun bir bölümü orada geçti

Sanki sorulan sorunun cevabı verilmiş gibi Calvini kaşlarını kaldırdı. Passan yargıca teşekkür etti ve onun yanından ayrıldı.

Çakıl döşeli yolda yürürken bu beklenmedik son açıklamayı düşünüyordu. Tüm bu acılar neye yarıyordu? Merhamet dolu bir harekete, insanlık yararına yapılan son bir göreve. Belki de Guillard bir anı veya hayatta kalması için ona cehennemin anahtarını sunmuş olan *Mitolojinin 15 Efsanesi* gibi bir şey adına hareket etmişti.

Yargıç bahçe kapısını uzaktan kumandayla açtı. Passan arkasına bakmadan kapıdan çıktı. Hırsızlar okulundayken anladığı gerçeği bir kez daha hatırladı: Guillard'ın acımasızlığı toplumun genel acımasızlığına verilmiş bir cevaptan başka bir şey değildi.

Sandrine'in katilini harekete geçiren de aynı süreç miydi?

73

Passan bir buket gül yaptırmış ve paraya kıyıp bir de kravat almıştı. Sonunda barış görüşmelerine hazırdı.

Robert-Debré Hastanesi'nin holüne girince epeyce uğraşmak zorunda kaldı, çünkü ziyaret saati 14.00'te başlıyordu. Nazik olmaya çalıştı, uzlaşma yoluna gitmeyi tercih etti ve polis kimliğine başvurmaktan kaçındı. Sonunda ikinci kata çıkmak için izin kopardı. Boş odayı görünce, her ayrıntı bir iğne gibi gözüne saplandı.

Çıplak şilte.

Üstünde serum bulunmayan çelik askı.

Ayak ucunda ateş çizelgesi olmayan yatak.

Hışımla dolaba gitti ve bir hamlede açtı: Boştu. Bu görüntü onu fiziksel olarak itmiş gibi geriledi.

Buketi yere attı ve Fifi'yi aradı:

– Çocuklar orada mı?

– Hayır, değil! Naoko gelip onları aldı. Seninle konuştuğunu söyledi ve...

– Tam olarak saat kaçta geldi?

– 8.30 diyebilirim...

Passan saatine baktı: 11.00'e geliyordu.

– Beni dinle, dedi, duygularını açık etmeyen bir sesle. Roissy'yi ara ve Japonya'ya olan bütün uçuşları durdur.

– Senin düşündüğün...

– Hiçbir uçak havalanmasın. İstisnasız. Sonra, Naoko uçakta mı kontrol et.

– Elimizde ne bir arama emri ne de mahkeme kararı var.

– Savcıyla ben ilgilenirim. Naoko bir cinayet davasının en önemli tanığı. Hadi kımılda. Evrak işlerini ben hallederim.

– Bundan emin misin?

– Çocuklarımla birlikte kaçıyor, anlıyor musun?

Cevabı beklemeden telefonu kapattı ve dağılmış çiçekleri arkasında bırakarak, hızlı adımlarla odadan çıktı.

– Başkomiser!

Passan dönüp baktı. Dünkü acil servis doktoru, sivri suratlı hayalet koridorun ucunda duruyordu. Passan geri döndü ve saldırmaya hazır bir boğanın bakışlarıyla ona doğru yürümeye başladı.

Kadın kollarını göğsünde çaprazladı ve dikilip bekledi.

– Karımın çıkmasına siz mi müsaade ettiniz? diye bağırdı Passan.

– Sakin olun. Size dün de söyledim: Durumu ciddi değil. Bir gece gözlem altında kaldıktan sonra gidebilirdi. Ayrıca taburcu olmayı kendisi istedi. Telaşlı bir hali vardı ve...

– Siz gerçekten salaksınız, dedi Passan kravatını gevşetirken. O silahlı bir saldırıdan kurtuldu!

Kadın sesini çıkarmadı. Şüphesiz, ölüm söz konusu olmadığında, bu tür krizleri yönetmeye alışkındı. Passan'ın öfkesi onu etkilemiyordu.

– Hastalarımızı korumak gibi bir yükümlüğümüz yok. Onları tedavi ederiz, o kadar. Ve kaba davranışlarınız hiçbir şeyi değiştirmez.

– Kahrolası salak! diye cevap verdi Passan, çok iyi anladığını belirtmek için.

Kadını tokatlamamak için arkasını döndü ve uzaklaştı. Boşa harcadığı bu değerli saniyeleri telafi etmeliydi. Roissy'ye gitmeliydi. Tokyo'ya direkt uçuşların hepsini kontrol etmeliydi. Japon Havayolları. Air France... Ve aktarmalı uçuşlara da bakmalıydı. Cathay Pacific. Çin Havayolları... Tüm Asya şirketlerine. Gerekirse saçlarından sürükleyerek Naoko'yu kabinden çıkarmalı ve çocuklarını geri almalıydı...

– Başkomiser!

Polis bir küfür savurdu ve yeniden arkasına döndü. Bu kez doktor ona doğru geliyordu. Solgun yüz hatları ve hiçbir duyguyu ele vermeyen patlak gözleriyle ölü bir balığı andıran suratından beklenmeyecek derecede canlıydı.

– Sizinle konuşmak istediğim bir şey var...

– Şimdi sırası değil.

– Dün konuşurken sarf ettiğiniz bir söz kafamı karıştırdı, diye devam etti doktor, onun cevabını duymazdan gelerek.

– Ne? Ne söyledim?

– Çocuklarınızdan bahsettiniz.

Shinji ile Hiroki'den söz edilmesi onu şaşırttı. Koridorun sıcaklığı daha da artmış gibi geldi.

– Ee?

– Onlar ilk evliliğinizden mi?

– Hayır. Ne demeye getiriyorsunuz?

– Evlat mı edinildiler?

– Bunları bana neden soruyorsunuz? Lanet olsun, konuşun!

Doktor ilk kez kararsızdı. Açık renkli, patlak gözleriyle her yerde hayali bir nokta arıyordu.

Passan ona doğru bir adım attı:

– Anlatın diyorum size!

– Haberiniz yok mu? Ben... nasıl...

Passan yumruklarını sıktı, doktor yerinden kıpırdamadı.

– Konuşun, diye emretti, dişlerinin arasından.

– Bakın, karınızla ilgili bütün incelemeler benim gözetimimde yapıldı. Kan alma, MR, diğer tıbbi taramalar... Emin olduğum bir şey var, o da karınızın hiç doğum yapmamış olduğu.

– NE?

Kadın, gerçeği dile getirdiğini belirtmek ister gibi kollarını iki yana açtı:

– Zaten doğuramazdı. Doğuştan bir kusuru var: Rokitansky-Küster-Hauser sendromu.

Passan kendini bir volkanın yakıcı ağzının kenarında duruyormuş gibi hissetti. Yine de biraz daha ilerledi. Doktor bu kez geriledi.

– Anlayacağım şekilde konuşun.

– Rahmi yok.

Passan bayılmamak için duvara tutunmak zorunda kaldı.

74

– Japon Havayolları yirmi dakika önce havalandı. Naoko da, Shinji ve Hiroki'yle birlikte uçaktaydı. Yapacak bir şey yoktu. Onları gümrükte de durduramadık. Japonya'yla aramızda ülkelerarası bir anlaşma yok ve...

Passan, République Meydanı'na doğru gidiyordu. Hattın diğer ucundaki Fifi'nin sesi ona uzaktan geliyordu. Çok uzaktan. Neredeyse onu bugüne kadar hakikatlerden uzak tutmuş bir mesafeden. Kalbi dakikada yüz yirmi atıyordu. Güçlükle nefes alıyordu.

Yine de, sinirleri bloke olmuş gibi, arabayı kimseye çarpmadan sürüyordu. Artık ne koca ne baba ne de erkekti, ama hâlâ polisti.

– Savcıya haber verdin mi? diye sordu, buz gibi bir sesle.

– Bunu sen yapacaktın, öyle değil mi?

– Tamam, bir şey demedim.

– Uluslararası arama emri de mi çıkartmadın?

– Bunun bir işe yaramayacağını kendin söyledin. Evimin önünü kendim temizleyeceğim.

Olivier, Louvre Sokağı Polis Merkezi'nin önünden geçti, sonra Halles Tüneli'ne girdi. Güneşin ardından karanlık.

– Neler oluyor? diye sordu Fifi, korku ile merak arasında gidip gelen kararsız bir ses tonuyla.

Passan soruyu duymazdan geldi:

– Naoko'nun cep telefonu görüşmelerini de kontrol et. Ayrıca Debré'de, yan odalardaki cep telefonlarından yapılmış görüşmeleri de.

– Neden?

– Naoko saf değil. Telefon görüşmelerinin kontrol edileceğini bilir. Hemşirelerin telefonları ile hastanede genel kullanıma açık telefonlardan yapılan görüşmelerin kayıtlarını da al. Hastanede internete bağlı bilgisayarlar var mı, araştır. Bana dışarıyla bağlantılı olan ne varsa bul!

– Tam olarak neyin peşindesin?

Passan yeniden güneşe çıktı. Işığın yeni bir tokadı. Turbigo Sokağı hemen hemen boştu. Günlerden pazardı. Onun dışında herkes için pazar. Hedefine varmasına sadece birkaç metre kalmıştı.

– Uçak rezervasyonlarını hastaneden yaptırmış, dedi Passan, sonunda.

– Yani? Elimizde zaten uçuş bilgileri var.

– Başka biriyle temas kurduğundan eminim.

– Kiminle?

– Katille.

– Ne demek istiyorsun?

– En başından beri, tüm hikâye onun geçmişiyle alakalıydı. Hadi çabuk ol ve beni ara.

136 numaranın önünde durdu. Farkında olmadan dikiz aynasında kendine baktı. Yüzü yaşadığı şoktan veya sıkıntıdan çökmüş gibiydi. Gözleri tüm yüzünü kaplamıştı. Cildi işkence altındaymış gibi acıyordu. Dün gece Fifi'nin verdiği hapı yuttu – artık hiçbir şey uykusunu getiremezdi.

Sundurmaya doğru yürüdü. Kapı şifresi yoktu. Maymuncuk. Daha önce İsabelle Zacchary'nin evine gelmişti; DNA tespiti neticesinde bir katilin tutuklanmasını kutlamışlardı. Ilık şampanya, içeri tıkılmış bir pislik, sonsuza dek yok olmuş masum bir hayat.

Bu geniş aile evini hatırlıyordu. Oyuncaklar etrafa dağılmıştı; sonunda Zacchary'yi bütün çıplaklığıyla görmüş gibi bir hisse kapılmıştı. Evli, üç çocuk annesi, hayatını kanlı örnekler toplamakla ve vücut sıvılarını analiz etmekle geçiren bir kadın.

Asansörü kullanmadı ve uzun adımlarla üçüncü kata çıktı. Daire kapısında, kızarmış ekmek ve haşlanmış yumurta kokusunu aldı. Saat 13.00'ü geçmişti. Pazar gününe özgü *brunch* zamanı. Boğazına bir şeylerin düğümlenmesine neden olan taze açmaları, krem peynirleri, somon fümeleri hatırladı. Ailece bir kahvaltı yapmayalı ne kadar zaman olmuştu?

Açılana kadar kâh zile basarak kâh kapıyı yumruklayarak, bir polis gibi davrandı. Isabelle Zacharry'nin öfkeden kıpkırmızı olmuş yüzü göründü. Passan'ı tanıyınca yüz ifadesi donup kaldı. Onun yanıklarını ilk kez bu kadar yakından görüyordu. Espri yapmaya çalıştı:

– Sonunda beni kaçırmaya mı karar verdin?

Passan cevap vermedi. Yüz ifadesi her şeyi anlatıyordu. Zacchary kaşlarını çattı. Kül rengi gri saçlarını, eski zamanların Rus kadınları gibi ensesinde toplamıştı.

– Neler oluyor?

– Benim için bir şey yapmanı istiyorum.

– İçeri gir. Çalışma odama geçelim. Orada...

– Hayır. Sen dışarı gel.

Zacchary dışarı çıktı. Yüzünde artık, ailesiyle yemek yiyecek olmanın verdiği huzur ifadesinden ve dalgacı tavrından eser kalmamıştı.

Passan birkaç kelimeyle durumu açıkladı. Konuşmasının sonunda, o bile bu olaylardaki korkunç mantığın –kendisinin ilk kurban olduğunun– farkına varıyordu. On bin kilometre uzakta başlamış ve burada sonlanan bir yalan.

– Ne istiyorsun?

– Shinji ile Hiroki'nin kan örneklerini sakladın mı? Şu duş kabininden aldıklarını?

– Elbette. Soruşturma henüz kapanmadı.

Passan elini cebine soktu ve ona etiketli bir tüp uzattı:

– Naoko'nun kanı. Debré Hastanesi'nin acil servis doktoru verdi.

– Eee?

– Ben de kan aldırayım ve dört DNA'yı karşılaştıralım.

Zacchary'nin yüz ifadesi bir kez daha değişti. Profesyonel ciddiyet, yerini şaşkın bir ruh haline bıraktı. Kadınlar annelik duygusuyla şaka yapmazdı.

– Bu neye yarayacak? Zaten cevabı biliyorsun, değil mi?

– İçimin rahat olmasını istiyorum. Testleri şimdi yapabilir miyiz?

– Pazartesiyi bekleyemez mi?

Cevap yerine bir sessizlik oldu.

Zacchary kaderine boyun eğerek gülümsedi:

– Bir saniye içeri gir. Telefon etmem lazım.

75

Genetik analiz laboratuvarı Charenton'daydı. Passan, Sağ Yaka'nın rıhtımları boyunca ilerledi ve Doğu Otoyolu'na çıktı. Tedirgin edici kara bulutlar geri dönüyordu. Havada fırtına kokusu vardı. Yaz ortasında sonbahar havası.

Passan, Zacchary'nin kendisini soru bombardımanına tutmasını bekliyordu ama yol boyunca tek kelime konuşmadılar. Aslında Passan kendi kendine konuşuyordu. Naoko'nun bu davranışı nasıl nitelendirilebilirdi? İhanet? Aldatma? İkiyüzlülük? Ancak hiçbir kelime ona yeterince güçlü, yeterince sert gelmiyordu. Özellikle de, bu davranışın sebebini anlayamıyordu. Ona neden güvenmemişti? Başka bir kadın olsa, ona gerçeği anlatırdı. Evlat edinme kararını birlikte alabilirlerdi. Japonya'ya bir seyahat yapabilirlerdi...

Passan'ın onunla jinekoloğa gelmesini, ultrason çekilirken yanında bulunmasını neden istemediğini şimdi anlıyordu. Sözüm ona doğumunu neden Japonya'da, "ailesinin" yanında yapmak istediğini... *Uzakdoğululara özgü rezillikler...*

İçini kemiren başka sorular da –polise özgü sorular– vardı. Burnunun dibinde iki kez nasıl hamile numarası yapmıştı? Naoko'nun karnının büyüdüğünü görmüştü – ama Passan'a elini karnına koymasını asla teklif etmemişti. Memelerinin şiştiğini, kalçalarının genişlediğini görmüştü. Peki, evlat edinme işlemlerini nasıl halletmişti? Onun imzası da gerekli değil miydi? Toplantılar, görüşmeler yapılması gerekmiyor muydu? Bunların hepsini öğrenecekti. Onu sorgulayacaktı. En ufak ayrıntısına kadar bu komployu ortaya çıkaracaktı.

– Sen gelmiyor musun yoksa?

Varmışlardı. Sürekli bu olay üzerine kafa patlatarak, ne yaptığını, nereye gittiğini bilmeden Zacchary'nin tariflerine göre yol almıştı. Yarım saatlik yol, sanki birkaç saniyede bitmişti ve yine farkına varmadan arabayı park etmişti.

– Laboratuvar müdürü de gelmek istedi, dedi Isabelle, kapısını açarken. Yakında oturuyor.

– Neden?

– Güzel gözlerim için.

İç avluyu geçtiler, sıradan bir binaya girdiler. Her yer kapalıydı. Genetik mühendisi onları kapıda bekliyordu. Passan onu anında figüran sınıfına soktu. Ne uzun ne kısa, ne yaşlı ne de gençti. Çevresinde olan biteni algılamadan, ölüm koridorunda ilerleyen bir mahkûma benziyordu. Sanki bir an önce bitmesi için acele ediyordu. Kafasını bir an evvel cellat kütüğüne koymak için.

Laboratuvar tek bir salondan ibaretti ve taşıyıcı duvarların yarı yüksekliğinde birçok kapalı bölmeye ayrılmıştı. Uzaktan bakıldığında, bölmeler yan yana sıralanmış konteynerleri andırıyordu. Bir uğultu vardı: Odalar her türlü bakteriye karşı sürekli basınç altında tutuluyordu.

Bölmelerin küçük pencerelerinden laboratuvar tezgâhları, küçük şişeler, pipetler görünüyordu. Passan santrifüj cihazlarını, etüvleri, bilgisayarlara monte edilmiş binoküler mikroskopları tanıdı. Sadece beyaz önlüklü teknisyenler eksikti.

– Hangisini alıyoruz? diye sordu Zacchary.

– Sağda, en yakındakini, diye cevap verdi bilim adamı, steril kıyafetlerini giyerken.

Zacchary de tek kelime etmeden, Passan'ı giydirdi: tulum, galoşlar, kâğıt bone, lateks eldivenler... Ardından kendisi de bir astronot gibi giyindi. Passan'ın karşısında yine, her zamanki kadın vardı: katilin izlerini takip eden kâğıt kadın.

Ama bugün, suç mahalli Passan'dı.

Salonda, tavan lambalarının ışığı yer karolarına yansıyor, duvarlar gözünü kamaştırıyordu. Yavaşça kolunu sıvadı. Doktor, DNA saptamak için iki yöntem olduğunu söyleyerek Passan'ın kanını aldı. Hızlı yöntem ve yavaş yöntem – ilkinin kesinliği tartışılırdı. Olivier bunu zaten biliyordu: İkinci yöntemle doğrulanmasını beklerken, ilk yöntemle yapılan analizler bir sürü cinayet davasında yanılgıya sebep olurdu. Ama bu iş için hızlı tetkik yeterliydi.

Doktor ile Zacchary bir buzlucamın ardında kayboldu. Passan, kolunda bir pansumanla, plastik bir masanın karşısında yalnız başına oturdu. Aklına, kan bağışında bulunanlara atıştırmalık hafif bir şeyler verildiği geldi. Bu düşünce bile midesinin guruldamasına sebep oldu.

Cep telefonu çaldı. Çağrının mesaja düşmesine fırsat vermeden, tulumunun içinden cep telefonunu çıkarmayı başardı.

Arayan, Fifi'ydi.

– Haklıymışsın, dedi Fifi, doğrudan. Naoko cep telefonunu kullanmamış.

– Hastane telefonları?

– Dün, saat 18.10'da, endokrinoloji bölümündeki bir bilgisayarı kullanmış. İki kez. Hepsi Japonca.

– Bu durumda mesajları çevirmek gerekiyor.

Fifi güldü:

– Mesajları jujitsu hocama yolladım, bir Japon. Cevap vermesi bir mucizeydi. Pazar günü, meditasyondayken ve...

– Yani?

– Japon Havayolları'yla bağlantı kurmuş, uçak rezervasyonları için.

– Diğeri?

– Yamada Ayumi adında birine mesaj yollamış. Bizim dilimizde tersten söyleniyor, Ayumi Yamada deniyor.

Passan bu adı hiç duymamıştı.

– Ne yazmış? diye sordu, titreyen bir sesle.

– Sadece tek bir kelime. Bir ideogram.

– Senin hocan, bunu da çevirdi mi?

– *Utajima*. "Şiir tapınağı." Ona göre bu bir özel isim. Şüphesiz, bir yer adı. Ya sen neredesin?

– Sonra anlatırım. Seni ararım.

Arkasında birinin durduğunu hissetti. Isabelle Zacchary kâğıt bonesini çıkardı.

– Hayatım tam bir karmaşa Passan, ama seninkinin yanında son derece huzurlu.

– Bana laf sokmayı bırak. Analizlerin sonucu ne?

Masanın üstüne, çıktısı yeni alınmış dört grafik bıraktı.

– Shinji ile Hiroki senin çocukların. Ve Naoko'nun. Şüpheli bir durum yok. Analiz sonuçları son derece net.

– Umarım benimle kafa bulmuyorsundur. Sana Naoko'nun kısır olduğunu söyledim.

Zacchary ona hınzır hınzır gülümsedi:

– Bana söylediğin bu değildi Olive. Bana onun rahmi olmadığını söyledin. Bu, kısır olduğu anlamına gelmez.

– Anlamıyorum.

– Naoko çocuklarını karnında taşıyamazdı ama bu, çocuk sahibi olamayacağı anlamına gelmez. O kısır değildi.

Passan dirseklerini masaya dayadı ve başını ellerinin arasına aldı. İplere yaslanmış bir boksörden farksızdı. Beyni, tebeşirini kaybettiği bir karatahtadan farksızdı.

– Senin hikâyenin tek bir açıklaması var, dedi Isabelle.

Passan başını kaldırdı. Zacchary konuşmaya devam ediyordu:

– TA.

– O ne?

– Taşıyıcı annelik.

Laboratuvarın mikroptan arındırılmış havası, sanki bir dağın zirvesine ulaşmış gibi yoğunluğunu kaybetmişti.

Her şey artık bir uyum içindeydi.

Buzdolabındaki maymun/fetüs. Duş kabininde üstüne dökülen çocuklarının kanı. "O benimdir" ya da "*Onlar* benimdir" anlamına gelen duvardaki ideogramlar.

Isabelle Zacchary haklıydı. Naoko iki defa bir taşıyıcı anneden yardım almıştı.

Peşinde, kendine ait olanları aramaya gelmiş bir anne vardı.

– Bak, kanal 5'te oyunlar var. Uzaktan kumandaya basman yeterli.

Naoko, Shinji'yle Japonca konuşuyordu. Belki bir daha asla Fransızca konuşmayacaktı. Koridor kenarında oturan Hiroki resim yapmaya dalmıştı – hostes ona kâğıt ve kalemler vermişti. Naoko'ya da şampanya ikram etmişlerdi. Naoko bu yolculuk konusunda cimrilik yapmamıştı. Business class'ta üç yer. Bir servet. Kişisel tasarrufunun bir kısmını harcamıştı.

Önemi yoktu. Tasarruf etmek, geleceği olan insanlar içindi.

Japon Havayollarının Airbus A300'ü şimdi kırk bin fitin üstünde uçuyordu. Kalkış esnasında nefesini tutmuştu. Bu sabah Passan'ın hastaneye geleceğini biliyordu. Ortadan yok olduğunu anlayacağını ve çocukları beraberinde götürüp götürmediğini teyit etmek için hemen Fifi'yi arayacağını. Durumu öğrenince aklını kaçıracaktı. Japonya uçuşlarını durduracaktı. Roissy-Charles-de-Gaulle polisini alarma geçirecek ve zor kullanmak da dahil, gerekli bütün yollara başvurulmasını, kaçağın durdurulmasını emredecekti.

Ne yazık ki –ya da neyse ki– söz konusu olan kendi karısıydı.

Naoko mucize eseri yakalanmadan pasaporttan geçmişti. Mekanizma yeterince hızlı değildi.

İkinci Dünya Savaşı'nda, Japon askerleri, savaşta ölürlerse küllerinin içine konması için boyunlarında bir kutuyla savaşa giderlerdi. O da bu askerler gibiydi. Cephede ölmüştü ve şimdi hayallerinin, planlarının ve mutluluğunun külleriyle ülkesine dönüyordu.

Passan'dan kurtulmuştu ama kendinden kurtulamayacaktı. Hayatı boyunca köklerinden kaçmaya çalışmıştı. Ülkesinden. Babasından. Kusurundan... Dalgaların bu izleri silmesi için hep deniz kenarında yürümüştü ama bu kez bitmişti.

İster istemez kökenine dönüyordu.

Fransa'ya yerleştiği andan itibaren, kendini hep özgür ve bağımsız bir dünya vatandaşı olarak düşünmüştü. Yanılıyordu. Sürgün hayatına, Batı'ya dönük zevklerine ve fikirlerine rağmen, derinlerinde bir yerde hep *Japon* olarak kalmıştı. Lanet olası bonsai ve saksıda büyüme metaforu gibi. Yıllardan beri toprakta, özgürce ve serpilerek büyüyordu ama daima bir çerçeve vardı. Kabuğunun altında, gövdesinin ve özsuyunun içinde...

Katolik küçük bir Fransız kızının anılarında, belli belirsiz bir ilk komünyon hatırası vardır. Bir saatlik bir sıkıntı, tütsü kokuları, mumların aydınlığı ve mayasız ekmeğin alçıyı andıran tadı. Naoko da, omuzlarına sürülen talk pudrasını, yedi yaşındayken *şiçi-go-san* töreni için ikinci kez kimono giydirilişini (ilk olarak üç yaşındayken giymişti) hatırlıyordu. Tanka şiirlerinin kendine özgü bir hece ahengi olduğunu biliyordu: 5-7-5-7-7. Mayıs ayında bambu filizlerinin toplanması gerektiğini hiç unutmamıştı – bunu her yıl anne babası ve erkek kardeşiyle aile bostanında yaparlardı. Misafirlerin gelmesi beklenirken, onları taze kokularıyla cezbetmesi için çay bahçesinin sulanması gerektiğini. Ebeveyninin her hareketi, her ilgisi, hiçbir zaman ödeyemeyeceği bir *on* –borç– olarak kazınmıştı yüreğine. En doğal düşünceleri bile kirlenmişti. Bugün bile sabah evinden çıktığında, bazen kendini Tokyo'da sanarak, sokaklarda ne kadar çok *gaijin* var diye düşündüğü oluyordu.

Ne yaparsa yapsın, kanında ahenkle dolaşan o eski şiirin heceleriydi; kapı çaldığında uyanan su fikriydi; anne babası aklına geldiğinde yüreğini buran, bir türlü kapanmayan o borcun iziydi. O ipekti. O sedir ağacıydı. O *şoji*'ydi.[24]

Zaten Avrupa'ya kaçmadan önce, kendi kültürüne tutkuyla bağlı biriydi. O kültürle yoğrulmuştu. Passan, onun on beş yaşından önce *Dit du Genji*'yi –XI. yüzyılda, Heian döneminde, imparatorluk sarayının bir nedimesi tarafından kaleme alınmış, Japon edebiyatının iki bin küsur sayfalık temel eseri– birkaç kez okuduğunu bilse gülerdi veya ağlardı. Sanat tarihi alanında, Passan'ın bile bilmediği, Mançurya'daki otuz yıl savaşlarında ölmüş Japon sinemacı Yamanaka Sadao hakkında bir inceleme yazısı hazırladığını öğrense şaşırırdı.

24. Geleneksel Japon mimarisinde, kapı veya duvar olarak kullanılmak üzere ahşap bir çerçeveye geçirilmiş, yarısaydam bir tür kâğıt. (ç.n.)

Özellikle de kenjutsu konusunda uzmanlaşmış olduğunu bilse şaşkınlıktan ağzı açık kalırdı. On bir yaşından yetişkinliğine kadar, samurayların soyundan geldiğine inanan babasıyla kendo da çalışmıştı.

Tüm bu yıllar boyunca, babasının etkisi altında, ama kişisel olarak –Naoko'nun kuşağı geçmişe ait her şeyi reddediyordu– kendini gösterme arzusuyla ülkesinin kültürüyle, gelenekleriyle, şiiriyle haşır neşir olmuştu. Kafa olarak başka yüzyıllarda yaşamıştı. Şiddet dolu, görkemli, acımasız yüzyıllarda. Geyşaların, saçlarının modelleri bozulmasın diye boyunlarının altına sert destekler koyup uyuduğu zamanlarda. İlkbaharın ilk günlerinde, kibar fahişelerin yaşadığı semte yeniden dikmek üzere kiraz ağaçlarının kökünden söküldüğü dönemde. Geri dönmeyi başarmış mağlup askerlerin, "Komutanın ölürken sen nasıl hayatta kalabildin?" diye karşılandığı günlerde.

On sekiz yaşında, bir anda, kılıcı, gelenekleri ve anlayışlı babayı, her şeyi arkasında bırakmıştı. Bu bir isyan değildi, çünkü tam tersine düşmanı yenilgiye uğrattığını düşünüyordu.

Özgürdü, bağımsızdı. Bu zaferi tek bir kişiye borçluydu.

Gölgesine, çiftine, arkadaşına. Ayumi adındaki temiz bir ruha.

77

Naoko'nun çocukluğu, yaşıtı diğer tüm kızlar gibi, sosyal hiyerarşinin en alt seviyesinde geçmişti. Ebeveynleri ondan üstündü. Öğretmenleri ondan üstündü. Ondan büyük olup da üstün olmayan kimse yoktu. Karşı cinsten her birey de, hatta bir süt bebeği bile, ondan üstündü.

Aslında, kendisinin *altında* birinin olabileceğini düşünmüyordu. Davranışı aşamalardan, ödevlerden, yerlere kadar eğilmelerden ibaretti. Dili dikkatli kullanıyordu. Kurallardan, baskılardan, yükümlülüklerden oluşan karmakarışık bir ağın içinde dönüp duruyordu. Konuşmuyordu, söyleneni yapıyordu. Büyümüyordu, geriliyordu.

Ta ki Ayumi'yle karşılaşana dek.

Yeniyetme kız hiyerarşinin hiçbir seviyesinde değildi, bu sınıflandırmayı tanımıyordu. Hiçbir şeye aldırmıyor, bütün kuralları, bütün âdetleri çiğneyerek uçuyordu.

Ayumi dilsizdi. Sağır değil, sadece dilsizdi. Bu engeli ona tuhaf bir güç veriyordu. Japonya'da bile, biri sakatsa onun yaptıkları hoş görülürdü. Üstelik, onun sessizliği isyanına özel bir güç katıyordu. Birden parlayan, gizli –ve korkutucu– bir öfkesi vardı.

Ayumi hiç konuşmuyordu, ama sağır edici bir gürültü çıkarıyordu.

Naoko gibi o da burjuva bir ailede doğmuştu. Yolları önceden çizilmiş gibiydi. Yararlı bir eğitim –hukuk, tıp, finans– almaları gerekiyordu, ama ilk doğumdan sonra, çocuklarıyla ilgilenmek için çalışmayı bırakacaklardı. Ayrıca, hiç kuşkusuz, sofra sanatının, protokol kurallarının, çiçek düzenlemenin, bahçe sanatının, çay seremonisinin öğretildiği bir "iyi eş" okuluna da gitmeleri gerekecekti. Eskiden yadsınan bu eğitimler, 1980'lerin sonundan itibaren daha güçlü bir şekilde yeniden revaçta olmaya başlamıştı.

Evliliğe gelince, bir sürü seçim olanağı vardı. Eğer ebeveynler, klasik yöntemi tercih ederlerse, bu *omiai* –ayarlanmış evlilik– olurdu. Ayrıca bir *nakodo*'ya –çöpçatan– da başvurulabilirdi: Bir komşu ya da aileden biri, kıza ilgi duyan genç bir adam olduğunu söyler ve böylece taraflar bir araya getirilirdi. Bunun dışında tanışma kulüpleri ve evlilik ajansları da vardı. Bunlar da çok çeşitliydi: paralı, bedava, seçmeli, her kesime açık olanlar...

Naoko da, Ayumi de kendilerini bu geleneklere yakın hissetmiyorlardı. Japonya'da çok iyi bilinen bir hikâyeye gülüyorlardı: Nişanlısını sadece bir kez görmüş, ancak randevu boyunca başını kaldırıp ona hiç bakmamış yeni evli bir kadın düğün günü kocasını karıştırmıştı. Onlar geleceklerini başka bir bakış açısıyla –ve korkusuzca– planlıyorlardı. Bağımsız olmak, toplum katmanlarını tırmanmak, köklerinden uzaklaşmak istiyorlardı. Ne ailelerinin düşüncelerine ne de çevrenin çıkarlarına göre davranacaklardı. Çocuk bezlerine hasredilmiş sıradan bir evlilik yapmayacaklardı. Sağlam bir eğitim, iyi bir meslek ve çağdaş bir yaşam için mücadele edeceklerdi.

Durum iki genç kız için de tamamen istedikleri gibi olmamıştı. Naoko baba otoritesinin altında ezilmiş ve ancak modellik okulu için sözleşme imzaladıktan sonra özgürleşebileceğini sanmış olsa da, Ayumi babasıyla yalnız yaşıyordu ve daha fazla özgürlüğe sahipti. Dul adam hiçbir zaman yeniden evlenmeyi düşünmemişti. Kendini dilsiz kızına adamıştı. İlişkileri hem çok güçlü hem de karmaşık ve gizemliydi.

Ayumi çok daha isyankârdı ve bu konuda Naoko'ya her şeyi öğretmişti. Öncelikle, daha rahat iletişim kurmak için işaret dilini. Ardından, gerçek isyanın düşmana göre davranmak değil, sadece ve sadece onu görmezden gelmek olduğunu söylemişti. O yokmuş gibi davranmak gerektiğini. İşte o zaman insan özgür olurdu. Kendi isteklerinin ne olduğunu anlayabilirdi.

Kızlar, Hyoho Niten İçi Ryu'da, XVII. yüzyılın ünlü samurayı Miyamoto Musaşi'nin disiplinini öğreten bir kenjutsu okulunda tanışmıştı. Dojo,[25] Küşü Adası'ndaydı. Naoko ile Ayumi, birkaç tilmizle beraber Tokyo'da çalışıyorlar ve düzenli olarak üstatlarının yanına gidip geliyorlardı. Bazen de Nagasaki açıklarındaki küçük adada –Utajima– ustaların sınıfına katılıyorlardı.

Ayumi'nin etkisiyle Naoko, babasının kaydettirdiği okuldan nefret etmeyi bırakmış, buradan yararlanmanın yollarını arama-

25. "Yolun yeri" anlamına gelen Japonca sözcük. Kenjutsu savaş sanatının öğretidiği yer. (ç.n.)

ya başlamıştı. Musaşi disiplini çok özeldi. Bu disipline özgü herhangi bir kıyafet yoktu. Herkes istediği gibi gelmekte özgürdü. Sertlikten ve savaş sanatlarına özgü o şatafattan çok uzaktı. Üstatlarının gerçek bir kılıcı dahi yoktu. Üstada göre bu kılıç sanatını icra etmek için eski ahşap bir *bokken*[26] yeterliydi.

Naoko, bütün zamanların en iyi samurayının mirasçısı olan bu yaşlı adamı seviyordu, yıpranmış eşofmanı ve beysbol kasketiyle sokaktaki sıradan bir adamdan farkı yoktu. Hayatının son demlerinde, hamle yapmadan önce sessiz kelimeler mırıldanan dudaklarının yanı sıra, son derece duru konsantrasyonunu ve hareketlerini hatırlıyordu. Naoko uzun süre bu sessiz kelimelerin anlamını sorgulamış, sonunda yaşlı adamın takma dişleriyle alakalı olduğunu anlamıştı. Bu ayrıntı ona işin özünü göstermişti: Musaşi'nin yolu içten olmayı öğretiyordu, insanın kendine olan güvenini artırıyor, sonuçta da *doğru* olana ulaşmayı sağlıyordu.

Ayumi bunu Naoko'dan önce anlamıştı. Ona kılıcın güçlü olmaya değil, özgür olmaya yaradığını söylemişti.

Ayumi güzel bir kız değildi. Moğollar gibi çekik gözleri, Çinliler gibi yuvarlak bir yüzü vardı. Bir Japon tanrıçası olan, tombul yanaklı, doğurganlıkla eşanlamlı –henüz bir şakaydı– Otafuku'ya benziyordu... Daha da kötüsü, ona somurtkan bir kaniş havası veren bir perçemi vardı. Dişilikten yoksundu, kaba tavırları vardı ve başı önde, inatçı bir tavırla hep kambur duruyordu.

Yine de beğenilen hep o oluyordu. Yaşıtları erkekler turuncu saçlı, fasulye sırığı gibi çocuklardı, kızlara az, sekse daha da az ilgi duyuyorlardı, aradıklarını bilgisayar oyunlarında, modada ve uyuşturucuda buluyorlardı. Son derece hareketsiz olmalarına rağmen kendilerinden hoşnutlardı ve özgün olduklarına inanıyorlardı. Ayumi onlara saldırıyor, "soya fasulyeleri" de hiç karşı koymadan kendilerini onun ellerine bırakıyorlardı. Ayumi'nin onları hem cezbeden hem de korkutan bir şehveti, cesareti vardı.

İki arkadaş Şibuya'da, Omotesando'da, Harajuku'da sürtüyorlardı. *Okonomiyaki*, hemen önünüzde pişirilen kreplerden yiyorlardı. Sanal bebekleri *tamagoçi*'lerine bakmaya özen gösteriyorlardı. Tişörtlerini iyice çekmesi için çamaşır makinesinde yıkıyorlar, kurallara bağlı kalarak –mavi etek ve kısa konçlu beyaz çoraplar– okul kıyafetlerini çeşitlendiriyorlardı. Günlük tutuyorlar, birlikte mastürbasyon yapıyorlar ve sake içiyorlardı. Çok. Ayumi aşırı derecede içiyordu.

26. "Tahta kılıç" anlamında Japonca sözcük. (ç.n.)

O sırada beklenmedik felaket meydana gelmişti. Naoko on yedi yaşındaydı ama hâlâ aybaşı olmamıştı. Annesi onu doktora götürmeye karar vermişti. Muayeneler. Tetkikler. Teşhis. Genç kızın doğuştan bir kusuru vardı: fallop boruları ve yumurtalıkları vardı, ama rahmi yoktu. Rokitansky-Küster-Hauser sendromunda genellikle vajina da olmazdı. Ama Naoko'nun vajinası vardı. Bu nedenle kimse ondaki anomaliyi fark etmemişti.

Genç kız telefonuna koşmuştu. Hemen Ayumi'yi aramıştı. Uzaktan haberleşebilmek için aralarında morsa benzeyen bir ses sistemi oluşturmuşlardı. Ayumi vakit geçirmeden sorunu araştırmıştı; babası jinekologdu ve kütüphanesi uzmanlık kitaplarıyla doluydu. Ayumi'ye göre, rahminin olmaması, Naoko'nun aile kurmasına engel değildi. Sonuçta doğurgandı. Gebeliği için başkasından yardım alabilirdi.

Kızlar anlaşmıştı. Ayumi, Naoko'ya onun çocuklarını taşıyacağına dair söz vermişti. Naoko ona duyduğu minnettarlıkla ağlamış, arkadaşına sarılmış, ama doğurmaktan ebediyen kurtulmuş olduğuna da için için sevinmişti. O bir iş kadını, bir savaşçı, başarılı bir insan olacaktı. Gerisinin önemi yoktu.

1995'te önemli başka bir olay daha oldu: Metroda bir fotoğrafçıyla tanıştı. Test çekimleri. Seçmeler. Sözleşmeler... Naoko manken olmuştu. Ayumi bu dönüşümü tasvip etmiyordu. Ona göre bu, aptalların işiydi. Naoko da öyle olduğunu kabul ediyordu ama aldığı ilk işler ona para, dolayısıyla da bağımsızlığını kazandıracaktı.

Aslında bu iş onları birbirinden uzaklaştırmıştı. Naoko statü değiştiriyordu. Silik arkadaş sınıfından gözde kız sınıfına atlamıştı. Artık erkekleri cezbetmek için baştan çıkarıcı bir suç ortağına ihtiyacı yoktu. Bir sonraki yıl, artık görüşmemeye başlamışlardı. Bu durum Naoko'ya anlaşılmaz bir rahatlık hissi vermişti. Aslında, Ayumi'nin sessiz etkisi ona ağır gelmeye –ve onu korkutmaya– başlamıştı.

Naoko artık seyahatlere çıkıyordu. Milano. New York. Paris... Sonra Passan'la karşılamıştı.

Yıldırım aşkı. Kaynaşma. Evlilik. Düğüne Japonya'dan birkaç arkadaşını da –Ayumi dışında– çağırmıştı. Yıllar geçiyordu ve dilsiz kız ona uzakta kalmış, olumsuz bir varlık olarak gözüküyordu. Neredeyse lanetli bir kişilik.

Yanılıyordu. Lanetli olan kendi kusuruydu.

Naoko aşkın Fransa'da çocuk yapmak anlamına geldiğini keşfetmişti. Passan bir sürü çocuk istiyordu! Doğu ile Batı'yı birleştirmeyi hayal ediyordu, birlikte şaheserler yaratacaklardı! Hep aşırı, hep doğal ve hep duygusaldı. Naoko onu bu yüzden seviyordu.

Bu nedenle, inatçı küçük Japon kafasında en kötü kararı almıştı: Gerçeği saklayacaktı. Gebe kalamayan bir kadın, gerçek bir kadın değildi. Sonuna kadar yalan söylemeye karar vermişti. Japonya'ya dönmüş ve Ayumi'yi bulmuştu. Dilsiz yirmi beş yaşındaydı. Jinekolojide ikinci yılıydı ve konuyu derinlemesine biliyordu. Naoko biraz daha kurnaz olsa, Ayumi'nin onu beklediğini anlayacaktı.

Ayumi tekniği bildiği kadar uluslararası yasaları da biliyordu. Dünyada çok az ülke taşıyıcı anneliğe izin veriyordu. California'yı seçtiler. Naoko'nun kocasının spermini alması, sonra da dondurması gerekiyordu. Ayumi nasıl yapacağını ona açıklamıştı. Ardından ovosit vermek ve *in vitro* dölleme yapmak için Los Angeles'ta randevulaştılar. Transfer edilen iki embriyo nedeniyle gebelik şansı artacaktı. Ayumi, Naoko adıyla her kontrole, her ultrasona gidecekti. Yine bu adla doğum yapacaktı. Çocuğun doğumunu Tokyo'ya bildirmek, ardından Fransa Elçiliği'ne başvurmak yeterli olacaktı. Naoko onaylı doğum belgesi ve Japon bebeğiyle Paris'e dönecekti.

Dilsiz her şeyi düşünmüştü. Naoko'nun karın zarının altına laparoskopi yöntemiyle anatomik bir kese yerleştirmişti. Gebe gibi görünmek için iki veya üç haftada bir bu keseye serum fizyolojik enjekte etmek yeterli olacaktı. Fikir Naoko'yu şoke etmişti ama yöntem çok basitti: Enjeksiyon göbek deliğinden uygulanıyordu. Birkaç hafta içinde, karnı yuvarlaklaşacaktı. Ayumi ona Utrogestan kapsülleri de –memelerini şişirecek ve kilo aldıracak progesteron hapları– vermişti. Ayrıca gebelik testlerinin pozitif çıkması için gebe bir kadının idrarını bile tedarik etmişti.

Son engel Passan'dı. Karısı Tokyo'ya doğuma giderken onun Fransa'da kalmaya ikna edilmesi gerekiyordu. Naoko onu ikna edeceğini biliyordu. Bir kez daha onun kararına saygı gösterecekti. Bu kutsal anın, *Japonlara özgü o an*ın bir parçası olmamayı neredeyse doğal karşılayacaktı.

Shinji böylece dünyaya gelmişti.

Passan bu hakareti sindirmiş ama Naoko'ya karşı bir hınç beslemeye başlamıştı. Birliktelikleri ilk o zaman mı sarsılmıştı? Bu ihanete muhakkak zamanın erozyonu, yılların bıkkınlığı, bedenlerin doyumsuz açlığı da eklenmişti.

Hiroki'ye "gebe kaldığında" Passan isyan etmişti. Aynı senaryoyu yeniden oynamak söz konusu değildi. Bağırışlar, ağlamalar, tehditler olmuştu. Ama bir kez daha Passan pes etmiş, Naoko Japonya'ya uçmuştu. Onun teslimiyeti Naoko'nun yüreğini parçalıyordu: Passan onu, kabul edilmezi kabul edecek kadar çok seviyordu.

Hiroki'yle birlikte Paris'e döndüğünde, Passan'la aralarındaki her şeyin bitmiş olduğunu anlamıştı. Çok fazla ihanet vardı. Ona en değerli şeyini, güvenini veren Passan, yine sokağa terk edilmiş, kimsenin istemediği çocuk olmuş, eski haline dönmüştü.

Bundan böyle ikisini bir arada tutan sadece çocuklardı.

Fransa'ya dönünce Naoko içine kapanmıştı. Ve Ayumi'ye hiç haber yollamamıştı. Borcunun *-on*'unun- üstünü örtmüştü. Onun anne olmasını sağlayan bu suç ortaklığından tiksiniyor, Ayumi'yi evliliğini gizliden gizliye yıkmakla suçluyordu.

Dilsiz, geçen şubat ayında, babasının öldüğünü bildirmek için ona yazdığında, Naoko ona basmakalıp birkaç kelimeyle cevap vermiş, gelemeyeceği için özür dilemişti. *Ölümcül hata.* Arkadaşının yardım çağrısını işitmemişti. Onun psikolojik kırılganlığını da hissetmemişti. Ayumi deliliğin eşiğindeydi. Babasını kaybedince ilgisini *başka bir aileye* yöneltmişti.

"ONLAR BENİMDİR."

Ayumi kınsız bir kılıca dönüşmüştü. Naoko şimdi onun kızgınlığını, öfkesini, kararlılığını anlayabiliyordu.

Ama Ayumi bir şeyin farkında değildi: Naoko da aynı duyguları hissediyordu.

O da çıplak bir bıçaktı.

Zaman benimle.

Passan şehri ele geçiren kıyametle etkileşim içinde olduğunu hissediyordu. Muson yağmuru gibi hiç durmayacakmış gibi aralıksız yağan bir sağanak vardı. Koyu renkli bulutlar gökyüzünü parçalara ayırıyor ama sokakları, ruhları kaplayan gri örtünün arasından zorlukla görülüyordu.

Fifi arabayı son hızla sürüyordu, tepe lambasının ışığı, fırtınanın içinde parlak cam parçaları gibi dağılıyordu. Passan, Fifi'nin sireni çalıştırıp çalıştırmadığının bile farkında değildi, sadece fırtınanın gürültüsünü işitiyordu. Mont-Valérien tepelerine vardıklarında içinden bir dua mırıldandı. Bu yağmurun villanın maruz kaldığı aşağılamaları yok etmesi için. Suyun günahlarını temizlemesi için. Umudunu kaybetmeyecekti.

Sadece soruşturma konusunda değil. Çocukları, evi, belki de yuvası için...

– Beş dakikaya ihtiyacım var, dedi, evin önünde durduklarında.

Arabadan iner inmez fırtına onu içine çekti. Bahçe kapısının uzaktan kumandasını çalıştırdı ve koşarak çimenlik alanı geçti. Villaya girdiğinde, üstünden sular sızan, tükenmiş bir insan enkazından başka bir şey değildi. Yine de kendinde ayakkabılarını çıkaracak gücü buldu.

Doğruca bodruma indi. Valizini Puteaux'daki stüdyosunda hazırlamak daha mantıklıydı ama o yuvasına gelmeyi tercih etmişti. Üstelik pasaportu ile yıllardır her olayı, olan biten her şeyi kaydettiği ajandalarının durduğu ayakkabı kutusunu da burada unutmuştu.

Kendisini ilgilendiren belgeleri aldı ve ceketinin cebine koydu. Bir spor çantasının içine birkaç parça giysi ile tuvalet çantasını tıktı. Şıklığını ve gömleklerin buruşacak olmasını düşünmenin sırası değildi. Üzerine yapışmış ıslak giysileri hareketlerini engelliyordu. Burun delikleri tanıdık kokularla dolmuştu: nemli çamaşır ve ıslak asfalt kokuları. Mesleğinin kokusu. *O bunu seviyordu.*

Yukarı çıktı, evin içindeki yankı onu şaşırtmıştı. Sanki yağmur damlaları aynı anda her yere çarpıyordu. Eşyalar, boş evde bu yankılanmayla özgürce hareket ediyor gibiydi. Sıvı gölgeler, yeraltı su hayaletleri gibi dolanıyordu. Sanki bir tapınaktaydı, oysa evi onun üstünde hiçbir zaman bu denli etkili olmamıştı. Kendini Lenin'in mozolesindeymiş gibi hissediyordu.

Kapının önünde aklına bir şey takıldı. Çantasını yere bıraktı ve basamakları dörder dörder tırmanarak üst kata çıktı. Naoko'nun odasına girdi, başucundaki komodinin çekmecesini açtı.

Kaiken orada değildi.

79

Fifi, sirenleri öttürerek emniyet şeridinde son sürat ilerliyordu. Passan'ın uçağı saat 20.00'de kalkıyordu. ANA'da (All Nippon Airways) son anda bir yer bulmuştu. Havaalanı eczanesinden gerekli şeyleri alabileceğini düşünmüştü. Yaralarıyla ilgilenecek ve edindiği bilgileri –ya da en azından varsayımları– yeniden değerlendirecek on iki saatlik bir uçuş süresi vardı önünde.

Roissy-Charles-de-Gaulle 1 numaralı terminalinin karşısında, göç eden büyük bir kalabalığın üstüne açılan çamurdan yapılma büyük bir perde vardı sanki. Yolcular yuvarlak devasa yapının önüne yığılmıştı. Şemsiyeler fırtınada eğilip bükülüyordu. Valiz taşımakta kullanılan arabalar, etrafa pis sular sıçratarak birikintilerin içinde oradan oraya sürükleniyordu.

Passan kılıfını çözdü ve silahını Fifi'ye verdi. Fifi de ona, internetten çıktısını aldığı kâğıtları uzattı.

– Benden istediğin belge.

Olivier kâğıt tomarını aldı ve rulo yapıp ceketinin cebine soktu. Yardımcısının bir hediyesi daha vardı: içi dolu jelatin bir paket.

– Doktor Fifi'nin şahsi rezervi.

– Gümrükte beni yakalamalarını mı istiyorsun?

– Bu suratla başına hiçbir şey gelmez.

Passan gülümseyerek onun omzunu sıktı.

– İrtibatı kesmiyoruz, değil mi? dedi Fifi birden ciddileşerek.

– Elbette.

– Onun cep telefonunu takibe almamızı ister misin?

– Gereksiz. Onu kullanmayacaktır. Japonya'da farklı bir telefon kullanıyor.

Naoko Tokyo'da Fransa cep telefonunu kullanmaktansa iki elini kesmeyi tercih ederdi. Pratik akıl, hayatta kalma dürtüsü.

Passan arabanın kapısını açtı.

– Bunu yapmak istediğinden emin misin? diye sordu Fifi.

– Bana sen söyledin: *Sadece ben onun ne zaman üşüdüğünü biliyorum...*

Arkadan çantasını aldı ve geriye dönüp bakmadan arabadan uzaklaştı.

Bir saat sonra, NH 206 sayılı direkt Tokyo uçuşu için kabinde, ekonomik sınıftaki yerini almıştı. "Konforlu" demek abartı da olsa, cam kenarında oturuyordu ve yanıkları bile acımaya ara vermişti. Şu anda daha fazla bir şey istemiyordu.

Dosyasına bakmak için uçağın havalanmasını beklemedi. Taşıyıcı annelikle ilgili eksiksiz bir belge. Temel evreler –*in vitro* dölleme, embriyon transferi vs.–, bu yönteme izin veren ülkeler –ABD, Kanada, Hindistan vs.–, taşıyıcı anne bulmak için izlenecek süreç...

Naoko ABD'ye gitmişti, bu kesindi. Doğu kıyısına, Japonya'ya en yakın bölgeye. Naoko, göçmenler için bir tür Vaat Edilmiş Topraklar olarak gördüğü Birleşik Devletler'e karşı hep bir hayranlık duymuştu. Passan'a göre bu, aptalca, ancak saygı gösterdiği ve anlayışla karşıladığı bir bakış açısıydı. İlerleyen sayfalarda, bazı teknik noktalar dikkatini çekti. Naoko'nun çaktırmadan onun spermlerini toplamış olması gerekiyordu. Ama bunu nasıl becermişti? Hiç prezervatif kullanmamışlardı.

Yavaş yavaş, yalanın büyüklüğünü anlıyordu. Naoko'nun gizlemek, çarpıtmak zorunda kaldığı her şeyi. Tıbbi kontroller. Tetkikler. Seyahatler. Aslında, yaptıklarını Passan'dan hiç saklamamış, sadece olayların niteliği konusunda onu aldatmıştı. Bunlar dikkatsizce söylenmiş yalanlar değil, *birbirinin kopyası* yalanlardı. Tüm bu yıllar boyunca Naoko çifte bir yaşam sürmüştü.

Cebinden ajandaları çıkardı. 2003.2005. Çocuklarının doğum yılları. Ajandadaki bilgilerin ışığında tarihler ve Naoko'nun seyahatleri farklı bir anlam kazanıyordu. Sözüm ona doğumlarından yaklaşık dokuz ay önce Japonya'ya gitmişti. Her seferinde, bir önceki gün sevişmişlerdi. Bunun ona şans getirdiğini iddia ediyordu.

Aslında, sperm topluyordu.

O halde *in vitro* dölleme yaptırmak için bir kliniğe gitmişti. "Taşıyıcı"nın –*Ayumi Yamada*'nın– rahmine bir veya daha çok embriyo yerleştirilmiş olmalıydı. Başını kaldırdı ve düşündü. Bu kadın kimdi? Herhangi bir aday mı? Bir arkadaş? Bir kuzin? Japon muydu? Amerikalı? Yoksa ABD'ye göç etmiş bir Japon mu?

Her halükârda, eğer katil bu kadınsa, uyuşmayan bir şeyler vardı: Son derece ihtiyatlı biri olan Naoko, böyle bir sorumluluk için asla kararsız ve kaygıları olan birine güvenmezdi. Ve bir psikotik bozukluk bir günde ortaya çıkmazdı. Eğer Naoko adayını tanıyorsa, ondaki gizli deliliğin belirtilerini nasıl fark etmemişti?

Yeniden ajandasına döndü. Sekiz ay sonra Naoko yeniden seyahate çıkmıştı. "Doğurmak" için. Diğeriyle buluşma yerleri sabit miydi? Hiç kuşkusuz evet. Tokyo. Doğum yeri konusunda hile yapamazlardı. Başka sorular da vardı: Ayumi Yamada, çocukları Passan soyadıyla nasıl doğurmuş ve beyan etmişti? Naoko'nun yerine mi geçmişti? Suç ortakları bir dümen tezgâhlamıştı. Passan bunu ortaya çıkaracaktı. Bir ay sonra, Naoko, gözleri heyecandan ışıl ışıl, kucağında bir bebekle geri dönmüştü.

Geriye bir tek, Paris'teyken kendini nasıl gebe gibi gösterdiğiyle ilgili sır kalıyordu. Fifi, yapay gebelik başlatabilecek olası herhangi bir ürün, bir madde bulamamıştı. Karnının şişmesini sağlayacak herhangi bir şey de. Ama bunun fazla bir önemi yoktu: Sonuç ortadaydı. Naoko, pozitif gebelik testine kadar, onu aldatmak için her şeyi yapmıştı.

Uçak havalandı. Jet motorlarının uğultusu. Kopuk kopuk gelen güçlü bir sesin, uçuş güvenliğiyle ilgili talimatları. Passan dosyayı kapattı. Çok öfkelenmiş olması gerekirdi. Oysa sadece bitkin ve şaşkındı.

Çevresine bakındı ve uçağın Japonlarla dolu olduğunu fark etti. Böylesi daha iyiydi. Doğal kibarlıkları, Passan'ın kızarmış ekmeği andıran suratına uzun uzun bakmalarına mâni olacaktı. Uçuş süresinde bir sarkma olmayacak gibiydi. Ve şüphesiz bu durum Tokyo'ya kadar da değişmeyecekti...

Bu düşünce, yanıklarını hatırlamasına neden oldu. Cildi sanki közlenmiş kestane kabuğu gibi çatlıyordu. Kemer ikaz işaretlerinin sönmesini bekledi ve yüzüne bir kat daha Biafine sürmek için tuvalete gitti. Fifi'nin haplarından da iki tane yuttu – on iki saat boyunca aynı varsayımlar üzerinden geçmektense uyumak daha iyiydi...

Koltuğuna dönünce, son bir kez daha varsayımları düşünmek için gözlerini kapattı. Ama onun yerine, aklına anılar geldi. En şaşırtıcı olanı da mutlu anıları hatırlamasıydı. Naoko'yla içtikleri suyun ayrı gitmediği, tasasız günlerdeki anılar. Her seferinde, anlaşılması güç, ancak bir tülü delen iğne kadar belirgin aynı ayrıntı vardı.

Naoko'nun gülüşü.

Naoko'nun bir özelliği vardı: Gülmesini tutuyordu. Sevinç belirtisi hep bir buğunun ardındaymış gibiydi, dudaklarındaki bir kuşkuydu. Ve eğer sesli, anlık bir gülüş kaçarsa hemen ağzını eliyle örterdi. Yine de, nadir anlarda da olsa, kıvılcımlar saçan, kuş cıvıldamalarını andıran gerçek bir kahkaha yükseldiğinde mükemmel dişlerini ortaya çıkaran bir dişilik sergilerdi. Daha şaşırtıcı olan ise hiç beklenmedik anlarda gülmesiydi. Bir keresinde, çok soğuk bir havuzda gülmüştü. Bir başka kere de, Şibuya semtindeki bir karaoke partisinde ya da ailesinin yeni köpeği, Passan'ı ısırmaya kalkıştığında. Böyle anlarda, porseleni andıran yüzü parlıyor ve görülmemiş bir güzellik ortaya çıkıyordu. Sevinç parçacıkları, bir pudralığa üflendiğinde uçuşan zerrecikler gibi çevreye dağılıyordu. Passan jimnastikçilerin yerçekimine meydan okumak için kullandıkları pudrayı düşündü. Tam anlamıyla buydu: Naoko bir talk pudrası bulutu gibi kaçıyor, uçuyordu. O anlarda, onun ruhunun olağanüstü bir durulukta, tarifi mümkün olmayan bir saflıkta olduğunu düşünürdü.

Yine de Passan onu anlıyordu. Naoko ona bir şey söylememişti, çünkü onun gözünde rahmi olmayan bir kadın, kadın değildi. Bu bir Japon kararıydı. *Yalan ya da intihar.* Onunla karşılaşmayı hiç düşünmediği bir yolda Naoko'yla yüz yüze gelmişti. Japon geleneğinin yolunda. Katı ve ödün vermeyen erdem yolunda. Anlaşılmaz ve gizemli, tuhaf berraklıktaki o kıpırtısız bakışlar yeniden gözünün önüne geliyordu.

Şu an yapabileceği tek şey, onun yardımına koşmaktı.

Utajima. Ayumi Yamada. Bir yer, bir hasım. Bir buluşma olacağını tahmin etmek için dâhi olmaya gerek yoktu. Ölümcül bir buluşma.

Naoko hesaplarını kapatmak için evine dönüyordu.

Bu bir kan ve kin hikâyesiydi. Polislerin sevdiği türden bir hikâye.

Ve o, evinden on bin kilometre uzakta olsa bile, bunun üstesinden gelebilirdi.

80

Ertesi gün, yerel saatle 15.00.

Uçaktan çıkınca Passan yabancılık çekmedi. Yağmurdan parlayan pist, renksiz gökyüzüyle karışıyordu. Hangisinin diğerini örnek aldığı, hangisinin diğerini kirlettiği anlaşılmıyordu. Paris'teki sağanak burada da devam ediyordu. Fransa'da başladığını burada bitirmek için Japonya'daydı.

Bu tekdüze manzara Passan'a kendi durumunu çağrıştırıyordu. Uçaktayken uyumamıştı – bayılmıştı. Uçak inmeden birkaç dakika önce uyanmıştı, uçuş esnasında ne olup bittiğini bilmiyordu. Rüya bile görüp görmediğini hatırlamıyordu. Ama en azından, bedeni dinlenmişti.

Diğer yolcuları takip etti ve kendini ikidilli bir yayını andıran geniş bir salonda buldu: Bir tarafta Japonca, diğer tarafta İngilizce. Narita dünyadaki diğer havalimanlarından farksızdı. Beton bir yapı. Çiğ ışıklar. Parlak ve soğuk malzemeler. Passan küçük bir farkla da olsa, her seferinde aynı şaşkınlıkla aynı saptamada bulunuyordu: Burada neredeyse Japonlardan başka kimse yoktu.

Hem gülümseyen hem kapalı düz suratlar. Kaskı andıran siyah saçların altındaki yüzlerin sayısı gitgide artıyordu. Passan, 1994'te takımadalara ilk ayak bastığında hissettiği aynı heyecanı, aynı coşkuyu yeniden hissediyordu. Bu halka ve topraklara bir yakınlık duyuyordu.

Çantasını yanına, kabinin içine almış olduğundan, doğruca çıkışa yöneldi. Yola çıkmadan önce tek bir telefon görüşmesi yapmıştı: Paris saatiyle 17.00'de, Tokyo'da gece yarısıydı, Naoko'nun ağabeyi Şigeru'yla konuşmuştu. Adam dört bir yana dağılmış bu şehirde ona rehberlik yapabilirdi ve ister istemez hikâye hakkında da bilgi sahibiydi. Passan bir konuda netti: Saklamasına gerek yoktu. Şigeru bu komplonun bir parçası olarak, bugün ona yardım etmek ve destek olmak zorundaydı.

Passan gümrükten geçti ve giriş salonuna gitti. Şigeru, buruşuk keten ceketi ve globalleşme karşıtı profesör edasıyla onu bekliyordu. *Gaijin* kitaplarında veya filmlerinde, Japonlar hep soğukkanlı ve gülümseyen insanlardı. Dimdik, kolları vücutlarının iki yanında, karşılarındakini bir robot gibi seksen derece eğilerek selamlamaya hazır bir şekilde dururlardı. Şigeru bu standarda uymuyordu. Kırklı yaşlardaydı; eski can sıkıcı alışkanlıklarından uzaklaşmıştı. Rock müzikten, alkolden, uyuşturucudan, hepsinden vazgeçmişti, şimdi İngilizce ve Fransızca profesörüydü. Yaşadıklarından ne pişmanlık ne de üzüntü duyuyordu.

Passan gülümsemeden ona el salladı. Birbirlerine sevgi gösterisinde bulunmayacaklardı. Naoko'yu affetse bile, ailesine karşı gizli bir öfke duyuyordu. Passan'ı hep küçümsemişlerdi, o bir *gaijin*'di. Davranışları, Passan'ın bu inancını güçlendiriyordu.

– Selam, Şigeru.

– Olivier-san.

Bir yandan karşılıklı eğilirken bir yandan da tokalaştılar. Passan hiçbir zaman kayınbiraderinin yanında rahat olmamıştı. Aslında hiçbir Japon erkeğinin yanında rahat değildi. Hep kendini onlarla rekabet içinde hissediyordu. Bu, kişisel bir paranoya mı, yoksa somut bir gerçek mi, bilmiyordu.

Şigeru onu Japon usulü karşılamıştı: Ne yanmış yüzü hakkında ne de kafasına geçirilmiş bir çorap gibi duran beresi hakkında tek kelime etmişti.

– Geldiler mi? diye, kaygılı bir şekilde sordu Passan.

– Shinji ile Hiroki, annemle babamın yanında.

– Ya Naoko?

– Çoktan gitti.

– Nereye?

– Hiçbir fikrim yok.

Yalanlar başlıyor, diye düşündü Passan. Birkaç saniye boyunca ona baktı. Şigeru şık giyimi, koltuğunun altındaki şemsiyesi, kırlaşmış uzun saçlarıyla bir işadamı görünümündeydi. Yüzü, ona entelektüel bir görünüm veren ince, yuvarlak gözlük çerçevesiyle yumuşamıştı. Gür saçları ona mağrur ve kararlı bir hava verirken, dudaklarının daima kararsız olan ifadesi tersini söyler gibiydi.

– Bana söyleyecek bir şeyin var mı?

Şigeru sormadan onun çantasını aldı.

– Ekspresе yetişmemiz lazım. Bir saat içinde Tokyo'da oluruz.

İlk savuşturma hamlesi. Passan henüz onu hırpalamanın zamanı olmadığını düşündü, ama burada sert ve hızlı bir polis gibi davranma kararı almıştı. Bir diplomat gibi davranmak için değil, gerekirse zor kullanmak için gelmişti.

– Çocukları görmek istiyorum.

– Bunu tahmin ettik. Ailem bizi bekliyor.

Passan gerildi:

– Hoş karşılanacağımı düşünüyor musun?

Şigeru bir kahkaha attı:

– Her zamanki gibi!

Son derece saygısız bir cevaptı. *Sakin ol.* Japonya'nın bir cinayet soruşturması için çok kötü bir ülke olduğunu düşünerek, çıkışa kadar rehberini takip etti.

81

Trenin içine girince Passan ters giden bir şeyler olduğunu fark etti. Vagonun ışıklandırması zayıftı. Havalandırma çalışmıyordu. Sanki her şey *kasıtlı olarak* –takımadalarda hiçbir şey arıza yapmazdı– devre dışı bırakılmış gibiydi.

Fukuşima. Mart ayındaki tsunamiden ve nükleer felaketten sonra elektrik konusunda katı bir politika izlenmeye başlandığını hatırladı. Karşılaştığı bu yeni Japonya, bir tür enerji kısıtlamasına giderek kaynaklarını en alt kapasitede kullanıyordu. Vagonun sıcaklığı, insana kendini tropikal bir serada hissettirecek düzeydeydi.

Yolculara gelince, Passan farklı bir şey göremedi. Kısıtlı imkânlarla seyahat eden, coşku içindeki Avustralyalı veya Amerikalı turistler. Tekerlekli valizlerine yaslanmış, soğukkanlı işadamları. Koyu mavi kıyafetleri içinde, ağızlarını kapatarak gülen Japon hostesler. Kendilerini, yaşam reçeteleri veya felsefi buyruklar içeren aynı gizemli esere kaptırmış gibi, hep aynı şekilde kaplanmış kitaplar okuyan yolcular. Uyuyan insanlar. Japon halkının takdir edilecek yanlarından biri de her koşulda uyuma yetenekleriydi. Bir kadın ağzı açık horluyordu. Takım elbiseli bir adam, depreme dayanıklı bir yapı gibi zayıf bedeniyle trenin sarsıntılarına uyum sağlayarak ayakta uyukluyordu.

Passan eliyle camın buğusunu sildi. Yerleşimlerin bulunduğu uzun bir düzlük, puslu ufukta kayboluyordu. Sıkış sıkış evler demiryolu kenarına kadar en ufak alandan bile faydalanıyordu. Tam olarak seçilemeyen bu kül rengi tabloyu uydu antenleri, sac rüzgârlıklar, yağmurun parlattığı damlar kaplamıştı. Manzara, tekrenkli birçok ton elde etmek için yoğunluğu azaltılmış çini mürekkebinin kullanıldığı, eskinin Japon *lavi*'lerini çağrıştırıyordu.

Haziran ayı Japonya'da yağmur mevsimiydi. Burada *tsuyu* ya da *nyubai* olarak adlandırılırdı. Birkaç hafta boyunca devam eden, bıktırıcı yağmurlar. Başka değişik biçimleri de vardı –çisenti, buhar, ahmakıslatan, sağanak... – ama ne gökyüzü ne de toprak kururdu. İnsanlar nemden çalışamaz hale gelirdi. Planlar suya düşerdi. Nemli ve vıcık vıcık, boğucu bir sıcak olurdu. Tropikal olmayan bir muson iklimi. Nuh'suz bir tufan. İnsanlar, bir çamaşır yıkama dükkânında kurutucu yanında çamaşırlarının kurumasını bekler gibi, yaz mevsiminin, gerçek yazın gelmesini beklerdi.

Çiba. Funabaşi. Takasago. Tokyo istasyonu. Passan ile Şigeru arasındaki sessizlik devam ediyordu. Trende konuşmak söz konusu değildi. Sonunda, ekspres, bir organın içine giren uzun bir iğne gibi şehir merkezine ulaştı.

Şibuya istasyonunda, kayınbiraderi konuştu:

– Taksiye bineceğiz.

Şibuya, Tokyo'nun en modern semtlerinden biriydi. Alacalı neonlar, cam cepheler, yüksek teknoloji ürünleri satan mağazalar, meşhur *kawaii*[27] bebekleri... Gökdelenler, tabelalar, arabalar, şemsiyeler, her şey tufanı andıran yağmurun altında kayboluyordu. Yağmurun sesi trafiğin uğultusunu, metro trenlerinin düdüğünü, mağazalarda çalınan müziği, kalabalığın gürültüsünü bastırıyordu...

– Beni burada bekle, diye bağırdı Şigeru.

Passan cep telefonu satan bir mağazanın sundurmasının altına sığındı. Bir kez daha uygulanan kısıtlamaların işaretlerini gördü: Vitrinler binlerce ışıkla aydınlatılmak yerine yarı karanlıktı, genelde arkadan bol ışıkla aydınlatılan otomatik meşrubat makineleri karanlığa gömülmüştü, bazı mağazalar tamamen kapalıydı. Tokyo nekahet dönemindeydi.

Passan ciğerlerini açmak için Japonya havasını derin derin soludu. Şemsiyelerden başka bir şey görmüyordu. Kubbeler gibi geniş, plaj şemsiyeleri gibi renkli, oksijen çadırları gibi şeffaf şemsiyeler. Şemsiyelerin altında, aceleyle koşturan işadamlarını, mini etekli ve file çoraplı yeniyetme kızları, evlerini, kocalarını, çocuklarını sırtlarında taşıyan bir kaplumbağa gibi ağır ağır yürüyen anneleri, hap ve bilgisayar devrelerinden oluşan bir labirentte ruhlarını kaybetmiş, timsah derisi botlar giymiş, sarı saçlı, sıs-

27. ""Şirin" anlamına gelen Japonca sözcük. Modadan taşımacılığa, mutfak gereçlerine, büyüklü küçüklü birçok şirketin ürünlerinde kullandığı, iri gözlü, küçük ağızlı ve küçük burunlu, genellikle pembe renkli maskotlar. (ç.n.)

ka delikanlıları –"fasulye sırıkları"– güçlükle ayırt ediyordu.

– Olivier-san.

Şigeru bir araba bulmuştu. Passan insan kalabalığını aştı ve taksiye bindi. Beyaz eldivenler, temizlik kokusu, otomatik kapı... Japon taksileri, Paris'tekilerin tersine, bu mesleğin yüz akıydı.

Passan seyahat çantasını göğsüne bastırarak yeniden derin bir nefes aldı. Her seferinde olduğu gibi kendini rehberine teslim etmişti. Başka türlüsü imkânsızdı. Japon yazısından hiçbir şey anlamıyordu. Hiç yön duygusu yoktu. Üstelik, sokakların çoğunun ne ismi ne de numarası vardı.

Yirmi dakika kadar yol aldılar. Naoko'nun ailesi, Fransa Elçiliği'nin ve malikânelerin bulunduğu Hiroo semtinde oturuyordu. Passan'ın karnı açtı, başı dönüyordu ama yine de çok mutluydu. Tokyo'da, otuz milyondan fazla nüfusu olan bu metropolde tuhaf bir huzur buluyordu. Kalabalığa, trafiğe, asma köprülere, ideogramların çılgınlığına rağmen burası onda bir düzen ve dinginlik duygusu uyandırıyordu.

Taksi durdu. Passan ödemeyi Şigeru'nun yapmasına izin verdi. Para bozdurmamıştı. Bir zayıf nokta daha.

Dışarıda, yağmur hızını kesmiş, ancak sıcaklık azalmamıştı. *Manzara değişikliği.* İnsani boyutlardaki, tenha ve sessiz caddeler yağmurun altında parlıyordu. Uzakta, bir hamamın buhar dumanları, bir beysbol sahasının yeşilliği görünüyordu. Tepelerinde ise, bir balık ağı gibi Tokyo göğünü karelere bölen kablolar ve elektrik telleri vardı. Uzun süre, bu yüksek teknoloji cennetinin enerji ve iletim konusunda neden Uzak Batı evresinde kaldığını ve elektrik direkleri kullandığını düşünmüştü. Cevabı çok basitti: Deprem ülkesinde, kabloları yeraltına indirmek ve en ufak bir sarsıntıda kısa devre riskini göze almak söz konusu olamazdı.

Yeşil boyalı demir bahçe kapısının önünde durdular.

Aile evi.

Naoko'nun ailesi, herhangi bir özelliği olmayan modern bir villada oturuyordu. Gri sıva, kahverengi kiremitler, koyu renkli hatlar. Tek orijinallik evin arka kısmındaydı: Japonya'daki alanların kısıtlılığı dikkate alındığında inanılmaz bir lüks gibi görünen beş yüz metrekarelik bir sebze bahçesi.

Ayakkabılarını çıkardıktan sonra zili çalmadan eve girdiler. Şigeru *tadaima* (ben geldim) deme gereği duymadı. Ev boş gibiydi. Boş ve çok sıcak. Genellikle insan bu evde bir buzluktaymış gibi üşürdü. Bugün ise, tavanda tek bir vantilatör dönüyordu. Passan ıslak giysilerinin vücuduna yapıştığını hissediyordu. Bu durum hiç düzelmeyecekti.

Çantasını yere koydu ve evin hiç değişmediğini gördü. Duvarlarda sadece son depremden kalma çatlaklar vardı. Şigeru, geçen mart ayından beri Tokyoluların haftada iki üç deprem yaşadığını söyledi. Tüm evi yakında yeniden inşa etmek gerekecekse onarmanın ne faydası vardı? Passan cevap vermedi. Japonların Stoacı bakış açılarına alışmıştı: Bir sorun karşısında hiçbir şey yapamıyorsan, bir şekilde onu yok farz edeceksin.

Evin, Asya tarzı ile Batı tarzı arasında klasik ikili bir üslubu vardı. Bir tarafta Avrupa tarzı döşenmiş odalar, diğer tarafta hasır serili geleneksel mekânlar. Modern döşenmiş odalarda bile Japon hatları hâkimdi. Servi ağacından parkeler siyah ipek gibi parlıyor, krem ve çikolata tonları tamamen Japonlara özgü bir sadeliği sergiliyordu. İtinayla çerçevelenmiş dikey yazılar da buradaki yaşamın ne anlama geldiğini hatırlatıyordu.

Yemek odasını geçtiler ve salona girdiler. Hâlâ kimse yoktu. Şigeru ona döndü ve Passan'ın endişeli yüz ifadesi karşısında gülümsedi:

– Bahçedeler.

Verandanın camlı kapısını açtı. Nemli hava odayı doldurdu. Başlarında önü sineklikli şapkalarıyla, Shinji ile Hiroki biberlerin, kabakların, salatalıkların arasında bir şeyler yapıyorlardı.

Babalarını görür görmez, bitki sıralarının üstünden uçarcasına geçip onun kollarına atıldılar. Son birkaç gün içinde birkaç kez ev değiştirmişler, okulu bırakmışlar, uçağa binmişlerdi ve şimdi Japon dedeleri ile anneannelerinin evindeydiler, tüm bunlar okul döneminde olmuştu. Yine de, bu durum onların işine geliyordu. Saat farkı bile doğallıklarını etkilememişti.

– Dede ve nineyle beraber domates topluyoruz! diye bağırdı Shinji, koca bahçıvan eldivenlerini çıkartırken.

– Ve yeni bir köpeğimiz var! diye atıldı Hiroki. Adı Kristal!

İki oğlan çamur, neşe ve ışık içindeydi. Başını kaldıran Passan, domates fidelerinin arkasında pusuda bekleyen anneanne ile dedeyi gördü. Adam, kestane gibi parlak koyu renkli teni ve sakin dede gülümsemesiyle bakıyordu. Ufak tefek olan kadın, tam tersine çok solgundu, bir gar peronundaymış gibi el sallıyordu. Yüzü, dünyaya boğuk bir aydınlık veren kâğıttan bir fener gibi parlıyordu.

– *Okaeri nasai* (eve hoş geldiniz), diye koro halinde bağırdılar.

Şigeru onlara haber vermiş olmalıydı: Onu gördüklerine şaşırmamışlardı. Olivier de her şeye rağmen onları yeniden görmekten memnundu ve anıları onu duygulandırıyordu. Cırcırböceklerinin vızıltısı altında, yaz ortasında kavrulan bu sebze bahçesini biliyordu. İlk olarak kışın karlar altındayken görmüştü. Sonra sonbaharda, çamlar rüzgârda mırıldanırken ve akağaç yaprakları dökülürken. Bahçeye hayran kalmıştı.

Kayınpederi ve kayınvalidesi yanına gelince, gülümseyerek eğildi ve İngilizce birkaç kelime geveledi. Onlar da Japonca karşılık verdi. Onlarla hiç anlaşamamıştı. Anlaşabilmek için birbirini anlamak gerekiyordu. Ve birbirini anlamak için de, aynı dili konuşmak lazımdı.

Onlar hakkında tüm bildiklerini Naoko'dan –ve kendi sezgilerinden– öğrenmişti. Baba, kişisel bir sorun haline getirmeksizin, bütün kalbiyle ondan nefret ediyordu. Anne, onu seviyor, ama tuhaf bir şekilde ondan korkuyordu da. Passan onun rüyalarının dünyasına aitti, bir şekilde çok somuttu. O varken, kadın gözlerini kaçırıyor, tutkusunun başkası tarafından anlaşılmasından korkan biri gibi, asla ona soru sormuyordu. Aslında, Passan ve o birbirlerine benziyorlardı: Kadın Fransa'ya hayrandı, Passan da Japonya'ya. Onlar gerçekleşmeyecek düşlerden oluşan bir yolda karşılaşmışlardı.

Bayan Akutagava limonata ikram etti. Şigeru'nun çevirmenliğini yaptığı konuşma havadan sudan devam ediyordu. Japonya'da insanlar köpekten veya hava durumundan konuşmayı bıraktıklarında, dünyanın en meraklı insanları olurlardı. Passan bağırıp çağırmak istiyordu. Ya da bir tekmeyle sehpayı kırmak. Naoko'nun anne babasının tam olarak ne bildiğini tahmin etmek imkânsızdı. Kesin olan bir şey vardı: Tek bir kelime bile söylemeyeceklerdi.

Bir bardak limonata daha aldı. Yirmi dört saatten beri hiçbir şey yememişti ve midesinin bir gemi halatı gibi düğümlendiğini hissediyordu. Yeniden acımaya başlayan yüzü de cabasıydı. Naoko'nun ailesi ne yaraları ne de abuk sabuk beresi hakkında tek bir soru sormuşlardı.

Passan arada sırada, bahçeye göz atıyordu. Shinji ile Hiroki salataların arasında, Kristal'in –takımadaların simgesel türlerinden biri, bir Akita– peşinde zikzaklar çizerek koşuyorlardı. Bu manzara onun düşman topraklardaki ilk zaferiydi. Burada durumun ciddiyetinden kimsenin haberdar olmadığını düşündü. Akutagavalarda bile, böyle bir kriz bu kadar sükûnetle yönetilemezdi. Naoko çocukları bırakmış ve hiçbir açıklama yapmadan gitmişti. Anne ve baba, şüphesiz karıkoca arasında her zamankinden daha ciddi bir sorun olduğunu ya da boşanmalarında –tabii haberleri varsa– bir engel çıktığını düşünmüşlerdi.

Cebindeki telefon çaldı. Özür dileyerek ayağa kalktı ve konuşmak için yandaki odaya geçti. Fifi'nin sesini duyunca şaşırdı. Paris'i, soruşturmasını, ekibini çoktan unutmuştu.

– Haberlerim var, dedi Fifi. Vize bölümündeki heriflerden birini sıkıştırdım ve...

– Ne buldun?

– Ayumi Yamada Paris'e 24 Mart'ta gelmiş. Scribe Otel'in adresini vermiş, ama oraya hiç gitmemiş.

– Nerede kalmış?

– Bunu bilmenin imkânı yok.

Sıcağa rağmen Passan, nemli giysilerinin içinde titriyordu.

– Bu sabah, Paris saatiyle 08.40'ta Japonya'ya hareket etmiş. Japon Havayolları'nın 7654 sefer sayılı uçuşuyla.

– Yarın sabah Tokyo'da olur.

– Tokyo'da değil. Nagasaki'ye aktarması var. Yerel saatle 10.22'de inmiş olacak.

Demek ki Utajima, Japonya'ın en güneyindeki adalardan birinde, Küşü Adası'nda bir yerdi. Bir liman? Bir köy? Bir tapınak? "*Şairin tapınağı.*" Dile getirilmemiş olsa da sonuç ortaydı: Naoko çoktan yola koyulmuştu. O da elini çabuk tutmalıydı.

Fifi'nin sesi yeniden kulak zarında yankılandı:

– Ya sen? Sen neredesin?

Çatlak duvarlara, siyah parkeye, gizemli kaligrafilere baktı.

– Şimdilik hiçbir yerde.

Telefonu kapattı. Tam randevu yerini bulmak için sadece birkaç saati vardı. Ve Ayumi Yamada'nın kim olduğunu öğrenmek için. Kapı pervazında durdu ve Şigeru'ya işaret etti. Ayakkabılarını giydi ve çocuklara veda etmek için sebze bahçesine döndü. Shinji ile Hiroki köpeği yakalamışlardı.

– Bizimle eve girmesi için patilerini temizleyeceğiz, diye bağırdı Shinji.

Passan sahnenin güzelliği karşısında öylece kalakaldı. Bir güneş ışını bulutları delmeyi başarmış, cıvalı bir lambanın ışığı gibi manzarayı aydınlatıyordu. Bitkilerin yaprakları, çamurlu sebzeler, ıslak çam ağaçları, hepsi olağanüstü bir güzellikte parlıyordu. Japon günlük hayatından bir kesit. Saflık. Mükemmellik. Sadelik...

Kendisinin de bu sahnenin –bu çocuklar onun çocuklarıydı ve kaderi, bu tapılası ülkeyle iç içeydi– bir parçası olduğunu fark ettiğinde son derece duygulandı.

Bunda olumlu bir kehanet görüyordu.

Shinji ile Hiroki hikâyenin devamıydı. Onlar için savaşmalıydı. Burada, Japonya'da, hayatının en tehlikeli dönemecini dönecekti – yeni bir başlangıç için bu gerekliydi.

83

– Ayumi Yamada kim?

– Yamada Ayumi, diye tekrarladı Şigeru, Japonların sözdizimiyle. Naoko'nun bir çocukluk arkadaşı.

– Bana ondan hiç bahsetmedi.

– Eski bir hikâye. Bu sorunun sebebi ne?

Passan dirseklerini tezgâha dayadı. Nemli şerbetçiotu ve küflü ahşap kokan küçük bir bardaydılar. Tokyo'nun sırrı olan şu daracık yerlerden biriydi: Barın sürme kapısı gıcırtıyla açılıp kapanıyor, tavan lambaları mümkün olduğunca az ışık veriyordu.

Passan, Şigeru'nun yalan söylemediğini seziyordu: Naoko'nun çevirdiği dolaptan haberi yoktu. Derin bir nefes aldı ve ona olayları özetledi. Villaya yapılan saldırılar. Çocuklardan kan alınması. Diego'nun öldürülmesi. Ve Sandrine. Konuşma süresince, Şigeru'nun o vurdumduymazlığı bir ocağın üstündeki tereyağı parçası gibi eriyip gitti. Ama hâlâ şaşkınlığını bastırmayı başarıyordu. Japonların duygularını gizleme yeteneği hem bir klişe hem de bir gerçekti.

– Utajima, diye devam etti Passan, bu adı biliyor musun?

– Hiç duymadım. Nedir?

– Ben de tam olarak bilmiyorum. Bir yer, bir şehir, Nagasaki yakınlarında.

– Araştırılabilir. Neden ki?

– Naoko, Ayumi'ye burada randevu verdi.

Şigeru ilgili görünüyordu. Olivier onun devamını dinlemeye hazır olduğunu hissediyordu.

– Kız kardeşinde Rokitansky-Küster-Hauser sendromu olduğunu biliyor muydun? Rahmi olmadığını?

Şigeru taburesinde kıpırdandı. Masalar birbirine o kadar yakındı ki herkes yanındakinin konuşmasını rahatlıkla duyuyordu, ama onlar bu sevimsiz sıkışıklıktan rahatsız değildi. Güvendikleri iki şey vardı: Japon kibarlığı ve Fransızca.

– Biliyor muydun?

– Duymuştum, evet.

Bir anda Passan'ın sabrı taştı:

– Kız kardeşin çocuk sahibi olamazdı ve sen bunu *sadece* duydun, öyle mi?

– Biliyorsun, Japonya'da, biz ihtiyatlı davranırız ve...

– Shinji'yi doğurduğunda, bu seni şaşırtmadı mı?

– O sırada Tokyo'da değildim.

Kaçamak cevap verme konusunda hep aynı yetenek.

– Haberi aldığında, ne düşündün?

– Ben de hastanedeydim. Bir klinikte arınma tedavisi görüyordum. Aşırı dozdan yatmıştım ve...

Olivier eğildi. Çok iyi bildiği rolü oynamanın tam zamanıydı.

– Benim kim olduğumu unutma Şigeru, dedi, onu yakasından tutarak. (Burada bu davranış Fransa'da birinin burnuna yumruk atmakla eşdeğerdi.) Ben hâlâ kız kardeşinin kocasıyım ve bir polis başkomiseriyim. Aptallıklarına bir son ver.

Şigeru'nun âdemelması sapıtmış bir ibre gibi sıçradı. Gözleri, farazi bir imdat çıkışı arıyormuş gibi yuvalarında döndü. Barın içi hareketlenmeye başlıyordu. Passan onu bıraktı.

– Yeni bir teknik, özel bir şey olduğunu sanmıştım, dedi Şigeru, Lacoste'unun yakasını düzeltirken. Ben... ben bu konuda bir şey bilmiyorum. Bu... bu beni ilgilendirmezdi.

Yeni bir bira ısmarladı ve doğrudan şişeden içti.

– Gerçeği sadece annem biliyor, diye devam etti, uzun bir yudumun ardından. Ama ona boşuna sorma, çünkü seninle konuşmayacaktır.

Bunu belirtmesine hiç gerek yoktu.

Passan kendi Kirin'ini aldı ve ağzına kadar dolu bardağı bir dikişte bitirdi. Çerez olarak, hafif ateşte pişirilmiş ton balığı, zencefil, kızarmış turp halkaları önermişlerdi. Olivier'nin karnı açtı, ama bu zımbırtıları tatmaktansa midesinin guruldamasına katlanırdı.

Eğer Şigeru'yu yanına çekmek istiyorsa, ona bütün kartları açmalıydı:

– Naoko Japonya'da ve Fransa'da yasak olan, ancak ABD'de izin verilen bir yönteme başvurmuş. Fransa'da buna "başkasının yerine gebe kalma" yöntemi deniyor. İngilizcesi *surrogacy*. Günümüzde bu çok yaygın bir yöntem. İnternette "tasiyicianneler.com" sitesine girmek yeterli.

Şigeru'nun gözleri fal taşı gibi açılmıştı.

– Sanıyorum Ayumi de taşıyıcı anne, diye, sözlerini bitirdi Olivier.

Ona bu haberi sindirmesi için zaman tanıdı. Işık her şeyin üstüne ameliyathane ışığı gibi vuruyordu. Şigeru'nun alnındaki ter damlaları, bardakların dibindeki altın rengi ışıltılar, raflardaki su yeşili porselen kâseler, her şey belirgin ve göz alıcı bir parlaklıkla ışıldıyordu.

– Hiroki doğduğunda, diye devam etti Passan, sen Tokyo'daydın, değil mi?

Şigeru istemeye istemeye başıyla onu onayladı.

– Kız kardeşini görmeye kliniğe gitmedin mi?

– Annem buna gerek olmadığını söyledi.

– Beni şaşırtıyorsun. Hastane yatağında olan Naoko değil, Ayumi'ydi.

Şigeru bir kahkaha attı:

– Bu imkânsız. Japonya'da bu tür şeyler yapılmaz.

Passan, Şigeru'nun kolunu tuttu:

– Ayumi, Shinji ile Hiroki'yi karnında taşıdı. Naoko'yla ilişkileri nasıl ve neden bozuldu bilmiyorum ama bir şeyden eminim: Naoko'yu öldürmek ve çocukları almak istiyor. Anlıyor musun?

Kayınbiraderi kolunu kurtardı ve gözlük camlarının altından gözlerini ovuşturdu. Barmene işaret etti: sake. Adam tezgâhın üstüne iki küçük bardak ile küçük bir şişe bıraktı. Olivier konuya dönmeden önce Şigeru'nun art arda birkaç *shot* yuvarlamasını bekledi:

– Bana Ayumi'den bahset.

– Çok eskilerde kaldı. Onu çok az gördüm.

– En ufak bir ipucu işime yarayabilir.

Şigeru omuzlarını silkti.

– On üç-on dört yaşlarındayken birbirlerinden hiç ayrılmazlardı.

– Kolejde mi tanıştılar?

– Kolejde değil. Aynı dojoya gidiyorlardı.

– Naoko dövüş sanatları mı öğreniyordu?

– Kenjutsu.

– Kendo gibi mi?

– Hayır, diye, bıkkınca mırıldandı Şigeru. Kendo, XIX. yüzyılın sonunda, Meici döneminin başında, kılıç taşımak yasaklanınca icat edilmiş. Kenjutsu ise atalardan kalma bir tekniktir. Samuraylardan.

– Ne farkları var?

– Kenjutsu bir spor değildir. Acımasızca bir dövüş yöntemidir. Kural yoktur, önlem yoktur. Mesela kendoda, hamle yaparken hasmının neresine vuracağını yüksek sesle söylersin. Kenjutsuda böyle bir şey söz konusu değildir. Amaç rakibi öldürmektir, ona yapacağın hamleyi haber vermek değil.

– Gerçek kılıçla mı çalışıyorlar?

Şigeru kahkaha attı:

– Bereket versin ki hayır. Aksi takdirde dojoların hiçbirinde öğrenci kalmazdı.

Passan öfkenin damarlarında dolaştığını hissediyordu. Naoko'yu bu kadar eski, bu kadar tehlikeli bir dövüş sanatını icra ederken düşünemiyordu; çünkü genç kadın çağdaş Japon değerlerini överken, eski gelenekleri hep küçümsemişti. *Bir sır daha.*

– Özel bir okul muydu? diye ısrarla sordu. Hâlâ inanmakta güçlük çekiyordu.

Şigeru bir bardak daha doldurdu. Yüzü içkiden kıpkırmızı olmuştu.

– Miyamoto Musaşi'ninki.

– Samuray olan mı?

Passan bu büyük Japon üstadı biliyordu. Ronin –efendisiz samuray–, ressam, kaligraf ve filozoftu, çok sayıda efsanenin, romanın ve filmin kahramanıydı.

– Okulun adı Hyoho Niten İçi Ryu, ama kısaca Niten denir.

– Bu tür şeylerle ilgilenmeyen biri olarak bayağı bilgi sahibisin...

Şigeru barmene boşalmış şişeyi işaret etti.

– Bizde bu tür şeyler iyi bilinir.

Her cevapta Passan, sanki daha da aşağılara düşüyor gibiydi. Naoko'nun bu sularda yüzmüş olduğunu kabullenemiyordu. Bu haber onun yüreğini ısıtacağına daha da donduruyordu. On yıl bir yabancıyla yaşamıştı.

Bardağını aldı ve bir dikişte bitirdi.

– *Kanpai*, diye mırıldandı Şigeru, alçak sesle, sanki ağzından bir geğirti kaçırmış gibi.

Passan sakeden –ılık, hafif, tatlı bir içkiydi– nefret ederdi, ama şu anda eski karısından nefret ediyordu. Yine de içkinin sıcaklığı ona iyi gelmişti, sanki yaralarını temizliyordu.

– Neden araları açıldı?

Şigeru huzursuzluğunu ele veren bir hareketle gözlüğünü düzeltti:

– Ayumi özel bir kızdı.

– Ne gibi?

– Doğuştan dilsizdi.

Bu gerçek diğerlerine göre onu daha az şaşırttı. Naoko klasik, sıradan bir kız olamazdı. İkisini sığır derisinden zırhlarını giymiş, bambu kılıçlarını sallarken hayal ediyordu.

– Başka ne biliyorsun?

– Hiç. Onlarla evde karşılaşırdım. Sürekli el kol hareketleri yaparlardı. İşaret diliyle konuşuyorlardı.

– Naoko işaret dili mi öğrenmişti?

– Ayumi için, evet.

Passan ilişkilerinin basit bir arkadaşlık olup olmadığını düşündü.

– Sadece arkadaştılar, dedi Şigeru, onun düşüncelerini okumuş gibi. Yeniyetmelik yılları boyunca devam eden tutkulu, farklı bir arkadaşlık. Kan kardeşliği, verilen vaatler, bu tür şeyler. Aslında, Ayumi sağır değildi ve onunla işaret diliyle konuşmanın hiç gereği yoktu, ama Naoko onunla bir tür benzeşme içine girmek istiyordu. Bu dil onları biraz daha yakınlaştırıyordu.

Passan'ın ağzı yanıyordu. Susuzluktan ölmek üzere olan bir hayvan gibi dili şişmişti. Şişeyi aldı ve bir kadeh daha doldurdu. Ateşe benzin döküyordu. Sakenin damarlarını temizlediğini hissediyordu.

– Kaç yaşında ayrıldılar?

– Naoko'nun mankenliğe başladığı dönemlerde.

Passan'ın aklından bir sürü varsayım geçiyordu. Kıskançlık. Naoko seyahatlere çıkıyor, podyumlarda boy gösteriyordu; yakın arkadaştan "star" konumuna yükselmişti. Belki de bir erkek arkadaş edinmişti. Ya da sadece yılların neden olduğu bir bıkkınlıktı...

Ama neden Naoko böyle güven gerektiren bir işte onu seçmişti? Bu kusurundan ona ne zaman bahsetmişti? Arkadaşlıkları sırasında mı, yoksa daha sonra, taşıyıcı anne arayışına girdiğinde mi? İlkinde karar kıldı: Ayumi onun sırrını bilen tek kişiydi. İşte bu yüzden de Naoko ona başvurmuştu.

– Sende Ayumi'nin fotoğrafı var mı?

– Annemlerin evinde bulabileceğini düşünüyorum. Kız kardeşim odasında bayağı bir hatıra bıraktı.

Karısının eşyalarını karıştırma fikri Passan'ı huzursuz etti. Bir bardak daha içti ve Japon polisini araması gerektiğini düşündü. Ya da Fransa Elçiliği'ni. Elçiliğin numaralarını almıştı.

Ama resmi yola başvurmak saatlerini alacaktı. Bu tür işlerle kaybedecek zamanı yoktu.

Ayrıca ona inanacak birini bulup bulamayacağı da ayrı bir sorundu. Ve elinde en ufak bir kanıt yoktu...

Ayağa kalkınca başının döndüğünü hissetti. Üç bardak sake içmişti ve hâlâ açtı. Arkasında gülüşmeler oldu. Alkolü kaldıramayan *gaijin*...

Bağırsaklarından guruldu sesi yükseldi. Kesinlikle bir şeyler yemesi gerekiyordu.

– Annen bana bir sandviç hazırlar mı dersin?

84

Yeniden başlayan yağmurla birlikte gece de olmuştu. Yağmur bu kez daha ince, toz gibiydi. Şigeru ile Passan ıslak havayı soluyorlardı. İndikleri sokak tipik bir Japon sokağıydı: yumuşak yılankavi kıvrımlar yapan, kaldırımsız bir yol, geniş ideogramların göze çarptığı asfalt, görünmez villaları koruyan penceresiz duvarlar, asfalta doğru teveccühle eğilen ağaçlar. Çeşit çeşit mallarla dolu, sokağı kirleten küçük dükkânlar... Ve tüm bunları bir örümcek ağı gibi birbirine bağlayan teller, kablolar, tabelalar.

– Ayumi'yi bir daha görmedin mi? diye sordu Passan.

– Gördüm.

Passan durdu ve üstlerine şemsiye tutan Şigeru'ya baktı. Şemsiyeye vuran yağmur damlaları trampet gibi ses çıkarıyordu.

– Ne zaman?

– Birkaç ay önce, babası öldüğünde. Bizimkiler haber vermişti. Annem beni *kokubetsu şiki*'ye götürdü.

– O ne?

– Yakma işleminden sonra yapılan tören.

Passan cenaze törenleri için kullanılan, sonu "a" ile biten başka bir kelime hatırlıyordu. Üstelemedi, Japonca dersi almanın sırası değildi.

– Ayumi, seninle konuştu mu?

– Şaka mı bu?

Passan ona dik dik baktı. Şigeru, sake sayesinde doğal kaygısızlığına, her şeyi hafife alan üslubuna yeniden kavuşmuştu.

– Sadece bir deftere bir şeyler yazdı. Bir soru.

– Ne sorusu?

– "Naoko nasıl?"

Bu basit bir nezaket sorusu olabilirdi. Ya da tam tersine, Japon usulü bir yardım çağrısı. Arkadaşının sessizliğine dolaylı bir ima.

– Ne durumdaydı?

– Genel olarak, insan babasının cenazesinde pek iyi durumda olmaz. Ayumi tek çocuktu. Annesi onun doğumunda ölmüş. O ve babası çok yakındılar.

– Öyleyse yıkılmıştır.

– Bunu bilmek imkânsız. Ayumi... anlaşılması güç bir kızdır.

Bir Japon'un ağzından böyle bir şey duymak şaşırtıcıydı. Passan düşündü. Bu kayıp Ayumi'nin deliliğini tetiklemiş olmalıydı. Ve her halükârda psikolojik durumunu ağırlaştırmıştı.

– Bu cenaze töreni ne zaman oldu?

– Şubat ayında, sanırım.

– Sanıyor musun, yoksa emin misin?

– Eminim.

Örtüşüyordu. Kaybetmiş, yetim kalmış Ayumi Yamada, başka bir ailesi olduğunu hatırlamıştı. Karnında taşıdığı çocuklar. Mart ayının sonunda Paris'e gitmişti.

"ONLAR BENİMDİR."

– Ayumi'nin babası neden öldü? diye sordu Passan. Yeniden yürümeye başlamıştı.

Şigeru anlaşılmaz bir sözcük mırıldandı. Sokak lambalarının ışığı altında, bakışları dalgınlaşmış, yüz hatları kaymış gibi görünüyordu. Dudaklarında bir gülümseme vardı. İyice sarhoş olmuştu.

– Adam neden öldü?

– İntihar, dedi diğeri, biraz daha güçlü bir sesle.

Polis kendini bir korku yolunda ilerliyormuş gibi hissediyordu. Kenjutsudan sonra intihar. Sanki geleneksel Japon mekanizması yeniden harekete geçiyordu.

– Nasıl intihar etti?

– Kendini astı.

– Soruşturma yapıldı mı?

– Sanırım, evet. Sonuç yok.

Şigeru gitgide çökerken, Passan aksine canlanıyordu. Kafasında olay örgüsünü yeniden kurdu. Babanın intiharı. Yalnızlık. Dilsiz, Naoko'yla temasa geçmiş, ama o cevap vermemişti. Üzüntüsü öfkeye dönüşmüştü. Sonra da öldürücü bir deliliğe.

– Ayumi'nin mesleği ne?

– Jinekolog, babası gibi.

Bir dakika. Yavaş. Karanlığın içinde kulaç attıktan sonra, bütün ışıklar aynı anda yanıyordu: Ayumi sadece çok önemli bir misyon verilmiş bir çocukluk arkadaşı değil, aynı zamanda da her şeyi organize eden kişiydi. Naoko belki de onun uzmanlığını öğrenmiş ve ona planını teklif etmek için Ayumi'yle temasa geçmişti. Ama engel teşkil eden bir gerçek vardı:

– Bir dilsiz olarak mesleğini nasıl yapıyordu?

Şigeru elini hafifçe kırlaşmış gür saçlarının arasından geçirdi:

– Hasta muayene etmiyordu, araştırma yapıyordu.

Taşlar gitgide yerine oturuyordu. Demek ki, Ayumi'nin uluslararası uzmanlarla bağlantıları vardı. Her şeyi ayarlamıştı. Bir kere. İki kere. Naoko'ya –ve tabii Passan'a da– bir aile kurma imkânı vermişti. Peki, bu zahmetinin karşılığında o ne elde etmişti? Hiç. Naoko köprüleri atmıştı. *Sırrını korumanın en iyi yolu.* Passan onun nasıl böyle bir hata yaptığına şaşırmıştı. Japonya'da, bir görevi yerine getirmemekten veya borcuna sadık olmamaktan daha kötü bir suç yoktu.

Çisenti, aldatıcı bir şekilde inatla yağmaya devam ediyordu. Sanki ince damlacıklar halinde su püskürten bir aygıtın altındaydılar. Çevrelerindeki manzara noktalama tekniğiyle yapılmış bir tabloyu andırıyordu. Sokak lambalarının diplerindeki ışık birikintileri. Rüzgârla şişmiş çamların ve ginkgo ağaçlarının dorukları. Asfaltın üstündeki ideogramlar. Her şey bir tül örtüyü çağrıştırırcasına renk ve beneklerden oluşuyordu.

– Bir şey hatırlıyorum, diye homurdandı Şigeru.

– NE? diye bağırdı Passan.

Ne dediği anlaşılmayan bir sarhoşun ağzından laf almaktan bıkmıştı.

– Cenazede, bir aile dostuyla karşılaştım. Bir psikiyatr ve psikanalist. Takeşi Ueda. Veya Oda, bilmiyorum. Çok kültürlü, çok seyahat etmiş biri. Beni çok etkiledi, Fransızca konuşuyordu.

– Yani?

Şigeru yutkundu. Derin bir su çukuruna dalıyormuş gibi bir ses çıkmıştı ağzından.

– Anladığım kadarıyla Ayumi onun hastasıymış.

Olivier onun elinden şemsiyeyi aldı.

– Onu nerede bulabilirim?

Kayınbiraderi kaşlarını çattı: Onun bu yakışıksız tavrını tasvip etmiyordu.

– Hatırlamıyorum.

– Paris'te olsaydık, dedi Passan dişlerinin arasından, seni çoktan içeri tıkmıştım...

– Özür dilerim, şimdi aklıma geldi... Bir yerlerde kartı olmalı.

– Nerede?

– Evimde sanırım.

Passan adımlarını hızlandırdı:

– Bir taksiye binelim. Önce annenlere, ardından da sana gidiyoruz. Sonra psikiyatrı ziyaret edeceğiz.

– Buna gerek yok, diye bağırdı Şigeru, Passan'ın arkasından. Sana hiçbir şey söylemez.

Passan omzunun üstünden cevap verdi:

– Artık Fransız usulü oynamanın zamanı geldi.

85

Naoko mesajına yanıt almamıştı ama zaten almayı da beklemiyordu. Kontrolün kendisinde olacağını düşünecek kadar saf değildi. Sadece Ayumi'nin üstü kapalı emirlerini yerine getiriyordu. Onur düellosu. Silah olarak kılıç. Kanla temizlenmesi gereken bir leke. Utajima. Çok sık antrenman yaptıkları bu ada. Her şey Ayumi'nin planıydı.

Neden boyun eğiyordu? Neden işi fazla uzatmadan, durumu polise bildirmemişti?

Hostesin sesi havalanmak üzere olduklarını belirtti. Naoko kemerini bağladı.

Birinci neden, Ayumi'nin kendisiydi. Suskunluğu, deliliği, çarpık mantığı. Şüphesiz Ayumi, ihbar ettiği takdirde Naoko ile çocuklarının içine düşeceği bir tuzak hazırlamıştı.

İkinci neden: Kendisi de suçluydu. Taşıyıcı annelik Japonya'da ve Fransa'da yasadışıydı, Ayumi'yi ihbar etmek kendini de ihbar etmek demekti. Göze aldığı tehlike neydi? Bilmiyordu, ama bunun sonucunda sanık sandalyesine oturmayacaktı. Çocuklarının vesayetini kaybetmeyecekti ve ne olursa olsun çocuklarının kökenlerini öğrenmesini istemiyordu.

Jet motorlarının gürültüsü düşüncelerini silip süpürdü. Camdan dışarı baktı ve Tokyo yerleşiminin oluşturduğu galaksiyi hayranlıkla seyretti. Beyaz yıldızların kaynaştığı, hareli ışıkların parıldadığı bir samanyolu. Gökdelenlerin üstündeki yakut rengi kırmızı ışıklar sanki uçakları uyarıyordu: "Gökyüzü herkesindir."

Uçak yükseldi. Şehir yağmurlu karanlığın içinde kayboldu. Bu manzara tam da onun yolculuğuyla örtüşüyordu. İlkel geceye, eski zamanların karanlığına kavuşmak için modern Japonya'ya, ekonomi ve teknoloji devine sırtını dönüyordu...

Kendini sakin hissediyordu. Ve rahatlamış. Her gün söylediği yalanlar, her an mahvolacakmış gibi geçen hayatı artık bitiyordu. "Mış" gibi yaptığı yıllar. Âdet görüyormuş taklidi yaptığı günler. Hiç olmayan, kendi kendine yarattığı özel hayat.

Kendini aynı zamanda gülünç hissediyordu. Hostesten uzun kılıfını kabindeki özel bölmeye koymasını istediğinde, bir kendo turnuvası hikâyesi uydurmak zorunda kalmıştı. Başka ne söyleyebilirdi? Babasının hediyesi olan bir kılıcı, çocuklarını karnında taşımış bir kadının kellesini uçurmak için yeniden ortaya çıkardığını mı? Doğurmayla ilgili bir sorunu kılıçla halletmeye gittiğini mi?

Gülünesi bir durumdu. İki kaçık Nagasaki açıklarındaki bir adada dövüşmeye hazırlanıyordu. Biri, diğerini öldürüp gömmeyi ve hiçbir şey olmamış gibi çocuklarının yanına dönmeyi ümit ediyordu. Diğer kaçık ise öbürünü ortadan kaldırmayı ve hiç kuşkusuz Shinji ile Hiroki'yi evlat edinmeyi tasarlıyordu. Her iki olasılıkta da, ortada komik bir durum vardı: Naoko katil olarak ne kadar inandırıcıysa, Ayumi de anne olarak o kadar inandırıcıydı.

Sonuç nasıl olursa olsun, kim kalıcı olacaktı? *Baba.* Bu düşünce onu rahatlatıyordu. Passan'ın her şeyi anladığından ve çocuklarını en az eskisi kadar sevdiğinden emindi. Onun tek yaşama nedeni Shinji ile Hiroki'ydi. Bu açıdan bakıldığında, Passan'la konuşması, ona her şeyi açıklaması, yardımını istemesi gerekirdi. Onu ne engellemişti? Gurur. Daha ziyade de, yalanlarının ağırlığı altında yaşamaktansa ölme isteği.

Japonya'da, "Dünkü çiçekler bugünün rüyalarıdır" denirdi. Naoko buna bir ekleme yapabilirdi: "Dünkü hatalar bugünün kâbuslarıdır."

Planına yoğunlaştı. Saat 22.00'de Nagasaki'ye ulaşacaktı. Limana kadar taksi. Utajima'ya kadar tekne – kuşkusuz onu adaya geçirecek bir balıkçı bulacaktı. Adada kimse yaşamıyordu. Orada, Şinto tapınağında uyuyacaktı. Şafakla birlikte kılıcını bileyecekti. Ve bekleyecekti.

Hiçbir şey bu planını bozamazdı. Belki sadece Passan. O neredeydi? İzini bulmuş muydu? Bulduğundan emindi. *Dünyanın en mükemmel polisi.*

Uyku maskesini taktı ve uyumaya çalıştı. Ama hemen, yeniden karmaşık düşüncelere kapıldı. Kafasında üstünü örtemediği bir gerçek vardı: Çocukları bir cadının karnından çıkmıştı. Onları özgürleştirmek için bu kötücül anneyi öldürmek gerekiyordu.

Ayumi Yamada güzel değildi.

Bayan Akutagava'nın istemeye istemeye ona gösterdiği fotoğraflarda, yuvarlak yüzlü, dar alınlı, basit ve belirsiz yüz hatları olan genç bir kız vardı. Her fotoğrafta onun yanında olan Naoko ise –okul forması, yazlık giysiler ya da eşofmanları içinde– parlıyor gibiydi.

Passan hatıra kutusunda başka ipucu bulamamıştı. Ayumi'nin ne adresi ne de telefon numarası vardı. İlişkilerinin boyutunu gösterecek bir günlük de yoktu. Naoko'nun hastalığıyla ilgili ne bir belgeye ne de bir reçeteye rastlamıştı.

Ardından Şigeru'nun bir Kore mahallesi olan Şin-Okubo'daki evine gitmişlerdi. Passan yukarı çıkmamıştı. Bir ATM'den para çekmeyi tercih etmiş, bu arada da mahallenin, Tokyo için alışılmamış derecede harap binalarla dolu olduğunu fark etmişti. Ayrıca bir çanak dolusu *soba* eriştesi alacak zamanı da olmuş ve erişteyi kaldırımda ayaküstü oburca yemişti – Akutagavaların evindeki atmosfer yüzünden sandviç isteyememişti.

Şigeru eli boş dönmemişti. Psikiyatrın kartını bulmuştu: Takeşi Ueda, şehrin kuzeyinde, Şin-Okubo'ya fazla uzak olmayan Sugamo Mahallesi'nde hasta kabul ediyor ve orada oturuyordu. Kayınbiraderi, Utajima'nın nerede olduğunu da bulmuştu: Burası ne bir tapınak ne de Nagasaki'nin bir semtiydi, kıyıdan yaklaşık otuz kilometre açıkta bir adaydı.

Tamamen ayılmış olan Şigeru birkaç telefon görüşmesi yaptı. Nagasaki'ye son uçuş Tokyo-Haneda'dan saat 23.45'teydi. Ayrıca Utajima hakkında bilgi almak için Nagasaki Liman Başkanlığı'yla da temas kurdu. Nöbetçi memurun dediğine göre, birkaç kilometrekare büyüklüğündeki bu volkanik adada kimse yaşamıyordu ve kimi kez stajlar, inzivalar için kullanılan bir Şinto tapınağından başka bir şey yoktu.

– Dövüş sanatları stajları mı? diye sordu Şigeru.

– Bazen, evet.

Cevapları almışlardı. Naoko ile Ayumi, şüphesiz bu adada birçok anı paylaşmışlardı. Randevularının burada olduğu kesindi. Kumsalda piknik yapmak için değil, kıyasıya bir düello için.

Olivier saatine baktı: 21.00. Psikiyatrı sorgulamak için bir saat. Bir saat de havalimanına gitmek için. Gerisine Nagasaki'de karar verecekti. Ama taksi ilerlemiyordu. Şoför kemer sıkma politikalarına aykırı olarak klimayı sonuna kadar açmıştı. Passan sıcak havadan soğuk havaya geçerek üşütmeyi istemiyordu. Zaten bir pişiyor, bir buz kesiyor, güçlükle soluk alıyordu; arabaların üstünden atlayıp bağırarak psikiyatrın kapısına dayanmak istiyordu.

Ama aynı zamanda da hatırladığı şehri buluyordu. Çevresi ve sınırı olmayan, neonların, kanjilerin şehrindeydi – yansımaların yağmurun içinde olduğu şehir. Renk patlamaları sel gibi akıyor, olukları takip ediyor, su birikintilerini taşırıyor, kaldırımları yalıyordu. Burada ekonomik önlemler unutulmuş gibiydi.

Tokyo bir kaleydoskop şehirdi. Her sokağın köşesinde binaların cepheleri, tabelaların düzeni farklı bir tablo oluşturuyordu. Köşeyi dönünce tonlar sonsuz kombinezona uyum sağlayarak değişiyor, biçimler farklılaşıyordu.

Birden neredeyse bütün ışıklar karardı. Tamamen farklı bir semte gelmişlerdi. Sokaklar daralıyordu. Vitrinler ışıltısını kaybetmişti. Neonlar yerlerini iç karartıcı elektrik direklerine bırakıyordu.

– Sugamo, diye fısıldadı Şigeru.

Passan bu tezatlıklara alışkındı. Tokyo iki farklı şehirdi. Bir tarafta devasa arterler, beton köprüler, insan seli; diğer tarafta küçük mahalleler, penceresiz cephelerle kuşatılmış, bayrakların dalgalandığı karanlık dar sokaklar. Sugamo da bu bölgelerden biriydi. Passan buranın adını duymuştu – yaşlıların mahallesi, büyükannelerin semti. Burada Kanto bölgesinin milyonlarca emeklisi ihtiyacı olan her şeyi bulabilirdi.

– Yürüyerek devam edeceğiz.

Şigeru taksinin parasını ödemek istedi ama Passan itiraz etti. Fakat avucundaki kâğıt paraları seçmekte zorlandığı için kayınbiraderinden yardım almak zorunda kaldı – Olivier-san şehirde yolunu kaybetmiş hep aynı küçük çocuktu. Dar sokaklardan oluşan karmaşık bir labirente girdiler. Karşılarına kimonolu birkaç siluet, *çappatsu* –çay rengi– saçlı yeniyetmeler, çam ağaçları ve kavaklarla çevrili tapınaklar çıktı. Şehir burada nefesini tutmuştu. Araba yoktu, çok az yaya vardı, tamamen sessizdi. Ahşap, kahverengi, yeşil. Edo dönemi Batı'nın tarzını kayıp cennetin içine sokarak haklarını hâlâ koruyordu. En azından, rehberini sessizce takip eden Passan'ın hissettiği buydu. Bu duyguyu daha önce, eski zevk ve eğlence semti Yoşivara'da da hissetmişti. Kendini bir tahtırevandaymış gibi hissediyordu.

Bir bitki kubbesi kadar sık olan kabloların ve tellerin altından geçtiler, ardından daha da karanlık dar sokaklara girdiler. Evler tek katlıydı. Sokak lambalarının yerini kâğıt lambalar alıyordu ve her yaz mevsiminde olduğu gibi, "havayı tazelemek" için kapılara küçük çanlar asılmıştı. Yağmurun altında, çıngırakların küçük kahkahaları sarkastik bir rezonansa neden oluyordu.

Tapınaklarla ve seyyar satıcılarla çevrili küçük bir meydana çıktılar. Meydanda Budist tılsımları, tavuk şişler, Şinto nazarlıkları, küçük elektronik cihazlar satılıyordu. Tam ortada, bir sundurmanın altında tütsü çubukları yanıyordu. Geçenler elleriyle dumanı başlarına, gözlerine, boyunlarının etrafına doğru yelliyorlardı. Yanda, başkaları taş bir yalağın içinde ellerini yıkayarak arınıyorlardı. Diğerleri, bir tapınağın önünde, ruhları çağırmak için ağır bronz bir çanı çalıyor ve ellerini çırpıyordu. *Tokyo by night.*

– Geldik.

Şigeru geleneksel bir evin kapısını çaldı. Sonra da başını çevirip omzunun üstünden, mazeret belirten bir gülümsemeyle konuştu:

– Ueda Takeşi pek genç değil...

Bu sözcüklerle birlikte, kapıda bir kamyoncu kazağı ile kaba kumaştan bir pantolon giymiş, ufak tefek yaşlı bir adam belirdi. Güleç bir ifadeyle, onları ahşap kontrplaklarla bölünmüş bir hole buyur etti. Gülmüyor, kükrüyordu sanki. Yerli yersiz bağırıyor, uyluklarına vuruyor, başını sallıyordu.

– Bahçıvan, dedi Şigeru alçak sesle.

Ayakkabılarını çıkarırlarken başka biri belirdi: Bahçıvandan çok daha ufak tefek, koyu teni bir parke kadar parlak yaşlı bir kadın. Üstünde açık renkli, canlı süslemeleri olan bir kimono ile kan kırmızısı bir *obi* vardı. Olivier yüreğinde bir sıkıntı hissetti: Naoko hiç böyle giyinmezdi.

Yaşlı kadın Şigeru'ya yaklaştı. Tekdüze, kısık bir sesle konuşuyordu ve kimonosunun içinde iki büklüm duruyordu. Passan'ın aklına manasını tam olarak bilmediği bir kelime geldi: "Çeltik tarlası artriti."

– Efendi Ueda bizi kabul edecek, diye açıkladı Şigeru. Karşılama komitesi nedeniyle metanetini kaybetmiş gibiydi.

Rehberlerini takip ettiler. Panolar raylar üstünde kayarak açıldı. Kareli bölmelerle ayrılmış dar bir koridor. İçerisi sıcaktı; burada da klima çalışmıyordu. Bekleme salonu yastıklarla döşeli, tatami kaplı kare bir mekândı. Passan *seiza* pozisyonunda –dizlerin üstünde, ayaklar kalçaların altında, avuçlar uylukların üstünde– oturmayı denedi. Şigeru sırtını duvara vererek, bağdaş kurup oturdu.

Bir *şoji* açıldı. Şigeru'nun söylediği gibi Takeşi Ueda genç değildi. Yetmiş yaşının üstünde olmalıydı ama onları karşılayan iki cüceyle hiçbir ortak yanı yoktu. Sıra dışı bir devdi.

Yüzü, özgünlüğün bütün izlerini taşıyordu. Fazla çekik olmayan gözler, bir ceylanınkini andıran kirpikler, gri uzun saçlar, Aynularınki gibi gür bir sakal... Bu Kuzey halkı çok kıllı oldukları için yüzyıllarca Japonlardan saygı görmüş, Japon halkına korku salmıştı. Takeşi Ueda beyaz pamuk pijaması içinde, hem New Yorklu bir guruyu hem de Rasputin'i andırıyordu.

Şigeru'nun peşinden Passan da ayağa kalktı. Bu görüşmenin tahmin ettiğinden çok daha zor geçeceğini anlamıştı.

87

Psikiyatrın muayenehanesi Batı tarzında dekore edilmişti: dar ve uzun parkeler, 1930'lu yıllara ait mobilyalar, minimalist motifleri olan halılar. Japon bahçesine açılan pencere ve odayı bir pus gibi kaplayan tütsü kokusu dışında, insan kendini, Saint-Germain-des-Prés'deki bir psikanalistin muayenehanesindeymiş gibi hissedebilirdi.

Ueda onları koltuklara buyur etti. Kendisi de çalışma masasına oturdu. Şigeru vakit kaybetmeden söze girdi. Doktor kıpırdamadan, kirpiğini bile kırpmadan dinledi, sonra aynı tonda cevap verdi. Şigeru yeniden aynı tarzda konuşmasını sürdürdü. Sanki iki tenisçi en kibar şekilde topu birbirlerine yolluyorlardı.

Sonunda Takeşi Ueda gülmeye başladı ve Passan her şeyin sarpa sardığını anladı. Japonya'da, gülmek özür dileyerek geri çevirme göstergesiydi. Psikiyatr dişlerinin arasından *muzukaşii* –çok zor– diye de mırıldanmış olmalıydı.

Passan saatine baktı: 21.20. Saat 22.00 olmadan önce buradan ayrılması gerekiyordu. Psikiyatrın Fransızca bildiğini hatırladı.

– Saçmalamayı bırakalım, dedi sertçe.

Doktor kaşlarını çattı. Olivier masanın üstüne dosyasındaki resimleri fırlattı. Kana bulanmış duş. Karnı deşilmiş köpek. Sandrine'in parçalanmış cesedi. Ueda resimlere baktı. Hem psikiyatr hem de Japon olması, ona duygularını iki kat daha fazla gizleme yeteneği kazandırmış olsa da, gözle görülür bir tepki verdi. Yanakları çukurlaştı, burun delikleri genişledi. Sonunda başını kaldırdı:

– Siz... siz *gerçekten* Fransız polisinden misiniz?

Passan şu an için bir polis olarak değil, kaygılı bir koca olarak konuşması gerektiğini anladı.

– Paris Cinayet Bürosu'nda başkomiserim ama bu özel bir dava. Yabancı topraklardayım. Hiçbir meşruiyetim yok. Ve özellikle bu soruşturma beni kişisel olarak ilgilendiriyor. Bağırsakları deşilen hayvan benim köpeğim. İkiye biçilen kadın benim en iyi arkadaşım. Ve siz bana yardım etmezseniz, bir sonraki kurban karım olacak.

Psikiyatr eliyle sakalını sıvazladı. Şimdi gözleri, bir oyuncak bebeğinkilere benzeyen kirpiklerinin ardında fal taşı gibi açılmıştı.

– Şüpheleriniz Ayumi Yamada'nın üstünde mi yoğunlaşıyor? diye sordu sonunda.

Neredeyse aksansız konuştuğu Fransızcası ne Şigeru'nun ne de Naoko'nun Fransızcasından aşağıydı. Tokyo'nun göbeğinde büyük bir şans.

– Hiç şüphem yok. Bu onun psikolojik profiline uyuyor mu?

Ueda asabi bir tavırla peygamber sakalını kaşıdı.

– Evet.

– Cinayet işleyebilir mi?

– Evet.

– Peki siz onu tımarhaneye kapattırma gereği duymadınız mı?

Takeşi hemen cevap vermedi. Arkasına sığınacağı bir cevap aramıyor, sadece kafasında gerekçeleri sıralıyordu.

– Aylardan beri onu görmüyorum.

– Tam olarak ne zamandan beri?

– Geçen senenin sonundan bu yana. O dönemde, bana durumu stabil gelmişti diyebiliriz. Onu babasının cenazesinde yeniden gördüm.

– O mu size haber verdi?

Ueda başını salladı.

– Bu Japonya'da âdetten midir? Yani, psikiyatrını babasının cenazesine davet etmek?

– Hayır, diyerek gülümsedi doktor. Bir mesajdı.

– Bir mesaj mı?

– Sanıyorum... Kısacası, babasını öldürdüğünü düşünüyorum.

Olivier, Şigeru'yla bir an bakıştıktan sonra konuştu:

– Bize intihar olduğu söylendi.

– Bu, resmi bilgi. Yamada Kiçijiro kendini astı. Ama bu bir mizansen de olabilir. Ayumi çok zekidir.

– Otopsi yapıldı mı?

– Hayır.

– Babasını neden öldürmüş olsun ki?

– Çünkü kin, uzun vadede hep kazanır.

Passan yeniden Şigeru'ya baktı. Kayınbiraderi, babanın kızını tek başına büyüttüğünü ve yeniden evlenmediğini söylemişti. Yakın bir ilişki.

– Bir ensest hikâyesi olabilir mi? diye sordu Passan, hayal gücünü fazla zorlamadan.

– Hayır. Seksin bu olayla bir ilgisi yok.

Ueda yeniden sakalıyla oynamaya başladı. Sanki evcil bir hayvanı okşuyordu. Passan bugüne kadar binlerce şüpheliyi sorgulamıştı ve hiç kuşkusu yoktu ki, psikiyatr heybesindekilerin hepsini ortaya dökecekti.

– Ayumi'yi tanıdığımda, on iki yaşındaydı, diye devam etti. Bir intihar girişiminden sonra.

– Asarak mı?

– Hayır. İlaçla. O dönemde Kesatsu Byoin Hastanesi'nde çalışıyordum. Ayumi'yi oraya kapatmışlardı. İlk görüşmeler çok zor geçti. Engelinden dolayı elbette, ama sadece o da değil. O tamamen... kendini kapatmıştı. Güvenini kazanmak çok zaman aldı. İşaret dilini öğrenmek zorunda kaldım...

Son derece dinlendirici, tok bir sesi vardı. Bir hipnozcu sesi.

– Anladım, dedi Passan, saatine bakarak. Sonra?

– Çok küçük yaşlardan beri babası ona işkence ediyordu. Fiziksel anlamda işkence.

Passan bunu beklemiyordu. Odanın tütsü kokusuyla yüklü havası ağırlaştı.

– Tam bir psikopat, diye devam etti Ueda. Başkalarının, özellikle de küçük kızının acı çekmesinden zevk alan bir varlık.

– Karısı?

– Boğularak ölmüş. Ne olup bittiğini kimse bilmiyor ve her şeyden şüphe edilebilir. Ama ben Ayumi'nin anlattıklarından hiç şüphe duymadım. Her gece en mahrem yerlerine işkence ediyordu.

– Vücudunda yaralar var mıydı?

– Birkaç tane. Ama adam, bedenin *içindeki* en duyarlı yerleri biliyordu. O bir jinekologdu, anlıyor musunuz?

Polis kimliği Olivier'yi soru sormaya yöneltti:

– Psikiyatr içgüdünüz dışında, anlattıklarınıza dair kanıtlarınız var mı? Ayumi belki de kafası karışık bir yeniyetmeydi ve...

– Kanıt boğazında.

– Anlamadım.

– Ayumi doğuştan dilsiz değil. Bağırmasını önlemek için babası ses tellerini kesmiş.

Passan'ın aklına Diego'nun susturulma şekli geldi. Eğer hâlâ kanıta ihtiyacı varsa, kanıt gözünün önündeydi. Köpeğin ses tellerinin kesilmesi Japon kadının imzasıydı.

– Acı onun yaşamında bildiği tek şey haline dönüştü. Naoko'yla tanışınca, bu değerler değişti. Bir anda arkadaşı onun, temelinde dostluğun ve dinginliğin yattığı yeni ailesi oldu. Yıllar sonra Naoko Avrupa'ya gitti ve Ayumi yeniden babasının zulmüyle baş başa kaldı. Bu durum, ihanete uğradığını hissettikçe daha da acı vermeye başladı.

Passan hikâyenin bu kısmını az çok hissedebiliyordu.

– Sonra?

– Dayandı. Tokyo Üniversitesi giriş sınavını kazandı. Burs aldı ve yeniden bağımsızlığına kavuştu. Jinekolog olmak istiyordu. Aile modeli. Bitirme sınavlarını verdi ama dilsiz olduğu için normal bir doktor olarak çalışamadı. Araştırma alanına yöneldi. Yıllar sonra Naoko ortaya çıktı ve doğumla ilgili sorunu için ondan yardım istedi.

Passan sonrasını tahmin ediyordu; daha fazla ayrıntı öğrenmek için zamanı yoktu. Özellikle karısının bu karmaşık durum içindeki yerini bilmek istiyordu.

– Aralarında homoseksüel bir ilişki var mıydı?

– Hayır. Arkadaşlık sözcüğünün boş bir kelime olmadığı bir dönemde örülmüş, sadece yoğun sevgiye dayalı bir ilişkiydi onlarınki.

– Babanın alçaklıklarından Naoko'nun haberi var mıydı?

– Ayumi, Naoko'nun bundan haberi olmadığına dair yemin etti. Ona inanıyorum. Karınız arkadaşının yaşadıklarını bilmiyordu. Tıpkı onun psişik halinin ne denli ciddi olduğunu bilmediği gibi. Aksi takdirde, ondan asla yardım istemezdi.

Passan da onunla aynı fikirdeydi, başka bir soru yöneltti:

– Babasını ihbar etmeyi hiç düşünmediniz mi?

– Meslek ahlakı sebebiyle benim tanıklık yapmam imkânsızdı. İsimsiz ihbarda bulunmayı denedim ama bir sonuç çıkmadı. Japonya'da kirli çamaşırlar aile içinde yıkanır. Ayrıca Yamada seçkin bir kişiydi, gelişigüzel suçlanabilecek sıradan bir adam değildi. Bizim toplumumuzdaki hiyerarşinin önemini şüphesiz biliyorsunuzdur. Kanıt gerekiyordu...

– Kızının vücudunda yaralar vardı.

– Polise bildirdim. Birçok kez. Ayrıca Ayumi'yi şikâyetçi olması için ikna etmeye çalıştım. Ama bundan söz edilmesini istemiyordu. Bir Batılı için bunu anlamak zor ama...

Passan bir el hareketiyle onun sözünü kesti. Sürekli olarak

"Japon mazereti" duymak istemiyordu.

– Peki cinayet konusundaki şüpheleriniz?

– Bende bu kanı oluştuğunda, Ayumi birkaç haftadan beri kötü durumdaydı. Bununla birlikte Ayumi'yi ele vermek değil, tedavi etmek istiyordum. Hiç kuşkusuz hastalığı ciddi bir şekilde nüksetmişti.

– Onunla temas kurdunuz mu?

– Ona yazdım. Birkaç kez. Sonuç alamadım. Benim branşımda, istemezlerse insanları zorla tedavi edemezsiniz.

– Onu neden akıl hastanesi kapattırmadınız?

– Bu o kadar kolay değil. Ayumi değiştiğini ispatlamayı başarmıştı. Uzmanları kolaylıkla aldatabilirdi. Ayrıca engelli olduğunu da unutmayın. Bu durumu, ona hep bir avantaj sağladı.

– Onun, babası gibi bir psikopat olduğunu mu söylüyorsunuz?

Ueda ayağa kalktı ve pencereye döndü. Camdan, bahçeye ışıklı bir hale yayan bir sürü fener görülüyordu. Damla damla yağan yağmur geçen zamanı belirtiyordu: 22.05...

– Hayır, dedi sonunda doktor, ellerini arkasında birleştirerek. Bir psikopat dalaverecidir. Hiçbir insani duygusu olmayan bir kan dökücüdür. Ayumi ise tam tersine, duygularının etkisinde kalan, tutkulu bir insandır. Bugün tüm bu yaptıklarının sebebi aşırı duygusal olması.

– Bu, olaylara bakış açısına bağlı.

Psikiyatr döndü. Şimdi camdaki yansımasından daha uzun, daha güçlü bir başka Takeşi vardı. İki kat daha üstün ve daha otoriter bir Takeşi.

– Ayumi psikotik. Sizin çocuklarınızı karnında taşırken yeni bir aile kurmak gibi boş hayallere kapılmıştı. Bununla birlikte, her seferinde Naoko bebekle birlikte geri döndü. *Sözleşme* böyleydi. O zaman onun yıkıldığını ve isyan ettiğini fark etsem de gitgide psikoza dönüşen hıncını önemsemedim.

Şimdi, *vaşi* kâğıdından duvarların üstünde büyüyen, Ayumi'nin gölgesiydi. Soyut bir sürüngen gibi, başı tavana değiyor, omuzları tüm odayı kaplıyordu.

Passan, önü ters çaprazlanmış kimono ile No maskını hatırladı. Ölüm ve felaket getiren bir varlık – hiç şüphesiz.

Passan, Ueda'ya başka sorular da sormak isterdi ama artık zamanı kalmamıştı. Konuşmanın sona erdiğini göstermek için ayağa kalktı ve doktorun karşısına dikildi:

– Babasını öldürmek için neden bunca yıl bekledi?

– İnsan psişesinin gizemi. Öfkesi bir kanser gibi olgunlaştı. Bunu önceden sezemedim. Doktor olarak bu benim hatam.

Passan psikiyatrın hiçbir şeyi anlamadığını hissediyordu. Ama ona ne yapacağını söylemek uygun kaçmazdı. Japonlar "Maymunlar bile ağaçtan düşer" derlerdi.

Doktor masanın üzerine dağılmış fotoğrafları işaret ederek yeniden konuştu:

– Şu anda korktuğunuz ne?

Passan resimleri toplarken yeni korkularından bahsetti. Adadaki randevu. Ölümüne bir düello ihtimali. Kanlı ve acımasız bir son. Takeşi hiçbir yorumda bulunmadı. Sessizliği bir onaylamaydı.

Olivier *şoji*'ye doğru yürüdü. Şigeru da ayağa kalktı. Maçta olup bitenlerin farkında olmayan bir hakemi andırıyordu.

– Bize önerebileceğiniz bir şey var mı?

– Polise haber vermenizi öneririm, hepsi bu. Gerçek polise. Yani demek istediğim, bizim polise.

Olivier elinde olmadan sırıttı.

– Eğer bunu yaparsam, tanıklık edecek misiniz?

– Cevabımı biliyorsunuz.

– O halde, siz de benimkini biliyorsunuz.

– Seninle geliyorum.

– Ne?

– Nagasaki'ye. Seninle geliyorum.

– Söz konusu bile olmaz. Bu kişisel bir iş.

22.20. Bir taksi bulmak için koşar adımlarla yürüyorlardı. Yağmur şiddetini artırmıştı, daracık sokaklarda kabarmış bir nehir gibi akıyordu. Kapılara asılı fenerlerden yayılan ışıklar suyun yüzeyinde lal rengi yansımalar oluşturuyordu.

– Naoko benim kız kardeşim. Bu beni de ilgilendiriyor.

– Sana söyledim: Olmaz.

Passan durdu ve kayınbiraderine döndü. Tufanı andıran yağmur havayı hiç serinletmiyordu. Tam tersine, fırtına insanın yüzünde patlayan binlerce ılık zerrecikle yüklüydü.

– Bu seyahat bir aptallık, diye ekledi alçak sesle. Ve Fransa'da aptallıklar yalnız yapılır.

Şigeru'nun, söylediklerini anladığından emin değildi – yağmurun gürültüsü sesini bastırıyordu. Ama en azından niyetini sezmiş olmalıydı: İşini yalnız halletmek, kendini başkası için feda etmek, bir Japon'un anlayacağı şeylerdi.

Passan bu kez daha hızlı bir şekilde yeniden yürümeye başladı. Şigeru şemsiyesini açtı ve ona yetişmeye çalıştı. Görünürde hâlâ bir taksi yoktu. Olivier gerçeği kabullenmek zorundaydı: Nereye gideceğini bilmiyordu. Üstünde kemerli bir köprü bulunan bir nehrin kıyısında durdu. Salkımsöğütler sağanağın altında eğiliyor ve sanki kendi yansımalarını hayranlıkla seyrediyorlardı. Naoko olsaydı, "Japon işi" derdi.

Şigeru onu arkada bırakıp hızlı hızlı yürümeye başladı. Ariadne'nin gizemli ipini takip ediyormuş gibi dar sokaklarda koşuyordu. Passan da peşine takıldı. 22.40. Uçağı bir saat içinde havalanacaktı. Haneda Havalimanı'na yarım saatte gidilebilirdi. Hemen bir taksi bulmak koşuluyla hâlâ uçağa yetişme şansı vardı.

– Olivier-san!

Şigeru bezelye rengi bir taksinin açık kapısı önünde onu bekliyordu. Passan külçe gibi kendini koltuğa bıraktı. Klimanın üflediği soğuk hava, sırılsıklam giysilerini soğuk bir film tabakasıyla kaplamıştı sanki. Arabanın içinin temizliği, okaliptüs kokusu ve işli örtüler karşısında, kendini zarif bir burjuva salonuna girmiş hipopotam gibi hissetti.

Şoför oyalanmadan hareket etti. Şigeru ona acele etmeleri gerektiğinden bahsetmiş olmalıydı. Passan arkasına döndü ve sağanak altında silikleşen mahalleye baktı. Orada burada inatla direnen kahverengi, boynuzlu çatılar, buhar bulutları, fenerler... Aniden bir kavşağın dört köşesinde "McDonald's" ve "Starbucks" tabelaları belirdi. Işıklı oklar, kanji biçiminde neonlar... Modern Tokyo'ya geri dönüyorlardı.

Passan koltuğuna iyice yerleşti ve son bilgileri kafasında tarttı. Öğrendiği her şey onu Naoko'dan, evliliğinden, onunla yaşadığını sandığı yıllardan biraz daha uzaklaştırıyordu. Hayatının gizli yanları en sonunda açığa çıkmıştı. Japon tarzı gizlilikler. Buna sevinmesi gerekmez miydi? Ama şu an için düşündüğü tek şey, kılıçla yapılacak o saçma dövüştü.

– Şaşırmana gerek yok, dedi Şigeru, onun düşüncelerini okumuş gibi.

– Neden şaşırayım? diye, sırıtarak karşılık verdi Passan. Çocuklarımın bir delinin karnında büyümesine izin verdiğine mi? Bana bundan hiç söz etmemiş olmasına mı? Yoksa Çin Denizi'ndeki bir adada kılıç düellosuna hazırlandığına mı?

– Ben de senin kadar sarsıldım Olivier-san.

– Hayır, benim kadar sarsılamazsın. Esas şaşırtıcı olan da bu. Her şey tepetaklak olmuş ve sen bunu normal buluyorsun.

– Bu *buşido*, diye cevapladı Şigeru, ciddi bir ses tonuyla. "Savaşçının yolu."

Passan kahkahayla güldü. Samurayların onur kuralları. Saçmalığa varan bir sadakat ve onur felsefesi.

– Bana Naoko'nun *buşido*'ya göre mi hareket edeceğini söylüyorsun?

– Bu onun doğasında var.

Olivier yeniden gülmek istedi ama bu isteği boğazında düğümlendi. Şigeru'ya doğru eğildi. Islak giysilerinden sıcak hava dalgası yükseldi. Ter ve şehrin kalabalığının pis kokusunu duyuyordu. Korkunun ve şaşkınlığın kokusunu da.

– Naoko'yla on yıl yaşadım, dedi dişlerinin arasından. Bana kız kardeşinin kim olduğunu öğretemezsin. Dünyada geleneksel değerlere sırtını dönmüş tek bir kişi varsa, o da Naoko'dur.

Şigeru ellerini bacaklarının üstüne koydu. Dimdik oturuyordu, ensesi kazık gibi sertti, gözlerini yoldan ayırmıyordu. Her zamanki kaygısız kişiliğini birkaç ışık yılı geride bırakmış, törensel bir duruş sergiliyordu.

– O ne isterse söyleyebilir, bu değerler onun damarlarında akıyor.

Passan, Naoko'yla ilgili gözlemlerini yineleyerek şeytanın avukatlığına soyundu:

– *Buşido* tamamen geçmişte kalmış eski bir felsefe. 1930'lu yıllarda askerlerin kitleleri cezbetmek için günün beğenisine uygun olarak yeniden gündeme getirdiği bir şey. İki milyondan fazla genç askerin hayatına mal olmuş bir yalan dolan.

Şigeru gözlüğünü düzelttikten sonra soğukkanlı bir şekilde cevap verdi:

– Sorun, ne dönem ne de kuralların meşruiyeti. Sorun, bu noktaya neden gelindiği. İbranilerin On Emir'i gibi, Japonların da bu eski kuralları neden benimsediği. Çünkü bu bizim içimizde Olivier-san. Yüzyıllardan beri. Oldum olası. Bizleri genlerle belirlenmiş bedenler dünyaya getirir, ama çok daha derine inersek düşüncelerden yaratılırız.

Demek buydu. Samurayların ilkesini düşleyip durmuş olan Passan, bu kurallar karşısında hep meraklı bir yabancı olarak kalmıştı. Bu kuralları hep yadsımış olan Naoko ise bütün benliğiyle bunların etkisindeydi. Ve bugün içgüdüsel olarak, düşmanının kanıyla onurunu temizlemeye gidiyordu. *Saçmalık.*

– Ölene kadar dövüşecekler, dedi Şigeru. Bu hikâyede bir anne fazla.

Passan somut ayrıntılara bel bağlıyordu:

– Bir kılıç bulması gerekir.

– On dört yaşındayken babam ona bir kılıç hediye etmişti. Çalışma odasında özenle sakladığı, eski bir parça.

SAÇMALIK.

– Kılıcı yanında götürdü mü?

– Bardan dönünce ilk işim onu kontrol etmek oldu.

Artık ekleyecek bir şey yoktu. Yağmurun gürültüsü seslerini bastırıyor, sanki onları teselli ediyordu. Passan neredeyse bağışıklık kazanmış gibi kendini hem tehdit altında hem de güvende hissediyordu.

Uzun bir sessizliğin ardından sordu:

– Şansı olduğunu düşünüyor musun?

– Bilmiyorum. Her şey Ayumi'nin antrenmanlara devam edip etmediğine bağlı.

Sandrine'in cesedi buna en iyi cevaptı. Onu tek bir kılıç darbesiyle öldürerek, Ayumi acımasız bir deneyime sahip olduğunu kanıtlamıştı. Buna karşılık Naoko en az on yıldan beri bir *bokken*'e elini bile sürmemişti. Kan banyosundan önce Nagasaki'ye ulaşması gerekiyordu. Bu onun tek şansıydı.

Bu düşünce aklına başka bir şeyi getirdi: Artık odadaki çekmecede durmayan *kaiken*.

Buşido Naoko'nun kanında olabilirdi. Babası ona öldürücü bir silah hediye ederek saçmalamış olabilirdi. Ama Passan da, o aptalca hediyeyi Naoko'ya vererek daha az saçmalamamıştı.

89

Nagasaki, gece saat 01.00. Tokyo'dan bin kilometre uzakta, havada en ufak bir düzelme belirtisi yoktu. Passan havaalanı terminalinden çıktığında, bir perdeyi andıran yağmur çok şiddetli ve inatçıydı.

Şigeru'yu Tokyo'da kalması için ikna etmeyi başarmıştı. Şimdi bir taksi bulması gerekiyordu. Şiddetli yağmurdan hiç rahatsız olmayan insanlar şemsiyelerinin altında yürüyorlardı. Bu soğukkanlılıkla daha önce Hindistan'da ve Afrika'da da karşılaşmıştı. Sanki muson yağmurları evlerinin herhangi bir mobilyasından farksızdı, alışıldık bir yorgunluk yaratıyordu sadece.

Birden, çevresine su sıçratarak ilerleyen turuncu renkli bir araba gördü. Bu çiğ renge, karanlıkta ona aşina gelen tek şeye coşkulu bir minnet duydu. Elini kaldırmasıyla arabanın kapısı, bir hayalet tarafından düğmeye basılmış gibi kendiliğinden açıldı. Taksiye atladı ve sadece bir kelime söyleyebildi: "Otel." Şoför için bu sözcük yeterli olmuştu.

Passan daha önce de Nagasaki'ye gelmişti. Burayla ilgili iki şey hatırlıyordu. İlki: Bu liman kenti Hiroşima'nın ihmal edilmiş kız kardeşiydi. Burası da 9 Ağustos 1945'te atom bombası saldırısına uğramıştı ama ikinci hedefin hikâyesi hep onunkinin önüne geçmişti. Hatırladığı ikinci şey de, yerleşim yerlerinin, en azından merkezde olanların tamamen geleneksel üsluba uygun olarak yeniden inşa edilmiş olmasıydı. Kırmızı ve çikolata tonlarındaki, kıvrık çatılı ve taş bahçeli evlerin bulunduğu vadiyi hâlâ hatırlıyordu.

Şimdilik hiçbir şey görmüyordu. Nagasaki sanki karartma altındaymış gibi karanlığa gömülmüştü. Şoför sadece farların aydınlığında yol alıyordu. Passan cama yaklaştı ve gözlerini kıstı. Araba bir viyadüğün üstünde yılan gibi kıvrılarak ilerliyordu. Aşağıda kiremitten, ahşaptan, betondan tarlalar gibi görünen sokaklar, binalar, evler sıralanıyordu.

Dar sokaklardan oluşan bir labirente girdiler. En nihayet, eğimli bir çıkmaz sokağın dip tarafında bir otel göründü. Giriş katından mum ışığını andıran, sıcak bir aydınlığın yayıldığı tek katlı, uzunlamasına bir binaydı. Belki de bu bir ışık kaynağı yüzünden Passan birkaç saat uyuyabileceği bir güvenlik şeridinin içine girmiş gibi bir hisse kapıldı.

Taksinin parasını ödedi. Gökyüzündeki bulutlar gitmiş, yağmur kesilmişti. Ay, haikularda olduğu gibi, yeni koparılmış, taze bir meyveyi çağrıştırıyordu. Ama hava hâlâ çok sıcaktı. Dünyadaki her şeyi sırılsıklam eden, cildin bütün gözeneklerini dolduran ıslak bir sıcaklık. Bir buzdolabına girer gibi otele girdi.

Yıpranmış halılarla kaplı, bej duvarlı resepsiyon bir morg kadar soğuktu. Burada elektrik tasarrufu yapmıyorlardı. Bankonun ardında, yaşı anlaşılmayan bir kadın sanki onu bekliyordu. Çıkık elmacıkkemiklerinin üstünde çilleri olan gri tenli bir kadındı. Üstünde, hostes ceketi ile mutfak önlüğü arasında kararsız kalmış gibi görünen, bordo-siyah bir üniforma vardı.

Passan İngilizce üç kelime söyledi, pasaportunu gösterdi, ödemeyi nakit olarak yaptı. Japon kadın tek kelime etmeden ve yanmış yüzüne şaşkın bakışlar atmadan onu odasına kadar götürdü. Oda bir keşiş odasını andırıyordu: Bir yatak, bir dolap ve bir banyodan başka bir şey yoktu. Otelci gözden kayboldu. Passan sokaktan gelen kahkahalar, kâh artıp kâh azalan ayak sesleri duydu. Sonra bütün sesler kesildi, sanki dışarısı da boş odasına uyum sağlıyordu.

Saat 02.00 olmuştu. Hava aydınlanmadan hiçbir şey yapamazdı.

Işığı yakmadan, el yordamıyla tuvalet çantasını buldu ve duşa girdi. Çıkınca yeni bir tişört ve bir külot giydi, dişlerini fırçaladı. Klimayı sonuna kadar açtı ve kendini yatağa bıraktı. Bacaklarını karnına doğru çekerek örtünün altında büzüldü, enerjisini yeniden topladığını hissetti, bu işte yalnız olduğunu biliyordu.

Eylem gücü olarak elinde sadece bu yorgun beden vardı. Bugüne dek yönettiği en alt seviyedeki bir polis operasyonuydu bu.

90

Gökyüzünü yol yol yapan hantal sağanağın arkasında gün ağarıyordu. Naoko dağın tepesindeki tapınaktaydı. Dört bir tarafı açık, yaklaşık kırk metrekare genişliğinde, servilerden yapılmış basit bir yerdi. Cilalı direkler, ağaç kabuğundan bir çatı, siyah keresteden bir zemin. Tam ortada, kalın burma ipiyle bronz bir çan, arınmak için su dolu leğenler. Başka bir şey yoktu. Şinto tapınakları her zaman boş olurdu; onları dualarla, meditasyonlarla doldurmak gerekiyordu – Naoko da burayı korkusuyla dolduruyordu.

Yine de hiç rüya görmeden ve hiç uyanmadan, ulu çamların hışırtısı altında rahatça uyumuştu. Kimonosuyla, bir krizalit gibi değişime uğradığını düşünüyordu, ama tam tersiydi. Bir gün önce, bir kelebekti, Avrupalı özgür bir kadındı. Şimdi ise biyolojik ortamına, doğal çevrimine mahkûm bir tırtıl olmuştu. Diğer uysal, önemsiz hayatlar arasında bir hayat – *bir Japon kadını.*

Çantasını karıştırdı ve plastik torbaya sarılı bir miktar pirinç buldu. Açgözlü bir şekilde, elleriyle yedi. Soğuktu, yapış yapıştı, canlandırıcı bir etkisi vardı. Bir yanı bu tadı çok iyi biliyordu. Yılların getirdiği Batı tarzı yemek alışkanlığı hiçbir şeyi değiştirmemişti. Genetik hafızası, bir pagodanın dibinde, çeltik tarlalarının serinliğinde diz çökerek yenen yemeklere dayanıyordu.

Adaya akşam saatlerinde ulaşmıştı. On bin yen karşılığında Naoko'yu adaya getiren balıkçı ona cep numarasını bırakmıştı – dönüş için. Tabii her şey yolunda giderse. Adanın batı kıyısındaki, siyah kumları olan bir plaja yanaşmışlardı. Çam ağaçları ve ağaçların diplerine yerleştirilmiş taş fenerler onu bekliyordu sanki. Tam bir film dekoruydu – ilk sahnelerden itibaren insanların ölmeye başladığı eski kılıç filmlerinden biri.

Adanın tepesindeki tapınağa varmıştı. Haftada bir kez gelen

bahçıvanlar ve temizlikçiler dışında buraya kimse uğramazdı. Karanlıkta hemen antrenman yapmaya başlamıştı. *İtto seiho*'nun on iki tekniği. Sonuç pek parlak değildi. Birkaç ısınma hareketiyle kaybettiği yılları yakalayamazdı. Üstelik bugüne kadar hiç gerçek bir kılıçla çalışmamıştı – çok tehlikeliydi.

Kalktı ve giyindi. Bir eşofman altı, pamuklu bir *yukata*, basket ayakkabıları. Hepsi koyu renkliydi ve İkinci Dünya Savaşı sırasında kadınların giymek zorunda olduğu üniformaları hatırlatıyordu; bu kıyafet, kimonolardan farklı olarak, koşmayı ve hareket etmeyi kolaylaştırıyordu. Belini kumaş bir kuşakla bağladı ve kılıcını yerleştirdi. Sonra pantolon cebine *kaiken*'i soktu – *B planı*.

Hiç kendini bu kadar aptal hissetmemişti. Passan'ın bir polis operasyonuna şilahşör kostümüyle gitmesi gibiydi. Ama aynı zamanda da kendini dengede hissediyordu. Hayatını yönlendiren, özdeşleştiği bir gelenekle bütünleşmiş gibiydi. Zaten Passan da, mesleğinde D'Artagnan değerlerine sahip çıkmayı hiç saçma bulmaz ve öyle davranırdı.

Kumsala inen anayolu takip etmek yerine doğuya doğru yürüdü. Adanın arkasındaki bir başka kumsalı görmesini sağlayacak bir çıkıntı hatırlıyordu.

Islatmadığı en ufak bir toprak parçası bırakmayan yağmur, yoldaki her taşı ayna gibi parlatıyordu. Naoko, Ayumi'yi düşünüyordu. Ondan korkmuyordu. İşlediği cinayetler ve deliliği, geçmiş anıların yerini almayı başaramazdı. İnanmasa da, Naoko hâlâ bir anlaşmaya varacaklarını umut ediyordu.

Taraçayı buldu. Ama bu gözlem yerinin bir işe yaramayacağını hemen anladı. Ayumi henüz adaya ulaşmamış olsa bile, diğer taraftan gelebilirdi. Eğer adadaysa, bu tepede sırtını boşluğa vererek onu beklemek hiç iyi olmazdı.

Geri döndü ve adanın içlerine girmekten kaçınarak batıya doğru indi. Bilmediği bu cangıla dalması söz konusu olamazdı. Ana kumsala gidip onu beklemesi de.

Artık bir şey düşünmüyordu. Birkaç saat, belki de birkaç dakika içinde dövüş başlayacaktı. hiçbir şey düşünecek hali yoktu. Sadece doğayla bütünleşmiş bir varlık, gökyüzüyle kucaklaşan toprağın içindeki bir tırtıldı. Yağmurla bütünleşiyor, onu benimsiyor, onunla besleniyordu. Tıpkı aldığından daha fazla hayat veren orman gibi...

Kumsalın manzarası iç açıcı değildi. Bulutlar dev ponza taşlarına benziyordu. Dalgalar katran rengindeydi. Çarpıp çatlayan dalgalardan, sıcak asfalttan çıkanlara benzeyen su buharı yükseliyordu. Ufuk, kurşun rengi bir perdenin ardındaydı.

Birden başı döndü. Her şey alabora oldu. Deniz eğilip büküldü. Zemin sallandı. Dengesini yeniden bulduğunda ne olduğunu anlamaya çalıştı ama sallantı yeniden başladı. Daha güçlü, daha şiddetli. Bu kez yere düştü ve rüya görmediğini anladı.

Bir deprem.

Son depremden bu yana, her hafta az ya da çok şiddetli sarsıntılar oluyordu. Bunların, yeni bir felaketin habercisi olan öncü depremler mi, yoksa tam tersine büyük depremin sona erdiğini gösteren artçılar mı –geçip giden bir kuyrukluyıldızın kuyruğu gibi– olduğu bilinmiyordu. Bir efsaneye göre Japonya, sürekli hareket eden dev bir yayınbalığının sırtındaydı. Yayınbalığı uyanmak üzere miydi, yoksa yeniden uyumak üzere mi, bunu kimse bilmiyordu.

Siyah kumda dizlerinin üstünde duran Naoko gülümsedi. Bu sarsıntı bir uyarıydı.

Belki dünyanın sonunu değil ama onun dünyasının sonunu haber veriyordu.

91

Passan sıçrayarak uyandı ve yataktan düşmüş olduğunu fark etti. Pencerenin dışındaki, ayarı bozulmuş bir televizyon görüntüsü gibi titreyen manzarayı gördü. Yeni bir sarsıntı. Perdeler takılı olduğu yerden kurtuldu. Tavan vantilatörü, tehlikeli bir şekilde sallanarak gıcırdamaya başladı. Emekler vaziyette duran Passan, ellerinin ve dizlerinin altındaki zeminin belirgin bir şekilde sallandığını hissediyordu.

Etraf yeniden sakinleşti. Ama vücudunun tüm uzuvları hâlâ titriyordu. Tutunacak hiçbir şey olmadığında, geriye ne kalıyordu? Ayaklarımızın altındaki toprak. Yıkılacak en son şey, son sığınak. Üçüncü bir sarsıntı duvarları sallamaya başladı. Tavan sıvası, bir pastanın üstündeki pudraşeker gibi yatağın üstüne ve yere döküldü. Tüm otel dişlerini takırdatıyordu. Passan bu gibi durumlarda ilk güvenlik önlemi olarak bir masanın altına girilmesi gerektiğini hatırladı.

Ama odasında masa yoktu. Yatağına doğru giderken, vantilatör takılı olduğu yerden kurtuldu. Alet, bir topaç gibi dönerek önce şiltenin üstüne, oradan da yere düştü. Passan son anda duvara yapıştı. Vantilatörün dönmesi durana ve dünya eski halini alana kadar, sıvaya bulanmış bir halde öylece bekledi. *Her şey düzene girene kadar.*

Saniyeler geçti. Çok uzun. Sonu gelmeyen saniyeler. Gerçekten bitmiş miydi? Yoksa sarsıntı daha güçlü olarak yeniden mi başlayacaktı? Koridorda homurdanmalar duydu. Şüphesiz işletmeci bu sarsıntının yol açtığı hasardan şikâyet ediyordu. Sesinde panik emaresi yoktu, sanki kedinin yeni aptallıkları söz konusuydu.

Passan ayağa kalktı ve şaşkınlıkla üstünü silkeledi. Bir deprem eksikti. Japonya'daki depremlerle ilgili yüzlerce şey okumuştu, ama bunu ilk kez yaşıyordu. Saatine baktı. 06.30. Gitme vakti gelmişti. Eşyalarını topladı.

Sürme kapı yana doğru açıldı. Koyu frambuaz renkli önlüğüyle otelci kadın göründü. Gülüyor, söyleniyor, sızlanıyor, yüzünde birbiriyle çelişen ifadeler meydana geliyordu. Değişmeyen tek şey yüzünün gri rengiydi.

– *Sumimasen*...[28]

Tavandan düşmüş vantilatörü görünce, yeniden söylenmeye başladı. Passan çantasını kapattı ve başını çevirmeden kadını selamladı.

Dışarıdaki hareketlilik ne saatle ne de yağmurla bağdaşmıyordu. İnsanlar gülüyor, sağanağın altında bağrışıyorlardı, dünyanın öfkesinden bir kez daha kurtuldukları için mutlulardı. Bunun yansıması olarak, kuşlar elektrik tellerinin üstünde boğazlarını yırtarcasına ötüyorlardı.

Olivier bir taksi bulmak için dar sokağa çıktı. Sıcaklık birkaç derece daha artmıştı. Bu saatte bile insan kendini saunadaymış gibi hissediyordu.

Sağa döndü, daha geniş bir yola çıktı. Tabelalar yerlere düşmüştü. Klimalar, antenler binalardan sarkıyordu. Bir taksiye seslendi. Roissy Havalimanı'ndan bir sözlük alacak zamanı olmuştu. Hızla "balıkçı barınağı"nın Japonca karşılığını buldu.

– *Gyokoo*, dedi.

Şoför en az on kere tekrarlattığı kelimeyi bir de kendisi telaffuz ettikten sonra nihayet heceler anlamını bulmuş gibi başıyla onayladı.

Taksi dar sokaklarda yılan gibi kıvrılarak yol almaya başladı. Passan anılarındaki şehri yeniden bulmuştu. Dalga dalga yayılan kahverengi çatılar, çamlıklar, taş tapınaklar... Gri, yeşil ve sonsuzluk. Yağmurda parlayan kiremitler balık pullarını andırıyordu. Evlerin köşeleri, koyu renkli köpükleriyle iç karartıcı bir denizi çağrıştıran kıvrık dalgalar oluşturuyordu. Nagasaki bir deniz şehriydi, buna şüphe yoktu.

Tavuk şiş satan bir satıcı gördü, taksiyi durdurdu ve ızgaracıya kadar koştu. Beş tane aldı; bir sundurmanın altında, çörtenlerden akan suların sesini dinleyerek ve bu birkaç dakikalık soluklanmanın doğru olup olmadığı düşünerek tavukları yuttu. Ama gerçekten durum bu kadar acil miydi? Düello bu sabah mı olacaktı?

28. "Özür dilerim" anlamında Japonca sözcük. (ç.n.)

Yoksa yarın mı? Ya da üç gün içinde mi?

Yeniden yola koyuldu. On dakikalık bir yolculuktan sonra, bir burnu dönünce, üzerinde Megami Köprüsü'nün yükseldiği körfez karşılarına çıktı. Limandaki binlerce gemi sallanırken direkleri iç içe geçiyordu. Gemi gövdelerinin arasında, ağır, hantal dalgalar kara kara düşünüyor gibiydi.

Kara tarafında egzotizm yok oluyordu: süslemesiz binalar, antrepolar, vinçler... Her şey griydi. Nagasaki inci çiftlikleriyle ünlüydü. Passan şehrin kendisinin de bir sedef olduğunu düşündü. Her çatı, her bina cephesi, her tekne bu ince maddeyle kaplanmış, sertleşmişti. Körfez, deniz suyu ve tuzlu ışıkla balkıyan devasa bir kabuklu gibi açılıyordu.

Passan bu düşünceleri kafasından uzaklaştırdı ve taksiyi Liman Başkanlığı'nın önünde durdurdu. Balık pazarı en civcivli saatlerini yaşıyordu. Passan yengeç ve istiridye dağlarını, ton ve morina balığı tezgâhlarını hızlı adımlarla geçti. Her yerde iyot kokusu vardı. Yassı yüzler ona gülümsüyordu. Kaya tuzunda kurutulmuş gibi buruşmuş yaşlı kadınlar tezgâhlardaki balıkları kokluyorlardı. Kimse bu kıyılarda yarım saat önce deprem olduğuna inanmazdı.

Omzunda çantasıyla iskeleye vardı. Her balıkçı teknesinin önünde, "Utajima" diye bağırarak rıhtım boyunca ilerledi. Beşinci girişiminde, beysbol kasketli iriyarı bir adam eğildi ve bir makineli tüfek gibi peş peşe *hai*[29] dedi. Yolculuk için yirmi bin yen istedi. Passan hiç itiraz etmeden parayı ödedi. Pazarlık yapmaya ne zamanı ne takati vardı.

Motor homurdandı, motorcu teknelerin arasında manevra yaptı. Sağanak iyice şiddetlenmişti. Dalgalar güçlü şapırtılar çıkarıyordu. Koydan çıktıklarında dalgalar derinlerden gelen bir nefes gibi bir anda büyüdü. Sonu gelmeyen bir döngü içinde, mağara boyutlarındaki dalgaların üstünde yol alıyorlar, sonra karanlık dalga çukurlarına gömülüyorlar, ardından tekrar köpüklü dalga tepelerine çıkıyorlardı.

Baş tarafta oturduğu yere sımsıkı tutunan Passan, cam elyafından yapılmış tekne gövdesinin dalgaların üstünde çatırdadığını duyuyordu. Hiçbir şey görmüyordu. Sadece hızla çarpıp uzaklaşan ve sürekli geri çekiliyormuş izlenimi veren yağmur duvarını hissediyordu. Yarım saat sonra balıkçı hızı düşürdü. Motorun gürültüsü de bir oktav azalmıştı. Tekne dalgaların ritmine uyum

29. "Evet, hayhay" anlamına gelen Japonca sözlük. (ç.n.)

sağladı. Passan elini gözlerine siper etti ve sonunda, dalgaların hizasında beliren kahverengi ve yeşil lekeyi gördü.

– Utajima, diye bağırdı motorcu var gücüyle.

Ada, sanki gökyüzünden düşmüş bir buluttu. Suyla neredeyse aynı hizada bir sıvı yoğunlaşması. Volkanik kumsal, kakao rengindeydi; oysa tepe, sanki şiddetli yağmurlarla yıkanmış ve temizlenmiş gibi yemyeşildi. Gizemli ayrıntı ise ormanın eteğindeki kırmızı noktaydı: Bir *torii*. Bu cilalı ahşap revak, bir tapınağın girişini gösteriyordu. Adanın tamamı, Şinto dininin kutsal ruhları olan *kami*'lerin yaşadığı kutsal bir yer olmalıydı.

Balıkçı, kumsala olabildiğince yakın bir yere yanaşmayı başardı. Passan kıyıya atladı ve cep numarasını kaydettikten sonra denizciyi selamladı. Ve ormana doğru döndü. *Torii*'nin altında, tepenin zirvesine doğru tırmanan bir patika vardı. Ters kemerin altından geçti ve tırmanmaya başladı. Yolun kenarlarında bazı ağaç gövdelerinin etrafına ip sarılmıştı, bu da, bu ağaçlarda *kami*'lerin yaşadığını gösteriyordu. Yukarı tırmandıkça, kendini çok uzaklardaki Brocéliande Ormanı'nı andıran perili bir ormana girmiş gibi hissediyordu.

Sanki bunu doğrular gibi, tepede tapınak göründü. Dört tarafı açık bir pagoda, koyu renkli ahşap direkler üzerine yerleştirilmiş boynuzu andıran bir çatı. Tapınağın loşluğunda, bronz çanı, yalağı, bağış sunağını fark etti.

Basamakları çıktı ve bir sütunun dibinde Naoko'nun çantasını gördü. Her zaman kalitesini –sugeçirmez, işlevsel– övdüğü sugeçirmez kumaştan çok cepli bir tür heybe.

Bu sıradan eşya bile Passan'ın kalbini sıkıştırmaya yetti. Naoko buradaydı. Ayumi, Naoko'yu ondan önce bulmuş olabilir miydi?

Tek bir gerçek vardı: Av başlamıştı.

Naoko şok dalgasından beri kımıldamamıştı, kumda dizlerinin üstünde duruyordu. Bu şekilde ne kadar süre geçtiğini bilmiyordu. Birkaç dakika, bir saat, daha fazla...

Kumsal dev bir portakal kabuğu gibi milyonlarca topluiğneyle delinmiş gibiydi. Rüzgârla dallarından kopmuş yapraklar yerlere saçılmıştı. Dalgalar hışırdıyordu. Oluşan köpükler durmaksızın kuma vuruyordu. Sağanağın altında boğulacak mıydı, yoksa onu yutmak istercesine yaklaşan dalgalara yem mi olacaktı, bunu bilemiyordu.

Birden bir önseziyle irkildi ve başını kaldırdı. Yağmur bütün şiddetiyle gözlerine vurdu.

Oradaydı.

Bir fino köpeğini andıran her zamanki perçemleri ve kısık gözleriyle. Saçlarını sumo güreşçileri gibi topuz yapmıştı. Üstünde antrenman ceketi olarak kullanılan siyah bir *keikogi* ile yine aynı renkte, samuraylara özgü bir pantolon-etek olan *hakama* vardı. Kılıçlarını, *katana* ile *vakizaşi*'yi,[30] kesici kısımları yukarı bakacak şekilde kemerine sokmuştu. Manolya ağacından yapılma, cilalı iki kın Toşiro Mifune'nin filmlerindeki gibi kalçasının üstünde kesişiyordu.

Görüntü gerçekten çok komikti. Ama Naoko'nun hiç gülecek hali yoktu.

İhtiyatla ayağa kalktı, az kalsın yeniden yere düşüyordu. Uyuşmuş bacakları artık onu taşımıyordu. Toprağın üstünde yaşama yeteneğini kaybetmişti.

Naoko yeniden dengesini buldu ve ip gibi yağan yağmurun arasından seslendi:

30. Elli santimetre uzunluğunda, *katana*'ya benzeyen, ama daha kısa olan Japon kılıcı. Samuraylar *katana* ile *vakizaşi*'yi beraber taşırdı. (ç.n.)

– Hâlâ anlaşabiliriz.

Bir saniye sonra kılıç Ayumi'nin elindeydi. Naoko onun kılıcı kınından çıkardığını bile görmemişti. O anda bu durumdan iki sonuç çıkardı: Dilsiz, çalışmalarına hiç ara vermemişti. Dolayısıyla da onun karşısında hiç şansı yoktu.

Ayumi ağır hareketlerle kılıcını aşağı indirdi. Ve tek harekette kumun üstüne birkaç kanji karakteri çizdi.

Naoko gözleriyle arabesk şekilleri takip etti. "Çok geç" yazıyordu.

Katil, kılıcın keskin kısmını sol elinin başparmağı ve işaretparmağıyla hafifçe tutarak, geleneksel hareketle kınına soktu. Naoko hatırlıyordu: Bu silahlar XVII. yüzyıla, Genroku dönemine aitti. Ayumi'nin babasının armağanıydı. Kendi kılıcı onunkiyle aynı değerde değildi; babasının ailesinden kalmıştı, yani o kadar eski değildi ve çeliği, Ayumi'nin muhteşem silahlarıyla boy ölçüşemezdi.

Hasmı dikilitaş şeklindeki koyu renkli bir kayayı işaret etti. Aralarında elli metre kadar bir mesafe bırakarak o tarafa doğru yürüdüler ve sağ tarafında siyah taş blokların, sol tarafında ise çam ormanının bulunduğunu kumluk bir açıklığa geldiler. Naoko uysal bir şekilde onu takip ediyordu. Ayumi'nin her şeyi önceden düşünmüş olduğunu anlıyordu, nedense hiç şaşırmamıştı. Sadece burada, geri döndürülemez bir söz adına bir zamanlar kanlarını karıştırdıkları bu yerde dövüşebilirlerdi.

Ayumi durdu. Granit kayanın gölgesi saçları ve giysileriyle bir bütün olmuştu. Perçemlerinin örttüğü alnı dışında yüzü beyaz bir çakıl gibi parlıyordu. Filmlerde bütün samurayların yaptığı hareketi yaptı: Sağ elinde bir kayış belirdi. Kayışın bir ucunu dişlerinin arasına aldı ve kol yenlerini sıvalı tutmak için omuzlarının çevresinden geçirdi.

Aynı anda kılıçlarını çektiler, topuklarının üstüne oturdular, sonra sivri uçlarıyla birbirlerine dokunacaklarmış gibi kılıçlarını doğrultular. Naoko bu hareketleri yapmayalı ne kadar olmuştu?

Bu şekilde, kılıç kılıca birkaç saniye durdular. Bu anlar, normalde hasmını değerlendirme fırsatıydı, oysa Naoko Ayumi'yi yirmi beş yıldan beri değerlendiriyordu – ve tamamen yanılmıştı.

Aynı anda ayağa kalktılar. *Kamae* –savunma– zamanı. Bu, bekleme duruşu değil, ayaklar zeminde sabit, dövüş duruşuydu. Ayumi yanlamasına yer değiştirmeye başladı. Naoko, hasmını merkez alarak kendi etrafında döndü. *Niten* öğretisi açıktı: Dövüşün başında kılıç titreşimli bir tür duyargaya dönüşür, hamleyi, hasmın duruş açısını, mesafesini, darbeye karşı savunmasını algılardı.

Son anda kılıcını uzatarak Ayumi'nin bir patlama kadar ani darbesini savuşturdu. Ardından bir başka darbe. Ve bir darbe daha. Sonra, aralarında üç metre mesafe bırakarak yeniden savunma pozisyonuna geçtiler. Naoko ne ölmüş ne de darbe almıştı. Kılıçlar gözünün önünde patlamıştı. Yağmur damlaları birer kıvılcıma dönüşmüştü. Hiçbir şeyi önceden sezmemiş, hamlelerini planlı yapmamıştı. Hayatta kalmasını refleksleri sağlamıştı. Kaslarının, sinirlerinin hafızası...

Ayumi yeniden ağır hareketlerle daire çizmeye başladı ama bu kez iki eliyle tuttuğu kılıcı başının üstündeydi. Canlıları ve ölüleri birbirinden ayırmaya hazır bir yargıca benziyordu. Naoko, kılıcı aşağıda, bu dönme hareketini takip ediyordu. İlk saldırıdan kurtulmuş olduğunu düşünmek ona coşku ve bir tür umut veriyordu. Belki de tahmin ettiğinden daha iyiydi.

Dilsiz ona doğru bir adım attı, Naoko geriledi: İşaret. Gücünü serbest bıraktı. *Ki*'sinin[31] karnından ve kalçalarından çıktığını, kollarına ulaşıp kılıcında toplandığını hissetti. Bir darbe. İki darbe. Üç darbe. Peş peşe üç hamleden fazlası yapılmazdı: İnsanın sadece iki bacağı vardı.

Aynı anda geri çekildiler. Havaya sıcak çelik kokusu sinmişti. Ayumi artık kımıldamıyordu, kılıcı hâlâ yukarıdaydı. Sessizliği ürkütücüydü. Kenjutsuda haykırılırdı. Haykırma, *kai*, esastı; en az kılıç kadar etkiliydi. Ama Ayumi bağıramıyordu, bu da ona tuhaf bir şekilde fazladan bir güç veriyordu.

Ayumi sıçradı. Yana hamle. *Do*. Geri çekilme. Başka bir hamle – iki kez soldan, bir kez karşıdan. Yüze hamle. *Men*. Naoko her darbeyi savuşturuyordu. Becerisi geri geliyordu. Ayumi, Musaşi öğretisindeki gibi hayati noktaları hedefleyerek hamle yapıyordu. Boyun damarlarını, bilek damarlarını, kalbi, gırtlağı, karaciğeri hedef alıyordu.

Ayumi çekildi. Naoko saldırıya geçti; teması, dövüşü, ölüm dansını bırakmak istemiyordu. Hasmını yormak, aynı zamanda hayatta kalma şansını artırmak istiyordu. Uçurumun kenarında yürüyordu... Bir hamle. İki hamle. Üç hamle.

Ayumi geriye doğru bir adım daha attı. Bu defa geri çekilen Naoko olmamıştı. Naoko yaralanmamıştı, ama kılıçların arasından kazanmasının imkânsız olduğunu anlayabiliyordu. Sadece *dayanabilirdi* – ve çocukları için sonuna kadar dövüşebilirdi.

Yeni bir hamle. Kılıcın kabzasını saran örme deriyi tutan par-

31. Japon ve Çin kültüründe evreni ve hayatı oluşturduğuna, canlı varlıklar ile cisimler arasında bağ oluşturduğuna inanılan temel kavram. Batı dillerinde, aynı anlama gelmese de "ruh" sözcüğüyle karşılanabilir. (ç.n.)

maklarının titrediğini hissediyordu. Nefes nefese kalmıştı. Gözlerinden yaşlar geliyordu. Derisinin altında kanı kor gibi yanıyordu. Kendinden geçtiğini hissediyordu. Tıpkı onur ve ölüm kalım mücadelesiyle transa geçen samuraylar gibi.

Haykırdı ve yana hamle yaptı. Geri çekildi ve karşıdan gelen bir hamleyi savuşturdu. Ayumi yeniden saldırıya geçiyordu. Naoko vurdu. Ayumi hiçbir hamlenin hedefine ulaşmasına izin vermiyordu. Sanki dövüşün tüm kontrolü ondaydı.

Gücü tükenen Naoko dengesini kaybetti ve düşmemek için son anda büyük siyah kayaya tutundu. Yağmura rağmen avucunun yapış yapış olduğunu hissetti. Kan. Ayumi çoktan saldırıya geçmişti.

Birbirine çarpan kılıçlar vücudundaki kemikleri titretiyordu. Sona yaklaşıyordu. Kılıcı da kırılmıştı. Bir kılıcın çeliğini, sadece sahibinin ona olan sevgisi keskinleştirirdi. Oysa Naoko kılıcının bakımını hiç yapmamıştı – bu ilgisizlik hayatına mal olacaktı. *Katana*'sını attı ve cebindeki *kaiken*'i bulmaya çalıştı.

Yana doğru sıçradı. Ölümcül bir saldırıdan son anda kurtulmuştu.

Ayumi de ikinci kılıcını kınından çıkarmıştı. İki kılıç havada ıslık çaldı. *Miyamoto Musaşi'ye özgü stil.* Çevikliği şaşırtıcıydı. Naoko kendini yerde buldu. *Kaiken*'i ceketinin cebinden çıkaramıyordu.

Emekleyerek iki kayanın arasındaki boşluğa sığındı. Kılıç onu takip etti ve granite çarparak ürkütücü metalik bir ses çıkardı. Naoko'nun aklına *jan-ken-pon* geldi: Taş makası yener, kâğıt taşı yener, makas kâğıdı yener... Ayaklarından çekildiğini hissetti. Çırpınarak döndü ve Ayumi'nin suratını gördü. Gözleri etten bir maskedeki iki tırnak izini andırıyordu.

Hiç düşünmeden bacaklarıyla tepinmeye başladı ama dilsiz, onu ayak bileklerinden tutmaya devam ediyordu. Kayaların arasından dışarıya çekildiğinde, Ayumi'nin onu yakalamak için kılıçlarını bırakmak zorunda kaldığını fark etti. Naoko onun yüzüne doğru atılarak yanağını ısırdı. Diğeri var gücüyle onun saçlarını çekti ve acıyla geriye doğru çekilerek yanağını kurtardı.

Naoko volkanik taşa doğru fırlatıldığını hissetti. Çarpmanın etkisiyle gözlerini kapattı. Yeniden açtığında, Ayumi *katana*'sını almıştı. Naoko *vakizaşi*'ye doğru hamle yaptı ve elinde kılıçla yeniden doğruldu.

Sonu yakın olsa bile üzgün değildi.

Elinden gelenin en iyisini yapmıştı.

93

Passan uzaktan kılıç şakırtılarını duyduğunda, tapınağın etrafında dolanıyordu. Rüzgâr dönmüştü. Sesin geldiği yönü bulmak için kulak kabarttı. Tepenin aşağısından, kumsaldan geliyordu. Kendisinin geldiği yönden. Onları nasıl fark edememişti?

Patikadan aşağı koşmaya başladı, çamların iğneyaprakları yüzünü çiziyordu. Şimdi çığlıklar yükseliyordu. Haykırışlar farklı bir hal aldığı sırada kumsala ulaşmıştı. Tüyler ürpertici sesler, canhıraş çığlıklar. Çevresine bakındı ve karanlık bir manzaradan başka bir şey görmedi. İsli gökyüzünün altında, dalgalar kumsala çarpıyor, milyarlarca su kabarcığının arasında, gri ve donuk köpükler hışırdıyordu.

Kimse yoktu. Bağırışlar kesilmişti. Sol tarafta, dilek heykellerini andıran kayaları fark etti. İçgüdüsel olarak o yöne doğru yürüdü. Bir Şaman töreniyle, bir cadı ritüeliyle karşılaşacağını sanarak kayaların arasına girdi.

Yağmurdan sırılsıklam olmuş iki insan karaltısı, öfkeden kudurmuş gibi sallanan çamların dibinde debeleniyordu. Biri yerdeydi; simsiyah giyinmiş diğeri, elindeki kılıcı ona doğru sallıyordu.

– HAYIR!

Gölge başını ona doğru çevirdi. Üstündeki gökyüzü iki parçaya ayrıldı. Sanki şimşek, bulutları dağıtmak için sulardan fırlamıştı. Passan, yüzü tanıdı. Suratının solukluğunda bir duygusuzluk, bir taşın ifadesiz parlaklığı vardı. En çarpıcı olan ise bakışlarıydı. Gözleri kömür gibi simsiyahtı, sanki zehir saçan bir ateşle yanıyordu. Aklına Musaşi'nin bir sözü geldi: "Gözü dönmüş bir ruh, güçsüz bir ruhtur." Ama Ayumi ona hiç de güçsüz gibi gelmiyordu.

Passan tek silahı olan yumruklarını sıkıp, haykırarak saldırıya geçti. Blöfü işe yaradı. Ayumi arkasını dönüp, ürkmüş bir vahşi hayvan gibi ormana doğru kaçmaya başladı. Passan hemen Naoko'ya koştu. Ceketi kanlanmıştı. Küçük göğüsleri ıslak kumaşın altında dikleşmişti. Pré-Saint-Gervais'deki sahnenin aynısıydı, ama burada yardıma koşacak kimse yoktu.

Dikkatli bir şekilde *yukata*'nın düğmelerini açtı, daha önceki yaranın üstündeki pansumanının kanla kıpkırmızı olduğunu gördü. Mücadele sırasında eski yarası yeniden açılmıştı. Kan bandajın üstünde balmumundan bir mühür gibi duruyordu. Naoko mucize kabilinden ölümden dönmüştü – ya da Ayumi'nin onu öldürmek gibi bir niyeti yoktu.

Passan, Naoko'ya yatıştırıcı birkaç sözcük söyledi. Bir su birikintisinin ortasında duran kırılmış kılıcı ile kayaların yanındaki bir yarığa saplanmış *vakizaşi*'yi gördü. Aklına *kaiken* geldi. Naoko'nun tuniğini, eşofmanının ceplerini karıştırdı. Siyah ahşap kılıfı içindeki, fildişi saplı hançeri buldu.

Sol eliyle cep telefonunu çıkardı, balıkçının numarasını tuşladı ve telefonu Naoko'nun avucuna bıraktı.

– Beni buraya getiren adam, diye fısıldadı. (Sonra daha güçlü bir şekilde ekledi.) Ona acele etmesini söyle.

Naoko'nun cevabını beklemeden, hışırdayan çamların arasında, düşmanın peşine düştü.

– Ayumi-san!

Sesi yağmur altındaki bir mum gibi söndü. Karşısına yeni bir patika çıktı. Ne oynak taşlar ne sert bir toprak vardı – sadece ayak bileklerine kadar gömüldüğü gri bir çamur. Giysileri sanki tonlarca ağırlıktaydı. Ayumi'yi bulması gerekiyordu. Ve onu öldürmesi...

Hiç yavaşlamadan balçık içinde bata çıka tırmandı.

– Ayumi-san!

Tırmandıkça yağmur şiddetini artırıyordu. Görüş alanı birkaç metreyle sınırlıydı. Tam yeniden seslenecekken bir açıklığa geldi. Bir yanda gökyüzü, diğer yanda gürleyen fırtına. Aşağıda, bir nehir köpürüyordu. Dalgaları besili, kösnül, tıka basa doymuş bedenler gibi salınıyordu. Biraz ötede, birkaç yüz metre uzunluğundaki bir ada, batık bir enkazı andırıyordu.

Kesin olan bir şey vardı: Dilsiz onu orada bekliyordu.

Yamaçtan aşağı indi, sonra ılık suya girdi. Yüzmeye hazırdı ama ayağı yerden kesilmedi. Karşı kıyıya ulaşınca, *kaiken*'i kemerine soktu ve karaya çıkmak için saçı andıran gür ot kümesine tutunup kendini yukarı çekti. Kıyı boyunca uzanan, sazlarla çevrili dar bir yola çıktı. Silkelendi ve doğruldu.

Ayumi beş metre uzağında, patikada onu bekliyordu. Parlak bir ayı andıran yüzünün önünde kılıcını sallıyordu. Onun bu duruşu, Passan'ın sayısız kez izlediği dövüş sanatlarıyla ilgili filmleri hatırlattı. Gülümsemesine engel olamadı. En çılgınca tutkularına uygun olarak ölecekti.

Kemerindeki *kaiken*'i düşündü. Yaklaşık bir metre uzunluğundaki bir kılıca karşı ne yapabilirdi? Kendini çalıların arasına attı. Sarmaşıkların, iğneyaprakların üstünde kaydı. Ayağa kalkmadan, arkasına bakmadan bu şekilde ilerledi. Sadece yağmurun şıpırtısını ve arkasındaki kılıcın ıslığını duyuyordu. Kılıç oradaydı, hızlı ve öldürücü. Miyavlıyor, inliyor, iç çekiyordu... *Onu çağırıyordu.*

Sonunda sendeleyerek çalıların arasından çıktı ve yere kapaklandı. Gayriihtiyari arkasına döndü. Ayumi kalbine saplamak için kılıcını, bir kazık gibi iki eliyle kavramıştı. Passan aşağı doğru yuvarlandı ve altından kayan toprağı, sonra da onu yutmak isteyen ılık nehri hissetti.

Kıyıdan uzaklaşmak için bacaklarıyla kendini itti. Suratı yüzeye dönük bir şekilde, tamamen suyun altında kalmak için akıntıya karşı koymaya çalıştı. Amacı Ayumi'den mümkün olduğunca uzaklaşmaktı – tabii katil suyun içinde onu takip etmezse.

Ciğerleri patlama noktasına gelince kafasını sudan çıkardı. Kılıcın rüzgârıyla karşılaştı. Yeterince uzaklaşmayı başaramamıştı. Ayumi hâlâ oradaydı. Yeniden suya daldı, tam tersi bir strateji uygulamalıydı; kıyıya ulaşmalı, sazların arasına gizlenmeliydi. Ayumi sazların, bataklık süsenlerinin altını üstüne getirerek kılıcını körlemesine sallıyordu. Passan otlara tutunmuş, çenesine kadar suya gömülü bir şekilde kımıldamadan duruyordu.

Kaiken'i kavradı ve yarı beline kadar sudan çıkıp hasmının bacaklarına saplamayı düşündü. Hayır. Passan kolunu bile uzatamadan Ayumi kellesini uçurabilirdi. Yeniden suya daldı. Akıntı onu sürüklüyordu. Suyun içindeki kökler, onu boğmaya hazır bir güreşçi gibi hareketlerini engelliyordu.

O esnada, ayakları kenardaki bir oyuğa girdi. Kıyının yamacında bir tünel vardı. Kılıç, yaprak engelini aşarak Passan'ın saçlı derisinin bir kısmını kopardı. Bu, Passan'ı harekete geçirdi; daha uzakta bir yerden yüzeye çıkmak umuduyla kendini tünelin içine bıraktı. Yüzükoyun döndü ve yüzmeye başladı. Birkaç kulaç sonunda panikledi. Bu çirkefin içinde boğularak ölecekti. Kenara yanaştı, geri dönmek için çevresini eliyle yokladı. İmkânsız – tünel çok dardı. Akıntı onu ileri doğru itmeye devam ediyordu.

Aklının sesini dinledi. Akıntı olduğuna göre bir çıkış var demekti. Kan damarlarını düşündü – bir yeraltı su dolaşımı, onu açık havaya ulaştıracak bir akıntı. Hızlanmaya çalıştı. Ama boşuna. Her geçen saniye, karanlık ona daha yoğun, daha derin, daha *yakın* geliyordu...

Ciğerleri patlıyordu. Boğazı şişiyordu. Nefessiz kalmanın en büyük tehlikesi solunum refleksinin devreye girmesiydi. Belli bir eşiği geçtikten sonra, koşullar ne olursa olsun solunum sistemi yeniden çalışmaya başlardı.

Dudaklarını aralayacaktı...

Soluk almaya...

Çığlığı ağzının içinde patladı. Göğsünde yeniden bir canlanma hissetti. Gökyüzü. Oksijen. Çığlığı kahkahaya dönüştü. Geriye dönüp baktı, adanın kıyısını gördü, sanki başladığı noktaya geri dönmüştü. Aslında, sularla çevrili kara şeridini *alttan* geçmiş ve nehrin fazla derin olmayan diğer tarafına ulaşmıştı.

Sudan çıktı ve *kaiken*'i hâlâ elinde tuttuğunu fark etti. Yeniden ormana daldı. Bitkiler, ağaçlar, sarmaşıklar denizin altındaki algler gibi sallanıp duruyordu. Her şey suyla kaplıymış gibi hışırdıyordu. Passan da bu yeşil, sıvı dünyanın içinde eriyordu. Hâlâ suyun içindeymiş gibiydi.

Ayumi'yi arkadan gördü, öfkeli bir inatla kıyıdaki otları biçmeye devam ediyordu. Onu böyle, tehlikeden habersiz, mutlak üstünlüğünü kaybetmiş bir halde görünce, çılgınca bir coşku hissetti. Özel bir tedbir almadan yaklaştı.

Beş metre.

Kaiken'i ona doğru tutuyordu.

Üç metre.

Bitkilerin, düşmanın etini parçalayan bir kılıç gibi bedenini yırttığını hissediyordu.

Bir metre.

Ayumi arkasını döndü ve kılıcını salladı. Passan son anda geriye doğru sıçradı. Kılıç indi. Passan kan içinde kalmıştı ama hiç acı hissetmiyordu. Ayrıca *kaiken* de elinde değildi. Başını kaldırdı: Japon kadın artık kımıldamıyordu, sağ kolu vücuduna dikey bir konumdaydı, kılıç ise yere paraleldi. Şaşkın gibiydi.

Dudaklarından köpük halinde kan fışkırdı.

Kaiken göğsüne, sol memesinin üstüne girmişti. Ayumi kılıcını savurduğu sırada Passan refleks olarak hançeri ona saplamıştı. Genç adam dizlerinin üstüne çöktü ve Ayumi'nin önce sallandığını, sonra da olduğu yere yığıldığını gördü. Kan ağzından, burnundan akmaya devam ediyor ve yağmur suyuna karışıyordu. Kılıcını bıraktı ve ellerini Passan'a doğru uzattı. Passan, Ayumi'nin ellerini tuttu ve aklına onun çocuklarını karnında taşımış olduğu geldi. Onu yere çöktüğü şekilde tuttu: Sırtı dik, kafasını arkaya vermiş, topuklarının üstünde oturmuş halde. *Seiza* pozisyonu.

Bakışlarında, hiçbir yağmurun asla yıkayamayacağı, kolay kolay anlaşılmaz o karanlığı seçebiliyordu. Aynı zamanda perçeminin altından, sonsuza dek sürüp gidecek o çocuksu yanı da. Normal koşullarda felaketten kurtarmak isteyeceği terk edilmiş bir kadın. Ayumi'nin bedeni kesilmiş bir ağaç gibi kendini bıraktı. Passan kadının parmaklarını sıktı ama Ayumi bir çamur birikintisinin içine devrildi.

Passan ayağa kaktı. Hiç düşünmeden cesedin üstünden atladı, patikayı geçti ve yeniden nehre girdi. Ağır ağır karşı kıyıya ulaştı. Gittiği yolun bilincinde olmadan, rasgele ormanın içinde yürümeye başladı.

Çok uzunmuş gibi gelen bir süre sonunda kumsalı gördü. Naoko hâlâ oradaydı, sırtını kayaya dayamıştı.

Passan kıyıya vuran dalgaların homurtusunun arasından adaya doğru gelen motorun sesini duydu. Şaşkın bir halde karısına doğru yürüdü ve yanına çöktü. Söyleyecek bir şey bulamadı ama Passan'ın orada bulunmasının tek bir açıklaması olabilirdi zaten: Bir dövüşte iki kişi sağ kalamazdı.

Naoko doğruldu ve ona sarıldı. Kucaklamanın şiddeti Passan'ı şaşırttı. Aynı zamanda da yıllardan beri görmeye alışkın olmadığı bir yumuşaklık, tatlılık hissetti.

– *İe ni kaerimasyou*, diye mırıldandı Naoko.

Passan Japoncayı hiçbir zaman anlamamıştı, asla da anlamayacaktı. Yine de açıklanamaz bir mucizeyle, bu birkaç sözcüğün anlamını tahmin etti.

Naoko "Eve dönelim" demişti. Bundan emindi.